文学史的张力（上）

刘跃进 著

复旦大学出版社

　　刘跃进，1977年底考入天津南开大学中文系，攻读文学学士学位。1982年1月分配到清华大学文史教研组任助教、中文系讲师。1984年考入杭州大学古籍研究所，攻读文学硕士学位。1988年考入中国社会科学院研究生院文学系，攻读文学博士学位。1991年8月进入中国社会科学院文学研究所从事科研工作。现任中国社会科学院文学研究所所长、研究员。出版专著有《秦汉文学地理与文人分布》《秦汉文学编年史》《门阀士族与文学总集》《中古文学文献学》等。

目　录

上　编

为什么要不断地书写文学史？ …………………………… 3
七十年来中国文学研究的学术体系建构 ………………… 33
新世纪中国文学研究的主要趋向 ………………………… 63
中国文学研究四十年思潮 ………………………………… 99
中国古典文学研究四十年 ………………………………… 128
秦汉文学史研究的困境与出路 …………………………… 144
有关唐前文献研究的几个理论问题 ……………………… 157
徘徊与突破
　——20世纪先唐文学史论著概观 …………………… 184
关于上古、中古文学研究的几个问题 …………………… 208
关于魏晋南北朝文学研究的若干问题 …………………… 225
走出散文史研究的困境 …………………………………… 241
《汉诗别录》的学术价值及其方法论意义 ……………… 293
刘师培及其汉魏六朝文学研究引论 ……………………… 315

下 编

"秦世不文"的历史背景以及秦代文学的发展 ………… 349
西道孔子,世纪鸿儒
  ——扬雄简论 ………… 376
"建安风骨"的历史内涵及其意义 ………… 397
"二陆"的悲情与创作 ………… 438
兰亭雅集与魏晋风度 ………… 452
关于《文选》研究的几个问题 ………… 474
《玉台新咏》研究的几个热点问题 ………… 525
佛教文化影响下的中古文学思潮 ………… 566
文学史为什么选择杜甫? ………… 588
关于杜甫文献整理的相关问题 ………… 628

附录:学术访谈

马世年:走向通融:汉魏六朝文学史的文献学研究 ………… 635
马燕鑫:观文学之林,探旧注之海——刘跃进先生《文选》
  研究访谈录 ………… 661

后记 ………… 683

上　编

为什么要不断地书写文学史？

一、文学史的困境

2003年，河北人民出版社出版董乃斌、陈伯海、刘扬忠主编的《中国文学史学史》，著录各种类型的中国文学史多达上千部，蔚为大观。转眼又过去十五年，今天的文学史数量又有相当的增加，这是毫无疑问的。这就提出了一个问题：既然有了这么多文学史，为什么还要继续撰写？

一派观点认为，研究文学史的目的是为了还原文学的历史，了解文学演变的线索，探索文学发展的规律。从这个意义上说，文学史研究具有知识传承功能。还有一种观点认为，文学史研究的意义在于阐释历史，大家耳熟能详的说法是，一切历史都是当代史。这就带有思想史的意味，是为了追寻历史背后的思想意义。前者看似客观，后者更为主观。作为主流的历史观，二者都曾影响深远，但二者又都有其偏颇，很难取得一致意见。而今的文学史研究，主流之外又有新的趋向，有时不免叫人担忧。

第一是"学位体"或者"项目体"盛行。据权威部门统计，中国文学史研究的从业者已经多达三万人以上，多是"学位体"、"项目体"培养起来的。学术研究越来越技术化，越来越匠气化。众所周知，"学位体"论文通常是这样产生的：学生一进门，师生就在一起商量选题范围，依据通常是文学史常识。范围确定后，再据此找材料，上穷碧落下黄泉，汇总资料，梳理成文。其实，我们的教师也在做着类似的工作,创造一种所谓的"项目体",往往先确定一个题目,申请项目,再收集材料。这种研究,从选题到研究方法,都带有先入为主的特点。现在,这样的文章和著作很多。因为程序化,以学界同仁的知识结构,从先秦一路做到当代,应当没有问题。唯一的问题,这样的研究,只是平面地克隆自己,把收集材料和阅读材料时的感受记录下来,越做越表面化。

第二是随着网络时代的到来,搜集材料相对便利,学术著作出版相对容易。渴望成功的焦虑,致使学者们在所谓的学术探索路上越走越远,越来越随意,甚至罔顾基本原则,标新立异,贪多求快,成批制造著作。据主管部门统计,现在年平均出版物已经多达40万种左右,其中堆积的所谓学术著作,有多少可以经得起历史的检验?与此形成鲜明对照的是,图书越出越多,而耐心读书的人却越来越少。

第三是强调国际化,本意是为促进东西方文化的交流,但在现实中,有的研究者对西学不辨优劣,对本土文化缺乏自信,唯洋人马首是瞻,不仅对其作廉价的吹捧,甚至挟洋人自重,自己也洋腔洋调,自以为高明。还有的人,昨天还在贩卖洋货,今天又穿上中山装,摇身一变,成为唬人的国学家。

第四是自命为文化精英、启蒙思想家,指点江山,说三道四。或者躲进书斋,沉湎于个人的研究想象,故作高深,追求所谓纯粹个人价值的自我实现。

第五是有意无意地误读经典,追求商业炒作,扭曲文学价值,将严肃的学术研究变成娱宾媚俗的工具,迎合当前社会在一定程度上存在的浮躁风气。

当文学史研究工作者厌倦了为其他学科打工的时候,是否该考虑回到自己的传统?回到自己的经典?古代文学史上的《诗》、《骚》、李、杜、选学、红学,还有四大名著等,现代文学史上的鲁(迅)、郭(沫若)、茅(盾)、巴(金)、老(舍)、曹(禺)等,是否已经被说尽,乃至题无剩义?这些都还是问题。更重要的是,文学史研究走到十字路口,何去何从,确实应当认真想一想,文学史编写的意义是什么?文学史研究的途径在哪里?

二、文学史的历史

(一)先秦两汉时期有关"文""文学"和"文学家"的观念

所谓"文",在先秦并没有一个确定的涵义,或文采错杂,或纹路,或文章,或诗歌。

1. 《易·系辞下》说:"物相杂,故曰文。"韩康伯注:"刚柔交错,玄黄错杂。"《礼记·乐记》说:"五色成文而不乱。"这里的"文"是指彩色交错。

2. 《左传·隐公元年》:"仲子生而有文在其手。"这里的"文"是指纹路,非文章之文。

3. 作为文章意义的"文",秦汉以来始为人们所熟知、所习用。如《汉书·贾谊传》:"以能诵《诗》《书》属文,称于郡中。"王安石《上张太傅书》:"夫文者,言乎志者也。"当然,这里的"文",其涵义较广。

秦汉以后,关于"文"的观念逐渐发生变化。到了南北朝时期,"文"往往专指韵文,与不押韵的"笔"相对而言。《宋书·颜竣传》:"太祖问延之:'卿诸子谁有卿风?'对曰:'竣得臣笔,测得臣文。'"《文心雕龙·总术》:"今之常言,有文有笔。以为无韵者笔也,有韵者文也。"这与现代意义上的散文概念相近。杜甫《春日忆李白》:"何时一尊酒,重与细论文",就不单单是指文章,似乎还包括诗歌在内。

所谓"文学",先秦时代的涵义也非常广泛,或文章博学,或儒家学说,或文章经籍。

1. 《论语·先进》:"德行:颜渊、闵子骞、冉伯牛、仲弓;言语:

宰我、子贡；政事：冉有、季路；文学：子游、子夏。"孔颖达《正义》："若文章博学，则有子游、子夏二人也。然夫子门徒三千，达者七十有二，而此四科唯举十人者，但言其翘楚者耳。"这里的"文学"指文章博学，为孔门四科之一。

2. 《韩非子·六反》："学道立方，离法之民也，而世尊之曰文学之士。"《史记·李斯列传》："臣请诸有文学《诗》《书》百家语者，蠲除去之。"这里的"文学"指儒家学说。

3. 《吕氏春秋·荡兵》："今世之以偃兵疾说者，终身用兵而不自知悖，故说虽强，谈虽辨，文学虽博，犹不见听。"这里的"文学"又泛指文章经籍。

由文章经籍引申，凡是有学问、有文采的人，也可以称为文学。近代意义上的文学，即以语言塑造形象来反映现实的艺术，大概就是由此发展而来。

所谓"文学家"，最早是由"文人"引申出来的。《尚书·文侯之命》："汝肇刑文武，用会绍乃辟，追孝于前文人。"孔传："使追孝于前文德之人。"这里的"文人"是指有文德的祖先。后来，凡是知书能文的人，都可以称为文人。傅毅《舞赋》："文人不能怀其藻兮，武毅不能隐其刚。"

（二）魏晋南北朝时期有关"文学家"和"文学作品"的观念

鲁迅说，魏晋时期是中国文学的自觉时期。这种自觉表现在哪些方面呢？最重要的表现之一就是对于文学家和文学作品有了自觉的判断意识。

1. 文学家

《文选》是中国现存的第一部文学总集，所收作家当然应当算作文学家，有多少呢？总共一百三十家。[①]《文心雕龙》是中国古

[①] 参见汪师韩《文选理学权舆》、骆鸿凯《文选学》。

代最为系统的文学理论著作。它所论及的作家凡二百一十一人。其中,先秦三十七家,秦汉八十四家。① 两份名单对比,重叠颇多。在刘勰、萧统的正统文学观中,中国文学都渊源于五经,因此,许多经学家被视为文学家,也在情理之中。按照今天的观念,上述一些人物是可以在文学史中存而不论的,譬如孔安国、叔孙通等,但是多数文学家还是经得起历史的考验。他们不仅有作品留存,而且其中不少人在当时还曾产生过比较广泛的影响,可惜在后世的文学史中是根本见不到他们的踪影的。为什么呢?因为近现代文学史的编纂情况有了较大变化,集中到一点,就是收录标准趋于严格化。

2. 文学作品

在古人心目中,文的概念是很宽泛的。为了使这些文体有所归属,曹丕《典论·论文》将"文"分为四科八体:"夫文本同而末异。盖奏议宜雅,书论宜理,铭诔尚实,诗赋欲丽。"其中七体属文,即奏、议、书、论、铭、诔、赋等。陆机《文赋》将"文"分为十体,九种属文,即赋、碑、诔、铭、箴、颂、论、奏、说等。萧统《文选》将"文"分为三十七体。② 其中,除诗、骚外,其他三十五种属文。参照《文选》而编的《文苑英华》亦分三十七体,其中除了诗、歌行外,也是三十五种文体归为文章。《文心雕龙》自《辨骚》以下至《书记》凡二十一篇,论述各种重要文体多达五十余种,论列先秦两汉作品三百七十余篇(《诗经》《九歌》《九章》及诸子著作等均以一篇计算。其中汉代作品一百四十余篇)。其中也以文章为大宗。作

---

① 参考周振甫主编《文心雕龙辞典》中由赵立生教授编写的作家释和作品释两部分统计。
② 有的版本作三十八类,即在"书"与"檄"之间多出"移"体。见胡克家刻本《文选》后附《文选考异》。还有的作三十九类,多出"难"体。如南宋陈八郎刻本及《山堂考索》所引《文选》分类细目,就增加了"难"体。此外,台湾影印《五臣注文选》也有"难"体。

者本着"原始以表末"的原则,推溯源流,将各种重要文体的起源、流变以及重要作品作了比较细致的描述,其中除少数文体如"启"类出现于汉代以后外,多数重要作品均产生于秦汉。① 明代徐师曾《文体明辨》将"文"分为一百二十七体,其中百体属文。文章分类可谓登峰造极,但是这种分类显然过于琐碎。于是清代姚鼐编《古文辞类纂》把诗歌之外的"文"分成十三类。严可均编《全上古三代秦汉三国六朝文》中的"文"包括了诗词曲以外的全部文体,即赋、骈文及一切实用文体均在其中,比如,宋玉的《风赋》《大言赋》《小言赋》等就在其中。但是,严氏没有收录屈原的《离骚》等作品,或以为屈原《离骚》等属于诗歌创作吧?问题是,《汉书·艺文志》将赋分为四家,其一就是屈原赋之属,说明在汉人心目中,屈原的作品是赋。刘勰《文心雕龙·诠赋》称:"及灵均唱《骚》,始广声貌,然则赋也者,受命于诗人,而拓宇于《楚辞》也。"说明刘勰也将屈原的作品视为赋。张惠言《七十家赋钞》,以屈原《离骚》《九歌》《天问》《九章》《远游》《卜居》《渔父》为赋。而姚鼐《古文辞类纂》有辞赋类,选屈原《离骚》《九章》《远游》《卜居》《渔父》,而不选《九歌》,大约以为《九歌》名之曰歌,归入诗类。这样,自秦汉以下,辞赋均可称之曰广义的"文"。由此说明,在中国古代,至少先秦两汉,文学的大宗是广义的"文"。

(三) 文学史的编写,从域外开始

俄国汉学家王西里(V. P. Vasiliev,1818—1900)《中国文学史纲要》②,主要参考了英国汉学家理雅各(James Legge,1815—1897)翻译的《中国经典》,讨论中国文学的特殊性。全书共十四章。

---

① 二十一篇中,《杂文》中细分"对问""七发""连珠",《诏策》中细分"策书""制书""诏书""戒敕""教",《书记》中细分"谱""籍"等二十四种。
② 该书于1880年出版,圣彼得堡国立孔子学院于2013年出版中俄文对照,共330页。

第一章是综合论述,认为中国文学在典范性与科学性上逊色于希腊文学和罗马文学,但是在规模与内容的丰富性上更胜一筹。其中儒学对中国人的影响最大,已经渗透进了中国人的身体、血液甚至骨髓。儒学尽管没有宗教形态,但与其他民族的宗教(其中也包括伊斯兰教)相比,无论过去还是现在,其对中国生活的方方面面(日常生活、经济、政治、思想以及文学)都具有更大的影响。

第二章论中国的语言与文字,主要讨论中国书面文字与口语之间的脱节问题。

第三章介绍中国文字和文献的古老性问题以及中国人的看法。作者从《周易》的八卦开始讨论,进而论及西汉鲁壁和西晋汲冢中发现的所谓蝌蚪文,再到篆隶的演变。有五个论点值得注意:一是讨论中国人的四方观点,认为中国人很早就与西方来往,特别指出:"儒家竭力切断中国与西域的所有联系,设法从人们的记忆中抹去任何有关西域的回忆。"二是认为《尚书》的成书年代甚至会晚于被认为是此书编者的孔子的时期。三是认为《周礼》《仪礼》也是后人伪造的,无论是孔子还是孟子,都完全没有提及这部书。四是认为汉字的起源时间在周宣王时期,其形态已经可以被用来记载国家的收支。五是除却《春秋》《易经》外,没有一部著作早于孔子时代的典籍了。

第四章、第五章、第六章论儒学发展的第一阶段,以孔子、孟子和三部经书为中心。

关于孔子,作者认为孔子有四个贡献:一是从前人手里和政府档案中获得了写作的技能,加以完善并传授给民众,"在他之前,未曾有过一个关注民众教育的民间学派"。二是"他还学会了汉语及其方言中所有汉字的书写方法"。三是整理《诗经》,包括婚歌、情歌、戏谑嘲讽之歌、阿那克里翁之歌、谋取生计之歌等,用了五十余页的篇幅展开讨论。四是整理《春秋》,认为该书"似乎是写在2英尺的简上,每支简上8个字,有人认为数千字,有人统计为18000字,另有人认为其中缺少1400字。关于此书的出现时间同样说法不一。孔子似乎用了9个月的时间完成了《春秋》的写作(平均每昼夜写60余字)"。经过孔子整理的《春秋》《诗经》主导了中国早期的思想史。这些具有教育意义的基本要素,许多民族至今也没有,自然无法以之施教。在这方面,中国人丝毫不逊色于另外两个古老民族犹太人和希腊人。西方的近代教育在很大程度上都得益于这两个民族。

关于孟子,作者认为《孟子》是一部问世时间可能更晚的作品。这部书已经在引用《论语》《诗经》乃至据说后来才增补进《尚书》篇目的《泰誓》。《孟子》的语言不仅比《书经》和《论语》更加易懂,而且也比《礼记》的篇章浅显,因此几乎可以不借助注释来阅读。作者认为赵岐在注疏过程中将自己的许多思想加入到《孟子》之中,而且为了使增加的内容得以流传,他还将此书字数确定为34685个字。现在《孟子》中有35226字,由此可见此书经过了多次增删补缀。

关于《孝经》,作者认为这是一部论述儒家的家庭伦理方面的著作。《礼记》论宗教与政治,《尚书》是执政意愿的表达。这三部书是汉代或汉前不久出现的文集或汇编。

第七章论儒学发展的第二个阶段,主要讨论《周易》,作者认为对这部著作的注释和增补之作,可能是出自道家之手,或者是由儒家之外的人士写成的。这些人士通过儒家掌握了写字作文的能力,因此增补部分的文字尽管费解,但华丽。

第八章论道家,将《墨子》《晏子春秋》《庄子》《淮南子》列为讨论对象。第九章论佛教,认为中国人是通过佛教才知道可以用字母来标注汉字的读音。东汉后期知道声部,唐宋以后知道韵部(守温)三十六韵。

第十章论中国人的科学发展,重点介绍先秦《禹贡》,唐代《元和郡县志》,宋代《太平寰宇记》以及清代《大清一统志》《畿辅义仓图》《读史方舆纪要》《郡国利病》等书。还论及中国史学传统,包括"三通"、《资治通鉴纲目》等。

第十一章论中国人的律学,认为中国第一部法律经典是《管子》。此外,重点介绍《韩非子》《大明会典》《大清会典》等。至于奏议汇编,重点介绍了《古文渊鉴》和《历代名臣奏议》等。

第十二章论语言学、评论、古董类著作。语言学著作有《尔雅》《佩文韵府》《骈字类编》。评论类著作有《白虎通义》《风俗通》《人物志》《古今注》《学林》。古董类著作有《博古图》《古今图书集成》等。此外还介绍了农书、兵书、花卉类著作等。

第十三、十四章才是现代文学史论述较多的内容,作者称为雅文学、俗文学、戏剧及中长篇小说,还介绍应举考试诗文,涉及《文选》《渊鉴类函》以及辞赋。

1901年剑桥大学汉学教授翟理斯(Herbert Allen Giles,1845—1935)出版的《中国文学史》与《中国文学史纲要》相类似,秉持广义的文学史观。一百年之后,西方的文学史著作依然延续着固有的传统。比较有特点的著作是梅维恒(Victor H. Mair)主编的《哥伦比亚中国文学史》[1]和宇文所安(Stephen Owen)、孙康宜主编的《剑桥中国文学史》[2]。

《哥伦比亚中国文学史》分为上下卷,凡七编,总计五十五章。上卷四编四十章:一基础、二小说、三散文、四小说。下卷三编十五章:五戏剧,六注疏、批评和解释,七民间及周边文学。

第一编为"基础",按照问题来写。介绍语言文字时,实际上是一部文字学及其研究的简史。涉及神话时,按照主题如创世神话、人类起源神话、创生者概念、文化与文明的起源神话、灾难神

---

[1] 《哥伦比亚中国文学史》,新星出版社2016年版。
[2] 《剑桥中国文学史》,生活·读书·新知三联书店2013年版。

话、创立神话等,并介绍研究情况。此外,还介绍了诸子百家、十三经。在第六编专辟"经学"一章,主要介绍历代有关经学的研究情况,强调的是"学",与第四章"十三经"重点介绍"经"不同。随后专门论及《诗经》。论及超自然文学,主要是以《楚辞》、志怪、传奇、变文、唐诗、戏曲、白话小说、《聊斋志异》为代表的浪漫主义文学。幽默中论及笑话集、诸子中的寓言故事以及正史野史、戏剧、小说中的幽默内容。谚语、中国文学中的女性是独特的介绍,为中国本国文学史著作所忽略。

第二编至第五编实际是分体文学史,分别论述诗、词、散文、小说、戏剧的发展历程,比较简略。

诗歌部分专辟诗与画,在纵向论述中切出横向论题,论及杜甫、李白、王维等人,特别是宋元时期的文章诗画创作,这是独到之处。与传统看法不同的地方,作者论及诗歌,包括骚、赋、骈文和相关体裁。这类文体,我们通常认为是文,如严可均《全上古三代秦汉三国六朝文》就包括这些文体。但是在第二十八章说明性散文中,作者认为《文选》中所含二十五种文体,都属于这种说明性散文,当然包括了骈文,作者又简述了骈文的是非曲直,与前面的论点有些冲突。此外,诗歌类没有论及乐府,而是在第七编"民间及周边文学"开头论及,显然,作者是把乐府视为民间文学。

散文部分,把志怪与传记、游记、笔记视为散文一体。我们通常把志怪视为小说。论及志怪时,从《山海经》《穆天子传》写起,论及汉代及六朝的志怪、道教作品。这部分内容,还专辟笔记一节,很有特点。

小说从唐传奇说起,符合鲁迅所说,唐人有意为小说。戏曲文学主要介绍传统的经典作品。

比较有新意的是第七编,论及民间及周边文学,主要是专题研究。如敦煌文学,是主编的强项,在全书不同章节中多有涉及。又如地域文学,与传统的研究不同,主要关注的是不同地区民间流传的文学文本,如冯梦龙笔下的长江三角洲的社会、上海近郊嘉定发现的明代成化说唱刊本、江南弹词、广东木鱼书、北方鼓词和满族子弟书等。作者强调口头程式表演与讲唱叙事文学不同,认为口头程式表演指的是表演者主要从口头传承中学习的各种口头文学。其特征是对模式化材料的操作以及高度的程式主义,如说书、萨满戏、关帝故事、傩戏。而讲唱叙事文学是在写作中创作出来的,但是它模仿或源自某种特定表演文学。有些讲唱叙事作品高度程式化,似乎是口头传统的产物,不过它们的文本是为了阅读而非表演。另外一些讲唱叙事作品如鼓子词的创作,是为了在宫廷上进行表演,它们通常由著名作家写成,从古典传统中借鉴了许多元素之后形成了面向精英观众的一种混血文类。最后三章则重点介绍了中国文学对周边,主要是朝鲜、日本、越南的影响,作者用"对于中国文学的接受"命名。这些内容,都是学术界近年投入精力较多的领域,该书充分吸收了最新的成果。

《剑桥中国文学史》论早期中国文学,也是从"汉语及其书写系统"说起,分析汉字的特点,一是以象形文字为主;二是形式上的不确定性,可以书写外国文字,或音译,或意译;三是单音节构造。这是考虑西方读者对于汉字不很了解,因此都从汉字书写的介绍开端。此外,还介绍了甲骨文、青铜器铭文等。与王西里的著作一样,此书介绍早期文学史,也从五经开始,注意到口头传说与文字书写的复杂关系,也注意到最新的出土文献。比较出彩的部分是以《汉书·艺文志》为中心推测"战国文本谱系的汉代建构"。

作者预想:第一,不是机械地按照文体分类,而是以文学文化史的眼光看待中国文学史。第二,不是机械地按照朝代分段,如将东汉至初唐视为"世上最宏伟的翻译工程",即大规模译介外国文化的阶段,作者用两章的篇幅叙述这个历史进程。文化唐朝,即从公元650年武则天即位开始,到晚唐五代,乃至宋初五十年间。第三,不是机械地按照后人的文学评判,而是特别注重过去的文学是如何被后世过滤并重建。如论《诗经》,注意其早期的阐释系统。

然而实际情况并不尽如人意:第一,虽然没有按照文体分类,但依然有宫体诗、题画诗、八股文、说唱文学等。第一章中"早期帝国的诗歌""西汉的历史叙事与杂史叙事""秦与西汉的政治、哲学论著",就涵盖了诗歌、史传文学、诸子论著三类。最后一节是"经典的地位",主要讨论西汉学术问题。第二,虽然注重整体思考,但是两汉魏晋南北朝出现了若干作家的名字,如班氏家族、崔氏家族、桓谭、王充、张衡、马融、蔡邕、建安七子、三张二陆两潘一左、刘琨、卢谌、陶渊明、元嘉三大家谢灵运、颜延之、鲍照及江淹等,而唐朝就只有朝代而没有标列任何一位诗人的名字。李、杜两位伟大的诗人,没有专章专节介绍。而明清部分,讲唱文学反而占据很多篇幅。可见,作者的设想并没有贯彻始终。第三,唐代文学虽然分为前后两个时期,但没有严格按照分期排列。

从20世纪80年代,哈佛大学出版公司就策划"新编文学史"系列,包括《新编法国文学史》《新编德国文学史》《新编美国文学史》等,主要是以专题论述的方式组织全书,其背后还是有一个什么是文学、什么是文学史的问题。譬如《新编美国文学史》除经典作家作品外,还有独立宣言、总统演讲、广播、电影、爵士乐、建筑与涂鸦等各式各样的文本,都被当作"文学"写进了"文学史"。[①]

(四)中国本土文学史

20世纪初叶,中国古代文学研究者受传统观念影响较深,在编写体例上往往处于模仿阶段,或模仿域外,或模仿古代。譬如林传甲痛感当时日本学者已经编著了十几种中国文学史著作,日本大学还开设了中国文学史课程,而在中国还没有一部中国人撰

---

① 参见王德威《何为文学史?文学史何为?》,《现代中文学刊》2019年第3期。

写的中国文学史著作，于是"将仿日本久保天随、笹川种郎中国文学史之例，家自为书"。又参照《四库全书总目》对有关作家、作品的评价综合而成。就体例上说，其书主要采用了中国传统的记事本末体，以文体为主，所收范围较为庞杂，有文字、音韵、训诂、群经、诸子、史传、理学、词章等，甚至金石碑帖也多有论列。与其说是一部中国文学史，不如说是中国学术史，或曰中国著述学史。通观20世纪初期的中国古代文学史研究，这种情形普遍存在。这是第一阶段的情形。

第二阶段，进化的文学史观。1859年，达尔文《物种起源》的出版标志着现代生物进化理论的形成，并引发了近代最重要的一次科学革命。生活在19世纪中叶的梁章钜（1775—1849）《浪迹丛谈》中有一则"外夷月日"笔记，以猎奇不屑的口吻论及英语对十二个月的表述，并用汉语记录下英语的发音。梁章钜当然不会想到，就在他辞世不过半个世纪的时间里，以英语为主体的西方文化就大踏步地挺进中国，并逐渐影响了中国一个世纪。三十多年后的1898年，严复翻译《天演论》，其中"物竞天择，适者生存"八字成为时代性的标志，将大自然中不同物种之间弱肉强食的竞争法则引进到社会生活领域，强烈地震撼了以儒家中庸思想为核心的传统伦理准则。王国维1904年撰写的《论近年之学术界》就指出："近七八年前，侯官严氏所译之赫胥黎《天演论》出，一新世人之耳目。……嗣是以后，达尔文、斯宾塞之名腾于众人之口。'物竞天择'之语见于通俗之文。"①从当时的社会状况看，中国在外国列强的入侵中已经沦为半封建、半殖民地社会，民族危机、社会危机、文化危机、政治危机、经济危机无时不在，激起了部分先进知识分子"救亡图存"的强烈民族意识。在当时的思想界，无政府主义、个人主义、法国大革命思想、尼采的悲剧哲学、俄国革命思想

---

① 王国维《论近年之学术界》，初刊于《教育世界》1905年第93号。

以及马克思主义等先后登陆中国,此消彼长。对于当时中国知识界来说,积弱积贫的现实促使知识分子们更深刻地理解进化论学说的意义。1915年,陈独秀创办《青年杂志》(即《新青年》),广泛传播俄国十月革命的积极成果,揭开了"五四"新文化运动的序幕。胡适、梁启超、陈寅恪、鲁迅等一代文化名人,从根本上说是接受了达尔文进化论的影响,在"科学"与"民主"精神的影响下,结合中国学术实际,主张个性的发挥,对于历史上似乎已无异议的各类主张,加以重新审视,并结合中国的学术实际,开创了一代风气。

"民主"精神的实质是强调人的价值和生命的活力。1904年,王国维出版的《红楼梦评论》最早引进了德国思想家叔本华的学说。随后,他又以进化论作为指导思想研究中国戏曲史,推翻了传统的观念,充分肯定了宋元戏曲的价值。1917年,胡适在《新青年》2卷5号上发表《文学改良刍议》,倡导文学革命,提倡白话,反对文言。他说:"以今世历史进化的眼光观之,则白话文学之为中国文学之正宗,又为将来文学必用之利器。"第一次把通俗文学提到非常重要的地位。这是当时文学革命的第一篇具有宣言性质的文章。为此,胡适还编写了《白话文学史》,为其理论主张寻找历史的根据。其影响所及,不仅仅在文学创作界,在学术研究界,随着平民文学观念的兴起,唐代以后的文学,特别是戏曲、小说一时成为研究的热点,顺理成章地抢占了文学史的相当篇幅。从此,文学史家逐渐走出厚古薄今的束缚,对于先秦至隋代文学不再顶礼膜拜,而是把学术兴趣更多地转移到唐代以后的文学史的研究上来。随后,陈独秀在该刊2卷6号上发表《文学革命论》,主张"推倒雕琢的阿谀的贵族文学,建设平易的抒情的国民文学";"推倒陈腐的铺张的古典文学,建设新鲜的立诚的写实文学";"推倒迂晦的艰涩的山林文学,建设明了的通俗的社会文学"。文学革命改变了传统的文学观念,确立了白话文学、平民文学的新的文学观。平民文学意识的强化,使白话小说《红楼梦》也可以成为专门学问而受到空前的重视。

"科学"精神的实质则是强调实事求是,不依附政治,不迷信权威,寻求学术的独立发展,成为当时学术界的主流意识。1915年1月,现代中国第一份综合性科学杂志《科学》在上海创刊,标志着真正意义上的现代科学开始在中国生根。它的启蒙意义当然远远超出了自然科学的范围,视"科学"为一种思想方法。故陈独秀在《青年》创刊号上发表的《敬告青年》中说:"近代欧洲之所以优越于他族者,科学之兴,其功不在人权说下,若舟车之两轮焉。"胡适将这种方法概括为"大胆的假设,小心的求证"。他说:"这三十年来,有一个名词在国内几乎做到了无上尊严的地位;无论懂与不懂的人,无论守旧和维新的人,都不敢公然对他表示轻视或戏侮的态度,那个名词就是'科学'。"在这种科学观念的影响下,"五四"以后的学术研究注意吸收近现代各种理论主张,包括文化人类学、民俗学、神话学、西方文艺理论等,极大地拓宽了学术界的视野。胡适打破《诗经》的经典神话,充分认识到《诗经》的文学价值和史料价值;顾颉刚以破为主,力图恢复《诗经》的本来面貌;闻一多的研究走得更远,在继承传统考据学方法的基础上,融会贯通,广泛吸收西方人类学的方法,运用多种知识解读《诗经》,他的很多见解,就是今天来看,也非常新颖。此外,朱光潜《诗论》运用西方文艺理论探求中国古典诗歌的深邃意境;朱东润《诗心论发凡》运用创作心理的理论解析中国古典诗歌的丰富内涵;朱自清《诗言志辨》《赋比兴说》则站在现代立场重新阐释这些传统的命题。这些重大变化表明,在西方文化思潮的强烈影响下,中国文学界已经逐渐走出传统,积极迎合现代西方文明,创新求变的意识日益强烈。

第三阶段,净化的文学观。20世纪30年代以后,随着西方文学理论的大量传入,学术界开始认真地探讨所谓现代意义上的

"文学"观念问题。于是产生了后来影响较广的狭义文学观念和广义文学观念的争论。所谓狭义文学就是指美的文学,内容上情感丰富,形式上富丽堂皇。至于广义文学观念就是指所有的著述。依据这种解说,于是就出现了不同含量的文学史。就先秦文学研究而言,那时并没有所谓的纯文学观念,所以,哪些该列入文学史的讨论,哪些属于学术史的范围,就有分歧。从四部到集部,由"杂"到"纯",再过滤,就形成了现在文学史的基本框架,主要包括诗词、戏曲、小说、散文四大类。更极端一点的观点,连散文都不算。刘大白《中国文学史》干脆就认为:"只有诗篇、小说、戏剧,才可称为文学。"①持这样观念的人很多,因此,先秦两汉文学只有《诗经》《楚辞》和汉乐府才能进入这类文学史家的视野。这种观念上的变化,勇于接受新鲜事物,冲破传统的束缚,从历史发展的角度来说,应当给予肯定。但是,吸取域外之长的同时,还不能脱离中国文学史的实际。毕竟中国文学的发展有它自身的特点和规律。机械地照搬国外的文学理论牵强地套用在中国文学史上,往往有削足适履之弊端。最严重的失误,是把大量的秦汉文章排除在外。30年代出版的郑振铎《插图本中国文学史》中的秦汉文学两章,论及作家有五十余家,比照刘勰《文心雕龙》,许多人物已经被排除在文学史范围之外。中国社会科学院文学研究所编《中国文学史》中的秦汉文学六章,论及作家更为严格,仅三十余家。袁行霈主编《中国文学史》中的秦汉文学七章,论及作家与上书大同小异。上述三部文学史,主要以史传、辞赋、狭义散文、小说为主要论述对象。对于一些擅长于碑诔奏议的文章大家,则涉及不多。主要原因在于,他们不是纯粹的文学家。结果,秦汉文学史,仅仅剩下了若干诗歌、辞赋、古小说以及所谓美文,而绝大多数当时影响甚广的文章则忽略不计。很多作者消失在文学史家的视

---

① 刘大白:《中国文学史》,上海大江书铺1933年版。

野之外。

第四阶段,马克思主义文学史观。20世纪50年代以后,马列主义逐渐占据了中国思想界主导地位,中国学术界又一次发生根本性的变化。即以我们供职的文学研究所为例,1953年成立之初就明确规定了治所的根本方针任务:"以马列主义、毛泽东思想的观点,对中国和外国从古代到现代的文学的发展及其主要作家主要作品进行有步骤有重点的研究、整理和介绍。"翌年,《文学遗产》创刊,其发刊词写道:"我们中华民族是一个历史悠久的民族。我们的文学遗产,由于很多卓越的前代作家的不断地创造和努力,也是极其光辉灿烂的。从《诗经》《楚辞》起,一直到'五四'时代新文学奠定者鲁迅先生的作品为止,差不多每一朝代都有杰出的作家,在不同的文学种类中都有独特的成就。但是,这些文学的宝藏,不仅在封建社会里面,不可能得到正确的评价,就是到了'五四'以后,它们的价值和意义也还未能获得充分的科学的阐明。因此,用科学的观点来研究我们的文学遗产这一工作,就十分有待于新中国的文学研究工作者来认真进行。"这里所说的"科学的观念",外延和内涵都很明确,就是马列主义的思想方法。这一思想方法的核心内容就是唯物史观,注重联系时代背景和社会生活,捕获最能体现一定历史时期的文学特征,从中探寻文学发展的过程和演变的规律。到后来,这种思想方法逐渐简化,演变成为中国文学界广泛运用的政治标准和艺术标准;而政治标准永远是第一位的。评价古今中外一切作家和作品,首先都强调文学要有人民性、阶级性,还要有现实性,在此基础上再谈所谓的艺术性。马列主义作为一种思想方法,当然会有其指导文学研究的积极意义,但是任何一种思想方法,哪怕很有价值,一旦固化,甚至独尊,就会制约思想,走向反面。在中国文学研究界,庸俗社会学曾一度泛滥,有些研究与中国文学的实际相去甚远,留下许多教训。

第五阶段,多元的文学史观。改革开放初期,中国文学研究界已经不再满足于过去单一僵化的研究方法,开始探讨自己的学术道路。后来的文学史观和文学史宏观研究大讨论,正是这种时代思潮的必然结果。它反映了学术界的后来者渴望超越自己、超越前代的强烈呼声。从那以后,学术界基本上摈弃了过去那套庸俗社会学的研究方法,开始从过去的纯文学往文化的途径扩展,比如用宗教的、哲学的、人类学的方法,甚至用自然科学的方法来研究文学史,出现了各种方法论,老三论、新三论,此起彼伏;系统论、信息论、控制论不绝于耳。从思想方法上说,这种新潮反映了文学史研究工作者对于过去僵化的研究方式的不满,希望借用某种更加先进的思想来解决中国文学研究的方法问题。但其实还在重复着过去的路径,只不过变换了若干名词,尝试着某种新的方法而已。

21世纪前二十年,中国文学研究正在经历着新的变化:一方面,我们不满足于对浅层次艺术感的简单追求,更加注重厚实的历史真实;另一方面,也不满足于对某些现成理论的盲目套用,更加注重文献积累。追求历史的真实和文献的积累,其背后还有一个更深层次的原因是显而易见的,即我们不愿意再固守着舶来的"文学"观念,更不愿意用这种所谓纯而又纯的"文学"观念去过滤中国文学的发展实际。譬如赵明等主编的《先秦大文学史》以及由此派生出来的《两汉大文学史》《魏晋南北朝大文学史》等,从微观的角度,注意各种文体的产生、发展、演变的线索。褚斌杰、谭家健主编的《先秦文学史》,徐公持、刘跃进合著《秦汉文学史》,徐公持《魏晋文学史》,曹道衡、沈玉成合著《南北朝文学史》等,几乎涉及现存所有的著述,郭预衡《中国散文史》几乎涉及现存所有的文章体裁。从这些论著来看,20世纪末的中国散文史的研究又由过去的"纯"文学回归到"泛"文学的观念上来。

从表面上看,经过一百年的发展,历史似乎又回到了原来的起点,但是其内在涵义已经发生了根本性的变化。我们希望站在本民族的文学立场,从中国文学的实际出发,梳理其发展演进的线索。关注文学发展的时间与空间的研究,关注作家精神生活和物质生活相互关系的研究以及关注不同阶层的文化需求,就是这种学术追求的集中体现。更重要的变化是,学术界日益强烈地意识到,创造中国的话语体系、学科体系、评价体系,回归经典,回归主流意识形态,已经成为当前的一项重要任务。

三、文学史的属性

文学史具有文学与历史的双重属性。文学史研究既是文学研究,又是历史研究,是文学与历史的结合,因此文学史研究具有特殊性。

(一) 文学史的文学属性

作为文学属性的文学史研究,要求研究者具备三个条件:一是艺术感受,二是文献积累,三是理论素养。

喜欢文学的人,或多或少都怀抱有文学梦想。文学创作需要才能,文学欣赏同样需要才能。很多年轻人容易被各类艺术所感动,感觉很有艺术细胞。但为什么有的人可以从事文学创作或研究,有的人却不行,能否把感觉的东西用理性的语言表达出来,这是关键。这说明,仅有感觉是不够的,还需要有文献的积累和理论的素养。

我们常常感叹自己读书不够。问题是,埋头苦读就能解决问题吗?显然不能。很多情况下,读书只是记住了一些地名和人名,或了解一个大概,仅此而已。退一步讲,即便把图书馆的书都读完了,又能怎样?如果不思考,很可能就会成为两脚书橱。现在,信息技术如此发达,很多传统意义上的知识,完全用不着死记硬背；用来炫耀，更觉可笑。显然，研究文学，仅有艺术感受和文献积累远远不够。

这就涉及第三个问题，即研究文学史，总要有某种理念来指导，所谓理念，其实就是基本理论素养。我们常常幻想有一种立竿见影、拿来即可为我所用的现成理论。但是到现在为止，似乎还没有产生过这样的理论。当下很多所谓理论，多是中看不中用的空头支票，并不能有效地解决文学研究过程中的实质问题。但是，如果没有学术观念的更新，文学史研究就很难往前推进。

回顾20世纪学术发展的历史，我们发现，贡献最大的，或者说，推动一个时代学术潮流变化的那些学者，有一个共同的特点，那就是，他们往往从旧的学术营垒中冲杀出来，接受现代文明的洗礼，在新旧之间，在中西之间，寻找到自己的立脚点。

（二）文学史的历史属性

文学是社会生活的反映。社会生活有多复杂，文学内容就有多丰富。文学史是文学史家的产物，已有一定的过滤，含有独特的判断取舍。到目前为止的文学史，更多地反映的是精英阶层的文学创作情况。事实上，历史上的任何一个社会都是由不同阶层组成的。什么是阶层？其实就是人在社会中的不同地位。不同阶层自有不同的文化需求，因而也就有不同的文学形态。其实，这已经进入了社会学的研究方法，即研究一个社会的结构性变化。所谓社会的结构性变化，就是各种社会角色和社会地位之间的比例关系变化，这些角色和地位之间的社会互动关系形态变化，以及规范和调节各种社会互动关系的价值观念变化。宏观上，对整个社会影响极大的结构性变化，包括人口结构、家庭结构、城乡结构、区域结构、所有制结构、就业结构、职业结构、阶级阶层结构、组织结构、利益关系结构以及社会价值观念结构等十一种重要结构的深刻变化。社会阶层发生重大变化，文学也必然有所反映。研究文学史,不能不关注社会结构的变化。理想的文学史,也应反映不同阶层的生活。譬如从东汉开始的中国文化思想界,就经历了一场空前的文化变革:儒学的衰微,道教的兴起,佛教的传入,形成了三种文化的冲突与融合。第一是外来文化(如佛教)与中原文化的冲突与融合。我所撰《六朝僧侣:文化交流的特殊使者》一文对此有所阐述。第二是传统文化与新兴文化(如道教)的冲突与融合。第三是官方文化与民间文化的冲突与融合。正是这三种文化的交融,极大地改变了东汉的文化风貌。最明显的一个变化,就是东汉文化所呈现出来的平民化与世俗化的特点。譬如"鸿都门学"中就有很多"为尺牍及工书鸟篆者","喜陈方俗闾里小事"(《后汉书·蔡邕传》语)。这个时期有许多类似的通俗作品,譬如新近出土的《神乌赋》、田章简牍、韩朋故事以及蔡邕《短人赋》等。曹植作品如《鹞雀赋》《骷髅赋》《令禽恶鸟论》等,也多有下层文化的特点。《鹞雀赋》通过鹞和雀的对话,表现了当时社会以强凌弱的现象。《令禽恶鸟论》则论述伯劳之鸣与人的灾难没有必然联系且为伯劳鸣冤叫屈。这两篇作品在曹植的全部创作中显得很另类,而它们之间却有着共同的特色:第一,都通过鸟的形象来比喻社会现象,具有批判现实的色彩;第二,文字古朴,运用了很多当时的口语俗字。此外,《赠白马王彪》"鸱鸮鸣衡轭,豺狼当路衢",就本于《诗·豳风·鸱鸮》;而《野田黄雀行》描写黄鸟无辜被捕杀,又与汉乐府《乌生》《枯鱼过河泣》等有着相近的艺术构思。如果联系汉代乐府诗及《神乌赋》,并结合曹植的其他创作,我们似乎可以作这样的推断:曹植创作这三篇作品,不像是率意为之,而是有意借鉴当时流行甚广的民间文学创作。因此,这三篇作品就给我们提供了清晰的启示,那就是,曹植不仅仅是贵公子孙,在他的精神世界中还有着浓郁的下层文化的成分。曹植的创作所表现出来的这种下层文化特点,又与他的家世背景有着直接的关系。前面提到的《神乌赋》出土于江苏连云港地区的一座汉墓,作品叙写了公鸟和母鸟的对话,用鸟语说的内容又都近于传统儒家的话语。这使我们想起了汉乐府中的《枯鱼过河泣》《战城南》等,也都是用动物的语言来表达人的感情。而这一点,正是当时下层文学的一个特点。

这种创作特色,与曹氏家族的特殊背景有关。曹家"起自幽贱"(《三国志·魏书·后妃传》),"三世立贱",所以《三国志·魏书·后妃传》载:"初,明帝为王,始纳河内虞氏为妃,帝即位,虞氏不得立为后,太皇卞太后慰勉焉。虞氏曰:'曹氏自好立贱,未有能以义举者也。'"他们的生活方式、处世态度乃至人生追求与豪门望族有着明显的差异。曹植的生母卞氏也出身寒门,她自己就是"倡家",也就是专以歌舞美色娱人的卖唱者。在这样的家族中成长起来的曹植,尽管其幼年、青年时期都得到了乃父的特别呵护,走马斗鸡,过着贵族子孙的放荡生活,但是其骨子眼里依然摆脱不了下层文化的强烈影响。《三国志·魏书·王卫二刘傅传》裴注引《魏略》记载曹植约见当时著名小说家邯郸淳的情形:"延入坐,不先与谈。时天暑热,植因呼常从取水自澡讫,傅粉。遂科头拍袒,胡舞五椎锻,跳丸击剑,诵俳优小说数千言讫,谓淳曰:'邯郸生何如邪?'于是乃更著衣帻,整仪容,与淳评说混元造化之端,品物区别之意,然后论羲皇以来贤圣名臣烈士优劣之差,次颂古今文章赋诔及当官政事宜所先后,又论用武行兵倚伏之势。乃命厨宰,酒炙交至,坐席默然,无与伉者。及暮,淳归,对其所知叹植之才,谓之'天人'。"从一个"诵"字看,这里所说的"小说"应当不是案头小说,而是带有一定表演性的作品,可能就是民间作品。曹植怎么会对下层文学这么感兴趣呢?我们知道,曹操有二十五个孩子。曹彰、曹丕、曹植都是卞太后所生。卞太后原本是"倡优"出身,来自社会底层。这样的生活背景对曹植不可能没有影响。钟嵘《诗品》评价曹植是"骨气奇高,词采华茂。情兼雅怨,体被文质"。所谓的"情兼雅怨,体被文质",就是有俗有雅。雅,自然是上层的特征,而怨,则代表了下层的情绪。《文心雕龙·时序》篇说建安文学"风衰俗怨",俗与怨相联系,可见两者的关系。如果脱离了曹植的家世背景,脱离了当时整个社会世俗化的风气,我们就很难理解曹植的这些怪异举止。

我们的文学史在写到建安文学时,总是这样说,建安文学为什么感人呢?一是它描写了时代的离乱,二是它展示了知识分子建功立业的情怀。其实,中国历史上真正统一的时间并不多,多数是处在一种战乱的状态,那为什么只有建安文学描写战乱感人?还有,自从有了知识分子这个群体,谁不想建功立业呢?太上立德,其次立功,其次立言。文学事业就是立言的事业,也是追求不朽的名山事业。因此,这两个结论远远不能用来概括建安文学的成就。我觉得,建安文学之所以感人,主要还是因为这个时代的作家用老百姓喜闻乐见的文学形式反映了社会底层的心声。也就是说,当时的精英和下层民众在文学上达到了高度的默契。

事实上,所谓底层,所谓民间,只是一个比喻性说法,事实可能远比这种表述复杂得多。我们都知道,"五四"新文化运动主要是当时一些文化精英所倡导的文学改良运动。而在当时,到底有多大影响呢?这也许还是一个问题。如果当时影响很大,钱玄同与刘半农何必还要扮演双簧戏呢?"五四"新文化运动过去十年之后,老百姓关注的依然是鸳鸯蝴蝶派的小说,关注张恨水等作家。他们的小说占据了当时大部分的图书市场。鲁迅日记多次记载,鲁迅的母亲曾借阅张恨水小说。可见,即便是文化革命"旗手"的母亲,照例是不读这些精英作品的,她所感兴趣的还是那些老百姓喜闻乐见的东西。20世纪前期的左联文艺,后半期的"底层写作",都是社会结构发生变化的重要写照。

此外,作为一种运动,它总还有对立的一面。当年和鲁迅作对的那些人,很多人极有学问。被极度讽刺的所谓"选学妖孽、桐城谬种"的中坚力量,也都不是一般的文人学者。今天,他们的资料、事迹逐渐浮出水面，我们发现，这里面有着很复杂的内容，绝不是像过去所描写的那样简单。所有这些，今天的文学史基本上都过滤掉了。

这就需要我们走进历史，真正了解作家的生存环境，了解一个时代的社会状况。一个人的生存状态如何，一个社会的经济状况如何，直接影响到一个作家的思想感情。恩格斯在马克思墓前说，正如达尔文发现人类进化规律一样，马克思最伟大的发现，就是发现人要从事一切活动，首先必须从吃喝住行做起。马克思的重要贡献在于从人类的经济活动出发去探讨人类社会的上层建筑。我们都知道，经济基础决定上层建筑。要把这些重要思想贯穿到我们的研究实践中，还有很长的路要走。

四、文学史的途径

文学史的历史属性，决定了文学史研究首先要走进历史。文献学是走进历史的必由之路。

（一）文献学的意义

20世纪50年代之后，我国学习苏联教育模式，把过去的传统学科分为文、史、哲三科；中文系又分语言和文学两类；文学类里面再分古代、现代、当代；古代里又分先秦、两汉、唐宋、元明清各代。专攻一代者也只能切出文学中的一小块。因此，现在的教学体制，把我们引到狭窄的研究道路上去，而且越走越窄，一个完整的文学被"五马分尸"。其实，学术研究只有研究对象的不同，而没有研究学科的分野。随着研究的展开，需要什么知识，就要去了解什么知识。现在，大家都意识到问题的存在，又强调所谓"通才"教育，或曰"通识"教育，倡导"国学"复兴，希望在几年、十几年内，通过这种教育体制培养出大师，实际上这无异于画饼充饥，因为这种教育理念不过是"拼盘教育"而已,并无新意。

如何进行通才教育?问题比较复杂,需要大家共同探索,至少应当关注一下传统的理念。其实在中国,有一个几千年的传统,这个传统不管你怎么批判它,直到今天依然存在,这就是文学文献学。"文献"二字后面又加一"学"字,并不表明这是一门学科,而是进入传统学术领域的一把钥匙,或者说一条途径而已。文献学,就是告诉你如何寻找、掌握这些知识。梁启超《中国近三百年学术史》认为"广义的史学,即文献学"。他又说:"我们所提倡的国学,什有九属于这个范围。"

古典文献如此,现代文献也需要有个"学"在。

随着时间的推移,现代文学研究对象离我们渐行渐远。不仅如此,由于现代文学研究受到政治的影响比较严重,很多作家很早就消失在研究者视野之外;即使那些重要的作家,也因为种种原因存在着很多错误的理解。改革开放以来,很多资料逐渐解禁,史料问题逐渐凸显出来。早在20世纪80年代就曾出版过"中国现代文学史资料汇编"甲乙丙三编、"中国现代文学运动、论争、社团资料丛书"八种、"中国现代作家作品研究资料丛书"六十余种、"中国现代文学书刊资料丛书"(如《中国现代文学期刊目录汇编》《中国现代文学总书目》《中国现代文学作者笔名录》等),很多学者也从理论上阐述了文学史料学的价值。在这个领域,我们不能不提到樊骏先生的学术贡献。早在1989年,他就在《新文学史料》第1、2、4期上连续刊载八万字的长文——《这是一项宏大的系统工程——关于中国现代文学史料工作的总体考察》,认为"就整个历史研究来看,史料工作的进展,明显地落后于理论观念上的更新","史料工作的基础和传统出现了明显的脱节现象和多种形式的空白"。此后,他发表了一系列的论文对此展开论述,引起了学术界的高度重视。樊先生的这些成果,主要收录在2006年人民文学出版社推出的《中国现代文学论集》中,是现代文学史料及学科建设的标志性成就。经过数代学者的努力,现代文学文献的抢救搜集、研究整理,已经成为21世纪文学研究的重要方面。徐鹏绪《中国现代文学文献学研究》一书系统描述了中国现代文学的版本类型、文献目录、文献校勘、文献考证、文献辑佚、文献注释等六个方面的内容,介绍了中国现代文学作家生平文献,论及现代作家年谱、传记、回忆录、日记书信等,论及中国现代文学报刊、别集、总集、丛书、类书等,是现代文学文献学的集大成著作。

当代文学史料的积累与整理还刚刚起步,文学研究所当代文学研究室联合全国30多家单位协作编辑的《中国当代文学研究资料》,迄今已出版80多种,计2000多万字。当代文学已经走过七十多年,远远超过现代文学的年限,而史料建设似乎还远不能反映日益丰富的当代文学发展实际,这个问题应当引起高度重视。

(二) 古典文献学

就古典文献学的内容而言,至少应当包含四个层面。

第一是目录、版本、校勘、文字、音韵、训诂,这是最基础的学科,即所谓传统的"小学"。其中目录学最为重要。版本学似乎是古代文学研究者的问题,其实不然,现当代文学研究同样面临着版本问题。校勘学,从广义来看,不仅仅是对读的问题,也包含着平行读书的治学方法。音韵、训诂等学问,好像与文学研究存在距离,其实两者息息相关,密不可分。

第二是中国历史地理学、历代职官及天文历算,这是研究中国传统学问的几把钥匙,略近于传统的"史学"。在中国古代并没有现代意义上的专业作家,文人大都在统治集团内部供职,当然官位各不相同。有的时候,官位很高却没有实权;有的时候,官位虽低却重权在握。我们研究文学地理、文学编年,研究作家的政治地位,当然离不开这些知识。

第三是先秦几部经典,如《尚书》《诗经》《左传》《荀子》《庄子》《韩非子》《周易》《老子》《论语》《礼记》《楚辞》等,是所谓的根柢之学。

第四才是进入各个专门之学的研究,如文学、史学、哲学的研究等。

传统文献学涉及如此多的内容,而且都是很专门的学问,我们当然不可能样样精通。研习古典文献学的目的,就是应当随时关注、跟踪相关学科的进展,这样,在自己的研究过程中,如果涉及某方面的问题,可以知道到哪里去寻找最重要、最权威的参考数据。章学诚在《校雠通义》中早就说过,读书治学的首要工作就是要辨章学术,考镜源流。我想,传统文献学的作用就在这里。

(三) 现代文献学

当然,如果我们总是把自己局限在传统文献学领域,要想超越前人确实较难。不过,新的时代总会提出新的命题,也总会提供新的机遇。出土文献、域外文献以及电子文献,为传统文献学平添了许多新的内容。如果我们能够充分利用这种时代的优势,闯出自己的新路,确实又有很大的可能性超越前人。出土文献包含碑刻文献、简帛文献、画像文献等。我们知道,中国历来重视"文以载道"的文学功用,重视人生"三不朽"的永久名声,所以碑刻文献异常丰富。简帛文献更是近三十年的重要发现。临沂银雀山汉简的发现,使我们有可能将《孙子兵法》和《孙膑兵法》区分开来;湖北郭店楚简的发现,使我们对于儒家传承有了新的认识,对于《老子》的成书有了新的论据;江苏尹湾汉简中《神乌赋》的问世对于秦汉以来下层文化的研究、云梦秦简中关于"稗官"一词的理解等,都曾引起学术界的广泛关注,也解决了许多悬而未绝的学术问题。画像文献研究基本上还处在初级阶段。域外文献同样值得关注。若干年前,我写过一篇《从补课谈起》的小文,专门谈到关注域外文献的重要性。我们常说,学问没有国界。我们要走向世界,就要努力使自己的学术研究与国外学术界接轨,起码应当使自己设法与国外同行站在同一起跑线上,展开平等的竞争。电子文献对于我们学术研究的意义更是显而易见。随着计算机技术的发展与普及,古典文献的电子文本已经走进寻常百姓之家。虽然这项工作还仅仅处于起步阶段,却已显示出了无比广阔的学术空间。中国的图书从简帛书写到纸张记载,再到雕版印刷,这是一个历史性的进步。而今却面临着一个新的转型,即电子书籍可能会逐渐替代我们的传统阅读,这就迫使我们要痛苦地经历一个文字文化急剧衰退的时期。2002年美国曾举办一场"电子书籍"研讨会,有学者幽默地把这次研讨会界定为"下载或死亡"(Download or Die)。① 如何评价这种转变的利弊得失,现在也许为时过早。但是不管怎么说,以信息技术为核心的文化转型已经势不可挡。

五、文学史的建构

从前面的描述中可以看出,近百年来的文学研究经历了三次重要的变化:19世纪末到20世纪前半期,以进化论思潮为核心的西方文明强烈地冲击着中国思想界和学术界,中国文学研究开始了现代化的进程;20世纪中期以后占据主流地位的马克思主义思潮,又从根本上改变了中国的面貌;20与21世纪之交,中国文学研究汲取百年精华,在外来文明与传统文明的交融中悄然开始了第三次意义深远的历史转型。它要解决的根本问题就是中国文学研究如何选择适合中国国情的发展道路,也就是如何在马克思主义指导下开始文学研究中国化的建设进程。

---

① [美]哈罗德·布鲁姆(Harold Bloom):《西方正典》,江宁康译,译林出版社2005年版。

文学不是避风港，也不是空中阁楼，而是发生在特定的时间和空间中；一个作家的精神生活离不开他的物质生活环境。我们只有把作家和作品置于特定的时空中加以考察，才能确定其特有的价值，才不会流于空泛。正是这样一种新的理念，推动了文学编年研究、文学地理研究、作家精神史研究、作家物质生活研究的进展。譬如史书记载，刘宋元嘉十六年（439）建立四学馆，除传统的儒学、史学、文学外，还包括玄学。东汉后期郑玄遍注群经，其注释伴随原著皆成一时经典。魏晋之际，年轻的王弼重注经书，倡导玄学。元嘉十九年（442）颜延之做国子祭酒，一个重要举措，就是废掉郑玄群经旧注，启用王弼新注。颜延之的取舍，重视玄学的倾向性是明显的。刘义庆《幽明录》记载了这样一个故事，说王弼梦见郑玄找他算账，骂他把儒家老祖宗的东西破坏掉了。王弼吓得把舌头咬断，惊吓而死。刘义庆逝于元嘉二十一年（444），这个故事流行于那个时期，反映了当时学术界对郑玄注和王弼注取舍的巨大分歧。永明六年（488）陆厥与沈约书就说，元嘉后期，王弼注盛行，崇玄败儒。刘义庆的记载虽系虚幻故事，确有真实的历史背景。通过文学编年，可以把这些历史在某种程度上还原出来。现代意义上的文学编年研究，应当是利用现代科技手段，将中国历朝历代的作家生平、作品系年、文学流派、文学社团及相关评论等文献资料和碑石拓片、善本书影、作家手稿及书法绘画等方面的图片数据，逐年编排起来，以多媒体的方式全景展现中国文学发展的历史面貌。

中国人自古以来就有着浓郁的安土重迁的乡情观念。项羽功成名就，思欲东归，认为"富贵不归故乡，如衣绣夜行"。刘邦暂都南郑时，群臣"皆山东人"，颇多思归，故刘邦最初曾想定都洛阳。定都长安后，刘邦自称"游子悲故乡"，按照家乡原貌在长安修建新丰让父亲安居，自己临终前回到故乡又高唱《大风歌》。马援转战沙场，留下"马革裹尸"的壮语。班超出使西域数十年，"年老思土",要求落叶归根。因此,秦汉铜镜中常有"毋相忘,莫远望"之类的嘱托,而在秦汉诗歌中更是有大量的思乡之作,譬如《古歌》《悲歌》《古诗十九首》以及乌孙公主《歌》、蔡文姬的《悲愤诗》等,可谓举不胜举。研究文学史,就不能不关注不同的历史时期各个区域的文化特点。而地域文学又不仅仅限于华夏不同地区之间关系的研究,还包括各个民族之间的文学关系研究。只有这样,才能在某种程度上还原华夏民族文学的整体性、多样性形态,从宏观上建构中华民族文化共同体的总体框架。

在文学的时间与空间的坐标中,人是核心所在。康德《逻辑学讲义》说:"哲学是关于人类理性的最终目的的一切知识和理性使用的科学。对于作为最高目的的最终目的来说,一切其他目的都是从属的,并且必须在它之中统一起来。在这种世界公民的意义上,哲学领域提出了下列问题:(1)我能知道什么?(2)我应当做什么?(3)我可以期待什么?(4)人是什么?形而上学回答第一个问题,伦理学回答第二个问题,宗教回答第三个问题,人类学回答第四个问题。但是从根本说来,可以把这一切都归结为人类学,因为前三个问题都与最后一个问题有关。"①形而上学:我能知道什么?伦理学:我应当做什么?宗教学:我可以期待什么?人类学:人是什么?这里,核心问题还是人。

我们研究文学史的最终目的,不仅仅是为广大读者提供某种系统的文学发展的知识,更重要的是要深入理解人民创造历史的伟大意义,最终构建中国特色的文学史理论体系。这个目标,还远远没有实现。研究文学史,依然任重而道远。

(原为《简明中国文学史读本》前言,中国社会科学出版社 2019 年版)

---

① [德]康德:《逻辑学讲义》,许景行译,商务印书馆 1991 年版,第 15 页。

七十年来中国文学研究的学术体系建构

引　言

　　2019年,中华人民共和国成立七十周年,也是"五四"运动爆发一百周年。我们在总结共和国七十年中国文学研究的辉煌业绩时,不仅仅是在改革开放四十年基础上再简单地往前推三十年,而是要探究其更深远的意义。因此,我们必须把七十年作为一个整体来考察,甚至还要上溯一百年,才能完整准确地勾画出当代中国文学研究走过的历史进程,全面深刻地阐释出中国文学研究七十年学术体系建设的时代意义。

　　众所周知,新文化运动中的"文学革命",既包括"文学创作的革命",也包括"文学研究的革命"。前者是我们所熟知的提倡白话和新文学,后者不但涉及对过往文学传统的接受、批判与阐释,更关乎对文学的目的、功能乃至评价标准的思考。更进一步说,对旧文学的解释,关系到如何认识我们自身的文化传统,即"从何处来";对新文学的思考,则关系到如何建构新的中国文化范式,即"往何处去"。作为一场思想文化革命,新文化运动之所以选择文学作为主要阵地,并提出一系列文学议题引发社会讨论,正是因为文学研究具有这样的时代意义。

　　中国共产党高度重视文艺创作和相关理论建设的重要作用,早在延安时期,"毛泽东继承发扬了列宁在《党的组织和党的文学》中所阐述的'党的文学'的原则"①,为文学和文艺制定了具体而明确的规范,将文艺与革命的需要相结合。中华人民共和国成立以后,撰写文学史,对文学作品展开阐释与批判,始终是中国共产党构建意识形态阵地的重要手段。可以说,在近现代中国史以及整个马克思主义中国化的过程中,在围绕文学展开的研究、批判、反思中,我们总能听到时代最前沿的思想潮声。

根据中国社会科学院的统一部署,文学研究所正组织力量,围绕着当前学科体系、学术体系和话语体系建设的总体布局和前沿发展,对中国文学研究学科进行全面调研和深度调整。本文即以各学科综合研究为基础,结合新时代中国文学研究发展现状,试图从宏观上对中国文学研究的学术体系建设工作略做回顾,提出若干值得进一步思考的问题。②

一、在研究中坚持马克思主义的指导地位,坚守中华文化立场,立足当代社会现实,这是七十年来中国文学研究学术体系建设的思想基础

文学研究是马克思主义的重要阵地,同时,马克思主义也为文学研究提供强大的思想武器。

一百年前"五四"新文化运动的爆发,七十年前中华人民共和国的成立,马克思主义思想在中国经历了从理论探讨到社会实践的历史发展。马克思主义的理论成果可以指导、解答中国的现实

---

① 邵荃麟:《论文艺创作与政策和任务相结合》,《邵荃麟评论选集》(上),人民文学出版社1981年版,第285页。
② 关于中华人民共和国七十年文学研究报告,请参考《新中国文学研究70年》(中国社会科学出版社2020年5月出版)暨文学研究所各学科综合报告(将由中国社会科学出版社出版)。本文第二部分参考了马昕、马勤勤提供的材料,第三部分论述民族文学研究,承蒙徐希平教授提供帮助。初稿还得到所内多位同事的批评指正,在此一并致谢。

问题,这已为历史事实和社会实践所证明。同样,马克思主义理论也可以为中国文学研究指明方向,并据此认识中国文学发展的基本规律,这也为近百年来中国文学研究实践所证明。

恩格斯说:"一个民族要想站在科学的最高峰,就一刻也不能没有理论思维。"①理论在一个国家的实现程度,决定于理论满足这个国家需要的程度。一百多年的实践证明,中国迫切渴望的不仅仅是先进的技术,更是思想的蜕变、理论的创新。用什么样的理论引导我们的发展方向,这是决定中华民族生死存亡的根本问题,也是决定中华文化基本走向的核心问题。

19世纪末,在外国列强的入侵中,已经沦为半封建半殖民地社会的中国,民族危机、社会危机、文化危机、政治危机、经济危机无时不在,无处不在,激起了部分先进知识分子"救亡图存"的强烈民族意识。一时间,无政府主义、个人主义、法国大革命思想、叔本华和尼采的哲学以及俄国革命思想等先后在中国登陆。在众多思潮中,进化论对当时思想文化界的影响最为强烈。1915年,陈独秀创办《青年》杂志(翌年改名《新青年》),广泛传播俄国十月革命的积极成果,掀开"五四"新文化运动的序幕。1917年,胡适在《新青年》2卷5号上发表《文学改良刍议》,倡导文学革命,将通俗文学提到前所未有的高度。随后,陈独秀在该刊2卷6号上发表《文学革命论》,主张"推倒雕琢的阿谀的贵族文学,建设平易的抒情的国民文学";"推倒陈腐的铺张的古典文学,建设新鲜的立诚的写实文学";"推倒迂晦的艰涩的山林文学,建设明了的通俗的社会文学"。总之,20世纪初叶的文化先驱者在爱国、进步、民主、科学精神的感召下,深刻地理解到进化论学说的意义,逐渐摆脱厚古薄今的束缚,积极倡导大众文学,开启白话运动。

---

① 中共中央马克思恩格斯列宁斯大林著作编译局编:《马克思恩格斯选集》第3卷,人民出版社2012年版,第875页。

进化论思潮极大地推动了近代中国思想界的革命，其积极意义不可否认。但是文化的发展并不是一个非此即彼、优胜劣汰的进化过程，进化论并不能为文化发展过程中遇到的所有复杂问题提供合理的解释。恪守进化论的观点，也不能从根本上解决中国文化发展的方向性问题。在理论探索过程中，中国文学研究工作者逐渐从"进化论"质变到"反映论"，最终找到了马克思主义。

郑振铎是新文学运动中"文学研究会"的发起者之一，他将"文学为人生"的现实主义原则带到文学研究活动中。抗战爆发后，他参与发起"上海文化界救亡协会"，创办《救亡日报》，和胡愈之、许广平等人组织"复社"，出版《鲁迅全集》《联共党史》《列宁文选》等。在这一过程中，他逐渐放弃了早期接受的进化论思想，开始在马克思主义理论的指导下，从经济基础与上层建筑的角度理解文学与社会的关系，阐明文学史的意义。他在《中国文学史的分期问题》中明确指出，撰写文学史，原则之一就是要充分认识历史发展过程的客观规律。这个规律，就是经济基础的变化必然推动生产关系的变革，从而影响到上层建筑的发展。文学史就是记录和表现这些历史时代的改变过程。原则之二，就是要注意到一个国家发展所走的独特道路以及文学反映各自历史的特殊性。这个看法，既注意到决定文学艺术发展的经济、社会的普遍因素，又注意到一个国家、民族文学发展的特殊性，见解更加圆融深刻。① 马克思主义的理论指导，让郑振铎的文学研究开辟出了一个更广阔的领域。在他主持下，文学研究所明确了"以马列主义、毛泽东思想的观点，对中国和外国从古代到现代的文学的发展及其主要作家主要作品进行有步骤有重点的研究、整理和介绍"的建所方针和任务，在文献资料整理、文学史撰写、教材编写、学术著作译介等方面，开展了一系列卓有成效的工作，既接续"五

---

① 参见拙文《郑振铎的文学理想与研究实践》，《文学评论》2018年第6期。

四"时代对旧文化"从何处来"的追问,也对新文化"往何处去"做出了明确的回答。

美学家蔡仪在20世纪40年代就发表了《新艺术论》《新美学》等论著,以"反映论"与现实主义为核心主张,倡导在文学研究中以马克思主义作为指导原则和思想方法,在马克思主义文艺学和美学理论体系建构中发挥了奠基性的作用。他主编的《文学概论》,作为中华人民共和国成立后第一批规范的高校文科教材,是具有中国特色的马克思主义文艺学专著。在他的影响带动下,马克思主义文艺理论的研究与传播,成为文学研究所的学术传统,文学研究所组织出版了《文学原理》系列专著,包括《发展论》《作品论》《创作论》以及《美学原理》《马克思主义美学思想史》等,极大地推进了马克思主义文艺理论研究的深化。

唯物主义历史观认为,事物的发展自有其内在规律,文化研究,包括文学研究在内,应当以此为研究重点,探索自身发展的客观规律。马克思说:"我们判断一个人不能以他对自己的看法为根据;同样,我们判断这样一个变革时代也不能以它的意识为根据,相反,这个意识形态必须从物质生活的矛盾中,从社会生产力和生产关系之间的现存冲突中去解释。无论哪一个社会形态,在它所能容纳的全部生产力发挥出来以前,是决不会灭亡的;而新的更高的生产关系,在它的物质存在条件在旧社会的胎胞里成熟以前,是决不会出现的。"① 根据这样的思想方法,主要由文学研究所科研人员参加编写的《中华文艺思想通史》,没有简单地用政治制度史来划分文学思想史的发展阶段,而是站在历史唯物主义的立场,在探讨文学艺术发展的内在规律的同时,更加注重把文学史与社会史研究结合起来,把各个不同时期的主流意识形态突显出来,将各种社会形态转变的内在原因以及过渡时期的历史特点

---

① 《马克思恩格斯选集》第2卷,人民出版社1972年版,第83页。

呈现出来，从而揭示出决定不同时代文学艺术发生发展的基本规律。

当前，中国文学研究面临着经济全球化的挑战、经济市场化的压力以及科技信息化的冲击。有人说，在大数据时代，凡是过去，皆为序曲。① 这不是没有道理的。历史的经验告诉我们，文字载体的变化，必将导致阅读方式、研究方法乃至学术流派发生根本性变化。纸张取代简帛，文化得到普及，今文经学和古文经学的地位发生迅速逆转，此消彼长。雕版印刷，特别是活字印刷的发明，阅读已非难事。于是，人们不再迷信博学多识，心性之学由此盛行。② 当今，信息技术高歌猛进，各种新媒体不断翻新，由此催生出许多新的文学现象和新的研究课题。中国文学研究如何顺势而为，如何在市场中求生存，在竞争中求发展，如何化压力为动力，变挑战为机遇，所有这些，都将成为当前和今后一段时间内亟待解决的问题。

纵观七十年中国文学研究的发展，从中华人民共和国成立之初到改革开放新时期，由新世纪再到新时代，马克思主义的世界观和方法论，为我们提供了应对挑战的思想武器。习近平总书记《在哲学社会科学工作座谈会上的讲话》指出："坚持以马克思主义为指导，是当代中国哲学社会科学区别于其他哲学社会科学的根本标志，必须旗帜鲜明加以坚持。"文学研究作为哲学社会科学研究的重要组成部分，必须坚持马克思主义的指导地位，必须坚守中华文化优秀传统，必须立足于中国当代现实需要，这不仅仅是一个理论问题，更是一个实践问题。

---

① 参见［英］维克托·迈尔·舍恩伯格（Viktor Mayer-Schönberger）、肯尼斯·库克耶（Kenneth Cukier）著:《大数据时代（生活、工作与思维的大变革）》，盛杨燕、周涛译，浙江人民出版社2013年版。
② 参见刘跃进《纸张的广泛应用与汉魏经学的兴衰》，载《学术论坛》2008年第9期。又有佐佐木聪先生翻译的日文版，刊发在《东亚出版文化研究》2010年3月期上。

二、文化管理与科研部门在课题组织、传播平台、体制建设、资料编纂等方面,积极组织策划,开创崭新局面,这是七十年来中国文学研究学术体系建设的制度保障

正确的思想路线确定之后,组织保障就是决定因素。

(一)专业研究机构

中华人民共和国成立之前,中国文学研究领域缺乏组织协调,学术研究各自为政,多处在松散游移状态。中华人民共和国成立后,特别是改革开放以来,中国文学研究界在党和政府的统一领导下,加强组织建设,整合学术力量,逐渐形成三大研究系统。

一是社会科学院系统,以中国社会科学院文学研究所为中心。文学研究所成立于1953年,是由中央人民政府政务院文化教育委员会决定的。这是中华人民共和国成立后创建的第一个国家级文学研究专业机构,最初挂靠在北京大学,1955年划归中国科学院哲学社会科学学部。1964年,文学研究所分出苏东组、东方组、西方组,与中国作家协会下属的《世界文学》编辑部合并,成立外国文学研究所。1979年,文学研究所民间文学组骨干组建中国少数民族文学研究所(后改称民族文学研究所)。文学研究所现为中国社会科学院所属中国文学专业研究机构,荟萃海内外众多专家学者,遵照我国建设社会主义文化事业的总体目标,贯彻执行党的正确路线和方针政策,坚持"二为"方向和"双百"方针,在文艺理论、古代文学、近代文学、现代文学、当代文学、比较文学、民间文学、台港澳暨海外华文文学、古典文献学等研究领域,勇于探索,求实创新,撰写出一大批享誉海内外的研究专著,培养出一代代专家学者,为繁荣发展我国文学学科建设和社会主

义文化事业做出了卓越贡献。

各地方社会科学院结合当地文化特色,发挥自身优势,也在中国文学研究方面形成各具特色的学科优势。譬如江苏省社会科学院以明清小说研究为特色,河北省社会科学院以红色经典研究为特色,山西省社会科学院以柳宗元研究为特色,浙江省社会科学院以浙江文学研究为特色,内蒙古自治区社会科学院以民族交融研究为特色,甘肃省社会科学院以敦煌文学研究为特色,江西省社会科学院以宋代文学研究为特色,等等。

二是高校系统,以教育部所属重点大学为中心。中华人民共和国成立之初,教育部对全国各类型大学进行全面的院系调整,形成了基础学科与应用学科齐头并进的基本格局。截至2018年3月,教育部公布的全国高等学校共计2879所,相当一部分院校都建立了中国文学学科。其中,"211工程""985工程""双一流建设"大学更具备较为齐全的中国文学研究力量。譬如复旦大学有中国古代文学研究中心,北京师范大学有文艺学研究中心,南京大学有中国现代文学研究中心、山东大学有文艺美学研究中心等。部分高校还逐渐形成了一批富有特色的中国文学研究"重镇",推出一批有分量的研究成果。在这些成果中,教材是高校的最大亮点,在三大体系建构中发挥了极其重要的作用。

三是其他系统,以文联、作协、文化部所属各类研究机构为主,也包括新闻出版行业。中国文学艺术界联合会和中国作家协会都设有研究机构。如作协成立之初至1956年9月设有古典文学部,也曾短暂组织参与古代文学研究工作。《文学遗产》编辑部最初就设在中国作协古典文学部。后来,这两大机构主要从事现当代文学研究。如鲁迅文学院的主要工作职能是培训青年作家,该机构于1950年成立,最初叫中央文学研究所,1954年改名为中国作协文学讲习所,1984年改名为鲁迅文学院。此外,还有中国现代文学馆以及各地的鲁迅博物馆、杜甫草堂博物馆、三苏祠等著名文学家的纪念场所,负责专业展览、协调宣传工作。中国文联下辖各文艺家协会,如中国民间文艺家协会等;文化部下属相关事业机构如中国艺术研究院等,就下辖《红楼梦》研究所、戏曲研究所、文化研究所等,其工作性质也多与中国文学研究密切相关。

(二)学术传播平台

20世纪前期,虽然一大批出版机构热衷于出版中国文学基本典籍与文学研究方面的学术著作,但总的说来,还没有形成规模。中华人民共和国成立以来,图书出版行业发展迅猛,原典整理与研究成果的出版、传播、评价等,有力地推动了中国文学研究三大体系的建设。人民文学出版社、商务印书馆、中华书局、中国社会科学出版社等国家级出版单位以及各地方出版社、著名高校出版社,还有不同种类的专业出版社等,纷纷组织相应的系列整理与研究工作,而且很多编辑也兼具文学研究工作者身份。

中华人民共和国成立以来,印刷技术不断改进,学术著作的出版日益兴盛,历代优秀的文学作品得到系统整理,中国文学研究论著,包括普及性著作(选注、选译、选讲),得以大量出版,深受读者欢迎。近年来,中国图书出版量高居全球榜首,其中就包括与中国文学相关的各类出版物。譬如以人民文学出版社、中华书局、上海古籍出版社等出版社为龙头,七十年来先后组织编纂了许多大型文学总集、工具书及资料汇编,影响极大。就古代文学研究而言,像《全上古三代秦汉三国六朝文》《先秦汉魏晋南北朝诗》《全唐诗》《全唐文》《全宋诗》《全宋文》《全唐五代词》《全宋词》《全金元词》《全元诗》《全元文》《全元散曲》《全明诗》《全明散曲》《全清词》及《文选》《文苑英华》《俄藏敦煌文献》《法藏敦煌西域文献》《英藏敦煌文献》等大型文学资料总集或经典文本,或重新校点整理,或系统编纂,已经或将陆续问世,蜚声海内外。

现代中国学术性报刊的兴起,也为学者提供了交流的公共平台。像《人民日报》《光明日报》《文汇报》等重要党报都开辟有文艺评论专版,《文学评论》《文学遗产》《文艺研究》《文艺理论研究》《中国现代文学研究丛刊》等评论、研究性杂志,多具有全国性影响。还有《人民文学》《诗刊》《当代》《十月》《收获》《钟山》《花城》等收录创作的专刊以及高等院校的学报、各省市社科联主办的人文社科类杂志等,在组织开展文学评论、发表重要研究成果等方面,都起到了举足轻重的作用。

说到这里,就不能不提到由文学研究所主办的三份大型学术刊物《文学评论》《文学遗产》和《中国文学年鉴》。

《文学评论》创刊于1957年,办刊方针非常鲜明:一是"中外古今,以今为主",二是"百家争鸣,保证质量"。其选题范围包括文学理论、中外文学史上重要的作家作品研究、文学史写作的理论与实践、当代作家作品评论等。六十多年来,《文学评论》组织开展了很多引领潮流、富有价值的学术讨论,发表了一系列影响较大的关于马克思主义基本文艺理论,关于中国古代、现代、当代文学思潮和学术流派,关于中国文学经典文本重新解读的文章,评述了国内外新的文艺思潮、文艺观点和创作流派。改革开放初期,《文学评论》就一些基本理论问题和作家作品的评价开展讨论。《文学评论》还根据"实践是检验真理的唯一标准"的原则,专门组织发表论述中华人民共和国成立以后的小说、电影、话剧和诗歌研究方面的文章,对三十年来既取得重大成就、同时又充满曲折和失误的社会主义文艺工作,实事求是地进行了总结。同时,对于新时期的文艺创作和理论,《文学评论》也给予了积极关注,如对《班主任》《沉重的翅膀》《天云山传奇》《人到中年》等引起了较大社会反响的小说作品,较早地组织了讨论,起到鼓励创新和开拓的作用。新世纪、新时代,《文学评论》继承学术传统,加强制度建设,努力开创新的局面。

《文学遗产》是全国唯一的古典文学研究专业学术刊物，创办于1954年，也组织参与一些重大的学术问题的讨论。尤其是拨乱反正前后，《文学遗产》与《文学评论》一道，组织全国文学界就"实践是检验真理的唯一标准""文学中的人性、人道主义"等问题展开讨论，并且对"文化大革命"以后的文学研究队伍、研究现状及课题进行摸底调查，确定新的科研发展方向，在促进文艺界的思想解放以及拓展学术研究空间等方面发挥了重要作用。

《中国文学研究年鉴》集学术性、文献性、资料性为一体，创办于1981年。后来，该刊增加创作部分，改称《中国文学年鉴》。长期以来，这份"年鉴"是国内唯一一本涵盖从创作、论争到批评、研究的大型文学年刊，客观地记录每年度中国文学创作与研究的进展过程和重大事件，真实地反映每年度中国文学创作与研究的基本情况和重要成果，聚焦文学热点，展示文学成就，为人们了解年度文坛情况提供全方位信息。

新媒体的融合发展也呈现加速趋势。"五四"运动前后，随着文明戏、广播、电影的相继出现，传统印刷媒体独步天下的霸主地位受到挑战。当年，除了"看"的文学革命，"听"的文学革命也在如火如荼地开展。而今，文学的看与听依然平分秋色。据2018年全国国民阅读调查报告，我国至少有三成的国民有听书的习惯。随着科学技术浪潮的到来，互联网异军突起，中国文学研究开始走出纯粹的纸媒时代。中国社会科学院与国家社会科学基金办公室联合推出学术期刊数据库，努力在资源共享方面理顺关系，为广大读者服务。

当前，从数字化到智能化，信息革命正从根本上改变着固有的学术生态环境，包括研究方式、传播方式，都在发生着重大变化。2019年1月25日，中共中央政治局在人民日报社就全媒体时代和媒体融合发展举行第十二次集体学习。习近平总书记强调，全媒体不断发展，导致舆论生态、媒体格局、传播方式发生深刻变化;要加快推动媒体融合发展,实现各种媒介资源、生产要素有效整合。进入中国特色社会主义新时代,应当重视中国文学研究的全媒体建设与媒体融合发展,这是七十年来中国文学研究在传播制度方面的新方向与新追求。

(三)学术资助机构与民间学术团体

1986年,经国务院批准设立的国家社会科学基金,为中国文学研究提供了强有力的资金支持。此后,国家出版基金、国家古籍整理出版专项经费、国家艺术基金以及各省部级设立的专项经费支持,极大地促进了文学艺术研究工作的开展。这些专项资金,不仅支持了专家开展系统的研究,也包含着学术的引导和研究成果的评价,意义越发凸显。

综合性、专业化的文学研究学会相继成立,也为学者之间的交流、研究成果的传播提供了良好平台。这些学会,有的是综合性的,如中华文学史料学学会、中国中外文艺理论学会、中国文艺评论家协会、中国文学批评研究会、中国比较文学学会;有的是按照文体设立的,如中国词学研究会、中国散文学会等;有的是按照研究时代设立的,如中国唐代文学学会、中国近代文学研究会、中国现代文学研究会、中国当代文学研究会;有的是按照地区设立的,如中国世界华文文学学会;也有的是以作家名义设立的,如中国屈原学会、中国杜甫研究会、中国李白研究会、中国鲁迅研究会;还有的是以专书名义设立的,如中国《文选》学研究会、中国《红楼梦》学会等。很多学会还创办专刊,如中国现代文学研究会有《中国现代文学研究丛刊》,中国鲁迅研究会有《鲁迅研究月刊》等。

(四)资料编纂工作

从全国范围看,这项工作浩繁博大,成果众多。在这有限的篇幅内,很难面面俱到。这里,略以文学研究所的资料编纂工作为例,尝鼎一脔。

文学研究所成立之初,其中一项重要任务,就是对中国和外国从古代到现代的文学的发展及其主要作家主要作品进行有步骤、有重点的整理。1960年初,时任中宣部副部长的周扬到文学研究所考察工作,明确提出"研究所要大搞资料,文学研究所要有从古到今最完备的资料"。1965年,周扬再次就文学研究所的研究工作重心提出建议,强调搞"大中型"的研究项目,认为这是关系"文学研究所的存在"的问题。

在文学理论方面,文学研究所西方文学组、苏东组有计划地翻译介绍了古希腊戏剧、易卜生戏剧、莎士比亚戏剧、莫里哀戏剧以及英国、法国、俄国的小说、诗歌等作品,为中国读者认识世界打开了一扇窗户。1959年,在何其芳倡议下,由叶水夫牵头,编辑出版了两辑《苏联文艺理论译丛》。1961年,又制定了"外国古典文学名著丛书""外国古典文艺理论丛书""马克思主义文艺理论丛书"等三套名著丛书的编选计划,有计划、有重点地介绍世界各国的美学及文艺学理论著作,为我国文艺理论界提供参考资料。

在古代文学研究方面,1954年郑振铎召集吴晓铃、赵万里和傅惜华等人主编影印《古本戏曲丛刊》,这是中华人民共和国成立以来最重要的古籍文献整理工程,目标是编纂一部系统完备的中国古代戏曲总集。这套丛书的编纂,跨越六十多年的岁月,在建党一百周年之际完成全部的十辑编纂出版工作。此外,《古本小说丛刊》《中国古典小说总目》等,也是由郑振铎最初策划,并由文学所集体完成的。

现、当代文学方面,由文学研究所牵头组织编纂的《中国现代文学史资料汇编》分甲乙丙三种,甲种包含中国现代文学运动、论争、思潮流派、社团资料;乙种则是中国现代作家作品研究资料丛书;丙种内容为中国现代文学期刊、报纸副刊总目、总书目、作家笔名录等。这是现代文学研究领域最重要的资料丛书,受到学术界的高度重视。文学研究所还联合复旦大学、杭州大学、苏州大学等三十多家单位协作编辑的《中国当代文学研究资料丛书》，凡八十余种，2 000多万字。其中，作家研究专集选编有作家生平与自述、生活照片和手稿照片、对作家作品的评论文章以及作家创作年表。已出版的长篇小说研究专集则收有出版的长篇小说目录、对重要长篇小说的评论与争鸣文章等。

此外，陈荒煤、冯牧主编的《中国新文艺大系》当代部分，作家出版社邀请名家分别主编的《中华人民共和国五十年文学名作文库》，林非主编的《当代散文大系》，谢冕、杨匡汉主编的《中国新诗萃》，谢冕主编的《中国新诗总系》，谢冕与孟繁华主编的"百年中国文学总系"11卷，谢冕与洪子诚主编的《中国当代文学史料选》，南开大学张学正等主编的《文学争鸣档案：中国当代文学作品争鸣实录》等，均深具选家眼光，为当代文学研究提供了丰富的资料。

三、遵循学术规律，整合学科优势，夯实研究基础，彰显学术特色，这是七十年来中国文学研究学术体系建设的重要收获

国务院学位委员会、教育部颁布的《学位授予和人才培养学科目录(2011年)》，设置13大学科门类，文学是其中一大门类，下属三个一级学科，即中国语言文学、外国语言文学、新闻传播学。中国语言文学学科包括八个二级学科：1. 语言学及应用语言学；2. 汉语言文字学；3. 文艺学；4. 中国古典文献学；5. 中国古代文学；6. 中国现当代文学；7. 中国少数民族语言文学；8. 比较文学与世界文学。

此前，艺术学也属于大学科中的文学门类，现在独立为艺术学科，下属五个一级学科。其中"艺术学理论"与中国语言文学下

属的二级学科"文艺学"多有交集。这门学科最早叫文学理论,后来范围扩大,成为艺术学,具有统领性质,向来处于顶端位置。

当然,教育部的学科设置,以培养学生为目的,为教学科研服务。而科研机构,包括中国社会科学院和地方社会科学院,以及国家社会科学基金系统等,其学科布局设计主要基于国家战略与学术发展的实际需要,有别于教育部的学科设置。譬如文学研究所下属研究室,现代文学和当代文学研究是分开的,近代文学、台港澳文学暨海外华文文学研究则各自独立。至于中国少数民族语言文学,在文学研究所成立的时候,曾专设"中国各民族民间文学组"。后来,中国民族文学学科独立出来,成立了中国民族文学研究所。文学研究所尚保留民间文学研究室。网络文学方兴未艾,未来的发展未可限量,文学研究所也适时成立了网络文学研究室,加强对网络文学的批评与研究工作。

(一) 文艺理论研究

文学的发生发展,从来就与文学批评、文学鉴赏相伴相生。从"诗言志"到"诗缘情",从《文心雕龙》到《沧浪诗话》,中国有着悠久的文学批评传统。近代以来,传统的诗文评逐渐为新的文学理论形态所替代。

党领导文艺,主要是通过文艺政策的调整、文学批评的活动去实现自己的主张。1940年,毛泽东发表《新民主主义论》,1942年又发表《在延安文艺座谈会上的讲话》,提出了评判文艺作品是否具有进步意义的重要标准:"一切利于抗日和团结的,鼓励群众同心同德的,反对倒退、促成进步的东西,便都是好的;而一切不利于抗日和团结的,鼓动群众离心离德的,反对进步、拉着人们倒退的东西,便都是坏的。"① 从更长远的角度看,过去的作品"也必

---

① 《毛泽东选集》第三卷,人民出版社1991年版,第868页。

须首先检查它们对待人民的态度如何,在历史上有无进步意义,而分别采取不同态度"①。这个主张的核心问题是"为什么人的问题"。七十年来有关文艺问题的诸多讨论,都是围绕着这个核心问题展开的。譬如,文学作品是否应该暴露社会阴暗面,就有一个如何理解生活真实与艺术真实的问题。文学作品当然要反映现实,但是这种反映并不是对于现实做机械的翻版。作家除了要熟悉生活以外,还要能对现实有更深入的理解,并选择相应的题材、体裁,对现实生活进行提炼、概括,编织故事情节,塑造人物形象。这些问题,不仅涉及文学理论中文学真实性和现实主义、浪漫主义的问题,还涉及如何选择题材、塑造人物等问题。这些题材、人物是否能够反映某个特定时代的精神等问题,在 20 世纪五六十年代,都曾展开过广泛的讨论。80 年代以后,关于形象思维、人性、人道主义、异化与马克思主义的关系等问题大讨论,关于科学方法论在文学研究领域的借用,关于主体性的讨论,关于文艺与意识形态、文艺与政治、文艺与经济的关系等问题的论争,依然是这些讨论的延续和深入。②

进入 21 世纪以来,关于全球化文化格局与中国人文建设问题成为学术界关注的热点话题。与传统学科研究对象与研究范围相对稳定不同,当代文艺理论研究日新月异,新时代中国特色社会主义文艺与文化及其理论研究,国外马克思主义文艺与文化理论研究,阐释学、触觉美学、视听文化、现实主义理论研究等,不断地拓展着这门学科的研究范围。文艺学的整体发展必然要顺应这一学术潮流,强化基础理论研究,不断拓宽研究领域,力图在全球化的视野中进行本土化的理论创新。这是文艺学未来的发展方向。

---

① 《毛泽东选集》第三卷,人民出版社 1991 年版,第 869 页。
② 参见高建平等著《当代中国文论热点研究》,中国社会科学出版社 2016 年版。

（二）比较文学研究

文学的比较研究，是一种传统的研究方法。20世纪初叶，随着西方文化的传入，比较的方法得到越来越多的关注。郑振铎是开创中国比较文学研究的先驱者之一（以《汤祷篇》为代表作）。钱锺书的《谈艺录》《管锥编》以及《七缀集》等，虽然没有冠以比较文学之名，实际上是比较文学研究的重要成果。

比较文学研究会的成立以及"比较文学研究丛书"陆续出版，标志着这门学科的成立。20世纪80年代初，北京大学和复旦大学正式设立比较文学与世界文学硕士点。十年以后，北京大学又建立了国内第一个比较文学博士点，从此，"比较文学与世界文学"作为中国语言文学的二级学科进入到高等教育体制。

1985年，在原《文学研究动态》编辑部的基础上，文学研究所组建文艺新学科研究室，并首次把比较文学研究列为学科重点之一。1990年，文艺新学科研究室改名为比较文学研究室，先后组织编纂完成"文艺新学科建设工程"丛书三十余种、"中国古典文学走向世界丛书"以及"文学人类学论丛"等数种，引起广泛关注。

近年来，学术界呈现出跨学科研究的趋势。这种跨学科与十几年前所谓的"新学科"不同，它并不以建立新学科为目的，而是通过跨民族、跨文化、跨语言、跨学科的比较研究，深入到文学关系、文学翻译、比较诗学、文学人类学以及海外汉学等不同领域，视野日益开阔。从总的趋势看，这门学科面临的最重要的任务，是如何改变过去"西方中心"倾向，立足中国社会状况、文化传统、文学实践，建立比较文学研究的"中国学派"。

（三）民间文学研究

1918年北京大学的歌谣运动，开启了这门学科的现代发展。

此后,田野研究(资料搜集、整理和阐释)、分体裁研究、理论研究和学术史研究等逐渐形成规模,学科成立自是水到渠成的事。文学研究所成立之初就设立了"中国各民族民间文学组"。北京师范大学、复旦大学、华东师范大学最早开设民间文学课程,北京师范大学设立了"劳动人民口头文学"教研室,从1953年开始招收和培养民间文学专业的研究生。同时,在文化部的支持下,中国民间文艺研究会成立,并组织开展多民族民间文化的发掘、整理与研究工作。1958年,文学研究所与中国民间文艺研究会合作,对我国少数民族民间文学进行调查,选编了100多种资料。1984年,文化部、国家民族事务委员会和中国民间文艺研究会联合发起的"中国民间文学三套集成"项目正式启动,其成果被视为民间文学研究的宝库。文学研究所组织编写的六卷本《中国民间文学史》,涉及古代神话、民间传说、民间故事、民族史诗、民间歌谣、民间小戏以及谚语、谜语等多种民间文学内容,在占有丰富资料的同时,提出了一些民间文学的基本理论主张,具有开拓意义。

七十年来,中国民间文学和民俗学研究在理论和方法上出现了一些新变化,研究对象主体从"劳动人民"转向"全体人民",研究方法从文化史转向民族志式的田野研究。此外,非物质文化遗产保护工作,"中国口头文学遗产数据库"建设,也是民间文学研究的重要内容之一。

(四)中国古代文学研究

中国古代文学研究历史悠久,底蕴丰厚,在所有科研教学系统中,科研队伍庞大,学术成果丰富,研究方法稳定,讨论的问题也相对集中。中国历代文学发展史(包括断代史、分体史、文学批评史等)、历代重要作家作品、文学思潮、文学流派等,是这门学科的重点研究对象。

文学史的编写历来具有很强的理论色彩和政治倾向性。

1952年,冯雪峰在《文艺报》发表《中国文学从古典现实主义到无产阶级现实主义的发展的一个轮廓》一文,系统地梳理了中国文学发展史上的现实主义主流。从50年代初关于中国文学史撰写与评价的广泛讨论,到1957年《中国文学史教学大纲》(高等教育出版社1957年版)的出版问世,学者们用马克思主义的思想、观点和立场描述中国文学史的发展进程,基本解决了这个带有方向性的问题。① 游国恩主编的《中国文学史》(人民文学出版社1963年版)和文学研究所编纂的《中国文学史》(人民文学出版社1962年版)是20世纪五六十年代两部最重要的文学史著作。八九十年代以后,陆续出版了几部影响较大的文学史,以北京大学袁行霈主编的《中国文学史》(高等教育出版社1999年版)、复旦大学章培恒、骆玉明主编的《中国文学史》(复旦大学出版社1996年版)为代表。文学研究所还组织编纂了《中国文学通史系列》(人民文学出版社1991年以后陆续出版)以及《中华文学通史》(华艺出版社1997年版)等。后者不仅贯通古今,还包含中华各民族文学,体现了一种文学本位视野下开放与更新的文学史观念。

关于历代重要作家作品的研究,持久而深入。如1954年对俞平伯《红楼梦简论》进行批评,1954年关于陶渊明的讨论,1955年关于《琵琶记》、李煜词的讨论,1958年关于"革命的现实主义和革命的浪漫主义相结合"创作方法的讨论,1959年关于蔡文姬和《胡笳十八拍》的讨论以及关于诗歌形式的讨论等。还有关于《水浒传》和《西游记》、关于屈原和《楚辞》、关于李清照、关于中间作品问题的讨论等,古代文学研究工作者提出了一些重要的文学命题,诸如文学作品的阶级性、人民性、爱国主义等。随着讨论的深入,又引发出山水诗、山水画等表现自然美的作品是否也具有阶

---

① 参见李舜臣、吴光正《〈中国文学史教学大纲〉的产生及其影响》,《文学遗产》2009年第1期。

级性,其人民性又如何表现以及文学是否有超越阶级性的共鸣等问题。20世纪80年代关于人性、人道主义的讨论在古代文学研究领域的表现及影响,关于先秦两汉散文研究范式的开拓,关于文学经典的讨论以及《文选》学的复兴,关于叙事传统与抒情传统的讨论,关于科举与文学的关系研究,关于域外汉学研究,关于文学地理与家族文学研究,关于古籍数字化、出土文献对文学研究的促进作用等问题,更涉及很多深层次的学术方法、理论方向问题。

(五)中国近代文学研究

中国近代文学是古典文学的终结,也是现代文学的开端。桐城派研究、清史馆文人群体研究、近代学人研究、来华传教士研究、民国旧体文学研究等与传统文化的传承密切关联,更与国外文化的传入息息相关,这是一门非常特殊的学科。

1978年,根据何其芳所长生前指示,在副所长陈荒煤主持下,文学研究所组建近代文学研究室(初名近代组)。这是中国第一个专门研究中国近代文学的学术机构。以季镇淮为代表的北京大学、以任访秋为代表的河南大学以及苏州大学、复旦大学、上海师范大学、山东大学等,也是近代文学研究的重镇。1988年,中国近代文学学会成立,在联络学界同仁、开展学术工作方面发挥了重要作用。

为总结20世纪以来近代文学研究成果,检阅近代文学研究队伍,进一步推动近代文学学科发展,近代文学研究室编纂了《中国近代文学论文集》7卷(辑录了1919至1979年间近代文学研究方面的代表性论文,中国社会科学出版社1984年出版)、《中国文学家大辞典·近代卷》(为950余位近代文学家立传,中华书局1997年出版)、"中国近代文学作品系列"、"中国近代文学研究资料丛书"(分为小说卷、戏曲卷、诗文卷等)。苏州大学接续编选了《中国近代文学论文集》(1980年至2017年间成果,苏州大学出版社2018年版),凡五册,是近代文学研究领域的大型学术工程,为近代文学研究的发展奠定了坚实的基础。

(六)中国古典文献学研究

教育部设立古典文献学,主要是为培养文史古籍整理的专业人才,目录学、版本学、校勘学、文字学、音韵学、训诂学是这门学科的基础课程。这门学科涉及的范围非常广泛,各个高校以及研究机构的研究重点并不相同。譬如复旦大学以明诗文献研究为重点,浙江大学以敦煌学研究为重点,北京大学以传统经典研究为重点,文学研究所以历代文学总集、别集研究为重点。近年,敦煌文献,名物与图像文献,佛教、道教文献成为新的攻关对象,学者试图在中国中古三教融合和中外文学文明交流等方面有所拓展,有所成就。

在古典文献学研究领域,敦煌学研究、域外汉学研究、经典文献研究、历代文学总集整理、别集校笺等取得了前所未有的成绩,举世公认。

(七)中国现代文学研究

中国现代文学成为一门独立学科,与中华人民共和国的成立紧密相连。1950年,政务院教育部召开高等教育会议,颁布了《高等学校文法两学院各系课程草案》,确认"中国新文学史"为大学中文系必修课程,要求"运用新观点、新方法,讲述自五四时代到现在的中国新文学的发展史,着重在各阶段的文艺思想斗争和其发展状况,以及散文、诗歌、戏剧、小说等著名作家和作品的评述"。1951年,教育部委托老舍、蔡仪、王瑶、李何林四人起草了《中国新文学史教学大纲》(新建设杂志社1951年版)。此后,王瑶根据自己授课教案编写出版了《中国新文学史稿》(新文艺出版社1953年版)。这是第一部从"五四"贯穿到1949年中国人民共和国成立的新文学通史,同时也是第一部力图以毛泽东的《新民主主义论》和《在延安文艺座谈会上的讲话》精神为指导的新文学史著作。60年代,唐弢主编的《中国现代文学史》(人民文学出版社1979年版)汇集了现代文学研究领域的精英,集中呈现了新中国成立后现代文学研究的最新成果,是中华人民共和国文学史编著领域一部总结性的著作。

文学研究所现代文学研究室成立于1954年,陈涌任首位主任。他的《论鲁迅小说的现实主义》《关于中国现代文学》等论文在当时产生了重要影响。[①] 后来,唐弢加盟其中,引领学界同仁积极开展对20世纪初以来新文化运动和新文学史的研究,在现代文学学科建设、史料整理等方面,在鲁迅、茅盾、郭沫若、叶绍钧等左翼作家研究方面,在翻译文学、解放区文学研究方面,都取得了有目共睹的成绩。[②]

(八) 中国当代文学研究

当代文学创作及其研究在中华人民共和国的文化建设中扮演着重要角色,发挥着不可替代的作用。这门学科的建立,首先从文学史的书写开始。文学研究所的前辈学者如郑振铎、何其芳、唐弢、蔡仪、陈荒煤等,早在20世纪的三四十年代,就已积极投身到当时的文学批评和理论建设当中。在他们的领导下,1958年,文学研究所成立"中华人民共和国文学研究组"。翌年,编写出版《十年来的新中国文学》一书,首次从文学史的角度对共和国初期文学成就做了初步描述。后来,朱寨主编《中国当代文学思潮史》(人民文学出版社1987年版),张炯主编《新中国文学史》

[①] 陈涌:《陈涌文论选》,人民文学出版社2009年版。
[②] 参见《唐弢纪念集》(社会科学文献出版社1993年版)、《告别一个学术时代——樊骏先生纪念文集》(社会科学文献出版社2013年版)等。樊骏的主要成果收录在《中国现代文学论集》中(人民文学出版社2006年版)。

(海峡文艺出版社1999年版)、《新中国文学五十年》(山东教育出版社1999年版),杨匡汉主编《共和国文学60年》(人民出版社2009年版)、《20世纪中国文学经验》(东方出版中心2006年版)等,都是这一传统的延续,具有时代特色。

北京大学当代文学教研室集体编写的《当代文学概观》(北京大学出版社1980年版),华中师范大学中文系教师编写的《中国当代文学》三卷(上海文艺出版社1983年版),北京师范大学中文系郭志刚主持编写的《中国当代文学史初稿》(人民文学出版社1980年版),复旦大学中文系教师陆士清主持编写的《中国当代文学史》三卷(福建人民出版社1980年版),都具有较大的学术影响。高占祥、李准主编的《新时期文学艺术成就总论》(花山文艺出版社1998年版),赵俊贤主编的《中国当代文学发展综史》(文化艺术出版社1994年版),金汉、汪名凡分别主编的《中国当代小说史》(前者为杭州大学出版社1990年版,后者为广西人民出版社1991年版),洪子诚和刘登翰合著的《中国当代新诗史》(北京大学出版社2005年版)等,对当代文学形态、主题、作家文学观和文学思潮的发展做了历史的考察。

密切跟踪当代文坛近况,也是当代文学研究的一项重要工作。中国当代文学研究会编辑出版的内刊《当代文学研究资料与信息》,坚持四十年之久。由文学研究所科研人员主持的《中国文学纪事》(1999年启动)、《年度文情报告》(2003年启动)以"中国文学经验"和"文情现状考察"为两大主攻方向,以时文选辑、考察报告的方式切入当下,把握走向,成为当代文坛重要的年度报告,为当代文学学科的建设提供了许多有益的资料。

(九) 中国台港澳暨海外华文文学研究

《中国现代文学研究丛刊》曾开设"台湾文学研究""海外华文文学研究"等栏目,说明这一学科原本系现当代文学研究的重要组成部分,有自己的特殊性。刘登翰等主编的《台湾文学史》(海峡文艺出版社1991年版)、《香港文学史》(人民文学出版社1999年版)、《澳门文学概观》(鹭江出版社1998年版)为本学科的拓荒性成果,涉及殖民地文学研究、20世纪中国华文文学与文化研究、中国现代文化的发展道路研究、中西文化交往研究等,在当代中国文化战略中扮演了重要角色。

早在1988年,文学研究所就创建了台港文学研究室。早期的研究工作主要由现当代文学研究室的学者来承担,在台湾小说史、新诗史、文学理论发展史、两岸文学交流和作家作品、专题研究等方面,推出了一批成果(如《香港小说史》《文学台湾》《小说香港》等)。21世纪以来,文学研究所以院重大课题"台湾文学史料编纂与研究"及"20世纪海内外中文文学"为重点,系统梳理明末与清代台湾传统文学、日据时代的文学线索,考察中国台湾、东南亚、北美、欧洲、澳洲等各地华人作家创作,在全国起到了学术引领作用。

(十) 中华多民族文学研究

中国多民族文学研究涉及的范围十分广泛,包括古代和现当代文学、民间口传文学和作家书面文学及文学理论、民族语言和汉语作品等。譬如蒙古族的《蒙古秘史》、史诗《江格尔》《格斯尔》,藏族史诗《格萨尔王传》,还有西域诸民族的《玛纳斯》《福乐智慧》等,是中华各民族文学宝库中的精品。

中华民族文学的学科建设首先是从资料的收集整理开始的。20世纪50年代,全国组织开展少数民族口传文学的收集整理,许多作品第一次被记录出版。80年代,马学良主编《中国少数民族文学作品选》(上海文艺出版社1981年版)出版,共收入五十五个少数民族古今民间文学和作家文学作品六百余篇,成为我国首部少数民族文学总集。历时多年完成的《格萨尔文库》分三卷三十册出版,是晚近少数民族史诗整理的重大成果,再次印证了中国是史诗资源丰富的国度。①

梁庭望在《20世纪的中国少数民族文学研究》一文中指出,1949年以前,中国少数民族文学研究处于萌发期,20世纪50年代以后属于发展期,而从80年代后直至新世纪以来,则可以说是进入创作和研究的繁荣阶段。② 这一判断起码有三个重要的依据:一是机构建设,二是理论研究,三是文学史书写。1980年,中国社会科学院成立少数民族文学研究所(2002年更名为"民族文学研究所"),创办了《民族文学研究》等刊物,为民族文学研究提供了交流平台。

多年来,民族文学研究所在史诗学、口头文学、少数民族文学资料库建设等方面做出了卓越贡献。在全国一些高等院校(主要在少数民族地区),少数民族语言和文学的课程设置、教材建设、学位教育和学生培养等快速发展。从全国范围来看,较有影响的成果列举如下。民族文学理论方面,如关纪新、朝戈金的《多重选择的世界——当代少数民族作家文学的理论描述》(中央民族大学出版社1995年版),彭书麟等主编《中国少数民族文艺理论集成》(北京大学出版社2005年版)、《中国少数民族美学思想研究丛书》(青海人民出版社1994年版),刘大先《现代中国与少数民族文学》(中国社会科学出版社2013年版)等。文学史建设方面,有马学良、梁庭望、张公瑾主编《中国少数民族文学史》(中央民族学院出版社1992年版),李鸿然《中国当代少数民族文学史论》(云南教育出版社2004年版),邓敏文《中国多民族文学史论》(社会科学文献出版社1995年版),王保林等主编《中国少数民族现代文学》(广西人民出版社1989年版),祝注先主编《中国少数民

---

① 格萨尔文库编纂委员会:《格萨尔文库》,上海古籍出版社2018年版,三十册。
② 梁庭望:《20世纪的中国少数民族文学研究》,载《中南民族大学学报(人文社会科学版)》2001年第1期。

族诗歌史》(中央民族大学出版社 1994 年版),郎樱、扎拉嘎主编《中国各民族文学关系研究》(贵州人民出版社 2005 年版),李晓峰、刘大先《多民族文学史观与中国文学研究范式转型》(中国社会科学出版社 2016 年版)等。史诗研究方面,有以仁钦道尔吉《〈江格尔〉论》(内蒙古大学出版社 1994 年版)为代表的史诗研究系列成果等。此外,马学良、梁庭望、李云忠主编的《中国少数民族文学比较研究》(中央民族大学出版社 1997 年版)开辟了新的研究路径。张炯等主编《中华文学通史》(华艺出版社 1997 年版)系统性地纳入少数民族文学,这是破天荒的。此书不仅分门别类地论述了诗歌、小说、散文、戏剧、电影、报告文学、传记文学、儿童文学、科幻文学等各类体裁的作家作品,还涵盖全国各民族、各地区(包括港澳台地区)的文学,是中华文学研究的有益探索。特别需要指出的是,国家哲学社会科学重点课题《中国少数民族文学史·文学概况丛书》大大推动了族别文学史或文学概况的编写,使我国少数民族族别文学史基本空白的局面得以彻底改观。

随着民族文学、民间文学、台港澳地区暨海外华文文学研究的深入,学术界适时提出"中华文学"等核心概念。"中华文学"不仅仅是横向意义上的中华多民族文学的简单整合,也不仅仅是中国大陆、台港澳地区文学和海外华文文学的笼统叠加,更重要的是,"中华文学"是建立在大中华文学史观基础上的相对独立的学科体系、学术体系和话语体系。①

(十一)网络文艺研究

2018 年适逢网络文学诞生 20 年。根据中国作家协会《中

---

① 参见刘跃进《中国古典文学研究四十年》(《深圳大学学报(人文社会科学版)》2019 年第 1 期)、吴重阳《中国当代民族文学概观》(中国民族学院出版社 1986 年版)、朝戈金《中国少数民族文学学科的概念、对象和范围》(《民族文学研究》1998 年第 2 期)等。

国网络文学蓝皮书(2018)》和中国互联网信息中心(CNNIC)2018年发布的第42次《中国互联网发展状况统计报告》,我国网络文学作者多达1500万,原创小说已超过1600万部,线下出版7000余部,相关影视改编2400多部,游戏改编600多部,动漫画改编700多部。创作零门槛使网络文艺拥有了有史以来最庞大的作者队伍、最丰富的文艺作品、最独特的术语行话、最灵活的评价标准。① 网络文学用户超过4亿,其中25岁以下的读者约占半数。可以说,以网络文学、影视和游戏为代表的网络文艺与媒介文化,正在改写中国文学与文艺的历史版图。截至2018年,近70部中国网文作品外语版本的点击量超过千万,累计吸引访问客户超过2 000万,遍及二十多个国家和地区。这是华语文学写作、阅读、传播领域中的重要事件,是中国文化"走出去"的生动案例。②

以期刊为中心的当代文学,在网络作家和研究者眼里已经成为传统文学。2019年,邵燕君、薛静主编《中国网络文学二十年》(漓江出版社),分《好文集》和《典文集》,在海量的网络文学创作中,披沙拣金,选录40部网文,希望可以据此谈经论典,为网络文学进入文学史做了强有力的前期准备。③ 与此同时,《网络文学论纲》(人民文学出版社2003年版)、《网络文学经典解读》(北京大学出版社2016年版)等研究论著亦相继问世,网络文学或将成为时代新宠。

相比较而言,网络文学研究总体上尚处在"理论滞后"和"批

---

① 参欧阳友权、张伟硕《中国网络文学批评20年》,载《中国文学批评》2019年第1期;邵燕君主编《破壁书·网络文化关键词》,生活·读书·新知三联书店2018年版。
② 参见封寿炎《中国网文何以成为海外读者新宠》,《光明日报》2019年4月29日。
③ 邵燕君:《网络文学的"断代史"与"传统网文"的经典化》,为《中国网络文学二十年》序言,漓江出版社2019年版,第7页。

评缺席"的状态。① 为适应国家信息化快速发展的形势需要,1987年,在钱锺书的提议下,文学研究所就成立了计算机室,完成了所藏图书编目检索程序。其中,"全唐诗速检系统"获得1990年国家科技进步三等奖。2002年,文学研究所筹备创立数字信息中心,2004年正式成立数字信息工作室,创办"中国文学网"(http://literature.org.cn),在全球范围内普及中国文学知识、推广科研成果,为文学研究所与海内外高等院校、科研院所之间进行快速而高效的学术交流搭建起数字化平台。2020年,文学研究所正式成立网络文学研究室,为网络文学研究开创新局面。

七十年来中国文学研究的学科体系、学术体系和话语体系建设,在传播中华优秀传统文化、促进中华各民族的融合、弘扬时代精神以及社会主义核心价值观等方面发挥了重要的作用,提供了丰富的文化资源。

余　论

1940年,毛泽东在《新民主主义论》中指出,新民主主义文化的方向是民族的、科学的、大众的。1942年《在延安文艺座谈会上的讲话》,继续重申了这一基本观点。

2017年,党的十九大报告指出:"发展中国特色社会主义文化,就是以马克思主义为指导,坚守中华文化立场,立足当代中国现实,结合当今时代条件,发展面向现代化、面向世界、面向未来的,民族的科学的大众的社会主义文化,推动社会主义精神文明和物质文明协调发展。"

七十多年风雨兼程,中国大地发生了翻天覆地的变化。但

---

① 陈定家:《网络文学理论与批评现存问题及其应对策略》,《阅江学刊》2016年第6期。

是,马克思主义的指导地位没有变,民族化、科学化、大众化的社会主义文化发展方向没有变。

民族化,就是指民族文化的形式和特性。1938年,毛泽东在党的六届六中全会上做的报告中曾指出:"马克思主义必须和我国的具体特点相结合并通过一定的民族形式才能实现",必须"使马克思主义在中国具体化",使之成为"新鲜活泼的、为中国老百姓所喜闻乐见的中国作风和中国气派"①。1940年,毛泽东在《新民主主义论》中,将"民族形式"问题引进文化领域,认为"中国文化应有自己的形式,这就是民族形式"。习近平总书记也指出:"民族文化是一个民族区别于其他民族的独特标识。要加强对中华优秀传统文化的挖掘和阐发,努力实现中华传统美德的创造性转化、创新性发展,把跨越时空、超越国度、富有永恒魅力、具有当代价值的文化精神弘扬起来,把继承优秀传统文化又弘扬时代精神、立足本国又面向世界的当代中国文化创新成果传播出去。"②

科学化,就是用科学的态度,清理中国传统文化,遵循事物发展规律,去伪存真,去粗取精,反对一切迷信教条。1944年,毛主席在延安与美国记者斯诺谈话时再次强调,我们中国人必须用自己的头脑进行思考,并决定什么东西能在我们自己的土壤里生长。无论是古代的遗产,还是外国的精华,最终都要经过我们自己的头脑思考、过滤,然后决定选取哪些有益东西播种在自己的土壤中,生根结果。习近平总书记也说:"独特的文化传统,独特的历史命运,独特的基本国情,注定了我们必然要走适合自己特点的发展道路。对我国传统文化,对国外的东西,要坚持古为今用、洋为中用,去粗取精、去伪存真,经过科学的扬弃后使之为我

---

① 《毛泽东选集》第二卷,人民出版社1991年版,第534页。
② 2014年2月17日在省部级主要领导干部学习贯彻十八届三中全会精神全面深化改革专题研讨班开班式上的讲话。

所用。"①"我们不仅要了解中国的历史文化,还要睁眼看世界,了解世界上不同民族的历史文化,去其糟粕,取其精华,从中获得启发,为我所用。"②

大众化,就是要为全民族百分之九十以上的人民群众服务。毛泽东《在延安文艺座谈会上的讲话》指出,"我们的文艺是为什么人的",这是一个根本问题,一个原则问题。习近平总书记在文艺工作座谈会上的讲话也强调指出:"社会主义文艺,从本质上讲,就是人民的文艺。……文艺要反映好人民心声,就要坚持为人民服务、为社会主义服务这个根本方向。"

总结七十年来中国文学研究的学术体系建设,最根本的经验,就是要在研究中回答"为了谁"的问题。坚持以人民为中心,明确为谁立言,这是我们从事学术研究的根本出发点,也是最终落脚点。从事社会科学研究,一定要关注社会;从事人文学科研究,自然应有人文情怀。只有关注时代、关注社会、关注民生,我们的研究才能和人民群众的需求统一起来,才能更有效地实现文学研究的价值,更深刻地彰显学术成果的意义。

(原载《文学评论》2019 年第 6 期)

---

① 2013 年 8 月 19 日在全国宣传思想工作会议上的讲话。
② 2013 年 3 月 1 日在中央党校建校 80 周年庆祝大会暨 2013 年春季学期开学典礼上的讲话。

新世纪中国文学研究的主要趋向

本文的写作,缘起于《中国人文社会科学前沿报告》编委会之约,商定就2002至2006年间中国文学研究的发展状况作一宏观描述。巧合的是,我在2002年底曾撰写过一篇《世纪之交的中国古典文学研究》①,以1997至2002年间的中国古典文学研究作为探讨对象。因此从客观上说,这篇文章也有衔接上文的意思,而论及的范围则扩大到整个中国文学研究领域。有兴趣的读者,不妨把两篇文章联系起来看,确实可以看出近十年来中国文学研究界的某些重要变化。在实际操作中,这类描述学术变化的文字显然不可能仅仅限于五年,或者十年,因为学术的发展往往是一个渐变的过程,既不会像政治事件那样发生突变,更不会以时间为准绳循规蹈矩,而是有其内在的发展规律。选用"新世纪"这样一个模糊的概念,相对来讲,或许能更加准确地反映实际状况。

从叙述方式上说,这里没有采用学科分类的方法,一则相关研究成果太多,在有限的篇幅内必然挂一漏万;二则分类叙述难免会有厚此薄彼的失照。我们也没有依据时间线索来论述,从近五年研究状况看,前后之间并没有明显分别。为便于说明问题,我们采用以问题为中心展开论述的方式,也许比较合适。

按照与编委会的约定,收录书中的文章篇幅只能控制在万字左右。客观地说,近五年来的学术问题很多,与以往相似,以作

---

① 拙文《世纪之交的中国古典文学研究》,原载韩国中国语文学会编《中国文学》第38辑,2002年11月版。又载《周口师范学院学报》2003年第3、4、6期。现已收入拙著《走向通融——世纪之交的中国古典文学研究》,知识产权出版社2005年版。

家、作品为对象的研究是中国文学研究最重要的内容。随着时代的进步,尽管研究思路有所改变,但总体上还是以思想评价、艺术分析、文献考证、流派研究、综合比较等为主。这类研究成果异常繁富,很难在这样短的篇幅内详加论述,因此,删削过甚,不无遗憾。这里作为单篇论文发表,文字自然有所增加,但依然无法展开论述。考虑到中国文学研究的总体发展状态,我们比较注意突出中国文学研究中若干重大的理论问题和紧迫的实践问题,比较注意从当前的热点问题中归纳出具有潜在发展的前沿问题,并由此试图梳理出若干值得探讨的学术焦点问题。

基于这种思考,我们认为下列重要问题值得关注。

一、时值世纪之初,学术界对于刚刚过去的百年历程充满好奇,渴望探索。无论是对文学创作经验的总结,还是对文学研究业绩的梳理,都成为一时的研究热点。

二、20世纪中国文学研究的经验教训,昭示着这样一个基本事实:推动学术质变的关键因素是观念的更新。新世纪中国文学研究向何处发展,马克思主义文艺理论的中国化成为当前关注的核心问题。

三、在中国文学研究现代化的进程中,学科意识的强化与学科的确立无疑是最重要的业绩之一,实现了与国际学术界同步接轨的最初目标。在充分肯定成就的同时,也出现了一些值得反思的问题。因此,新世纪中国文学研究的一个重要方面就是对固有学科的清理整合。

四、在清理整合学科的过程中,一方面是对于过去专业划分过细的弊端有所反思,强调综合研究的重要性;另一方面又有一种回归传统、回归经典、强化个案研究的倾向。而最终的目标,是尽早步入文学研究中国化的历史进程。

五、新世纪的研究呈现出转型迹象,也提出了转型时期若干重要的问题,包括最基础的问题,譬如什么是文学?文学的职能是什么？以什么样的尺度评判文学？以什么样的方法研究文学？在此基础上，还有一些习以为常的问题也应给予重新审视。譬如，文学研究与现实的关系，文学研究与传统的关系，文学研究与市场的关系，文学观念与文学史料的关系，坚守文学与拓展领域的关系，文学研究的普及与提高的关系，等等。这就涉及文学研究的思想原则、学术方法和研究态度等方面，事实上业已成为当前的热点问题和焦点问题。

一、世纪的回顾

对于20世纪中国文学发展历程的回顾与总结，早在20世纪80年代就已开始。北京大学出版社1994年出版的《中国二十世纪文学研究论著提要》草创于80年代后期。该书收录了1900至1992年间1 200多部研究论著，基本反映了这九十多年间中国文学研究的基本面貌。诚如袁行霈先生在序言中所说，20世纪中国文学研究与整个社会科学、自然科学一样，在西方文明的强烈冲击下发生了六个方面的重大变化：第一，建立了中国自己的比较系统的文学理论，古代文学理论的研究空前繁荣；第二，整理出比较系统的中国古代文学史，并对文学史的各个侧面以及众多的作家、作品进行了比较广泛的研究；第三，古代通俗文学，如白话小说和戏曲，成为学术研究的对象，登上大雅之堂；第四，现当代文学不但引起研究者的注意，而且日益成为研究的热点；第五，中国民间文学和少数民族文学的研究起步之后，迅速得到长足的发展；第六，翻译和介绍了大量的外国文学作品和理论，并对它们进行了有益的探讨。90年代，由杜书瀛、钱竞主编的《中国20世纪文艺学学术史》（上海文艺出版社2001年版）以煌煌四部的篇幅，试图展现"文艺学的研究活动及其研究成果的历史，或者说具体点是文艺理论、文艺批评和文学史学的研究活动和研究成果的历史"(杜书瀛总序)。而且,特别对于80年代兴起的各种新方法的讨论,此书也进行了初步的审理。进入21世纪,这种学术史类的著述更是如雨后春笋般涌现出来。举其要者如下。

作家研究史:如《元前陶渊明接受史》(李剑锋著,齐鲁书社2002年版)、《山东杜诗学文献研究》(张忠纲主编,齐鲁书社2004年版)、《清代辛稼轩接受史》(朱丽霞著,齐鲁书社2005年版),等等。

专书研究史:如《汉楚辞学史》(李大明著,华龄出版社、中国社会科学出版社2005年版)、《隋唐〈文选〉学研究》(汪习波著,上海古籍出版社2005年版)、《现代〈文选〉学史》(王立群著,中国社会科学出版社2003版),等等。

分体研究史:福建人民出版社策划的"二十世纪中国人文学科学术研究史丛书"2005年推出《中国古代散文研究》(陈飞主编)和《中国古代小说研究》(齐裕焜、王子宽著),2006年推出《中国诗学研究》(余恕诚主编)和《中国文学批评史研究》(韩经太著)。同时还有齐鲁书社2006年推出的"中国历代词研究史稿",包括《唐五代词研究史稿》(高峰著)、《北宋词研究史稿》(刘靖渊、崔海正著)、《南宋词研究史稿》(邓红梅、侯方正著)、《金元词研究史稿》(刘静、刘磊著)、《明清词研究史稿》(朱惠国、刘明玉著)。《20世纪中国古代文学研究史》(黄霖主编,东方出版中心2006年版)也是以文体分类编纂的,包括《总论卷》(周兴陆著)、《诗歌卷》(羊列荣著)、《词学卷》(曹辛华著)、《小说卷》(许建平等著)、《散文卷》(宁俊红著)、《戏曲卷》(陈维昭著)、《文论卷》(黄念然著),等等。

断代文学研究史:如《建安文学接受史论》(王玫著,上海古籍出版社2005年版)、《新时期中国古典文学研究述论》(第一卷:先秦至六朝,陈友冰主编,刘运好编著,商务印书馆2006年版)、《唐诗学史稿》(陈伯海主编,河北人民出版社2004年版)、《元代唐诗学研究》(张红著,岳麓书社2006年版)、《明代唐诗学》(孙春青著,上海古籍出版社2006年版)、《20世纪中国近代文学研究学术史》(郭延礼著,江西高校出版社2004年版),等等。

学科研究史:《二十世纪中国古代文论学术研究史》(蒋述卓、刘绍瑾、程国赋、魏中林著,北京大学出版社2005年版),等等。

重要学者研究:如《近世名家与古典文学研究》(董乃斌著,上海大学出版社2005年版)、《学境——二十世纪学术名家大家研究》(中国社会科学院《文学遗产》编辑部编,上海古籍出版社2006年版),等等。

至于相关论文更是不胜枚举。在这类著作中,《20世纪中国文学经验》(杨匡汉主编,东方出版中心2006年版)和《中国文学史学史》(董乃斌、陈伯海、刘扬忠主编,河北人民出版社2005年版)具有一定的代表性。

《20世纪中国文学经验》对20世纪中国文学的历史性变化发展以及经验教训等作整体梳理思考、分析研究。在研究方法上,力求打破以往研究中将史、论、批评、传记彼此分割开来的做法,更加注重综合整体的把握,使四者共融。具体而言,就是对文学史对象的取舍与叙述,突破线性因果链,而注重时空断裂结构,将问题抽取出来,注意对已有研究成果作宏观系统的整合,并作进一步拓展。该书除对20世纪中国文学的发展历程、分期问题、总体特征以及基本经验和教训作出深入的研究阐释而外,更致力于对20世纪以来中国文学演变过程中的社会影响、观念转型、现代性问题、审美形态、传播与生产、主体精神演进等重大学术问题作深层次的学理性的探讨。该书特别关注城市化和农村社会结构变迁对文学类型和文学主题的影响,关注地域文化形态对文学流派和群体倾向形成的影响,关注传统在现代化进程中的潜在意义及其变异的因素,从而有效地把握文学发展的脉搏。

《中国文学史学史》分三卷十编:第一卷"传统的中国文学史学",从中国古代浩瀚的诗文评、目录书、文苑传、文学选本、笔记、评点、杂论等资料中钩稽出具有文学史意味的材料,整合出一条中国传统文学史学发展的明晰线索。第二卷"中国文学通史与断代史的产生和演变",按照时间线索,将百年来文学史的写作分为通史和断代两种类型予以观照,描述它们各自的演变轨迹。第三卷"各类文学专史的形成与繁荣",按照文体原则,将百年来文学史的实践大致分为韵文类诸史,散文史,小说史,戏曲史,民间文学史、俗文学史和民族文学史,文学批评史,区域文学史与其他专史七类,条分缕析,纵横贯通,论述了各种文学专史的形成、发展和繁荣。该书紧紧地抓住了史观、史料、史纂这三条纲,统贯全局,奠定了一部中国文学史学史的基本构架,考察了中国文学史学科由发生到成长并逐步成熟、由传统走向现代的历程,对一百年来文学史写作的实践作了回顾和总结,反映了文学史演进中内部与外部诸种关系的交互作用,力图从实践中提升出一些理论性的认识和规律,为新世纪的文学史研究和著述提供一个出发点,对古代文学史研究的学科建设和发展具有重要的作用和意义。

此外,《中国古代文学通论》(傅璇琮、蒋寅主编,辽宁人民出版社2005年版)也具有文学史和学术史相结合的意义。该书注意从"历史-文化"的角度做跨学科的综合研究。根据时代的不同,共涉及文学与社会政治、哲学思潮、宗教、经学、史学、语言文字、学术文化、文人境遇、门阀世族、都市生活、民族关系、民族文化、艺术、审美文化、文学传统、地域文化、交通、科举制度、幕府制度、出版藏书、女性创作等二十一个方面,其中有不少问题是迄今为止的文学史尚未涉及的。因此,该书在研究思路、研究方法以及知识积累、学科建设等方面具有一定的开创性和建设性。

20世纪中国文学研究的理论与实践可以给我们提供许多值得思考的问题,包括基本理论的创新、学科布局的建设、学术领域的拓展以及值得关注的趋向等。尽管有很多问题限于历史条件,现在还不能解决,但是总结历史经验,可以给我们提供许多启示。

二、历史的启迪

从学术史的回顾中可以发现,百年文学经历了三次重要的变化:19世纪末到20世纪前半期,以进化论思潮为核心的西方文明强烈地冲击着中国思想界和学术界,中国文学研究开始了现代化的进程;20世纪中期以后占据主流地位的马克思主义思潮,又从根本上改变了中国的面貌;20与21世纪之交,中国文学研究汲取百年精华,在外来文明与传统文明的交融中悄然开始了第三次意义深远的历史转型。它要解决的根本问题就是中国文学研究如何选择适合中国国情的发展道路,也就是如何在马克思主义指导下开始文学研究中国化的建设进程。

总结20世纪中国文学研究的经验,最深刻的历史启迪在于,推动中国文学研究的根本性变化,核心因素是观念,支撑是文献。凡是在中国文学研究方面真正做出贡献的人,无不在文学观念上有所突破,但是,所有的观念必须建立在坚实的文献基础之上,建立在本民族的文学传统之上。如果说文献基础是骨肉的话,那么文学观念就是血液。一个有血有肉的研究才是最高的境界。

1859年,达尔文《物种起源》的出版标志着现代生物进化理论的形成,并引发了近代最重要的一次科学革命。三十多年后的19世纪末叶,严复将其重要思想引进中国。他在《天演论》中将进化论的核心思想概括成"物竞天择,适者生存"八字,进而将大自然中不同物种之间弱肉强食的竞争法则引进社会生活领域,强烈地震撼了以儒家中庸思想为核心的传统伦理准则。① 以梁启超、胡

---

① 王国维1904年撰写的《论近年之学术界》就指出:"近七八年前,侯官严氏所译之赫胥黎《天演论》出,一新世人之耳目。……嗣是以后,达尔文、斯宾塞之名腾于众人之口。'物竞天择'之语见于通俗之文。"

适、鲁迅等为代表的20世纪初叶的文化先驱者在"科学"与"民主"精神的影响下,逐渐走出传统,积极迎合现代西方文明,创新求变的意识日益强烈。20世纪50年代以后,随着马列主义的逐渐兴盛,特别是占据了中国思想界的主导地位之后,中国学术界又一次发生了根本性的变化。马列主义思想方法的核心内容就是唯物史观,注重联系时代背景和社会生活,捕获最能体现一定历史时期的文学特征,从中探寻文学发展的过程和演变的规律。任何一种思想方法,哪怕是很有价值的思想方法,一旦固化,甚至独尊,就会制约思想,走向反面。在中国文学研究界,庸俗社会学曾一度泛滥,有些研究与中国文学的实际相去甚远,留下了许多教训。改革开放初期,中国文学研究界已经不再满足于过去单一僵化的研究模式,开始探讨自己的学术道路。后来的文学史观和文学史宏观研究大讨论,正是这种时代思潮的必然结果。它反映了学术界的后来者渴望超越自己、超越前代的强烈呼声。从思想方法上说,一方面,研究者对于过去僵化的研究方式表示不满,希望借用某种更加先进的思想来解决中国文学的研究方法问题;另一方面,这种选择又在重复着过去的路径,只不过变换了若干名词而已。一时间,各种新潮理论话语充斥在我们的周围,对文学史研究产生了各种不同的影响,一些学者往往自觉或不自觉地用一些时髦的理论或者花俏的话语来粉饰文学史研究,造成文学研究脱离现实环境,与文学史实际严重脱节、缺乏必要的历史感的后果。但不管怎样,这种探索依然是有意义的,至少,它在客观上促使人们对于以往的学术研究观念、研究课题、研究方法等展开进一步的反思。

　　20与21世纪之交的中国文学研究界,从历史的正反两个方面总结经验教训,不再固守着所谓纯而又纯的"文学"观念,也不再简单地用舶来的观念指导中国文学研究实际,而是从中国文学发展的实际出发,梳理中国古代文学发展演进的线索。通过这种研究,作者的现实人生感受就易于转化为对史料的清晰思辨和理性概括①,易于转化为文学研究中国化的历史语境,由此可以把研究问题与研究对象放在网络式的关系"场"中加以考察,凸现出文学史以及学术史的诸多问题。② 更重要的意义还在于,通过这种研究,我们可以积极介入现实文化环境,努力创造新型文化范式,其意义是不言自明的。

新的世纪,学术转型已经蓄势待发。最明显的三点变化表现为:第一,我们已经不满足于对浅层次艺术感的简单追求,而更加注重厚实的历史感;第二,我们也已经不满足于对某些现成理论的盲目套用,而更加注重文献的积累;第三,努力寻求中国文学理论体系及中国文学研究格局的构建方法和途径。在这个探索的过程中,学者们普遍认为,尽早实现马克思主义文学理论的中国化,从而有效地指导中国文学研究实践,是新世纪文学研究中国化的历史选择。

要实现这个理想的目标,确实还面临着很多困惑与挑战,还有很多工作要做。尽管前面引述学人的观点,认为20世纪文学研究的业绩之一就是"建立了中国自己的比较系统的文学理论",但是客观地说,我们还缺乏一套可以遵循和必须遵循的学术规范。在文学理论方面,还缺乏具有中国特色的、为国际学术界所瞩目的严密逻辑体系。因此,在具体的文学批评实践和理论探索中,往往缺乏清晰的理论界说和必要的学术张力。③ 如何解决这些棘手的文化性、学科性和现实性问题,首先的工作,就是重新审视中国固有的伟大传统,回到并且深入中国文学思潮发展史中,

---

① 陈方竞:《研究框架在史料与文学史话语转换中的作用——谈新文化、新文学发生的研究》,《汕头大学学报》2005年第1期。
② 郑家建、汪文顶:《论中国现代文学研究的再出发》,《文艺理论研究》2005年第3期。
③ 王先霈:《"20世纪中国文学理论批评的发展与建构"述略》,《文艺研究》2004年第2期。

协调世界性与本土化的关系,融合中国经验与西学理论。这是重构具有中国特色的研究框架和理论体系的基本前提。譬如"文气""感悟""风骨"这类具有学术张力的美学概念,在中国文学传统中俯拾皆是,如何激活这些理论命题,使之转化为现代中国文学理论的重要范畴,就需要我们做深入细致的文献梳理和理论辨析工作。即以"感悟"为例,它原本是一种认识事物、掌握世界、思考问题的方式,经过唐宋诗歌、历代文论诗话的艺术实践的熏染琢磨,这个概念逐渐转变为中国特有的诗学智慧,成为中国人精神文化生命的一个重要部分,因此,强调感悟的价值,就是强调审美思维方式的中国本色和滋味。①

其次,还要继续像 20 世纪初叶的先驱者那样"睁开眼看世界",要站在世界的舞台上寻找自己的位置。20 世纪 90 年代初期,后现代主义社会文化思潮风起云涌,反映了西方当代哲学范式的重要变革。而这股思潮,又与马克思主义所开启的哲学思维方式有着重要的历史关联。这就强有力地证明,马克思主义哲学在当代依然有着不可超越的维度,在后现代境遇下依然有着理论的活力和发展的张力。② 当代西方马克思主义理论在中国的传播,对当代文学理论建设也产生了一定的影响,从关于艺术与美学中的人道主义问题,现实主义与现代主义之争,艺术的人文精神的失落与拯救,后现代语境及其现代性问题,从美学的革命、从审美乌托邦向更广阔的文化领域的转向,大众文化问题,生态文艺学和生态美学问题,后马克思主义话语等③,都能看到这种影响的痕迹。这些思想资源也为建构中国化的马克思主义文学观念提供了重要的借鉴。如何及时地激发这种理论活力,有效地盘活

---

① 杨义:《感悟通论》,《新国学》集刊第 1 辑、第 2 辑,人民文学出版社 2006 年版。
② 宋一苇:《马克思哲学与后现代理论话语》,《文艺研究》2005 年第 5 期。
③ 马驰:《西方马克思主义对中国当代文论的影响与启迪》,《黑龙江社会科学》2006 年第 1 期。

这些思想资源，自然也成为当代理论界探讨的热门话题。2006年10月，由中国社会科学院主办，中国社会科学院文学研究所承办，在北京香山饭店举行了"马克思主义美学与当代中国和谐社会建设"学术研讨会，与会者普遍认为，和谐社会是党的十六大提出的重要战略，从某种意义上来说，和谐社会就是美的社会，这不仅是一个理论问题，同时也是一个现实问题。因此，在建构以社会主义核心价值体系为根本的和谐社会这样一个总目标下，如何发展马克思主义世界观、方法论，研究人类的审美意识，研究美和艺术的本质规定，是我们当前中国文学界的根本任务。这个问题的提出，是中国文学研究界理论意识的再一次强化和飞跃，是新世纪最值得关注的重要变化。

当然，观念的变化，还只是文学研究中国化进程的一个前奏。在新世纪文学研究转型过程中，想要真正把这种观念贯彻始终，并主导这种转变的完成，更需要做大量的沉潜其中的基础性研究工作，就包括我们下面要讨论的对现有学科的反思清理；在回归传统、回归经典的同时寻求超越固有传统、创造新型经典的途径，等等。

三、学科的疆界

在中国文学研究现代化的进程中，中国文学研究的总体框架及其二级学科的确立，应当是20世纪最重要的业绩之一。在回顾学科建设的过程中，学术界围绕着学科建设的基本问题曾进行过深入的探讨，包括学科划分的合理性问题、学科意识的淡化与强化问题、学科的边界与拓展问题，等等。而对这些问题的探讨，最初的机缘却是从反思学科的危机开始的。

20世纪中叶以后，中国文学研究界几乎处在一种自给自足的内循环状态中,与西方文学理论的接触非常有限。① 80年代以后,这种互动逐渐恢复,在其初期,关于学科的合理性问题还没有引起重视。到了20世纪末,问题开始凸显出来,学科危机意识越来越强烈。在网络上,甚至出现了所谓"文学几种死法"这类危言耸听的言论。这种状况显然不仅仅限于中国文学研究界,而是似乎成为全球性的问题。理论研究的极度困惑,专业队伍的急剧分化,致使"文学研究者变成了业余的社会政治家、半吊子社会学家、不胜任的人类学家、平庸的哲学家以及武断的文化史家"②。这种现象确实值得我们深思。

在全球化语境中,中国文学理论建设面临着空前的挑战。

消费时代所带来的文学生存环境的改变,互联网的高速发展,文学形态的巨大变化,给文学理论研究提出了前所未有的难题。面对着如此纷繁复杂的变化,文学理论界似乎没有做好足够的思想准备。一时间,竟然出现了所谓文学理论即将或者干脆死亡的论调。"文学理论有明天吗?"正是持着这样一种复杂的心态,"许多原本职业从事文学理论研究的学者,开始关注政治、社会、历史和哲学的话题",文学理论界好像在"集体大逃亡"。这是文学理论危机的表现之一。③ 与此相关联,面临学科危机的文学

---

① 20世纪五六十年代,为了更好地主导当时风起云涌的学术论争活动,何其芳同志曾提出在第二、第三个五年计划的十年内文学研究所要完成七项任务,包括研究我国当前文艺运动中的问题,经常发表评论,并定期整理出一些资料。《文艺理论译丛》《古典文艺理论译丛》《现代文艺理论译丛》等三套丛书就是当时的重要成果,丛书介绍了诸多重要的古典、现代外国文艺理论特别是美学方面的文章,为新中国文艺理论界提供了丰富而难得的参考资源,成为公认的不可缺少的资料库。三套丛书已经汇总编入《中国社会科学院文学研究所学术汇刊》中,知识产权出版社2010年版。

② 美国著名学者哈罗德·布鲁姆(Harold Bloom):《西方正典》,江宁康译,译林出版社2005年版。

③ 高建平、金惠敏、刘方喜在2004年2月11日《中华读书报》上发表了一组文章分析文学理论学科在中国学术界处境的变化,他们认为从20世纪70年代末到几乎整个80年代,学术界最热点的话题,都与文学理论有关,当时许多关心文学话题的其他学科都参加了进来,而从90年代起则出现一个"反向"运动,好像"集体大逃亡"。

理论界所关注的另外一个话题就是"文化转向"问题和文学理论的重构问题。2004年6月学界召开"多元对话语境中的文学理论建构国际研讨会暨中国中外文艺理论学会第三届代表会",钱中文在大会开幕词中从历史的角度描述了新时期以来中国文学理论所受的三次冲击:第一次是改革开放之初西方理论对传统文学理论的冲击;在大众文化的推进中,一些同行转向了国外盛极一时的各种后现代文化理论,形成第二次冲击波;"随后,在信息技术、图像艺术的不可抗拒的威力下,在消费主义的扩展中,我们在一些外国学者的论述里看到文学正在走向终结的观点,文学研究也风光不再,而日常生活审美文化研究在一些大学里也流行一时",这样就"对文学理论造成了第三次冲击波",这第三次冲击就使文学理论学科确实面临着"一场合法性危机"。现有的文艺学研究似乎已经难以令人满意地解释20世纪90年代以来的文化文艺活动新状况,特别是消费主义时代大众的日常生活与艺术生活,而新兴的知识生产领域如文化研究、传媒研究等却可以很好地承担起这种阐释任务。很自然地,对于当前种种文化现象的阐释就逐渐从传统文艺学转向新型学科。结果,文学理论曾经高高在上的权力逐渐旁落。人们说这种"文化转向"事实上就是一种"权力"的转移,不无道理。① 而这种转移又必然涉及相关学术领域,涉及文学理论的所谓"边界"问题。② 这门曾经辉煌一时的学科,现在真的面临着重大的转折。与此有重要关联的学科是民间文学和比较文学,也面临着学科定位和划定边界等诸多问题。民间文学的研究范围如何划定?比较文学的研究对象该是什么?这些问题的答案似乎已经约定俗成,其实这种理性的辨析才刚刚

---

① 《文艺研究》2004年第1期发表了一组专题为"当代文艺学学科反思"的文章,上文所引主要是陶东风《日常生活的审美化与文艺社会学的重建》一文中的观点。
② 参《文学评论》2004年第6期刊童庆炳《文艺学边界三题》和陶东风《移动的边界与文学理论的开放性》。

开始。

在文学史研究方面,以往的学科划分也受到空前质疑。

古代文学学科虽然历史悠久,但在其内部也面临着重新组合与划分的问题。人们已经不满足于简单地以朝代划分的传统分期方法,而是希望从文学发展的内在脉络重新解读文学史现象。譬如对"上古""中古"概念的理解、唐代的分期、近代文学的起始等,始终在探讨中。

现代文学学科面临着同样的问题。按照约定俗成的看法,现代文学真正开始于1919年的"五四运动",1949年以后的中国文学研究则由当代文学学科所承担。这样,在古典和当代的夹击中,现代文学研究的时间范围不过三十年,显然受到了很大的制约。尽管如此,这个领域的从业者不一定就比具有三千年历史的古代文学的研究者要少。至少在国务院第十次审批博士学位授予点的时候,现代文学博士点依然多于古代文学。显而易见的原因,这是中国文学现代化的一个特殊的历史阶段,具有很强的意识形态色彩,吸引了很多学者的参与。当然,这个研究领域的时间还是太受限制。因此,1985年,黄子平、陈平原、钱理群在《文学评论》第5期上发表了《论"二十世纪中国文学"》一文,试图打破现当代的界限,认为"'二十世纪中国文学'这一概念首先意味着文学史从社会政治史的简单比附中独立出来,意味着把文学自身发生发展的阶段完整性作为研究的主要对象"。甚至还有学者将现代文学的上限推溯到明季。这就不是现代文学了,而是具有现代性的文学。在高校学科划分上,这种观点显然并没有被接受,而在学术界,实际上已经产生了微妙的影响。中国现代文学研究会会刊《中国现代文学研究丛刊》专辟有"'十七年'文学研究",发表了若干研究当代文学领域的文章。不仅如此,现代文学研究还要上溯古典,为自己正名。传统的看法,"五四运动"终结了古典传统,而近年兴起的复兴传统文化的舆论潮流对现代文学的合法性造成了较强的冲击,以新文学为核心的现代文学再次背上了割裂传统的骂名,并面临着被否定、被忽视,进而被排斥在中国历史传统之外的危险。为此,曾任现代文学研究会会长的王富仁就认为,今天中国所借助的传统决不仅指古代传统,同时也应该包括现代中国的传统,以新文学为核心的现代文学就是这个现代传统的重要组成部分;相应的,旧的"国学"观念也应该被"新国学"所取代,它的研究对象应包括从古至今所有属于中国的文化历史。①

面对现代文学的拓展,当代文学研究也在反思自己的学科地位问题。当代文学与现代文学最大的不同,就是不断延伸的下限和强烈的社会主义意识形态特征。社会主义现实主义作为一个新兴的文学规范,铸就了特殊的文学实践活动,创造了崭新的审美理想和审美形态。20世纪80年代以后所出现的新的思想意识形态,虽然与现代文化史有着千丝万缕的联系,但是其价值内涵迥然有别,依然被规范在当代文学的范畴之内。因此,当代文学的合法性不容质疑,更不能被吞并。② 不仅不能被吞并,而且还有必要把触角伸到传统的现代文学领域,以"二战"结束作为当代文学的起点。③

现、当代文学在学科划分方面有纷争,也有融合。2005年4月,由中国现代文学研究会、中国当代文学研究会、《文学评论》编辑部、《中国现代文学研究丛刊》、陕西师范大学文学院主办的"中国现当代文学前沿问题学术研讨会"就是这种融合的一次具体体现。两个学科的专家学者聚集在一起,共同探讨中国现当代文学研究中关注的重要议题,在学科建设方面具有重要意义。与此相关联,近五年来,学术界又重新回顾了80年代提出的现当代文学整体观的问题,认为这是一种带有革命性的构想,它使现当代文

---

① 王富仁:《"新国学"论纲》,《社会科学战线》2005年第1、2、3期。
② 旷新年:《寻找"当代文学"》,载《文学评论》2004年第6期。
③ 杨匡汉:《关于20世纪中国文学的分期问题》,见《山花》2005年第1期。

学史的写作掀开了新的一页。因为历史显示,现代文学与当代文学应当是"既分又合"的。由于文学内在规律的贯通性,"分"的因素逐渐淡化,"合"的因素逐渐凸现,相互的融通之点越来越多。①近些年关于20世纪四五十年代的转型期文学研究就发表了很多文章,《中国现代文学研究丛刊》2004年第2期就专门推出中国社会科学院文学所现代室组织的"20世纪40至70年代文学研究:问题与方法"笔谈,将这一转型时期的文学现象,包括"五四"新文学的走向、变异与共和国文学的发生、发展等问题作了宏观的考察。

现当代文学学科建设还有一个值得关注的现象,即中国香港、台湾地区文学和海外华文文学也被纳入研究者的视野。《中国现代文学研究丛刊》开设"台湾文学研究""海外华文文学研究"等栏目。《江苏社会科学》2004年第4期也特辟"跨区域跨文化的华文文学研究"专栏。2004年9月,百花洲文艺出版社新推出绍兴文理学院世界华文文学研究所编辑的《世界华文文学研究》第一辑。文学研究所也不失时机地恢复了台港澳文学与文化研究室,并设立了院重大课题——"台湾文学史料编纂与研究"。这些都是学科建设方面的重要事件。

从以上描述中我们可以看到中国文学学科建设的几个基本特点:第一,19世纪末叶到20世纪中期,传统学术向现代学术的转变,其重要的标志就是学科的重新布局,中国文学研究脱离了经史之学的束缚,步入现代国际学术的轨道;第二,20世纪后半叶,刚刚规划完成的学科分布又受到强烈质疑,学者们在学科的固守与拓展之间常常面临着困惑,面临着挑战;第三,现代科学的一个最大特点就是专业化色彩越发强烈,可是在中国文学研究实践中又呈现着多学科相互融汇的倾向。

---

① 雷达:《现当代文学是一个整体》,《当代作家评论》2005年第2期。

21世纪中国文学学科的整合与论争,在某种程度上蕴含着一种新的研究趋势,即注重学科的整体性,注重研究的历史感,实际上又意味着在较高层次上向传统回归,向经典回归。

四、回归中的超越

注重文学历史的整体性,注重研究成果的历史感,又不仅仅限于各个学科之间的融通,还体现在对文学史发展的时空把握,注意文学所反映的不同阶层生活等方面,特别是文化研究方兴未艾,尤其引人瞩目。拓展新的研究领域,必然对知识的综合性有更高的要求。回归原典,文学文献学由此而得到复苏。

(一)文学史研究的时空视角

正如恩格斯《反杜林论》所说:"一切存在的基本形式是时间和空间,时间以外的存在和空间以外的存在同样是非常荒诞的事情。"正是受这样一种新的理念所推动,文学编年研究、文学地理研究成为21世纪的学术热点。近年学术界出版了很多文学编年史著作,包括《秦汉文学编年史》(刘跃进著,商务印书馆2006年版)、《南北朝文学编年史》(曹道衡、刘跃进著,人民文学出版社2000年版)、《元代文学编年史》(杨镰著,山西教育出版社2005年版)、《17世纪中国通俗小说编年史》(李忠明著,安徽大学出版社2003年版)以及十八卷本《中国文学编年史》(陈文新主编,湖南人民出版社2006年版)等。但是上述这些作品都是传统的纸质文本,缺乏立体感。在我看来,现代意义上的文学编年研究,应当是利用现代科技手段,将中国历朝历代的作家生平、作品系年、文学流派、文学社团及相关评论等文献资料和碑石拓片、善本书影、作家手稿及书法绘画等方面的图片数据,逐年编排起来,以多媒体的方式全景展现中国文学发展的历史面貌。

文学地理研究不仅仅局限于汉民族不同地区的文学,还应当在民族共同体的视野下,关注华夏多民族的文学发生、发展状况。因此,这是两个相关联而又有区别的视野。前者关注的主要是汉民族不同区域的文学,譬如《山东文学史论》(李伯齐著,齐鲁书社2003年版)、《山东分体文学史丛书》(李伯齐、许金榜主编,齐鲁书社2005年版)、《上海近代文学史》(陈伯海、袁进主编,上海人民出版社1993年版)、《江西文学史》(吴海、曾子鲁主编,江西人民出版社2005年版)、《湖南近代文学》(孙海洋著,东方出版社2005年版)等地方文学专史就属于这类著作。中国文学史上的断代文学地理研究,譬如胡阿祥的《魏晋本土文学地理研究》(南京大学出版社2001年版)、戴伟华的《地域文化与唐代诗歌》(中华书局2006年版)以及刘跃进的秦汉文学地理研究系列等,也属于这类著作。其中,曹道衡先生的《兰陵萧氏与南朝文学》(中华书局2004年版)将兰陵萧氏的兴衰与南朝文学结合起来考察,从一个特定视角对这一历史时期的文体、文学集团、总集编纂、文风和文学思想的变迁作了精深论述。此外,曹先生撰写的《试论北朝河朔地区的学术和文艺》《"河表七州"和北朝文化》《北朝黄河以南地区的学术和文化》《关中地区与汉代文学》《西魏北周时代的关陇学术与文化》(并收入作者著《中古文史丛稿》,河北大学出版社2003年版)以及《黄淮流域和中古学术文化》等系列论文,多以实证为本而又视野开阔,标志着文学地理研究的最高成就。

众所周知,中华民族至少有五千年的文明发展史,而且幅员广阔,包括分布地区占国土面积百分之六十以上的少数民族也为华夏文明做出了特殊的贡献。这是因为,在几百年人类各大圈的世界性碰撞和竞争中,由于中国的社会状况和民族政策,加上外来文化受沿海和中部地区的缓冲和节流,少数民族文学以其各种方式、在各种程度上保留了相当多的原生形态,保存了一批文化活化石。譬如维吾尔族的《福乐智慧》、蒙古族的《蒙古秘史》、藏族的《格萨尔王传》等,都是一些异常珍贵的,甚至具有全人类文化遗产价值的文学形态,将为我们华夏民族文学史增添难以比拟的多元一体的文化生态景观。文学地域研究就是基于这样的认识,希望通过对汉族不同地区文学、少数民族文学以及它们的相关关系进行系统的、深入的研究,试图在某种程度上还原华夏民族文学的整体性、多样性和博大精深的立体形态,探寻华夏民族文学的性格要素和生命过程。在此基础上,沟通华夏民族文学史、艺术史、物质生活史、精神文明史的内在脉络,从宏观上建构华夏民族文化共同体的总体框架。杨义的论文《重绘中国文学地图与中国文学的民族学、地理学问题》将"地图"这一概念引入文学史的写作,提出一个以空间维度配合历史叙述的时间维度和精神体验的维度共同构成的多维度的文学史结构。① 其所著《中国古典文学图志——宋、辽、西夏、金、回鹘、吐蕃、大理国、元代卷》(生活·读书·新知三联书店2006年版)一书尝试创造一种"以史带图,由图出史,图史互动"的文学史形态,则是这种主张的一次有益尝试。此外,《西域文化影响下的中古小说》(王青著,中国社会科学出版社2006年版)也是这方面的代表著作。

时空中的现代性与现代文学的发生问题也是现代文学研究界的热点问题。由于中国从古代进入"现代"是一个被迫的过程,因此整个现代化进程中包含着双重的冲动,一是"西化"的冲动,二是"超越"西洋的冲动,它们构成了现实与理想之间的纠结,而现代文学正"赋形"和扩展了这种冲动,由此形成了文学与时代的共生关系。② 这种时空的"共生关系"不仅仅限于中国,其含义更加广泛,内容更加深刻,相关论述也异常繁富。但是,全球视野下的时空观,又与这里所涉论题含义不尽相同,可以略而不论。

---

① 杨义:《重绘中国文学地图与中国文学的民族学、地理学问题》,《文学评论》2005年第3期。
② 王晓明:《"大时代"里的"现代文学"》,《文学评论》2006年第3期。

（二）文学反映的不同阶层生活

从东汉开始的中国文化思想界，经历了一场空前的文化变革：儒学的衰微、道教的兴起、佛教的传入，形成了三种文化的冲突与融合。第一是外来文化（如佛教）与中原文化的冲突与融合；第二是传统文化与新兴文化（如道教）的冲突与融合；第三是官方文化与民间文化的冲突与融合。正是这三种文化的交融，极大地改变了东汉的文化风貌。最明显的一个变化，就是东汉文化所呈现出来的平民化与世俗化的特点。由此来看，建安文学之所以会引起我们的共鸣，其中一个非常重要的原因，就是《文心雕龙》所概括的"风衰俗怨"四字。这"怨"就是"俗"的代名词，与《诗品》中的"情兼雅怨"四字有异曲同工之妙，其实已经点出了整个东汉后期到魏晋时期文风所发生的重大转变，即由过去的传统精英文化转为下层的市井文化。而魏晋文学，也就是司马氏当政以后，实质上是精英文化在反弹，在试图抢回话语权。所以文学史应当关注不同的文化阶层，以及它们之间复杂的关系。

文学史永远是那些掌握话语权的人写的，他所关注的只是他认为值得关注的内容。从这个意义上说，文学史永远不可能百分之百地反映它所记载的那段历史。例如，"五四"运动前后的文坛主流是什么？文学史告诉我们是胡适、陈独秀等文化精英们倡导的新文化运动，但是这些新文化运动是谁在推动？当然都是精英分子。老百姓所关心的似乎还是鸳鸯蝴蝶派的东西，与主流文化始终保持着距离。譬如鲁迅生于1881年，于1918年发表《狂人日记》，张恨水生于1895年，晚于鲁迅十四年，其名著《春明外史》出版于1930年。张恨水前后创作了一百多部长篇小说，总计三千万言。他的小说很难说有什么深刻的社会价值，充斥着一种游戏的金钱主义文学观念，缺乏思想性和革命性，但是却有市场性。可以说，他在当时是家喻户晓，妇孺皆知的。鲁迅的母亲就是张恨水迷。① 20世纪30年代,其影响甚至超过"五四"时代的战将,以至于这些战将还要与其争夺市场和读者。还有《人民文学》,现在的发行量也就一二万册,而《故事会》的发行量却可以达到五六百万册。这些作品对于下层文化的这种影响,其范围往往比主流文化还要大,但是后来撰写文学史的人是很难把这些人写进去的,就因为在他们看来这些作品不入流。但是历史的经验告诉我们,这种文化地位在一定条件下可能会发生意想不到的转化。在中国文学史上,任何一种文体、学术思潮,大都源于民间。即便是一些外来文化,也往往是通过民间逐渐影响到上层社会。

当代文化的变化又何尝不是如此。随着社会变革的加剧,社会阶层的分化也呈加速态势。与此相呼应,思想界出现了所谓"新左派"与自由主义思潮。20世纪90年代中后期,就有一批反映社会下层生存状况的所谓"底层写作"引起了文坛的关注。这种现象,对于带有精英色彩的所谓"纯文学"而言的确是一个不小的冲击。《文艺报》2006年1月23日组织了《"底层文学"引发思考》的讨论,《文学自由谈》2006年第3期也组织了《"底层文学"四人谈》的探讨,可见这个问题已经引起了比较广泛的关注。在中国当代文学研究会与四川师范大学文学院主办的"中国当代文学研究会第十四届学术年会"上,"新世纪的底层文学"成为一个热点话题之一。反思这些问题的来龙去脉,很自然就会追溯到现代文学史上的左翼文学思潮。左翼作家创作的"政治性"写作传

---

① 1934年5月16日鲁迅致母亲信:"三日前曾买《金粉世家》一部十二本,又《美人恩》一部三本,皆张恨水所作,分二包,又世界书局寄上,想已到,但男自己未曾看过,不知内容如何也。"(12.412)1934年8月21日致母亲信:"张恨水们的小说,已托人去买了,大约不出一礼拜之内,当可由书局直接寄上。"(12.509)8月31日又说:"小说已于前日买好,即托书店寄出,计程瞻庐作的二种,张恨水作的三种,想现在当已早到了。"(12.509)

统、对文学形式的探索以及大众化的倾向等,有很多经验教训值得汲取①。当然,"底层文学"的概念是否恰当,现在还有论争,但是,关注这一文学现象,并结合中国文学史的实际从理论上加以阐发,确实还有很多值得探讨的空间。

(三) 文化研究的倾向

20世纪80年代以后在中国文学界兴起的文化研究热潮,更多关注的是宏观的方面。而新的世纪,这种文化研究发生了重要的变化,即更加注重作家的具体生存环境及其对创作的影响。

本来,物质生活对于作家精神生活具有决定性影响,这是马克思、恩格斯早就论证过的一个基本常识。恩格斯《在马克思墓前的讲话》有这样一段名言:"正像达尔文发现有机界的发展规律一样,马克思发现了人类历史的发展规律,即历来为繁茂芜杂的意识形态所掩盖着的一个简单事实:人们首先必须吃、喝、住、穿,然后才能从事政治、科学、艺术、宗教等等;所以,直接的物质的生活资料的生产,从而一个民族或一个时代的一定的经济发展阶段,便构成基础,人们的国家设施、法的观点、艺术以至宗教观念,就是从这个基础上发展起来的,因而,也必须由这个基础来解释,而不是像过去那样做得相反。"②这个问题大家在过去的研究中都是关注的,我们常说经济基础决定上层建筑,这是一个基本常识,也就是说一切出发点都是由经济决定的。但是落实到具体作品研究时,我们往往会忽略这一点。文学史中讲了那么多文学家,那么多文学作品,但是给我们留下什么印象呢? 就是这些作家似乎不食人间烟火,他们的作品似乎是在一个真空的状态中产生出

---

① 刘勇、杨志:《"底层写作"与左翼文学传统》,《文艺报》2006年8月22日。
② 《马克思恩格斯选集》第三册,人民出版社1995年版,第776页。

来的,缺乏对具体的物质文化氛围的阐释。① 这显然不符合实际。我们知道,中国并没有所谓纯粹的"脱产作家",中国作家一直到今天为止,都跟官场有着千丝万缕的联系,或者说就是官场的一个重要组成部分。弄清一个作家的官位高低、权力大小很重要。我们常常看到这种情形,有的时候,某个文人官位很高,但权力很小;某个文人官位很低,但权力很大。一个作家的地位对他的创作当然有直接的影响。一个作家的物质生存环境就涉及一个作家的衣、食、住、行,当然包括官位问题。因为你的官位的高低、权力的大小决定俸禄的多少,决定衣食住行的方方面面。在汉代,官员出行坐什么车,穿什么衣服,戴什么帽子,前后的随从怎么样,包括死后坟墓前立什么碑,周围栽什么树,在《白虎通》中都规定得明明白白,如果稍有僭越,当然就是重罪。两千多年来,我国就是一个官本位的社会,因此中国古代作家在官场上的日常生活当然直接影响到他的创作。各个时代、不同时期文人学者的物质生活状况已开始引起学术界的关注,譬如 2005 年《文学评论》杂志社与上海财经大学人文学院合作举办"中国传统经济生活与文学研讨会",2006 年《文学遗产》再次与该校合作举办"文学遗产与古代经济生活"学术研讨会。召开中国古代文学与物质生活研讨会,这是一个令人鼓舞的迹象。

宗教与文学的关系,也是文化研究的一个重要方面。孙昌武先生编注的《汉译佛典翻译文学选》(南开大学出版社 2005 年版)大致按照佛传、本生故事、譬喻故事、因缘经、法句经等方面选择了三十四部佛典,辑录或者节录,为我们提供了一部全面反映这

---

① 罗素(Bertrand Arthur William Russell)《西方哲学史》英国版序言:"在大多数哲学史中,每一个哲学家都是仿佛出现于真空中一样;除了顶多和早先的哲学家思想有些联系外,他们的见解总是被描述得好像和其他方面没有关系似的。""这就需要插入一些纯粹社会史性质的篇章。"见《西方哲学史》,何兆武、李约瑟译,商务印书馆 1976 年版,第 9 页。看来这种弊端并非中国特有。

类佛典概貌的基本选本。陈允吉先生主编《佛经文学研究论集》（复旦大学出版社2004年版）收录了三十四篇论文，广泛地探讨了汉译佛典经、律、论三藏中与文学相关的论题。《中古汉译佛教叙事文学研究》（吴海勇著，学苑出版社2004年版）从佛教文学题材入手，进而揭示佛教文学的民间成分及其宗教特性，阐释了佛经翻译对于中国古代文学叙事理论与实践的重大影响。佛教传入中国并逐渐本土化，六朝僧侣起到了关键作用。他们往返于各个文化区域之间，纵横南北，往来东西，在传播佛教文化的同时，也在传递着其他丰富的文化信息。其影响所及，不仅渗透到当时社会的各个阶层，而且也在很大程度上改变了中国文化的发展方向。① 此外，《想象力的世界》（吴光正、郑红翠、胡元翎主编，黑龙江人民出版社2006年版）收录了20世纪有关道教与文学关系的研究论文，赵益《六朝南方神仙道教与文学》（上海古籍出版社2006年版）的研究重心则集中在神仙道教方面，上述两部著作都有力地推动了道教文学研究的深入。

　　文学与音乐向来密不可分。从先秦时代的《诗经》到唐诗、宋词、元曲等，音乐歌舞始终起着重要主导作用。最近几年，这个问题重新引起了关注，涌现出一批成果。② 文学与学术史的密切关系，也是中国文学发展的一种重要现象。譬如汉代的藏书政策与修史制度就对文学产生过重要影响。③ 清代四库馆开启后，在如何对待以程朱理学为核心的宋学这一问题上，姚鼐与戴震等汉学家就发生了重要分歧。汉学诸家尊汉抑宋，姚鼐则始终将宋学凌

---

① 刘跃进：《六朝僧侣：文化交流的特殊使者》，《中国社会科学》2004年第5期。
② 参见马银琴《论"二南"音乐的社会性质及〈诗经〉"二南"的时代》（《文学前沿》第10辑，学苑出版社2005年版），赵敏俐《汉乐府歌诗演唱与语言形式之关系》（《文学评论》2005年第5期），崔炼农《〈乐府诗集〉"本辞"考》（《文学遗产》2005年第1期）及修海林、孙克强、赵为民主编《宋元音乐文学研究》（河南大学出版社2004年版）等。
③ 刘跃进：《东观著作的学术活动及其文学影响研究》，《文学遗产》2004年第1期。

驾于汉学之上。正是由于这种汉宋之争,姚鼐萌生了开宗立派的意识,重新回归辞章,创建桐城派。乾嘉后期的学坛格局也由此一变。①

当然,文化研究在给中国文学研究带来活力的同时,也不可避免地出现了若干负面影响。这主要表现为文化研究成为热点之后,文学研究历来所关注的"文学性",包括审美、情感、想象、艺术个性一类的文学研究的"本义"无形中被漠视,甚至被舍弃。这里就提出了一个问题:文学史研究中的思想史热有没有值得反思的问题或倾向? 思想史是否可以取代文学史? 文学的审美诉求在文学史研究中还有地位吗?② 这种追问确实值得我们反思。

(四) 文学文献学的复苏

古典文学研究向来强调文献学的价值,对于传统的所谓"小学",即目录、版本、校勘、文字、音韵、训诂等最基础的学科比较关注。其实现当代文学研究同样面临着目录、版本问题。校勘学,从广义来看,不仅仅是对读的问题,也包含着平行读书的治学方法。而音韵、训诂等学问,看似与文学研究保持距离,其实是息息相关,密不可分的。进入"史学"的几把钥匙,包括历史地理学、历代职官及天文历算的知识也必不可少。我们研究文学地理、文学编年,研究作家的政治地位,当然离不开这些知识。此外,先秦时期的几部经典,如《尚书》《诗经》《左传》《荀子》《庄子》《韩非子》《周易》《老子》《论语》《礼记》《楚辞》等,更是我们的根底之学。研习文学文献学的目的,就是应当随时关注、跟踪相关学科的进展,这样,在自己的研究过程中,如果涉及某方面的问题,可以知道到哪里去寻找最重要、最权威的参考数据。章学诚在《校雠通义》中

---

① 王达敏:《论姚鼐与四库馆内汉宋之争》,《北京大学学报》2006 年第 5 期。
② 温儒敏:《现当代文学研究中的"空洞化"现象》,《文艺研究》2004 年第 3 期。

早就说过,读书治学的首要工作就是要"辨彰学术,考镜源流"。古典文献学的作用就在这里。

现代文学文献学也成为当前研究的一个热点。这项工作的意义,不仅是为现代文学学科保存资料,更是着眼于这些文献本身巨大的文学和文化价值的传承。2003年12月,清华大学、北京大学、河南大学、中国现代文学馆、北京鲁迅博物馆等五家单位共同发起"中国现代文学的文献问题座谈会"。2004年10月,由河南大学文学院、《文学评论》编辑部、洛阳师范学院中文系联合举办的"史料的新发现与文学史的再审视——中国现代文学文献问题学术研讨会"在开封和洛阳召开,学者们围绕现代文学的史料文献问题及其对文学史叙述的影响等话题展开讨论。2005年第6期的《中国现代文学研究丛刊》发表"现代文学史料学"专号。2004—2006年,贾植芳、陈思和主编的《中外文学关系史资料汇编》(上、下)[1]、刘福春主编的《新诗纪事》《中国新诗书刊总目》[2]出版。《中国新诗书刊总目》收录了从1920年1月到2006年1月间出版的一万八千七百余种汉语新诗集、诗论集的目录,并附有书籍说明和著者简介,是迄今为止最全的新诗书刊目录。2005年,新华出版社出版了由刘增人等纂著的《中国现代文学期刊史论》,该书集资料汇编与总体研究为一体。下编专辟"史料汇编"一项,包括期刊叙录、研究资料目录等。而这"叙录"一体即与中国学术传统建立起紧密的联系。人民文学出版社于2004年5月推出的金宏宇《中国现代长篇小说名著版本校评》一书,选取了《家》《子夜》《骆驼祥子》《创业史》等八部名著,对校其不同版本,探讨版本变迁的历史原因与修改的长短,这是借鉴古典文献学的传统惯例,汲取以往现代文学文献研究成果而做的一次重要尝试。

---

[1] 广西师范大学出版社2004年版。
[2] 《新诗纪事》,学苑出版社2004年版;《中国新诗书刊总目》,作家出版社2006年版。

当代文学史料的积累与整理还刚刚起步,文学研究所当代文学研究室联合全国30多家单位协作编辑的《中国当代文学研究资料》,迄今已出版80多种,计2000多万字。当代文学已经发展了五十多年,其时长已远远超过现代文学的研究区间,而史料建设似乎还远不能适用日益丰富的当代文学发展实际,这个问题应当引起学界的高度重视。

文学文献学的复苏,还不仅仅停留在传统的领域。出土文献、域外文献以及电子文献,为文学文献学平添了许多新的内容。

出土文献包含着碑刻文献、简帛文献、画像文献等。我们知道,中国历来重视"文以载道"的文学功用,重视人生"三不朽"的永久名声,所以,我国的碑刻文献异常丰富。简帛文献更是近三十年来的重要发现。临沂银雀山汉简的发现,使我们有可能将《孙子兵法》和《孙膑兵法》区分开来;湖北郭店楚简的发现,使我们对于儒家传承有了新的认识,对于《老子》的成书有了新的论据;江苏尹湾汉简中《神乌赋》的问世对于秦汉以来下层文化的研究、云梦秦简中关于"稗官"一词的理解等,都曾引起了学术界的广泛关注,也解决了许多悬而未绝的学术问题。近年最受关注的是上海古籍出版社出版的《上海博物馆藏战国楚竹书》。该书第一册中的《孔子诗论》引发了学界广泛的讨论。不过由于这批竹简是从香港收购过来的,其出土时间和地点不详,不无遗憾。画像文献研究自古有之。《论衡·须颂》载:"宣帝之时,画图汉列士,或不在于画上者,子孙耻之。"所谓"宣帝之时,画图汉列士",是宣帝时下诏书图画十一位功臣。后汉明帝追感前世功臣,永平年间下令追摹二十八位武将画像,悬挂于南宫云台。据应劭《汉官仪》记载,不仅朝廷悬挂功臣画像,郡府厅事壁也悬挂古代先贤图像。这些画像,显然是已经有了一定的摹本在世间流传。汉代画像石很可能就是根据这些摹本雕刻的。北宋沈括《梦溪笔谈》卷十九就曾记录济州金乡县挖掘的汉大司徒朱鲔墓的壁画;北宋末年赵明诚《金石录》也著录了山东嘉祥武氏祠的榜题;南宋洪适《隶释》还收录了武氏祠部分图像摹本。令人惊奇的是,宋人所见的武氏祠,今天依然保留着,给人以千年历史不过一瞬的强烈感触。汉代画像的大规模收集著录始于20世纪初叶,但是那个时候所见不多。鲁迅先生收集了三百多幅,近来已经影印出版。20世纪后半叶,新的发现越来越多,包括画像砖、画像石、石棺画像、铜镜画像、瓦当画像等,主要分布在山东、江苏、河南、四川、陕西等地。这些画像大小不一,多达上万种。利用传世文献对这些画像进行解读研究,现在还刚刚起步。① 历史的图像还没有解释清晰,当今社会又进入到新的"读图时代"。回味汉代的画像文献,给人以似曾相识的强烈感觉。与历史上的画像文化不同的是,汉代画像的内容更多地强调伦理教化,而今最能代表后现代图像的"电视图像"则主要是受经济利益所驱使,"它在一开始就盯上了你的钱袋"②。因此,有学者称"读图时代"的到来,标志着图像主导文化将取代传统的语言主导文化,是"图像转向"的重要标志。③当读者变成观众,阅读变成观看,审美变成消费,也许,这是真正的"文学性"的危机。④ 从这个意义上说,解读历史上的画像,不仅仅是为了还原历史面貌,也有很多经验教训值得我们汲取。

域外文献同样值得关注。我们常说,学问没有国界。我们要走向世界,就要努力使自己的学问能与国外学术界接轨,起码应当使自己设法与国外同行站在同一起跑线上,展开平等的竞争。域外文献研究中,古代文学研究领域比较受关注。而今,随着国

---

① 参扬之水《古诗文名物新证》,紫禁城出版社2004年版。作者另有《沂南画像石墓所见汉故事考证》一文,《故宫博物院院刊》2004年第6期。又可参廖群《厅堂说唱与汉乐府艺术特质探析——兼论古代文学传播方式对文本的制约和影响》,《文史哲》2005年第3期。
② 金惠敏:《图像增殖与文学的当前危机》,《中国社会科学》2004年第5期。
③ 周宪:《"读图时代"的图文"战争"》,《文学评论》2005年第6期。
④ 赖大仁:《图像化扩张与"文学性"坚守》,《文学评论》2005年第2期。

际学术界理论热潮的兴起,女性主义、后殖民主义、现代性、后现代主义等理论层出不穷,给现当代文学研究提供了更开阔的研究视野和更多的研究方法。许多海外汉学家往往具有地域优势,得风气之先,加之在问题意识、理论工具、研究方式以及写作风格上,又与我们多有不同,因此,他们对一些司空见惯的文学史现象所做的"再解读"就会给人耳目一新的感觉。客观地说,海外汉学研究者也受到不同文化背景的制约,不无偏颇之论,也不排除其中有政治和文化的偏见。一些学者讨论问题不是凭借材料,而是通过理论预设和大胆假定来立论,这样一来,得出的结论就很难有说服力,而且也较为浮泛。"再解读"主要是研究文学史、作家作品的一种理论姿态,而不是研究文学史和作家作品的有效方法。这样说,并不是否认它的意义和价值,而是主张在进行这一项工作时,不能只是以"新""奇"出胜,还应当有相当艰苦的查勘、分辨、比较、审慎推敲的功夫,应该把"再解读"建立在认真踏实的实证研究的基础上。也许,只有这样,"再解读"才能够真正地与历史"对话",在历史的"现场"上开展有效的"考古学"的工作,进而把问题的发现和研究引向深入,产生出令人信服和实质性的研究成果来[1]。因此,对于这些成果,我们应当本着客观、平实的心态加以吸收利用。2005 年在山东聊城大学召开的中国现代文学研究会青年学者研讨会上,"新时期以来海外汉学对中国现代文学的影响"就成为了一个专题,表明了学术界对这个问题的关注。更重要的是,我们吸收域外研究成果,目的是开拓我们自己的研究思路。由河南大学出版社推出的《差异》专刊,在承认中西方文化差异的前提下,倡导"新对话",既求同,更存异,在此基础上寻求理解,建设新文化。该刊目前已经出版了四辑,收获了广泛的

---

[1]《海南师范学院学报(社会科学版)》2004 年第 3 期刊出的《海外学者冲击波——关于海外学者中国现当代文学研究的讨论》,就是中国人民大学中文系师生对关于海外学者的中国现当代文学研究之影响的讨论。

好评。

电子文献对于我们学术研究的意义更是显而易见的。东汉以来，随着纸张的逐渐普及，书籍编纂产生了质的飞跃，文学创作也走向大众化。左思《三都赋》脱稿后，"豪富之家，竞相传写，洛阳为之纸贵"。《太平御览》卷六〇五载，东晋元兴元年（402），桓玄在建康自立称楚帝，曾下令废除竹简，皆用黄纸抄写文件，纸的应用和推广逐渐取代了简帛。学术文化也因此有了从量变到质变的飞跃。中国的图书从简帛到卷轴，到雕版印刷，再到今天的现代电子激光照排，这是一个历史性的进步。而今我们又面临着一个新的转型，即数字化、智能化的阅读将逐渐替代传统的阅读方式，这就迫使我们要痛苦地经历一个文字文化急剧衰退的时期。如何评价这种逆转的利弊得失，现在也许还为时过早。但是不管怎么说，以信息技术为核心的文化转型已经势不可挡。随着电子文献发展的革命性进步，以聚集资料为炫耀便没有意义。到那个时候，地域以及各层文人都没有差异了，剩下的便是比智慧，比能力，而不是比资料。如何抓住这样一个历史契机，加速文学研究中国化的进程，这是摆在我们每一位文学工作者面前的重要任务。

五、转型期的探索

中国文学研究现代化是一个复杂而又漫长的过程。过去的一百年，中国文学经历了由最初接触到最终接受西方文明的"西方化"过程。早期的知识分子认为西化便是民主化，西化便是科学，而民主与科学便能穷尽文化的全部内容。新的世纪应当是中国文学与西方文明从相互融合到建立自身核心体系的"中国化"的时代。当今有所谓"文学死了"的命题，"指的就是西方文学观在中国的死亡，它同时也意味着中国传统文学观有机会在当代文化语境中被重新建构"①。这是中国文学研究的又一次重要的转型,所面临的问题可能更加复杂,也更加深刻。但是一些基本问题依然值得我们关注。

首先,文学与现实的关系,这是文学创作与文学研究生存的基础。文学扎根于现实的土壤,又通过艺术形象反映、影响现实生活。中国文学家历来忧国忧民,有着比较强烈的历史责任感和社会使命感,强调"文章合为时而著,歌诗合为事而作",认为文学艺术是社会政治生活的反映,通过文学艺术可以考察一个时代的政治得失和民心向背,起到"补察时政,泄导人情"的巨大作用。《礼记·乐记》云:"治世之音安以乐,其政和;乱世之音怨以怒,其政乖;亡国之音哀以思,其民困。"或者用唐代诗人刘禹锡的话概括:"八音与政通,文章与时高下。"因此,一部文学作品是否能及时正确地反映时代生活,就成为评价其文学价值的重要尺度,古代文学史上的屈原、李白、杜甫、苏轼、曹雪芹,现代文学史上的鲁迅、茅盾、巴金、老舍等人之所以获得后人的广泛尊重与爱戴,最重要的原因就在于,他们的作品真实、深刻地反映了各自时代的风貌,反映了人民的理想与追求、时代的苦难与抗争。贴近生活,贴近人民,中国文学家把自己一腔的理想和抱负,与国家、人民紧密地联系在一起,就使得他们的人格得到升华与净化,使得他们的作品具有深刻的现实感,这是一个历久弥新的传统。

当今文学,随着全球化和市场化时代的来临,文坛格局和文学作品的生产方式都在发生着巨变。一方面,这种变化为新世纪文学的发展提供了前所未有的社会历史语境,也改变了人们的思维方式、生活方式以及文学的整体风貌;另一方面,文学走向也发生了值得注意的变化:从改革开放之初与现实生活密切相关的伤痕文学、反思文学、改革文学等,到随后的先锋文学、痞子文学以

---

① 叶匡政:《中国文学的死与生》,《中华读书报》2007年10月24日第七版。

至个人化写作或私人写作,"70后"的欲望叙事,"80年代后"写作者关于青春、自我等情感和经验的想象性的另类表达以及为赚取市场卖点的商业化写作等,皆回归自我,面向市场,浮躁现象日益严重,缺少对现实生存的精神超越,对时代生活的整体性把握能力和宝贵的原创能力。为此,著名评论家雷达发表了《当前文学创作症候分析》一文(《光明日报》2006年7月5日),深刻分析了我国当前文学界的诸多现实问题,回应了社会对作家作品现状的种种困惑,提出了当前和今后创作的重大命题,真切表达了对文学界在社会责任感、庄严目标、崇高理想、服务大众、贴近生活、净化市场等方面的忧虑和扭转局面的大声呼唤,从而引发了文艺界和社会各界的热烈反响。①

与此相关联,就是如何对待传统、对待经典的问题。早在1996年,刘心武推出了《秦可卿之死》(华艺出版社1994年版),当时只在红学界引起了关注。后来,他在中央电视台"百家讲坛"节目中,广泛传播他的观点。随后,东方出版社又推出《刘心武揭秘〈红楼梦〉》一书,影响更为广泛。有超过53.13%的网民认为刘心武"扩大了红学的大众讨论空间,值得肯定"②。这就引起了学术界主流的特别关注。诚如媒体所说,"百家讲坛是学术论坛,而央视十频道是社会公共资源,用珍贵的有限的社会学术平台来展示刘先生无法穷究的秦学学问,然后让不明真相的公众跟在戏说"红学"的后面感受探佚或猎奇之趣,对中国健康的学术建设来说,是一种不负责的行为"③。由中国艺术研究院出版的《艺术评论》2005年第10期集中刊布了以蔡义江、孙玉明、张书才等为代表的主流红学界对刘氏的批评。香港《凤凰周刊》2006年第2期刊出了《泡沫"红学"与"窥阴"文化》一文,《红楼梦学刊》也发表了

---

① 见《光明日报》7月19日"《当前文学创作症候分析》一文引发文化界热烈反响"。
② 《北京娱乐信报》2005年11月7日。
③ 吴祚来:《研究林黛玉身世是学术无聊 精神包二奶》,《新京报》2005年11月9日。

多篇文章指出刘心武的谬误,认为刘心武揭秘的都是索隐方法,都是主观臆测,没有可靠的证据。揭秘不是研究《红楼梦》,而是变成一种游戏娱乐。"他做不成考据家,因为有据可考,才能称为考据;无据可考,无证而据,就只能沦为推测、猜谜、索隐。他是怎么考的呢?他讲得荒唐的要命,秦可卿本来在《红楼梦》第八回里写的是从养生堂里抱来的,他不得了,他把秦可卿说成是康熙皇帝的孙女儿,因为康熙皇帝有一个太子叫胤礽后来废掉了,他说秦可卿就是废太子的女儿,这个不知道他从哪来的证据。……他的书《红楼望月》考证天下的月,因为《红楼梦》里荣禧堂里有一幅对联,提到这个'月',月是哪一个,刘心武说月就是胤礽太子,太阳是皇帝,月亮是太子。这样一搞,弄得大家心浮气躁,影响了很多年轻人,想抄近路,走捷径,一夜成名暴富。"①学术讲堂成为一种时髦而有效的向大众传递学术信息的途径。但是"学术的讲述是通俗讲述的基础。因为只有能够彻底讲述某物的人,才能以通俗的方式讲述它"②。也就是说,提高在前,普及在后。普及不是随意发挥,一定是在提高基础上的普及才有意义。刘心武的讲述带有"学术创作"的色彩,应当引起学术界的高度警觉。

由此我们必须回答这样的问题:就在文学日益边缘化、经典日益消解化的时代,严肃的文学研究工作者是否也应随着大众沉浸在文学的狂欢中?是否只有市民性、休闲性、消费性的文学才有出路?文学的经典化是否还有意义?这些都成为新世纪文学研究的重要论题。当然,学界的主流意见还是承认经典的存在,认为经典具有超时空性、永恒性和普遍性。经典的意义就在于它"写出了人类共通的'人性心理结构'和'共同美'的问题。就是说,某些作品被建构为文学经典,主要在于作品本身以真切的体

---

① 吴新雷、张晓梅、武黎嵩:《〈红楼梦〉与曹雪芹江南家世——在南京大学国学讲堂上的讲演》,《明清小说研究》2006年第4期。
② [德]康德:《逻辑学讲义》,商务印书馆1991年版,第10页。

验写出了属人的情感,这些情感是人区别于动物的关键所在,容易引起人的共鸣"。因此,我们文学研究工作者在主张回归传统的同时,也应当回归经典,在历史还原、文化还原与多元解读,尤其是审美分析方面,经典重读具有广袤的可能性空间。① 当然,我们也要看到确立经典的复杂性和文化差异性,并解释隐含在经典认可过程中的复杂权力关系②,但是不能由此简单地颠覆经典,亵渎经典。

2006年是鲁迅先生逝世七十周年。因此,关于鲁迅研究的成果也就成为近年经典解读的范例。近年的研究与以往有所不同,更多地关注了鲁迅在吸收中外文化方面对于中国文化建设的启迪意义。譬如杨义在阐述了鲁迅广阔的文化视野的同时,特别强调鲁迅在吸取、转化传统文化资源方面,出入"四库、四野之学",整理小说史料,挖掘乡邦文献、民俗传统,兼治杂学,形成其独特的学术文化立场。这些为中国文化的现代转型提供了至关重要的参照。③ 钱理群则通过讨论鲁迅在20世纪30年代对于孔子、陶渊明和《庄子》《文选》《四库全书》的看法以及与胡适、周作人、施蛰存等人就相关问题的争论,深入探讨了鲁迅对传统文化的态度及其现实针对性。④ 值得关注的是,近几年出版了很多有关鲁

---

① 参秦弓《略论中国现代文学经典的重读》,《江苏行政学院学报》2004年第3期。此外,程光炜《"鲁郭茅巴老曹"是如何成为"经典"的》(《南方文坛》2004年第4期)、胡尹强《鲁迅:为爱情作证——破解〈野草〉世纪之谜》(东方出版社2004年版)、王科《"寂寞"论:不该再继续的"经典"误读——以萧红〈呼兰河传〉为个案》(《文学评论》2004年第4期)、张洁宇《鲁迅作品中的"路"——意象分析之一》(《鲁迅研究月刊》2004年第4期)、何平《〈故乡〉细读》(《鲁迅研究月刊》2004年第9期)、洪玲《论萧红笔下的太阳意象》(《呼兰师专学报》2003年第4期)等,在经典析读方面均有独到之处。
② 赵勇:《关于文化研究的历史考察及其反思》,《中国社会科学》2005年第2期。
③ 杨义:《鲁迅与中国文化的现代启示》,《文学评论》2006年第5期。
④ 钱理群:《二十世纪三十年代有关传统文化的几次思想交锋——以鲁迅为中心》,《鲁迅研究月刊》2006年第1、2期。

迅的研究专著，多出自青年学者之手，如田刚《鲁迅与中国士人传统》（中国社会科学出版社2005年版）、汪卫东《鲁迅前期文本中的"个人"观念》（人民文学出版社2006年版）、朱崇科《张力的狂欢——论鲁迅及其来者之故事新编小说中的主体介入》（上海三联书店2006年版）、袁盛勇《鲁迅：从复古走向启蒙》（上海三联书店2006年版）等，显出鲁迅研究的新气象。

在中国文学研究转型时期还出现了一个特别值得关注的"嘲弄"现象。2006年有三次文坛纷争与此有关，一是网络版《一个馒头引发的血案》，二是青年作者韩寒与评论家白烨之间的"韩白之争"，三是诗人赵丽华新体诗引发的争论。这三件事之间并没有必然关系，但是所表现出来一个"嘲弄"倾向却是相近的。嘲弄主流文学的背后，实际上隐含着大众的文学想象与文学现状的巨大落差，隐含着他们的强烈不满。看来，世纪之交的文化界，其主要矛盾已经发生了深刻变化。20世纪前期的学术界论争，主要集中在文化圈内。以王国维为代表的主流意见认为20世纪应当是"发现的时代"，"新学问大都由于新发现"。而以黄侃为代表的一批传统学者则倡导学问"贵乎发明，不在发现"。纷争的焦点是固守传统学问还是走出传统学问。而新世纪的纷争则跳出了文人的范围，表现为市场化、大众化的文化需求与文人化、专业化的文化体制之间的矛盾。如何评价这些现象是一回事，但是由这些纷争所引发的一些深层次问题，确实值得我们长久思之。

从当前浮躁不已的学术风气来看，这里似乎有必要强调一下中国历来所重视的人品与文品的关系问题。中国文学家讲究学行一致，表里如一；讲究文以载道，积极入世。"为天地立心，为生民立道，为往圣继绝学，为万世开太平"，张载的这句名言就鲜明地表现了我国古代作家注重人的精神修养和历史责任感。你再有才气，人品不好，广大的欣赏者就不买你的账。历史真是一个最公正的裁判。清代文学家沈德潜说："有第一等襟抱，第一等学识,斯有第一等真诗。如太空之中,不着一点;如星宿之海,万源涌出;如土膏既厚,春雷一动,万物发生。古来可语此者,屈大夫以下,数人而已。"清代另一文学家刘熙载也说"诗品出人品"。我们推崇的作家在人品上虽然不能说尽善尽美,甚至还有不少可议之处,但难能可贵的是,他们随时在现实生活中反省自己,调整自己,真诚地把自己的命运与国家的前途、民族的新生联系在一起,努力追求比较完美的人格理想,因而得到了后人的理解与赞赏。从他们身上我们可以得到许多启示,最重要的一点,就是不能忘记一个知识分子的历史使命感和社会责任感。新的世纪,中国文学研究事业要有更大的发展,首先还是要从学者自身的道德文章做起。

(原载《文史哲》2007年第5期)

中国文学研究四十年思潮

引言：写作背景

近年，中国社会科学院文学研究所迎来了三个"六十年"，一是2013年的建所六十周年，二是2014年《文学遗产》创刊六十周年，三是今年《文学评论》创刊六十周年。再往前推若干年，时值世纪之交。由于这些特定历史节点的缘故，我曾对中国文学研究的学术历史做过比较系统的梳理①，也组织过若干纪念活动，并编纂了纪念文集②。有兴趣的读者，不妨把这些文章联系起来看，确实可以看出近百年来中国文学研究界的一些重要变化。

而今，又是十年过去。

---

① 2002年底，我曾应邀在韩国首尔大学做演讲，以1997至2002年间的中国古典文学研究作为探讨对象，题作《世纪之交的中国古典文学研究》，原载韩国中国语文学会编《中国文学》第38辑，2002年11月版。又载《周口师范学院学报》2003年第3、4、6期。现已收入拙著《走向通融——世纪之交的中国古典文学研究》，知识产权出版社2005年版。2007年，应《中国人文社会科学前沿报告》编委会之约，就2002至2006年间中国文学研究的发展状况做一宏观描述，故有《新世纪中国文学研究的主要趋向》的命题作文，后发表在《文史哲》2007年第5期，现已收入拙著《回归中的超越——文学史研究的多种可能性》，凤凰出版社2008年版。

② 为庆祝文学所成立六十周年，我主持编纂了五部纪念文集：一是采访集《甲子春秋——我与文学所六十年》（社会科学文献出版社2015年版），二是资料集《文学研究所所志》，三是《告别一个学术时代——樊骏先生纪念文集》（社会科学文献出版社2013年版），四是演讲集《翰苑易知录——中国古代文学演讲集》（社会科学文献出版社2013年版），五是《岁月镕金二集》。此外还有《〈文学遗产〉六十年纪念文汇》《〈文学遗产〉六十年纪事初编》等。

2017年，中国社会科学院迎来建院四十周年大庆，要求我们对过去四十年中国文学研究的主要趋势略作回顾。实际上，文学研究所的历史早于院部，研究所成立于1953年，最初隶属于北京大学，1955年归属中国科学院，1977年才归属中国社会科学院。文学研究所设有文艺理论、马克思主义文学理论与批评、古代文学、近代文学、古典文献学、现代文学、当代文学、比较文学、民间文学、台港澳文学、数字信息等研究室；主办《文学评论》《文学遗产》《中国文学年鉴》三份刊物；代管中国中外文艺理论学会、中国文学批评研究会、中华文学史料学学会、中国近代文学学会、中国现代文学研究会、中国当代文学研究会、中国鲁迅研究会等七个全国性学术社团；另设马克思主义文艺与文化批评研究中心、世界华文文学研究中心、比较文学研究中心和民俗文化研究中心四个非实体研究中心。可以说，文学研究所学科齐全，几乎涵盖了中国文学研究的所有学科。

在此，我想以文学研究所的科研工作为中心，结合本所主管的三份学术刊物、七个全国性学术团体、四个非实体研究中心的学术活动，尝试着从一个侧面回顾一下改革开放四十年来中国文学研究的主要趋向、取得的成就以及存在的问题。凡是其他文章中已经论述过的内容，这里暂且从略。

一、文学理论热点

理论研究从来都是一个时代思想的风向标。文学所的马克思主义文学理论与批评、文艺理论、比较文学、民间文学等研究室承担着当代诸多文学理论问题研究的重任。

（一）巩固马克思主义在文学研究中的指导地位

马克思主义文艺学和美学理论研究历来是文学研究所的科

研重点。文学理论组首任组长蔡仪在20世纪40年代发表的《新艺术论》和《新美学》,明确提出了马克思主义在文学研究中占主导地位的原则,从根本上解决了文学研究的思想方法问题。这与此前主要以进化论为圭臬的思潮形成鲜明对照。五六十年代,蔡仪主编的《文学概论》,是中华人民共和国成立后第一批规范的高校文科教材,可谓具有鲜明中国特色的马克思主义文艺学专著,产生了广泛的影响。20与21世纪之交,钱中文、王春元、杜书瀛等撰写的《文学原理·发展论》《文学原理·作品论》《文学原理·创作论》[①],侯敏泽的《中国文学理论批评史》[②]《中国美学思想史》[③],杜书瀛、钱竞主编的《中国20世纪文艺学学术史》[④],王善忠主编的《马克思主义美学思想史》[⑤],许明主编的《华夏审美风尚史》[⑥]等,继承马克思主义文艺理论研究的传统,围绕着人性、人道主义、文学主体性、人文精神等问题展开了广泛讨论。

2009年文学研究所成立了马克思主义文学理论研究中心,与全国马克思主义文艺理论研究会、中国中外文艺理论学会通力合作,开展了许多活动。2010年以来,该中心主要成员参与了"中央实施马克思主义理论研究与建设工程"的研究工作,是我院参加该工程人数最多的单位之一。同时,文学研究所积极参与马克思主义人才队伍建设,招收"马克思主义理论骨干人才计划"的博士研究生,培养了一批新锐的专业理论人才。

2014年,我院实施马克思主义文学理论与批评创新工程,中国社会科学院副院长张江任会长,牵头成立了"中国文学批评研

---

① 《发展论》《作品论》《创作论》三书,社会科学文献出版社1989年版。
② 《中国文学理论批评史》,人民文学出版社1981年版。
③ 《中国美学思想史》,齐鲁书社1987年版。
④ 《中国20世纪文艺学学术史》凡4部5卷,中国社会科学出版社2007年版。
⑤ 《马克思主义美学思想史》凡4部,中央编译出版社1999年版。
⑥ 《华夏审美风尚史》凡11部,河南人民出版社2000年版。

究会"。同年9月,文学研究所马克思主义文学理论与文学批评研究室正式成立。除日常研究外,该研究室每年为《中国文学年鉴》撰写"马克思主义文艺理论研究综述",为院《马克思主义理论学科前沿研究报告》撰写"马克思主义文艺理论研究前沿报告"。同时,还承担院"马克思主义文艺理论论坛"秘书处工作,组织召开会议,出版文集。自2016年始,论坛集刊定名为《马克思主义文艺研究》辑刊,每年两期。《文学评论》还专门设置了"马克思主义文艺理论研究专栏",定期刊发本所及国内外学者高质量的研究成果。

2014年10月15日,习近平同志在京主持召开文艺工作座谈会并发表重要讲话,集中回答了什么是中国特色社会主义文艺、如何繁荣发展中国特色社会主义文艺这一带有根本性全局性的重大问题,深刻阐述了有关文艺工作的理论、方针、政策,提出了一系列新思想、新观点、新判断,是指导文艺理论学科研究的纲领性文件。同年11月22日,中国社会科学院与人民日报社联合主办"学习贯彻习近平总书记文艺座谈会重要讲话精神、开展积极健康文艺批评"研讨会,同时,举办首届"中国社会科学院马克思主义文艺理论论坛"。与会者普遍认为,中国社会科学院有责任、有义务针对当前文学创作和文学研究中的重大理论现实问题,组织专家学者进行深入研究,客观分析,科学回答,及时明确地发出正确的声音,切实发挥释疑解惑、正本清源的作用,努力让文学创作真正回到人民中去,从对市场的依附中解脱出来。

习近平总书记的"讲话"是继七十二年前毛泽东同志《在延安文艺座谈会上的讲话》发表以来最重要的纲领性文件,具有里程碑意义。文学研究所的第一代学者中,有十二人从"鲁艺"走出来,他们中的一些人亲自聆听了《讲话》,并坚持把《讲话》精神贯彻到文学研究的实际工作中。在文学所人心目中,5月23日是一个重要的节日。每到这一天,何其芳同志总要在党报上发表阐释文章。2013年纪念毛泽东同志诞辰120周年以及纪念《讲话》发

表70周年、2017年纪念讲话发表75周年,在这两个重要的日子里,文学研究所、中国文学批评研究会、中外文艺理论研究会、中国当代文学学会等召开了各种形式的座谈会、研讨会,结合习近平总书记的讲话,统一思想认识,取得了若干重要的共识。毛泽东同志的《讲话》是"五四"以来马克思主义在中国传播、生根的必然结果,为新中国文学艺术的发展指明了方向。在新的时代语境下,总结延安时期马克思主义文艺理论中国化的历史经验,重新认识延安文艺精神建构的当代价值,系统总结共产党领导下的"双百"方针、"二为"方向以及"双创"原则,深入探讨文学艺术理论与创作中的"中国经验",两个"讲话"无疑具有深刻的现实意义和深远的历史意义。

(二)加强海外文学名著与文学思潮在中国的传播与影响研究

早在20世纪五六十年代,何其芳所长就组织编辑《文艺理论译丛》《现代文艺理论译丛》《古典文艺理论译丛》三套丛书,有计划、有重点地介绍世界各国的美学及文艺学理论著作,为我国文艺理论界提供了丰富的参考资料。这些著作现已汇编为《中国社会科学院文学研究所学术汇刊》九种三十册,交由知识产权出版社重印。在此基础上,文学所又组织编选了《西方美学的现代历程》《西方文论经典》等论著,围绕着"世界文学"概念、文艺批评的"民族的标准"、马克思主义文学理论中国化、当代艺术的处境等问题,梳理资料,提供进一步研讨的线索。

加强对西方马克思主义文艺理论的研究,也是近年研究的热点。卢卡契(Georg Lukács)《审美特性》提出,马克思主义是关于人的解放学说,认为审美表现是人的生存方式的有机组成部分。[1]

---

[1] [匈]卢卡契:《审美特性》,徐恒醇译,社会科学文献出版社1991年版。

为此，文学所专门组织研讨会。伊格尔顿（Terry Eagleton）《理论之后》注意到文化研究和"理论之后"两种语境背后的意识形态问题，强调理论和实践结合的意义。《批评家的任务：与特里·伊格尔顿的对话》①就流亡与救赎主题、艺术想象与历史想象异同问题、悲剧的意识形态色彩问题展开讨论，极富启发性。譬如关于流浪与流亡的区别，伊格尔顿指出，一个人在现实生活中漂泊无定，到处流浪。他被边缘化，也可能自认倒霉，心安理得，并没有改变现状的勇气。这是一种流浪者的心态，比较容易理解。还有一种情形就比较复杂。他可能在官场体制中，但他依然感觉到自己是异乡人，很难融入固化的体制中。身处魏阙，心在江湖。他渴望改变体制，却又无能为力。这种心态，可能就是美学意义上的流亡状态。关于悲剧，通常的理解，悲剧是历史的必然要求与这个要求不能实现之间的冲突。伊格尔顿又强调指出，"在所有的文学形式中，悲剧也许是最具意识形态性的。它是一个非常排外的领域。因此，我们唯物主义者必须用我们粗鄙的手取得它，而不是以布莱希特的方式摈弃它。确切地讲，悲剧的观念必须被重新职能化，以供另一种政治和美学所用"。

（三）加强对文学理论基本问题的研究

《文学评论》复刊第一期刊发毛主席给陈毅同志谈诗的一封信，引发了学术界关于形象思维问题的大讨论。② 王朝闻同志在《文学评论》（1978年第1期）上发表文章，讨论艺术规律问题，认为形象思维、典型化原则、革命的现实主义和革命的浪漫主义相结合这些有关文艺创作的方法，都是马克思主义美学体系中的重要组成部分，且这些创作方法中的各个方面之间是互相联系的。

---

① ［英］马修·博蒙特（Matthew Beaumont）：《批评家的任务：与特里·伊格尔顿的对话》，王杰、贾洁译，北京大学出版社2014年版。
② 外国文学研究所编：《外国理论家、作家论形象思维》，中国社会科学出版社1979年版。

同时,对文艺创作特殊规律的探讨,对违背文艺创作规律的种种谬论的批判,必须和文艺创作为什么人服务的动机,和产生什么社会效果结合起来。陈涌《马克思、恩格斯的美学和历史的批评》(《文学评论》1983 年第 1 期)、李衍柱《美的规律与典型化原则》(《文学评论》1991 年第 5 期)也就这些问题作了深入探索。陈涌认为,文艺反映的生活是包括政治生活、社会生活和精神生活在内的多方面的生活,因此,美学分析必须和社会历史分析,艺术特殊规律必须和社会历史普遍规律结合起来。李衍柱提出,典型化是一个以少总多、以形写神,通过个别表现一般的过程,是通过偶然揭示必然、通过有限显示无限的过程,是"无目的而又有目的,不自觉而又自觉,不依存而又依存"的矛盾运动过程,是内容与形式对立统一的艺术实践过程。这些论点,今天看来也许并不新鲜,但在当时的特定背景下,确有振聋发聩的意义。

近代以来,随着自然科学的高度发达,后工业化的西方社会出现了种种畸形和矛盾,打破了上帝创世的神话,打破了理性万能的说法。当人们有意识地发现丑,表现丑,把丑当作美的时候,荒诞便代替了崇高,非理性也就成为一时的审美思潮。当代文学创作中很多人热衷于表现中国人的愚昧落后,也与这种时代思潮的影响不无关系。恩格斯说:"在黑格尔那里,恶是历史发展的动力借以表现出来的形式。"蒋孔阳《说丑——〈美学新论〉之一》(《文学评论》1990 年第 6 期)一文指出,作为美的对立面,丑自有其积极意义。问题不在于写什么,而是站在什么立场来写,要表达什么样的审美追求。美与丑,滑稽与崇高,这些曾经的老话题,在审美追求日益多元化的今天,依然有重新思考的必要。

与此相关联的,是如何认识以法国哲学家德里达(Jacques Derrida)为代表的解构理论。[①] 解构主义强调歧异的存在是多元

---

① 德里达的代表作有《论文字学》《语音与现象》《书写与差异》等。

的必然,也是事物发展的动力,在差异的运动中,由于变是不可停止的,矛盾成为互补而非绝对对抗,由于歧异是一种积极的运转的能,使万物不断更新,它不应受一个中心意旨的压制。这种理论有其合理性的内涵,可以借此批判西方中心主义,并引发女权主义思潮,有助于后殖民主义对文化侵略的批判,也有助于后现代主义艺术观对无序、无整体宇宙观的形成和表达。①

20世纪80年代以来,随着西方思潮的涌入,社会-历史批评、文化批评、精神分析批评、结构主义批评、比较文学批评、文体形式批评、印象批评等新的研究方法纷至沓来,众声喧哗,一时间被推为显学。早在1962年,钱锺书就发表了《论通感》,较早运用心理学方法,比较亚里士多德《心灵论》与中国的《乐论》,比较唐宋诗词与西方古典诗歌中的通感现象。他指出,在日常生活里,视觉、听觉、触觉、嗅觉等往往可以彼此打通或交通,眼、耳、鼻、身等各个官能的领域可以不分界限。把事物的无声的姿态描摹成好像有声音,表示他们在视觉里仿佛获得了听觉的感受,用现代心理学或语言学的术语来说,就是"通感"或"感觉移借"。80年代,文艺心理学成为热门学问,各种心理学、变态心理学的著作如雨后春笋般涌现。② 在众多著作中,吕俊华的《自尊论》③《艺术创作

---

① 参见郑敏《解构思维与文化传统》,《文学评论》1997年第2期。
② 就我个人阅读所及,如金开诚《文艺心理学论稿》(北京大学出版社1982年版)、朱光潜《悲剧心理学》(人民文学出版社1983年版)、《变态心理学派别》(上海文化出版社1989年版),滕守尧《审美心理描述》(中国社会科学出版社1985年版),[苏]列夫·谢苗诺维奇·维戈茨基《艺术心理学》(上海文艺出版社1985年版),[奥]佛洛依德《精神分析引论》(商务印书馆1984年版)、《梦的解析》(中国民间文艺出版社1986年版),[瑞士]荣格《心理学与文学》(生活·读书·新知三联书店1987年版),[美]马斯洛《人的潜能和价值》《动机与人格》(华夏出版社1987年版),[美]罗伯特·G.迈耶与保罗·萨门合著《变态心理学》(辽宁人民出版社1988年版),[德]卡伦·霍妮《自我的挣扎》(中国民间文艺出版社1986年版)等,都具有代表性。
③ 《自尊论》,上海文艺出版社1988年版。

与变态心理》①《艺术与癫狂:艺术变态心理学研究》②等,从变态心理学的角度解读文学,很有影响。80年代,林兴宅在《文学评论》发表了《论系统科学方法论在文艺研究中的运用》(1986年第1期)一文,论述了我国文艺研究、文艺批评方法论变革的三个层次,提出系统科学方法论的核心在于有机整体观念。强调整体性观念,这在今天看来可能已是常识,而在当时,林兴宅运用系统科学方法论讨论文学问题,让人感觉耳目一新。

听觉文化与视觉文化的比较研究也备受瞩目。早在20世纪80年代,美国学者鲁道夫·阿恩海姆(Rudolf Arnheim)的专著《艺术与视知觉》就被介绍到中国,该书重点分析了视觉艺术心理学问题。有学者进一步指出,以拼音文字为主体的西方文化,对于"图像"非常重视,甚至成为视觉文化的核心概念。相比较而言,以形声文字为主体的中国文化传统,对于听觉形象更加关注。看字听声,"闻声知情",这是中国文化的特点。明清小说中存在着的"草蛇灰线"的艺术手法,强调艺术结构要有"连"有"断",这与西方艺术更专注于一以贯之的"连"有所不同。③ 将这种理论应用于文学史研究,就有可能别开生面。④

---

① 《艺术创作与变态心理》,生活·读书·新知三联书店1987年版。
② 《艺术与癫狂:艺术变态心理学研究》,作家出版社2009年版。
③ 傅修延:《为什么麦克卢汉说中国人是"听觉人"——中国文化的听觉传统及其对叙事的影响》,《文学评论》2016年第1期。
④ 陈平原《有声的中国——"演说"与近现代中国文章变革》(《文学评论》2007年第3期)从近现代的"演说"入手,着重讨论"演说"在新文化运动中的作用。平田昌司《文化制度与汉语史》(北京大学出版社2016年版)第13章"眼睛的文学革命 耳朵的文学革命",则把1917年《新青年》刊发《文学改良刍议》视为开启"看"的文学革命。20世纪20年代以来,现代戏剧、广播、有声电影等声音媒介迅速涌现,"听"的文学就开始了。1922年从哈佛大学学成回国的洪深和1926年从哥伦比亚大学毕业归国的熊佛西,陆续为美国的戏剧理论与小剧场运动介绍到了中国本土。1923年上海的中国无线电公司开始有广播。1928年南京的中央广播电台开始播放收音节目。华语有声电影之作开始于1930年的《歌女红牡丹》。这些都是"听"的革命,听觉艺术在这里扮演了重要角色。

文学创作、文学理论的本土化,中国古代文论的现代化,也是持续不断的讨论话题。黄浩的《文学失语症》[①]认为新小说患上了"运动性失语","即语言传达的功能性障碍疾病。通俗一点讲,就是:新小说说话困难"。由此延伸,古代文论也面临着现代转化的难题。曹顺庆《21世纪中国文化发展战略与重建中国文论话语》[②]一文探讨了"重建中国文论话语"的可能性以及若干途径。季羡林《门外中外文论絮语》[③]强调我们应当秉承"不薄西方爱东方"的态度,"让这两种话语并驾齐驱,共同发展"。为此,《文学评论》编辑部在1997年第1期特意设专栏,精心择选出四篇论文与一篇报道,由此引发"中国古代文论的现代转换""重建中国文论话语"的大讨论。

　　20与21世纪之交,面对中国复杂多变的文学现象及其发展状况,文化研究理论与实践问题逐渐引起学界的格外关注。1999年底,《文学前沿》主办"文学理论与文化研究"研讨会,就90年代中国文化批评的评价以及文化研究在中国文学研究中的适用性进行讨论。此后连续几年召开了"文艺学与文化研究""变革时期美国文学与文化研究全球性对话"等研讨会,试图对丰富复杂的中国当代文学做出文化解答。文学研究所也适时承担院重大课题"新世纪全球化格局与中国人文建设"项目,用于面对新世纪以来中国文论转型过程中呈现出来的重大理论问题,系统回应急剧变化中的中国社会文化现实问题[④],同时,又组织专家,按照类别编选"新世纪文论读本",选录近十年来重要的理论文章[⑤],为学术界提供丰富的参考资料。由此不难看出,文学所的研究人员既要坚持"文以载道"的悠久传统,又不能放弃研究者应有的立场和情

[①]《文学失语症——新小说"语言革命"批判》,《文学评论》1990年第2期。
[②]《21世纪中国文化发展战略与重建中国文论话语》,《东方丛刊》1995年第3期。
[③]《门外中外文论絮语》,《文学评论》1996年第6期。
[④] 这套丛书已由山东教育出版社于2009年出版。
[⑤] 这套丛书已由中国社会科学出版社于2011年出版。

怀。钱中文就坚持认为,过度强调文化研究的价值其实是泛化了"文学性",取缔了文学自主研究和独立的学科价值,一味地关注文学外部研究,最终将导致文学的消亡和死亡。经典马克思主义强调"物质生活的生产方式制约着整个社会生活、政治生活和精神生活的过程"[①]。文学观念的变迁和文学研究的推进,始终是在社会语境的制约中产生和发展的。文学研究工作者应当看到历史语境的变迁和重大转折,找到能有效作用于社会语境的研究旨趣和范式,这样才能对文学和社会文化的发展起到应有的作用。站在今天的立场看,这场论争的意义已超出"文化研究"本身,由此向传统文艺学、当代文学批评等领域延伸,影响不可小觑。

其实,这又涉及学科边界问题。一方面,不同学科的学者画地为牢,各说各话,"鸡犬之声相闻",老死不相往来,甚至还相互怀有偏见。从事文学研究的人对历史常有偏见,觉得他们见物不见人;从事历史研究的人对文学界也有成见,认为文学研究是见人不见物;从事哲学研究的人认为文学仅仅是对客观世界甚至是对哲学的间接折射,不能直接揭示宇宙与社会的本质与真理;文学、历史学界,也有人认为哲学研究没有学问,因为他们物、人皆不见,只讨论形而上的东西。另一方面,我们又渴望彼此了解,也都知道,历史可以为文学提供直接素材,文学也可以是历史与哲学的反映。譬如,对于先秦两汉历史文化的研究,文史哲研究者所使用的材料大体是相同的,只是观察的角度有所不同而已。谈到屈原,我们不仅想到屈原的思想和形象,还有他的时代,他的生存环境、楚地风物等,涉及历史学、地理学、哲学、人类文化学、社会学等多学科的知识与方法。从这个意义上说,打破内部藩篱,进行跨学科研究,就很有必要。问题是,这些话题说了很多遍,学术界也多有尝试,但成功者有限。有的文学研究工作者,从古代

[①]《马克思恩格斯选集》第2卷,人民出版社1972年版,第82页。

文学研究到现当代文学、民间文学,最后还会研究到史学、哲学甚至政治、经济学,每一部成果都可能引起一定的社会轰动效应,但时过境迁,多数所谓成果如天边游云一样散去,没有多少人还记得起他们的作品。有的文学研究工作者,爱用训诂学上"一声之转"的方法,由甲到乙,由乙到丙,由丙到丁,转来转去,似乎古代任何作家的任何作品,都有可能产生关系。学术研究允许根据一些材料发挥适当的想象,就像跳远,脚踏实地,跳出一步,对古人抱以了解之同情,但仅此而已,不能再据以进行三级跳。学术研究不是学术创作。多学科跨界研究在方法论上容易犯的一个毛病,就是忽视了学术有边界、学术有内涵的基本道理,忽视了外延不能无限扩展的规矩。无节制的跨学科研究可能会获得暂时的声誉,却由于缺乏相关学科的基础知识和基本的学术训练,往往后继乏力,其成果也很难长久保存下去。这样的成果,可以浪得虚名一时,却会让作者付出一生的代价,风险还是比较大的。我们提倡文史哲不分,并非要求文学研究者去从事历史学、哲学工作者的研究任务,学术研究确实需要注意学科边界问题。

(四) 跨学科研究:从民间文学到比较文学

文学研究所的民间文学研究领域聚集了一批享誉国内外的学者,在神话、史诗、民间故事、民间传说、歌谣、谚语、小戏以及民间文学基本理论研究方面,成果丰硕。随着城市化进程的加速,"民间"的涵义发生了重大变化。为适应国内外学术发展的新形势,这个研究团队在强化已有优势基础上对研究重点和研究领域多作调整,发挥集合优势,在原有《中华民间文学史》基础上修订而成《中国民间文学史》[①],涉及多种民间文学研究分支学科,获得

[①] 祁连休、程蔷、吕微主编:《中国民间文学史》,河北教育出版社1999年初版,2008年修订再版。

海内外同行的重视及好评,已被列入高等学校文科教材。其次,强化民间文学理论研究,关注中外民间文学和民俗学研究理论与方法的前沿问题,注重对学科理念作深度反思,对关键词作系统梳理。同时,审时度势,积极参与非物质文化遗产保护工作,并在其中起到重要作用。①

从现在的趋势看,民间文学、民俗文学、民族文学乃至比较文学,殊途同归,正面临着一个前所未有的理论突破。譬如民族文学问题,现在越来越引人注意。过去,国内很多民族院校文学系通常开设有汉民族文学经典阅读课,对《诗经》《楚辞》等文学名著以及李白、杜甫、元稹、白居易、韩愈、柳宗元等著名诗人的优秀作品,都有详尽的介绍。相比之下,一些综合性大学的中文系对于不同民族的文学经典,似乎鲜有介绍。中文系,是中国语言文学系的简称。中华各民族文学经典,当然是中国文学的重要组成部分,理应被纳入中文学科建设的规划中。2015年3月,中国社会科学院主办的《文学评论》《文学遗产》《民族文学研究》又联合举办了"中华文学的发展、融合及其相关学科建设"学术研讨会。与会专家热烈讨论,建言献策,凝聚共识,一致认为有必要努力探讨、总结"中华文学"在中国古代不同历史时期呈现出来的不同特色、演变规律及其在推动中华民族文化、文学的交流与融合过程中的时代作用。这次会议引起了学界和在京媒体的共鸣与关注。《文史知识》编辑部又组织专栏,约请一些中青年学者撰写文章,展示新一代学者的宏观思考。

再譬如比较文学问题,郑振铎先生借鉴《金枝》的巫术理论来

---

① 2013年,以民间文艺工作者为主体的中国民俗学会,在法国巴黎举办的联合国教科文组织保护非物质文化遗产政府间委员会第九届常会上,成功当选为新成立的联合国教科文组织非物质文化遗产审查机构成员,在2015年至2017年间全面参与人类非物质文化遗产代表作名录、急需保护的非物质文化遗产名录、优秀实践名册及国际援助四类申报项目的评审工作。

解析汤祷传说,重释经典文献的文化意义,开启了比较文学研究的先河。钱锺书《谈艺录》《管锥编》等学术名著,是20世纪中国比较文学研究的杰作。80年代中期,"方法热""文化热"风起云涌,研究者渴望"走向世界"。在这样的背景下,文学研究所在1985年以《文学研究动态》编辑部为基础,组建了文艺新学科研究室。1990年,该研究室更名为比较文学研究室。2002年,文学研究所又成立比较文学研究中心,将文学人类学、比较神话学作为主攻方向。

这两个方向,又与现在比较时髦的"抄本理论"有内在的关联。

近年,随着记忆文化理论研究的深入,人们将历史的发展分为口述文化、记忆文化和文化认同与政治想象这三个阶段。这种理论主张,与当前所谓"后真相"(post-truth)思潮相关。尼采说,世界上没有真相,只有对真相的解释。这就涉及历史的角色塑造问题、历史想象与文学想象的同异问题。依据这样的理论,抄本时代的经典不同程度地存在着不断叠加的情况。流传至今的先唐文本文献可以有单一的资料来源,也可以具有多重早期资料来源,往往会出现异文,很不稳定。

譬如,司马迁《史记》的记载常常自相矛盾,有些场面的描述更像小说,甚至可以这样说,早期的历史文献,内容很多像小说。这也容易理解。中国古代早期文献,始于口头传播,经过漫长的流传,最后被写定。在流传过程中,口传文献信息不断累积、演变,最终形成文本文献。因此,我们今天所看到的众多版本,很难说哪些是定本,哪些内容是后人叠加进来的。不同文本的不同性质本身已经成为文学史叙事的重要组成部分。照此推论,先唐文本文献具有极大的不确定性。19世纪末,疑古思潮甚嚣尘上,与此前的疑古之风遥相呼应。俄国汉学家王西里(V. P. Vasiliev, 1818—1900)《中国文学史纲要》认为,除《诗经》《春秋》外,现存先秦典籍多数是汉代产物,甚至更晚。① 梁启超《中国历史研究法》提出十二种辨伪的方法,也将很多先秦以来流传的典籍列入伪托之作。类似这样的观点,左右学术界将近一个世纪。

问题是,最近四十多年,出土文献不断增多,越来越多的材料证明,中国早期文本文献的传承相当复杂,梁启超提出的辨伪方法,大多数站不住脚。而且,更重要的是,现在所有的出土文献,并没有从根本上改变中国学术史的面貌。即便是甲骨文,也只是证明司马迁所见史料比较确切。这充分说明,中国早期文献确有其稳定性品质。

过去我们常常依违两端,要么疑古,要么佞古,即便是中立的"释古",或曰"走出疑古时代",其本质还是相信或者不相信现存史料。所谓抄本理论的一个基本的态度是,承认古史材料矛盾的存在,具体材料要做具体分析,不能一概而论。

近年,出现了一种从"国学热"到"古典学"的倾向。北京大学、中国人民大学、复旦大学、浙江大学纷纷开展抄本理论研究,有的学校还成立古典学研究中心之类的机构,引入欧美研究古希腊文化、《圣经》文献的学术方法,虽然还是初步的尝试,但值得关注。

二、当代文学思潮

(一) 密切跟踪当代文学创作

文学所的重要领导、学者郑振铎、何其芳、唐弢、蔡仪、陈荒煤等,早年多投身于当代文学创作与文学批评工作。中华人民共和国成立后,他们围绕着当时的文学创作与文学理论问题,撰写了大量的文学评论、文学史和文学理论研究论著,对于《林海雪原》

---

① 《中国文学史纲要》,1880 年出版,圣彼得堡国立孔子学院 2013 年整理成中俄文对照版。

《红日》《红旗谱》《苦菜花》《青春之歌》等进行了比较广泛深入的研究。20世纪60年代,由中国科学院文学研究所毛星、朱寨等人编写的《十年来的新中国文学》①集中反映了文学研究所对于当代文学的整体把握。

改革开放之初,邓小平在全国第四次文代会上发表了重要讲话,确立了"文学为人民服务,为社会主义服务"这一社会主义时期一切文学活动发展的根本方向和根本目的。由朱寨、张炯等学者领衔,集体撰写了《新时期文学六年》②《中国当代文学思潮史》③《当代文学新潮》④《新世纪文丛》⑤《九十年代文学观察丛书》⑥等著作,学者们积极参与到当代文学理论建设与文学批评活动中,为中国文学事业的劫后复苏贡献力量。新世纪以来,为深入总结建国六十多年来的中国文学经验,杨匡汉、陈晓明等人主持编写了《共和国文学50年》⑦《现代性与中国当代文学转型》⑧《20世纪中国文学经验》⑨《六十年与六十部——共和国文学档案》⑩等著作,都曾产生重要影响。

除完成重要的集体项目和资料汇编之外,四十年来,当代室老中青三代学者潜心于个人的学术著述,成为国内当代文学批评界的中坚力量。近年,特别应该提及的是李洁非个案研究系列(《解读延安》《典型文坛》《典型文案》《典型年度》《文学史微观察》

---

① 《十年来的新中国文学》,作家出版社1963年版。
② 《新时期文学六年》,中国社会科学出版社1985年版。
③ 《中国当代文学思潮史》,人民文学出版社1987年版。
④ 《当代文学新潮》,人民文学出版社1997年版。
⑤ 《新世纪文丛》凡十册,陕西人民教育出版社1991年初版,1998年再版。
⑥ 《九十年代文学观察丛书》凡十册,山西教育出版社1999年版。
⑦ 杨匡汉、孟繁华主编:《共和国文学50年》,中国社会科学出版社1999年版。
⑧ 陈晓明主编:《现代性与中国当代文学转型》,云南人民出版社2003年版。
⑨ 杨匡汉主编:《20世纪中国文学经验》,东方出版中心2006年版。
⑩ 中国社会科学院文学研究所当代室著:《六十年与六十部——共和国文学档案》,生活·读书·新知三联书店2009年版。

《共和国文学生产方式》等),总结延安经验,分析共和国文学体制与文学生产的关系,蕴含着深邃的历史思考,在当代文学研究界引起了较大反响。李建军的当代文学研究(如《时代及其文学的敌人》《文学的态度》《文学因何而伟大》《文学还能更好些吗》等),立足中国传统文化,推崇俄罗斯别、车、杜的美学思想,追求崇高之美,提出"集体性共创"理论,在当代评论界独树一帜。①

为密切跟踪当代文学变化,文学所当代文学研究室逐步确立了以"文情现状考察"和"中国文学经验"为两大主攻方向。《中国文坛纪事》(1999年启动)、《中国文情报告》(2003年启动)是"文情现状考察"的核心成果,以时文选辑、考察报告的方式切入当下,把握走向,成为当代文坛一份重要的年度报告,受到广泛关注。主持人白烨根据调研考察所得,为院《要报》撰写内参文章,如《青年作家队伍的现状与问题》《当下文学阅读的浅俗化问题》两文,提出要注意对青年作家的培养的建议,得到中央领导的重

---

① 李建军在《并世双星:汤显祖与莎士比亚》一书中指出,一切成熟意义上的文学创作,都是以前人或同代人的文学经验为基础,是对多种经验吸纳和整合的结果,因而本质上是"集体性"的,而非"个人性"的;是由知名或不知名的人"共同"参与和创造的,而不是由一个人师心自用独自创作出来的。他涉及了对"独创""生活"和"内心封闭性"等问题的理解和阐释。长期以来,我们强调"独创性",否定一切经验的消极的文学意识,这是一种傲慢的写作姿态和无知的写作理念。1832年2月17日,歌德对爱克曼说过这样一段话:"事实上我们全都是些集体性人物,不管我们愿意把自己摆在什么地位。严格地说,可以看作我们自己所特有的东西是微乎其微的,就像我们个人是微乎其微的一样。我们全都要从前辈和同辈学习到一些东西。就连最大的天才,如果想单凭他所特有的内在自我去对付一切,他也决不会有多大成就。可是有许多本来很高明的人却不懂这个道理。他们醉心于独创性这种空想,在昏暗中摸索,虚度了半生光阴。我认识过一些艺术家,都自夸没有依傍过什么名师,一切都要归功于自己的天才。这班人真蠢!好像世间竟有这种可能似的!……我只不过有一种能力和志愿,去看去听,去区分和选择,用自己的心智灌注生命于所见所闻,然后以适当的技巧把它再现出来,如此而已。我不应把我的作品全归功于自己的智慧,还应归功于我以外向我提供素材的成千上万的事情和人物。"这是一段非常重要的议论,有助于我们反思和纠正极端性质的"创新"理论和"独创"理论。

视,中国作协为此专门召开工作会议,定期举办全国青年作家高级研修班。

当代文学研究室还曾联合全国30多家单位协作编辑《中国当代文学研究资料》,迄今已出版80多种,计2000多万字,从一个侧面展现了当代文学的发展历史。

(二) 积极开展有针对性的文学理论研究与文学批评工作

2014年1月,《人民日报》开辟《文学观象》栏目,就当前我国文学发展中的重要现象、热点话题和焦点问题,以对话形式进行探讨和辨析,有的放矢地开展深入有力的文学批评与理论研究。这是马克思主义文艺批评的重要收获。主持"文学观象"专题研讨的张江教授,不仅亲自参与每期专题的设计与策划,而且负责撰写每期的主持人语,所论都有精彩的见解,构成了"文学观象"的一大亮点。如在《文学遭遇低俗》中,他说道:"文学发展遭遇越来越严重的低俗之风。这与整个社会环境的客观变化有关系,但更与一些创作者理念观念认识模糊密切相连。许多人认为,文学要接地气,就要'俗'。还有人宣称,只要老百姓喜闻乐见,无论俗与不俗,都是好作品。这话得好好辨析。'俗'有通俗、低俗之分,通俗指向风格,低俗指向趣味。文学可以通俗,不能低俗。"这些看法,直面当下文学现状,大胆言说文学基本问题,言简意赅,理直气壮,在理论与实际的密切结合上,表现出了实事求是的理论思考与批评勇气。2015年,人民出版社将上年24篇"文学观象"系列论评文章结集为《原点、焦点与热点——"文学现象"系列论评》一书出版。①

---

① 张江《强制阐释论》一文(《文学评论》2014年第6期)亦很有代表性。该文针对当前文学理论界用文学场外理论或科学原理介入文学阐释,从根本上抹杀文学理论与批评的本体特征,引导文论偏离文学的现象提出了尖锐批评。

（三）总结探索中国当代文学经验

中国的诗歌，从古诗到律诗，再到新诗，如何在继承中有所创新，一直以来都是新诗研究的重点。20 世纪 50 年代，何其芳同志发表了《关于诗歌形式问题的争论》一文（《文学评论》1959 年第 1 期），结合对诗歌创作问题的看法，谈及个人在诗歌形式上的主张。80 年代，新诗潮兴起，两个"崛起"引发了长时间的论争。不过，这个问题至今也没有取得突破性进展。新诗民族化依然任重而道远。

新时期的小说创作，高潮迭起。从"伤痕文学"到"新写实小说""先锋派"创作，每个时期都有代表性创作。陈忠实的《白鹿原》、莫言的系列创作，获得了较高的赞誉。《白鹿原》的意义在于，作者一方面试图探究民族文化和历史命运，另一方面，又努力从中重新发掘民族灵魂，发现人的价值，给文学界带来新震撼和自信。①

2012 年 10 月，莫言荣获诺贝尔文学奖，是中国当代文学的一个重大事件。围绕莫言获奖的话题，从最初的欢呼雀跃②，逐渐集中到莫言创作与中国经验的思考与总结方面。文学界普遍认为，从当前或者长远来看，中国都迫切需要像莫言这样的作家，以文

---

① 参看雷达《废墟上的精魂——〈白鹿原〉论》，《文学评论》1993 年第 6 期。
② 何吉贤《无名袭来"莫言风"："莫贝尔"在中国》称莫言获奖后，"平面纸媒、电视和网络新媒体迅即开始铺天盖地地介绍和挖掘有关莫言的一切'新闻'。记者和游客蜂拥来到莫言的家乡高密东北乡，连莫言老家的那片红萝卜地也惨遭洗劫，当地政府乘势而上，准备投资 6.7 亿元，种植万亩红高粱，打造莫言文化体验区。出版商们也开足机器马力，大量印销莫言的作品，包含了莫言所有作品的 20 册《莫言全集》也很快上市，甚至还爆发了莫言作品的版权之争。在很短的时间内，莫言作品即高居畅销书排行榜榜首，在莫言刚获奖的那几个月内，有时候，莫言的作品甚至有两三本都排在了畅销书前十位，不到半年的时间，据说莫言图书的总码洋已超过了两个亿"。该文收入《文学研究新视野——文学研究所对外学术交流文集》一书中，社会科学文献出版社 2018 年版。

学特有的人文理性精神,跨越文化差异,讲好中国故事,总结中国经验,让中国文学融入世界,同时,也让世界了解真实的中国。①莫言用自己独特的文体超越了故乡这个狭义的乡土概念,超越了故乡日常生活的简单的自然主义,超越了转瞬即逝的、空洞的、无意义的琐屑形象,超越了"怪诞现实"的物质形态,也超越了历史时间的盲目乐观(进化)和悲观(末世论),并赋予了这些被超越的东西以真正的民间气质、信念和意义。②

2012年12月,文学所主管的中国当代文学研究会和首都师范大学文学院在在京联合主办研讨会,主题就是"全球视野与本土经验"。有学者指出,莫言等人的创作证明:中国当代最优秀的作家都传承了"五四"文学的主题,传承了鲁迅的主题。鲁迅反复书写过的暴力、围观、嗜血的主题以及"吃人"的隐喻,包括对国民性的分析,在莫言作品中都是非常丰富的。和鲁迅相比,在深刻、苛刻的程度上,莫言也是有进步的,他甚至进一步强化了鲁迅的某些观念,超越了简单的政治描写,确立了反进化论的写作立场。③还有学者指出,莫言的小说创作虽然受到文学大师如福克纳、川端康成等的影响,但他的小说的叙述方式主要还是由中国叙事文学传统滋养出来的。④

当然,也会有另外一种声音,认为莫言的创作虽有其贴近乡土的一面,同时也不可否认,其创作核心是对20世纪80年代文学思潮的一种延续,是对西方关于中国想象的某种印证。事实上,当代中国的文学和思想,早已走到莫言的前面。换一句话说,莫言的创作依然停留在过去的历史语境中。有读者指出,莫言的

---

① 蔡清辉在2012年11月4日的《光明日报》上就提出莫言与"中国经验"的讲述问题。
② 张柠:《文学与民间性——莫言小说里的中国经验》,载2013年6月25日"中国作家网"。
③ 张清华:《莫言与中国新文学的整体观》,《文学评论》2017年第1期。
④ 季红真:《莫言小说与中国叙事文学的传统》,《文学评论》2014年第2期。

小说展现的是"一个阴郁、悲凉、荒诞的世界,充满饥饿、暴力和非理性的欲望。不知道这是否就是莫言所理解的人性,抑或中国人的人性?"①

(四) 关注新兴媒介变化

当前,经济市场化、全球化,当代科学技术,特别是信息技术的发展,催生出许多新的文学现象,网络小说、博客写作、微博信息、手机文学以及网络文学评论等,打破了地区、种族、文化的隔绝状态,以前所未有的迅疾加快了信息的传播和交流,对传统形态的文学构成巨大挑战。网络文学的核心价值是"爽"。它可能刺激和促进文学艺术的繁荣,也可能会造成文艺的庸俗化倾向。文学艺术面临着前所未有的发展压力。

如何面对如此巨大的作者群和读者群,我们的文学批评工作者显然还没有做好充分准备。2013 年 7 月 19 日,《人民日报》刊发专栏文章,"呼吁建立网络文学评价体系"。确实,网络时代的发展,呼唤我们的文学批评工作者,不仅要追踪日新月异的文学变化形势,更要站在历史的高度,客观评述这种变化的因缘际遇及其发展趋势。这就需要建立"网络文学史"体系,客观评价网络文学的文学史地位以及存在的问题。

三、文学史及文学史料研究

文学史研究与文学作品细读,两者关系密切,其背后又隐含着不同的价值取向。文学作品细读,往往通过个案,关注艺术的特色。而文学史研究则带有鲜明的理论探索的色彩,探索的是规律性的东西。

---

① 刘复生:《"诺贝尔文学奖"背后的文化政治》,载《天下》2013 年第 1 期。

（一）纵向历时性研究

文学史研究涉及的范围很广泛，既包含作家作品研究，也涵盖文学思潮史研究。文学所古代文学研究室、近代文学研究室、现代文学研究室、台港澳文学与文化研究室以及古典文献研究室主要承担广义文学史研究的重任。

1953年，文学研究所建所伊始就设立了中国古典文学组和中国文学史组，理论与文献并重，中学与西学贯通，完成了一系列具有重大影响力的文学史著作。20世纪60年代由余冠英先生主持编纂完成的三卷本《中国文学史》、由唐弢先生主编的三卷本《中国现代文学史》汇集了中国古代、现代文学研究领域的精英，集中呈现了中华人民共和国成立以后文学史研究的最新成果，长期以来作为教材，蜚声海内外。

20与21世纪之交，邓绍基、刘世德、沈玉成等先生组织编写了多卷本"中国文学通史"系列，包括谭家健等主编《先秦文学史》，曹道衡、沈玉成编著《南北朝文学史》，徐公持编著《魏晋文学史》，邓绍基主编《元代文学史》，成为这一学科的权威著作。此外，杨镰《元诗史》，金宁芬《明代戏曲史》，董乃斌、陈伯海、刘扬忠主持编写的《中国文学史学史》，显示出文学所对文学史研究广泛而持久的关注。断代文学史、分体文学史、文学编年史等领域，也推出了一系列重要成果，如刘跃进编著《秦汉文学编年史》[1]、曹道衡、刘跃进合著《南北朝文学编年史》[2]、卓如、鲁湘元主编《二十世纪中国文学编年》[3]、刘福春编著《中国新诗编年史》[4]、张大明编著

---

[1]《秦汉文学编年史》，商务印书馆2006年版。
[2]《南北朝文学编年史》，人民文学出版社2000年版。
[3]《二十世纪中国文学编年》，河北教育出版社2013年版。
[4]《中国新诗编年史》，人民文学出版社2013年版。

《中国左翼文学编年史》[①]等,一时出现了出版扎堆现象。

中国近现代文学学科已有较长的发展历史。文学所不仅有专门的研究室,还主管着全国性的中国近代文学学会、中国现代文学研究会、中华文学史料学学会。在中国现代翻译文学史研究与"鲁、郭、茅、巴、老、曹"等经典作家研究方面,很多学者一直始终活跃在第一线。

早在1978年,文学研究所便组建了近代文学研究室(初名近代组),这是全国第一个专门研究中国近代文学的学术机构。1982年,近代文学研究室首先发起举办第一届中国近代文学学术讨论会,此后每两年一届,现已坚持了二十多年。由近代文学研究室筹备,1988年成立了中国近代文学学会,1990年成立了中国南社与柳亚子研究会等二级分会。这些机构的设立,极大地推动了近代文学研究的开展。

中国现代文学研究室成立于1954年,以20世纪初以来的新文化运动和新文学史的研究作为首要任务,兼及当代文学的研究,形成了富有影响力的学术团队和学术传统。《文学评论》常常组织专题讨论,刊发对现代著名作家作品的研究论文。特别是鲁迅研究,常论常新。陈涌《鲁迅与五四文学运动的现实主义问题》(《文学评论》1979年第3期)全面论述了鲁迅在中国现代文学史中的重要意义。孙玉石《〈野草〉与中国现代散文诗》(《文学评论》1981年第5期)则把鲁迅的《野草》视为中国现代散文诗走向成熟的第一个里程碑。此后,王富仁、杨义、汪晖等人又分析了鲁迅作为一个伟大思想家的复杂性格。还有学者常常运用新方法、新理论去解释鲁迅的作品。譬如吕俊华《论阿Q精神胜利

[①] 《中国左翼文学编年史》,社会科学文献出版社2013年版。此外,钱理群主编《中国现代文学编年史——以文学广告为中心(1915—1927)》(北京大学出版社2013年版)、张健主编《中国当代文学编年史》(山东文艺出版社2013年版)也是这个时期的代表作。

法的哲理和心理内涵》[1]、林兴宅《论阿Q性格系统》[2]等,都是当时传诵一时的名作。

20世纪80年代,"重写文学史"成为时髦的提法。从理论上说,这种提法是"为了冲击那些似乎已成定论的文学史结论,目的在于探讨文学史研究多元化的可能"。其实质是不满足于过去的叙述,对《诗》《骚》的传统,李、杜的地位,左翼文学,解放区文学以及1949年后的"十七年"文学提出系统质疑。在此背景下,美国学者夏志清的《中国现代文学史》以及孙康宜、宇文所安主编的《剑桥中国文学史》、梅维恒主编的《哥伦比亚中国文学史》便成为学术界少有的畅销书。这个现象的背后,其实有一股思潮在涌动,即海外一部分汉学家在掌控着中国文学的评价标准。在很多人的潜意识里,要想"走向世界",就有必要向欧美学习,有必要对中国古代文学、中国现当代文学给予重新叙述和评价,才能获得所谓世界学术主流的认可。

历史的经验告诉我们,撰写文学史,不能东倒西歪,还是要回归中国的传统,回归主流意识形态。2016年,《中国文学批评》杂志对此一现象展开讨论,提出了很多值得思考的问题。文学所的科研人员坚持自己的研究立场,一批青年学者自发地组成"北京·中国当代史读书会",阅读原始文献,倡导重回经典,开展以重新阐释左翼和革命作家为宗旨的"社会史视野下的中国现当代文学"系列学术活动,以客观理性的态度审视历史,发表了很多有深度的研究文章,即将结集为《革命·历史·文学》《社会史视野下的中国现当代文学——以赵树理为中心》《20世纪中国革命视野下的台湾文学》三部著作。

---

[1]《论阿Q精神胜利法的哲理和心理内涵》,陕西人民出版社1982年版。
[2]《论阿Q性格系统》,载《中国现代文学研究丛刊》1985年第2期。

(二) 横向共时性研究

近百年来,各种形式的中国文学史已经出版了上千部,多属于建立在西方文学观念基础上的知识性积累,且局限于汉民族文学发展状况。20世纪90年代文学所就主持了《中华文学通史》①的编写工作,包括中华多民族文学、民间文学,还涉及深受中华文化影响的汉语文化圈以及海外华文文学,在某种程度上实现了"三通",即纵向的古今文学贯通,横向的多民族、民间文学贯通,台港澳地区暨海外华文文学贯通。② 2015年,《文学评论》《文学遗产》《民族文学研究》联合举办了"中华文学的发展、融合及其相关学科建设"学术研讨会,引起了学界和在京媒体的共鸣与关注。杨义又在此基础上,进行了比较深入的理论思考。

杨义《文学地理学会通》③立志重绘中国文学地图,其手持的利器,就是大文学史观,注重文学史历时性与共时性的相互交融、立体共生的关系,关注"边缘活力"问题,关注文学地理学、文学民族学、文学文化学和文学图志学乃至文学考古学。刘跃进《秦汉文学地理与文人分布》(中国社会科学出版社2012年版)一书,收集了大量秦汉时期的文人史料,依照地理分布情况进行整理,以说明不同地域与文人气质风尚的关系。这种探讨在文学研究方法上具有重要意义。赵京华率领创新团队,从事"20世纪人文地理纪实"丛书的校勘与研究工作。这是一项旧书翻刻与整理的工作,目前已由中国青年出版社出版了两辑,近20册。该丛书的整理出版,是对20世纪众多人文地理著作的一次重新发现和解读,是拼贴完成20世纪文学研究全息全景地图的一次尝试。

开展对中国台湾、香港、澳门地区的文学与海外华文文学的

---

① 由樊骏、张炯、邓绍基主编,华艺出版社1997年出版。
② 参见拙文《〈中华文学通史〉的"三通"尝试》,载《中国青年报》1998年1月3日。
③ 《文学地理学会通》,中国社会科学出版社2013年版。

研究，也是文学研究所的一项重要工作。早在1989年创建的港台澳暨海外华文文学研究室，在台湾小说史、新诗史、文学理论发展史、两岸文学关系史和作家作品、专题研究等方面，积累了一定的研究基础。近年，他们以"台湾文学史料编纂与研究"为中心，梳理明末与清代台湾传统文学、日据时代文学文献，陆续推出《台湾文学大系》《扬子江与阿里山的对话》《台湾地区文学透视》《中国文化中的台湾文学》等集体成果。此外，个人著述众多，为开拓中国大陆起步较晚的台湾、香港、澳门地区和海外华文文学的学术研究做出了重要贡献。

（三）综合文献研究

文学研究所的文学史研究，建立在对文学史料的系统整理基础之上。古代文学史料的整理，最重要的业绩是大型《古本戏曲丛刊》的编辑出版。它是迄今为止已出版的最大的戏曲作品总集，收录了留存于世的绝大部分戏曲孤本与珍本。文学所几代学人为此丛刊付出了坚实的努力，先后出版了一、二、三、四、五、九等六集，收录了八百余种稀见戏曲珍本。2016年，文学研究所与国家图书馆出版社携手推出《古本戏曲丛刊》第六集，第七、八、十三集的工作业已进入实施阶段，在2020年底出齐。此外，《古本小说丛刊》（刘世德、陈庆浩、石昌渝主编，中华书局1991年版）是当代最重要的古典小说丛书。《中国古代小说总目提要》（石昌渝主编，山西教育出版社2004年版）充分吸收历代研究成果，是一部集大成式的中国古典小说书目。

近现代文学史料研究有"中国近代文学研究资料丛书""中国近代文学作品系列""中国近现代稀见史料丛刊"等，诸书整合近现代诸多稀见而又确有史料价值的文献，包括日记、书信、奏牍、笔记、诗文集、诗话、词话、序跋汇编等，多层面、多角度地呈现了具有连续性的近现代中国社会的历史。

20世纪80年代，文学所主持编纂的《中国现代文学史资料汇编》是"五四"新文学运动以来，中国第一套大规模的、较为完整系统的现代文学史资料汇编，全国六十多所高等院校及社会科学研究机构近四百多名专业人员参加了编写工作。2007年，文学研究所启动"中国文学史料全编"工程，"现代卷"即以这套丛书为基础，统一装帧，分为甲乙丙三编，集中出版。

对于史料的系统整理，引发了一系列新的研究课题。

在古代文学研究领域，老一辈学者中，余冠英、曹道衡的汉魏六朝文学、乐府文学研究，钱锺书的唐宋文学研究，孙楷第的小说、戏曲目录史料的研究，俞平伯、吴世昌、刘世德的《红楼梦》研究与词学研究等，都成为相关研究领域最重要的学术成果。在他们的引领下，文学所的古代文学学者在相关研究领域依然保持着旺盛的学术创造力。

近、现代文学研究，随着史料的整理，亦可谓别开生面。唐弢先生的鲁迅研究、现代文学史研究，樊骏先生对现代文学学科建设的贡献，学界都有目共睹。此外，学者对鸳鸯蝴蝶派、新月派、新感觉派的研究，使我们在分析清末民初文坛、评价左翼作家创作时有了更多的参照。文学所的科研人员对于海派京派文学的研究，对于左翼作家作品的研究，对于清末民初文坛的研究，对于新诗资料的整理研究，对于文学人类学以及东亚思想史的研究，对于海外汉学的研究，都以资料研究为基础，立论坚实，多可信据。

四、文学普及工作

中华民族的文学艺术，有着润物无声、潜移默化的巨大功效。文学研究工作者有责任、有义务把中国文学价值、中华美学精神挖掘出来，贡献给社会。文学研究所创办之初的一项重要工作，就是选编历代文学经典作品。像《诗经选》《史记选》《乐府诗选》

《汉魏六朝诗选》《三曹诗选》《唐诗选》《宋诗选注》《唐宋词简释》等书,经过反复打磨,本身就已成为经典,在社会上产生了广泛影响。余冠英、王伯祥、钱锺书、俞平伯等人的名字,也逐渐走出学术圈,为广大读者所熟知。最近四十年我们又编选了《不怕鬼的故事(增订本)》《不信神的故事》《唐宋名篇》《台湾爱国诗鉴》《台湾爱国文鉴》《台湾小说选》《中国短篇小说百年精华》以及"文史讲座丛书"十五种等普及读物,还参与了中组部组织的编纂干部读本《中国文学名篇》等,积累了丰富的编选经验,获得了较高的学术声誉。计划中的《中国文学读本》,力求精选从古到今包括台港澳三地的文学经典,展现中国文化的丰富内涵,为当代文化建设与文学发展提供有益借鉴。在实践中我们认识到,一部好的文学作品,能写出人人心中所有、他人笔下所无的境界,一部好的文学选本,就是要把这类好的作品筛选出来,通过阅读,走进作者的内心世界,走进作者所处的时代。

自从毛泽东同志《在延安文艺座谈会上的讲话》发表以来,文学的大众化、民族化一直是中国文学发展的方向。民族化,就是要求文学体现一个民族的特性,这就涉及民族性问题。一种说法认为,民族、国家就是一种"想象共同体"。那么如何塑造这种想象的共同体,就需要文化的传播来完成。文学研究工作者,有必要深入总结我们民族的传统特性和现实追求,并把这种特殊的文化基因固化为人民大众的行为准则和共同梦想。从这个意义上说,文学研究的普及工作,不仅是传播文化知识,更是传递一种理念、一种理想,甚至还可以说,是在从事一项民族文化集体认同的凝聚工作。

结语:几点共识

回顾我们的学术研究工作,在坚持为人民做学问的前提下,已经形成了几点共识。

第一,坚持学术研究的原创性与时代性,始终把理论研究作为提升研究水准的根本方法。

第二,坚持学术研究的系统性与专业性,始终把文献研究作为夯实研究基础的重要手段。

第三,坚持学术研究的继承性和民族性,始终把普及工作作为推广研究成果的重要途径。

我在纪念文学所成立六十周年编写的《岁月熔金二编》序言中曾有这样的表述:何其芳同志在1954年建所之初提出的"谦虚的、刻苦的、实事求是的工作作风",或许可以视为文学所精神的一个基本内涵。正是在这种精神的引导下,六十年来,文学所艰辛地探索出一条独特的发展道路,形成自己的传统。首先,贯彻执行党的正确路线,发挥国家级科研机构的引领示范作用,这是文学所成立六十年最基本的经验,也是最重要的特色。其次,遵循学术规律,整合团队力量,夯实学科基础,这是文学研究所在学术界保持较高学术声誉的根本保障。第三,尊重学术个性,鼓励广大科研人员潜心研究,撰写传世之作。而要做到这一点,最根本的一条还是坚持实事求是的原则。第四,贯彻"双百"方针,坚持"二为"方向,实现"双创"目标,把编选优秀的古今文学读本作为一项重要的学术工作。

回顾改革开放四十年来文学研究所的学术工作,我认为上述论断依然可以移到这里作为结束语。

(原载《武汉大学学报》2018年第1期)

中国古典文学研究四十年

引　言

改革开放四十年来,中国古典文学研究事业在经典中寻找方向,在传统中汲取力量,在创新中积累经验,在回归中实现超越。

20世纪80年代初期,古典文学研究刚刚摆脱机械僵化的社会学研究方法的束缚,艺术分析成为一时热点。叶嘉莹先生借鉴国外文艺理论,细腻地分析传统文学艺术特色。袁行霈先生也把研究重点集中到"中国诗歌艺术研究"这一主题上。他们的研究成果,犹如一股清泉注入中国古典文学研究界。傅璇琮先生的《唐代诗人丛考》(中华书局1980年版)出版,又让很多青年人看到了传统学问的魅力所在。80年代中后期,新方法论风靡天下,宏观文学史讨论风起云涌[①],直接催生了一大批文学史著作,并推

---

① 1985年非常特殊,人们戏称这一年为"文艺方法论年"。3月,《文学评论》等单位在厦门组织召开"全国文学评论方法论讨论会"。4月,文学研究所等单位在扬州组织召开"文艺学与方法论问题学术讨论会"。10月,中国艺术研究院等单位在武汉召开"文艺学方法论学术讨论会"。古典文学研究界关于新方法论的讨论相对滞后。1986年《文学遗产》第3期刊发《古典文学宏观研究征文启事》,反应强烈,波及面很广。1987年,《文学遗产》《文学评论》《语文导报》等单位在杭州召开"中国古典文学宏观研究讨论会",此后,又陆续在桂林、大连、漳州等地召开古典文学研究方法论学术研讨会,这种热潮一直持续到1989年,此后,方法论的探讨逐渐退潮。

动了中国文学史学史学科的建立。① 90年代,曾有过一段相对沉寂的过渡时期。世纪之交,古典文学研究界呈现"回归文献、超越传统"的发展态势。21世纪以来,随着我国改革开放的深入,综合国力的提升,人们在总结过去的成就与不足时,自然会联系到中华人民共和国成立以来近七十年的历史,联系到过去一百年的历史,甚至还要上溯千年,比较中外,视野越发开阔,心态相对平和,评价也就更加客观。

此前,我在《世纪之交的中国古典文学研究》《世纪之交的文学史料研究》《新时期中国古典文学研究的回顾与展望》《弘扬民族精神　探寻发展规律——古典文学研究六十年感言》等文中曾对近年研究有所论述,大致包括这样几个方面:一是研究队伍空前扩大,学术梯队已经形成,学术研究后继有人,与此相关联,综合性、专业化的研究学会相继成立;二是国际间的学术交流活动已经成为常态;三是研究方法不拘一格,研究领域不断拓展,研究成果源源不断,虽有平庸之作,但邃密扎实的学术力作亦不在少数;四是学术研究目的日益明晰,努力站在历史高度,深刻理解人民大众的理想追求,密切关注时代变迁与社会发展;五是学术研究重点业已明确,即加快构建中国特色的学科体系、学术体系、话语体系,已成当务之急。②

---

① 文学史著作,如邓绍基、刘世德、沈玉成主编的多卷本《中国文学通史》(人民文学出版社陆续出版),章培恒、骆玉明主编的《中国文学史》(复旦大学出版社1996年版),张炯、樊骏、邓绍基主编的《中华文学通史》(华艺出版社1997年版),袁行霈主编的《中国文学史》(高等教育出版社1999年版);文学史批评著作,如戴燕《文学史的权力》(北京大学出版社2002年版),董乃斌、陈伯海、刘扬忠主编《中国文学史学史》(河北人民出版社2003年版),陈广宏《中国文学史之成立》(上海古籍出版社2016年版),余来明《"文学"概念史》(人民文学出版社2016年版)等都是在这样的宏观背景下产生的。
② 这些论文收录在《走向通融——世纪之交的中国古典文学研究》(知识产权出版社2005年版)、《回归中的超越——文学史研究的多种可能性》(凤凰出版社2011年版)等论文集中。

事实上,四十年来的学术成就远远不止于上述几个方面。卢兴基主编《建国以来古代文学问题讨论举要》(齐鲁书社1987年版),赵敏俐、杨树增《20世纪中国古典文学研究史》(陕西人民教育出版社1997年版),梅新林主编《当代中国古代文学研究》(中国社会科学出版社2013年版),黄霖主编《二十世纪中国古代文学研究史》(分总论、诗歌、词学、散文、小说、戏曲、文论七卷,东方出版中心2006年版)等著作,洋洋洒洒,数百万字,论述极为详尽。

这里很难再就具体问题展开论述,我试图从宏观发展趋势,围绕四个方面的问题略做阐释。

一、回归经典的历史趋势

这里所说的经典有两重涵义,一是马克思主义经典,二是中国传统文化经典。两者来源不同,但在当今中国,事实上已经引领了古代文学研究的发展方向。一段时间内,关于传统文化与马克思主义的关系存在着一种认识误区,认为传统文化是农业文明的产物,在遇到工业文明产物的马克思主义之后,其历史糟粕便一览无遗。改革开放四十年的实践证明,把西方文化(包括马克思主义)与中国传统文化对立起来的观点,不仅在理论上站不住脚,在实践中也会对我们的工作造成伤害。在新形势下如何理解马克思主义与传统文化的关系,如何运用马克思主义基本原理去阐释中华传统文化特质,弘扬中华民族的美学精神,指导中国古典文学研究,这是一个亟待解决的问题。

恩格斯《在马克思墓前的讲话》中有这样一段名言:"正像达尔文发现有机界的发展规律一样,马克思发现了人类历史的发展规律,即历来为繁茂芜杂的意识形态所掩盖着的一个简单事实:人们首先必须吃、喝、住、穿,然后才能从事政治、科学、艺术、宗教等等;所以,直接的物质的生活资料的生产,从而一个民族或一个时代的一定的经济发展阶段,便构成为基础,人们的国家设施、法的观点、艺术以至宗教观念,就是从这个基础上发展起来的,因而,也必须由这个基础来解释,而不是像过去那样做得相反。"①历史的发展,服从于社会基础的变化。个人的生存环境、人类的未来发展,也应该由此做出解释。但在具体研究中,可能由于学科划分的原因,我们只是关注作家的精神创造,而忽略了其背后的经济因素。②进入21世纪,文学所主办的《文学评论》《文学遗产》与高校科研单位联合举办了多场研讨会,集中讨论中国传统经济生活与文学创作的关系,逐渐改变了过去那种脱离物质生活实际去研究文学的空疏弊端。

恩格斯《反杜林论》又说:"一切存在的基本形式是空间和时间,时间以外的存在和空间以外的存在,同样是非常荒诞的事情。"③这个道理很简单,时间和空间是物质存在的形式。人类社会的发展、变化,都只能在时间和空间中进行。研究历史、文学,不能脱离特定的时间与空间,否则只是空中阁楼。近些年来,文学编年研究、文学地理研究、作家精神史研究、作家物质生活研究等,注意将历史事件、历史人物放到特定的时间与空间中加以还原,其实质就是运用了马克思主义的基本立场、观点去研究文学,走进历史人物与文学人物的内心世界,所得结论切实可据,触摸可感。

关注阶级与阶层的变化,也是经典作家反复讨论的问题。不同阶级、不同阶层自有不同的文化需求,因而产生了不同的文学

---

① 《马克思恩格斯选集》第三册,人民出版社1972年版,第574页。
② 罗素《西方哲学史》英国版序言:"在大多数哲学史中,每一个哲学家都是仿佛出现于真空中一样;除了顶多和早先的哲学家思想有些联系外,他们的见解总是被描述得好像和其他方面没有关系似的。""这就需要插入一些纯粹社会史性质的篇章。"商务印书馆1976年版,第9页。由此看来,这种弊端并非中国特有。
③ 《马克思恩格斯选集》第三册,第91页。

形态。不同的时期,社会和家庭结构通常会发生不同的变化,文学会很敏锐地反映出各种社会角色及其社会地位之间的比例关系变化,以及规范和调节各种社会互动关系的价值观念变化。研究文学,需要社会学的视野,需要注意文学中所反映的这种阶级和阶层的变化,以及各个阶层的文学诉求。20世纪初,随着敦煌文献的发现,中国平民文学引起了学术界的高度关注。30年代,郑振铎就撰写了《中国俗文学史》,打破了长期以来我们的文学史只关注精英文化的禁锢,开创了文学研究的新局面。最近四十多年,地不藏宝,《神乌赋》、田章简牍等出土文献极大地丰富了中国文学史的内容。人们注意到,中国文化思想界的空前变革,推动形成了东汉文化平民化与世俗化的趋势,建安文学由此而起。历史的经验告诉我们,文学体裁、文学题材,乃至文学思潮,往往源于民间。即便是一些外来文化,也经常是通过民间扩散开来,逐渐影响到上层社会,最后演变成为士大夫文化。

以上所述,是经典作家早就论证过的一些基本原理,只是我们又重新发现了他们的价值而已。中国古典文学作品中蕴含着丰富的传统文化精髓。中国传统文化经典也面临着重新认识、重新评价的问题。

每个学科都有自己的经典著作,譬如中国文学,前有"选学",后有"红学"。再往前推,其实文史哲学科都尊奉着共同的经典,那就是所谓的"六经",周、汉尊奉"六艺"(《诗》《书》《礼》《乐》《易》《春秋》),唐代扩展为七经,宋代定为十三经。这些儒家经典,是中国文化最基本的典籍。[①] 它们传递着一些共同的价值观。譬如中国人向来以伦理道德为核心价值,追求真、善、美的完整统一。在思考问题时,注意事物的整体性和彼此之间的密切联系,强调

---

① 当然,也有在此基础上另推出一些典籍者,如清人段玉裁《十经斋记》(《经韵楼集》卷九)就在此基础上益之,以《大戴礼记》《国语》《史记》《汉书》《资治通鉴》《说文解字》《九章算经》《周髀算经》等为二十一经。但无论如何划分,都以五经为基始。

人与人、人与社会、人与自然的和谐共生,这与近代科学更多地关注"真"而忽略"善"、更多地关注现实而不计后果颇有不同。又譬如,中国人特别强调对家庭、对国家的责任意识,表彰奉献精神,注意合作理念,也与西方文化以利益为核心价值,强调天赋人权,崇尚个人主义,强调竞争法则有着本质区别。中国人重视善良的秉持,孝悌的恪守,礼义的遵从,以勤勉为荣,崇尚"己所不欲,勿施于人"的道德原则,等等。这样一些重要的思想,在中国古典文学作品中随处可见,潜移默化,润物无声,深刻地影响了中国人的价值观、世界观、人生观。马克思主义中国化,正是建立在这样一个传统价值观基础之上,由此焕发出强大的生命力。正是从这个意义上说,回归经典,就是回归到马克思主义经典上来,回归到中华优秀传统文化经典上来。这是改革开放四十年中国古典文学研究得到充分发展的基本经验。

二、中华文学的观念建构

长期以来,中国古典文学史研究多以汉民族文学为主体,很大程度上忽略了中国多民族文学发展的实际。即便是汉民族文学史研究,也有诸多缺憾,整个框架主要是借助西方观念构建起来的,与传统中国文学多有脱节。当然,中国文学不仅仅是吸收外来文明,也一直在积极地向外传播,为繁荣世界文明做出自己的贡献。

著名文学史家郑振铎先生有一个理想,即文学史不仅要打通古今,包含各种文体,更要展现中华多民族文学的辉煌。他自己撰写过多种文学史,有着丰富的经验。他更希望组织各行专家,撰写一部综合性的文学史。后来,余冠英、钱锺书、范宁等人主持编纂的三卷本《中国文学史》,唐弢主编的《中国现代文学史》,毛星主编的《中国少数民族文学》则将这一设想变成现实。改革开放以后，文学研究所同仁沿着老所长指引的方向继续努力，完成了《中华民间文学史》（祁连休、程蔷主编，河北教育出版社1999年版）、《中国文学通史》（邓绍基、刘世德、沈玉成主编，人民文学出版社陆续出版）等著作，在海内外产生了广泛的影响。这里特别要提到中国社会科学院文学研究所与民族文学研究所合编的《中华文学通史》（张炯、邓绍基、樊骏主编，华艺出版社1997年版）首次将古代、现代、当代文学以及历代多民族文学放在一起加以考察，初步实现了很多学者希望看到的文学史古今打通、多种文体打通、多民族文学打通的"三通"。文学研究所很早就成立了台港澳文学与文化研究室，中华文学史料学学会也顺势而为，在中国古典文学史料研究分会、中国近现代文学史料研究分会之外，另设中国民族文学史料研究分会，拟设海外华文文学研究分会等，将中国文学史研究延展到更为深广的时空中去，展现出绚烂的发展前景。

经过长期探索，学术界适时地提出"中华文学"的概念，并不断地丰富其内涵。学者们普遍认为，中华文学不仅仅是横向意义上的中华多民族文学的简单整合，也不仅仅是中国大陆、台港澳地区文学和海外华文文学的集合，更重要的是，"中华文学"是一个建立在大中华文学史观基础上的相对独立的学科体系、学术体系和话语体系，这既是现实的实践问题，也是深邃的理论问题。[①]

（一）努力回归中国文学本原

中华民族有着悠久的文学传统，在漫长的岁月中，在相对独

[①] 2015年3月16日，中国社会科学院文学研究所、民族文学研究所主办的《文学评论》《文学遗产》《民族文学研究》联合举办"中华文学的发展、融合及其相关学科建设"学术研讨会，就中华文学命题的提出及其理论意义、中华文学形成过程中的本质特征及内涵外延、中华文学在各个不同的历史时期所呈现出来的不同特色及其在中华民族历史融合与民族精神建构过程中的巨大作用等问题展开热烈讨论。此后，《文史知识》开辟"中华文学"专栏，邀请专家就上述问题发表意见。

立的空间里,自我革新,缓慢发展。1905年9月2日,随着清帝一纸谕令,在中国延续了上千年的科举制度画上句号。又过了十年,1915年9月,《青年》杂志(第二卷更名为《新青年》)创刊,倡导建设新文化、摧毁旧传统的宗旨,由此揭开新文化运动的序幕。1917年,胡适发表《文学改良刍议》,揭开了文学革命的序幕。在政治文化领域,"打倒孔家店"成为最响亮的口号;在文学领域,"选学妖孽、桐城谬种"成为新文化运动口诛笔伐的对象,被打翻在地。① 从此,传统文学研究日渐式微,被迫走上了革故鼎新的征程。

改造,从传统学科的分化开始。文学、历史、哲学分道扬镳,彼此悬隔。中文学科内部又将语言和文学分开,文学再细分古代、现代和当代;古代继续划分,有先秦、两汉、魏晋南北朝、唐、宋、元、明、清文学。具体到一个时代,譬如唐代,又分初唐、盛唐、中唐、晚唐;研究初唐文学,再分"初唐四杰""沈宋";研究"四杰",又分王、杨、卢、骆。总之,学科越分越细,只见树木,不见森林。即便是树木也多不完整,只是碎片。就这样,活生生的历史被肢解得七零八落,丰富多彩的文学史被割裂成一个个电线杆子式的个体。

文体的归并是对中国古典文学的第二项改造。本来,《昭明文选》《文苑英华》将中国古代文体划分为近四十类,《文心雕龙》自《辨骚》以下至《书记》凡二十一篇,论述各种重要文体多达五十余种。在众多文体中,除诗、骚外,多数为文章。至少在先秦两汉,文学的大宗是广义的"文"。20世纪前后,在西方"四分法"的文体观念影响下,中国古代文学作品也被限定在诗歌、戏剧、小

---

① 《新青年》杂志第3卷第5号"通讯"一栏发表了钱玄同致陈独秀的信,信中说:"惟选学妖孽所推崇之六朝文,桐城谬种所尊崇之唐宋文,则实不必选读。""妖孽"一词,见三国时期陈琳《为袁绍檄豫州》:"司空曹操祖父,故中常侍腾,与左悺、徐璜并作妖孽,饕餮放横,伤化虐民。"

说、散文四类中,前三类为主流,而文章大宗反而退居次要地位。

作家身份的鉴别是对中国古典文学的第三项改造。《文选》收录了一百三十多位作家,《文心雕龙》论及的作家有二百余人。两份名单对比,重叠颇多。在刘勰、萧统的正统文学观中,中国文学渊源于五经,很多经学家被视为文学家。如前所述,他们的这种观点并非无据,他们所推举的文学家也多经得起历史的考验。但是按照现代文学标准,很多文学家被排除在文学史之外。唐、宋、元、明、清文学史研究也有类似现象。

回顾一百多年来中国文学研究的历史,在看到巨大成就的同时,我们也不能不遗憾地指出,20世纪以来沿袭多年的文学研究,尤其是中国古典文学研究,在很大程度上与中国文学史的实际还有很大距离。其中一个重要原因,就是我们奉为圭臬的一些重要理论主张,大都是依托于西方语言哲学建构起来的,很难涵盖中国文学史的全貌,也很难用来解释复杂多变的中国文学现象。近年来,文体学、文献学[①]研究成为学术界的热点,通识教育也成为业内津津乐道的话题,说明我们都意识到以往研究的偏颇,都希望我们的文学史研究更贴近中国文学实际。我们更希望回归中国文学本原,建构中国文体学和叙事学的理论体系。

(二) 全面展现中华文学风貌

据我所知,民族院校文学系同学除阅读本民族文学经典外,通常还要开设汉民族文学经典阅读课。《诗》、《骚》、李、杜、元、

[①] 如曾枣庄有《中国古代文体学》上下卷(上海人民出版社2012年版),另有五册为先秦至近代的文体资料集成。中山大学有"中国古代文体学研究"丛书九种,包括孙立《日本诗话中的中国古代诗学研究》、林岗《口述与案头》《明清小说评点》、吴承学《中国古代文体形态研究》《中国古典文学风格学》、戚世隽《中国古代剧本形态论稿》、彭玉平《诗文评的体性》、刘湘兰《中古叙事文学研究》、何诗海《汉魏六朝文体与文化研究》等,北京大学出版社2011年版。至于文献学的概论、专题研究著作,更是不胜枚举。

白、韩、柳等,都有介绍。反观综合性大学中文系,似乎很少有开设民族文学经典课程的。这与中文系名实不符。中华各民族文学经典,是中国文学的重要组成部分,理应是中国语言文学系研究的对象。像产生于公元11世纪的维吾尔族古典名著《福乐智慧》,产生于13世纪的《蒙古秘史》,以及著名的中国少数民族三大史诗《格萨尔王传》《江格尔》《玛纳斯》等,其中相当一部分,至今还在各个民族地区流传,是真正意义上的活的文学。它们的影响早已超越国界,是中华各民族文化的骄傲,也是宣传中华民族文化的最好的教科书。①

我们认为,科学认识并研究中华文化多元一体、同源共生的本质,重新认识各民族文学在推进中华文化历史形成中的重要作用,确实还有很多工作要做。从目前学术发展情况看,最迫切的工作,是系统深入地清理史料,准确描述在中国历史的不同时期,中华各民族文学汇聚、融通的历史过程,再现中华文学的整体风貌。近年,国家哲学社会科学基金支持的一些重大课题,就充分照顾到中华多民族语言文学的实际,开展系统的资料整理与研究,全方位地展现出中华文学的复杂性和多样性。我们相信,这些工作,必将有助于推动中华文学理论体系建设,进而推进社会主义核心价值体系建设,创建具有中国特色的社会主义新型文化。

(三) 以文化天下的启示

近百年来,我们更多地注意到近代中国接受外来文化的影响,而忽略了中华优秀传统文化对周边国家和地区的浸润,以及对世界文明的贡献。近年,一些高校成立了海外汉籍研究所,文

---

① 参见李炳海《民族融合和中国古代文学》(东北师范大学出版社1997年版),刘亚虎、邓敏文、罗汉田《中国南方民族文学关系史》(民族出版社2001年版),郎樱、扎拉嘎主编《中国各民族文学关系研究》(贵州人民出版社2005年版)等论著。

化部还组织开展"全球汉籍合璧工程",全方位地收集整理流失海外的中国古籍。

通过这样的文化工程,我们深深地认识到,中华文学不仅滋育了华夏儿女,而且对周边国家乃至欧美地区也产生了重要影响,在世界文明宝库中占据着重要位置。譬如儒家经典《诗经》《尚书》《春秋》等很早就已传入朝鲜半岛,通过系列教育举措及科考制度,儒家的"德智""仁政"等政治理念以及忠孝节义等道德伦理思想在当地产生了长远的积极影响。从《奎章阁图书中国本综合目录》(韩国首尔大学编)等韩国现代书目中,可以看到中华典籍在朝鲜半岛留存的踪影。

《旧唐书·东夷传》记载,日本曾多次派遣唐使前往中国,"请儒士授经"。很多人在回国时,"尽市文籍,泛海而还",从中国带走了大量汉文典籍。《日本国见在书目》(《古逸丛书》本)等日本古代目录学专书,也保留了丰富的历史印记。①

从现代考古资料看,中国与西方的交流应当早于汉代的张骞。中华优秀传统文化通过丝绸之路,很早就传到欧洲。法国安田朴编纂的《中国文化西传欧洲史》(商务印书馆2000年版)告诉我们,17世纪以来,英、法、德、意等国的图书馆也收藏了大量中华典籍。在这个时期,很多中华典籍中的一些典故甚至一些著作也开始引起了西方学者的关注。很多有识之士发现,东方文化可以将国家精神意志、民族文化理念、社会责任意识、道德修养追求等内化为个体的自觉,有助于消除人与人、人与社会、人与自然的隔阂,弥合国与国、族与族、家与家的分歧,具有化解矛盾危机、整合社会力量的重要作用。这些思想,今天依然有其现实意义。

国务院于2007年制定实施的《国家"十一五"时期文化发

---

① 孙猛《日本国见在书目录详考》(上海古籍出版社2015年版)有详尽注释。严绍璗编著的《日藏汉籍善本书录》(中华书局2007年版)共厚厚三大册,可见中国典籍在日本的流传。

规划纲要》中特别强调了"走出去"的重大战略目标。文学是最好的传播媒介,可以让更多的人深入了解中国传统文化的精髓所在,深入理解现代中国核心价值观的意义所在,进而真正在世界范围内确立起我国文化大国的形象。这是改革开放四十年中国古典文学研究得以广泛传播的历史契机。

三、文献整理的时代特色

随着国家经济实力的增强,尤其是电子化时代的来临,大规模地收集、影印乃至深度整理海内外古籍的项目,不在少数。① 四十多年来,以中华书局和上海古籍出版社为龙头,大型的文学总集、工具书及资料汇编得到系统整理出版,为中国古典文学研究提供了丰富全面的资料,极大地推动了中国古典文学研究的深入发展。可以说,文献整理、史料研究工作正处在一个前所未有的最好的历史时期。②

纵观中国的学术发展,文献整理主要有三种形式,第一种是相对单纯的注释、疏通。譬如东汉后期郑玄遍注群经,唐代前期孔颖达主持的《五经正义》,清代乾嘉学者对重要经典的重新整

---

① 参南江涛《改革开放四十年来的古籍影印出版》,刊《中国出版史研究》2018 年第 1 期。据南江涛、贾贵荣《新中国古籍影印丛书总目》(国家图书馆出版社 2016 年版),从 1949 到 2010 年,新编丛书 443 种,涉及子目五万条。具体到改革开放四十年来,影印古籍丛书(按一种计算)、经典著作、类书、工具书等一千余种,涉及古籍子目近六万种。
② 20 世纪 90 年代以后,现代文学史料研究出现重要转机。2003 年 12 月,清华大学、北京大学、河南大学、中国现代文学馆、北京鲁迅博物馆五家单位共同发起"中国现代文学的文献问题座谈会"。2004 年 10 月,由河南大学文学院、《文学评论》编辑部、洛阳师范学院中文系联合举办的"史料的新发现与文学史的再审视——中国现代文学文献问题学术研讨会"在开封和洛阳召开。2005 年第 6 期的《中国现代文学研究丛刊》发表"现代文学史料学"专号。2005 年,新华出版社出版刘增人等《中国现代文学期刊史论》;2014 年,中国社会科学出版社出版徐鹏绪《中国现代文学文献学研究》等。

理,多采用这种形式。这是古籍整理最基本、也是最重要的形式。第二种是系统的资料汇总,多以集注方式呈现出来。譬如《昭明文选》的六臣注,清人校订十三经,大多带有集成特点。第三种是疏解古籍大意,具有思想史价值。譬如魏晋时期郭象的《庄子注》、王弼的《周易注》,以及清代戴震的《孟子字义疏证》等,与上述两种恪守文字校勘原则的传统注释学很不相同,实际上是一种义理的推衍,思想的阐发。

上述三种文献整理形式都很重要,并无高低薄厚之分,也无孰轻孰重之别。没有单纯的字词的训释,没有典章制度、历史地理、历代职官的解说,对于一般读者来讲,很多古籍根本无法读懂,所谓的集注、所谓的义理阐发也就无从说起。所以,单纯的文字注释,依然是最重要的文献整理形式。两汉以来的两千多年间,经典文献的整理与传播,主要是通过这种方式进行的。每一位整理者都有一种愿望,即希望自己的校订注释著作是定本。从学术发展实际看,这种想法只能是一厢情愿。历史上从来就没有过所谓定本之说,尽管如此,一代又一代的学者仍然孜孜以求。文献整理还是得从基本的文字训释开始,这是前提,是基础。

当然,一个时代自有一个时代的学术。将来的学术史在回顾我们这个时代的学术业绩时,该怎样总结和评价?我想,最鲜明的特色就是大规模的古籍影印整理。目前,很多文献整理还比较粗疏,甚至说不上整理,而是文献堆积。很多地区都在一窝蜂地以地域冠名,编纂大型古籍丛书。就数量而言,已经远远超出《四库全书》的规模。这些工作当然很重要,但还远远不够。传统文献学以目录、版本、校勘、文字、音韵、训诂等为核心内容。如果我们总是把自己局限在传统文献学领域,要想超越前人确实较难。不过,新的时代总会提出新的命题,也总会提供新的机遇。1925年,王国维在清华国学研究院做"最近二三十年中中国新发见之学问"的讲座,认为一切新学问皆由于新发现。四十多年来,出土文献、域外文献以及电子文献,为传统文献学平添了许多新的内容,最能体现文献整理的时代特色。

学术贵在发现,也贵在发明。新资料的发现,确实让人欢欣鼓舞。但同时,一味强调新材料,忽略传统学术,也很难真正认识到新资料的价值。学问的高低,不仅要比谁掌握了更多的新资料,更难的是在寻常材料中发现新问题。这就需要学术功力。清代著名学者阮元在组织学者校订十三经的同时,还提出另外一种设想,即通过一种胪列众说的方式,把清朝学术成果具体而微地保存下来。清朝经学著作,先有阮元的《皇清经解》,其后又有王先谦的《续皇清经解》,二书具有丛书性质。像阮元设想的这种大规模集成性质的文献研究著作,尚不多见,值得尝试。裘锡圭主编的《长沙马王堆汉墓简帛集成》、李若晖编纂的《〈老子〉集注汇考》等,系统整理经典文献,全面总结前人成果,充分体现时代特色。这是改革开放四十年中国古典文学研究取得学术成就的重要基础。

四、理论研究的强势回归

研究文献学不是目的,而只是一种方法、一条途径。就像盖房子,文学史料只是砖瓦,没有建筑学家的设计,终究不能成为房子。文学史是一座大厦,需要材料的支撑,更需要整体设计。只有这样,原本枯燥乏味的材料才能焕发出有血有肉的生命活力。这就需要理论的跟进。①

马克思《〈黑格尔法哲学批判〉导言》这样写道:"批判的武器当然不能代替武器的批判,物质的力量只能用物质力量来摧毁;

---

① 参见[英]柯林伍德著,何兆武、张文杰译《历史的观念》的译者序,中国社会科学出版社1986年版,第23页。

但是理论一经掌握群众,也会变成物质力量。理论只要说服人,就能掌握群众;而理论只要彻底,就能说服人。所谓彻底,就是抓住事物的根本。但人的根本就是人本身。"①回想四十多年前那场真理标准讨论,最初不过是一个哲学命题,最后竟转换成为一种看得见、摸得着的物质力量,极大地推动了改革开放的进程。当然,并不是所有的理论都具有这种强大的逻辑力量和物质潜能。只有那种能够说服人的理论才具有这样的力量。如果想要说服人,这种理论就必须彻底;所谓彻底,就是抓住事物的根本,也就是人本身。

中国文学研究的历史实践告诉我们,想要推动文学研究事业的进步,学术观念的更新才是根本。凡是在中国文学研究方面真正做出贡献的人,无不在文学观念上有所突破,在文献积累方面厚积薄发。如果说文献基础是骨肉的话,那么文学观念就是血液。两者互为表里,相辅相成,缺一不可。在实际研究工作中,我们常常顾此失彼,或者厚此薄彼,把两者割裂开来,甚至对立起来,缺乏通融意识。

毋庸讳言,我们曾有过片面追求观念更新、理论先行的教训,习惯于借用现成的观念来阐释我们的研究对象。我们也曾信奉苏联灌输的研究模式去探寻规律,沉迷于机械的社会学研究方法。我们更曾迷信西方现代学说,用以"净化"我们的传统。一时间,"老三论"、"新三论"、现代派、后现代派等,各种新方法论轮番登场。"文学研究者变成了业余的社会政治家、半吊子社会学家、不胜任的人类学家、平庸的哲学家以及武断的文化史家。"②世纪之交,当迷雾散去,我们突然发现,放之四海而皆准的理论渐行渐远,现代派的理论显然于事无补,后现代派理论更是鞭长莫及。

---

① 《马克思恩格斯选集》第一册,第9页。
② [美]哈罗德·布鲁姆:《西方正典》,江宁康译,译林出版社2004年版,第412页。

面对如此纷繁复杂的变化,中国古典文学研究界似乎没有做好足够的思想准备,迷失了方向,或加入大众狂欢之中,解构经典,颠覆传统;或转向传统文献学,潜心材料,追求厚重。客观地说,古典文学研究回归文献学,强调具体问题的实证性研究,确实比那些言不及意的空洞议论更有价值。但不可否认,这种回归也隐含着某种危机,长此以往,必将弱化我们对于理论探寻的兴趣,最终会阻碍中国文学研究取得重大突破。

这又回到了本文第一部分提出的问题,当文学研究徘徊不前时,回归经典便成为学术界的自觉选择。当然,时代在发展,传统的经典理论也应与时俱进。历史的复杂性和多变性,远远超乎我们的想象。近年,记忆文化理论、口述历史理论、写本抄本理论,其实都在努力通过不同的途径去接近历史真相。尼采说,世界上没有真相,只有对真相的解释。"后真相"(post-truth)的时代思潮,促使我们对历史角色塑造问题、经典资料来源问题、历史想象与文学想象异同问题等进行重新思考。长期以来,我们对历史材料的处理相对简单,依违两端,要么疑古,要么佞古,即便是中立的"释古",或曰"走出疑古时代",其本质还是相信或者不相信现存史料。事实上,现存的史料有不同的来源,既有当时的信史,也有后来的羼入,种种复杂的叠加,形成了很多矛盾的存在。在这种情况下,根据局部细节否定整体,或者相信整体而忽视细节,似都不足取。实事求是,对具体材料做具体分析,这是历史唯物主义的基本态度,也是未来中国古典文学研究进一步发展的理论方向。

(原载《深圳大学学报》2019年第1期)

秦汉文学史研究的困境与出路

董乃斌、陈伯海、刘扬忠主编的三卷本《中国文学史学史》已于2003年由河北人民出版社出版。就资料的丰富性、论述的系统性而言，称该书为近年来古典文学研究界的重要成果，殆不为过。它不仅第一次比较系统地清理了传统的中国文学史学观念的演变历程，近现代中国文学通史、断代史编纂的得与失以及各类文学专史的形成与繁荣，同时还提出了许多有待进一步思考的重要理论问题。承蒙主编信任，本人有幸参与了有关先秦两汉魏晋南北朝文学史和中国散文史等章节的写作，在收集、整理资料的过程中，在感叹这门学科迅猛发展的同时，也时常会有一些疑惑萦绕于怀。通读全书，也找到了一些继续研讨的线索，但还是有一些原则性的问题难以理解。我常常想，研究文学史，基本出发点是什么呢？是研究历史上的原始文学生存状态呢，还是阐释我们心目中的文学史观念？这里就涉及一个客观性标准问题，即我们用什么样的标准来审视中国文学发展的历史。按理说，随着人们观念的不断变化，不同时代对于文学史的理解会有很大的差异。不过就目前所能看到的文学史而言，除了研究对象的不同外，大体上沿袭着相近的研究模式，给人一种大同小异的感觉。究其原因，往往是理念先行，用舶来的文学观念将中国文学笼统地分为诗歌、散文、戏曲、小说四大块。对于晚近文学史的研究，这种研究模式还有其适用的地方，但是对于先秦两汉文学史研究来说，用这种固化的模式规范中国文学史的实际，便会发现存在颇多困难。有时，为了论证的便利，不惜削足适履。

即以秦汉文学史研究为例,哪些内容该进入文学史?具体来说,哪些人可以称为文学家?哪些作品属于文学创作?运用什么样的标准来评价这些作家作品?这些问题,答案似乎约定俗成,不言而喻。但是如果追究起来,古往今来,其实见人见智,分歧是很大的。

一、从文学家的界定说起

《文选》是中国现存的第一部文学总集,所收作家当然应当算作文学家,有多少位呢?总共一百三十家。其中,先秦四家:卜子夏、屈原、宋玉、荆轲。秦汉四十余家:无名氏(古乐府、古诗十九首)[1]、刘邦、刘彻、贾谊、淮南小山、韦孟、枚乘、邹阳、司马相如、东方朔、司马迁、李陵、苏武、孔安国、杨恽、王褒、扬雄、刘歆、班婕妤、班彪、朱浮、班固、傅毅、张衡、崔瑗、马融、史岑、王延寿、蔡邕、孔融、祢衡、阮瑀、刘桢、荀勖、陈琳、应场、杨修、王粲、繁钦、班昭等。[2]

《文心雕龙》是中国古代最为系统的文学理论著作。它所论及的作家凡二百一十一人。其中,先秦三十七家:卜商、士芴、尸佼、王孙子、公孙龙、文子、孔子、尹文、左丘明、申不害、老子、列子、师旷、伊尹、庄子、孙叔敖、芮良夫、邹衍、宋玉、范雎、季札、屈原、孟子、邹奭、荀子、鬼谷子、子思、商鞅、尉缭子、鹖冠子、董狐、韩非、惠施、管子、子贡、墨子、慎到等,作品凡六十余篇。秦汉八十四家:马援、马融、王吉、王延寿、王充、王朗、王符、王逸、王粲、王绾、王褒、韦孟、韦诞、公孙弘、毛亨、孔安国、孔融、左雄、东方朔、史岑、冯衍、司马迁、司马谈、司马相如、扬雄、匡衡、吕不韦、朱

---

[1] 古诗十九首中有八首见于《玉台新咏》,署名枚乘。学术界多不认同此说。
[2] 参见清人汪师韩《文选理学权舆》、骆鸿凯《文选学》。

买臣、刘邦、刘向、刘安、刘珍、刘桢、刘陶、刘歆、刘德、阮瑀、杜钦、杜笃、杜夔、严助、严忌、苏顺、李尤、李延年、李固、李陵、李斯、杨修、杨恽、邹阳、应场、张衡、陆贾、陈琳、陈蕃、枚乘、枚皋、叔孙通、郑玄、胡广、赵壹、荀悦、祢衡、班固、班昭、班彪、班婕妤、桓谭、贾谊、贾逵、晁错、兒宽、徐幹、郭泰、崔骃、崔寔、崔瑗、董仲舒、傅毅、路温舒、蔡邕、繁钦等。① 两份名单对比，重叠颇多。在萧统、刘勰的正统文学观中，中国文学都渊源于五经，因此，许多经学家被视为文学家，也在情理之中。

按照今天的观念，上述一些人物是可以在文学史中存而不论的，譬如孔安国、叔孙通等。但是，多数文学家还是经得起历史的考验。他们不仅有作品留存，而且其中不少人在当时还曾产生过比较广泛的影响，可惜在后世的文学史中是根本见不到他们的踪影的。为什么呢？因为近现代文学史的编纂情况有了较大变化，集中到一点，就是收录标准趋于严格化。

20世纪30年代出版的郑振铎先生所著《插图本中国文学史》中的秦汉文学两章，论及作家有五十余家：吕不韦、李斯、陆贾、唐山夫人、贾谊、晁错、邹阳、枚乘、朱建、刘友、严忌、严助、韦孟、司马相如、东方朔、枚皋、刘彻、刘安、吾丘寿王、王褒、张子乔、扬雄、班固、张衡、崔骃、冯衍、李尤、王逸、蔡邕、蔡琰、秦嘉、郦炎、董仲舒、公孙弘、徐乐、严安、主父偃、刘向、刘歆、荀悦、王充、王符、仲长统、王粲、刘桢、阮瑀、应场、孔融、陈琳、徐幹、应瑒、杨修、吴质、繁钦、路粹、丁仪、丁廙等。比照刘勰《文心雕龙》，许多人物已经被清除在文学史范围之外。

文学研究所编《中国文学史》秦汉文学六章，论及作家更为严格，仅三十余家：李斯、贾谊、枚乘、董仲舒、司马相如、严助、朱买

---

① 参考周振甫主编的《文心雕龙辞典》中由赵立生教授编写的作家释和作品释两部分统计。

臣、东方朔、枚皋、司马迁、苏武、李陵、王褒、张子乔、王充、刘向、扬雄、班固、张衡、蔡邕、赵壹、王粲、刘桢、阮瑀、应玚、孔融、陈琳、徐幹、应璩、杨修、吴质、繁钦、路粹、丁仪、丁廙等。

袁行霈主编《中国文学史》秦汉文学七章,论及作家与上书大同小异:吕不韦、李斯、陆贾、贾谊、枚乘、晁错、刘安、董仲舒、刘向、司马相如、桓宽、扬雄、王褒、司马迁、苏武、李陵、班固、张衡、班彪、班昭、蔡邕、冯衍、赵壹、赵晔、王充、王符、马第伯、秦嘉、郦炎及包括王粲在内的建安七子等。

上述三部文学史,以史传、辞赋、狭义散文、小说为主要论述对象,对于一些擅长于碑诔奏议的文章大家则涉及不多。我推想,主要原因在于,他们不是纯粹的文学家。结果,我们的秦汉文学史,仅仅剩下了若干诗歌、辞赋、古小说以及所谓美文,而绝大多数在当时影响甚广的文章则忽略不计,很多作者消失在文学史家的视野之外。如果说,上述三部文学史著作对于秦汉文学家论列不多主要是由于它们为通史的缘故,那么,目前所能看到的规模最大的秦汉文学专史《两汉大文学史》[①],也只是论述得更加详细,并没有扩大秦汉文学史的研究范围。全书凡六编三十六章,论及两汉作家七十余家,相比较而言,确实较此前的文学史有了量的扩展。这七十余家是:叔孙通、唐山夫人、刘邦、项羽、戚夫人、刘友、刘章、刘安、陆贾、孔臧、贾山、邹阳、桓宽、桓谭、班彪、王充、冯衍、王隆、夏恭、傅毅、黄香、崔骃、崔寔、贾逵、郑众、韦孟、枚乘、司马迁、董仲舒、司马相如、扬雄、贾谊、苏武、李陵、刘向、刘歆、谷永、京房、匡衡、贡禹、鲍宣、袁康、吴平、班固、严忌、王褒、张衡、辛延年、宋子侯、马援、荀悦、王延寿、张衡、傅毅、秦嘉、赵壹、王符、李固、许慎、马融、郑玄、蔡邕、蔡琰、应劭、祢衡、王粲等建安七子,并附带论及了吕不韦和李斯。

[①] 赵明、杨树增、曲德来主编:《两汉大文学史》,吉林大学出版社1998年版。

迄今为止,我所看到的收录秦汉文学家最多的著作当首推曹道衡、沈玉成编《中国文学家大辞典·先秦汉魏晋南北朝卷》。该书依据下列四个收录原则:1.有诗作或辞赋等文学作品存世者;2.有文学批评著作存世者;3.无作品传世而据传文或史志记其能文而生平可考者;4.许穆夫人、寺人孟子等传统记载中以之为诗人者。此外,异域人以汉文从事与文学有关活动者亦予收录。这样,秦汉文学家总共收录了三百多位。

从上述论列来看,对于秦汉文学家的界定,一百多年来经历了一个由宽泛到狭隘,再到宽泛的过程。这个变化过程也正好标明了我们的文学观念的起伏变化的轨迹。从某种意义上说,也就是从秉持传统观念到接受西方理念,又在更高层次上回归传统的过程。

二、文学作品的界定

在先秦典籍中,所谓"文"并没有一个确定的涵义。《易·系辞下》说:"物相杂,故曰文。"韩康伯注:"刚柔交错,玄黄错杂。"《礼记·乐记》说:"五色成文而不乱。"这里,文是指纹路,非文章之文。作为文章意义的"文",是从秦汉以来开始为世人所熟知习用的。如《汉书·贾谊传》:"以能诵诗书属文,称于郡中。"当然,这里的"文",其涵义较广。至南北朝,"文"往往专指韵文,与不押韵的"笔"相对而言。《宋书·颜竣传》:"太祖问延之:'卿诸子谁有卿风?'对曰:'竣得臣笔,测得臣文。'"《文心雕龙·总术》:"今之常言,有文有笔。以为无韵者笔也,有韵者文也。"这与现代意义上的散文概念相近。由此可见,在古人心目中,文的概念是很宽泛的。

为了使这些文体有所归属,曹丕《典论·论文》将"文"分为四科八体:"夫文本同而末异。盖奏议宜雅,书论宜理,铭诔尚实,诗赋欲丽。"其中七体属文,即奏、议、书、论、铭、诔、赋等。

陆机《文赋》将"文"分为十体:"诗缘情而绮靡,赋体物而浏亮,碑披文以相质,诔缠绵而凄怆,铭博约而温润,箴顿挫而清壮,颂优游以彬蔚,论精微而朗畅。奏平彻以闲雅,说炜晔而谲诳。"九种属文,即赋、碑、诔、铭、箴、颂、论、奏、说等。

萧统《文选》将"文"分为三十七体:赋、诗、骚、七、诏、册、令、教、策文、表、上书、启、弹事、笺、奏记、书、檄、对问、设问、辞、序、颂、赞、符命、史论、史述赞、论、连珠、箴、铭、诔、哀、碑文、墓志、行状、吊文、祭文。① 诗骚而外,三十五种属文。

参照《文选》而编的《文苑英华》亦分三十七体:赋、诗、歌行、杂文、中书制诰、翰林制诏、策问、策、判、表、笺、状、檄、露布、弹文、启、书、疏、序、论、议、连珠、喻对、颂、赞、铭、箴、传、记、谥哀册文、谥议、诔、碑、志、墓表、行状、祭文,其中除了诗、歌行外,三十五体归为文章。《文心雕龙》自《辨骚》以下至《书记》凡二十一篇,论述各种重要文体多达五十余种,论列先秦两汉作品三百七十余篇(《诗经》《九歌》《九章》及诸子著作等均以一篇计算。其中汉代作品一百四十余篇),其中也以文章为大宗。作者本着"原始以表末"的原则,推溯源流,将各种重要文体的起源、流变以及重要作品作了比较细致的描述,其中除少数文体如"启"类出现于汉代以后外,多数重要作品均产生于秦汉。②

明代徐师曾《文体明辨》将"文"分为一百二十七体,其中百体属文。文章分类可谓登峰造极,但是这种分类显然过于琐碎。于

---

① 有的版本作三十八类,即在"书"与"檄"之间多出"移"体。见胡克家刻本《文选》后附《〈文选〉考异》。还有的作三十九类,多出"难"体,如南宋陈八郎刻本及《山堂考索》所引《文选》分类细目,就增加了"难"体。此外,台湾影印《五臣注文选》也有"难"体。其实,陈本虽多出"移""难"二体,但又少"史述赞"和"符命"二体,总数仍是三十七体,如果把两种版本的文体加起来是三十九体。
② 二十一篇中,《杂文》中细分"对问""七发""连珠"。《诏策》中细分"策书""制书""诏书""戒敕""教"。《书记》中细分"谱""籍"等二十四种。

是清代姚鼐编《古文辞类纂》，把诗歌之外的"文"分成十三类：论辨、序跋、奏议、书说、赠序、诏令、传状、碑志、杂记、箴铭、辞赋、哀祭、颂赞。严可均编《全上古三代秦汉三国六朝文》，其中的"文"包括了诗词曲以外的全部文体，即赋、骈文及一切实用文体均在其中。由此说明，在中国古代，至少先秦两汉，文学的大宗是广义的"文"。

20世纪前后，随着西方学术观念的传入，"文学"的观念发生了变化。如前所述，文学作品无外乎归为四类，即诗歌、戏剧、小说、散文。而前三类逐渐成为主流，相对而言，过去的大宗散文反而退居次要地位。就秦汉文学史而言，主要是辞赋、史传、诗歌（乐府、五言诗）、散文（有的还包括小说）等四类。前三类的文体界限比较清晰，唯独散文，最为驳杂。凡是前三者所不收者，都可以归于"散文"类。因此，"散文"的涵义最为丰富。换言之，除了诗歌、戏剧、小说之外，所有的文学作品都可以称为散文。《中国大百科全书》中的《中国文学卷》讲到中国散文时正是依据这样的理解："在中国传统的文学观念中，与诗词并列为文学正宗的，还有另一重要文体，即散文。散文在中国文学史上有几种不同的概念：①'散文'相对于'韵文'讲，是广义的，泛指一切无韵的文字。②'散文'相对于'骈文'讲，也是广义的，指那些单行散句、不拘对偶、声律的语文体，即唐宋以后所称的'古文'。"学术界的普遍看法，认为凡是不押韵的文体，都应进入中国散文史家的研究视野。也就是说，中国古代散文是与诗词、小说、戏曲并列的文体。

三、"文必秦汉"

什么样的"文"可以进入文学史家的视野？具体到秦汉文学史研究而言，凡是严可均收录的作家作品，是否都应在文学史中给予论述？这个问题从20世纪初叶就曾引起过相当热烈的讨论[①]，学者们在文学史编写实践中做过各种有益的尝试。中国文学史的研究，早期受到传统观念的影响较深，在编写体例上往往处于摹仿阶段，或摹仿域外，或摹仿古代。譬如晚清林传甲痛感当时日本学者已经编著了好几种中国文学史著作，日本大学还开设了中国文学史课程，而在中国还没有一部中国人撰写的中国文学史著作，于是仿日本学者"中国文学史之例，家自为书"，又参照了《四库全书总目》对有关作家、作品的评价综合而成。就体例上说，其所著主要采用了中国传统的纪事本末体，以文体为主，所收范围较为庞杂，有文字、音韵、训诂、群经、诸子、史传、理学、词章等，甚至金石碑帖也多有论列。与其说是一部中国文学史，不如说是中国学术史，或曰中国著述学史。通观20世纪初期的先秦两汉文学史研究，这种情形并非偶然，而是比较普遍的现象。譬如黄人的《中国文学史》、陈柱的《中国散文史》等均大同小异。譬如陈著第一编第四章"为学术而文学时代之散文"论先秦诸子，专辟第十节"钟鼎文学家之散文"，论及《毛公鼎》《录公钟》；第二编第二章"由学术时代而渐变为文学时代之散文"，除了论述辞赋家、经世家、史学家之散文外，还专辟"经学家之散文""训诂派之散文""碑文家之散文"三节。论及经学家之散文，主要是论董仲舒《贤良策对》、刘向《谏起昌陵疏》；论训诂学家之散文，主要是论郑玄《诫子书》、许慎《说文解字叙》；碑文家之散文，主要论及《国三老袁君碑》《郎中郑君碑》。其下限不仅论及清代桐城派之散文，而且专辟"清维新以后之散文"一节，论及康有为《欧洲十一国游记序》、严复《天演论导言》、陈三立《散原精舍文存》及沈曾植、

[①] 相关讨论文章有陈衍《散文体正名》，《小说月报》17卷号外；剑三《纯散文》，《晨报》副刊1923年6月21日；王统照《散文的分类》，《晨报》副刊1924年2月21日、3月1日；田北湖《论文章源流》，《国粹学报》第1年2—6期；刘光汉《文章原始》，《国粹学报》第1年1册。

唐文治、陈衍、黄节、章炳麟等人的散文创作,上述这些内容都是后代散文史所缺少的。依据这样的观点,钟鼎文字、先秦诸子、辞赋、骈文、碑传以及各种应用文字,如对策、上疏等,均可以列入古代散文的研究范围。这是取广义的"文"的概念。30年代以后,随着西方文学理论的大量传入,学术界开始认真地探讨所谓现代意义上的"文学"观念问题,于是产生了后来影响较广的狭义文学观念和广义文学观念的争论。所谓狭义文学观念就是指美的文学,内容上情感丰富,形式上富丽堂皇;至于广义文学观念就是指所有的著述。依据这种解说,于是就出现了不同含量的文学史。就秦汉文学研究而言,那时并没有所谓的纯文学观念,那么,哪些该列入文学史的讨论,哪些属于学术史的范围,就有分歧。但总的趋势一如对于文学家的界定,由"杂"到"纯",即对中国文学史的实际做了大量的过滤剔除工作。刘大白《中国文学史》干脆就认为:"只有诗篇、小说、戏剧,才可称为文学。"[1]持这样观念的人很多,因此,先秦两汉文学只有《诗经》《楚辞》和汉乐府才能进入这类文学史家的视野。这种观念上的变化,体现了学者勇于接受新鲜事物,勇于冲破传统的束缚,从历史发展的角度来说,应当给予肯定。但是,吸取域外之长的同时,还不能脱离中国文学史的实际。毕竟中国文学的发展有它自身的特点和规律。机械地照般国外的文学理论,牵强地套用在中国文学史上,往往有削足适履之弊端。20世纪50年代以后,中国学术界运用历史唯物主义的研究方法从事先秦两汉文学史的研究,取得了划时代的成就。但是不能否认,在取得巨大成功的同时,庸俗社会学也逐渐泛滥开来,有些研究与中国秦汉文学史的实际相去甚远,留下了许多教训。

---

[1] 刘大白:《中国文学史》,上海大江书铺1933年版。

四、文学史研究的三重境界

最基础的工作当然是回归原典,即根据秦汉文学史的实际,尽可能地勾画出当时的文学风貌、文体特征及文学思想的演变过程。所谓文学风貌,应当从纵横两个方面着眼。编年史为纵的基本线索,文学地理及人才分布则为横的主要线索。所谓文体特征,我在《〈独断〉与秦汉文体研究》(《文学遗产》2002年第5期)一文中提出,中国古代主要文体,这里主要指文章的体裁,在秦汉大体定型。各类优秀的文章体裁,理应进入文学史家的视野。《昭明文选》《文心雕龙》是先唐两部最重要的文学选本和文学史论著,而它们所论及的作品,我们的文学史所关注的不过是其中一二类而已,作家也只是涉及极少部分。结果呢,我们所编写的文学史,与紧接秦汉的六朝时代的文学史家的评价相去很远。都说"文必秦汉,诗必盛唐",盛唐诗,我们关注的热烈程度异乎寻常,而秦汉之"文"呢,除贾谊、晁错等几家外,多所冷落。再扩大一点说,秦汉以下的"沈诗任笔""燕许大手笔"等古代文章高手的写作,我们的文学史并没有给予多少篇幅。相反,许多在当时文坛并没有多少地位的作家作品,今天反而可能得到充分的开掘和论述。所谓文学思想,我认为,影响中国古代文学发展的最主要的理论主张和重要命题,在秦汉时期已经初步提出。这些内容应当进行系统的整理。可惜目前的文学史与秦汉文学史实际尚有相当大的距离。我时常扪心自问:我们编写那么多文学史,与历史上的文学创作实际有那么大的距离,为什么还要不断地编写?古今差异大,今人之间的写作同样也各不相同。那么,一个尖锐的问题就摆在了我们面前:任何一家文学史似乎都难以提供一种公认的结论,甚至不过是每一个研究者心目中的一种文学史而已。如果历史都成为一个人人都可以随意"打扮"的对象,那么,我们撰写历史的目的又是什么呢？既没有提供丰富多彩的文学史知识，又缺乏理论创新。结果，我们的文学史就变得千人一面，其差异充其量只是量的不同，或者只是编写角度的变换而已。因此，我觉得，编写文学史，最起码的工作，就是尽可能地还原历史面貌。就秦汉文学史研究而言，这种文学地理以及文体还原式的研究尤其必要。只有这样，我们的研究才有可能进入第二个层次，即综合研究阶段。

2002年秋冬之际，我应邀到韩国首尔大学中文系访问，并做了"世纪之交的中国古典文学研究"讲座，主要谈了以下三个方面的问题：一、近年来中国大陆发现的新资料；二、国外古典文学资料的新发现；三、近五年来中国古典文学研究论著扫描。通过对秦汉简牍、秦汉画像、国外中国古典文学研究动态以及近年中国出版的若干有代表性的古典文学研究论著的具体介绍，试图从一个宏观的角度揭示出当前中国古典文学研究界新的研究趋势，即研究文学，必须跳出纯文学范围；研究中国文学，必须跳出中国范围。这是一个非常紧迫的任务。秦汉文学史研究还有许多领域有待开拓，还有许多问题有待解决。因此，这里所说的"综合性的考察"就绝不是一般意义上的泛泛而论的大视角，而是对各种文体、各门学科做通盘的研究。长期以来，我们的文史专业分得越来越细，将活生生的历史强制性地划分成条条块块。条块分割的结果便是隔行如隔山。文学研究界对于考古学界的成果，相对来讲就显得比较隔膜，人为地限制了自己的学术视野。新时期以来，随着综合研究日益得到重视，这种状况开始得到初步的改变。《文学遗产》2000年第3期发表的对李学勤、裘锡圭的访谈录《新学问大都由于新发现——考古发现与先秦、秦汉典籍文化》，就比较深入、具体，有说服力。这些研究成果如果吸收到文学史撰著中，势必会促进徘徊不前的秦汉文学史研究的突破。不仅如此，中国传统的学问历来强调文史不分家。就"文"的内部而言，更是门类相通，水乳交融。中国古典文学从其产生之日起，就与音乐、舞蹈、绘画等具有天然的联系。随着文学自身的成熟壮大，逐渐脱离了这些"姊妹行当"而走向独立。但是，近年来的研究趋势又将它们联系到一起，这就是数字化带来的积极成果。我相信在不久的将来，多媒体文学史即将问世。我们过去比较关注书面文字材料，新的时代要求我们更加注重相关的背景资料，音乐、绘画、舞蹈又将走到一起，构成一个全新形态的文学史。到那个时候，我们的文学史研究才算真正跨越一个台阶。

当跨越了这个台阶之后，我们的文学史研究才有可能对中国古代文学的生成观念和演变轨迹作进一步的探讨。文学史的研究才有可能进入更加理性的层次，为创造有中国特色的文学理论体系提供比较坚实的基础。

以我极肤浅的见闻，中国文学史家和西方文学史家有一个显而易见的不同：中国的文学史家更重视的是"史"的线索，当然，这是中国传统学问的精华所在。近现代以来，随着学术观念的变化，理念先行的编写模式往往左右着我们的文学史编写工作。似乎文学史家的任务主要就是依据某种或某些理论主张去梳理文学史的发展线索。很被动地期待着国内外的理论家提供有效的理论武器，就成为中国文学史研究工作者的常态。而西方出色的文学史家在注重梳理文学史发展过程的同时，努力从文学史的研究实践中归纳出若干理论。因此，很多理论家往往就是文学史家。或者反过来说，文学史家往往又是出色的理论家。这样说，可能有以偏概全之嫌，但是，这种现象不是个别的。在现代中国，我们很难找到一个文学史家同时又是出色的理论家的例子，而在西方，一身而兼二任的情况似乎并非稀见。[①] 譬如意象统计法的

---

① 相关研究参见伍蠡甫主编《现代西方文论选》，上海译文出版社1983年版；周发祥《西方文论与中国文学》，江苏教育出版社1997年版。

创立人,英国学者斯珀津(Caroline F. E. Spurgeon)就是在《莎士比亚的意象》一书中提出这种研究方法的。英国唯美主义重要理论家佩特(Walter Horatio Pater)的名著《文艺复兴:艺术和诗的研究》《文艺复兴历史探索》等通过对文艺复兴运动的研究系统地提出了追求唯美的理论主张。美国新人文主义主要代表之一的白璧德(Irving Babbitt)研究19世纪文学,主张用"人的法则"反对"物的法则",强调理性、道德意志和道德想象力,创立了新人文主义学说。这样的例子可以举出很多。其实,中国古代许多文学史家同时兼任文学理论家,或者说他们的理论主张首先来源于文学史研究的实践,譬如刘勰和他的《文心雕龙》、钟嵘和他的《诗品》,就是典型的代表。

我们研究文学史的目的,显然不仅仅是为广大读者提供某种系统的文学发展的知识,更重要的,还是应当从丰富多彩的文学史探索中逐渐建立起具有中国特色的文学理论框架或理论主张。在经历了一百多年的中西方全面交融的历史实践之后,二十一世纪的中国学者有条件创建中国的文艺理论学派。这是时代赋予我们的使命。

(原载《文学遗产》2003年第6期)

有关唐前文献研究的几个理论问题

近年来,"抄本文献""刻本典籍""文本演变"等问题备受海内外古典学界的关注。按照后现代理论,抄本时代的经典不同程度地存在着不断叠加的情况。流传至今的先唐文本文献可以有单一的资料来源,也可以具有多重早期资料来源,往往会出现异文,很不稳定。我们今天所看到的众多版本,很难说哪些是原本,哪些内容是后人叠加进来的。不同文本的不同性质本身已经成为文学史叙事的重要组成部分。照此推论,先唐文本文献具有极大的不确定性。阅读这些文献,很可能就会出现言人人殊的情况。据此可以得出这样的结论:先唐经典的稳定性不复存在。

这里就涉及对中国早期历史文献如何理解的问题。如果以纸张印刷作为中国文献分期依据的话,大约可以分为两个历史阶段,一是周秦汉唐的抄本时代,二是宋代以后的雕版印刷时代。

周秦汉唐经典文献,是中国文化之源,也是历代文献整理的重点领域。对于这些经典文献的整理,三个重要的学术转折点无法绕过。一是两汉之际,刘向、刘歆父子整理先秦典籍,编纂《别录》与《七略》,班固在此基础上编修成《汉书·艺文志》。这是大一统时代中华文化的第一次系统整理。这一历史时期的文字载体主要是金文、石刻与竹简。与此同时,类似于纸张的文字载体已经出现,正在酝酿着巨大的文化变革。二是唐宋之际,两汉到隋唐是中国的抄本时代。在这一历史时期,学术界一直在努力推进学术经典化的进程,包括编纂"五经正义"、校刻"开成石经"等,整理历史资料,但是,其传播的能力终究有限。唐代咸通九年

(868)印制的《金刚经》,是一个具有划时代意义的标志性事件。此后,随着宋代刻书事业的发达,文化经典走进千家万户,经典化工作也相应进入新的历史时期。三是 19 世纪末到 20 世纪初,随着西方文化的强势进入,中国文化发生根本性转变。如果说中国文献学史上的重要文献资料大都定型于前两个历史节点的话,那么第三个历史节点的突出特色就是思想方法上的飞跃。当代中国学术界的所有成就与问题,都与这个历史节点密切相关。

这里集中讨论的是抄本时代的文献问题,又与上述三个历史节点息息相关。

一、从口传文献到写本文献

(一) 早期文献传播的复杂背景

如果从殷商文字开始算起,传统文献流传至今已经三千多年。汉代以来,佞古思潮长期居于主导地位,认为现存早期文献都是老祖宗说的,老祖宗写的,老祖宗传下来的。《庄子·天运篇》提到的"六经"就是今天看到的五经。宋元以后,怀疑思潮泛起,直至清初,很多资料得到了系统的整理。以清人阎若璩为代表的一批重要学者发现,像《尚书》这样的早期文献,其中有很多记载相互矛盾,有必要进行清理,甚至提出质疑。19 世纪末,疑古思潮甚嚣尘上,与此前的疑古之风遥相呼应。俄国汉学家王西里(V. P. Vasiliev, 1818—1900)所著《中国文学史纲要》[①]认为,除《诗经》《春秋》外,现存先秦典籍多数是汉代产物,甚至更晚。梁启超《中国历史研究法》提出了十二种辨伪的方法,也将很多先秦以来流传的典籍列入伪托之作。类似这样的观点,左右学术界将

[①] 《中国文学史纲要》,俄罗斯圣彼得堡大学 1880 年出版。圣彼得堡大学国立孔子学院 2013 年重新排印出版,中俄文对照本。

近一个世纪。

最近三十多年,地不藏宝。随着出土文献的不断增多,越来越多的材料证明,中国早期文本文献的传承相当复杂,梁启超提出的辨伪方法,大多数站不住脚。而且,更重要的是,现在所有的出土文献,并没有从根本上改变中国学术史的面貌。即便是甲骨文,也只是证明司马迁所见史料比较确切。这充分说明,中国早期文献确有其稳定性品质。

当然,这只是中国早期文献的一种形态,其不确定性、可质疑的因素依然大量存在。譬如司马迁《史记》的记载就常常自相矛盾,有些场面的描述更像小说,甚至可以这样说,早期的历史文献,其内容很多像小说。这也容易理解,中国古代早期文献始于口头传播,经过漫长的流传,最后被写定。在流传过程中,口传文献信息不断累积,不断演变,最终形成文本文献。《汉书》中的《哀帝纪》《天文志》《五行志》都曾记载汉代流传的"讹言行诏筹"的故事,具有一定的代表性。《五行志》说:"哀帝建平四年正月,民惊走,持稿或梜一枚,传相付与,曰行诏筹。道中相过逢多至千数,或被发徒践,或夜折关,或逾墙入,或乘车骑奔驰,以置驿传行,经历郡国二十六,至京师。"这类故事的载体、文字、解读、影响不断变化,说明一个文本文献从口传传播,到最后定型,在这个过程中,制造者、接受者、传播者、阐释者各不相同,所产生的文本内容也就有颇多差异。①

出现这种情形,至少有主客观两重因素。

从客观上说,早期的历史口耳相传,历史的主干为经,比较粗略;后人的阐释为传,注重细节。经与传逐渐合流,便形成历史。司马迁就是根据这些经与传,勾画出中国三千年发展的历史。

---

① 孙少华、徐建委:《从文献到文本——先唐经典文本的抄撰与流变》,上海古籍出版社 2016 年版,第 27 页。

从主观上说，任何历史都是由人来书写的。有了人，便会有不同的思想。对于同一历史材料，不同的人便有不同的理解，不同的处理。平民历史学家写历史是一种写法，官方历史学家又是另外一种写法。不论是谁，站在不同的立场，对于史料就会有不同的取舍，甚至会出现有意的遮蔽。这种现象无处不在。文化水平不高的刘邦、相貌一般的朱元璋，其外貌都被历史学家描绘成"隆准而龙颜""姿貌雄杰，奇骨贯顶"，至于他们的劣迹，则略而不记。秦汉帝王对于历史著述、诸子百家的控制非常严密，《史记》还算比较公允的史书，东汉初年的汉明帝诏问班固，批评司马迁"微文刺讥"，东汉末年的王允也视《史记》为"谤书"，禁止其流传。蔡邕在江南看到王充的《论衡》记载了很多六国以来的历史故事，叹为异书。

站在今天的立场推想，从战国末年列国的分分合合，到楚汉八年的血腥纷争，这中间该发生多少惊天地泣鬼神的历史故事！可惜，如今只有一部被刘邦认可的陆贾的《楚汉春秋》残存于世，而精华部分已被《史记》收录，其他不计其数的历史文献已经烟消云散，以致后世没有产生一部类似于《三国演义》的历史小说来描绘楚汉纷争，这真是一段历史的遗憾。显然，这是统治集团有意控制的结果。魏晋以后，当权者对于民间的掌控已力不从心，所以才会有三国故事逐渐流传开来，箭垛式的人物越来越丰满，多以三国故事为背景的讲唱文学逐渐成熟，最终酝酿出《三国演义》这样的历史小说登上文坛，历史与小说从此分道扬镳。

历史似乎从此脱离小说，俨然以公正、真实相标榜，但在实际的历史叙述中，如前所述，由于叙述者立场的不同，对于材料的取舍便大不同，结论可能大相径庭。甚至在同一叙述者的著作中，也常常会有前后矛盾的记载。历史著述中的这些有意无意的错误，可以说随处可见。无意的错误可以理解，由于作者闻见有限，根据一些主观臆测充实历史文本，可能与史实相违背。而有意的错误更是不在少数。

（二）早期文献传播的理论问题

德国学者扬·阿斯曼（Jan Assmann）的《文化记忆》一书从古埃及历史研究中发现了这样有趣的问题，即一种文化形态的建立，通常经过"回忆文化""记忆文化""文化认同和政治想象"这三个过程。①

第一个形态是"回忆文化"形态。记忆不断地经历着重构。从一定意义上讲，社会思想无一例外同时都是社会的回忆，包含两个方向：向后和向前。记忆不仅重构着过去，而且组织着当下和未来的经验。两者互为条件，相互依存。一般来说，当传统终止、社会记忆消失后，历史才开始。

个人回忆包括交往记忆和文化记忆两种。

交往记忆所包含的，是对刚刚逝去的过去的回忆。这是人们与同时代的人共同拥有的回忆。当那些将它实体化的承载者死亡之后，它便让位给一种新的记忆。这种单纯依靠个体的保障和交往体验建立起来的回忆空间，按照《圣经》的观点，可以在比如承担某种罪责的三到四代人中延续。罗马历史学家塔西佗曾在其关于公元 22 年的《编年史》中提到了最后一批罗马共和国亲历者的故去。八十年是一个边界值。它的一半，即四十年，似乎意味着一个重要门槛。个人记忆之后，便进入文化记忆，也就是那些掌握了文化话语权的人开始介入历史。

所有关于口述历史的研究都证实，即使在使用文字的社会中，活生生的回忆至多也只能回溯到八十年之前。然后是那些由教科书、纪念碑等通过官方传承下来的资料，逐渐取代了起源神

---

① ［德］扬·阿斯曼：《文化记忆——早期高级文化中的文字、回忆和政治身份》，金寿福、黄晓晨译，北京大学出版社 2015 年版。

话的位置。文化记忆始终拥有专职承载者负责其传承。这便进入了"记忆文化"的形态。这些人都掌握了(关于文化记忆的)知识,往往受命于当时的最高首领,为当时的政治服务。

第三种形态是"文化认同和政治想象"。秦汉帝国体制建立,统治者通过政治想象,强化这种文化认同。他们不光篡改过去,还试图修正未来。他们希望被后世忆起,于是将自己的功绩镌刻在纪念碑上,并保证这些功绩被讲述、歌颂,在纪念碑上被称为不朽或者至少被归档记录。柯马丁(Martin Kern)《秦始皇石刻——早期中国的文本与仪式》一书,便以李斯所撰七篇石刻文字为研究对象,比较此前的青铜文字,分析这些文字所体现出来的仪式感与庄重感,用以彰显帝国的威权。① 这个结论很有意义,很自然地让会我们联想到汉初唐山夫人《安世房中歌》十七章、武帝时期司马相如《郊祀歌》十九章等作品的创作背景。显然,其背后都有权力的影子,帝国统治者都在试图控制着历史的叙述。用时下流行的话说,谁掌握了历史的叙述,谁就掌握了未来。因此,我们必须指出,在政治、文化权力介入以后,很多文献被遮蔽,乃至被有意修改,是大量存在的事实。托古改制,谶纬盛行,这是公然的造伪,姑且不论。早期家学、私学为了争夺正统话语权,往往把自己说得高大上,而别人都是假的。俄国学者王西里《中国文学史纲》认为中国先秦的文献,只有《周易》《诗经》《论语》可靠,其他都有汉代以后的痕迹。为什么会这样?我们不能不考虑西汉初年"过秦",把秦朝说得越残暴,才能越发证明汉代的可贵。一个新政权建立后,通常会对前朝大加挞伐。一部二十四史,都是由新朝编订。统治者就是想以回溯和文人学者歌颂的方式,不断地论证自己的合法性,并以前瞻的方式让自己变得不朽。

---

① [美]柯马丁:《秦始皇石刻——早期中国的文本与仪式》,刘倩译,上海古籍出版社2015年版。

(三)早期文献传播的想象问题

综上所述,从口传到写本的转换过程中,那些吟游诗人、祭司、教师、艺术家、官员、学者等充当了重要的角色。他们传述历史,有真实的依据,也有合乎情理的想象。这就与文学发生了关系。可以说,历史与文学,在早期的历史中,就像一对孪生姐妹一样,很难分开。

先说文学的想象。

当代西方马克思主义文艺理论家伊格尔顿《批评家的任务》一书指出,通过阅读某些小说,你可以了解到成为阿根廷人是什么感觉,因为你可能没有足够的钱或闲暇亲自去那里感受一下。可见,想象的丰富倒是可以掩饰某种不足或贫乏,这往往是心理补偿的一种形式。对于浪漫主义思想来说亦是如此,想象是一种从内心设身处地地理解他人的力量。它本身没有立场,只有无止境地投入或挪用他人立场的能力,并在掌握住这些立场的当下予以超越,这就是济慈所称的"负面才能"。这个概念与殖民主义的出现这一史实有关。殖民者本身没有立场或身份认同,他的立场和身份简单地存在于参与所有其他人的身份认同的时候,他甚至比了解自己更了解他人。因此美学中的这个最无私、最慷慨的概念也可能带有某种被淹没的暴力历史的痕迹。①

同样是悲剧,文学的想象与历史的想象更有不同。伊格尔顿将悲剧的想象归结为五个方面。

一是悲剧给人想象的空间,是因为感到优越感和罪恶感。

我们难过地目睹了他人的不幸,同时他们也让我们感到高兴,主要因为他们使我们感到一种优越感。悲剧就像崇高,允许

---

① [英]特里·伊格尔顿回答,马修·博蒙特提问:《批评家的任务——与特里·伊格尔顿的对话》,王杰、贾洁译,北京大学出版社2014年版。

我们沉浸在引发共鸣的死亡本能的愉悦中,并欣慰地得知自己不会真正受到伤害。并且,因为悲剧是艺术,我们知道剧中的人物也不是真的受到了伤害,从而减轻了自己的罪恶感。观看悲剧时,我们会为自己还活着而高兴,即使明知道李尔王活不了;我们也会有罪恶感,依照弗洛伊德的理论,这是快感的又一来源。

二是悲剧给人想象的空间,是因为感到恐惧。

悲剧带给人的是一种略带恐惧的快感,在观看作为崇高的现代形式的恐惧电影时同样会产生这个快感。悲剧也放任我们面对和预演自己的死亡,因此能在一定程度上消解死亡带给我们的恐惧。而且,这是让我们产生满足感的一个来源。

三是悲剧给人想象的空间,是因为满足正义感和对秩序的愤怒。

四是悲剧给人想象的空间,是因为有施虐倾向和道德良心。我们想看人受难,这样,通过伴随他们一起受难,我们可以尽情享受虐待,但维持这种受虐意味着要让他们继续受难。这是一种施虐行为。

五是悲剧给人想象空间,是因为有愉悦功能。艺术本身有愉悦人的功能,不管怎样,这也是快感的一个隐晦的来源。

再说历史的想象。

康德《人类历史起源臆测》说:"在历史叙述的过程中,为了弥补文献的不足而插入各种臆测,这是完全可以允许的;因为作为远因的前奏与作为影响的后果,对我们之发掘中间的环节可以提供一条相当可靠的线索,使历史的过渡得以为人理解。"[①]这也许正是陈寅恪先生所说的,对于古人应抱有"同情的理解"。

由此可比较文学想象与历史想象的异同。

柯林武德《历史的观念》说,作为想象的作品,历史学家的作

---

① [德]康德:《历史理性批判文集》,何兆武译,商务印书馆1991年版,第59页。

品和小说家的作品并没有不同。它们的不同之处是,历史学家的画面要力求真实。小说家只有单纯的一项任务:要构造一幅一贯的画面、一幅有意义的画面。历史学家则有双重的任务:他不仅必须做到这一点,而且还必须构造一幅事物的画面(像是它们实际存在的那样)和事件的画面(像是它们实际发生的那样)。这就要求历史研究与叙述有自己的方法与规则,而小说家或艺术家一般说来却不受它们的约束。①

用更通俗的话说,文学的想象隐含在各种场面、各个事件的来龙去脉的描写中。文学家的想象更多地倾向于个人化。而历史的描绘不仅仅限于具体事件、宏大场景,还要挖掘事件背后的原因,有它的政治背景和文化背景,政治权力介入其中,带有集体记忆的色彩。诚如《文化记忆》一书所论,个人记忆转向了文化记忆。早期的文化书写,受到文字载体的制约,通常以青铜、石刻、竹简等为主要书写形式。另外,就是组织形式的仪式和节日用诗的仪式的展演和集体成员的共同参与,巩固成为一种集体的记忆。所以礼乐中国,更多地与政治相关,这是众所周知的事实。

(四) 早期文献传播的各种可能

2014年9月,北京大学举办了一次中美学者的双边研讨会,普林斯顿大学柯马丁教授提交了一篇《我怎样研习先秦文本》,其他学者也提出了很有启发性的问题,拓宽了我们对早期文献传播种种可能性的理解。

第一个问题,早期文献的文学性。近百年来的出土文献那么多,但是并没有从根本上改变中国文化的基本面貌。同时不可否认,中国的早期文献又有很多矛盾性。特别是唐代以前的文献,

---

① [英]R.G.柯林武德:《历史的观念》,何兆武、张文杰译,中国社会科学出版社1986年版,第279页。

这种矛盾性随处可见。我们读司马迁《史记》，有点像读小说，细节真实到让人不可思议。由此看来，中国早期的文献，历史、文学往往混杂在一起，都有想象的成分。如前所述，文学的想象是通过历史事件、故事情节、人物形象来展示历史发展的内在规律，而历史家的想象是通过对历史事件的分析，把现象背后的东西揭示出来。历史也好，文学也罢，其主旨都应揭示历史的深邃。

第二个问题，早期文献的真实性。抄本理论的一个基本观点是，中国早期历史文献多是口耳相传，似乎不可靠，容易引起人们的怀疑。我参观宝鸡青铜器博物馆，看到2003年发现的二十七件青铜器，其中一件记载单氏家族与周天子的关系，与《诗经》《史记·周本纪》的记载多有吻合。还有鲜卑族的发迹，自从在大兴安岭嘎仙洞中发现了鲜卑族告天文书石刻后，《魏书》所记鲜卑人的历史便找到了源头。这说明，中国的历史记载，就其整体而言，确切不移，尽管中间有很多人为的篡改，但历史的基本线索依然被清晰地记录了下来。因此，中国历史的真实性不容怀疑。

第三个问题，早期文献的变异性。历史有想象，也就有变异，流传下来的早期文献就有各种可能性的解释。经历了从口头传说到书诸金石简帛，纸张发明之后，抄本出现，然后到雕版印刷，逐渐形成经典。由于早期文献传播途径不同，同一故事便有不同记载。例如，有关《西京杂记》的作者有多种说法。倪豪士根据毛延寿丑化王昭君这个细节，推断这部书出现在齐梁中后期。类似情形还有《吕氏春秋》《淮南子》《列女传》《新序》《说苑》等，文献尽管记载同一事件，故事来源各不相同，故事情节细节都有出入，就有一个互文性问题。即便是同一本书，前后记载也可能出现矛盾。比如《商君书》《管子》《晏子春秋》《荀子》《韩非子》等，很难说一定是个人所著。《楚辞》也有类似这样的问题。早在20世纪初叶，就有部分学者怀疑屈原的存在。他们的主要根据是：一、先秦史料中未见屈原名字。二、《资治通鉴》未写屈原事迹。廖平《楚辞讲义》说:"屈原并没有这个人。"又说:"《楚辞》为词章之祖,后人恶秦,因托之屈子。"①胡适《读楚辞》(《胡适文存》二)也说:"依我看来,屈原是一种复合物,是一种箭垛式的人物,与黄帝周公同类,与希腊的荷马同类……我想,屈原也许是二十五篇《楚辞》之中的一部分的作者,后来渐渐被人认作这二十五篇全部的作者。"冈村繁《楚辞和屈原》认为很多作品"是屈原死后,对其记忆犹新的时候的人的作品"②。朱东润先生虽然没有否定屈原,但他在"楚辞探故"的系列文章中认为《离骚》是刘安所作,《九歌》是汉武帝时的作品,《九章》中的作品多数也成于武帝时代,《天问》可能是战国时代楚人的作品。这实际上也否定了作为文学家的屈原的存在。对此,郭沫若撰文逐一批驳。③ 80年代,日本学界又重提这一话题,国内出版了《中日学者屈原问题论争集》④《与日本学者讨论屈原问题》⑤《现代楚辞批评史》⑥等,可以说是对屈原否定论的总清算、集大成。从中国人的情感来说,这个问题的答案不能是否定的,但是我们必须承认,情感不能代替学术。《复旦学报(社会科学版)》2016年第6期刊发了日本学者小南一郎的《〈楚辞〉的时间观念》一文,他在文章中指出,文化人类学研究表明,在文明程度较低的民族中,时间观念往往是循环式的,直至永远。这个时期的人们基本上感觉满足,较少忧虑。进入文明程度较高阶段之后,尤其是中央集团开始统治后,新的直线式时间观念产生。这时的人们开始充满忧虑,时间的背后是悲剧性的本质:"子在川上曰:逝者如斯夫,不舍昼夜。"按照这样的观念看《离骚》,就

---

① 廖平:《楚辞讲义》,收入《六译馆丛书》,1922年版。
② [日]冈村繁:《周汉文学史考》,陆晓光译,上海古籍出版社2002年版。
③ 朱东润《楚歌及楚辞》《〈离骚〉底作者》《〈离骚〉以外的"屈赋"》等文以及郭沫若的批驳之文,并收录在作家出版社编辑部编《楚辞研究论文集》,作家出版社1957年版。
④ 黄中模编:《中日学者屈原问题论争集》,山东教育出版社1990年版。
⑤ 黄中模著:《与日本学者讨论屈原问题》,华中理工大学出版社1990年版。
⑥ 黄中模著:《现代楚辞批评史》,湖北教育出版社1990年版。

有三个时间观念：第一部分是主人翁第一次出发以前的部分。从时间观念来说，这个部分是因为直线性质的时间里万事不如意，所以他放弃直线性质的时间，向天界做第一次的出发。第二部分记述天界游行的前半段，包括主人翁跟女神们的接触，描写的是他在圆形时间里的彷徨。第三部分是第二次出发以后记述新的天上游行，从空间观念来说，是以迈向更宽广的地域为目标进行的彷徨。在这个过程中，他发现了新的时间。这个时间超越了直线性质的时间和循环的时间，是充满喜悦的绝对性质的时间。之所以会有这三种不同的时间观念，从逻辑上来推断，可能是由于不同的叙述者造成的。这可能就是一些学者读《离骚》时，可以读出不同作者的原因所在吧？这种文本细读，还是很有意义的尝试。这个结论不是否定屈原，而是指出一种现象，即早期文献以某人命名，这个人并不一定就是唯一的作者。

第四个问题，早期文献的原始性。我们通常认为现存最早的刻本或者抄本就是原始文献。但实际上情况还不是那么简单。假如有一天，真的从地下挖出一部六朝时期的抄本《史记》，一定就比现存的文本更原始、更可靠吗？未必。我们知道，司马迁的《史记》在两汉是被锁在深宫之中的。两汉之际，班彪获得一部抄本，王充曾从班彪问学，有可能看到过，《论衡》中的有关记载就与后来的《史记》有所不同。东汉末年蔡邕流落江南，读到《论衡》，叹为异书，正是看到了很多新的资料，新的提法。《史记》在广为流传之前是否遭到修改乃至篡改，都还很难说。所以，哪一部是原始的，就说不定了。

第五个问题，文献的综合性。早期文献是口耳相传的，人们接触这些文本的渠道通常不是通过阅读，而是通过聆听、观望来实现。因此，图、画与表演的关系非常密切。譬如早期的诗（尤其是乐府）、赋，还有所谓街谈巷议、道听途说的小说等，多具有表演性质。中国文学源自口头，在后来的发展过程中，又与图像发生了重要关联。周秦汉唐时期所谓的"图书",就包括"图像"与"文字"两部分;如果只有文字而没有图像,则单称为"书"。其中,有关山川神怪崇拜为内容的文献,大多是"图"与"书"相结合,如《山海经》。《山海经》本来配有"山海图",《山海经》是对"山海图"的文字说明,陶渊明诗中就有"流观山海图"(《读山海经·其一》)这样的句子,郭璞注中亦指出了《山海经》与《山海图》图文并茂的特质。

王逸《楚辞章句》指出,屈原的《天问》原是因壁画启发而创作出来的。联系当时楚国高度发展的建筑和绘画艺术,我们有理由相信,王逸的解释并非空穴来风。战国时期类似屈原《天问》中的问天、升天图像,是以各种形式广泛出现的,比如1949年在长沙陈家大山楚墓中出土的龙凤人物帛画、1973年在长沙子弹库楚墓中出土的人物御龙帛画。前一幅表现龙凤引导人的灵魂升天,后一幅则是人的灵魂乘龙升天。相当奇特的是,后图中乘龙的男子,也是峨冠博带,颇似后人描摹的屈原本身形象。此画为战国中期所作,相当于屈原所处时期甚或更早。

这便是中国早期文献在抄撰与流传过程中变得异常复杂的深层次原因。更何况,当政治、文化权力介入之后,托古改制,各种文献存在被遮蔽乃至被篡改的可能性。譬如早期的家学、私学,还有后来愈演愈烈的经今、古文学等,为了争夺话语权而人为地制造各种所谓历史文献。两汉之际的谶纬文献,多是这个时期制造出来的。这就给早期文献增加了更为复杂的因素。

过去我们常常依违两端,要么疑古,要么佞古,即便是中立的"释古",或曰"走出疑古时代",其本质还是简单地相信或者不相信现存史料。其实,如上所述,唐前文献的稳定性与可信度矛盾无处不在。面对种种复杂现象,我们不能根据局部细节否定整体,也不能相信整体而忽视细节问题,凡事都要具体分析,不能一概而论。这应当成为我们理性地对待中国早期文献所应持守的基本原则。

二、从抄本文献到定本文献

（一）从竹简到纸张

自进入文字记载时代以来，早期文献也经历着不同时期的变化，从青铜时代到简帛的书写，从殷商到秦汉之交，这个过程持续了一千多年。战国到西汉时期的学术文化，主要是经过"杀青"后的竹简和丝帛记录下来的，1959年武威出土汉简《仪礼》，每枚简宽1厘米，长54厘米，可以书写60到80字。一部《史记》五十余万字，得用十万枚竹简才能容纳下来。《庄子·天下》曰："惠施多方，其书五车，其道舛驳。"古人说学富五车，就是读书广博的意思。《史记·滑稽列传》载东方朔初入长安，至公车上书，"凡用三千奏牍。公车令两人共持举其书，仅然能胜之。人主从上方读之，止，辄乙其处，读之二月乃尽"。可见那个时候纸张似乎还未广泛使用。尽管如此，在长安，书店似乎已经出现，至少，书籍作为流通之物已经出现。《汉书》记载，张安世曾随同汉武帝巡视河东，亡书三箧，诏问莫能知，唯张安世识之，具作其事。后复购得书以相校，无所遗失。说明当时已经有书籍流通，但也仅限于少数上层精英之间。

西汉后期，纸张出现，这种文化垄断逐渐被打破。西汉时期已经有了纸张的实物①，但显然还非常稀少。宣帝时期著名文人路舒温曾用蒲为纸作为书写工具。《初学记》卷二十一"文部·纸"载："古者以缣帛，依书长短，随事截之，名曰幡纸，故其字从

---

① ［日］清水茂：《纸的发明与后汉的学风》，《清水茂汉学论集》，蔡毅译，中华书局2003年版，第24页。

丝。贫者无之，或用蒲写书，则路温舒截蒲是也。"①可见当时尚无纸张的使用，至少普通读书人还接触不到。

东汉章帝（76—88）时，纸张逐渐流行开来，且与简帛并用。清水茂先生曾引《后汉书·郑范陈贾张列传》中的一条材料说明东汉中期纸简并用的情形："肃宗立，降意儒术，特好《古文尚书》《左氏传》。建初元年，诏逵入讲北宫白虎观、南宫云台。帝善逵说，使发出《左氏传》大义长于二传者。逵于是具条奏之曰：'臣谨摘出《左氏》三十事尤著明者，斯皆君臣之正义，父子之纪纲。其余同《公羊》者什有七八，或文简小异，无害大体。……'书奏，帝嘉之，赐布五百匹，衣一袭，令逵自选《公羊》严、颜诸生高才者二十人，教以《左氏》，与简纸经传各一通。"李注："竹简及纸也。"②《初学记》卷二十一引《先贤行状》曰："延笃从唐溪季受《左传》，欲写本无纸。季以残笺纸与之。笃以笺记纸不可写，乃借本诵之。"③这是东汉后期的情形，纸张还没有普及到民间，但是，如上引这条材料所述，官府已经常用。至于东汉和帝元兴元年（105）蔡伦发明的"蔡侯纸"，因见载于《后汉书·宦者传》而广为人知。当时已经出现了主管纸墨的官员。如《后汉书·百官志》："守宫令一人，六百石。本注曰：主御纸笔墨及尚书财用诸物及封泥。"④从时间上看，与蔡伦奏上"蔡侯纸"大体相近。

汉魏之交，纸张逐渐流行。《初学记》又引魏武令曰："自今诸掾属侍中别驾，常以月朔各进得失，纸书函封。主者朝常给纸函各一。"⑤《三国志·魏书·文帝纪》注引胡冲《吴历》曰："帝以素书

---

① 见《初学记》卷二十一"文部·纸"，中华书局1962年版，第516页。
② 《后汉书》卷三十六，中华书局1965年版，第1236—1239页。
③ 《初学记》卷二十一，第517页。
④ 《后汉书·百官志》，第3592页。
⑤ 《初学记》卷二十一，第517页。

所著《典论》及诗赋饷孙权,又以纸写一通与张昭。"①《典论》是曹丕特别看重的独立撰写的著作,故用纸张抄写,作为礼品赠送给孙权。

西晋时期,纸张还多用于"豪贵之家",左思《三都赋》问世后,主要是他们"竞相抄写,洛阳为之纸贵"②。唐修《晋书》载,陈寿死后,朝廷"诏下河南尹、洛阳令,就家写其书"③。今天所能看到的《三国志》最早写本就有东晋时期用黄纸抄写的本子,显然是官方本子。④ 东晋以后,随着纸张的广泛使用,文人阅读、私人藏书、著书、佣书、卖书也就不再是少数人的专利。

文人学者的阅读范围日益拓宽。他们有机会接触到各类典籍,既包括前代流传下来的撰述,也包括同时代人的创作。我们看《汉书》《东观汉记》《后汉书》中的传记,那些传主自幼好学的记载比比皆是,哪怕是出身寒微的人,也可以通过各种途径阅读书籍,譬如王充到书肆阅读,匡衡穿壁引光读书,就已成为熟典。

(二) 著述藏书之风

东汉以后的著述之风也开始盛行。亳州曹氏父子,著述颇多。曹丕《典论·论文》说:"盖文章经国之大业,不朽之盛事。年寿有时而尽,荣乐止乎其身。二者必至之常期,未若文章之无穷。"徐幹著《中论》,曹丕以为成一家之言,可为不朽。他自己亲

---

① 《三国志》卷二,中华书局1982年版,第89页。
② 当时纸张在民间应该还没有广泛使用,《后汉书·列女传》记载蔡琰应曹操之召而著书,自称"乞给纸笔",也可以说明这个问题。
③ 《晋书·陈寿传》,中华书局1974年版,第2138页。
④ 《太平御览》卷六〇五引桓玄曰:"古无纸,故用简,非主于敬也。今诸用简者,皆以黄纸代之。"(中华书局1960年版,第2724页)按《旧唐书·高宗下》:"戊午,敕制比用白纸,多为虫蠹,今后尚书省下诸司、州、县,宜并用黄纸。"(中华书局1975年版,第101页)《云仙散录》卷九"黄纸写敕"条载:"贞观中,太宗诏用麻纸写敕诏。高宗以白纸多虫蛀,尚书省颁下州县,并用黄纸。"(中华书局1998年版,第119页)这说明黄纸不易为虫蠹。

自组织编写的大型类书《皇览》"凡千余篇"①。兰陵萧氏父子亦潜心著书,如萧衍组织当时一流学者编写《通史》②,萧纲组织三十多人编纂《法宝联璧》三百卷③。萧统的著述,历来认为"皆出己裁,不过百卷"④,萧绎著有《金楼子》《研神记》《晋仙传》《繁华传》《玉子诀》《奇字》《辩林》《碑集》《食要》《补阙子》《诗英》等二十三帙共一百九十五卷。这些汉魏六朝文人的著书情况,《隋书·经籍志》有详尽的记载。

与著述之风相关联的就是藏书之盛。秦汉以来,长安、洛阳成立了很多藏书机构。东汉后期,董卓叛乱时,迁都长安,"自辟雍、东观、兰台、石室、宣明、鸿都诸藏典策文章,竞共剖散,其缣帛图书,大则连为帷盖,小乃制为縢囊。及王允所收而西者,裁七十余乘,道路艰远,复弃其半矣。后长安之乱,一时焚荡,莫不泯尽焉"⑤。官方藏书,多有记载,自不必多说。私人藏书也多有记载。

---

① 《三国志》卷二,第 88 页。
② 《梁书·武帝纪》载:"又造《通史》,躬制赞序,凡六百卷。"(《梁书》卷三,中华书局 1973 年版,第 96 页)《隋书·经籍志》亦著录:"《通史》四百八十卷,梁武帝撰。起三皇,迄梁。"(卷三十三,中华书局 1973 年版,第 956 页)《梁书·萧子显传》载梁武帝语:"我造《通史》,此书若成,众史可废。"(卷三十五,第 511 页)而据《梁书·吴均传》:"寻有敕召见,使撰《通史》,起三皇,讫齐代,均草本纪、世家,功已毕,唯列传未就。"(卷四十九,第 699 页)说明吴均是主要撰者。又《梁书·简文帝纪》载:"所著《昭明太子传》五卷,《诸王传》三十卷,《礼大义》二十卷,《老子义》二十卷,《庄子义》二十卷,《长春义记》一百卷,《法宝连璧》三百卷,并行于世焉。"(卷四,第 109 页)而据《南史·陆罩传》:"初,简文在雍州,撰《法宝联璧》,罩与群贤并抄掇区分者数岁。中大通六年而书成,命湘东王为序。其作者有侍中国子祭酒南兰陵萧子显等三十人,以比王象、刘邵之《皇览》焉。"(卷四十八,中华书局 1975 年版,第 1205 页)湘东王之序仍见载于《广弘明集》中,文后明确列出了编者的全部姓名。又据《南史·许懋传》载:"皇太子召与诸儒录《长春义记》。"(卷六十,第 1487 页)说明《长春义记》亦非萧纲所撰。又据萧绎《金楼子·著述篇》载,萧绎的许多著作也出自门下之手。
③ 〔南朝梁〕萧纲:《法宝联璧序》,载〔唐〕释道宣《广弘明集》卷二十,上海古籍出版社 1991 年版,第 250—251 页。
④ 〔明〕胡应麟:《诗薮》外编卷二,上海古籍出版社 1979 年版,第 159 页。
⑤ 《后汉书·儒林传序》,第 2548 页。

如蔡邕的万卷藏书,见载于《后汉书·列女·蔡琰传》《三国志·王卫二刘傅传》等文献,其中蔡邕送给女儿蔡文姬的就有"四千许卷",还有《博物志》卷六所记载的:"蔡邕有书万卷,汉末年载数车与王粲。"①张华藏书有三十乘之多,也见于《晋书·张华传》记载。任昉于"坟籍无所不见,家虽贫,聚书至万余卷,率多异本。昉卒后,高祖使学士贺纵共沈约勘其书目,官所无者,就昉家取之"②。沈约"好坟籍,聚书至二万卷,京师莫比"③。阮孝绪隐居钟山,著书二百五十余卷,其中《七录》最为著名。

六朝以来,寺院藏书亦丰。如刘勰居定林寺,撰著"弥纶古今"的《文心雕龙》,僧祐也主要根据定林寺的藏书著《出三藏记集》及《弘明集》。这是现存最早的佛教目录及论文集。又慧皎编著的《高僧传》为现存最早的高僧传记。至于道观的藏书亦复不少。陆修静整理众经,制定新论,多得益于寺院道观藏书,成为道教史中划时代的历史人物。翻检《高僧传》及《续高僧传》,几乎所有著名的高僧都有论著流传。许多寺院远离京城,倘若寺院里没有丰富的藏书,那些高僧在寺中撰写论著是很难想象的。

随着著述、藏书的普及,图书出版业也出现了萌芽,这就是职业抄手和书肆的出现。如班超随母至洛阳,"家贫,常为官佣书以供养"④。江南人王充"家贫无书,常游洛阳市肆,阅所卖书"⑤。阚泽"家世农夫,至泽好学,居贫无资,常为人佣书,以供纸笔,所写既毕,诵读亦遍"⑥。说明汉魏时期,都城已经有卖书的专门场所,也有职业抄手。文人求学读书,较之匡衡时代,似乎更加便利。

---

① 参见刘跃进《蔡邕行年考》《蔡邕生平创作与汉末文风的变迁》等文,载《秦汉文学论丛》,凤凰出版社 2008 年版。
② 《梁书》卷十四《任昉传》,第 254 页。
③ 《梁书》卷十三《沈约传》,第 242 页。
④ 《后汉书》卷四十七《班超传》,第 1571 页。
⑤ 《后汉书》卷四十九《王充传》,第 1629 页。
⑥ 《三国志·吴书·阚泽传》,第 1249 页。

纸张的推广应用对社会文化带来的另一重要影响,就是催生了一批以纸张为材料,擅长写"帖"的书法家。汉灵帝光和元年(178),擅长书法者被任为鸿都门生,高第者升至郡守,从而在全社会形成了重视书法的风气。从东汉末年至两晋,中国古代书法出现了第一个黄金时期。①

(三) 学术的转型

更重要的是,纸张的发明与流行,直接促进了当时学术文化的转型。对此,我在《纸张的广泛应用与汉魏经学的兴衰》一文中有比较充分的论述。我认为秦火之后,汉初学术主要是通过师徒间口传心授的方式传承,这在《汉书·儒林传》中有明确的记载。从现存的资料看,经学家们所依据的五经文本,似乎差别不是很大,关键在于一字差别之间如何解说。西汉时期,今文经学占据着官方学术的统治地位,但是他们各执一端,解说往往差异很大。在没有大量简帛书籍传播知识的情况下,弟子们对老师的师法、祖传的家法只能全盘照搬而别无选择。谨守师法,努力保持原样,就成为当时经生们所追求的目标。因此,师法与家法对于汉代学术而言,与其说是限制,不如说是经生们的自觉追求。各派之间要想维护自己的正统地位,就要以家法与师法的传承作为依据,来证明自己渊源有自。显然,这不仅仅是学术问题,更是政治话语权的问题。这当然已经远远超出了学术范围。②

随着社会的稳定,民间藏书也陆续出现。这样就形成了不同的文本,今文经学、古文经学由此分野。如果仅仅限于学术层面,经学的纷争也许不会有后来那样大的影响。问题是,武帝以后,儒家学说被确定为主流意识形态,而今文经学被立于学官,为官

---

① 劳榦:《中国文字之特质及其发展》,载氏著《古代中国的历史与文化》,中华书局2006年版,第552页。
② 刘跃进:《纸张的广泛应用与汉魏经学的兴衰》,《学术论坛》2008年第9期。

方所认可。为了维护这种学术霸主地位,今文经学通过各种方式打压古文经学的发展空间。西汉末叶,古文经学逐渐壮大,今、古文经学之间开始形成对垒态势,但此时的古文经学毕竟还处于下风。

随着纸张的广泛使用,对于学术文化的直接影响,就是促使今、古文经学的地位发生逆转。由于有众多文献可做比勘,今文经学支离其文、断章取义的做法,也就逐渐失去其神圣的光环。在比较中,学者们逐渐感觉到今文经学中天人感应之说的虚妄,逐渐使他们的视野从朝廷转向民间,倾向于实事求是的古文经学。于是,不同于以往的学术思潮浮现出来,在思想文化界出现了一股离经叛道的潮流,或者说是异端思潮。从两汉之际的桓谭《新论》,到东汉中后期的王充《论衡》、王符《潜夫论》以及仲长统《昌言》等,无不如此。如果我们细心梳理这些著作的资料来源,就会发现,有很多资料不见于今天存世的五经或者正史,应是采自其他史籍。据此,他们还可以对神圣经典及其传说提出质疑,匡惑正谬。这正说明当时的知识分子有了更多的阅读选择。而在先秦,这种情形是很难见到的。

正是在这样的背景下,马融、郑玄才有可能汇集众籍、修旧起废,完成汉代今古文经学的集大成工作。当所谓蔡伦纸发明的时候,一代文豪马融已经二十五六岁。《艺文类聚》卷三十一载录了他的《与窦伯向书》,详细地记载了当时书信往来时用纸写字的情况:"孟陵奴来,赐书,见手迹,欢喜何量,次于面也。书虽两纸,纸八行,行七字,七八五十六字,百一十二言耳。"①尽管这封书信的确切年代尚待考订,但我们由此可知马融的时代,纸张已经在一定范围内使用且有所推广。马融注释群经,我们有理由相信,他所使用的应当是纸张。马融出身于外戚家族,有钱有势又有学

---

① 〔唐〕欧阳询:《艺文类聚》卷三十一,上海古籍出版社1982年版,第560页。

问。可以肯定的是，这个时候的马融所看到的儒学经典就已经不限于今文经学了。郑玄自幼就博览群书，遂成通人，与老师马融一样遍注群经。他们注释群经有一个共同的特点，就是以古文经学为核心，又融入多家经说。特别是郑玄的经注，不仅包含今古文经，还广泛涉及东汉以来盛行的谶纬之学以及当时新兴的道家学说等，统铸镕汇，不拘一格，成为当时的一大文化景观。

马、郑的经学注释工作极大地加速了今古文经学的融合进程，今文经学的权威地位得以动摇，逐渐走向衰微，退出历史舞台，而古文经学悄然从民间兴起，逐渐走向学术文化的中心位置。晋代所立博士，与汉代十四博士已无传承关系，似乎标志着今文经学所引以为豪的师法传统走向终结。

三、从定本文献到经典文献

东汉后期到唐代雕版印刷出现之前的这个历史时期，也就是所谓抄本的时代，集注前代著作，成为非常时髦的学问。《三国志》裴松之注、《世说新语》刘孝标注、《水经》郦道元注、《汉书》颜师古注、《后汉书》李贤注、《文选》李善注、《史记》三家注等，可见这个时期，文献尚未定型，各家之说纷呈。

雕版印刷发明之后，书籍成倍增长，取阅容易。尤其是北宋庆历年间毕昇发明了活字印刷，同时代的沈括在《梦溪笔谈》中将其方法与优势及时记录下来，说这种印刷如果仅仅印三两份，未必占有优势；如果印上千份，就非常神速了。一般用两块版，用一块印刷时，在另外一块上排字，一版印完，另一版已经排好字，就这样轮番进行，真是革命性的发明。书多了，人们反而不再愿意精读，或者说没有心思精读了。读书方式发生变化，做学问的方式也随之发生了变化。就像纸张发明之后，过去为少数人垄断的学术文化迅速为大众所熟知，信口雌黄、大讲天人合一的今文经学由此败落。而雕版印刷术,尤其是活字印刷术的发明,也具有这种颠覆性的能量。朱熹说:"汉时诸儒以经相授者,只是暗诵,所以记得牢。"但随着书籍的普及,过去那些靠卖弄学问而发迹的人逐渐失去读者,也就失去了影响力,"文字印本多,人不著心读"。人们也不再迷信权威,而是更多地强调自己的感受和理解。宋人逐渐崇尚心解,强调性理之学。如何达到心解,途径不同。朱熹认为人需要通过读书治经,从圣人言论中发掘天理深意,而陆九渊则主张天理自在人心,无须外求,故曰"古圣相传只此心"。淳熙二年(1175),吕祖谦约请朱熹和陆九渊、陆九龄兄弟会于鹅湖寺。陆九渊作诗曰:"简易工夫终久大,支离事业竟浮沉。"三年后朱熹作《鹅湖寺和陆子寿》:"旧学商量加邃密,新知培养转深沉。只愁说到无言处,不信人间有古今。"就是针对陆九渊而言。当时参加这次聚会的朱亨道总结说:"鹅湖之会,论及教人,元晦之意欲令人泛观博览而后归之约,二陆之意欲先发明人之本心而后使之博览。"总的说来,陆氏兄弟处于主动一方,论辩有力,而朱熹则被动防御,辩解无力。这种学风的变化固然有着深刻的思想文化背景,同时也与文字载体的变化密切相关。

朱熹的最大愿望,就是重新阐释前代重要作品,强化其经典地位。他的《诗集传》《楚辞集注》《周易本义》等,就是这种尝试。不仅如此,他还到处讲学,弘扬经典。一部两百多万字的《朱子语录》,就是他殚精竭虑的讲学记录。

今天,我们又面临着这种学术文化的转型。

随着信息革命的到来,不管愿意与否,我们都要经历一个从纸质文本向电子文献逐渐转化的历史阶段。在纸质文化时代,文化话语权还主要掌握在少数所谓的文化精英手中。而今,随着网络的普及,这种文化特权被迅速瓦解,大众也可以通过网络分享部分话语权力。因此,他们不再愿意听从那些所谓精英们的"启蒙"与教诲,而是要充分表达自己的意愿。

网络文化强烈地冲击着传统的纸质文化。美国学者哈罗德·布鲁姆著,江宁康翻译的《西方正典》中文版序介绍说,2002年,美国曾举办一场"电子书籍"研讨会,有学者幽默地把这次研讨会界定为"下载或死亡"(Download or Die)。① 这个论断是否符合实际姑且不论,一个基本事实是,以信息技术为核心的文化转型已经势不可挡。

朱熹面临的问题再次摆在我们面前:当今时代,如何看待经典,如何阅读经典,这是一个历久弥新的老话题,却又是一个无法回避新问题。②

四、研究抄本时代经典文献的基本途径

(一) 文献整理是基础

这句话任何人都会说,只要下苦功夫,也不难做到。到目前为止,文献整理,尤其是大规模的集成性的文献整理,依然有着广阔的发展空间。我在《〈续修四库全书补编〉刍议》一文中,从八个方面论证了编纂《续修四库全书补编》的设想。③ 另外,结合自己从事的《文选旧注辑存》,我还谈到文献整理的甘苦。从事文献整理工作,我们最引以为豪的,就是整理文献的客观性。④

后现代主义则极力否认客观性主张,并且指出,尽管历史研究有其方法的合理性,而在历史研究之外的政治利益、语言假定和文化意义标准等,历史的解释却对它们有一种根本的依赖。

---

① [美]哈罗德·布鲁姆:《西方正典》,江宁康译,译林出版社 2004 年版。
② 我在《人民政协报》2012 年 2 月 20 日发表的《走近经典的途径》一文对此有所论述,《新华文摘》2012 年第 9 期全文转载,可以参看。
③ 参见拙文《〈续修四库全书补编〉刍议》,《古籍整理出版情况简报》2003 年第 4 期(总386 期)。
④ 参见拙文《关于〈文选〉旧注的整理问题》,《中国典籍与文化》2012 年第 1 期。

(二) 理论探索是目标

梁启超说,广义的历史学就是文献学。不论是历史学,还是文献学,都与历史文献有关,其中有没有理论问题?回答当然是肯定的。清代的段玉裁与顾千里之争,其实,这背后就是学术理念问题,或者更根本一点说,是学术研究的最终目的问题。

柯林武德《历史的观念》认为,史料不是史学,史学是要建筑一座大厦,而史料则是建筑这座大厦的砖瓦;建筑材料无论有多么多,都不是建筑物本身。史实的堆积和史料的考订,充其极也只是一部流水账,要了解这部流水账的意义,则有赖于思想。只有通过思想,历史才能从一堆枯燥无生命的原材料中形成一个有血有肉的生命。只有透过物质的遗迹步入精神生活的堂奥,才能产生珍贵的史学。①

通常来说,大多数历史学家、文学史家都赞同研究的目的不仅仅是材料的整理,还要关注材料背后所折射出来的思想意识、历史规律。这便又分为两派。

一是重点关注思想意识。柯林武德认为,历史科学和自然科学同属科学,因而都基于事实;但作为两者对象的事实,其性质却大不相同。他说:"一切科学都基于事实。自然科学是基于由观察与实验所肯定的自然事实;心灵科学则是基于反思所肯定的心灵事实。"两者的不同就在于,"对科学来说,自然永远仅仅是现象","但历史事件却并非仅仅是现象、仅仅是观察的对象,而是要求史学必须看透它并且辨析出其中的思想来"②。自然现象仅仅是现象,它的背后并没有思想,历史现象则不仅仅是现象,它的背后还有思想。而思想者是更重要的。每一桩历史事件都是人的

---

① 何兆武《历史的观念》译者序。该书为英国学者柯林武德著,何兆武、张文杰译,中国社会科学出版社 1986 年版,第 23 页。
② [英]R.G.柯林武德:《历史的观点》,何兆武、张文杰译著序言引,第 9 页。

产物,是人的思想的产物。所以,不通过人的思想就无由加以理解或说明。要了解前人,最重要的就是要了解前人的想法,只有了解了历史事实背后的思想,才能算是真正了解了历史。

二是核心探索历史规律。历史唯物主义观点认为,人类的历史经历着由低级到高级的转变,推动这种变革的是背后的经济因素。从这样的观点出发,历史的发展有其不可否定的历史规律性。美国著名历史学家詹姆斯·哈威·鲁滨孙(James Harvey Robinson)《新史学》也认为,历史的范围非常之大,历史的功效,主要是为了了解我们自己以及人类的问题和前景。"历史可以满足我们的幻想,可以满足我们急切的或闲散的好奇心,也可以检验我们的记忆力。……但是历史还有一件应做而尚未做到的事情,那就是它可以帮助我们了解我们自己、我们的同类,以及人类的种种问题和前景。这是历史最主要的功用,但一般人们所最忽略的恰恰就是历史所产生的这种最大效用。"[①]而英国学者波普尔(Karl Popper)则反对这种经典看法。他认为:知识的增长不能预测,人类历史的未来也无法预测。举凡历史的确定性、社会发展规律,都是子虚乌有的东西。

(三) 中西方学者学术方法的异同

强调文献积累研究和注重思想文化阐释是学术研究的两大派别。不仅如此,其实还有一种更大的差异,即中西方学者在学术方法、学术理念方面,也存在着比较明显的不同。

1. 演绎推理与归纳整理:西方学者通过演绎推理的方式,用细节去重构历史;中国学者通过归纳整理的方式,从整体去印证历史。更重要的是,中国学术界对于秦汉以来的学术传承非常重视,但是又受到传统制约,将历史记载当作不容置疑的"凭证",在

[①] [美]詹姆斯·哈威·鲁滨孙:《新史学》,商务印书馆1989年版,第15页。

历代文献记载的基础上研究历史。

2. 批评态度与尊崇心理：西方学者首先是批评，从否定开始；中国学者首先是尊崇，从理解开始。理解是因为相信，所以才有同情的理解。

3. 问题意识与专业意识：西方学者没有狭隘的专业意识，遇到什么问题就研究什么；中国学者有着强烈的专业情怀。

4. 探索精神与实用主义：西方学者研究时重在探索的乐趣，而中国学者则更重在实用主义，如当下盛行的学位体、项目体。主流意识更强调现实关怀，对于那些琐碎的问题不屑一顾，视之为裹脚布式的研究。

过去十年，我潜心研读《文选》，在众多师友的协助下，完成了一千多万字的《文选旧注辑存》整理工作，感触很深。我发现，学者做学问的方法不同，目的也往往不同，但是在各种差异中，我们依然可以最大限度地寻求某种共识。对早期文本的细读，可能可以成为释疑解惑的一个有效途径。

（四）文本细读是途径

中西方都强调文本细读的重要性。20世纪英美新批评派把文本细读（close reading）作为一种理论主张提出来，强调以语义分析作为诗歌批评的最基本方法，意在摒弃空洞的文学外部研究，要求回归文本并立足文本，这种看法影响颇大。中国文学研究界向来重视文本的细读，强调细读的前提是要校订异同，厘正文字，获取较为可靠的文本。王鸣盛《十七史商榷序》说："欲读书必先精校书。校之未精而遽读，恐读亦多误矣。"[①]对于细读的理解，中西方确实还有不少差异。但求同存异，我们欣喜地看到，当代研究确已突破了长期以来围绕着理论探讨和文献考订孰轻孰

---

① 〔清〕王鸣盛：《十七史商榷》，中国书店1987年版，第2页。

重的无谓争执,都强调了文本细读的重要性。文本细读需要有文献的强大支撑。而细读的目的,还是为了解读文本背后的深邃思想。在这里,文本细读、文献考订、理论思索,三者找到了最佳的结合点,这或许可以成为当代唐前文献研究界的基本共识。

(原载《深圳大学学报》2016年第6期)

徘徊与突破
——20世纪先唐文学史论著概观

20世纪初叶,中国文学史这门学科建立伊始,先秦至隋代文学史便是其中比较重要的一个组成部分。清代以来的学者普遍认为,中国学术的精华在先秦,检验一个学者的学术底蕴,主要就是看他在先秦典籍上下了多少功夫。文学史的研究自然也不例外。譬如林传甲所著《中国文学史》总共十六篇,其中十三篇论述唐前文学。1917年,胡适发表《文学改良刍议》,主张"以今世历史进化的眼光观之,则白话文学之为中国文学之正宗,又为将来文学必用之利器"。第一次把通俗文学提到了非常重要的文学地位。这是当时文学革命的第一篇具有宣言性质的文章。其影响所及,不仅仅在文学创作界,在学术研究界,随着平民文学观念的兴起,唐代以后的文学,特别是戏曲、小说一时成为研究的热点,顺理成章地抢占了文学史的相当篇幅。从此,文学史家逐渐走出厚古薄今的束缚,对于先秦至隋代文学不再顶礼膜拜,而是把学术兴趣更多地转移到唐代以后的文学史的研究上来。从文学史的篇幅上来说,先秦至隋代文学史经历了三个有趣的变化。起初,它依然高高在上,扮演着中国文学史的重头戏。随后,它的崇高地位开始受到质疑,在文学史教科书中,它不再居高临下,而只能是与后代文学平分秋色而已。1949年以后,先秦至隋代文学的总体地位,在文学史家的眼里再次降级,最多占据中国文学史的三分之一的篇幅。特别是魏晋南北朝文学史,就其总体而言,被摆在了一个非常不起眼的位置。改革开放新时期以来,这种状况开始得到改变,魏晋南北朝文学史的研究重新获得了新生。而先秦至汉代文学史的研究,由于荒芜过久,一时"无力回天",而今只能惨淡经营,徘徊难进,还看不出复苏的迹象。出现这种令人感到尴尬的局面,其中有许多深刻的经验教训值得总结。

上篇　先秦、秦汉文学史研究

一、通史类著作

作为断代史的先秦、秦汉文学研究史的撰著起步较晚,1934年商务印书馆出版的游国恩《先秦文学》,是20世纪中国文学史学史上的第一部先秦文学断代史。从那以后,先秦、秦汉文学史研究步入了一个新的阶段。若按时代来分,以1949年为分界线,可以鲜明地分为前后两个时期。

1949年以前的先秦、秦汉文学史研究,基本上是以游国恩的《先秦文学》为蓝本而又有所发展和创新。游著共分十八章,首二章为概说,论及文学的范围及文学史、文学导源的两大要素。以下十六章,依次论述了未有文学时的初民文学、文学的开端、唐虞时代的文学、夏代文学、商代文明及文学、周初文治及文学、《诗》的来源及南风雅颂、《诗》的时代背景、春秋战国时代的文学、周代历史文学及晚周诸子、楚辞的起源、屈原、宋玉及其他作者、荀卿、先秦小说、西秦文学等。唐兰的《卜辞时代的文学和卜辞文学》(清华大学1936年版)对于游著则有重要的补充作用。它从甲骨文、古文字学的角度来探讨卜辞时代的社会、文化、文学,在文学史编写上具有填补空白的意义。而柳存仁的《上古秦汉文学史》(商务印书馆1948年版),重点在于探讨各种文学的发生与发展,书中引用了胡适、顾颉刚、傅斯年、容肇祖的许多观点,个人创获不是很多。

这一时期的断代文学史著作有一个共同的特点,即试图突破原有的经史观念的束缚,从文学自身的特性来勾画先秦文学发展的线索。此外,这种按时代划分文学史的做法也为后来的文学史家所认同。

中华人民共和国成立之后,先秦、秦汉文学史的研究也相应地进入了一个崭新的时期。最显著的特征就是,研究者普遍、自觉地运用马克思主义、毛泽东思想来指导自己的文学史研究工作。这一时期的先秦文学史研究著作首推杨公骥的《中国文学》(第一册)。此书是1947年作者在东北师范大学讲授中国文学史时编写的讲义,此后十年,七易其稿。其中第三稿于1951年写成,并很快就受到中央教育部的表扬,认为这部著作"广泛地掌握资料,有创见,并能以马克思列宁主义观点处理中国文学史上的某些问题"。1957年,在第七稿的基础上写定誊清,交由吉林人民出版社正式出版。作者在出版说明中写道:"这部讲义的写作,开始于1947,到今天已整整十年。十年来,由于党的领导和教育,使我在思想上、理论上和治学方法上每年都有所提高。不断的提高,也就是不断的自我否定。"该书为中华人民共和国成立后最早以马克思主义的思想方法研究中国先秦文学的著作,影响比较大。值得注意是其中"中国原始文学"和"殷商奴隶制社会的文学"两编,是当时通行的中国文学史著作较少涉猎的内容。作者根据历史唯物主义的基本观点,首先探讨诗(也即文学)的起源,由起源论本质,依据中国古文献,详述诗歌、音乐、舞蹈之所以形成及其特征之由来。由《诗经》四言诗的第二节拍和韵尾具有的特征,论证出古代劳动时的往复动作节奏和音响对诗歌的形成和样式的决定作用。其中又对中国的原始神话做了专章论述,著者伸用钩沉索隐的辑佚方法,从先秦两汉的现存文献中选出有关古代神话的片言只语,然后将它们连缀成篇,加以翻译,并就其美学和思想价值做出评判。而这种评判的标准,就是后来为中国文学史学界广泛运用的政治标准和艺术标准。这与当时的一般观念颇有不同。著者还十分重视宗教学和民俗学的研究,在本编中又设专章"周族原始祭歌",探讨原始宗教咒语祭歌的形成和特点,阐明其社会意义和作用。许多考证和论述,后来都逐渐为学术界所认可。讨论殷商奴隶制时代的文学,作者从商代的政治经济文化背景论及当时的工艺、宗教、神话传说、音乐、舞蹈、祭歌、书诰散文以及甲骨卜辞和铜器铭文,等等。这些内容也是一般文学史较少涉及的。由于近世学者认为"商颂"不是作于商代,是周代宋国大夫正考父所作,而又无确切证据,著者为澄清这一问题,作《商颂考》附于书末,反复论证"商颂"是商代的诗歌。以下两编依次是"西周和春秋时代的文学""战国时代的文学"。作者论述了周代及战国时代的历史情况、社会特征和周诗的结集、分类及四家诗说,然后结合《诗经》作品分析周诗中所反映的历史事件和社会生活,阐述周代文学的成就和历史价值,就周诗的语言、表现手法和样式等问题,提出独到的见解。《诗经》中的雅诗,自"五四"以来便被视为庙堂文学或剥削阶级文学而受到轻视。作者一反此说,运用历史唯物主义的观念,根据雅诗的本身特点和艺术价值,对其艺术成就和历史意义作了公允的评价。战国时代的文学精华,作者首先注意到公孙尼子的《乐记》,认为其是我国最早的艺术理论和美学理论的萌芽。而后,作者又设专章分别探讨先秦诸子著作和历史著作的文学性。书中摘选《论语》《墨子》《孟子》《庄子》的某些段落作为古代抒情文来分析,将先秦哲学家或政论家的生活态度、真情实感及音容笑貌生动地呈现出来。同时从《左氏春秋》《国语》《战国策》等史书中遴选出某些描写人物时具有一定程度形象化、反映历史事件的篇章,作为文学叙事文和传说故事来分析,拓宽了文学史的研究范围。关于古代寓言,以往的文学史大多把它当作论说文的比喻性例证或散文中的小故事来看待,作者则将其视为一种特殊样式的文学,设专章对寓言文学的起源、演变、文体特征、表现手法和语言形式进行论述,说明它和哲学、逻辑学、政论的关系及其社会功用。关于屈原的生平与创作的评介,书后附有专论《楚的神话、历史、社会性质和屈原生平》。多年来屈原作为反侵略、爱祖国的伟大爱国主义诗人被颂扬,似已成为定论。作者一反成说,以为这种推论并不符合历史事实,不应以狭隘的民族主义和爱国主义观点来研究屈原,"在战国时代,民族尚未形成,所谓七国并峙只不过是我国内部一定历史阶段的封建诸侯割据状态而已"。

杨公骥先生的《中国文学》第一册的问世,基本上划定了此后四十年间先秦文学史研究的范围,其众多观点,也成为先秦文学史研究的基调。徐北文《先秦文学史》(齐鲁书社1981年版),张志岳《先秦文学简史》(黑龙江人民出版社1986年版),蔡守湘主编《先秦文学史》(武汉大学出版社1992版),聂石樵《先秦两汉文学史稿》(北京师范大学出版社1994版),方铭《战国文学史》(武汉出版社1996版),孙立、师飚编著《先秦两汉文学史》(中山大学出版社1999年版)等,大体上就是依据杨著的规模和观念加以铺陈推新的。

当然,在许多具体观点上,后来的著作也多有所突破。譬如徐著强调盲诗人对《诗经》形成过程的重要作用:"神话发展为史诗,以及抒情诗的发展与传播,盲诗人的作用是不可低估的。"又区分出史诗、叙事诗、农事诗、讽刺诗、礼俗诗、爱情诗等,分类论述《诗经》,颇能见出新意。在论及先秦散文发展时,徐著将散文分为历史著作和理论著作两类。历史著作中,作者对过去不为人们所重视的《穆天子传》《逸周书》作了比较有说服力的论述。值得注意的是作者把隐语、寓言、故事(准小说)单独论述,高度评价了俳优、侏儒、瞽史在叙事文学发展中的作用。同时指出,传说和历史记载、隐语和寓言这两个源头汇合成准小说,导致小说的产生。这些论述都很有启发意义。张著特别强调"史识"的重要性,认为应该找出中国文学史的主要线索,根据中国文学内容的线索和中国文学形式发展的线索来纲举目张。这些论点实际上就是80年代后期如火如荼的宏观文学史观念的滥觞。作者曾发表《关于中国封建时代的"讽喻文学"与"叛逆文学"两个传统问题的初步探讨》①《试论我国古代重要文学样式的发生、发展及其衰替与文学语言发展变化的关系》②等论文。作者正是根据这两条线索,在专著中对中国文学史进行探讨。作者认为,整个中国文学史基本是封建时代的文学史,这个时期的文学大致可以分为讽喻文学和叛逆文学两大类。它们是封建时代的必然产物,贯穿于整个封建时期,讽喻文学的奠基人是孟子,而叛逆文学的奠基人是庄子。在讽喻文学体系中,屈原是发展者,杜甫则是集大成者。庄子文章具有抒情性,愤世嫉俗,干预现实是其主流,伴之而来的是玩世不恭。《逍遥游》和《齐物论》是庄子哲学思想的核心。正因为庄子具有强烈的批判现实的反抗精神,故称之为叛逆文学的奠基人。嵇康、阮籍、陶渊明、李白、曹雪芹等无不如此。这两条线索并行而非对立,是包容并蓄的,互为影响,密切交关的。以上文学家在积极干预社会生活、意图改变所感受到的不合理的现象这一基本点上是相同的,在面对现实政治时则歧而为二:讽喻文学寄改革希望于现实统治者身上;叛逆文学则对现实政治表示反对而遥寄希望于幻想。推终原始,这两种文学因素在《诗经》中已经露出端倪。关于中国文学形式发展的线索,作者以为,中国文学史上重要文学样式的发生、发展及其衰替,都与文学语言的发展变化有着极为密切的联系,而且贯穿始终。蔡著力图将先秦文学摆在整个先秦文化背景中作多角度、多层次的分析。划分先秦文学的发展历程为原始文化、巫卜文化、史官文化、士人文化四个阶

---

① 载《北方论丛》1980年第1期。
② 载《齐齐哈尔师范学院学报》1981年第1—2期。

段,从文化内涵的思维模式、政治思想、哲学思想、宗教思想、审美意识等各方面,全面地探讨先秦各个阶段的文化对先秦各个时期文学的演变所产生的深刻影响,总结先秦文学发展的客观规律,书中也有比较成功的尝试。聂著按照不同的文学体裁分别探讨其产生、发展和演变的过程,如对五言、七言诗产生之考察,对汉赋、骈文、律诗的形成及其演变的论述等,是作者从事多年文学史教学与研究的经验总结。

进入新时期以来,先秦、秦汉文学史的研究出现了可喜的变化。一些研究者不满足于过去既定的研究方法,而是试图从新的角度重新考察中国文学史发展的渊源和流变。这其中,刘毓庆《古朴的文学》(北岳文艺出版社1988年版)和《朦胧的文学》(北岳文艺出版社1991年版)是较早的尝试。作者将先秦文学和汉代文学各分为四个部分,每部分开头有一段题头语,概括该部分文学所表现的情绪、心理、精神和意识。作者认为,两汉是文化复古时代,"古是无意识的存在,而复古则是一种有意识的活动。在文学的复古中,蕴含着追求理想模式的因素"和朦胧的文学意识,因此命名为"朦胧的文学"。按照作者的理想,书中注重文学的历史变化和所反映的民族心灵的运动。如在论述辞赋发展的过程中,揭示了汉代士大夫的心态变化;论述论理散文的发展,揭示了汉人的思考及其对于塑造民族性格的意义;论述诗歌的发展,揭示了其所反映的民族生活、心理、观念的变化。这些都表现了作者对于先秦、秦汉文学史的深入思考。

运用新的方法、新的视角研究先秦、秦汉文学史,赵明主编的《先秦大文学史》(吉林大学出版社1993年版)和《两汉大文学史》(吉林大学出版社1998年版)比较引人瞩目。所谓"大",不在于这段历史之长,也不在于叙述之细,而是"将具有突出文化特征的先秦文学称为大文学,其特质主要表现在形态与内容两个方面,一则是具有文史哲融为一体的综合形态,二则更包含蓄积久远的文化内容"(公木《新颖·丰富·广博——先秦大文学史读后印象》,《中国图书评论》1993 年第 5 期)。《先秦大文学史》凡五编二十一章,外加导论和结语,近八十万字,分为四大块:神话、诗歌、史传文学、诸子散文。《汉代大文学史》凡六编三十六章,分为六大块:赋体、诗歌、历史著作、小说戏剧、散文、文学思想等,总计九十多万字。著者力图站在文化的宏观角度来观照文学,把文学的发展放到广阔的文化背景下进行考察,对先秦两汉文学发展史上的一系列问题进行新的探索,得出新的见解。譬如论及中国戏剧的发轫,著者从各种艺术门类中寻找中国戏剧产生的因素和萌芽,并论述其形式,归纳其特征,阐发其影响,给人耳目一新的感觉。

在新时期的先秦文学史研究论著中,褚斌杰、谭家健主编的《先秦文学史》(人民文学出版社 1998 年版)有自己的特色。就研究方法而言,该书大体上还是属于传统一类的著述。全书五编,第一编为上古文学,论述文学艺术的起源与上古歌谣、神话传说及《山海经》《穆天子传》。第二编《诗经》。第三编历史散文,包括殷商和西周的散文、《春秋》和《左传》、《国语》和《战国策》,以及其他历史散文。第四编为诸子散文。第五编为屈原和《楚辞》。另有附编"秦国文学"。就文学史的规模和格局来看,该书并没有超出游国恩和杨公骥等人划定的范围。但是,这部书较以前的著作更加开放,不完全恪守"纯文学"的观念,对学术界一向关注不多的战国兵家、名家以及新出土的著作等均有涉及。介绍《战国策》《孟子》《庄子》《韩非子》《吕氏春秋》等,均给予相当的篇幅,涉及的著作至少有四十多部,为目前同类著作之最。另外,对于新近出土的文献也给予较大的关注。如根据 1972 年发现于山东临沂西汉早期墓葬中的《唐勒赋》残简,结合传世文献,明确了宋玉为中国赋体的开创者。论述荀子《成相篇》,则以 1975 年出土于湖北云梦睡虎地秦墓竹简的《为吏之道》为证,断定《成相篇》是"学习民间文艺而创作的"。又譬如传世《孙子兵法》,学术界或以为孙膑所著，本书利用1972年山东银雀山的《孙子兵法》和《孙膑兵法》两种简书，论定二人各有兵书。又根据银雀山《六韬》残简，论证其是一部先秦古籍。这样的论述大大地拓宽了读者的视野，我个人认为是一次成功的尝试。当然，就总体而言，其规模和格局还略显陈旧，有时给人的感觉就像阅读目录提要，缺少史的灵魂。有些观点也还值得推敲，譬如说《诗经·七月》是一首农奴之歌，就未必妥当。尽管还有这样的一些枝节问题，就目前的研究水准来说，这是最好的一部先秦文学史研究论著。

此外还有一些分体或专题文学史论性质的著作，如白本松《先秦寓言史》（河南大学出版社2001年版）、扬之水《先秦诗文史》（辽宁教育出版社2002年版）、张峰屹《西汉文学思想史》（南开大学出版社2001年版）就是这方面的代表作。

二、史料类著作

《先秦文学史参考资料》《两汉文学史参考资料》为游国恩选编，吴小如执笔注释。二书由高等教育出版社分别于1957年和1959年出版。二书是配合文学史教学而编选的，所以，在选录、注释先秦、秦汉文学名篇的同时，每一单元还附以精当的文献参考资料。这两部书问世后，获得国内外读者普遍的好评。许多文学爱好者就是通过这两本书学习、了解先秦、秦汉文学状况的。由于二书在学术研究上的参考价值和教学方面的实用价值，连同《魏晋南北朝文学史参考资料》，三书在四十多年间一版再版，拥有广泛的读者群和崇高的声誉。

《中国古代文学史长编》（北京师范学院出版社1992年版）由郭预衡主编。全书五卷，包括先秦卷、秦汉魏晋南北朝卷、隋唐五代卷、宋辽金卷、元明清卷等，出版后口碑颇佳，因此，首都师范大学出版社2000年又第二次印刷。其中先唐文学史两卷，先秦卷由熊宪光、万光治执笔，秦汉魏晋南北朝卷由万光治、林邦钧执笔,对于文学史的教学和研究,具有不可替代的独特价值。这种独特性,首先表现在体例上,两大部分组成相得益彰:文学史纲要简明洗练,抓住重要的文学史问题,以供教者发挥、思考。这种引而不发的文学史纲,避免了修史者过多的主观介入。读过之余,令人时时感到一种近于鲁迅文学史研究的大家风范。而纲要引据的材料,包括史实、作品和评述材料则多多益善,摘引原文,力求精当,遇有歧义,则兼收数说,以供选择。这种集文学史和资料汇编之长的撰著体例,近于宋代李焘的《续资治通鉴长编》,徐梦莘的《三朝北盟会编》以及近人邓之诚《中华二千年史》。就中国文学史著作的撰写而言,它既不是一般意义上的文学史,也不是简单的资料汇编,而是介乎两者之间的新型文学史论著,很有实用价值。

下篇 魏晋南北朝文学史研究

一、魏晋南北朝文学史著作概观

近一个世纪以来,有关魏晋南北朝文学的通论、通史类著作,海内外出版了许多种。有的著作笼统地称之曰中古文学史,所论及范围也并不一致,有的论及秦汉,有的下及隋唐。举其要者,如20世纪20年代有刘师培的《中国中古文学史讲义》、徐嘉瑞《中古文学概论》等;30年代有陈钟凡《汉魏六朝文学》等;40年代有刘永济《十四朝文学要略》、罗常培《汉魏六朝专家文研究》等;50年代有王瑶《中古文学史论》的前身《中古文学思想》《中古文人生活》《中古文学风貌》等;60年代有文学研究所及游国恩主编《中国文学史》中的《魏晋南北朝文学》部分。70年代是中国大陆的特殊时期,几乎没有任何有价值的成果可言。到了80年代,胡国瑞先生的《魏晋南北朝文学史》拉开了这段文学史研究全面复兴的序幕。90年代，李开元、管芙蓉《北魏文学简史》，周建江《北朝文学史》相继问世。徐公持先生的《魏晋文学史》和曹道衡、沈玉成先生的《南北朝文学史》则标志着魏晋南北朝文学史研究达到了新的高度。

徐嘉瑞《中古文学概论》（上海亚东图书馆1924年版）论述的范围下及唐代，但是仅占全书的五分之一篇幅，其重点还是在汉魏六朝文学史。全书五编是：绪论，论贵族文学与平民文学的关系、音乐与文学的关系、中国音乐与西域文化的关系、诗与散文的关系。以下四编依次为：平民文学、舞曲、贵族文学和唐代平民化文学。本书最重要的特点是把平民文学摆在突出的位置。作者认为："六朝文学的正统不在一班文人学士，而在当时的一班平民和外国人。"论南方文学则远溯汉相和曲，分吴越文学和荆楚文学。吴越文学以吴声歌曲为主，作者以为其中的神的理想与希腊很类似，只是缺乏伟大的艺术和普遍的信仰，中国神秘思想多源于南方；荆楚文学以西曲歌为主，认为最有特色的作品是描写商人的生活。胡适先生为此书作序，称赞这种研究是"一种开先路的书"。本书另一重要特点是强调音乐与文学的关系，因为所论大抵以民间歌曲为主，所以探讨了音乐与文学所共有的直观化和感觉类推（也就是钱锺书先生后来提出的著名的"通感"说），论及乐器和音调以及乐府诗在音乐上的特点，都有很大的启迪意义。

胡国瑞《魏晋南北朝文学史》（上海文艺出版社1980年版）是中华人民共和国以来第一部魏晋南北朝文学的断代史，采用分文体论述的形式，凡十一章。前七章论述这一时期的诗歌，后四章论述赋、骈文、文学理论和小说。从前七章的题目就可以看出各个时代的基本特征：表率诗风的建安诗坛、魏末及晋代诗风的变化、陶渊明诗歌的卓越成就、南朝初期诗坛的新貌、南朝中后期诗坛的昏晓、北朝文坛的异象、民歌艺坛的绚烂芳菲等。作者认为，西晋以后，文人创作延续建安时代文学形式趋向精美的风气，并有力量从事艺术形式的追求,以与前人争胜,故对艺术形式的加工不遗余力。他们在语言上追求声色之美,在句法上讲求对偶整齐,形成了文学创作的骈骊之风。至齐永明中,加之声律说的发明、运用,诗歌遂形成与魏晋古诗显然有别的新变体。针对学术界对这一时期文学的严酷批评,作者以"形式追求的功过"为小标题,专门论述了南朝诗人对诗歌题材的扩展,对语言、对偶、声律等形式上的讲求,对于唐代格律诗的重大意义以及齐梁宫体诗在七言古体诗的形成过程中的作用。因此,魏晋南北朝诗人无论在创作精神、创作内容以及表现方法和手段,还是在对诗体的探索创造上,都为唐代诗歌的发展准备了优裕的条件。论及这一时期的赋及骈文的成就,作者从汉语文字的独音体特点出发,分析了骈文形式的客观性,并指出"文章的骈化,开始于东汉而成熟于南北朝"。魏晋南北朝时期的文学思想也是本书的一个重点,只可惜作者还没有充分注意到宗教对文学思想的影响。作为中华人民共和国成立以来第一部魏晋南北朝断代文学史,本书的出版,"对于文学史的写作填补了一个惨痛的空白"(朱东润评论语,见《社会科学战线》1982年第2期)。

徐公持《魏晋文学史》(人民文学出版社1999年版)是中国社会科学院文学研究所总编的中国文学通史系列中的一种,分为三编:第一编三国文学,第二编西晋文学,第三编东晋文学。在体例上较之以往的文学史没有太大的突破,但是在内容方面有所创新。譬如论嵇康,就从他的人格魅力写起,这是以前的文学史所忽略的一个重要方面。论曹丕"盖文章,经国之大业,不朽之盛事",指出这是杨修最早提出来的,曹丕只是做了发挥补充而已。另外,本书将"宽松夷旷"作为西晋社会文化环境的重要内容来谈,这对于研究西晋文学是有启发意义的。魏晋文学,研究者不乏其人,成果也很多,但是依然留下许多空白点。从地域上说,吴蜀文学过去就较少有学者涉及,本书则专辟章节。再从时段上说,曹魏后期文学、东晋文学,以往论述也较粗泛。本书不仅对文学现象、作家作品进行了清理,对各时段作家的交潜过渡的情况也多所论列。至于大量的中、小作家,本书涉及之广,也是此前文学史著作所未曾有过的,它几乎涉及《汉魏六朝百三名家集》及《隋书·经籍志》内凡有诗、文、赋创作的所有作家。许多重要作家被忽略的方面,如曹操、曹丕整理图书的贡献,也做了精到的论述。再从大的方面来看,有关这一时期的社会文化背景的研究,也做了有意义的探索,譬如西晋文化中的佛教、道教的影响,史学与文学的关系等,均要言不烦,线索清晰。

在体例方面,本书的章节设计详略得当,显示了著者的匠心。注文方面容量很大,每一条资料都能发掘出新意来,如对杨修、李密生卒年的考证,对于"二十四友"的有关史料的梳理,对戴良及其《失父零丁》诗的开掘,等等,均翔实、稳妥、准确。全书的语言也富于学术个性,典雅、清新、明快。书中不但对古代作家有精彩的叙述和分析,而且字里行间透露着著者本人的风貌和他自己对于生活、人生的体验。如写到曹植,本是著者最拿手的部分,写得确实精彩,而他在分析曹植性格时还顺手写道:"曹植正是这样一种人:在顺境中意气风发,志气高扬,不知有所检抑;在逆境下则沮丧颓唐,志意摧折,难以保持自尊气骨。"这里显然已经跳出曹植研究,进而在进行人性评论。

曹道衡、沈玉成《南北朝文学史》(人民文学出版社 1991 年版)也是中国社会科学院文学研究所总编的中国文学通史系列中的一种,凡二十七章,依次叙述了南朝宋、齐、梁、陈以及北方十六国文学,北魏、北齐、北周、隋代文学的代表作家及重要作品。除了过去常常论及的重要作家如谢灵运、颜延之、鲍照、江淹、谢朓、何逊、庾信等人外,一些过去所忽略的作家作品在这部书中也专门见于有关章节中,如王俭、虞炎、虞羲、张融、刘绘、沈炯、周弘正、张正见、姚察、苟朗等。从容量上说,1962 年中国科学院文学研究所编《中国文学史》,其中南北朝文学只有65页,这部《南北朝文学史》扩充到536页,是前者的近八倍。特别值得重视的是北朝文学部分,从作家生平事迹的考索到作品内容风格的评价,大都是前人和当代研究者极少触及的。因此可以说,这部书最重要的价值在于它全面详尽地论述了南北朝文学发展的总体面貌以及有关的政治、社会、学术文化的背景,填补了文学史分期研究和大量作家研究的空白。

从体例框架上说,它基本上采用了传统的文学史的写法,以时代先后为纲,以作家作品为目,将二十七章大体划分为两大部分:南朝文学十七章,北朝及隋代文学十章,眉目清晰、严整、有序是其显而易见的特点,也可以称之曰优点。但是以作家作品为线索又不免有"块块结构"的弱点。为此,这部书加强了概说章节,同时加强了对文风流变的研究。如第二章"晋宋之间的诗文风气的嬗变"、第七章"永明诗风的新变"、第十三章"从'永明体'到'宫体'",第二十七章"南北文风的融合"等,从宏观上描述了南朝文学从元嘉体到永明体,再到宫体以及南北朝文学从隔绝走向融合的发展脉络,再配合大量的作家作品论,形成了以块为主、条块结合、经纬相织的新面貌,使读者在作家作品的介绍之外,看到文学发展的线索,体现了史的特色。此外,评述每一个作家,在通常的介绍生平事迹和文学活动之外,特意标举文集的存佚、版本的流传等情况,不仅拓宽了文学史家的眼光,而且大大提高了文学史的文献和实用价值。特别值得注意的是每章后面的注释,不论是对作家生平的考证,还是对作品的辨析,或者是关于某一问题的异说的介绍,都很见功力,既可以使正文简明清晰,同时又可以补充正文叙述的不足,不枝不蔓。至于注解中为新说补充论据,并存诸说俟考的例子尤其多得不胜枚举。如鲍照一章中,关于鲍照的注释,既有关于他的生年、郡望的种种推测、考释,也有关于《芜城赋》写作用意及写作时间的历代看法的介绍,为读者提供了进一步研究的线索。又如第二十四章介绍北朝民歌《木兰诗》,正文只是论述其产生的大致背景和语言艺术特色,关于这首诗的著录、流传的过程,产生的时代、地域的争论等情况,均在注解中加以考述。这一篇注解,实际就是一篇短小精悍的考据文章。

这部书在对具体文学背景的阐释、对南北朝文学观念的辨析以及对作家作品的分析等方面也有许多精彩之见。就文学发展背景的阐释而言,本书论文学创作在南朝统治者心目中的分量、南朝文人集团的作用、陈代诗歌中赋得体的流行、北朝文人尊儒务实的特点对其文学复古观念的影响、李谔的主张与北齐世家大族观念的关系、隋文帝与隋炀帝的不同文学观基于山东文化和南方文化的不同背景等,都使这段文学史中的一些重要现象得到了深入一层的阐发。就文学观念的辨析而言,本书分析谢朓"圆美流转"说与沈约"三易"说的关系;指出刘勰和萧统在人事和思想上的密切联系促使《文心雕龙》和《文选》在文体分类和基本观念方面相互呼应;通过分析《文选》所录作品和不录作品的作家,论述其选编的标准;在详考《玉台新咏》编纂时间、目的和背景之后,将其与《文选》加以比较,指出这两种选集是萧统、萧纲两种不同文学观的体现,从而纠正了从刘肃《大唐新语》到《四库全书总目》的传统看法。这些都是在文学批评方面的重要进展。再就作家作品的分析而言,本书指出颜延之是最早提出文笔对举的作家,他在性格上近于阮籍而文风却典雅重拙,并分析其原因;江淹与鲍照代表着元嘉体向永明体过渡的诗风;沈约在文坛上的领导作用对永明体的影响;谢朓受谢灵运、曹植、鲍照影响的另一面;孔稚珪《北山移文》的主旨不在讥刺而在游戏嘲谑;吴均大力写作边塞诗是对鲍照的继承;宫体诗形成于萧纲入主东宫之前;绝句名称起源于宋齐之际等。这些论述,不仅使得南北朝文学发展的内在联系和转化轨迹显得格外清晰,而且体现了著者并不刻意求新,却处处都能在辨证、求实的分析中自见新意的特色。所以,学术界评论其特点是"在平实中创新",这是恰如其分的。

二、魏晋南北朝文学史的资料考订与排比

资料考订与排比是古代文学研究的基础性工作。过去侧重于总集的编撰、作品的选释,或按人而编,或以类而辑,虽然提供了大量的原始资料,但缺少深入细致的考订整理。真正为这门学科奠定坚实的研究基础的当首推刘师培的《中国中古文学史讲义》。

这部书原是北京大学的课堂讲义,由国立北京大学出版部于1920年出版。所谓"中古",其论述的范围始于汉末曹氏当政,终于陈代。为便于教学,刘师培辑录排比了很多当时的文学评论,并有引论和案语。史传中的文论资料很多,虽然只言片语的内容占据了不少,但集中起来,确实可以看出流行一时的文学观念,这可能比专门的一家之言更具有代表性。系统地把这些散见的材料搜集起来,这对于中古文学史的研究确有极大的启发意义。鲁迅《魏晋风度及文章与药及酒之关系》评价此书说:"研究那时的文学,现在较为容易了,因为已经有人做过工作……辑录这时代的文学评论有刘师培的《中国中古文学史》……对于我们的研究有很大的帮助,能使我们看出这时代的文学的确有点异彩。"全书五讲:一、概论;二、文学辨体;三、论汉魏之际文学变迁;四、魏晋文学之变迁;五、宋齐梁陈文学概略。五讲中,每子目下分门别类地辑录有关史料,系统而周详。更重要的是,每讲前的解题和辑录后的案语,议论不多却自成体系。如总论部分,论及"声律说之发明、文学之区分",系统地辑出当时所能看到的绝大多数的原始材料,排比考订,细心辨析,基本上勾勒出了汉魏六朝文学发展的概貌。又如第三讲,阐释了建安文学的四个特点,即清峻、通脱、骋词、华靡。鲁迅先生本此而论曰:"汉末魏初的文章可以说是清峻、通脱、华丽、壮大。"这一观点已为当今大多数研究者所认同。

不无遗憾的是,此书还存在着明显的缺憾,即上不详东汉,下不论北朝及隋代,称之为中古文学史,当然是不完备的。

按照这种体例编撰的专著还有刘永济先生的《十四朝文学要略》,原为20世纪20年代著者在大学讲授中国文学史的讲义,40年代初由中国文化服务社出版。1984年黑龙江人民出版社重版。全书三部分:第一部分叙论,提出对文学和文学史的基本观点,并将其概括成四纲、经纬、三准、三训、二义五个方面。所谓"四纲"是指名义、体类、断限、宗派,阐述文学的定义、作品的分类、文学的通变及文学流派等;所谓"经纬"是指能概括所有文学作品的基本表现方法的赋、比、兴三事;所谓"三准"指通过研究作者立意而达到以意逆志的理解、欣赏作品的原则;所谓"三训"是指承、志、材,是评价作家作品的三条标准,具体来说,要看内容是否有关一切政教得失,作者之情思是否邪正,作品是否具有感化力;所谓"二义"是指阅读研究时的两条注意事项,即要以领悟作品的情感为主而不可对作者的写作本事作胡乱穿凿,要有多闻阙疑的精神,敢于存疑。正编由两卷组成:第一卷十个专题,叙述上古至秦文学的历史,探索文学的起源,作者认为文学起源于文字产生之前,先有讴歌吟呼之作,及文字产生之后,才有述志箴谏的诗人之诗。论战国晚期文风分为三段:一为齐风,以稷下诸子为代表;二为楚风,以屈、荀为代表;三为秦风,以商鞅、吕不韦为代表。第二卷十一个专题,叙述汉至隋代文学。汉代辞赋大盛,作者认为有两个原因,一是"裁抑游说之习,使纵横之士折入辞赋";二是"帝王好尚之笃,故侍从之士皆长文学也"。汉代乐府有雅声、楚声、新声三乐。来自民间的新声乐启魏晋之新声,当古今歌诗之枢纽。为此,附以汉至后周铙歌曲目表。艺术成就很高,在汉代发展起来的五七言诗,就是受了乐府新声的深刻影响。六朝乐府的精华在于南北风谣,作者指出吴歌西曲和梁鼓角横吹曲各为南北的代表。在音乐方面,隋郑译所立之七均十二律之调,是古今音乐转变的关键。

上述两书,并不是单纯的资料考订著作,但却以资料的丰富、翔实而为学术界所重视。对中古文学史料作全面系统考订的著作,陆侃如先生的《中古文学系年》堪称代表。全书八十余万字,容量大于上述两书,上自公元前53年扬雄生,下迄公元351年卢谌卒,以年为纲,以人为目,详细考录了一百五十二位作家的生平事件、著作篇目及著作年代。全书征引史籍多达数百种,资料极为丰富。对于史书记载和旧说不确的地方,多有订正,解决了不少疑年问题。譬如左思《三都赋》,《晋书》、《世说新语》注记载分歧很大。《晋书》说《三都赋》成于皇甫谧卒前,曾由皇甫谧作序;《世说新语》注引《左思别传》则说皇甫谧死于《三都赋》作成之前,故未能作序。陆侃如据《晋书》提到左思作《三都赋》时曾向张载询问岷蜀之事,指出张载赴蜀省父在皇甫谧死后,《晋书》记载不免自相矛盾,因此,皇甫谧作序之说不可信。此赋当成于晋惠帝太安二年(303)左右。但他又考虑到另外一种情形,即《世说新语》注引《蜀都赋》,其中"鬼弹"二句为今本所无,文字也不同,因此认为"其《三都赋》改定至终乃止",也不排斥《三都赋》初稿完成较早而后来又加改写的可能。这样的考订是有说服力的。

不过,此书也有两个明显的问题。第一,有些系年过于牵强。如认为桓谭生卒年为公元前23年生,卒于56年,曹道衡先生《桓谭生卒年质疑》作了辨驳。又卷一建武二十年(44)"班固为王充所称"条,称"其时充本年二十八岁,较固长十五岁",这里恐怕有误。《后汉书·王充传》未载其生年,但是《论衡·自纪》称"建武三年充生",至建武二十年为十八岁,非二十八。类似这样的情形,还可以举出一些。第二,这是一部未完稿,只写到公元351年,即东晋永和七年。东晋还有六十九年未编,南北朝则未涉及。近来,陆侃如先生的研究生张可礼教授续补而成《东晋文艺系年》,全书近六十万字,把东晋(包括北方的十六国)时期有关文学、书法、绘画、雕塑和音乐等方面的史实,以时间为线索,分别系于各年。全书收录了一百七十多位文学家、书法家、美术家、音乐家,对其生卒年、行迹和著述等详加考证,同时对民间文艺也收录较全。此书已由山东教育出版社于1992年出版。

曹道衡、刘跃进编《南北朝文学编年史》也已由人民文学出版社于2000年出版。此书分为前编、正编和后编三个部分。前编为南北分裂时期的十六国文学编年(279—419),正编为南北朝时期文学编年(420—589),后编为南北融合时期的隋代文学编年(590—618)。正编为全书骨干,由五卷组成。第一卷题为"晋宋文学的转变",始于刘宋高祖刘裕永初元年(420),止于宋文帝元嘉十七年(440),考察晋宋之际重要作家的活动情况。第二卷题为"从'元嘉体'到'永明体'",从永明重要作家沈约出生的元嘉十八年(441)开始系年,至萧齐明帝建武元年,也就是北魏迁都洛阳的公元494年为止。这一时期,文学的重心无疑是在南方,文学经历了两次高潮,特别是永明文学的出现,更是中国诗歌发展史上值得注意的重要现象。第三卷题为"南朝文学的分化·北朝文学的复苏"。萧梁建国前后,永明文学潮流逐渐分化:以萧统为中心的文学复古思潮得其"清",而以萧纲、萧绎兄弟为核心的文学集团得其"丽"。但是这一时期,占据文坛主导地位的还是萧统一派,其重要成果就是编纂了一部影响极为深远的《文选》。而在北方,北魏拓跋氏政权入主中原地区,加速汉化进程,文学方面出现了复苏的迹象。第四卷题为"南北文学的分庭抗礼"。在南方,以萧纲、萧绎为代表的"宫体"诗成为文坛的主流,诗的内容无足称道,而在艺术形式方面颇有进展。随着南北文化交流的扩大,北方文学逐渐迎头赶上,与南朝文学已经形成了分庭抗礼的局面。第五卷题为"南衰北盛格局的形成",主要考察陈及北齐、北周时期的文学发展情况。随着庾信、王褒、颜之推的入北,以及北方重要作家的成熟,不论是文学作品的数量还是质量,北朝后期的文学创作成就实际上已经超过南朝。

从上面的描述中可以看出,本书在编排上较之以往的文学史试图有所突破,即不以朝代为断限,而是特别注意疏通文学自身发展的内在脉络,努力清晰地勾画出南北文学兴衰的轨迹。这是著者在编撰这部编年史时着重考虑的一个比较重要的问题。为了更有力地展现南北文学的嬗变轨迹,本书特别安排了前编和后编两个不可分割的重要内容。十六国文学和隋代文学,以往的文学史通常一笔带过,历来研究较少涉及。曹道衡若干年前著有《十六国文学家考略》(载《文史》第13、14辑)、《从〈切韵序〉推论隋代作家的几个问题》(载《文史》第35辑)等,在此基础上又撰写了《南北朝文学史》中的北朝文学史,可以说对北朝文学用力较勤。凡与编年史有关的研究成果,都尽可能地吸收到本书当中。譬如王褒的生卒年、薛道衡重要作品的系年等,都有比较切实的考证。通过这些细致的考证和资料的排比,使人们对于北方文学从十六国荒原起步到隋代文学融合与繁荣的过程能够有一个比较全面系统而又深刻的了解。北方文学为什么会有这样巨大的变化?其转变的契机在哪里?其变化的深层次原因又是什么?通过资料的系统排比和勘对,又向人们提出了许许多多类似的问题,这就促使人们做进一步的思考。一部编年史的作用,在这里可以得到体现。此外,我与范子烨先生合编的《六朝作家年谱辑要》(黑龙江教育出版社1999年版)汇集了十八种六朝作家年谱,大多是近二十年的新成果,对于这段文学史的研究也有参考价值。

此外,刘知渐《建安文学编年史》(重庆出版社1985年版)也是这类著作。全书由代序,建安文学编年史前、正、后三编及附录三部分组成。在题为"曹操与建安文学的关系问题"的代序中,作者指出,通过文学编年的写作,可以清楚地看出,文学创作高潮的来临必须具备三个前提条件:一、前代文学遗产的积累达到一定的高度;二、现实生活的矛盾对作者产生了强烈的刺激;三、最重要的是作者主动关心现实,情不自禁地反映现实。根据这样三个前提条件,以往将建安文学的繁荣归功于曹氏父子的观念是错误的。建安文学前编就是追溯建安元年以前数十年间的文学现象,用以探讨这一时期的文学创作对建安文学所起的"前因"作用。其中,《陌上桑》标志着乐府民歌中五言叙事抒情的成熟,辛延年的《羽林郎》可与之媲美。无名氏的《古诗十九首》标志着五言诗脱离乐府而独立,其风格表现了汉末衰世的悲凉。张衡的《四愁诗》则标志着七言诗的问世,是骚体向七言过渡的开山之作。讽刺官吏贪暴的五言诗说明民间五言诗较为普遍地接近成熟。蔡邕的作品则影响沾溉了王粲等人。正编包括建安元年(196)至建安二十五年(220)的文学创作活动。后编则略述建安文学余风,以期全面展现建安文学的来龙去脉。附录有三篇文章,即《重评郭沫若先生的〈替曹操翻案〉》《从曹操诗文看他的政治思想》《"建安风骨"新探》,另有"建安作家诗文全目"。

三、魏晋南北朝文学风尚的阐释概括

鲁迅先生《魏晋风度及文章与药及酒之关系》《汉文学史纲要》以及计划撰写的中国文学史的有关章目,对魏晋南北朝文学风尚做了深入的阐释和准确的概括。他用"药、酒、女、佛"四字概括魏晋六朝文学现象。药与酒同文学的关系,他在《魏晋风度及文章与药及酒之关系》的著名讲演中做了精辟的阐释,而"女"与"佛"当然是指弥漫于齐梁的宫体诗和崇尚佛教以及佛教翻译文学的流行。虽然鲁迅先生没有展开讨论,却为后来的研究者指点了方向。鲁迅先生注意研究能够体现一定历史时期特征的具体现象,并从中阐明文学发展的过程和规律,用这四个字,是可以反映和概括魏晋六朝文学的历史特征的。

20世纪40年代,王瑶先生沿着鲁迅的方向,注意联系时代背景和社会生活,系统、深入、广泛地收罗了魏晋南北朝文学的有关史料,并进行分类、归纳和整理,撰写了《中古文学史论》。此书大致包括"文学思想""文人生活""文学风貌"三个范围。此书虽然并未标明是文学史著,但所收十四篇文章论及魏晋南北朝时期除乐府以外几乎所有的重要学术问题,其论述的规模实际上就是一部魏晋南北朝文学史。葛晓音先生在《王瑶先生对中古文学研究的贡献》一文(载《文学遗产》1990年第4期)中指出,《中古文学史论》所涉及的范围之广泛,几乎是将这段文学史中的重要文学现象全部囊括在内;所论及的材料之翔实,差不多将凡能作为论据的史料皆搜罗无遗;而其论点则一直影响着50年代到80年代的魏晋南北朝文学研究。譬如九品中正制度和门阀制度造成的士庶之隔,是魏晋南北朝时期一种极为特殊的政治现象。倘若脱离这样一种历史背景,只是孤立地研究魏晋南北朝文学,许多问题便无法说透,我们也无法理解当时作品中所表现出来的思想感情。书中的《政治社会情况与文士地位》对东汉士族形成的背景、华庶之隔的渊源等做了溯本求源的工作。在此基础上,作者指出:"每一种文学潮流,作风或表现内容的推移变化,都是起于名门贵胄们自己的改变,寒素出身的人是只能追随的。"因为这些贵族不仅享有政治上的绝对特权,而且也操纵、控制着整个社会经济、文化的脉搏。现在一些中青年学者已经比较注意前辈学者的开创之功,不再把目光仅仅局限在政治经济领域,而是特别着意于考察魏晋南北朝时期比较突出的宗族文化和区域文化的种种复杂现象,从宗族文化批评的角度研究魏晋南北朝文学。王瑶先生的论著在上述方面给人们以深刻的启示,所以特别值得重视。此外,《文人与药》《文人与酒》《玄言·山水·田园——论东晋诗》《隶事·声律·宫体——论齐梁诗》等文,从整体上勾画出魏晋南北朝文学的发展脉络,而《论希企隐逸之风》《拟古与作伪》《徐庾与骈体》等文则就某一时期文学现象加以剖析,要言不烦,探微知著,有较高的学术价值。

近年发表的有关论著,如萧华荣的专著《华丽家族——两晋南朝陈郡谢氏传奇》(生活·读书·新知三联书店1994年版)、《簪缨世家——两晋南朝琅邪王氏传奇》(生活·读书·新知三联书店1995年版)及其论文《论东晋南朝陈郡谢氏的文学传统——兼论山水诗的产生》,井上一之《陶渊明故乡的研陶现状与居里争辩——关于江西九江的调查报告》(《九江师专学报》1993年第3期),谢文学《颍川长社钟氏家族研究》(《许昌师专学报(社会科学版)》1991年第2期)、《钟嵘家世考》(《河南师范大学学报(哲学社会科学版)》1991年第1期),曹旭《钟嵘身世考》(《上海师范大学学报(哲学社会科学版)》1989年第4期),跃进《从武力强宗到士族——吴兴沈氏的衰微与沈约的振起》(《浙江学刊》1990年第4期)、《吴兴沈氏考略》(《浙江方志》1991年第4期),丁福林专著《东晋南朝的谢氏文学集团》(黑龙江教育出版社1998年版),程章灿专著《世族与六朝文学》(黑龙江教育出版社1998年版),等等,也都延续着这个思路。

曹道衡先生《南朝文学与北朝文学研究》(江苏古籍出版社1999年版)虽然不是以史的面目出现,但是就像王瑶先生的《中古文学史论》一样,几乎涉及南北朝文学史方方面面,就其规模和气象而言,实际上是南北朝文学史论。研究古代文学的问题,其任务并不仅限于评价某些作品的优劣,而在于从当时的历史条件探索出为什么这个时期出现了这一流派和作品,那一时期又出现了那一流派的作品,甚至在同一时期里会出现几种不同题材、不同风格的作品。众所周知,魏晋南北朝是一个民族大迁徙、大融合的时代,在文学上也是一个文风发生变化,并为唐代文学的高度繁荣奠定基础的时代。这种重大变化的文化机缘在哪里?历史背景又是什么?近十年来,曹道衡先生一直思考着如何回答这些重要问题。《南朝文学与北朝文学研究》为我们提供了这种思考的初步结果。全书十章,纵论南北朝文风形成的历史背景,探讨了汉魏学术思想的变迁,分别论述了南方与北方文化的传统及其形成的社会原因,涉及秦汉以来的经学、史学、哲学等学科。作者游刃有余地统御着中古文学研究的两大关键:其一是通观汉魏文风的转变;其二是比较南北文风的异同。就其前者而言,作者指出:"在追溯到两汉和魏晋之间学风的变化时,笔者比较强调的是魏晋的学风和文学对两汉的继承关系,认为魏晋玄风的兴起是两汉以来学术思想发展演变的结果,崇尚老庄的风气,其起源几乎与今文经学的衰微及古文经学的兴起是同步的。"这样的结论,可以说是现今为止对于魏晋南北朝文学渊源最为通达确切的见解。全书视野之开阔,论述之清晰,材料之繁富,见解之新颖,确实极大地丰富了我们对于魏晋南北朝文学的总体认识。

(原载《西安交通大学学报》2003年第1期)

关于上古、中古文学研究的几个问题

一、简单的回顾

我自己所学的专业是中国古典文献学（硕士）和魏晋南北朝文学（博士），本来没有任何资格奢谈所谓上古文学研究问题。不过，从专业的角度，或是从个人的志趣而言，我对于上古文献一直抱有强烈的求知欲望，关注着它的每一点研究进展。

感谢《文学遗产》编辑部领导对我的信任和扶植，从1991年开始，让我到编辑部兼职，负责编审先秦两汉魏晋南北朝文学的研究稿件。对我来说，这实际上是一个难得的学习和锻炼的机会。十余年来，我一直在学术领域里苦苦地求索，深深地理解学术研究的艰辛；而今又兼任编辑，更强烈地感受到自己肩上的重任。四年来，粗粗地算了一下，经过我审读的稿子至少也在一千篇上下了。所涉及的领域、所触及的问题，还有许许多多不同的研究方法，新奇而充满魅力。从我个人的主观愿望上说，我当然希望多发表一些同行的研究成果，但是由于版面的限制，实际发表的仅仅是一小部分。对于每一篇来稿如何选择，最重要的当然还是态度问题。严肃而认真，及时而慎重，这是处理稿件的基本准则；其次是知识结构问题。像过去那样守着自留地精耕细作，已经远远不能适应工作上的需要。这就需要随时补充知识养分。尽管在具体处理稿件的过程中，我时常有力从不心之感，但所内有许多老先生给了我很大的支持，有些不懂的问题得以随时求教，避免了许多失误。我的上古文献知识，很多是从编辑工作中学到的。我过去在大学教书，懂得教学相长的道理，像《文学遗产》这样专门的编辑工作与研究工作更是如此，是相互促进的关系。

由于有了这样一段工作经历，编辑部领导希望我能就上古、中古文学研究的来稿及发稿情况做一些介绍；我个人在看稿过程中不时也会产生一些肤浅的想法，很愿意借这个宝贵的机会提出来。尽管有班门弄斧之嫌，而我，确实是真诚地希望得到专家学者的帮助和指导。

上古文学，具体说是先秦文学，文史哲就研究材料而言并没有明确的分野，历代的学者都曾投入大量的精力从事这段历史文献的研究，取得了丰硕的成果。《诗经》、《楚辞》、先秦诸子、历史散文，哪一个领域没有大量的研究积累！不要说有所创新，就是先消化吸收前人的研究成果，也需要相当的功力。所以从事先秦任何一个专题的研究，如果要求自己有所突破，就必须具有相当广博的知识背景，没有任何投机取巧的余地，因而这个研究领域几十年来相对保持着较高的学术品位，粗制滥造的现象比较少见，即使偶然出现，也很难蒙混他人耳目。中古文学的概念，约定俗成，一般是指汉魏六朝文学，其中的作家和作品在中国文学研究史上的际遇遭逢是颇不相同的。建安文学、正始文学以及陶渊明等作家备受后人推崇，评价甚高；而像永明文学、宫体诗等却颇遭非议和指摘。有不少作家作品好像从未进入研究者的视野，学者似乎有意无意地忽略他们的存在；而有些作品如《文选》《文心雕龙》等，却是古今两大学术热点，已成为显学。这种种复杂的历史现象，本应给予相应的阐释，但是由于资料的匮乏、零乱，难以取得较大的进展。长期以来，中古文学研究相对处于沉寂荒芜的状态。唯其如此，20世纪的中古文学研究，首先即是从史料的钩沉索隐开始起步的。

鉴于这样一个学术背景，《文学遗产》复刊以来，对于上古、中古文学的研究稿件基本采取了这样一种方针：上古文学研究从严把关，注重发表老一代学者的研究成果，力戒浮华，追求平实的学风。如闻一多遗稿《东皇太一考》（1980年第1期）、林庚先生《〈天问〉中所见上古各民族争霸中原的面影》（1980年第1期）、姜亮夫先生《为屈原庚寅日生进一解》（1981年第1期）等。中古文学研究，材料就那么多，都摆在明处，但是，如果仔细推敲，却又问题成堆。有很多问题需要重新考察，包括史料的钩沉辨析、理论的阐释发挥，还包括对具体作家作品及文学流派的研究，等等。可是，有限的史料还存在记载分歧，令人无所适从。对这一段文学的研究，更需要有一种通识和深厚的学养。从目前情况看，来稿不少，但是比较理想的还不多。时常听到同行对《文学遗产》的发稿情况有所抱怨，说上古、中古文学研究的稿件发表得太少了，这是事实。其中一个原因就在这里。

从近年来稿情况看，上古、中古文学研究稿件，平均每年在一百篇到一百五十篇左右。其中，多数是中古文学研究论文，通常占三分之二。大致说来，上古文学研究的论题主要是：一、对诗文某一字句提出新解；二、分析某些作品的题旨，《诗经》《楚辞》研究多涉及这方面内容；三、对某些作家作品做出重新评价；四、利用新的文献资料对传统课题做出新的论证。中古文学研究除上述内容之外，又多出文人集团研究、区域文化研究等新内容，从总的研究态势来看，大有后来居上、超过上古文学研究的趋势。遗憾的是，每期版面都非常紧张，上古、中古文学研究，按照既定的原则，仅分得三万字的篇幅，也就是说，每期顶多发表三四篇文章，还不能太长。如果一篇文章占去两万字篇幅，那就必然会挤掉其他文章。起初，对于编辑部制定的规矩，我也不理解，论文把握在一万字左右，长的压缩，削足适履；短的拉长，无话找话，结果都成了一个模样，一副面孔。当了几年兼职编辑，我似乎理解了编辑部的苦衷:还是希望每期多发几篇论文。这是不得已而制定的规矩。就是抱着这样的想法,每年也只能从来稿中选取十分之一发表,而绝大多数论文就只有割爱了。

二、艰辛的拓展

《文学遗产》复刊于拨乱反正的80年代伊始。当时的学术界百废待兴,一切似乎都要重新开始。在80年代初期,《文学遗产》作者的中坚力量多是学术界的前辈,到了80年代中期,一批中青年业务骨干逐渐挑起学术大梁。他们不满足于过去的研究方法,开始探索自己的学术道路。后来的文学史观大讨论,正是这种时代思潮的必然要求。它反映了学术界的后来者渴望超越自己、超越前代的强烈呼声。

当然,这场持续数年之久的大讨论,其利弊得失,还有待于后来实践的检验,现在评说也许还为时过早。但是,它在客观上促使人们对于以往的学术研究观念、研究课题、研究方法等作进一步的反思,确有其积极的意义。就上古、中古文学研究而言,从那以后,学术界对于过去那套庸俗社会学的研究方法基本上摈弃不用了。同时,对于过去似乎已成定论的一些问题,重新做了认真细致的辨析工作。比较典型的例子是对于南北朝文学的研究。在相当长的一段时间里,学者们认为南北朝文学似乎就是形式主义的代名词,而忽略了它在整个文学发展史上承前启后的重要地位。但是到了80年代中后期,随着研究观念的变化,这一传统的看法受到了严重的挑战。当然,也有学者刻意标新立异,脱离文学史实,为南朝文学,特别是为宫体诗大唱赞歌,似乎有矫枉过正之弊。学术研究需要一个一个问题的积累,如果仅仅停留在道德的评判上,学术研究永远走不出怪圈,今天可以把它捧上天,明天又可以抑之入地。这样的研究没有任何意义。汲取经验教训,90

年代成熟起来一批更年轻的新生力量，在老一代学者严格而卓有成效的指导下，潜心问学，做出了自己应有的成绩。就上古、中古文学研究而言，近年已经出版的博士论文如傅道彬《〈诗〉外诗论笺》（黑龙江教育出版社1993年版）、赵敏俐《两汉诗歌研究》（文津出版社1993年版）、蒋述卓《佛经传译与中古文学思潮》（江西人民出版社1990年版）、钱志熙《魏晋诗歌艺术原论》（北京大学出版社1993年版）、景蜀慧《魏晋诗人与政治》（文津出版社1991年版）、卢盛江《魏晋玄学与文学思想》（南开大学出版社1994年版）、王能宪《世说新语研究》（江苏古籍出版社1992年版）、阎采平《齐梁诗歌研究》（北京大学出版社1994年版）、刘跃进《永明文学研究》（文津出版社1992年版）、吴先宁《北朝文学研究》（文津出版社1993年版）、程章灿《魏晋南北朝赋史》（江苏古籍出版社2001年版）、张伯伟《钟嵘诗品研究》（南京大学出版社1999年版）等，已经远远不限于一般的评价，或者仅仅是作翻案文章，而是对各个专题做了比较深入的探讨。尽管所得结论不一定全对，但是，后来者如果继续从事这些专题的研究，这些学术成果就很难绕过去。这也许就是学术积累的意义所在吧。令我们感到欣慰的是，上面提到的绝大多数博士论文，其精华多首先刊载在《文学遗产》上，有些还在全国青年社会科学论文评选中获了奖。此外，还有许多没有出版的博士论文，他们的论文精华也多由《文学遗产》刊载出来，或者通过博士新人谱加以介绍，智略辐辏，以表风华，为上古、中古文学研究展示了广阔的前景。十余年间的风云际会，《文学遗产》在推动文学研究观念的转变方面起到了它应有的作用，这样说也许并不过分。

随着研究观念的转变，研究领域、研究方法也发生了重大的变化。

研究领域的变化，主要表现在以下几个方面。

第一，传统的研究课题，随着新材料的发现，或者新的研究方法的运用,出现了某种复兴的态势。这在传统的"文选学"研究上表现得较为明显。这是一个富有戏剧性的研究领域。唐代即有所谓的"文选学",宋代甚至流传"《文选》烂,秀才半"的说法。但是到"五四"时《文选》却成了"妖孽"而被打翻在地,几十年未能翻身。从1949到1978年,近三十年间,"文选学"方面的研究论文不足十篇,它在大陆的境遇可想而知。1988年学界在长春召开了首届《昭明文选》国际学术研讨会,1992年、1995年又分别召开了第二、三届学术讨论会,每次参加人数都在七八十人以上。"文选学"之所以能够在新时期表现出复兴的趋势,可能有两个原因:其一,国内外不时发现一些新的版本资料,日益引起学术界的重视;其二,《文选》以及诸家旧注是研究中古文学乃至唐宋文学的津梁。以《沧浪诗话》为代表的宋代诗话,凡是论及唐前文学,所例举的作品几乎没有超出《文选》的范围。从某种程度上说,《文选》就是先唐文学的代称。近代著名学者李详在其《文选学著述五种》(《李审言文集》,江苏古籍出版社1989年版)中对于杜甫、韩愈等唐代大诗人的作品作了详尽的考察,结论是唐代诗人几乎没有不受《文选》影响的。这已是千古不移之论。当代学术界重新唤起对于"文选学"研究的兴趣,这一动向首先在《文学遗产》得到了及时的反映。作为全国"文选学"研究会会长,曹道衡先生近年在本刊连续发表了《从文学角度看〈文选〉所收齐梁应用文》(1993年第3期)、《从乐府诗的选录看〈文选〉》(《文学遗产》1994年第4期)、《关于〈文选〉中六篇作品的写作年代》(1996年第2期)等论文,对于《文选》的撰录标准、所收作品的创作年代等问题作了系统的考察。周勋初先生《〈文选〉所载〈奏弹刘整〉一文诸注本之分析》(1996年第2期),通过对日本所藏《文选集注》的考察,推测《奏弹刘整》的原貌以及各家旧注的得失。跃进《从〈洛神赋〉李善注看尤刻〈文选〉的版本系统》(1994年第3期)对于《文选》的版本问题发表了自己的看法。

第二,开拓新的研究领域。最值得称道的是曹道衡先生对于北朝文学的研究。80年代,他在《文学遗产》和其他刊物上发表了《试论北朝文学》《十六国文学家考略》《关于北朝乐府民歌》《从〈切韵序〉推论隋代文人的几个问题》《读贾岱宗〈大狗赋〉兼论伪〈古文尚书〉流行北朝时间》等文章。此外,其成果还包括与沈玉成先生合著的《南北朝文学史》中的北朝文学部分,将过去被视为"文学作品几乎绝迹"的十六国及其以后的北方文学分为不同的发展阶段,进行纵横比较,提出了一系列富有启发意义的创见,厘定了北方文学研究的基本格局。这些研究成果,多已收录在《中古文学史论文集》(中华书局1986年版)和《中古文学史论文集续编》(台湾文津出版社1994年版),代表着近十年来中古文学研究的最高成就。

第三,在中古小说史研究方面,已故胡念贻先生《〈逸周书〉中的三篇小说》(1981年第2期)、曹道衡先生《〈风俗通义〉与魏晋六朝小说》(1988年第3期)等文,不仅对古小说做了钩沉索隐的工作,还对两汉子部在小说研究方面的价值做了充分的论证。此外,曹先生的《论王琰和他的〈冥祥记〉》(1992年第1期)在考订作者生卒年的基础上,对于《冥祥记》的内容、史料价值和这部书产生的历史背景做了考察,有些推论与日本发现的《观世音应验记三种》(中华书局1994年校点出版)多有吻合(参见孙昌武先生《关于王琰〈冥祥记〉的补充意见》,1992年第5期)。

第四,利用出土文献资料研究《楚辞》,取得重要的进展。汤炳正先生《从包山楚简看〈离骚〉的艺术构思与意象表现》(1994年第2期)根据1987年出土的大量楚简,对于楚国每事必卜的风尚以及卜筮的程序、用具及方法作了详尽的考察,不仅订正了历代《楚辞》研究在卜筮方面存在的问题,还以严密的论证,对学术界有人断言屈原为"巫官"的说法做了辨驳,持之有故,言之成理,充分体现了老一代学者严谨求实的学风。此外,刘信芳《包山楚简神名与〈九歌〉神祇》(1993年第5期)也在利用出土文献方面对《楚辞》研究做了较为成功的尝试。阅读这些文章,我的耳边总是想起六十多年前陈寅恪先生说过的话:"取地下之实物与纸上之遗文互相释证"乃古史研究的重要途径。长期以来,我们的文史专业分得越来越细,将活生生的历史强制性地划分成条条块块。条块分割的结果便是隔行如隔山。文学研究界对于考古学界的成果,相对来讲就显得比较隔膜,人为地限制了自己的学术视野。

第五,注意介绍海外信息,这也是扩大研究领域的一个重要方面。我们主要做了三方面的工作。其一,及时组织学者撰写文章对海外研究成果加以评介。戴燕《在研究方法的背后》(1992年第1期)介绍了日本著名汉学家小尾郊一《中国文学中所表现的自然与自然观》;何新文《自成一片风华景象》(1992年第2期)实事求是地评介了台湾三部汉赋研究著作;而林庆彰《台湾近四十年诗经学研究概况》(1994年第4期)一文对于海峡彼岸的《诗经》研究情况介绍得尤为详尽,读后使人深深地领略到了海峡两岸同族同根的亲切感。此外,王能宪《〈世说新语〉在日本的流传与研究》(1994年第2期)、张伯伟《钟嵘〈诗品〉在域外的影响及研究》(1993年第4期)、李钟汉《韩国研究六朝文论的历史与现状》(1993年第4期)等文都为学术界提供了较为丰富的资料线索。其二,在此基础上,有意识地组织一批海外学者撰写论文,譬如清水凯夫先生《〈诗品〉是否以"滋味说"为中心——近年来对中国〈诗品〉研究的商榷》(1993年第4期)、竹田晃先生《以中国小说史的眼光读汉赋》(1995年第4期)等,前者对中国大陆学术界普遍存在的问题提出尖锐的批评,后者变换研究视角,从虚构文学的角度评价汉赋的历史作用(此一问题,胡士莹先生早在《话本小说概论》中即已论及,可惜没有得到中国大陆学者的充分重视)。其三,刊发国内学人搜集利用海外各种文献资料而撰写的论文。丁永忠《〈归去来兮辞〉与〈归去来〉佛曲》(1993年第5期)根据日本

8世纪文献《圣武天皇宸翰杂集》所收中国刘宋时期释僧亮的佛曲《归去来》,推断这篇佛曲与陶渊明的《归去来兮辞》有相通之处,陶渊明的这篇名文实际上是"玄佛合流"的时代精神,即魏晋"佛教玄学"人生观的典型体现。

　　研究观念的变化、研究领域的扩展,客观上也促进了研究方法的转变。最明显的变化是由过去的"大题小作",变为"小题大作"。这样,许多问题才能说深说透,才不至于隔靴搔痒。其实,这种研究方法并非今人独得胸襟,20世纪二三十年代许多学者运用这种研究方法已经取得了划时代的成绩,再往前说乾嘉学派中第一流的学者,又何尝不是如此,我们只不过在走了许多弯路以后又重新认识到它的价值罢了。曹道衡先生《从〈雪赋〉〈月赋〉看南朝文风之流变》(1985年第2期)、《从两首〈折杨柳行〉看两晋间文人心态的变化》(1995年第3期)就明显地受到了陈寅恪先生的影响。谢惠连的《雪赋》与谢庄的《月赋》是南朝小赋的名篇,历来的文学史家多有论及。而曹先生不仅辨析了这两篇赋在从"体物"向"缘情"转变过程中的重要艺术价值,而且还进一步分析了这种转变的历史缘由,包括作者的社会地位的变化、文坛风尚的转变等,具体而微,令人信服。乐府旧题《折杨柳行》,历代文人多有拟作,这其中反映了哪些问题,以往的研究多语焉不详,曹先生却能从陆机和谢灵运的两首诗中辨析出两晋文人心态的变化。二人都出身于高门贵族,但是生活的背景却全然不同。如果说陆机的思想基本上属于儒家的话,谢灵运的情况则要复杂得多,不仅有儒家思想的影响,还有老庄和佛教思想的影响。他在《折杨柳行》中关心的是个人的"泰"与"否",不像陆机那样旨在刺世。陆、谢二人的这种思想差别,其实不仅仅是他们二人特有的情况,而是代表着太康诗人和元嘉诗人的不同。太康诗人志在用世,而元嘉诗人则更多地关心个人的荣辱。这种心态的不同,其根本原因就在于魏晋以后"门阀制度"的形成与衰微、儒释道对士人的不同影响。这篇文章由两首《折杨柳行》入手,就像剥笋一样,层层剖析魏晋到南朝士人心态的变化,还纵论了南北文化的不同,视野颇为开阔。

我在前面说过,中古文学研究更需要一种通识,一种学养,这正如傅璇琮先生在《中古文学史论文集续编序》中所说:"我觉得中古文学研究之难,主要不在于如后代那样需用全力搜寻大量的不经见的材料,而是要在较高的学识素养上来细心研索材料,又要兼具文学、史学、经学的根柢,把研究对象放在社会文化的整体历史背景下加以观照。本世纪以来凡在这一领域作出较大成就者,如刘师培、鲁迅、陈寅恪、唐长孺等,都莫不如此。在当今,我认为曹道衡先生即是继这些前辈学者,在中古文学研究中创获最多、最有代表性的一位。"

三、存在的问题

在上古文学研究领域,我充其量是一个旁观者;对于中古文学的研究,我也只是初学者。处在这样一个位置,叫我在旁边指手画脚地来谈所谓"存在的问题",我感觉有些不自量力,有点不知所措。但是编辑部已经给每人规定了硬性任务,作为一名兼职编辑,我也只能硬着头皮就编稿过程中遇到的一些问题,粗浅地谈几点个人的看法。

我个人觉得,问题比较集中地表现在两个极端的倾向上:一个倾向是凭空高论,论题大多涵盖面极宽,纵览古今,贯穿中外。几十年来,我们的上古、中古文学研究界,如同整个古典文学研究界一样,善于作这种大块文章。在方法论盛行的80年代,这类文章仍然充斥于我们的大大小小的刊物。只不过从过去言必称马列,摇身一变,开口必称现代某某主义。从古希腊罗马哲学到现代西方学术思潮,也不知有多少是真的,反正是狂轰滥炸一番,弄得中国学术界晕头转向,不知所措,似乎不说一点新名词,就有被时代抛弃的危险。当时有许多文章,懂行的不看,不懂行的看不懂。水过地皮湿,到底留下了多少有价值的东西,实在使人生疑。现在,空谈马列的少了,卖弄方法论也不吃香了,时髦的话题是儒、释、道与中国传统文化。学人或通论儒家的文学思想,或纵论道家美学思想与中国文化,等等,论题如此之大,论文篇幅又如此之小,解决这个矛盾的唯一办法,就是天马行空,俯瞰寰宇。这样,所得结论往往适用于任何一代的文学现象,究其实际,又不能解决任何问题。中国传统的儒、释、道,各个时代,乃至同一时代的不同时期,士大夫们对于它们的理解和接受,其实是很不相同的。论儒家思想对于文学的影响,起码的要求,首先应对本课题有所界定,儒家特指哪一时代?特指哪一流派?据我所知,汉儒与宋儒就很不相同,清儒又有别于前代。更何况,在汉儒中间又分为经今古文学两大派别;这两大派别,历唐、宋、元、明、清诸朝,各有传承,有时差别相当大。同样,道家思想也极为复杂。先秦时代的道家是一副面孔,魏晋玄学时代的道家又是另一副面孔。唐宋时代的士人多信奉老庄,他们心目中的道家又必然打上自己时代的烙印。至于经过道教信徒改造过的道家就更有自己的特点。所有这一切,纷纭变换,哪能一锅烩呢?

另一个极端倾向是钻牛角尖,得出的结论往往偏颇。有很多来稿,纠缠于一些很难说得清的问题,争来论去,就像从圆心射向两个不同方向的直线,分歧只能越来越大。仅就某一点而言,似乎有一得之见,但是,倘若通盘考察,就满不是那么回事了。仅仅根据一二条孤证来推论字义,这在训诂学上叫望文生义,不足信据。同样,在文学史研究上,特别是上古、中古文学研究,这种望文生义的现象也比较严重。一个字、一句话、一条史料,拆来卸去,穿凿附会,已经到了令人不可思议的地步。这个问题在考证文章中时常出现,比如翻来覆去地考证某作者死于何病,某诗人的自杀方式,这种考证能有多大意义,使人怀疑。当然,为考证而考证,倘若确能考出一些问题,也许还有它的价值,就怕有些貌似朴学的考证,明明有些问题限于材料不能得出结论,却偏偏发誓要搞个水落石出,没有材料,就只有胡猜乱想。我在《有关〈文选〉"苏李诗"若干问题的考察》(1996年第2期)中专门就此类问题谈了自己的看法。近来还时常见到一些毫无根据的翻案文章,这里声称挖掘了一个久为人所忽略的作家作品,那里又否认嵇康曾任"中散大夫";这里忽然宣布发现某某先唐佚诗,那里又根据学界并不生疏的材料推翻前人定论;这里强烈地要求对焦仲卿、刘兰芝重新评价,那里又执着地为中国第一大诗人姬旦庄严"正名",如此等等,表面很热闹,但都是攻其一点,不及其余。至于所根据的材料是否可信,所提出的问题是否有意义,他们似乎从不关心。

还有一个问题,就是偏爱自己研究的对象,往往出现拔高古人的偏颇。这一点在《文心雕龙》研究方面表现得比较明显。近年《文学遗产》很少发表《文心雕龙》的研究论文,不是这个问题不重要;恰恰相反,《文心雕龙》里有很多问题值得我们思考。但是,现在把《文心雕龙》炒得火热,将此书说得神乎其神,简直比现代理论还要完美,几乎无所不包。既有创作体系,又有美学体系,甚至还有心理学体系。可是说来说去,就那么几句话,就那些材料,就像拼盘一样,怎么拼都可以。胡国瑞先生《论陆机在两晋及南北朝的文学地位》(1994年第1期)有这样一段话:"刘勰的《文心雕龙》是一部体大思精的文学理论批评著作,对后代文学理论的影响颇为巨大,但也存在着思想的局限,在当时并未受到重视,对于文艺创作,只能说总结了前人的,但未能指导当前及后代。"如果对中古文学创作稍有了解,对于胡先生这个平实的论断,我想多数人是会认同的。此外,卢佑诚《也谈"神思"与"沈思"兼及其他》(1994年第3期)针对日本学者在《文心雕龙》与《文选》研究上的牵强看法提出异议,认为他们在《文心雕龙》以及六朝文论研究方面存在着拔高化与现代化的倾向,所说颇为中肯。除文论研究外,我们在从事某一课题研究时,往往习惯于说某某在文学史上"有巨大(或重要)影响",信手写来,脱口而出,而真实情况却未必如此。这就提醒我们,学术研究一定要本着实事求是的原则,冷静、客观、平实,这看似容易,然而要真正做到这一点其实很难很难。

四、乐观的展望

《文学遗产》已经走过了四十年艰辛而辉煌的历程,也积累了丰富的经验。站在世纪之交的关口,展望未来,我们应当有理由充满信心。

面临的最重要的问题,首先还是应从理论上对"上古文学""中古文学"的概念做出界定。譬如"中古文学"这个概念肇始于刘师培《中古文学史讲义》。后来约定俗成,以此概指魏晋南北朝文学。但如果仅仅如此,其实没有必要非用这个模棱两可的概念。近一个世纪以来,多数文学史在讲到这段文学发展时,多数还是冠以"魏晋南北朝文学"之名。但是这样做,又有许多问题不好解决,因为"魏晋南北朝"毕竟是各个朝代的名称,虽然与文学的发展有重要关联,但两者并非等同。比如这段文学的开端就是建安文学,名义上属魏晋文学,而实际上却用的是东汉的年号,名不符实。事实上,学术文化本身是一个流动的历史,自有其分合的标准。当某种文化形态占据当时文化界的中心,并形成一股时代潮流,这就是一个相对独立的文化时代。它可能受政权变化的影响,但两者的发展并非总是同步的。东汉迁都洛阳,文化中心随之而东移。与西汉文化相比,东汉文化由过去的儒家大一统变为儒、释、道三分天下的局面。传统的儒家思想已不再为士人视为万古不变的真理,神圣的光环失去了色泽,文学才有可能从传经布道的束缚中挣脱出来而走向独立。余嘉锡先生《世说新语笺疏》用了大量的材料梳理了汉魏风尚变化,揭示出这样一个基本事实:魏晋风度多源于东汉。既然如此,我个人认为,用"中古文学"取代"魏晋南北朝文学"似乎更为合适,而它的研究上限应当始于东汉迁都伊始。理论依据之一,就是文化中心论。至于中古文学时期各个阶段的划分,不必再像过去那样完全依据政权变化来划分,而应当充分考虑到文学自身的发展变化。即以南朝文学研究为例,以元嘉文学、永明文学、宫体诗取代过去沿袭已久的宋、齐、梁、陈文学的概念,似乎更符合六朝文学的发展实际。

确定了中古文学的时间断限,它在中国文学发展史上的重要地位也就显而易见了。从东汉开始的中国文化思想界,经历了一场空前的文化变革。儒学的衰微,道教的兴起,佛教的传入,形成了三种文化的冲突与融合:第一是外来文化(如佛教)与中原文化的冲突与融合;第二是传统文化与新兴文化(如道教)的冲突与融合;第三是官方文化与民间文化的冲突与融合。中古文学实际上就是在这三种文化的冲突与融合中不断地得到发展,得到繁荣的。尽管这种发展与繁荣还很不平衡,但是它却遥遥预示了灿烂的唐代文化的到来。在这样一个大的文化背景下重新审视中古文学的发展,就有许多使人感到振奋的新课题有待进一步思考。

第一,宗教与中古文学的关系。季羡林先生为《饶宗颐史学论著选》作序时写道:"中印文化交流关系头绪万端。过去中外学者对此已有很多论述。但是,现在看来,还远远未能周详,还有很多空白点有待于填补。特别是在三国至南北朝时期,中印文化交流之频繁、之密切、之深入、之广泛,远远超出我们的想象。"中古时期中印文化交流最重要的表现,当然就是佛教的传入及对中古知识界的巨大影响。研究中古文学,西域文明、印度佛教的影响研究无法绕开。我在《别求新声于异邦——介绍近年永明声病理论研究的重要进展》(《文学遗产》1999年第4期)举出了一些具体的例子说明这个问题的重要性。使人高兴的是,已经有不少中青年研究者做了很好的尝试。道教问题,更需要给予充分的注意。近年我只是粗略地阅读了几部《道藏》中的名著,有一种强烈的感受:这几乎还是一座未开垦的富矿。当然,这部大书自身存在的问题殊多,线索繁乱,许多材料令人将信将疑。我在编撰《汉魏六朝时期江东道教系年要录》与《汉魏六朝时期北方道教系年要录》时,就深深地感到,这个课题似乎深不见底。而首要的任务就是摸底、溯源,在对有关史料进行必要的辨析的基础上,清理出大体可以信据的发展线索。至于有关专题研究,比如道教在江南的流传及对士人的影响等,更有待于来日。这方面,中国大陆的研究起步较晚,但是奋起直追,是可以拉小差距的。这就需要学术界同仁共同努力,水涨船高,从整体上提高研究水平。

第二,东汉文学研究有待加强。这里不仅仅是指对这一时期作家作品的研究,也包括对这一时期文体、文风、文人集团的研究,还包括对这一时期社会文化背景的研究。一个明显的事实是,东汉的文化重心开始由官方下移到民间。比如汉魏时期许多野史在民间的流传,就反映了这种情形。这些野史笔记,不像是某些文人的胡编乱造,有许多内容并非面壁虚构。我们似乎可以做这样的推测,某些贵族因败落而流落民间,许多宫闱秘事就这样在世间流传开来。这有点像唐代安史之乱以后,"天宝遗事"纷纷在世间流传一样。这一方面反映了社会阶层的巨大变化,另一方面也反映了统治者在很多方面已经失控,从而给各类野史乘机而出提供了机会。其影响所及,遍及民间。这就使得东汉文化具有明显的平民化与世俗化的特点。平民文学对学术文化产生了怎样的影响,就需要我们给予解答。

第三,与上述问题相关联,传统的研究课题,并未因为时代久远、研究基础雄厚而失去它特有的魅力。比如经学问题,东汉以后迅速分化,郑玄治古文经学,但并不一概排斥今文经学,同时,对于道教的东西也多有吸收(参见饶宗颐先生《〈太平经〉与〈说文解字〉》),反映了士人文化与平民文化的通融。这些对于文学风尚的变化起到何种程度的影响,都还是问题。又比如传统的小学研究,过去偏重于经史中的材料,近代学术界对于俗字俗语研究又取得了令人瞩目的成就。已故蒋礼鸿先生、郭在贻先生在这方面做了大量具有开创性的工作,对我们的研究极富启发意义。最近读到张涌泉《汉语俗字研究》、马向欣《六朝别字记新编》等书,又促使我对这个问题继续思考。下层文化的兴起,必然在当时的作品中得到反映,其中表现之一就是大量的方言土语,还有别字俗字进入书面文字中,当时人就已经感到颇难识别,所以《方言》《释名》《通俗文》之类的书纷纷问世。这些书面文字,历代传抄,许多别字被误认,代代相承,特别是有了雕版印刷之后,就几乎约定俗成,没有人再怀疑它的正确性了。事实上,根据后来发现的大量汉魏六朝碑帖,许多俗字是很容易产生歧义的。中古文学研究应当充分借鉴这些研究成果,重新对我们的阅读文本进行必要的审理。

第四,在对若干专题做深入研究的基础上,希望能从一个更高的层次上重新梳理中古文学的嬗变轨迹,重新评价中古文学所特有的承前启后的历史地位。当然,我们不能仅仅满足于一般的描述。说实在话,要想较为深刻地阐释这种变化的历史背景和文化机缘,仅靠朝夕之功,或凭一二部著作,是很难奏效的。有效的办法之一就是通过对若干专题的考察,试图回答中国文学发展史上童年、青年时期的一些重要问题。我心目中有两个长远的研究目标,一是《中古文学思潮》,二是《中古学术思潮》,目的就是想通过对若干专题的考察,试图回答这一文化史上的重要问题。从1987年开始,我就着手做资料长编工作。我希望自己的所有论述都尽可能地以资料长编为基础,求实、求深、求细。用了将五六年的时间,只是初步完成了永明文学的研究工作。现在我正从事《昭明文选》和《玉台新咏》研究,比较强调文人集团的作用和学术风气的影响。我想把这一研究专题的下限延伸到初唐,这可以说是永明文学研究的继续。之后,再返回魏晋,上溯东汉,截取若干专题,深入下去,希望能在不太长的时间里,完成《中古文学思潮》的各个专题的研究工作。

以上所说,仅仅是个人一点肤浅的想法;而个人的能力终究是有限的。学术的繁荣与发展,需要大家共同努力。七十年多前,王国维曾说:"大抵学问常不悬目的,而自生目的。有大志者,未必成功;而慢慢努力者,反有意外之创获"(姚名达《哀余断忆》之二,载述学社刊物《国学月报》第二卷,1927年10月)。上古、中古文学研究是一个相对寂寞的领域,没有别的捷径可走,只有慢慢努力,不尚空谈,也许才是唯一的出路。经过十余年辛勤的耕耘,我们的学术界已经打下了较好的基础,培养了一代代新人。尽管现在还面临着许许多多的困难,但是对于未来,我们应当抱有乐观的态度,毕竟,前程还是美好的。

(原文见《〈文学遗产〉纪念文集》,文化艺术出版社1998年版)

关于魏晋南北朝文学研究的若干问题

一、魏晋南北朝文学的研究对象和研究范围

20世纪的魏晋南北朝文学研究已经成为历史。纵观百年历程,在取得重大成就的同时,仍然还有许多有关这门学科建设方面的基本理论问题有待进一步思考。就其最基本的一点而言,这门学科的研究对象是什么?如何划定这门学科的研究范围?从表面上看,这些似乎不成问题。因为魏晋南北朝文学,当然是研究魏晋南北朝时期的文学。但是,在实际研究过程中却有这样或那样的困难。"魏"这个概念,至少要从曹操封魏公时算起,甚至从曹丕代汉算起。这样,"建安七子"中的大多数就只能归到汉代去。孔融不用说了,建安十三年(208)被杀。就是建安七子其他几位,也均死于汉献帝建安年间,他们的创作大都作于魏国建立之前。如果我们严格按照"魏"的概念,这些诗人及其创作当然应当归入汉代。而事实当然不是如此。我们现在的习惯,还是把"建安七子"中的绝大多数归于魏代。再譬如乐府诗,我们谈及"汉乐府",不能排除"相和歌辞",而"相和歌辞"中绝大多数和曹氏祖孙三代有关。《乐府诗集》中的"相和歌辞"大多归入"平调""清调"等"清商三调"中,说明其经过魏代乐府加工。甚至有些"相和歌辞"中题署曹操等人的作品,是否完全出自他们的创作都还是问题,因为有许多诗歌明显是在民歌基础上略事加工而成,最后却归入他们的名下。魏明帝曹叡的诗,有的即是曹操、曹丕

创作的片段，由他拼凑为新曲，就算他的作品了。即以《塘上行》为例，此诗有人说是甄后作，有人说是曹丕作，但《宋书·乐志》将其归为曹操诗。现在我们所见的史料，《宋书·乐志》最早，总有根据。但问题是，曹操的乐府诗就完全是他自己创作的吗？很可能也是从前代继承下来的。因此之故，研究汉魏乐府诗歌，要截然把汉代和魏代分开，并不容易。余嘉锡先生在《世说新语笺疏》中根据大量资料推溯魏晋士人的风气，认为多数源于东汉。正因为如此，20世纪初叶的刘师培将这段文学称为"中古文学"，虽然以魏晋南北朝时期为主，但是不受王朝断代的限制。这样的称呼，确有它的道理。就古典诗歌发展而言，"律诗"历来被称为"近体"，它成熟于唐代；律赋也出现于唐代；韩柳古文运动还是起于唐代。所以，刘师培把唐代以前称为"中古"，至少在文学史研究领域来说，较为适用。如果再从变文、唐传奇等文体看，把唐代和南北朝作为两个时期的分界线似乎也是合适的。

但是，这个问题比较复杂。许多学者会质疑：分期的标准是什么？是根据历史发展的不同阶段来划分，还是根据文学发展的不同段落来划分？如果是以历史的发展标准来划分，是根据社会形态，还是生产力发展的不同阶段，或者是制度的变异？这些问题，迄今还没有得到很好的论证。如果根据文学发展的不同段落来划分，是根据文学发展的成熟程度，还是文学的文体变化，或者是别的什么东西？其次是分期的时间断限问题：中古文学的上限和下限在哪里？这个问题也没有统一的标准。中国的学者或上溯东汉，下至隋代，而日本学者在研究这一段的文学批评时，还包括了唐代。下限便有三种，何者为是？从事明代文学研究的学者，通常把明代视为从中古到近代的转折，那么他当然是把宋、元文学都包括在中古文学之内。也就是说，这不仅仅是一门学科的命名问题，也不仅仅是这段文学史的问题，而是涉及整个文学发展史的问题。如果我们把这一段叫作"中古文学史"，那么，汉代以前的文学史就应叫作"上古文学史",而"中古"以后有没有"近古"呢?是从什么时候开始呢?是从隋代到清代,还是从元代到鸦片战争?如果文学史研究仅仅限于中古文学史,没有上古,也没有近古,问题也许就比较简单了。事实却完全不是这样。研究中国文学史不能不从全盘考虑问题。如果没有统一的体例、统一的标准、统一的认知,文学史的研究就容易出现概念的混乱。从目前的研究进展情况看,这个问题见仁见智,归于一统,显然不现实。但是,我们应当鼓励学者对这些学科建设方面的基本问题再作深入的探讨。

二、魏晋南北朝文学的特殊性及 20 世纪研究的特点

魏晋南北朝文学的原始资料非常有限,可是依然有许多研究者对这一段文学情有独钟。在这一有趣现象的背后,实际上有许多值得思考的问题。就其显而易见的一点而言,有可能涉及魏晋南北朝文学本身的特点以及近百年的研究特点。魏晋南北朝文学吸引人的地方,不在于它的存世资料的多少,而在于这个时期的文学具有特殊的吸引力。

第一,从中国思想史、学术史的发展来看,这个时期的学术思想表现得最为活跃。之所以能够形成这种多元化的特色,是当时社会各方面综合因素相互作用的结果。首先,这个时期的社会结构大多处于分裂状态,战乱此起彼伏,朝代更替频繁。在这种情况下,统治集团很少有精力来顾及思想文化事业。相对而言,政治权力对文化事业的干预比较少,思想文化就必然呈现一种放任自流的状态。在这种多元化的局面中,就当时的文学发展而言,最值得注意、也是最重要的一个特点,就是回归文学的非功利性特征。在中国文学发展史上,摆脱政教的束缚,将文学视为抒发

情感的工具，追求艺术的完美，的确是这个时期文学的重要特征。这一点与此前的文学迥然有别。

第二，与上述特点直接关联，这个时期的文学呈现出一种鲜明的异端色彩。传统儒学的分化、新兴玄学的繁荣、外来佛学的传播，为当时的文人雅士的思想提供了广阔的拓展空间，士大夫的传统生活发生了变异。一个时期内，生活的怪异化、思想的极端化，形成了这个时期文人生活的重要特征。怪异化、极端化的结果，就构成了"张力"的态势，拓展了文化发展的空间，也就形成了后世看到的丰富多彩的魏晋南北朝文学。这样说，并不是说这个时期的总体文学成就特别高，而是说这个时期的许多作家，文学成就各有高下，而其文学个性却异常鲜明突出。祢衡的颠狂放肆、嵇康的"非汤武而薄周孔"、潘岳的"乾没不已"、陶渊明的"质性自然"、谢灵运的躁动不安，如此等等，在文学史上均堪称一"绝"。个性的张扬，表现在文学理论主张上，表现在文学创作方面，就是对独创性的自觉追求。曹丕所说"诗赋欲丽"等"四科不同"，陆机所说"夸目者尚奢，惬心者贵当，言穷者无隘，论达者唯旷"，皆意在张扬文学个性。儒学以礼教为本，主张克己复礼，反对怪力乱神，提倡中庸，反对极端。这种传统的观念，极大地束缚了中国文人的思想。在这样一个传统势力极盛的历史背景下，强调提出文学个性的问题，往往意味着儒学的式微，意味着摆脱束缚和自由发展的新趋势。《世说新语》《搜神记》《文赋》《文心雕龙》《诗品》等，无论是内容还是形式，在三千余年的中国文学史上不仅是空前的，基本上也可以说是绝后的。曹操诗歌的雄浑悲凉、陶渊明诗的平淡自然、玄言诗的"微言洗心"、宫体诗的缠绵悱恻等，均以其特立独行而在文学史上占据了重要的地位，皆堪称中国文学史上一"极"而无愧。

第三，这个时期文学发展的重要性，还在于它在中国文学发展史上发挥着非常重要的作用，即为唐代文学的全面繁荣做了充分的准备。没有魏晋南北朝文学的繁荣,也就不会有唐代文学的繁荣。即以多种文体的萌发产生与发展成熟而论,"永明体"的出现对于近体诗的成熟无疑起到了催化剂的作用,六朝小说的繁荣为唐代传奇的发展奠定了坚实的基础,六代骈文更是取得了空前绝后的成就。

第四,这个时期的文学理论、文学批评也高度繁荣,被视为中国文学理论批评史上的黄金时代。之所以这样说,就在于它的基本形态、主要范畴、理论框架等,都是中国古代文学理论批评的非常重要的创始阶段,或者说是成形阶段。

由于魏晋南北朝文学具有这样几个鲜明的特点,就与传统的儒家思想拉开了距离。唐宋以后,魏晋南北朝文学为什么总是受到歧视、贬斥?其中一个最重要的原因,就是文人用儒家的思想观念作为评价文学的重要标准。从韩愈的《荐士诗》到陈独秀的大骂"选学妖孽",明清人评诗论文,总是"文必秦汉,诗必盛唐",我们看《古文辞类纂》,有先秦两汉古文,也有唐宋以后的文章,却绝少魏晋南北朝文。20世纪以来,不少研究者也是从这个观念来贬斥魏晋南北朝文学,所不同的只是不仅限于儒家观念,还有新时代的政治评价标准,譬如人民性、阶级性和现实性等,这其中依然蕴涵着儒家重道轻文的传统观念。

至于说到20世纪魏晋南北朝文学研究的特点,似乎不能一概而论,因为各个不同的时期具有不同的特点。

20世纪魏晋南北朝文学研究与中国政局的变化紧密相关,大体可以分为三个不同的时期。1949年以前中国大陆地区的研究为第一个时期。从指导思想来说,就是试图运用新兴的研究方法和学术视野来考察构建中国文学发展的历史面貌。譬如作家生平创作、仕宦交游以及作品中所反映出来的创作倾向等,基本上还是集中在作品本身。20世纪第一个十年产生的刘师培《中国中古文学史讲义》,便是中国第一部断代文学史,虽然书中叙述颇简略，但对于两汉、魏晋、南北朝的文学精神和文学风气的嬗变，皆有精到概括。与刘师培几乎同时，鲁迅亦致力于魏晋文学的研究，并且取得了引人瞩目的成就。他整理了魏晋南北朝的志怪小说，辑成《古小说钩沉》，并编校《嵇康集》。他对魏晋史事及文学亦有深入研究，其名文《魏晋风度及文章与药及酒之关系》，浓缩了他对这一段文学史的看法，并且开创了对魏晋文学做社会学、文化学、民俗学的综合研究的先例，在整个20世纪中国古典文学研究史上具有重要影响。至四五十年代，王瑶对本时期文学做了细致深入研究，出版了《中古文人生活》《中古文学思想》《中古文学风貌》三书。三书的基本思路秉承鲁迅的研究，并加以发挥、补充、扩展，论述更具体，系统性更强，对魏晋文人及文学风貌的把握更确切。以上三位人物及其著作，在20世纪魏晋南北朝文学研究近代化进程中具有里程碑的意义。此外，还应提到罗根泽的《乐府文学史》（1931年出版）和萧涤非的《汉魏六朝乐府文学史》（1943年出版）这两部书，它们对于20世纪乐府文学的研究也做出了奠基性的贡献。

20世纪五六十年代为第二个时期。客观地说，这个时期的研究并没有取得影响深远的重大突破，只是在某些资料整理工作中取得了一定成就。譬如陶渊明资料汇编、三曹资料汇编等对于学术研究皆有参考价值。另外在文学普及方面也做出了一些成绩，如本时期的一些诗选、赋选，在当时颇有影响。这个时期强调"批判地继承"，展开讨论的问题主要是衡量文学的几个标准，即文学的人民性、阶级性和现实性，拿这三个标准来衡量一切作家和作品。当然，这一原则不仅仅适用于魏晋南北朝文学研究，而且是整个古代文学研究的指导性原则。用这些基本原则肯定或否定作家及其作品，就脱离了作品本身的审美价值。研究的目的不在于说明作家的面貌和作品的价值，而是在于批判，在于从中找出所谓的精华和糟粕。这样做并非一无是处，但是，如果把它当作放之四海而皆准的唯一评判标准,且无限扩大,很容易扼杀魏晋南北朝文学的特殊性。当然,这一段时间对于魏晋南北朝文学的研究也有一些可圈可点的成果,譬如关于《文心雕龙》的讨论,学者们对于一些重要的理论命题(如"风骨""三准"等)展开讨论,发表了好几篇有深度的阐释文章,迄今为人称道和征引。

20世纪80年代以后为第三个时期,魏晋南北朝文学研究和整个古代文学研究有一个比较大的变化,那就是研究领域、研究观念、研究方法的多元化。王运熙、杨明二位先生所著的《魏晋南北朝文学批评史》是一部文论专史,此书对于魏晋南北朝时期的文学思想和理论批评的论述很全面,对材料的梳理抉剔颇为详赅,对于有关文论著作的阐释稳妥精当。曹道衡先生的著作特色在于对有关史料的深入发掘和清理,并在此基础上对有关文学史面貌做重新描述,因而具有了开拓品格。罗宗强先生的研究侧重于文学思想史,其特色在于眼界比较开阔,不仅仅就文论着眼,而且从广阔的社会风尚和深厚的文化背景来考察文学思潮,是对鲁迅和王瑶的继承,并且有所拓展。还有葛晓音先生的研究,其特色则表现在对于魏晋南北朝时期文学发展脉络的准确细致的把握和对于影响文学发展诸多因素的全面深入的理解方面。南开大学李剑国先生的"先唐"小说整理成绩也很突出,其资料收集之完备、梳理考订之精细,在鲁迅研究的基础上又前进了一大步。

三、魏晋南北朝文学研究的三点共识

一个世纪以来,经过几代学者的不懈努力,在魏晋南北朝文学思想史这块诱人的学术领域,尽管有许多具体问题尚存在不少争论,但在一些基本问题上,学术界已经取得了某些共识。

(一)人物品藻之风对魏晋南北朝文学思想的影响

人物品评,又称人伦识鉴,主要包括识鉴和品藻两方面内容。《世说新语》《史通》是把这两方面内容分开讨论的,识鉴是对人物才、德、识的评价,品藻是根据这种评价而定其优劣,但在实际运用中是难以截然分开的。这种品评始盛于东汉,是一种鉴别人才、任命官吏的选举手段。"溯自汉代取士大别为地方察举,公府征辟,人物品鉴遂极重要。有名者入青云,无闻者委沟渠。朝廷以名为治(顾亭林语),士风亦竞以名行相高。声名出于乡里之臧否,故民间清议乃隐操士人进退之权。于是月旦人物,流为俗尚;讲目成名(《人物志》语),具有定格,乃成社会中不成文之法度。"(汤用彤《魏晋玄学与文学理论》,《理学·佛学·玄学》,北京大学出版社1991年版)入魏以后,人物品评在九品中正制下得到新的发展,并且人物品评的标准和内容也开始由实用性向非功利性过渡,这就为人物品评进入文学批评领域铺平了道路。不仅诗文,两晋以后,随着品评的日益广泛应用,《棋品》《书品》《画品》也先后出现,推动了一代审美风尚的形成。这种审美风尚有这样几个明显的特点:首先,它通过形象的比较表达作者的褒贬态度;其次,它通过精心选择的语言表达精微的艺术感受;第三,把许多人物品评的概念如风、骨、气等直接引进文学批评领域,丰富了文学理论批评的内涵。

(二)玄学对中古文学观念的影响

20世纪初,刘师培始把玄学与文学的关系列入考察的范围,可惜继者寥寥。直到汤用彤先生的大力倡导,这个问题才日益引起学术界的关注。汤先生的重要著作《魏晋玄学论稿》可以说为这一重要课题的研究奠定了基础。《魏晋玄学论稿》由《读〈人物志〉》《言意之辨》《魏晋玄学流别略论》《王弼大衍义略释》《王弼圣人有情义释》《王弼之〈周易〉〈论语〉新义》《向郭义之庄周与孔子》《谢灵运〈辨宗论〉书后》《魏晋思想的发展》九篇论文组成。作为一个博大精深的理论体系,玄学对于文学的影响既深且广。即以"言意之辨"为例,有言不尽意论、得意忘言论,也有言尽意论。"言不尽意"对中古文学思想的影响,表现在注重言外之意,这不仅是中国诗歌的特点,也是中国古代文学艺术共同的特点。诗歌讲究言外之意,音乐追求弦外之音,绘画重在象外之趣,这其中的美学观念是相通的,即要求虚中见实。得意忘言,引入到文学领域,可以引申出重神忘形的主张,具体表现为对神气、风骨、风力的提倡,还可以引申出形似神似之说。确实,汤用彤先生提出的这个题目,涉及思想史和文艺史的一个关键,应当认真探讨。再譬如汤先生指出,谢灵运的《辨宗论》"提出孔释之不同,折中以新论道士(道生)之说,则在中国中古思想史上显示一极重要之事实"。学者们进一步探讨了这篇宏论的产生背景,还可以看出,这篇作品作于谢灵运初到永嘉时,在他身体康复后大肆游览郡中名山胜水之前。也就是说,这篇作品的意义,不仅在于显示了中古思想史上重要的演进轨迹,而且在谢灵运的山水诗创作中,它也是一个重要的思想积蓄和梳理思绪的必然结果,确有值得注意、探讨的深刻内涵。

汤用彤《魏晋玄学与文学理论》一文以"得意忘言"为中心,从音乐、绘画、文学三个方面具体梳理了玄学与文学艺术相互浸透的发展线索。根据这一思路,孔繁先生撰著了《魏晋玄学和文学》(中国社会科学出版社 1987 年版)一书,论及魏晋玄学产生的社会历史背景,魏晋玄学和人物批评、文学批评,魏晋玄学和文学理论,魏晋玄学言意之辨与文学创作,魏晋玄学和游仙诗、招隐诗、玄言诗、山水诗、田园诗以及和音乐、美术思想的关系等问题。作者指出:"玄学重在探求天地自然虚玄之体,完全摈弃了汉儒阴阳象数的浅陋神学,其玄远旷放的精神境界,使人形超神越,个性受到尊重,提高了人的价值。表现于文学,是由个性和天才证明风格之丰富多彩,文章成为情性风标,神明律吕,由文学以窥视精神,打开了作家灵魂的锁钥,而使文学汇成蓬勃的运动,出现了曹植、嵇康、阮籍、谢灵运、陶渊明那样的大诗人,出现了曹丕、陆机、刘勰、钟嵘、萧统那样的大文论家,无论文学创作或文学理论,他们都为后代留下永不泯灭的心声,为文学史储备下取之不尽的宝藏。"

探讨玄学与文学的关系,以往的研究主要是停留在概念的比较上。罗宗强先生《玄学与魏晋士人心态》(浙江人民出版社1991年版)则通过士人心态的变化捕获到了玄学对文学影响的中间环节。全书四章,首章把魏晋玄学的兴起放在东汉后期宦官专权、外戚当政及党锢之争这样一个历史背景下加以考述,从而证明玄学的兴起有其历史的必然性。以下三章依次叙述了正始玄学兴衰、西晋士人心态变化以及东晋玄释合流趋向。其中阮籍和陶渊明是全书论述的重点。作者不满足于一般概念术语的阐释,而是结合当时的政局、哲学、社会思潮、生活环境、文人所受教养等方面探讨魏晋文学思想变迁的深层原因,对以往的研究确有较大的突破。

(三) 佛学对中古文学思潮的影响

佛学与中古文学思潮的关系,是20世纪学术界较为关注的一个研究课题。鲁迅先生对中古小说的考察,郭绍虞先生、罗根泽先生、饶宗颐先生对中古文论的研究,钱锺书先生、季羡林先生、王瑶先生等对中古诗文的阐释,都论及佛学对于中古文学的深刻影响。蒋述卓《佛经传译与中古文学思潮》(江西人民出版社1990年版)则专门就这一课题做了细致研究,具体辨析了志怪小说与佛教故事、玄佛并用与山水诗兴起、四声与佛经转读、齐梁浮艳文风与佛经传译等对应关系。作者指出,佛经的传译对中古文学思潮的影响至少表现在三个方面：第一，它的理论概念、范畴是从传统的文学、美学理论中借用或引发出来的，如以"本无"译"性空"，以"无为"译"涅槃"，反过来又影响文学理论，如"境界"等即是从佛经借用过来的；第二，中古时期佛经翻译的中心议题也是中国传统的议题，这就是文质之争，其实就是内容与形式的关系问题，因此又可以把佛经翻译理论看作中古文学、美学理论的表现形态之一；第三，由于中国僧人和文人参加到佛经翻译中去，既沟通了佛经翻译文学与中古文学的关系，也沟通了中古文学理论与佛经翻译理论之间的关系，使二者更趋于一致。

四、魏晋南北朝文学研究的新课题

20世纪魏晋南北朝文学研究可谓"点面生辉"，实际包涵专题研究与综合文学史这样两方面内容。

专题研究可称之曰"点"。关于这个问题，拙文《关于上古、中古文学研究的几个问题》已有详尽介绍，有关研究成果，近年又有新的进展。譬如，传统的研究课题随着新材料的发现，或者新的研究方法的运用，出现了某种复兴的态势，这在传统的"文选学"研究上表现得较为明显。一个世纪以来，海内外出版各类专著多达数十种，或汇集版本资料，或考订综论。其中宋本李善注《文选》、《六臣注文选》、《敦煌吐鲁蕃本〈文选〉》（并中华书局出版）、《唐钞文选集注汇存》（上海古籍出版社）、《影印宋本五臣集注文选》（台湾"中央图书馆"）、奎章阁本《文选》（韩国正文社）等在版本方面具有重要的价值。骆鸿凯《文选学》（中华书局1937年影印），傅刚《〈昭明文选〉研究》（中国社会科学出版社2000年版）、《文选版本研究》（北京大学出版社2000年版），罗国威《敦煌本昭明文选研究》（黑龙江教育出版社1999年版）、《敦煌本〈文选注〉笺证》（巴蜀书社2000年版）以及胡大雷《文选诗研究》（广西师范大学出版社2000年版)等专著推动了这门学科的进一步发展。又譬如中古小说史方面,李剑国先生的《唐前志怪小说集释》(上海古籍出版社1986年版)、《唐前志怪小说史》(南开大学出版社1984年版)对于唐前志怪小说做了系统的研究。王能宪、范子烨各自撰写的《世说新语研究》则对于这部志人小说做了各具特色的阐释。在利用出土文献资料研究方面,我多次提到,文学研究界对于考古学界的成果,相对来讲就显得比较隔膜,人为地限制了自己的学术视野。《文学遗产》2000年第3期发表的对李学勤、裘锡圭的访谈《新学问大都由于新发现——考古发现与先秦、秦汉典籍文化》以及北京广播学院出版社2000年出版的《出土文献与中国文学研究》表明,这种状况开始得到初步的改变。

综合文学史可称之为"面"。

近一个世纪以来,有关中古文学通论、中古文学史、中古文学批评史的著作,海内外出版了许多部。有关文学史著作,前文已有叙及,如20年代刘师培《中国中古文学史讲义》及徐嘉瑞《中古文学概论》;30年代有陈钟凡《汉魏六朝文学》、陈家庆《汉魏六朝诗研究》、洪为法《古诗论》;40年代有上文已述的刘永济《十四朝文学要略》及罗常培《汉魏六朝专家文研究》;50年代有王瑶《中古文学史论》的前身《中古文学思想》《中古文人生活》《中古文学风貌》;60年代有文学研究所及游国恩先生等主编的两部《中国文学史》之《魏晋南北朝文学》部分;70年代有邓仕梁《两晋诗论》、洪顺隆《六朝诗论》;80年代有胡国瑞《魏晋南北朝文学史》、王钟陵《中国中古诗歌史》、葛晓音《八代诗史》、王次澄《南朝诗研究》;90年代有程章灿《魏晋南北朝赋史》,曹道衡、沈玉成《南北朝文学史》,徐公持《魏晋文学史》等。

此外,还有方兴未艾的文学批评史研究,成果如陈钟凡《中国文学批评史》,1927年由中华书局出版;郭绍虞《中国文学批评史》,1934年由商务印书馆出版,以后多次修订再版;罗根泽《中国文学批评史》,1934年由北平人文书店出版;朱东润《中国文学批评史大纲》,1946年由开明书店出版,1957年、1983年两次再版;黄海章《中国文学批评简史》,1962年由广东人民出版社出版;复旦大学中文系《中国文学批评史》,上册(1979年)、中册(1981年)、下册(1985年)由上海古籍出版社出版;周勋初《中国文学批评史小史》,1981年由长江文艺出版社出版;敏泽《中国文学理论批评史》,1981年由人民文学出版社出版;等等。在这些著作中,魏晋南北朝文学批评均占有很大篇幅。尤其值得注意的是四部魏晋南北朝文学批评专史:万迪鹤《魏晋六朝文学批评史》,由独立出版社于1941年出版;罗根泽先生《魏晋六朝文学批评史》,由商务印书馆于1947年出版;王运熙、杨明先生《魏晋南北朝文学批评史》,由上海古籍出版社于1989年出版;罗宗强先生《魏晋南北朝文学思想史》,由中华书局于1996年出版。

罗根泽的著作是四卷本《中国文学批评史》中的一种,资料的收集考订颇为丰富。王、杨二先生新著晚出,集魏晋南北朝文论研究之大成。全书分二编:一编是魏晋文学批评,分绪论、曹魏文学批评、西晋文学批评、东晋文学批评四章;二编是南北朝文学批评,由绪论、南朝文学批评、刘勰《文心雕龙》、钟嵘《诗品》、北朝文学批评等五章组成。全书以时代先后为序,对于重要批评家及其著作各立专章予以评论,对于过去研究中论析较少或未加论列的批评家也做了较为具体的介绍,对一些重要范畴和概念如气、风骨、文质、文笔、四声八病等,也加以较细致的分析。在论述中,作者努力阐明各种文学观点与思想文化背景、时代风气的联系,理清其历史发展线索,并注意比较各批评家观点之间的异同,从整体上把握中古文学批评发展的轨迹,受到了学术界的重视。

罗宗强的著作是中国文学思想通史中的一种,研究时段上起建安,下迄隋朝建立前夕,共三百八十余年。本书与以往的文学批评史和文学理论史的最大区别就在于它不仅仅关注具有理论形态的文论资料,同时还关注文学创作中所反映出来的文学思想倾向。依据这样的理解,本书专辟"陶渊明的创作倾向在中国文学思想史上的价值"一节,拓宽了中国文学理论批评史的范围。

挥手之间,百年的光阴如白驹过隙,倏然而逝。站在21世纪的前沿,回顾上一个世纪魏晋南北朝文学研究的状况,确有许多问题值得思考。近年,我在《新国学》第二卷发表了《归于平淡后的思考》一文,就目前研究的趋势,着重对中古文学资料的整理与研究提出了三个方面的设想,这里想结合新资料再做阐释。

(一) 资料系统化

其一,总集的重新整理。诗集方面已有逯钦立的辑校本,而严可均《全上古三代秦汉三国六朝文》却始终没有人做系统的整理,其漏辑、失考、误编、重出以及失校等问题,触目皆是,不下一番清理的功夫,使用起来甚感不便。至于新近出土的新资料更是层出不穷,重新编校唐前文章总集应当列为21世纪的首要任务。

其二,别集的研究可视不同情况而定,从系统的角度来考虑,不妨依照明人张溥《汉魏六朝百三名家集》的体例,辑校先唐诸家文集,每集应尽可能完备地汇总各类资料,如历代著录、版本、集评、年谱等,这样,便可以一编在手,资料皆备。另外,还可以有选择地对一些重要作家的集子详加笺注。现在我们看到的中古文学别集,很多是明清人的旧注,存在不少问题,应当吸收当今最新研究成果,重新笺注。

其三,文献考订类的基础性工作应大力加强。刘汝霖所著《汉魏学术编年》《东晋南北朝学术编年》至今仍不可替代。近年又出版了《中古文学系年》《东晋文艺系年》《南北朝文学编年史》等,都必将大大推动中古文学研究的深入。目前,《先秦文学编年史》和《秦汉文学编年史》《魏晋文学编年史》正在积极撰著之中,相信这些论著的出版,必将有力地带动这段文学史研究向纵深进展。

(二)检索科学化

我们的社会已经进入了科学化的时代,可惜我们的中古文学研究者多数还处在手工操作阶段。我们的许多著作,尤其是一些文献考订著述如《汉魏南北朝墓志汇编》《东观汉记校注》《八家后汉书辑校》《九家旧晋书辑本》《众家编年体晋史》《汉唐方志辑佚》等都未备索引,使用起来十分不便。至于大量的宋、元、明方志,如台湾影印的方志丛刊、文物出版社《日本藏中国罕见地方志丛刊》等,卷帙浩繁,由于没有索引,读者每每望"书"兴叹。加强科学化的检索工作,如今已势在必行。因此,编纂《魏晋南北朝文学家传记资料综合索引》也应当提到议事日程上来。此外,通过计算机建立学术资料库并开展利用的问题也应引起高度重视。台湾"中央研究院"早在1984年就率先设立研究小组,先后创立多种文献资料库,如二十四史、十三经注疏、简帛金石等。香港中文大学中国文化研究所建立了"先秦两汉魏晋南北朝一切传世文献计算机化数据库"。中国社会科学院从1987年也陆续建立起全文检索资料库。可惜这些现代化的资料信息库,还未能有效地得到开发和利用。这个问题,我们以前还觉得距离自身很遥远,实际上已经是一个非常紧迫的问题了。倘若不引起我们的高度重视,我们又要失去一次与国际学术界同行站在同一起跑线展开竞争的机会。

(三)学术国际化

几十年来,我们过分热衷于学术的政治化,而今又被商品大潮冲击,把学术商品化,迫使学术失去了独立存在的价值,走向庸俗化。对此,大多数学者都有切肤之痛。还有一个问题,往往为人们所忽视,那就是学术研究的相对封闭性。汲取经验教训,需要研究界和出版界共同努力。就研究界而言,即使一时难以看到原著,至少应当借助于各类工具书跟踪国际汉学界的最新研究动态,更新知识结构,拓展研究领域,拿出高水准的学术力著走向世界。就出版界而言,应当为研究界走向世界搭桥铺路,将国际汉学的重要成果有系统地翻译出来,或者是加以评介,汇集成帙,相信一定会受到学术界的欢迎。

1999年,我曾就魏晋南北朝文学研究的若干问题访问罗宗强师、曹道衡师以及徐公持先生(访谈录发表在《文学遗产》1999年第2期,题目是《分期、评价及其相关问题——魏晋南北朝文学研究三人谈》)。以上见解,部分缘于这次访谈,但是更多的还是属于个人一点肤浅的想法,恳请大家批评。

(原载《文献学研究的回顾与展望——第二届中国文献学学术研讨会论文集》,台湾学生书局2002年版)

走出散文史研究的困境

在中国文学发展史上,散文是一种极特殊的文体。古往今来,中国的散文家族始终处在一种变化多端、归属莫定的状态。因此之故,20世纪的中国古代散文史研究虽然取得了令人瞩目的成就,但是面临的问题似乎最多,分歧也最大。这是因为迄今为止,中国散文史研究的最基本问题,诸如什么是"文",什么是"散文",古代的"文章"与今天的"散文"观念有多少相通之处,类似的概念迄今尚没有梳理清楚,更不要说有关散文史研究的重大理论问题了。近一个世纪以来,中国的学者曾就中国散文史研究的特殊性问题,中国古代散文的审美意识及艺术追求与传统诗歌、小说、戏剧的异同问题,中国古代散文的民族特征以及中国古代散文发展规律和盛衰原因问题,等等,展开过广泛的讨论。谭家健《近十年中国古典散文史研究著作述要》(《书目季刊》1998年第31卷第4期)、《建国以来古典散文研究之回顾与展望》(《中国古典文学学术史研究》,新疆人民出版社1997年版),孙昌武《研究古典散文的几点意见》(《中国古代散文学会简报》1998年第3期),吉平平、黄晓静《中国文学史著版本概览》(辽宁大学出版社1992年版),许结《二十世纪赋学研究的回顾与瞻望》(《文学评论》1998年第6期),芮宁生《近15年来赋学著作述要》(《文史知识》1998年第2期),乔默主编《中国二十世纪文学研究论著提要》(北京大学出版社1994年版)等都是重要成果。当然,散文史研究一直是个"剪不断,理还乱"的疑难问题,始终也没有取得统一的认识,自然也就很难取得举世公认的研究成果。

一、中国散文史研究的几个问题

(一) 中国古代散文的界定

关于古代散文的界定,古往今来,分歧很大。在展开讨论之前,简略回顾一下这种分歧的原始状况,也许对我们的理解不无帮助。

不妨先从"文"的概念说起。在古代,所谓"文"并没有一个确定的涵义。《易·系辞下》说:"物相杂,故曰文。"韩康伯注:"刚柔交错,玄黄错杂。"《礼记·乐记》说:"五色成文而不乱。"这里,文是指纹路,非文章之文。作为文章意义的"文",秦汉以来始为人们所熟知、习用。如《汉书·贾谊传》:"以能诵《诗》《书》属文,称于郡中。"当然,这里的"文"涵义较广。至南北朝,"文"往往专指韵文,与不押韵的"笔"相对而言。《宋书·颜竣传》:"太祖问延之:'卿诸子谁有卿风?'对曰:'竣得臣笔,测得臣文。'"《文心雕龙·总术》:"今之常言,有文有笔。以为无韵者笔也,有韵者文也。"这与现代意义上的散文概念相近。杜甫《春日忆李白》:"何时一尊酒,重与细论文。""文"就不单单是指文章,似乎还包括诗歌在内。

至于"散文"的概念,历代也多有变化。其本意是文采焕发,如晋木华《海赋》:"若乃云锦散文于沙汭之际,绫罗被光于螺蚌之节。"这里所使用的"散文"意义与今天所说的散文无涉。历史上的"散文"有时又指行文,如《文心雕龙·明诗》:"观其结体散文,直而不野,婉转附物。""散文"作为一种独立的文体名称,根据现代学者的考证,实际上在南宋才开始广为流传[①]。为了区别于韵

---

① 参见谭家健《"散文"小考》,《北京师范大学学报》1985年第4期。

文、骈文而把凡是不押韵、不重排偶的散体文章概称为散文。随着文学概念的演变和文学体裁的发展,在某些历史时期,又将小说与其他抒情、记事的文学作品统称为散文,以区别于讲求韵律的诗歌。至于近世,与诗歌、戏剧、小说相对,凡是前三者所不收者,都可以归之于"散文"类。因此,"散文"的涵义最为丰富。换言之,除了诗歌、戏剧、小说之外,所有的文学作品都可以称为散文,清人严可均编《全上古三代秦汉三国六朝文》中的"文"包括了诗、词、曲以外的全部文体,即赋、骈文及一切实用文体。这就是中国古代的"文",或曰"文章""散文"的概念,与现代的散文概念有所区别。

众所周知,古代散文起源于上古史官的记事、记言,具有鲜明的实用特点。现代意义上的散文写作,推终原始,恐怕已经是唐宋以后的事了。研究中国古代散文,我们不能仅仅根据现代文学理论观念,画地为牢,把自己局限在一个狭窄的范围里,而是应当站在历史的高度,将中国散文的源与流联系起来,将应用文体与纯文学性的文体联系起来,将古人心目中的名篇佳作与现代学者判定的散文作品联系起来一起考察,这样,才能清晰地把握中国散文发展的历史线索。《中国大百科全书》中的《中国文学卷》讲到中国散文时正是依据了这样的理解:"在中国传统的文学观念中,与诗词并列为文学正宗的,还有另一重要文体,即散文。散文在中国文学史上有几种不同的概念:①'散文'相对于'韵文'讲,是广义的,泛指一切无韵的文字。②'散文'相对于'骈文'讲,也是广义的,指那些单行散句,不拘对偶、声律的语文体,即唐宋以后所称的'古文'。"学术界的普遍看法,认为凡是不押韵的文体,都应进入中国散文史家的研究视野。也就是说,中国古代散文是与诗、词、小说、戏剧并列的文体。因此,除了一般的文章(包括文学散文)之外,散文还应包括历代的辞赋和骈文。关于这一点,周明《中国古代散文艺术》①具有一定的代表性。他认为,从广义的角度来理解中国散文,并不是为了编写散文史的权宜之计,而是充分考虑到中国散文发展的实际。第一,广义的散文观念保持了散文概念的严整性。古代以书面形式记录下来的"文",从总体上看就是两大部分,一是诗,一是文,两者壁垒清晰,容易区分;两者之和则可以囊括一切以文字记录的东西,不会造成遗漏。辞赋是介于诗与文之间的文体,离文更近些,干脆划入"散文"的范畴。如果再搞出一类非诗非文的东西,在分类学上就不严密。把它们划入"散文",并不妨碍研究者进行单项研究的自由。第二,广义的散文观念尊重了人们长期的习惯。近几十年来,人们撰写中国散文史,编辑古代散文选,都是吸收辞赋与骈文,对之一视同仁的。第三,广义的散文观念正视并肯定了"古文"和"骈文"并存的事实。它们长期共存于中国古代散文史上,且各领风骚,只不过在某一时期以散为主,另一时期以骈为主。今天看来,不应存"正宗"观念。

那么如何调节古代散文与现代散文之间的概念差异呢?按照现代的散文概念,周明提出:"可以把形象性、社会性、情感性作为具有文学性的尺度,用来衡量古代散文作品。由此可以把那些记人记事记景记物、鲜明生动、富有生活气息、表现社会和人生的优秀记叙类散文当作文学作品,把那些富有真情实感、思想感情高尚美好、抒情强烈浓郁的优秀抒情类散文当作文学作品,把那些巧妙地因事生议、托物喻意、形象地批判社会的讽谕类散文作为文学作品。此外,有些论说文章,虽然以'立意为宗',如果能做到形象化,'情动于中','事出于沉思,义归于翰藻',也做到'以能文为本'(《文选·序》)的,也可算作文学作品。"这样就可以把一些过于质实,没有文学色彩的应用文章,有选择地剔除在中国散

---

① 周明:《中国古代散文艺术》,江苏教育出版社1994年版。

文史研究之外。这不失为一种有效的解决办法。

其实,对于散文采取较宽泛的理解已经成为现代中国散文史研究界的共识。但是,赋与骈文是否列入散文范围目前尚有分歧。

譬如韩兆琦、吕伯涛《汉代散文史稿》[①]就指出,散文这个概念,本来有广义和狭义之分。在文学与非文学的界限还不够明确、文史哲尚未完全分家的汉代,散文的范畴应该划得稍宽一些。所以,从章表奏疏、碑铭史传、书信杂记直至某些哲学著作,只要有一定的文学性或在散文发展史上产生过某种影响,都可以列入讨论的范围。当然也不是宽得没有限度,那些抽象的哲学论文、枯燥的经学著作,自然是不在其列的。同时,散文又是和韵文相对的,所以那些讲究韵律、介于诗歌和散文之间的辞赋,作者认为就可以不予讨论。这一点就与某些学者有分歧。由此看来,中国古代散文的概念依然还是一个有争议的问题。

散文本身的分类,按其内容和形式的区别又有不同。如果把文学分为纯文学和杂文学两大类,那么,散文当属杂文学,或"文学与杂文学的交织"。如果就古代文章而言,又可以分为文学散文、非文学性文章和具有一定文学性的散文三大类。但是这种种的分类,又都离不开古代散文的实际。

从历史上看,对于散文的分类,各个时代是很不相同的。曹魏时代的《典论·论文》分四科八体,七体属文;西晋时代的《文赋》分十体,九种属文;齐梁时代的《文选》分三十七种,三十六种属文;《文心雕龙》分三十四体,三十二种属文;明代徐师曾《文体明辨》分一百二十七体,其中百体属文;清代的姚鼐《古文辞类纂》把诗歌之外的文分成十三类。总之,对散文的分类经历了由约而博,再由博而约的过程。

现代学者对于散文的分类颇多分歧。有的按内容划分,归为

---

① 韩兆琦、吕伯涛:《汉代散文史稿》,山西人民出版社1986年版。

四类：记叙、抒情、议论、讽谕。有的按文体划分，归为十余类。还有的按形式划分，如此等等，不一而足。这也难怪，各个时代的文体发展并不平衡，彼此盛衰消长，很难有一以贯之的文体历久不衰的。为此，有的学者尝试着根据不同时期的文体特点来分类论述，张梦新主编《中国散文发展史》①就做了这样的尝试。先秦、秦汉、六朝散文，以体裁分章，如先秦哲理散文分为语录体、传诵体、寓言体、论辨体。各体之下分别评述的著作并非该体裁所能涵盖。秦汉散文分为赋体、史传、论理、奏议书启之文，元代分为议论、记叙、笔记之文。唐代、宋元、明代、清代、近代等编则仍以作家为章。尽管这样分类，有时很难反映一个历史时期的文学风貌，但是这也是一种无可奈何的选择。

（二）中国古代散文的研究对象

因为"文"和"散文"的概念具有相当广泛的外延，因此，现代学者在考虑散文史研究的对象时，就言人人殊，莫衷一是。谭家健《建国以来古典散文研究之回顾与展望》指出："早期的中国文学史（如林传甲等人所著），散文仍占有重要地位，甚至连经学、文字学都包括在文学史之内。到五四以后，西方文艺观念传入中国，小说戏剧地位上升，散文地位逐渐下降。以至在三十年代出版的文学史中，有的人（如刘经庵《中国纯文学史纲》）竟完全不讲散文。"②陈衍《散文体正名》、剑三《纯散文》、王统照《散文的分类》、田北湖《论文章源流》、刘光汉《文章原始》等③从20世纪初就

---

① 张梦新主编：《中国散文发展史》，杭州大学出版社1996年版。
② 《建国以来古典散文研究之回顾与展望》，收进《中国古典文学学术史研究》，新疆人民出版社1997年版，第259—260页。
③ 陈衍：《散文体正名》，《小说月报》17卷号外；剑三：《纯散文》，《晨报》副刊1923年6月21日；王统照：《散文的分类》，《晨报》副刊1924年2月21日至3月1日；田北湖：《论文章源流》，《国粹学报》第1年第2—6期；刘光汉：《文章原始》，《国粹学报》第1年第1册。

开始展开过热烈的讨论。就中国散文通史类的著作而言,1937年出版的陈柱著《中国散文史》就颇具代表性。譬如该书第一编第四章"为学术而文学时代之散文"论先秦诸子,专辟第十节"钟鼎文学家之散文",论及《毛公鼎》《录公钟》;第二编第二章"由学术时代而渐变为文学时代之散文",除了论述辞赋家、经世家、史学家之散文外,还专辟"经学家之散文""训诂派之散文""碑文家之散文"三节。论及经学家之散文,主要是论董仲舒《贤良策对》、刘向《谏起昌陵疏》;论训诂学家之散文,主要是论郑玄《诫子书》、许慎《说文解字叙》;论碑文家之散文,主要论及《国三老袁君碑》《郎中郑君碑》。其下限不仅论及清代桐城派之散文,而且专辟"清维新以后之散文"一节,论及康有为《欧洲十一国游记序》,严复《天演论导言》,陈三立《散原精舍文存》和沈曾植、唐文治、陈衍、黄节、章炳麟等人的散文创作,上述这些内容都是后代散文史所缺少的。依据这样的观点,钟鼎文字、先秦诸子、辞赋、骈文、碑传以及各种应用文字,如对策、上疏等,均可以列入古代散文的研究范围。

时隔五十年,郭预衡先生的《中国散文史》①在一定程度上对陈柱的研究有所继承。作者把散文定义为"汉语的文章",有别于现代的美文。根据这样的理解,作者认为,散文的文体范围就不应当限于那些抒情写景的所谓"文学散文",而是要将政论、史论、传记、墓志以及各体论说杂文统统包罗在内,因为在中国古代,许多作家写这类文章,其"沉思""翰藻"是不减于抒情写景的。即以韩愈为例,他最受人指责的文章,无过于所谓"谀墓"的墓志,但是他撰写的墓志"一人一样"。还是根据这样的理解,骈文和辞赋也应当包括在散文内,因为辞赋和骈文是汉语文章走向俪偶的一个极端,最能体现汉语文章的语言特点,而且这两类文章早就被世

---

① 郭预衡:《中国散文史》,上海古籍出版社2000年版。

人统统看作古文(即散文)了。比如《古文观止》以及近时的《古代散文选》《历代文选》《历代散文选》《中国历代散文选》等文章选本,一般都将骈文和辞赋收录其中。有些辞赋虽然介于诗、文之间,但多数作品不近于诗而近于文。因此之故,该书在章节的安排上,也就与当时同类著作有所不同。

刘振东、高洪奎、杜豫《中国古代散文发展史》①对于古代散文又有自己独特的看法。《绪论》写道:"散文是个在内涵和外延上有变化的概念。在唐宋时期,人们用来专指和骈文相对立的散体文章,当时又称'古文'和'平文'。在现代文艺学上,人们把它作为诗歌、小说、戏剧相并列的一个文学门类,用来指称那些不讲究韵律,不要求具备完整情节,不必塑造典型人物,可以比较自由地抒发感情、描绘形象、反映现实的文学作品。我们这里所讲的散文,和以上两种概念都有所不同,它包属中国文学史上诗歌、辞赋、小说、戏剧以外所有具有文学性的文章。它是当代中国文学研究者,运用现代概念对中国古代文学中一种固有的文学现象所作的新概括。有的学者将赋也归入散文的研究范围,我们认为赋乃是中国古代文学在其发展中所产生的独特文学现象,是一种界于诗文之间、非诗非文而又亦诗亦文的独立文学样式。不过,与其他文学样式比较起来,赋有其不稳定性:作为一个独立的文体系统,它虽有源有流,有自己的演变线索,但它在演变发展的不同阶段所形成的品类,往往有着和其他文体相接近的倾向和不易区界的模糊性。故作为赋的专题发展史,可以而且应该将赋的各种变种都包容进去,而作为其他文体的专题史,亦可将与之相近的赋的别体,纳入自己的研究范围。如写中国诗歌史,就绝不能摈除属于骚体赋的楚辞。准此,本书只涉及唐代以来散体化的文赋而不及其余。"根据这样的认识,全书分为四编:第一编《为实用求

---

① 刘振东、高洪奎、杜豫:《中国古代散文发展史》,中州古籍出版社1991年版。

审美时期——先秦两汉的散文》,下列五章,第一章"散文的萌芽",内容包括甲骨刻辞、铜器铭文、《易经》中的卦爻辞、《尚书》等;第二章"散文发展的第一个高潮(上)",内容包括以叙事为主的史传散文的发展以及《左传》《国语》《战国策》等;第三章"散文发展史的第一个高潮(下)",主要以议论为主的诸子散文的发展以及《论语》《孟子》《庄子》《荀子》《韩非子》《吕氏春秋》等为主要内容;第四章"散文发展第一个高潮的延续",论西汉前期散文的发展以及《史记》、政论、奏疏、抒情表志之作;第五章"散文发展趋向的转变",论西汉后期至东汉时期散文发展的总体趋向以及论说散文、叙事散文、其他类型的散文。第二编《自觉追求形式美的时期——魏晋南北朝的散文》,下列三章,第一章"散文发展的新局面与尚文倾向的逐步形成",论抒情成分增加,抒情性质发生变化,题材范围开始向表现自然美拓展,论说和叙事散文出现新的特色,由通脱转向追求文饰等。第二章"骈体文成熟与广泛流行",论骈体文的形成、骈体文的成熟、骈体的广泛应用及在骈体形式中散文的新进展以及非骈体文章的发展——范晔《后汉书》、刘义庆《世说新语》、郦道元《水经注》、杨衒之《洛阳伽蓝记》、颜之推《颜氏家训》等。第三编《实用和审美并重的时期——唐宋散文》,下列三章,第一章"唐代古文运动",叙述古文运动的兴起和发展以及韩愈、柳宗元和古文运动的延续与衰落等;第二章"唐代骈文",叙述唐代骈文的发展,初唐四杰的骈文,盛唐张说、苏颋、张九龄的骈文,中唐陆贽的骈体奏议和晚唐李商隐的四六骈文等;第三章"北宋古文运动",叙述古文运动的兴起和发展以及欧阳修、王安石、曾巩、苏洵、苏辙、苏轼和南宋散文等。第四编《总结探寻创作规范时期——明清的散文》,下列三章,第一章"对散文协作规范的探寻(上)",论明代初期的散文、前后七子的复古运动、唐宋派的主张与实践等;第二章"散文发展史中的局部拓展",论及从李贽到公安三袁以及竟陵派与张岱的小品等;第三章"对散文写作规范的探寻（下）"，论及清初散文到桐城派的兴起，骈文的中兴及桐城派以外的作家等。

根据近一个世纪以来散文史研究的实际经验，中国散文史研究对象至少包括以下类别。

1. 通体类

这类著作包含的范围最为广泛。从上引陈柱、郭预衡、刘振东等人的著作就可以明显看出这一特点。漆绪邦主编的《中国散文通史》①是目前同类著作中篇幅最大而且比较系统全面的一部，尤其是明清近代部分，时下研究较少，此书在这方面具有填补空白性质。刘衍主编的《中国散文史纲》②研究范围是从先秦到20世纪80年代，是第一部贯通古今的散文通史。前面已经提及的张梦新主编《中国散文发展史》也是这类著作。此外，还有一些论述散文理论的著作，也可以放在这类著作中。譬如，吴小林《中国散文美学史》③分专题介绍曹丕、陆机、刘勰、韩愈、柳宗元，欧阳修、苏轼、朱熹，明代的秦汉派、唐宋派、公安派、李贽，清代的刘大魁、姚鼐、章学诚、刘熙载等古代文论家的散文理论，如此较系统地论列尚属首次。周振甫《中国文章学史》④的研究对象包括散文、骈文和赋。所谓文章学，亦可谓之散文写作理论，故此书实即中国古代散文理论史。此外，还有通论古代散文艺术特色的，如前引周明《中国古代散文艺术》、万陆《中国散文美学》⑤等也都有值得注意的地方。至于断代史则更多，比如谭家健、郑君华《先秦散文纲要》（山西人民出版社1987年版）、谭家健《先秦散文艺术新探》（首都师范大学出版社1995年版）就很值得重视。章沧授

---

① 漆绪邦主编：《中国散文通史》，吉林教育出版社1994年版。
② 刘衍主编：《中国散文史纲》，湖南教育出版社1994年版。
③ 吴小林：《中国散文美学史》，黑龙江人民出版社1993年版。
④ 周振甫：《中国文章学史》，中国文联出版公司1994年版。
⑤ 万陆：《中国散文美学》，中州古籍出版社1989年版。

《先秦诸子散文艺术论》(安徽大学出版社 1996 年版),何明新《先秦散文概论》(西南师范大学出版社 1995 年版),尹砥廷《中国散文之源》(民族出版社 1995 年版),朱孔阳《盛极一时的先秦散文》(辽宁古籍出版社 1998 年版),韩兆琦、吕伯涛《汉代散文史稿》(山西人民出版社 1986 年版),孙昌武《唐代古文运动通论》(百花文艺出版社 1984 年版),李道英《唐宋古文研究》(北京师范大学出版社 1992 年版),刘国盈《唐代古文运动论稿》(陕西人民出版社 1984 年版),吴小林《唐宋八大家》(黄山书社 1984 年版),陈祥耀《唐宋八大家文说》(福建教育出版社 1995 年版),祝尚书《北宋古文运动发展史》(巴蜀书社 1995 年版),洪本健《宋文六大家活动编年》(华东师范大学出版社 1993 年版),吴孟复《唐宋古文八家概述》(安徽教育出版社 1985 年版),葛晓音《唐宋散文》(上海古籍出版社 1990 年版),魏际昌《桐城古文学派小史》(河北教育出版社 1988 年版),何天杰《桐城文派:文章法的总结与超越》(广州文化出版社 1989 年版),王献永《桐城文派》(中华书局 1992 年版),曹虹《阳湖文派研究》(中华书局 1996 年版),等等,也都做出了自己的贡献。

2. 辞赋类

什么是辞赋?这是最基本的问题,也是回答最为纷繁的问题。总括古今诸说,大体可以概括如下几个方面。

其一,《汉书·艺文志》:"传曰:'不歌而诵谓之赋,登高能赋可以为大夫。'言感物造端,材知深美,可与图事,故可以为列大夫也。古者诸侯卿大夫交接邻国,以微言相感,当揖让之时,必称《诗》以谕其志,盖以别贤不肖而观盛衰焉。故孔子曰:'不学诗,无以言'也。春秋之后,周道寖坏,聘问歌咏不行于列国,学《诗》之士逸在布衣,而贤人失志之赋作矣。大儒孙卿及楚臣屈原离谗忧国,皆作赋以风,咸有恻隐古诗之义。其后宋玉、唐勒,汉兴枚乘、司马相如,下及扬子云,竞为侈丽闳衍之词,没其风谕之义,是以扬子悔之,曰:'诗人之赋丽以则,辞人之赋丽以淫。如孔氏之门人用赋也,则贾谊登堂,相如入室矣,如其不用何!'自孝武立乐府而采歌谣,于是有代赵之讴,秦楚之风,皆感于哀乐,缘事而发,亦可以观风俗,知薄厚云。"由此可看出,赋之产生在《诗》淡出之后,是"贤人失志之赋",是诗学范畴之外的一种文体。赋有两类,一是诗人之赋,二是辞人之赋。而《汉书·艺文志》分赋为四类:一是以屈原赋为首,二是以陆贾赋为首,三是以孙卿赋为首,四是以《客主赋》为首,作者定义为杂赋。

其二,左思《三都赋序》:"盖诗有六义焉,其二曰赋。赋者,古诗之流也,先王采焉,以观土风。"刘勰《文心雕龙·诠赋》:"诗有六义,其二曰赋。赋者,铺也,铺采摛文,体物写志也。"也就是说,赋出于诗的六义之一,属于诗学的范畴。

其三,章学诚《校雠通义·汉志诗赋第十五》:"古之赋家者流,原本《诗》《骚》,出入战国诸子。假设问对,《庄》《列》寓言之遗也;恢廓声势,苏、张纵横之体也;排比谐隐,韩非《储说》之属也;征材聚事,《吕览》类辑之义也。"即赋原本于《诗》《骚》,出入战国诸子,从文体特性上看,具有战国纵横家文的色彩。

其四,姚鼐《古文辞类纂》、刘师培《论文杂记》并主此说。刘氏说:"诗赋之学,亦出于行人之官。……行人之术,流为纵横家,故《汉志》叙纵横家,引'诵诗三百,不能专对'之文,以为大戒。诚以出使四方,必有当于诗教。"

近代赋学论著,无不首先从赋的基本特征论起,陈去病《辞赋学纲要》(1927年)既总论辞赋的渊源与分类,又分论先秦、西汉、东汉、魏晋、六朝、唐宋辞赋的发展状况,可称为中国历史上第一部赋史。金秬香《汉代辞赋之发达》[①]对赋的定义、源流、作用、盛衰以及抒情、骋辞、析理三类创作的分析,皆具备20世纪新赋学

---

① 金秬香:《汉代辞赋之发达》,商务印书馆1938年版。

的特点。陶秋英《汉赋之史的研究》①为最早的汉赋专史。铃木虎雄《赋史大要》②大概是国外最早的赋史论著。该书讨论了赋的定义、形成、分期,重点探讨了韵文形式的赋兼有"事物铺陈与口诵二义",理出了一条由骚赋到散赋、骈赋、律赋、文赋、股赋的赋体之历史衍化线路。以上所列皆为20世纪三四十年代的赋学代表性著作。

80年代以后,这类著作如雨后笋般涌现,出版了数十种。其中比较有代表性的有,郭维森、许结《中国辞赋发展史》(江苏教育出版社1996年版),高光复《赋史述略》(东北师范大学出版社1987年版),叶幼明《辞赋通论》(湖南教育出版社1991年版),万光治《汉赋通论》(巴蜀书社1989年版),龚克昌《汉赋研究》(山东文艺出版社1984年版)等。其中马积高《赋史》(上海古籍出版社1987年版)为杰出代表。根据上述诸说,马积高先生认为,赋的形成有三种不同的途径:第一,由楚歌演变而来,即后人所谓骚体赋、骚赋,又与楚歌合称"辞"或"楚辞";第二,由诸子问答体和游士的说辞演变而来,或可称之为文赋;第三,由《诗》三百篇演变而来,或可称之为诗体赋。我们认为,这是目前最为通达的见解。

3. 骈文类

在唐以前,还没有骈文的名称。骈文的名称始见于唐代。柳宗元在《乞巧文》里说"骈四俪六,锦心绣口",李商隐《樊南文集序》中云"唤曰《樊南四六》",可见骈文讲究文句的对偶。依此观点,清代李兆洛《骈体文钞》把李斯的《谏逐客书》视为"骈体之祖",说明先秦时代就有了骈文的萌芽。有人说,骈文与散文正好对立,因其讲究对偶,故不应放在散文史中论列。不过,先秦的许多被后代视为散文作品的典籍,均可以入韵,典型的例子是《老

---

① 陶秋英:《汉赋之史的研究》,中华书局1939年版。
② [日]铃木虎雄:《赋史大要》,正中书局1942年版。

子》,新发现的郭店竹简《老子》即押韵。因此,仅仅根据是否入韵来判定古代散文的特性显然不符合中国古代散文发展的实际。20世纪30年代刘麟生《中国骈文史》(商务印书馆1936年版)为奠基性的著作。而80年代姜书阁的《骈文史论》(人民文学出版社1986年版)则被推为后出转精者。此外,莫道才《骈文通论》(广西教育出版社1994年版)、于景祥《独具魅力的六朝骈文》(辽宁古籍出版社1995年版)、钟涛《六朝骈文形式及其文化意蕴》(东方出版社1997年版)等,在资料的收集与考订方面也时见特色。

4. 传记类

代表性的著作,如韩兆琦主编的《中国传记文学史》(河北教育出版社1992年版),从先秦讲到近代,可谓系统性著作。杨正润《传记文学史纲》(江苏教育出版社1994年版)实际上是世界传记史纲,从我国先秦、欧洲古希腊、中亚的希伯来宗教传记开始,一直讲到20世纪七八十年代。李祥年《传记文学概论》(安徽文艺出版社1993年版),论述了传记文学的艺术范畴、基本形式、美学原则、社会价值以及与其他文学样式、其他社会科学的关系等。姜涛、赵华《古代传记文学史稿》(辽宁大学出版社1990年版)以论述《史记》为主。陈兰村、张新科《中国古典传记论稿》(陕西人民教育出版社1991年版),实际上是一部论文集。陈兰村又主编了《中国传记文学发展史》(语文出版社1999年版)。

5. 杂文类

这类散文在分类学上尚存在着一定的难度。邵传烈《中国杂文史》(上海文艺出版社1991年版),从先秦论到明清,除人物传记、山水游记之外的其他散文都被当成杂文,其范围包括政论、史论、文论、道论、诏令、奏议、书信、杂记、寓言等。陈良书、郑在春《中国小品文史》(湖南出版社1991年版)也与上书一样不同程度地存在着品类不清的现象。

6. 寓言类

陈蒲清《中国古代寓言史》(湖南教育出版社1983年版),从远古创始时期讲到明清,甚至还介绍了少数民族寓言和西方寓言故事。此外,作者还有《世界寓言通论》(湖南教育出版社1990年版)。凝溪《中国寓言文学史》(云南人民出版社1992年版),也是一部贯穿古今的寓言通史。断代史方面以公木《先秦寓言概论》(齐鲁书社1984年版)和刘城淮《探骊得珠——先秦寓言通论》(陕西人民教育出版社1992年版)为代表作。

7. 笔记类

刘叶秋《历代笔记概述》(中华书局1982年版)是这类著作中较早问世的笔记文小史。张晖《宋代笔记研究》(华中师范大学出版社1993年版)为断代笔记史,首次对宋代笔记进行了全面考察,该书中有大量表格和统计数字,在选题和方法上都具有开拓性。

8. 政论类

张啸虎《中国政论文学史稿》(武汉出版社1992年版)的研究范围起先秦,止明末。顾名思义,政论文学应属于散文,然而作者却把《诗经》、《离骚》,汉乐府,建安诗歌,李白、杜甫、白居易、陆游的诗以及不少词和戏曲,甚至金圣叹评《水浒》的话,都当成政论文学而辟专节介绍,说明重心在"政论"的内容而与文学形式无关。不过无论如何,政论文应是其中最重要的文体,可以单论,不应当将诗歌、戏曲及小说评点列进政论类散文加以论述。

9. 日记类

陈左高《中国日记史略》(上海翻译出版公司1990年版),考察时段起于唐而止于清末,虽然叙述稍为简略,却是日记研究方面的首次开拓。该书详细论证了日记的起源、日记的名称由来,宋代日记的兴起、元代日记的衰落、明代日记的发展、清初日记的繁兴、清代中叶及后期日记的鼎盛,前后介绍各个历史时期的日记二百余种，内容涉及政、经、军、文、农等多方面，评述了这些作品的价值所在。作者另有《古代日记选注》，由上海古籍出版社于1982年出版。

10. 游记类

韩玉玺《山水游记探美》（中国旅游出版社1987年版）、罗宗阳《古代山水记探幽》（江西高校出版社1991年版）可推为此类散文研究著作代表。而王立群《中国古代山水游记研究》（河南大学出版社1996年版）虽未标明史著，实际上却是一部不可多得的古代游记史研究专著，全书从先秦到明清，分为九章加以详细的论述。

11. 八股文类

王凯符《八股文概说》（中华书局2002年版）为通论性著作，而邓云乡《清代八股文》（中国人民大学出版社1994年版）为专论性。

以上所列，只是研究篇幅能够成为专书的散文史著作。事实上，如前所述，中国古代散文所有研究对象远远不止这些。这也可以说明，散文史的研究领域尚有较大的开拓余地，有些文体如碑、诔、颂、铭等，在历史上存在许多名篇佳作，迄今为止还没有一部专门的论著给予探讨。这类文字值不值得探讨？又该如何评价？这里还有许多重要的理论问题有待进一步的研究，而资料的收集与梳理也是决定这种研究成败的关键因素之一。

（三）中国散文研究的分期

分期问题，主要涉及研究对象的评价问题。因为不同的文体，在同一时期成就往往不同。诚如王国维所说，一代有一代之文学，楚骚、汉赋、六朝骈文、唐诗、宋词、元曲均为一代文学的代表。其中，汉赋、六朝骈文，按照现在的归属都属于散文的范畴，可以视为汉魏晋南北朝文学的重要代表。但是，唐代以来即有所谓古文运动之说,古文当然也是散文,甚至是散文的总结,那么,唐宋又是古文的高峰。作为一部综合性的散文史,倘若按照文体发展变化来分期,虽然比较容易梳理出各种文体的内在联系,但是在总体的评价上很容易出现偏颇。

从目前的研究成果来看,大体上还是按照时代先后为序,对于不同的历史时期采取不同的论述方式。比如,郭预衡先生的《中国散文史》就是一个比较成功的尝试。但是,这种分期也存在着一些难以解决的问题。有些文体,如章、表、疏、奏、碑、诔、祭等,它们的时代性不像赋、骈文那样明显。如果按照时代来论述,它们的各自特点就不易把握。

当然,也可以按照文学思潮的变迁将散文史的发展分为若干的时期。但是,这样做很可能得其荦荦大端者,而忽略那些在当时并没有多大影响的中小作家。

从这些问题来看,真正编写一部贯通古今、涉及各种文体的散文通史确实有一定难度。尽管如此,近百年来,有许多学者还是知难而上,努力尝试着在散文史研究上有所突破,有所成就。他们的研究成果、经验教训,有必要做些清理,也许可以总结出某些具有规律性的东西。

二、20世纪中国散文史研究的业绩

(一) 20世纪前八十年的散文史研究

前八十年又可以分为两个阶段。第一阶段为20世纪初到1949年为止,第二阶段为1949年到1979年。

第一阶段是古代散文向近代散文的转化时期。其重要特征是散文的概念介于古典与现代之间,呈现出双重的色彩。陈柱《中国散文史》和方孝岳《中国散文概论》可以推为这一时期研究著作的代表。陈柱《中国散文史》,1937年由商务印书馆出版。后收在"中国文化史丛书"第二辑,上海书店出版社于1984年复印。作者在序中称:"吾国文学就文体而言,可以分为六时代:一曰骈散未分之时代,自虞夏以至秦汉之际是也。二曰骈文渐成时代,两汉是也。三曰骈文渐盛时代,汉魏之际是也。四曰骈文极盛时代,六朝初唐之际是也。五曰古文极盛时代,唐韩柳、宋六家之时代是也。六曰八股文极盛时代,明清之世是也。自无骈散之分以至于有骈散之分,以至于骈散互相角胜,以至于变而为四六,再变而为八股。散文虽欲纯乎散,而不能不受骈文之影响。骈文虽欲纯乎骈,而亦不能不受散文之影响。"这种分析,代表了20世纪初叶的学者对于散文史的总体认识。而方孝岳的《中国散文概论》有十万字的篇幅,实际上是议论体散文史,涉及的范围还比较狭窄。

这个时期还有几部重要的散文史研究专著,其中以刘麟生的《中国骈文史》和陶秋英《汉赋之史的研究》为代表。

刘著于1936年由商务印书馆出版,1984年列入上海书店出版社"中国文化史丛书"重新印行。全书十二章,分别为:一、别裁文学史与散文;二、古代文学史中所表现之骈文语气;三、赋家奏疏家论说家暨碑板文字;四、所谓六朝文;五、庾信与徐陵;六、唐代骈文概观;七、陆贽;八、宋四六及其影响;九、骈文之中衰——律赋与八股文;十、清代骈文之复兴;十一、骈文之支流余裔——联语;十二、今后骈文之展望。这是20世纪第一部骈文史著,所以占有重要地位,吴先宁先生将这部著作的特点和成就归结为三个方面:第一,著者跳出骈散二体孰优孰劣的论争的窠臼,不执门户之见,以客观的态度,把骈文作为历史发展的必然产物来研究,而不像此前有些著作,写骈文史是为了"鼓吹"骈文,把它作为补救时弊的妙方。作者认为,骈文的产生发展有数千年的历史,是一"光明独立之史绩",它与散文的发展是互相影响、借鉴的关系,所以,无论从骈文本身来说,还是对于散文史的研究来说,对骈文作一综合研究,是不可缺少的。以史的客观眼光来研究骈文史,是本书的一个贡献。第二,这部著作第一次对骈文发展的历史脉络,作了比较清晰和细密的揭示。作者认为,先秦古文中出现的骈行语气,是骈文产生的渊源;两汉赋家奏疏家的作品,则基本上形成了骈文的体式规模;至六朝,骈文的发展臻于极至,其形式最为圆满;唐代骈文发展多途,初唐承六朝余绪,文多纤丽,至燕、许大手笔出来,则博大昌明而趋于典重,晚唐之温、李,又以博丽为宗;宋代骈文受散文的影响,其特点为偏重气势和议论,故又自成一个阶段;元明骈文,主要为律赋和八股文等科场文字所垄断,最不足观,故为骈文的中衰阶段;清代骈文,起元明之中衰而复振,是骈文的复兴阶段。这样,就把数千年骈文的历史做了一个清楚的勾勒。至于骈文各个发展阶段的总体特色,作者指出两汉骈文"雄深雅健",东汉渐离浑朴厚重而趋于"峻整",魏晋南北朝则由"整丽"而变为"轻倩",臻于美文之顶点。唐代因词藻胜于气势而典丽,宋代则气势太盛而至劲直犷悍。清代骈文中兴,而仍有词藻胜于气势之不足。如此等等,这些概括大都是很精当的。第三,该书对骈文文体的特点,作了较为详细的介绍分析,并且多举范文为例,对于初步接触骈文的读者,提供了阅读、欣赏骈文,增加感性认识的机会。另外,作者还提示气势和词藻是鉴赏骈文、辨析风格的两大要素,这对于骈文的分析和研究而言确实是找出了关键所在。而这部著作在取材和论述的范围方面也暴露了一个问题,即那些奏疏、驳论、诏诰以及碑铭哀诔等,是否也应该在书中加以论述?对于一部"别裁文学史"来说,这些文章从体裁到内容,在严格意义上很难说是纯粹的文学作品,但是从文体上来说,它们确实又是用骈文文体来写的,包括了这一文体所需要的全部要素,论述骈文的历史,也很难规避它们。如何在理论上解决这一问题,是今后骈文史写作的任务之一(《中国二十世纪文学研究论著提要》该书提要)。

陶著由中华书局于1939年初版,后由浙江古籍出版社于1986年再版,改名为《汉赋研究》。这是最早的汉赋专史,主要成就在于对骚体赋的研究和赋源于"隐语"说的推阐,特别是其持"言情"的艺术标准,扬弃"传统的文以载道的观念",确认汉赋的美文特征,具有现代文学批评的眼光。比如作者把汉赋分成四种类型,即骚赋、司马相如赋、王褒赋、荀卿赋,虽大体本于《七略》,而又有所创新。另外,结合当时的社会背景对赋体做综合的考察,也是本书所做的较早的尝试。全书共有三篇十章。第一篇"总论"共有两章,作者在这一篇中提出自己的赋体观念,把作为表现手法的赋和作为文体的赋区别开来,对赋的起源、赋与其他文体如谣谚、铭箴颂诔、诸子著作、纵横说辞、《庄》《孟》寓言等的关系做了详尽的探讨,另外对赋的衍变(如七言诗、对问体、连珠与骈体等的延承关系)等问题也做了深入的论辨。第二篇"骚赋"共有三章,作者认为屈原是第一位赋的作家,骚赋是赋的最早形态,因而对骚赋的起源、形成等问题进行了一系列的考察、分析,对屈原、宋玉、唐勒、景差、荀子等作者以及他们的作品进行了详细的评述,另外对于骚赋在赋史上的地位也有所评述。第三篇"汉赋"共有五章。作者认为汉赋是赋体的完成形态,对汉赋形成的政治背景、思想基础及文化背景,汉赋的流派、作者、作品、地位都做了深入的探讨。

从1949年起到1979年止为20世纪中国散文史研究的第二阶段。其重要特征是以政治标准作为衡量文学创作、学术研究的唯一重要标准,艺术性的探讨往往成为点缀。这个时期展开了许多学术讨论,讨论的中心论题主要是衡量文学的几个标准,即文学的人民性、阶级性和现实性,拿这三个标准来衡量一切作家和作品,这不仅仅是散文研究的问题,还是整个古代文学研究的问题。用这三个基本原则肯定或否定作家和作品,就产生了许多问题,研究的目的不在说明作家作品本身的面貌,而在于批判,在于从中找出精华和糟粕。这样一来,很多评价就离开了作品本身的价值。譬如说,山水游记有没有阶级性,现在回过头来看,提出这个问题本身就缺乏依据。因为衡量山水诗艺术上的价值,对于中国诗歌发展史的贡献的标准不在于它有没有阶级性,而是在于它表现题材的变化,作家和自然的关系。这些论点,主要见于这个时期发表的许多文章之中。人民文学出版社编辑出版的《中国古典散文研究论文集》可以见出梗概。当然,这个时期也有一些值得一提的散文史,如冯其庸《中国古代散文的发展》,从先秦论到南北朝,着重介绍了这个历史时期散文发展的基本面貌,与作者主编的《历代文选》可称姊妹篇,在当时起到了重要的普及作用。

(二) 近二十年的中国散文史研究

20世纪80年代以后,整个古代文学研究有一个比较大的变化,那就是研究的多元化、观念的多元化、方法的多元化。中国散文史的研究从此也进入了一个全新的时期。中国散文史研究的范围空前地扩大了,产生了一批重要的成果。

1. 综合类

郭预衡《中国散文史》在此类著述中最有代表性。60年代,作者与刘盼遂先生合编了《中国历代散文选》上下册以及其他古文选本多种。八九十年代,又出版了《历代散文丛谈》四十万字(山西人民出版社1986年版)、《中国散文简史》四十万字(北京师范大学出版社1994年版)。作者厚积薄发,撰著《中国散文简史》这一规模宏大的专著。全书评论用语并不多,然确有独见,每每能抓住要点,给人启发。总的来看,这部著作有这样几个明显的特点:首先,涵盖面广泛,全书几乎涉及了诗、词、曲以外各种文体中的重要的作品,比如先秦两汉时期的卜辞、《山海经》、《公羊传》、《榖梁传》、《新序》、《说苑》等,在许多人看来这些属于文字学或是文言小说的研究范围,该书也都做了专门的论述。又比如魏晋南北朝时期的散文,过去的论著多集中在几篇著名的抒情写景的作品上,而此书专辟史家之陈寿《三国志》、范晔《后汉书》,文论家之刘勰《文心雕龙》、钟嵘《诗品》,并设专节对历史上的名篇佳作给予细致的分析。论及唐代的散文,本书专门对唐代的制诰、谏疏、碑志、序记等做了介绍。其次,在章节的设置方面,本书不是以人为中心,也不完全局限于时代的先后,而是根据各个段落的实际情况有所侧重。先秦散文分为三大系列:一、巫卜记事之文,包括卜辞、卦爻辞、《易传》、《老》、《庄》、《山海经》和屈原、宋玉的赋体杂文;二、史家记事之文,包括钟鼎、彝器之铭,经过加工的虞、夏、商、周之书,《尚书》以外的杂史之文,《春秋》、《国语》、《左传》、《战国策》;三、私家著述,包括先秦诸子。不入三类者为余论,包括《公羊传》《穀梁传》《礼记》《大戴礼记》《新序》《说苑》《列子》《晏子春秋》。秦汉魏散文以体裁分类,包括赋体、论说杂文、史传、奏疏、书信等。魏晋南北朝散文大体以时代为序,另设"余论"专论史家之文、小说家之文、文论家之文。唐宋散文,则并不限于八大家,范围大为拓展。设专节介绍者一百八十余人,不少是其他文学史著作很少提到的。从这里可以看出,作者试图运用传统的散文观念去梳理中国古代散文发展的历史进程。第三,这部散文史时时可见出作者的独创性,魏晋南北朝以下则是以时代先后为序,但是又不完全画地为牢。比如论及梁代之散文,上来就探讨"梁武帝萧衍父子",自然涉及萧衍、萧统、萧纲、萧绎父子四人,这样,就时间而论,横跨梁代始终。特别是对于梁武帝的文章论述得非常全面,包括赋序、诏书、书品小札等,作者如数家珍,娓娓道来,线索清晰,见解平实,常常给人以深刻的启示。如论及《敬业赋序》时,作者还比较了此文和曹操《让县自明本志令》的异同,很有说服力。论及唐代散文,作者紧紧结合当时的历史背景,如论武周时期的散文,将其分为"媚附权幸之文""指陈时弊之文""不甘御用之文""自为一体之文",犹如画龙点睛,使人一目了然。再如论及宋代熙宁变法前后的散文,将其分为"周、张的讲学之文"和"二程的讲学之文",将程朱理学的文章也列入散文的研究行列,并给予细致的分析,而没有简单地肯定或是否定。

当然,唐宋时期许多著名的山水游记、抒情小品、人物杂传、寓言故事,还有盛唐盛及一时的律赋等,作者往往有所忽略,这又是本书的不足。此外,作者致力追求独创性和一家之言,有时就容易造成一些新的问题。比如分类问题,有人认为不够科学。全书把重点放在议论文方面,我个人觉得这是作者的一种尊重历史的态度,但是在喜好美文的读者看来未免失之过偏。在品评作品时,作者重视风格,常使用古代文论术语,要言不烦,但对作品的叙事手法、审美意趣、结构修辞等方面的分析似乎不太注重。还有,本书是贯通古代的散文史著作,且包罗范围极广,因此,作者对作家作品的评论详略有别,比如,凡是历代研究深厚的作家作品,作者往往从略,如屈原和宋玉。但这样重要的作家仅寥寥数笔带过,这就使人感觉到与其他作家相比很不平衡。总的来说,评论者认为郭先生的散文批评理论和方法基本上属于传统的,与现代散文批评理论有一定距离。

在综合类散文研究中,还有以时代为段落的散文史。其中,谭家健《先秦散文艺术新探》比较有代表性。全书分为三编。第一编是《诸子散文研究》,由十一篇文章组成:一、《论语》的文学价值和影响;二、《孟子》散文的艺术特征;三、《墨子》在先秦散文史上的地位;四、《庄子》中的庄子形象;五、黄老道家著作——《鹖冠子》;六、《管子》的文学价值;七、《尹文子》的语言哲学;八、《荀子》的议论散文;九《韩非子》文章的写作特点;十、《韩非子》的寓言故事;十一、先秦三家散文略谈。第二编是《史传散文研究》,亦由十一篇文章组成:一、《逸周书》与先秦文学;二、《国语》成书时代和作者考辨;三、《国语》的文学成就;四、从郑庄公看《左传》的人物描写；五、从城濮之战看《左传》的战争描写；六、从几次政变看《左传》的情节描写；七、《战国策》的散文艺术；八、《战国策》的寓言；九、《公羊传》的历史故事；十、晏婴的传记资料汇编——《晏子春秋》；十一、《礼记·檀弓》的俭葬思想和语言艺术。第三编是《先秦散文专题研究》，由十篇文章组成：一、先秦散文中的小说因素；二、先秦韵文初探；三、新发现的先秦佚书之文学价值；四、《唐勒》赋残篇考释及其他；五、新发现的秦代文学——《为吏之道》；六、黄老帛书之文化考察；七、先秦美学史上一场假想的辩论；八、先秦诸子的山水旅游观；九、先秦时期的君权起源论及其发展；十、先秦古籍读书札记。最后是附录"先秦散文评点书目举要"。全书最有价值的是第三编，即结合近年来大量出土的竹简、帛书等考古材料所进行的研究。如第三篇介绍了马王堆帛书《春秋事语》《战国纵横家书》和银雀山汉简《孙膑兵法》等诸多先秦佚书。第四篇认为《唐勒》赋残篇的发现，为了解唐勒其人提供了最新、最贴切实际的资料；赋篇的基本思想较接近道家；该赋具有散文赋的艺术特点，与同时代宋玉的赋作风格接近。第五篇对秦简《为吏之道》八首的考释，说明徒歌无乐的民谣形式具有强大的生命力，从先秦到近现代，为文人创作和民间文艺提供了取之不竭的营养；其中两篇较完整的韵文，作者认为是"晚周文苑中的一丛野花"。正如作者所说："本书不同于一般的论文集，而是力求比较全面系统地反映先秦散文的总体面貌。除了对几部公认的名著有集中的研究之外，对于人们所不大注意的一些著作，如《管子》《鹖冠子》《尹文子》《逸周书》《公羊传》《檀弓》等，也作了较为深入的发掘，有些可能尚属首次论述。特别是对于七十年代以后新出土的先秦佚书，试图从文学角度加以探究。这些题目也许正是学术界所感到新鲜的。"本书的写作先后历时三十余年，最早的一篇《略谈孟子散文的艺术特征》发表于1957年，那时作者还是二十一岁的大学二年级的学生。继后，在师友们的关怀支持下,先秦散文艺术这个研究课题一直是作者主要的兴趣所在。本书三十几个题目,作于60年代初期的有两篇,作于70年代后期的有三篇,大多数写于80年代,少数写作于90年代初,可以说是作者三十年中国古代散文研究,特别是先秦散文研究的结晶。

2. 赋体类

在同类著作中,马积高《赋史》具有代表性。全书分为先秦、两汉、魏晋南北朝、唐五代、宋元、明清六个时期,从生平介绍、赋作的分析、艺术成就的概述、文学地位的肯定等多方面论析了赋家的创作成就,论及几百位赋家、上千篇作品,最后论及王闿运、章太炎,要言不烦,脉络清晰。因此,全面系统是本书最重要的特点。诚如谭家健先生所评:"前人论赋止于唐代,认为宋以后无赋。此书以一半的篇幅论列唐宋至清末之赋作,搜罗评析许多鲜为人知的作家作品,追溯源流,比较异同,把中国赋史向后延伸了一千多年,是分体史中不可多得的开创性力作。"此外,作为一部系统赋史论著,该书对作家作品不是一般性的介绍,而是注重指明其在文学史上的作用和贡献;每章前用一定的篇幅概述各个时期辞赋发展的基本特征,纵横比较,宏观把握,理清发展脉络。将这些内容贯通起来,不仅展现了一代辞赋的总体成就,尤其值得注意的是,还突出勾画了本段落辞赋创作与前后时期迥然有别的历史特色。比如论及唐代辞赋,作者指出,唐赋不仅数量之多超过此前任何一代,即使就思想性和艺术性来说,也超过此前任何一代。这主要表现在下列几个方面:一、在现存唐赋中虽然缺乏像庾信《哀江南赋》那样的大型作品,但是有许多反映现实、揭露现实黑暗的抒情之作,特别是讽刺小赋之多,超过此前任何一代,成为唐赋的一个突出特点。二、唐赋继承魏晋以来抒情的传统,更加注意形象的鲜明性和语言的生动性,在排除了汉大赋堆砌名物的缺点之外,又进一步摆脱了齐梁以来某些赋家好堆砌华丽辞藻的习气。特别是古文运动兴起后,赋的语言发生了质的变化,产生了一批语言比较平易、艺术构思比较新颖的新文赋，同时影响到骚赋和四言诗体赋，使它的形式变得更加生动活泼。三、由于都市文化生活的活跃和变文等俗文学的影响，唐代出现了一种新的赋体——俗赋。它比过去赋家的俳谐之作内容更新鲜，语言更通俗，形式更活泼，在赋史上放出异彩。这种俗赋后来虽无人继作，甚至长期湮没无闻，但它是光辉的唐代文学不可分割的一部分，是后世俗文学的先驱之一，其重要性是不容忽视的。四、正如在齐梁新体诗基础上形成了唐代的律诗一样，在齐梁小赋的基础上也形成了唐代的律赋。由于这种赋体的产生、发展都同科举考试有密切联系，且多为应试和准备应试之作，故有价值者不多，但其中也不乏雕镂刻画很细致的精品。特别是到了晚唐，王棨、黄滔等人突破应试题材的限制，用律赋来抒情，更创作出一些有一定社会内容和形式精美的作品，其成就亦不可抹杀。书中言简意赅的描述，使读者对于唐代辞赋产生的历史背景和文化内涵有了切实的把握。本书更值得注意的是作者在1998年的再版后记中所展现的赋学研究的最新动态和作者的研究构想。首先，作者订正了传统的说法，根据江苏省东海县尹湾汉墓出土的《神乌傅（赋）》，重新考察了自王褒《僮约》、曹植《鹞雀赋》至唐代佚名《燕子赋》等俗赋创作的历史，说明赋虽然是一种雅文学，但是也有通俗的一流，而且源远流长。其次，作者在编纂《历代辞赋总汇》过程中，接触了大量的新资料，从而又拓展了视野。他认为，研究赋学不应仅仅限于文学的范围，更应从大的文化传播意义上来看待赋的创作。自从左思提倡征实之后，后人也渐渐将赋的创作视为让读者了解某地山川、物产、风俗的一个重要手段。明清以来此类赋最多，如写海南的《南溟奇甸赋》（邱濬），写广州的《粤会赋》（黄佐），写齐齐哈尔的《卜魁城赋》（英和）以及和宁的《西藏赋》、徐松的《新疆赋》、湛若水《交南赋》、董越的《朝鲜赋》等，都给人以新鲜之感。除纪行叙事之外，还有大量的辞赋涉及宗教、刑法、天文、相术、医学、农事、器用、书画等方面的内容。另外,对于试赋在后代的发展,作者给予充分的注意。清人王芑孙《读赋卮言》中有两条分别谈到"献赋"和"试赋"。献赋之事,论汉赋者无不论及,此事后世间亦有之。然试赋之事,其源于何时,发展如何,前人罕有论及。作者认为,"试赋实始于汉灵帝时,成为制度在唐宋,它促成了律赋的形成和发展"。那么,明清以来是否也是如此,过去几乎没有人论及。作者根据大量的史料,认为明清也常有试赋之举。这说明试赋这种制度有较强的生命力,这些,都有待后来者作进一步的探讨。

郭维森、许结所撰《中国辞赋发展史》,全书 68 万字,在马积高《赋史》基础上又作了进一步的拓展。其优点是比较注意总结不同时期赋体文学的特质和发展规律,以赋体艺术自身的演变为主干写史。全书分为肇始化成时期(先秦汉初),光大鼎盛时期(西汉中东汉末),拓境拟情时期(魏晋南北朝),蓄流演变时期(唐代),仿汉新变时期(宋金),仿唐蜕化时期(元明)与形胜旨微时期(清代)。章目力求突出其美学特点,而不以作家为标题,如第六章第五节"两宋之际辞赋的内省特征",其下包括:一、变衰中的心灵震荡;二、忧愁中的自我超越;三、困乏中的人生情态。可见该书作者很注意创作心态的探寻,兼括辞赋艺术的体制(如骚赋)与风格(时代性及赋的诗化与散化等)。全书最后有余论,一直讲到现当代,视野可谓广阔。此外,正如著者之一的许结所总结的那样,作者对时代与艺术关系的复杂性、对赋体文学衍变过程中的羼杂与回复现象难以清晰把握,所以并未能很好地贯彻其全面更新赋史撰写方法的意图。

断代赋史在近年取得了较大成就。万光治《汉赋通论》(巴蜀书社 1989 年版)、龚克昌《汉赋研究》(山东文艺出版社 1990 年版)、程章灿《魏晋南北朝赋史》(江苏古籍出版社 1992 年版)具有代表性。万著分"文体论""流变论""艺术论"三编十四章,其中,

"文体论"讨论了汉赋三体与荀赋、楚辞、先秦散文的渊源关系,较早地提出赋与颂、赞、箴、铭"同体异用"的观点。"流变论"在历史文化的大背景下探讨了汉初骚赋的兴起、西汉中期散文赋的发展及衰落、东汉赋抒情化小品特征形成的原因。"艺术论"概述了汉赋的描绘特征、艺术形式、语言风格,对汉赋"图案化"和"类型化"特征的构成及形成原因的评析,见解尤其独到。书末附有《汉赋今存篇目考索》。该书曾在1990年增订再版。龚著《汉赋研究》是当代大陆学者第一部汉赋研究专著,属于论文集,其中总论七篇,就汉赋在文学史上的地位、贡献作了系统的阐述。作者认为,"文学的自觉时代"可以提前到西汉司马相如身上。但这是一个比较重要的理论问题,似乎还有必要做更精细的论证。此外,作者还对汉代贾谊、司马相如、张衡等十三位赋家及其作品作了全面的评析。80年代初,学界对以司马相如为代表的汉大赋作家颇多贬抑,此书则肯定汉赋的思想性、艺术性以及形式美的文学进步作用。尽管本书在论述的深度、广度以及在研究方法方面尚存在着明显的缺陷,但是,对于它在新时期赋学研究上的创始作用还是应当给予积极的评价。康金声所著《汉赋纵横》一书(山西人民出版社1992年版),诚如书名所示,从纵和横两个方面探讨了汉赋方方面面的问题。就其纵的方面而言,此书论述了汉赋的发展演变、思想价值、艺术成就、文学史地位等方面。就其横向而言,则就某些重要的文学现象作了全面的考察,诸如针对对汉赋艺术价值贬多褒少的传统偏见,此书从场面描写、细腻刻画、多层铺陈、渲染气氛、山水描写、想象夸张等六个方面予以全面肯定;就汉赋的语言价值,此书从汉赋对文学语言华丽典雅的促进、修辞技巧的发展、美文学和近体语言基础的奠定、修辞性词语的丰富等四个方面系统概述。作为一部从艺术方面论述汉赋的研究专著,本书确有一定的特点,但是总体来说,还显得比较肤泛。汉赋本身绝不仅仅是当代作家无所事事的游戏之作,每一部作品的产生都有其深刻的历史背景。这样一来,研究汉赋就必须联系每一位作家的生平经历与每一篇作品所产生的独特背景,对其做深入的探讨,这样才能有较大的拓展。

在断代赋史研究论著中,程章灿的《魏晋南北朝赋史》较具特色。作者开宗明义地写道:"试图通过对魏晋南北朝赋史的宏观把握,鸟瞰二至七世纪赋史发展的来龙去脉,分析历代社会心理和文学思想对赋体发展的影响;追寻赋体在拓展自己的题材领域、表现空间和丰富提高艺术表现手段方面的前进足迹;同时探讨赋与同时代其他文体(尤其是诗)的关系,考察人们对赋的观念评论的变迁,并希望透过这一段赋史,观察作为其背景的中古文学和文化现象。"就历史的考察而言,作者上溯赋的起源,纵论辞赋如何从民间走向上层,又如何从两汉步入魏晋。在此基础上,又对魏晋南北朝辞赋作美学的考察,把文笔深入到赋家的内心,探寻他们的审美心理、情感世界等。作者在许多地方运用计量史学的方法,统计数字,用表格列出大量史料数据,不仅醒目,还可以增加文学研究作为一门科学的精密度与准确度,因此被认为在研究方法上有所突破。此外,作者对于某一时期某一作家的赋的观念的研究,不像过去通常所做的仅着眼于一些理论著作,而是尝试着从作品本身加以探索。如论建安赋,不仅考察了建安赋创作繁荣的因缘、现象,更深入探讨了建安赋的自觉艺术追求以及探索自然、社会、人生的"斑斓的情感世界"。论魏晋之际赋,突出京殿大赋、玄理色彩、美学和艺术思考三大文学现象;论魏晋赋着墨于表现空间的拓展、山水赋的兴起、忧患思想的沉郁三大时代特征,同时论及体物、征实的赋论观和两晋赋在语言、形式、结构方面的特征;论南朝赋突出贵族化、唯美化、诗化的三大文学趋向,以及赋与佛教、赋论的完备、赋集的编纂整理等时代新成就;论北朝赋通过比较,展现十六国赋的各自风格特征,特别是作者指出观察北朝赋的三个视角,即北魏前期和后期的比较、东魏北齐和西魏北周的比较、南朝和北朝的比较,通过这三重比较,突出了魏晋南北朝赋"合而为一"的历史趋势。

何新文《中国赋论史稿》(开明出版社1993年版)是迄今为止第一部赋学理论类著作。全书分为六个时期,分别概述了赋的基本内容、主要赋家及赋论著作。作者不作静态的考察,而是将赋论家置于赋史发展长河中进行纵横观照。尤其对中国大陆、港台地区以及国外的赋论著作作了比较全面的评价。书末"历代赋学要籍叙录"列五十二部赋著。除了理论的探讨,还有资料的整理,比较有代表性的如费振刚主编《全汉赋》(北京大学出版社1993年版),该书是迄今为止第一部汉赋总集,收集两汉八十八位赋家的三百零一篇作品(包括存目)。毕万忱《中国历代赋选》(由江苏教育出版社于1990年以后陆续出版,至1998年出齐)四册则是历代赋选。伏俊连《敦煌赋校注》(甘肃人民出版社1994年版)、张锡厚《敦煌赋汇》(江苏古籍出版社1996年版)更为赋史研究增添了许多新鲜的资料。众所周知,1900年敦煌莫高窟藏经洞发现约四五万卷的敦煌遗书,其中赋有《文选》中的赋篇、唐人文赋和通俗故事赋三类。1910年,蒋斧对敦煌《西京赋》残卷进行了初步整理;1914年,叶德辉对白行简《天地阴阳交欢大乐赋》做了校订;1935年,王重民对王绩三篇赋进行校订;至1978年有潘重规的《敦煌赋校录》等著作问世。这些都为散文史的研究提供了经过整理的新资料,应当给予充分的肯定。

马积高《历代辞赋总汇》,已由湖南文艺出版社于2014年出版。全书两千多万字,收录先秦至清末七千多位作者的三万多篇作品,是目前收录古代辞赋最为完备的总集。

3. 骈文类

姜书阁《骈文史论》(人民文学出版社1986年版)最有代表性。作者以年近八旬的高龄撰著此书,综述了两千年骈文文学的起源、发展及其演变、盛衰的轨迹,并对历代各家各派的观点、主张及其创作实绩作了初步的评论,因枝振叶,沿波讨源,由史及论,由论证史,故曰"骈文史论"。全书共列十五专题。第一章辨析了骈文的称谓、特征以及骈文发展的历史。作者认为:"中国古代文学史中所说的散文,是只就其行文所运用的词句之专用散而不整,奇而不偶,长短错落,无韵律之拘束者而言。且因此也就少用典事,以古朴为尚,不务词藻之华丽。所以古人往往以散文与诗词赋等有韵而讲究辞藻者相对比。""骈文之称,最早见于唐人柳宗元的《乞巧文》:'眩耀为文,琐碎排偶;抽黄对白,唵哢飞走;骈四骊六,锦心秀口;宫沉羽振,笙簧触手。'这里正讲明白了骈骊四六之文,专务于排偶对仗,锦秀雕饰,讲求音律,谐调宫羽。接着,就又有一位唐代骈文大家李商隐,在他的《樊南甲集序》中,以'古文'与'今体'对称,而'古文'则指散体,'今体'即指骈文,也就是他在此径名之为'四六'者。""综观骈文全部的发展过程,可得而言者:一、兴起于东汉之初,始成于建安之际;二、变化于南齐永明之世沈约等人的文章声病之论;三、完成于梁、陈、北齐、北周,而以徐陵、庾信所作为能造其极。自隋以至唐初,沿袭未改,其势渐衰。至中唐韩愈倡为古文,大声疾呼,蔑视骈体,欲以振起八代之衰,组织了中国文学史上所谓的第一次古文运动,虽响应者,颇见实效,但科举应试之赋,已由骈而进入严格的律体,应世之文也完全限于'今体'的'四六',即古文家亦不能例外。"为此,本书为骈文又勾划了四个特征:首先有同样结构的词句两两相对;其次是词句讲求对偶;第三是音韵协调;第四是用典使事,雕饰藻采。这四个特征,可以说是作者给骈文立下的四条标准。以下十四章便基于这个标准,评述了自先秦至明清的骈文兴衰的历史。其论述的重点在魏晋南北朝至唐代的骈文。作者认为,骈句俪词早在先秦即已习见。为此,他从经史、诸子以及屈宋的诗文中梳理资料,大致勾勒出了先秦时代骈句俪词的面貌。当然,严格地说,这还只能算是骈文的萌芽。"汉赋初起,已具骈意",但是"尚未成为骈体"。尔后,汉赋经历了骈化的过程,至汉魏之际,作为一种独立的文体,骈文正式登上文坛,变汉赋为骈赋,变散体为骈体。齐梁以降,随着声病文笔的辨析,隶事用典的日盛,出现了以徐陵、庾信为代表的骈文创作的高潮。但同其他任何事物一样,盛极必衰。中国的骈体文学似乎业已走完了它的光辉路程,至隋朝初年即已显示出各种弊端,从而频频遭到反击。隋文帝即位不久,下令"公私文翰,并宜实录",甚至对文表华艳者给予重罚。唐前期,骈文虽曾一度复兴,但中唐以韩柳为代表的古文运动摧枯拉朽,又给骈文以重创。唐代末叶,骈文又有回升之势,乃至衍为"宋四六",但很快又遭到欧、苏等古文大家的迎头痛击。元明以后,骈文几乎绝响,虽然清代有所谓"骈文家崛起",但终究不过死灰复燃,了无蓬勃旺盛之象。

在对骈体文学的流变做了一番历史的考察之后,作者明确指出,作为一种文体,骈文无疑早该"是受淘汰了的历史遗迹。但骈俪的艺术技巧,在未来的文学创作中,肯定还有可以借鉴和吸取的精华,所以值得我们深刻探究,批判继承"。近几十年来,学术界将这样一种在历史上曾显赫一时的文体斥之为形式主义,因而关于骈文的研究显得相当寂寞。有感于此,作者于浩繁的古籍中爬罗抉剔,刮垢磨光,援引大量实例,撰著此书。其资料之丰富,无疑是本书最显著的特色。此书虽然从目录上看论及明清两代,但是,真正作为中心论述的只到唐代,"唐骈衰变",这是作者对于中国古代骈文发展演变的基本看法,因而宋以后所占篇幅不及全书的十分之一。而先唐骈文却占去全书的大部分内容,特别是先秦,论述篇幅竟然占全书一半,作者详细讨论了《尚书》、《周易》、《诗经》、先秦史传以及儒、墨、道、法、名、兵、杂等先秦诸子文中的丽辞,在作者看来,未有骈文之前就先有了丽辞,这是全书的重点所在。

于景祥《唐宋骈文史》(辽宁人民出版社1991年版)对于唐宋

两代骈文的发展、流变过程进行了完整的论述,属于断代骈文史的著作。全书七章,其中一至五章用了十节的篇幅专论唐代骈文,分初唐、盛唐、中唐、晚唐先后论述。唐初,以上官仪为代表的作家,骈文创作沿袭六朝余绪。魏徵矫正之,但是其作品又过于质直,文采不足。"四杰"崛起,改革呈现显著成就,文风为之一变。陈子昂横制颓波,骈文风格由是一变。盛唐时代,"燕许"开由散入骈的先河,作品笔力雄健,唐代骈文化的倾向从此开始。代表作家是李白,其骈文清新自然而又飘逸豪放。杜甫之作,文气雄浑,独标风韵。中唐时代,骈文得到脱胎换骨的改造。作家陆贽采用散句双行,运单成复,杂用单句,承转文气,力求朗畅,少用典故,加长骈句和文章篇幅,应骈则骈、应散则散等一系列手法,改革传统骈文体裁,使之成为流畅的新型骈体,在骈文史上产生了极重要的影响。晚唐杜牧骈文接近韩愈,笔法纵横,气势雄俊。其后温庭筠、段成式等又刻意追求形式美,而骈文重视病态美,直至五代而不振。第六章论北宋骈文,作者认为北宋初期,以杨亿为代表的西昆派文人效法李商隐,死守四六句式,华而不实,文格卑弱。欧阳修大力革新,另辟蹊径,王安石、苏轼等为其羽翼,宋代骈文终于自成一格,独具风韵。该书除了对上述大家做专论之外,对曾巩、秦观、晁补之、张耒的骈文创作也作了简略的评论。第七章论南宋骈文,阐述了由于金人踏破北宋王朝,当时的作者深感国破家亡之痛,因此下笔行文不拘形式,格调悲壮激昂,声情并茂。汪藻、李纲、岳飞的作品突出反映了时代的精神。这时期的杨万里、陆游的骈文成就与其诗歌并不能相提并论,但在骈文史上却有着不可忽视的地位。南宋中期以后,朝廷安于现状,奢靡无度。骈文在此风气下,文格不振,又成为华而不实的病态美文。作者李廷中、李刘的创作代表了这一时尚。南宋末期,刘克庄、文天祥不为流俗左右,创作独标风韵,成为宋末文坛的凤毛麟角。作者对以上各个时期代表作家的骈文主张与作品展开全面评述的同时,勾勒出唐宋骈文创作的发展演变脉络,总结出两代骈文虽然在骈文史上地位不同,风貌各异,但在发展与演变的道路上却留下了十分相似的轨迹。作者认为,从总体上来评价,唐宋两代骈文的这种回旋在文学史上确是一种退步现象。这种评价是否允当,也许还可以再作进一步的讨论。此书将唐宋作为一个断代的研究对象,评述了骈文在这个历史时期的发展历史及其经验教训,在选题上自有其特点。当然,此书也存在着一些问题,主要是分体不很严格,且结合作家身世和时代背景不够。关于这一点,我们在后面还要谈到。

4. 传记类

陈兰村主编《中国传记文学发展史》(语文出版社1999年版)比较有代表性。对所谓"传记",作者作了如下定义:它是艺术地再现真实人物生平及个性的一种文学样式。基于这种认识,对传记文学的基本特征也就可以比较明确地作如下概括:第一,它是以历史或现实人物,以作者自己或他人作为描写对象,所记人物和事件都应有历史的真实性;第二,它以传主为中心,描写传主的一生或相对完整的一段生活历程,着意表现传主的个性特征;第三,传记文学既是一种文学样式,便应具有文学的艺术性,即要塑造有审美价值的人物形象,有吸引人的情节,有可读性的语言等。对于传记文学的分类,作者也有自己的看法。第一类是史传,主要指纪传体通史中的人物传记,尤其是文学性较强的前四史。第二类是杂传,主要指单独成书的类传,它起于汉代,兴于魏晋南北朝,如西汉刘向《列女传》、南朝梁代慧皎《高僧传》等。第三类是散传,指一人一传,但不单独成书,以单篇流行,或散见于各家文集中的个人传记。第四类是专传,指一人一传,单独成书的中篇以上的单人传记。全书分为九章:第一章"先秦传记文学的产生与发展";第二章"《史记》的诞生和汉代史传文学的辉煌";第三章"魏晋南北朝史传文学价值的下降和杂传的兴起";第四章"唐代史传文学和碑志传记的繁荣";第五章"宋元传记文学在曲折起伏中的嬗变与演进";第六章"明代市民传记的兴起与传记文学观的新突破";第七章"清代传记文学的精致与停滞";第八章"近代传记文学的转变";第九章"'五四'后的现代传记文学"。通过这种纵向的描述,作者努力探讨了传记文学发展的一般规律,即传记写作与作家的生态环境有着密切关系;传记文学的发展与人性的发展,尤其是与对人性认识的发展有着密切的关系;传记文学的功能性与传主的生平实际二者之间的一致性,是中国传记文学发展的正常现象;传记文学的发展具体表现为自身各种因素的更迭和整体审美价值的提高过程。总的来说,本书在传记文学发展史的研究方面有自己的特点,这突出表现在:第一,努力描述传记文学发展的整个过程,着意突出其发展演变的关键环节;第二,全书论述的下限直至近现代,甚至到当代,使读者能较全面地了解到中国传记文学发展的全貌及演变过程;第三,注意传记文学的理论和批评的积累,即将传记文学的创作与传记文学理论结合起来论述,显示出一定的理论深度。

(三) 现代散文研究的特点

1. 研究视野的拓展

20世纪30年代,刘声木《桐城文学渊源撰述考》(黄山书社1989年版)认为天下文章尽出于桐城,过分夸大桐城派的笼罩性,以致收罗过于广泛,竟多达一千二百余人,书目四千一百余种。作者是清末民初人,历时三十余年撰成此书,虽然不失为研究桐城派散文的重要工具及资料汇编,但是具有浓郁的门户色彩。而现代的研究者则大多摆脱了这种狭隘的派系门户之见,往往能够从较广阔的文化背景看待散文创作的成败得失,这是现代散文研究突破前人的非常重要的方面。比如说,现代的散文研究,不仅研究中国历史上的各种文学流派,而且,还有不少学者将中国散文的发展与世界散文史的研究作横向的对比，所得结论虽不一定为大多数学人所接受，但是这种尝试是值得充分肯定的。杨正润《传记文学史纲》（江苏教育出版社1994年版）就是这样一部世界传记史纲。全书共四十余万字，除导论外，以古典、近代、现代三个阶段作为总体构想，而以罗马与中国西汉、欧洲18世纪与中国明清、20世纪中外传记为三大高潮，按照传记文学的发轫、辉煌和古典时代、停滞与复苏、近代传记的诞生、近代传记的发展、现代传记六个部分，从我国先秦、欧洲古希腊、中亚的希伯来宗教传记开始，一直讲到20世纪七八十年代。研究范围包括我国、希腊、罗马、希伯来、英、法、德、苏联、意大利等十个国家和地区，记述了古今中外三百多位作家和六百多部作品。每章附有中西传记不同写法的比较分析，把理性的规律探索与感性的文学鉴赏结合起来，把传记史与作品结合起来。有关专家认为，像这样从各国的总的视野建构传记文学史，在全世界范围内也许还是第一次。

2. 专门研究的深入

李祥年《传记文学概论》（安徽文艺出版社1993年版）论述了传记文学的艺术范畴，基本形式，美学原则，社会价值，与其他文学样式、其他社会科学的关系等。虽然论述简略，但是初步勾勒，轮廓已具。作者尚有《汉魏六朝传记文学史稿》（复旦大学出版社1995年版），也自成体系。张晖《宋代笔记研究》（华中师范大学出版社1993年版）论述了宋代笔记的地位和特点、南北宋笔记之不同、宋代笔记之史学价值、宋代笔记之文学价值、宋代笔记的缺点。此书首次对宋代笔记进行全面考察，有大量表格和统计数字，在选题和方法上都具有开拓性。王立群《中国古代山水游记研究》（河南大学出版社1996年版）则跳出了传统的游记文研究的窠臼，将学术视野扩大到晋宋地记、舆地游记以及山水游记选集的范围，大大地拓展了中国古代游记文学研究的范围。特别有价值的是该书的第二章"地学向文学的渗透——晋宋地记与山水游记",作者论述了晋宋地记的兴盛与山水散文的成熟,特别指出了晋宋地记的发展演变对于山水游记文学的贡献。首先,这种演进途径为山水散文的发展创造了一个羁限最少的环境。地记是纯粹的地理应用文字,作为应用文字,它既不必言情缘事,又无须载道缘情,这就意味着水光山色有可能成为作者放开手脚去精摹细写的对象。其次,这种演进途径使山水散文与孕育它发展成熟的母体,即与地记之间形成了极其密切的关系,为它的早熟创造了必要的条件。它是中国古代山水意识发展史上的一次新的飞跃。此章曾作为单篇论文在《文学遗产》上发表,得到了学术界的好评。这里还应当提及的是郑杰文的《战国策文新论》(山东人民出版社 1998 年版),它不是专论《战国策》,而是对以《战国策》为代表的一种纵横家所独有的文体给予历史的考察,具有史著的规模,表现出值得赞赏的史家眼光。之所以这样讲,是因为,第一,作者通过对《战国策》、1973 年出土的《战国纵横家书》和《史记》的仔细勘对考察,对这三种文本资料的来源及其相互关系做出了有根据的推断,并充分利用学术界的研究成果,对三百余篇策文的产生时间做了断代的研究,从而拓展了人们对于《战国策》文献价值的应用范围;第二,作者对纵横家文的文学成就和其在中国文学史上的地位做了历时性的考察,填补了先秦至秦汉散文研究的重要环节。

3. 现代意识的加强

20 世纪五六十年代,中国学术界强调文学的人民性、阶级性,这一点在中国散文史的研究方面也打上了深深的烙印。近二十年的中国散文史研究一个最明显的突破,就是冲破庸俗社会学的藩篱,加强了对中国散文的审美价值的研究。譬如周明的《中国古代散文艺术》(江苏教育出版社 1994 年版)将中国古典散文归为四类——记叙、抒情、议论、讽谕,乍看起来,也许没有多大的突破,但是,他所运用的美学的、史学的、艺术的研究方法则为本书增添了鲜明的时代色彩。对于这四类散文,作者不仅辨析了它们的描写方式、论证方法及论证艺术,更进一步探讨了它们的美学内涵及其艺术规律,具有较高的文化内涵。朱世英、方遒、刘国华所著《中国散文学通论》(安徽教育出版社1995年版)凡八十万字,分为散文小史式的"源流篇",为散文作界定的"范畴篇",对散文作文体分类的"类型篇",对散文在明道、政治、教化、冶性等方面的功用做考察的"功用篇",还有着眼于立意布局、取材谋篇的"技法篇"。该书的最后一章是"评点篇",文字不多,却自出机杼。所有这些特点,都表现了现代学者对于中国古典散文研究的某种研究意识上的突破。

当然,相比较而言,这部《中国散文学通论》与同一系列的其他三部专著,即《中国诗歌学通论》《中国小说学通论》《中国戏剧学通论》相比,在史料的收集考订、论述的深入精密、学术视野的开阔等方面,尚存在着明显的不足。其实这不仅仅是这部专著的问题,应当承认,20世纪以来,整个中国散文史的研究与诗歌史、小说史、戏曲史的研究相比,还存在着较大的差距。这些差距具体表现在哪些方面,为什么会出现这样的情形,确实需要作认真的探讨。

三、中国散文史研究的几个有待解决的问题

(一)散文研究的几个重大理论问题

纵观20世纪中国古典散文史的研究,与其他文体的研究相比,具有三个明显的特点,值得注意。

其一,就其研究队伍而言,散文史研究没有明显的"代沟",这与其他文体的研究大不相同。譬如对古典戏曲、小说、诗歌的研究,近百年来变化纷纭,各个时期的学者呈现出不同的研究风格。

但是，对古典散文的研究，不同时代的研究者，其研究风格并没有特别明显的分野。

其二，就其研究方法而言，近百年的中国古典散文研究不能说没有变化，但是，与其他文体的研究相比较而言，这种变化就显得微不足道了。古典诗歌可以运用文化人类学的研究方法，古典小说可以运用叙述学的研究方法，古典戏曲可以运用国外的戏曲理论加以比照，唯有古典散文研究处在一种比较尴尬的境地。传统的文章理论显得零碎，很难适应现代学者对散文研究的需要；而现代流行的新潮理论在古典散文研究方面又苦于找不到恰当的切入点。因此，虽然有不少学者努力标榜创新，但是在散文研究方法上，总是跳不出"如来佛"的手掌。"随心所欲不逾矩"，其他文体的研究可以"随心所欲"，不管别人如何评价，总能自圆其说，而散文史的研究却很难这样做。从近百年的研究情况看，其始终处在一种"不逾矩"的状态。有时，我们甚至这样想：古典散文研究能否也有一点"离谱"的尝试？离经叛道固然风险很大，但是总比暮气沉沉来得爽快。

其三，就其研究对象而言，由于文体的巨大变化，"五四"以后，文言已经为白话文所取代，作为一种文体，古典散文成为一种文化的遗存而远离人们的现实生活。这与古典诗歌和古典小说全然不同。尽管这两种文体也已远离现实生活，但是，它们又时时与现代人的生活保持着颇为密切的联系。古典诗歌琅琅上口，始终是现代人文化生活中的一个重要组成部分。古典小说则通过各种媒体和宣传机构，始终在现代生活中占有一席之地。唯有古典散文例外，形成了一种错位；既没有实用价值，也缺乏为现代人所能接受的审美价值。因此，它既不能与现代中国人对话，更难于和国外文艺理论接轨。

推动中国古典散文研究的进一步深入，理论上的创新、观念上的更新，无疑是一个极为关键的因素。具体说来，下列几个与中国古典散文研究有关的理论问题似乎有必要提出来展开讨论。

1. 中国散文的民族特征

中国散文史研究该如何与世界文学潮流接轨？运用现代的散文理论研究中国散文还存在着哪些困难？如此等等的问题，实际上涉及了对中国古典散文的民族特性的认识，这个问题不解决，其他便无从谈起。

第一，以汉语言文字为载体是其最显著的民族特征。汉语是方块字，单音节，具有一词多义，同义词、近义词丰富，助词多应用于表达感情，语法关系往往通过词序表现等特点。古代散文的章节美、匀称美、节奏感强、言简意赅、表情方式多样化等特点，几乎都和汉语特征分不开。这些特点，对于中国散文的发展起到了怎样的作用？这只有从世界散文发展史的范围内考察才能有更深入的认识。

第二，追求实用。从甲骨卜辞到青铜铭文，无不如此。郭预衡先生的《中国散文史》中的先秦两汉散文，大都可以归纳到实用文体之中。即使到了所谓的文学的自觉时代之后，中国古代散文的实用特性也依然没有消减。诚如曹丕所说："盖文章，经国之大业，不朽之盛事。年寿有时而尽，荣乐止乎其身，二者必至之常期，未若文章之无穷。"这里所说的经国大业、不朽盛事，其实多是指各种实用的文体，绝不是现代意义上的文学创作。又比如唐宋时代大量的制诰、谏疏、碑志、序记、笔记、题跋、书简等，也都是实用的文体。所有这些，很难排除在散文史研究之外。至于大量优秀的文学性极强的散文作品，有很多也具有实用的价值。其实这一点不仅仅是散文，中国的诗也是如此，这大约与儒家所倡导的加强文学与政治的关系紧密相连，所谓文学创作的作用之一便是"迩之事父，远之事君，多识于鸟兽草木之名"。马积高《赋史》的再版后记谈到自从左思以来对于赋创作的实用价值方面的追求，那便是最好的说明。但是，追求实用并非不重视文采。《左传·

哀公二十五年》:"仲尼曰:志有之,言以足志,文以足言。不言,谁知其志;言之无文,行而不远。"这种实用功能对于中国古典散文的发展具有什么意义,现代如何评价这种特点?换句话说,哪些作品可以归入文学散文,哪些文章与文学无关?这些都还是亟待解决的重要问题。

第三,崇尚真实。孔子早就提出"情欲信",后来的欧阳修也提出"事信"的原则。从《老子》《庄子》到司马迁的《史记》、王充的《论衡》,无不把"真"字放在至高无上的地位。人们称《史记》为实录,杜甫的诗为"诗史",无不包含着这一重涵义。散文的真实与诗歌的真实具有什么异同?又在哪些方面表现了我们这个民族的心理特征?这些问题也值得探讨。

第四,提倡简洁。刘勰《文心雕龙·征圣》谓圣人之文"虽精义曲隐,无伤其正言;微辞婉晦,不害其体要。体要与微辞偕通,正言共精义并用"。中国古代散文主张一言褒贬,言简意赅,正如刘知幾评说《左传》"其言简而要,其事详而博",在简要中见详博,贯多以少,举少见多,这也成为中国散文创作的一个重要的传统。在中国古代,任何一种文体似乎都比较强调简洁。然而,当散文过于追求简洁的时候,往往会与它的实用功能发生矛盾。比如《春秋》一字褒贬,却是通过"三传"揭示出来的。那么我们该如何理解这"简洁"二字?

类似这样的问题还可以提出许多。尽管有些概念与国外的文学理论有相同之处,但是,具体的理解和应用却存在着巨大的差异。我们的散文史研究应当建立在怎样的理论基础上?这个问题并没有得到很好的解决。也正因为如此,连带出现了研究对象、研究方法、文体分类、文学评价等一系列问题。

2. 古代散文的发展规律和盛衰原因

首先,对散文发展影响最大的因素是现实政治。这一点几乎已经成为定论。但是,关于散文的发展和变革,还有诸多因素起到了制约的作用。比如,说到唐代古文运动,韩愈等人文起八代之衰,通常的看法认为韩柳等人不满六朝以来的骈俪的文风,所以倡导散体单行的古文以改变文风。如果我们不仅仅局限于这种既成的思维定势,将视野放开,其实还可以作多角度的考察。譬如,联系到韩柳等人的籍贯均为北方,他们之所以倡导散文,是否有意用北方通行的语言回击统治文坛的南方文体和文风?也就是说,我们还可以利用历史方言学的研究成果,对此作进一步的考察。

这就涉及第二个重要的问题,即并非所有重大的社会变革都一定会引起散文的变化。文化的因素对散文的作用有时比政治的因素更明显。散文的兴衰与政治的分期并不等同,与诗歌史、小说史、戏剧史也不完全一样。例如陈子昂倡导文学革新,诗歌很快鼎盛于盛唐,而散文的复兴却在中唐。再如,散文与民间文学的关系,显然没有诗歌、小说、戏剧那么密切。它有自己的传承系统,更表现出一种精英文化的色彩,传统的士大夫是它的创作主体。这个阶层的文化趣味,这种文体的实际用途,都是制约这种文体兴衰际遇的重要因素。

3. 古代散文和现代散文的联系和区别

古代散文追求神韵、气势、理趣、声色、言外之旨、起承转合等,有许多精华值得现代散文创作充分吸取。中国散文史研究是否有必要总结古代散文创作的经验以供现代散文创作参考?实际的创作已经很好地回答了这个问题。譬如台湾诗人余光中的散文创作,就从中国古典散文中汲取了大量的营养,形成自己的特色。对于这些问题,现代的散文作家已经开始逐渐有所认识。可是我们的研究者还没有将自己的研究与创作很好地结合起来,远远落后于现实的需要。这样就制约了公众对于中国古典散文的兴趣,归根结底也制约了我们自己研究的深入。

4. 散文的审美意识和艺术追求与诗歌小说的异同

这种观念的差异,主要表现在作者群体与阅读对象的不同。

如前所述，中国古代散文最重要的特征是它的实用功能。而今天流传下来的名篇佳作，大多是历朝文人雅士或达官显贵所作。在古代，这些文章是通于天子的工具，因此具有相当高的地位。东汉顺帝阳嘉元年(132)，左雄倡议改察举之制，"限年四十以上，儒者试经学，文吏试章奏"。尽管胡广作《上书驳左雄察举议》予以驳辩，但是皇帝还是接受了这个建议。道理很简单，通经学，会章奏，均是当时文人最重要的晋身手段。李贤注引《汉杂事》曰："凡群臣之书，通于天子者四品：一曰章，二曰奏，三曰表，四曰驳议。"由此来看，章、奏、表等作为古典散文中最重要的几种文体，在当时的社会生活中占据着多么重要的地位。古典散文的阅读对象也多是这样的群体，所以文体简洁，叙述平实，是它最重要的特点。而诗歌则主要是抒情的工具，至于戏剧和小说，更属于大众文学。阅读对象的不同，就使得古代散文与这些文体在审美意识方面具有自己的特点。中国散文史研究的任务之一，就是阐发这种独特的审美意识。

（二）散文观念的澄清

1. 评价标准

我们承认中国古典散文是一个历史发展的过程，那么就必须用历史唯物主义的观点，客观地评价它的历史地位。这个道理不言自明，但是真正应用于实际的研究，往往容易脱离这种历史背景，出现偏差。万陆所著《中国散文美学》(中州古籍出版社 1989 年版)全书三十余万字，注重探讨古典散文的美学特征，提出散文与绘画异迹同趣，诗歌、散文汇通，散文与小说有血缘关系，从整体上说本书有它的创造价值。特别是本书首次将西方现代文艺理论用于观察中国古代散文，在理论探索方面值得充分肯定。但是对于中国古典散文的基本评价，有时就过于苛刻。譬如作者认为，儒家散文理论是封闭的，几乎对之全盘否定，这就不是一种历史唯物主义的态度。我们可以说儒家的散文理论是封闭的,但是,我们所要做的工作就是分析在中国古代为什么会有这种封闭性,它给中国古代散文的发展带来了哪些影响,如何评价这种影响?简单的否定解决不了什么问题。

2. 研究对象

正如本文开篇所述,中国古典散文的研究对象是迄今为止没有解决的重要问题之一。一个最重要的原因是,中国古代所谓的文章,范围甚广,而且变化极大。哪些作品应列入散文史的考察范围,不同的时代肯定有不同的处理。张梦新主编的四十余万字的《中国散文发展史》便试图解决这样一个难题,视不同时期作不同的具体处理。这种尝试当然值得肯定,但是也不容易看出一个时代作家的全貌。韩兆琦主编的《中国传记文学史》从先秦讲到现代,可谓系统性著作。但是该书把不少小说视为传记,并设专门章节介绍,未免有混淆文体界限之失。郭预衡《中国散文史》也在魏晋南北朝散文内特辟"小说家之文"一类,将干宝《搜神记》、刘义庆《世说新语》等也列入论述范围。于景祥《独具魅力的六朝骈文》《唐宋骈文史》所论骈文范围甚广,《永州八记》《岳阳楼记》等古文名篇皆为骈体,有的评论者认为失之过泛。姜涛、赵华《古代传记文学史稿》最后一章把小说和寓言也列入传记。邵传烈《中国杂文史》一书的杂文范围太广,除人物传记、山水游记之外的其他散文都被当成杂文,包括政论、史论、文论、道论、诏令、奏议、书信、杂记、寓言等。张啸虎《中国政论文学史稿》竟把《诗经》《离骚》,汉乐府,建安诗歌,李白、杜甫、白居易、陆游的诗以及不少词和戏曲,甚至金圣叹评《水浒》的话,都当成政论文学而辟专节介绍。这样显然不是从文体着眼,而是从内容出发的,显得异常混乱。又比如台湾学者倪志僴《中国散文演进史》(长白出版社1985年版)一书中,除了诗赋及隋唐以后应科举考试的时文外,其他所有的文章,无论篇幅长短、文言语体、古今雅俗,举凡叙事、说理、抒情之类的文字,乃至传奇小说、话本演义、戏文宾白之类的通俗文学,只要富有教育意义,皆依时代为序,分别做扼要叙述与品评。譬如该书第十四章"魏晋南北朝小说之发展",第十八章"唐代之传奇文",第十九章"唐代之变文",第二十三章"宋代之小说",第二十四章"宋代之戏剧与诸宫调",第二十八章"明代传奇与小说",第三十二章"清代小说文学的演进"等,简直就是一部中国文学史的纲要。什么是散文?这样一个最基本的问题,学界似乎并没有完全弄明白。

纵观各种分体散文史,几乎都存在一个共同问题,就是都努力扩大自己的"地盘",造成不少交叉重复,这恰恰表明散文文体研究的严重不足。因此,目前各种分体散文史中,除辞赋史研究较为深入之外,其余大多粗陈梗概,初步排列作家作品而已。对某文体的发展规律、美学特征以及与相邻文体如何相互影响等,多数还没有做细致的研究。而中国古代散文文体之多,多数还没有系统论列,散文史研究任重而道远。

3. 几组难以解决的矛盾

罗宗强先生在《文学史编写问题随想》一文中提出了文学史编写的四组矛盾:一、文学史编写目的和阅读对象;二、文学史真实反映文学的史的面貌的可能性;三、文学史能否提供公认的结论与文学史编者的个人色彩问题;四、文学史编写的多样化。散文史的研究同样面临这些难以解决的矛盾。仅就所谓真实反映文学的史的面貌的可能性而言,我个人觉得就非常之难。具体说到散文史的研究,古今所关注的热点其实是很不相同的。即以《昭明文选》和《文苑英华》为例,该书最重要的文体如令、诏、表、疏、启、弹事、檄、颂、赞、论、箴、诔、碑、行状等,在现代散文史研究者的眼中已经变得无关紧要。而我们现代人津津乐道的各类小品,其实在古人心目中不过是茶余饭后的小摆设而已。也就是说,现代人认为很出色的散文,古人未必如此看重。

问题就在这里。

我们所写的散文史,其实不过是现代人心目中的散文史,很多作品不是古人公认的散文佳作。比如盛传一时的"沈诗任笔"的任昉,从当时的社会影响来说,他远远高于大多数文章作手。可是,我们今天对于南北朝散文史的研究,对他的分析和评价就远远不够了。还有唐代的陆贽,也被视为一代大手笔,但是今天,我们的散文史还能给他留下多少篇幅呢?相反,许多在当时文坛并没有多少地位的散文作家或散文作品,今天反而可能得到了充分的开掘和论述。这样,我们的散文史研究与古代散文发展的实际尚有相当大的距离。因此,如何反映文学的史的面貌,就成为一个亟待讨论的问题。这个问题不解决,我们的研究和写作就面临着许多困惑。我们自己都会时常扪心自问:我们编写这么多散文史,与历史上的散文创作实际又有那么大的距离,为什么还要不断地编写?古今差异之大,今人之间的写作同样也各不相同,那么,一个尖锐的问题就摆在了我们面前:任何一家散文史似乎都难以提供一种公认的结论,甚至不过是一种研究者个人心目中的散文史而已。如果历史都成为一个人人都可以随意打扮的对象,那么,我们撰写历史的目的又是什么呢?

类似的重要问题还可以举出许多。甚至散文史本身就存在很多问题,诚如现代散文研究名家谭家健先生在《建国以来古典散文研究之回顾与展望》一文中所说,作家、流派、断代史的研究,应该尽快填补空白,力求比较全面、系统地展开,形成点、线、面的有机系列。散文流派研究、断代散文研究尚有较大的空缺;密切联系相关学科,如美学史、哲学史、艺术史、语言学史、史学史等,把散文史放在中国文化的大背景、大系统中进行考察,也许会有较大的突破。

4. 散文研究水准的提高

据谭家健先生《建国以来古典散文研究之回顾与展望》一文

统计,从 1950 年至 1995 年,已出版的有关古典散文论著在二百种以上,选注在四百种以上(不包括古籍校点、全注全译、诗文兼选兼论以及"文化大革命"中批儒评法的小册子),资料数十种,发表论文在六千篇以上。其中近十年所占比例在百分之九十以上。但是,这些论著大多数停留在讲义的水平上。比如先秦、两汉散文,这是中国散文史上最为辉煌、最值得夸耀的典范。它无与伦比的思维逻辑,悬诸日月的文学价值,情文并茂的艺术魅力,百代以下,我们如何评价,似乎都不过分。可是,在这样一个巨大的文化宝库面前,我们的文学研究显得那样苍白,那样乏味,总是徘徊在它的外围,找不到进入的途径。这样,就使得这种研究既缺少魅力,更看不到应有的勃勃生机。翻开现代有关的研究著作,大都是一副毫无生机的面孔。要么是一个一个作家的论列,颇似文学家小传;要么是一个问题一个问题的组合,就是平庸的讲义。有这样一本论述先秦诸子散文艺术的专著,按照诸子的派别,称儒家散文雍容劲遒,道家散文奇谲浪漫,墨子散文逻辑严密,法家散文气势磅礴,兵家散文精深闳博,名家散文巧辩善论,纵横家散文辩丽横肆;然后在各派之下按照《汉书·艺文志》以来的学术分类,将有关的著作放在不同流派下面不偏不倚地评点一番,肤浅而琐碎。这种论述能解决什么问题呢?读了这样的研究专著,原来对于先秦散文有兴趣的读者也会失去继续研读的勇气。为什么会这样?关键的问题是缺乏深厚的历史感,将这活生生的气壮山河的历史剥离成木乃伊式的僵尸。两汉散文研究同样面临着这样的问题。譬如有一本论述两汉散文的专著,其中说到"西汉前期散文的基本特征",作者做了这样的概括:一、政治上重视总结秦亡的教训,为巩固新兴的汉王朝的统治服务;二、政治比较解放,能够综合或兼取诸家学说之长;三、文章风格的主流由疏直激切、尽所欲言逐步向典雅厚重、深奥闳博演化;四、文章重感情,重气势,铺张扬厉,深受战国散文和辞赋的影响。同书又说到"西汉后期至东汉前期散文的基本特征",有如下的描述:一、经学教条和神学迷信的内容充斥散文中;二、因袭模拟、刻意求深的不良文风弥漫文坛;三、适应内容的需要,温柔敦厚的典重文风逐步形成;四、散文中的骈俪化倾向有了明显的发展。又说到"东汉后期散文的基本特征",描述如下:一、正视现实,努力为挽救时局服务;二、经学教条和神学迷信的影响逐步削弱;三、文体文风都发生了很大变化,反映了汉代散文向魏晋散文的过渡。从字面上说,这样的概括非常全面,几乎无懈可击,但是读者读过之后依然没有振奋的感觉,依然看不出两汉帝国蓬勃向上的时代精神,依然感受不到那个时代奋发扬厉的士人的情怀。这又是为什么?因为这只是贴标签式的排列,缺乏引人入胜的剖析。这就涉及我们散文史研究的方法问题。我个人觉得,现在缺乏的是个案式的深入研究。许多研究者往往从写"史"开始自己的研究工作,这里有许多经验教训值得总结。

个案研究与史的著作的撰写,本来是相辅相成的关系。史的著作的撰写必须以若干个案研究为基础;同样,个案研究的目的也是为了更深入、更全面地认识一段历史的面貌。没有一个宏观的把握,要想对某个具体问题作更深入的探讨几乎是不可能的;同样,没有若干深入的个案研究,要想正确了解一个时代的全貌也是很困难的,至少是不全面的。这是一个再清晰不过的辨证关系,两者本来没有高低之分,但是,它却成为了近年学术界一直在争论的一个问题。影响到中国散文史的研究,最为直接的一点,就是如何划定所谓"微观"与"宏观"的界限,文学理论与研究资料以及国外的新方法是否应当引用和如何引用的重大问题。中国散文研究名家孙昌武先生在第二届中国古代散文研究会上做了题为"研究古典散文的几点意见"的报告,指出这种讨论不能说全无意义,但是有一点是应当承认的,就是有的争论显然与长期以来"左"的思想的影响有关。例如"微观"和"宏观"的关系,这原本是确定自然科学研究对象的概念。研究天体、宇宙等"大"客体叫"宏观研究",研究分子、原子等"小"客体相对应地叫"微观研究"。后来这对概念被运用于经济学。在经济学里,把以个别消费者、厂商为单位进行的研究叫"微观经济学",把以投资、收入、消费等总量分析为对象的研究叫"宏观经济学"。以此为例,"微观""宏观"用在古典文学研究中也未为不可。但近年来就这个问题的论争,显然表现出"文化大革命"前"以论带史"还是"由史出论"的争论的影响。如果"微观"是指细小的课题、细节的研究、资料的考证等,"宏观"是指大的课题、规律性的研究、理论的说明等,那么两者是不可偏废的,其关系则是辩证的,没有孰轻孰重或孰先孰后的问题。而搞散文研究,更可以依据个人的兴趣、能力,选择的课题可大可小,具体每个人的研究范围必然不同。但不论如何大的课题,总得有理有据,有翔实的资料做依据;如何小的题目,总得依靠一定的理论来阐述,体现某种理论观念。但现在的问题是,无论是"宏观"研究还是"微观"研究,有说服力的成果并不多,起码散文研究的情况如此。其之所以如此,是因为多数研究连起码的"微观"基本情况都未能研究得细致,那么,对于涉及全人、全部作品的"宏观"规律如何能确切把握呢?因此,孙昌武先生客观地指出,如果只能解决"微观"课题,达不到对"宏观"规律的把握,终归还弄清了点滴情况;但如果没有"微观"的研究为基础,凭空去构想"宏观"的规律,则只能是毫无价值的臆想。研究工作不能深入,往往是由于缺乏细致、认真的态度,不肯做艰苦、深入的工作。这也就涉及对资料的全面掌握的问题,涉及我们的研究目的、研究态度问题。所有这些,确实值得我们深思。

四、中国古代散文研究的理论意义

中国古代文体向来以文章为主。蔡邕《独断》论天子独用文体有四种,曰策书,曰制书,曰诏书,曰戒书;群臣上书文体亦四种,即章、表、奏、记。略晚于蔡邕的曹丕著《典论·论文》称:"夫文本同而末异。盖奏议宜雅,书论宜理,铭诔尚实,诗赋欲丽。"其略举四科八种文体,以为"此四科不同,故能之者偏也,唯通才能备其体"。西晋初年陆机著《文赋》又标举十体,并对各体的特征有所界说。此外,像挚虞的《文章流别论》、李充的《翰林论》,直至任昉的《文章缘起》①、《文心雕龙》等均有或详或略的文体概论,条分缕析,探颐索隐,奠定了中国文体学的理论基础。在此基础上,萧统广采博收,去芜取精,将先秦至梁代的七百多篇优秀作品分成三十七类加以编录②,成为影响极为久远的一代名著。从蔡邕《独断》到萧统《文选》,前后绵延三百多年,中国文体学最终得以确立。③

以后,虽然有各种各样的文体分类,但是大体没有超出这个范围。20世纪前后,随着西方学术观念的传入,"文学"的观念发生了巨大的变化。此后,中国古代文学作品无外乎归为四类,即诗歌、戏剧、小说、散文。而前三类逐渐成为主流,相对而言,过去的大宗文章反而退居次要地位。就我所比较熟悉的秦汉文学史而言,主要是辞赋、史传、诗歌(乐府、五言诗)、散文(有的还包括小说)等四类。前三类的文体界限比较清晰,唯独散文,最为驳杂。凡是前三者所不收者,都可以归于"散文"类。因此,"散文"的含义最为丰富。换言之,除了诗歌、戏剧、小说之外,所有的文

---

① 中华书局影印元刻《山堂考索》本。对其真伪学界颇多争论。同门傅刚《〈文选〉与〈诗品〉、〈文心雕龙〉及〈文章缘起〉的比较》(收入氏著《〈昭明文选〉研究》,中国社会科学出版社2000年版)、朱迎平《〈文章缘起〉考辨》(收入氏著《古典文学与文献论集》,上海财经大学出版社1998年版)均认为《文章缘起》为任昉作,其说可从。
② 通行本三十七类,但是根据南宋陈八郎宅刻五臣注《文选》,还有"移""难"两体,这样就有三十九体之说。
③ 参见拙文《〈独断〉与秦汉文体研究》,载《文学遗产》2002年第5期。

学作品都可以称为散文。①

过去,我一直模糊地认为,这种体裁上的四分法缘于西方。但是看到相关介绍,至18世纪,文体分类才逐渐明晰起来,歌德(1749—1832)将文学作品分为诗歌、史诗(叙事文学)和戏剧三种,也就是说,当时的欧洲,文学伊甸园也只有诗歌、小说和戏剧,散文并没有作为独立的文体。什么是散文,在早期的欧洲文学史上似乎也并不明确。看来,这是一个世界性的难题。

由此看来,散文研究没有放之四海而皆准的所谓普世理论,只能根据不同的国度、不同的时代、不同的阶层来确定自己的研究范围和研究方法。这也就是我特别强调的中国散文研究的三个重要特点,尤其是第二个特点,即散文史研究的方法问题。

既然没有普世的方法,就只能从本民族的文学传统中寻求出路。德国汉学家顾彬先生在《中国中短篇叙事文学史》(华东师范大学出版社2008年版)第2页中有这样一句话:"中国传统的文学批评是帮助我们理解中国叙事文学的无价之宝。"其实不仅是叙事文学,就散文研究而言,传统的文学批评同样具有意义。近来我披览王水照先生主编的十巨册《历代文话》,深感中国散文批评的博大精深。当然,历代散文批评家更多地强调的是文法、文风方面的技巧,其实,中国散文的发展,还与文化政策、学术风气的变化密切相关。

《汉书·万石卫直周张传》载:"石建为郎中令,奏事下,建读之,惊恐曰:'书"马"者与尾而五,今乃四,不足一,获谴死矣!'"颜师古注:"马字下曲者为尾,并四点为四足,凡五。"②为什么如此?《汉书·艺文志》载:"汉兴,萧何草律,亦著其法,曰:'太史试学童,能讽书九千字以上,乃得为史。又以六体试之,课最者,以为

---

① 参见拙文《秦汉文学史研究的困境与出路》,载《文学遗产》2003年第6期。
② 《汉书·万石卫直周张传》,中华书局1962年版,第2196页。

尚书、御史、史书令史。吏民上书，字或不正，辄举劾。'六体者，古文、奇字、篆书、隶书、缪篆、虫书。"也就是说，作为一介官吏，必须首先要会撰写各类文书，这是法律所规定的。东汉的左雄作《上言察举孝廉》，建议孝廉年不满四十，不得察举，皆先诣公府，诸生试家法，文吏课笺奏，副之端门，练其虚实，以观异能，以美风俗，所以《文心雕龙·章表》曰："左雄奏议，台阁为式。"石奋上书，写"马"字少一笔，惊恐万状，甚至以为要"获谴死"，由此可见当时法律的威慑力量。明代古文家盛称"文必秦汉"，秦汉文章、特别是应用文章的最大特点就是字字斟酌，句句推敲，倘若脱离这段特殊的历史背景，一切不过皮相之谈。而这些特点，只有深知古代汉字特点，才能够真正体会出来。这也就是古代散文很难为当代人所理解、更难以向世界推广的重要原因。

唯其如此，我们研究中国散文史，就不能简单地从辞藻、作法以及文风等方面考察，还必须结合时代特点、学术风气的变化加以探讨。而这方面的研究，不论是古代，还是现代，都还远远不够。因此，我们认为，中国散文史研究，可以说是中国古代文学研究最后一块尚未充分开发的学术领域。

更重要的意义还在于，由于中国古代文学，特别是散文研究的特殊性，就使我们有可能在研究、总结中国古代散文研究的经验教训时，可以归纳出符合中国传统文学的理论命题，并由此建构中国文学研究的理论框架，这在探索文学研究中国化的过程中具有重要的理论意义。

（原载《人文论丛》2001年卷，武汉大学出版社2002年版）

《汉诗别录》的学术价值及其方法论意义

一、《汉诗别录》的编印

据吴云先生编辑整理逯钦立先生《汉魏六朝文学论集》时所撰的后记介绍,逯钦立先生在攻读研究生时(1939—1942)著有《〈古诗纪〉补》,而《汉诗别录》乃是在此基础上进一步深入探讨的成果之一。全文六万余字,成于1945年8月。当年逯钦立先生曾有附记云:

> 中华民国三十四年八月二十日草稿写完,即置行箧,未遑订正。十月二十三日手钞上石,至十二月十四日写讫,钞时增删颇剧,疵弊滋多,修饰润色,当俟他日也。钦立附记。①

这里所说的"手钞上石",根据中央民族大学所藏国立中央研究院《历史语言研究所集刊》外编第三种傅斯年的题记可以考知一二:

> 这里边的论文,在印刷上全受印刷者的支配,所以没有工夫由各组主任详细看过,同事详细商榷过,只可作为初稿而已。将来总要再版的,那时候再删正。
>
> 各篇都是作者自己钞的,这个办法,错字可以少些,然石

---

① 中央民族大学图书馆藏《六同别录》逯钦立题记。以下所引《六同别录》资料,并存中央民族大学,感谢逯弘捷先生提供影印件。

印工人有时因上版不清楚描补一下,自然可以描出很大的错误来,这是作者钞者所不能负责的。因为这样,书式全不齐一,也是无可奈何的。此时能印这类文章,纵然拿一幅丑陋像见人,也算万幸。

民国三十四年一月,傅斯年

由此来看,这册文集,当时均由作者或者抄者手写上版,石印问世。傅斯年的题记作于1945年1月,其版权声明这样写道:

> 版权所有,不得翻印
> 国立中央研究院历史语言研究所集刊外编第三种
> 六同别录　一册
> 中华民国三十四年一月初版
> 本册实价国币陆百元
> 外埠酌加邮费运费包扎费等
> 发行者　国立中央研究院历史语言研究所
> 四川南溪李庄第五号信箱

当时逯钦立的《汉诗别录》尚未脱稿,八月完成后,十月才"手钞上石"。而傅斯年的题记和版权声明标明是在一月,这是怎么回事呢?中央民族大学所藏《六同别录》凡三册,分上、中、下。上册目录下有这样的注明文字:"以每篇印成先后为序。"说明当时是随写随印,并不是同时印制完成的。而逯钦立先生的《汉诗别录》收录在中册,注明凡"六十四叶"。目录下注明:"以论文内容之时代先后为序。"看来,三册的编排次序也并不统一。中册的版权页上注明:"中华民国三十四年十二月　李庄",可知比第一册印制晚了将近一年的时间。

这一年,逯钦立先生年满三十五周岁。

《国立中央研究院历史语言研究所集刊外编》在此前出版过两种,即民国二十二年至二十五年(1933—1935)出版的《庆祝蔡元培先生六十五岁论文集》和独立出版社发行的《史料与史学》。第三种即上文提到的《六同别录》。《中央研究院历史语言研究所集刊》向来由上海和香港的商务印书馆印制,太平洋战争爆发后,上海、香港先后沦陷,印制工作被迫中断,更由于经费紧缺,铜版印刷成本较高,只好由在李庄营业的小石馆石印印出。这也就是逯钦立先生所说的"手钞上石"的背景。《六同别录·编辑者告白》这样写道:

> 这一册《六同别录》何以单出呢？自抗战至"珍珠港",本所的刊物续由港沪商务印书馆印行,因为就印刷技术论,非托他们办不可。太平洋战争突然爆发,港沪商务印书馆被敌人占据,我们的稿子损失数百万言(详见本所《集刊》十本一分 177—182),于是不得不在后方另谋印行。我们既无固定的印刷费,而我们的刊物关于语言学者,需用国际音标,其他又需要大量的铜版、锌版、刻字、裱线、照像影印,等等,所以近来的《集刊》所载文章,范围远比从前缩小了。补救的办法,自然是向能作铜版锌版刻字……等等技术者商量。但是,不特我们没有这钱,他们也没有这工夫,因为他们的工作实在太重要了！他们仿佛像汉代墓画上的摇钱树！不得已,作一局部的补救,是自办一个石印小工厂,也曾经努力过一下,仍以办得太晚,钱不够而未成功。目下只好就李庄营业的小石印馆,选些篇需要刻字、音标,而不需要图版的,凑成这一本,用石印印出。其他需要图版的、照像影印的,仍是无法办到。
>
> 这一册何以名《六同别录》呢？其实这里面的论文,都是可以放在《集刊》里的,因印刷技术之故,单提出来,故曰别录。六同是个萧梁时代的郡名,其郡治似乎即是我们研究所现在所在地——四川南溪县的李庄镇——或者相去不远。其他的古地名,大多现在用在邻近处,而六同一个地名,颇近"抗战胜利"之

意,所以就用了他。我们信顾亭林论文格的话,不取古地名的,犹之乎我们不取古文一样,但是,总要有个标识,所以便用萧梁一个古地名作为标识,更没有其他任何意思。

傅斯年先生希望将来再版时,还可以再删正,逯钦立先生也希望"修饰润色,当俟他日"。三年之后的1948年,《汉诗别录》得到重刊的机会,《历史语言研究所集刊》第十三本收录了此文。[①] 20世纪80年代初,吴云先生编逯钦立《汉魏六朝文学论集》时即据此本录入,流传颇广,功莫大焉。

这里,我特别强调了《汉诗别录》的撰写与发表时间,只想指出这一基本事实,即《汉诗别录》早在1945年就已发表,只是《六同别录》本发行范围太小,以至很多人(包括我本人)并不知晓,多以为《汉诗别录》最早刊在1948年出版的《史语所集刊》上。澄清这一事实并非无关紧要,而是为学术研究史负责。

二、《汉诗别录》的修订

从目前得到的资料看,《汉诗别录》至少有两种版本,即《六同别录》本(以下简称"六同本")和《史语所集刊》本(以下简称"集刊本")。两本对读,从大的方面来说,主要有下列三点不同:从刊刻时间上说,"六同本"发表于1945年,而"集刊本"则重刊于1948年,相差三年。从刊物形式上说,"六同本"是手写上石的石印本,而"集刊本"则是铅字排印本。至于内容方面,征引的资料并无差异,而叙述文字则多有改易,颇可以看出作者在"修饰润色"方面的用心所在。试举数例,如"辨伪第一"征引东汉以来习语以论证这组诗成于东汉末年:

[①] 中华书局2009年4月版《历史语言研究所集刊论文类编·历史编·秦汉卷》第一本据以影印,收录在第319—334页。本文所引"集刊本"页码,均指此版。

> 六同本:此东汉以来应用此一习语之大略,上举各例,抑并不足以尽之,然即此已足目为鄙说之证。稍习此时代文史者,必不至于相河汉,且贾谊《过秦》尚比以"山东"二字,表示中原之各国,至李尤则已以"中州"代之。此尤可为确证。(第8页)①

> 集刊本:东汉末叶以来,此语习见不遑悉举。然即此已足见其大概,且贾谊《过秦》,尚比以"山东"二字表示中原,至李尤则已以"中州"代之,此尤其显著。(第326页)

将"足目为鄙说之证。稍习此时代文史者,必不至于相河汉"等语删去,语气似更为平和。又如论《古诗十九首》的时代:

> 六同本:案李善注《文选》数引"美人在云端"以下二句,又悉作枚乘乐府诗。考隋唐以来,枚集已佚,李善所引,或据《乐录》一类之书,故题曰乐府。此则与《玉台》杂诗之名又异也。夫此组诗章,晋时作者已佚,仅称古诗。唐人所见则又易作枚乘乐府,而俱与后人增入《玉台》之所谓杂诗者不同。颇疑是书之枚氏杂诗,乃唐人所增,而并有是题。盖承袭刘勰或称枚叔之说,而就当时传世之古诗,删取九首,附入《玉台》。李善所据之本,此人既未寓目,而此九篇,是否合于原书体例,并亦未暇辨别也。(第17页)

> 集刊本:案李善注《文选》数引"美人在云端"以下二句,悉作枚乘《乐府诗》(殆据《乐录》一类之书,故有此题),而与晋时《古诗》之称又异。然尚无杂诗之名也。今《玉台》枚氏《杂诗》云云者,颇疑乃唐人袭刘勰"或称枚叔"之说,而删取《古诗》九首附入之李善所据之本,此人既未寓目,而此九篇,

---

① 《六同别录》凡六十四页。这里所注均为原书页码。

是否合于原书体例,并亦未暇辨别也。(第336页)

集刊本不仅文字洗练,且将推测的成分尽量去掉。又以"清言"为例,六同本言"衡此众篇,尚得谓出于李陵乎?尚得不谓为东汉以降之产物乎"(第8页),带有论辩的色彩,而集刊本改作"衡此众篇,而后知李陵众作,固为东汉季叶之产物矣"(第326页)。差别最大的还是有关苏、李诗的结论部分。在"固可确定其为灵、献时代之产物矣"以下,集刊本几乎就是重新撰写,用以说明所谓苏、李诗中有李逵送别许靖兄弟之作。为此,六同本从"地理上之相合""事迹上之相合"和"品目上之相合"三个方面加以论证。文字过长,不一一屡举,最后写道:"据此三端观之,钦立此一假设虽不必中,要亦不远。盖此终可为此组诗出于东汉末年之另一佐证也。持悬一解,以为谈料,读者当不以此而涉疑此篇主要之论点欤?"(第13页)而集刊本仅从"习俗上之相合"和"品目上之相合"两个方面论述,结尾也仅仅是"至于'远送新行客'篇,所言出门送客,竟至于岁暮云归,此亦东汉士人之习。《后汉书》中,此例亦多,今从略焉"(第331页)。凡是带有感情色彩的文字一皆删削。又如六同本第44页:"考句句用韵,此本楚歌体裁之一。(楚声本非一格,如《离骚》上六下六,中衔兮字为一格。《招魂》上三下三,中衔兮字为一格。汉高祖《鸿鹄歌》上四下四,各成一节,又为一格。)而悉句实字之正格,其源则出楚声之乱。故以七言论之,此为新体,以体裁论之,则未背于旧格也。"括号中的申论,与全文并无直接之关系,故在集刊本中悉数删去,改作:"考句句用韵,此本楚歌之特格;又楚歌之乱,虽含兮字为八言,而其体裁音节,又与正格之七言实无异。则七言者,楚乱之变体歌诗也。"(第363页)

以上所举的例证,主要还是文字上的推敲,字斟句酌,语简事赅。但这还只是一小部分,还有相当一部分的修改关涉学术方面的考虑。譬如"辨伪第一"论及后世文献中所载"两汉诗歌,不可据信者颇多",逯先生例举了武帝《落叶哀蝉曲》、昭帝《淋池歌》、灵帝《招商歌》、赵飞燕《归凤送远操》、司马相如《琴歌》、霍去病《琴歌》、王逸《琴思楚歌》、庞德公《於忽操》、诸葛亮《梁父吟》等,称"多属此类"。六同本在此四字下还有"后人之所假托"数字,而集刊本删去。原因是这些作品虽颇多疑点,但在本文中并未展开讨论,遽下结论,难以服人。

又如"辨伪第一"称苏武诗出现于梁初:

> 六同本:选录仿效称引之者,亦于焉兴起。至此苏、李不但有往返书札,亦且有赠答之诗章焉。然检《隋书·经籍志》,梁时有《李陵集》,并无少卿之集。《隋志》兼出目录,以志其异同存佚。梁时故书,兹并存目,当时倘有苏集,自有著录,《隋志》亦不至独此阙载。然则梁时并无新出之苏集,自昭昭明矣。李陵、苏武,既有赠答各诗,而附入和作。又先唐旧集之常式,则新有之苏诗,其必出于李集,亦昭昭明矣。苏诗出于李集而其风格与李诗类,决非梁人拟作之所窜入,是则必好事者就总杂之李集,臆增子卿之名,因致有苏诗之突然出世也。(第4页)

> 集刊本:选录仿效称引之者,亦于焉兴起。然检《隋书·经籍志》,梁有《李陵集》,无《苏武集》。《隋志》兼出梁时旧录,以志其异同存佚。当时倘有《苏集》,必不至于阙载。是则梁时并无新出之《苏集》,可知矣。李陵、苏武,有赠答各诗,而先唐旧集有附入他人诗文之习惯,则新有之苏诗,或即出于李集也。(第322页)

集刊本的行文更加简练不说,关键在于几个删去的字句。六同本"苏诗出于李集而其风格与李诗类,决非梁人拟作之所窜入,是则必好事者就总杂之李集,臆增子卿之名,因致有苏诗之突然出世也",集刊本简化为"而先唐旧集有附入他人诗文之习惯,则新有之苏诗,或即出于李集也"。说有易,说无难。由"必"字改为"或"字,表明作者对于断语分寸感的把握。

六同本"辨伪第一"又载:"是则苏、李竟是一双夫妇。尤见李集窜乱之甚,生此可笑之谬误。意者总杂之李集,其始并无苏作,洎乎梁初搜书此伪本混入,伪本新异,投人所好,故萧衍父子据以选录摹拟而若斯指此表张(彰)之也。"(第 5 页)这段话集刊本悉删去,只云:"是则苏、李竟是一双夫妇。尤见李集窜乱之可笑也。"(第 323 页)因为六同本的那些推测毕竟没有材料支撑。类似的例证还有六同本第 7 页:"知此组诗之一部分,实有数点自示其为东汉末年文士之作,而与当时避地交阯之士大夫,且极有关,决可定其出于灵献之际也。由此类推,则其他之一部分之时代,亦较此相去不远也。"集刊本第 325 页将"由此类推"以下数字删去,因为仅是类推,终究根据不足。又六同本第 14 页:"少数好古之士,抱残守缺,仍用前此之传统意境。此在文学史上殆成公例。"而集刊本将"殆成公例"改为"不乏其例"。虽然只是表述的不同,却反映了作者的态度。如果说成公例,即鲜有例外,而不乏其例则只是一种现象而已。文学史的发展非常复杂,任何绝对的概括都难免有偏颇之处。又六同本第 32 页论《柏梁台诗》:"使果为后人假托,其重复出拙陋,必不至于此极。颇疑此诗本为武帝君臣之作,特以流传转写,致有增附改易,故不免稍有乖舛之处,然大体上犹存原诗之旧也。"这里有两处推测,一是《柏梁台诗》为武帝君臣之作,二是今本面貌大体保留原诗之旧。但证据不足,故集刊本改作:"使果为后人假托,其重复出拙陋,必不至于此极。故窃谓汉武柏梁之集,本有七言赋诗之事。昭宣以降,好事者为东方朔传,于此君臣盛会,欲有以铺张之,而于原作有所增附,遂致多所乖牾也。"(第 351 页)好事者为东方朔传闻,见载于《汉书·东方朔传》,斑斑可考,例证尤多。据此,就有了可以依据的材料,规避了原来推测可能招致的疑问。又如六同本第38页:"钦立案:古代《乐录》,每以可征歌辞体裁之首句,以为篇目,而鲜有例外者。此章帝所造之五曲,其《关东有贤女》《章和二年中》,及《殿前生桂树》三篇之俱为五言,殆无问题。关此兹并以后人之拟曲以征之。"汉乐府诗歌的题目颇多差异,就像古代歌本,歌者可能都有自己的理解,标题自然也就不一样;在流传过程中,后人也多有改易。譬如同一首乐府诗,《古今乐录》《宋书·乐志》《乐府诗集》《古乐府》等,可能就有不同的题目。因此,说"每以可征歌辞体裁之首句,以为篇目,而鲜有例外者"就颇显绝对。集刊本将这些绝对化的语言全部删去,仅仅留下"钦立案:《关东有贤女》,《章和二年中》,及《殿前生桂树》三篇俱为五言,此可以后人拟曲以征之"(第358页)。

类似这样的例子还可以举出很多,可见作者对于这篇论文非常用心,反复修订,精益求精,表现出严谨求实的学风。在那样一个烽火连天的岁月,在如此简陋、艰辛的环境中,这种献身于学术的精神当然使我们感动。不过,更重要的是,这项研究成果到底有着怎样的学术价值,为学术史平添了哪些真知灼见,值得我们进一步研究。

三、《汉诗别录》的学术史意义

有关汉代诗歌的研究著作,清代以来主要有李因笃的《汉诗音注·汉诗评》十卷,费锡璜、沈用济合著的《汉诗说》十卷和陈本礼的《汉诗统笺》三卷等。

李因笃的著作卷一至卷五题"汉诗音注",其评语夹注句下;卷六至卷十题"汉诗评",其评语书于诗后。前后体例不同,故又可目为两书。顾炎武有与李因笃书,论古今音韵。李因笃亦依清初重音韵之学风评注汉诗,唯以《诗经》之韵断其出入,不免胶柱之见。然其评语颇多独到的见解,不可全废。

费锡璜、沈用济的著作根据明人冯惟讷《古诗纪》、梅鼎祚《汉魏诗乘》所载汉诗,略为评释。持论似高,而所说殊粗疏。如汉人铙歌、鼓吹诸曲,沈约《宋书·乐志》明言声词合写,不可复辨,本无文义可推,而必求其说以通解,不免穿凿附会。又本词与入乐之词本不相同,如《白头吟》中"郭东亦有樵"诸句,乃乐工增入,用来谐律,本书亦曲为之说。此外,冯著《古诗纪》、梅氏《汉魏诗乘》多有疏误,而本书亦很少订正,以讹传讹,最典型的如庞德公"於忽操"三章,本是北宋王禹偁所拟,今亦载于《宋文鉴》中,而本书却加以载录,以为是汉诗,推崇备至。其书刻本较多。张潮编《昭代丛书》时又将评诗之语辑出四十三条,独立成编,题曰《汉诗总说》,可见此书还是影响很大的。

陈本礼的著作又题"汉乐府三歌笺注"。三歌即郊祀歌、铙歌、唐山夫人歌。作者征引前代史籍,疏通字义,撮述要旨,间采李因笃、沈德潜等人之说。

除上述专门的汉诗研究论著之外,明清以来还有一些先唐诗选、诗论之类的著作,汉代诗歌也占据比较大的比重。明人之作大多空疏,一二评语亦多空泛,几乎没有多少价值。如明人钟惺、谭元春合编《古诗归》十五卷,收录先唐诗歌,逐一评解,大旨以纤微幽眇为宗,点逗一二新隽字句,矜为玄妙,于连篇之诗随意割裂。清代的评点较见新意,沈德潜《古诗源》、陈祚明《采菽堂古诗选》、张玉榖《古诗赏析》、吴淇《六朝选诗定论》等为其代表著作。

近现代汉诗研究专著,就我阅读所及,《汉诗别录》之前最重要的著作是古直的《汉诗研究》,此后则有郑文的《汉诗研究》。

古直的《汉诗研究》于民国十八年(1929)由启智书局印行[①],

[①] 我所看到的是王运熙先生签名藏本,由曹旭兄复制给我。在此,向二位先生表示由衷的谢意。

分为四卷,卷之一为"古诗十九首辨正",卷之二为"苏李诗辨正",卷之三为"焦仲卿妻诗辨正",卷之四为"古诗十九首辨正余录",实际上主要论述了古诗十九首、苏李诗和焦仲卿妻诗。每卷有辨析,有辑评,可以说是对此前这三组作品的总结性论著。

关于古诗十九首,最早见于《文选》,仅题"古诗十九首",作者未详。古直先生引用《诗·魏风·十亩之间》、《孟子》所引《孺子歌》(亦曰《沧浪歌》)以及秦汉之际的诗歌创作,认为其中一些作品年代很早,如第九首"明月皎夜光"、第十七首"孟冬寒气至",他认为其中有汉武帝太初以前的作品,为此,还专辟一节,举例辩驳顾炎武指出的"盈"字触讳的说法。而第三首"驱车策驽马"则为东京所作;同时,古直先生彻底否认钟嵘所引"旧疑是建安中曹王所作"的说法,结论是古诗十九首"为两汉之作,则无可疑"。

关于苏李诗,《文选》选录七首,唐宋类书还选录了若干首。古直先生首先引用资料,认为苏、李二人确实能诗,虽然史书本传及《艺文志》不载,但不能说明二人没有创作,因为很多作品未见当时史传记载。作者认为,苏、李诗初非五言,今存有后世改造的可能。至于《文选》之外的作品,则有可能为后人拟作。

《焦仲卿妻诗》最早见《玉台新咏》,关于其作者、年代历来分歧很大。古直先生从用韵、风格等方面考订此诗必为建安、黄初年间的作品。其后,古直先生逐一驳斥了此诗为徐陵写定、出自曹丕《临高台》等异说。

郑文先生的《汉诗研究》,由甘肃民族出版社于1994年出版,论述的范围要比古直的著作宽泛得多。全书近三十万字,分为六篇,第一篇为汉代诗歌,分绪论、乐府诗、汉诗、结论等四个部分,汉诗中又细分为杂言诗、五言诗的起始、五言诗、四言诗等。其余五篇依次为《驳〈汉铙歌十八曲〉都是军乐说》《论太初正历以前汉用夏正》《汉诗管窥上》《乐府古辞》《汉诗管窥下》,是迄今为止论汉代诗歌最为详尽的著作。

总的说来,古直先生的《汉诗研究》主要还是以辨析为主,古先生梳理相关资料,勇于提出自己的见解。尤其是最后一篇,针对当时各家(如徐中舒、陆侃如)的新说,重申自己的主张。而郑文先生的著作,最大的特点就是全面细致,不仅仅限于古诗十九首、苏李诗、焦仲卿妻诗等,而是旁及汉代乐府诗。但是,郑先生的论著主要是为了教学而写,类似于教材。

与上述著作相比,《汉诗别录》具有鲜明的承上启下的特点。该书除引语外,另分为三篇,即"辨伪第一",包括苏、李诗,班氏诗,古诗,《柏梁台诗》等;"考源第二",包括五言诗、七言诗;"明体第三",主要论及各类杂言体和声词合写的歌诗。作者收集到了当时所能够看到的全部资料,分门别类,排比勘对,得出如下结论。

第一,"苏、李诗为灵、献时物"(集刊本第320页)。关于苏、李诗的年代,综括古今诸说,主要有以下观点:第一是古直先生在《汉诗研究》中提出的西汉说,已见上述。第二是逯钦立先生在《汉诗别录》中提出的东汉说。他征引史实,考订词句,辨析诸家之说,并从习俗、品目以及"中州""清言"词句的运用等方面认为这组诗实为东汉末年文士所作,但也不否认个别作品成于西汉。第三是马雍在《苏李诗制作时代考》中提出的魏晋说,他从词类、句法、意境等方面论证了"所谓苏李诗问答早则不越建安,晚亦不过东晋"[①]。第四是章学诚在《乙卯札记》中提出的东晋说,他指出:"《史通》以李陵《答苏武书》为伪作,世以其言始苏子瞻,非也。然《史通》以为假作,苏氏以为齐梁人伪作,皆非是。盖东晋而后,南北朝时,或有南朝人仕于北朝,而南朝戮其妻子宗族,因伤心而拟为之辞,庶几近之。"[②]第五是苏轼在《与刘沔都曹书》中提出的齐梁说,他指出:"梁萧统集《文选》,世以为工,以轼观之,拙于文

[①] 马雍:《苏李诗制作时代考》,商务印书馆1944年版。
[②] 章学诚:《乙卯札记》,见文物出版社1985年影印嘉业堂本《章氏遗书》。

而陋于识者,莫若统也。……李陵、苏武赠别长安,而诗有江汉之语。及陵《与武书》,词句儇浅,正齐梁间小儿所拟作,决非西汉文。"第六是锺来茵先生在《李陵与苏武诗作者探论》中"认定庾信是这七首诗的作者"①。上述诸说,我认为逯钦立先生的论证最为详尽。可以说,到目前为止,就苏、李诗的辨伪力度而言,还没有学者能出其右。最后一说最不可信。对此,我曾在《有关〈文选〉"苏李诗"若干问题的考察》一文中做了比较细致的辩驳。②

第二,"古诗十九首,大部分产于桓、灵二代,然亦有新莽时代之作"(第320页)。钟嵘《诗品》上卷谈到古诗时说"陆机所拟十四首"、"其外'去者日以疏'四十五首"云云,说明钟嵘所见古诗共有五十九首,但是不知作者,更不知年代,所以他感慨说:"人代冥灭,而清音独远,悲夫!"后来徐陵编《玉台新咏》时又收录了其中的九首,并题名为枚乘。《文心雕龙》说到这组诗时,也用一种不确定的语气推测道:"其'孤竹'一篇,则傅毅之词,比采而推,两汉之作乎?"据此,隋树森《古诗十九首集释》认为这组诗出于两汉无名氏之手。古直甚至认为其中有若干首成于武帝太初改历之前。逯钦立先生根据"玉衡指孟冬"句,也主张"其中实有出于新莽时代者"。但这毕竟只是个别诗句。唐代李善注解古诗十九首时说:"并云古诗,盖不知作者。或云枚乘,疑不能明也。诗云'驱马上东门',又云'游戏宛与洛',此则辞兼东都,非尽是乘,明矣。昭明以失其姓氏,故编在李陵之上。"可见在唐代之时,已有学者认为这组诗不大可能出于西汉。一个明显的例子是,古诗十九首中多触及汉讳,如惠帝讳"盈",而这组诗中有"盈盈楼上女""馨香盈怀袖""盈盈一水间"等,明显触讳。再从现存诗歌来看,五言直至东汉班固始见,而班诗"质木无文",与古诗十九首之宛转流丽全

---

① 锺来茵:《李陵与苏武诗作者探论》,《汉学研究》第12卷第2期。
② 拙文载《文学遗产》1996年第2期。

然不同。李善也注意到诗中写到的洛阳景象,如"游戏宛与洛,洛中何郁郁",又如"驱马上东门,遥望郭北墓",上东门为洛城门,郭北即北邙。此外,诗中还写到企慕神仙、及时行乐的思想,如"服食求神仙,多为药所误","生年不满百,常怀千岁忧"等,亦多是东汉时代的论调。根据这些材料,多数学者认为这组诗成于东汉。甚至,钟嵘称引"旧疑",以为是建安时曹植、王粲所作。上述诸说中,逯钦立先生考订这组诗大约成于桓、灵时代,资料最为详尽,其结论亦为今天多数文学史家所认同。而钟嵘所引"旧疑"曹植、王粲所作的观点,尽管有现代学人为之敷衍成书,循环论证,我却持基本否定态度。①

第三,"《柏梁诗》则仍出于西京也"(第320页)。此诗最早见于《世说新语·排调篇》刘孝标注引《东方朔别传》,但未引诗。全诗始见《艺文类聚·杂文部》征引,称:"汉孝武帝元封三年作柏梁台,诏群臣二千石有能为七言者,乃得上坐。"

相传唐代发现的《古文苑》卷八亦收录此诗,每句下称官位,与《艺文类聚》同。又吴兢《乐府古题要解》称连句"起汉武帝柏梁宴作,人为一句,连以成文,本七言诗。诗有七言始于此也"。上述材料都是唐代或唐代以前的文献记载,所以在相当长的时间里,绝大多数学者基本上深信不疑,且《文心雕龙·明诗篇》、旧题任昉所作《文章缘起》等都已言及此诗。宋代严羽《沧浪诗话·诗体》也说"七言起于汉武《柏梁》",并注"柏梁体"说:"汉武帝与群臣共赋七言,每句用韵,后人谓此体为柏梁。"不过,此事在专门记载汉代历史的《汉书》里并没有任何踪影,所以历史上也不断地有学者对此诗的年代提出种种疑问。譬如顾炎武在《日知录》中提出五条证据,认为世传柏梁台诗不可信。游国恩先生在《柏梁台诗考证》这篇著名的文章中又提出了新的论证,也否定这是西汉

---

① 参见拙文《文学史研究的多种可能性》,载《社会科学研究》2010年第2期。

的作品。

然而,也有很多清代学者坚信此诗成于武帝时期,如钱大昕《十驾斋养新录》依然称:"荀子《成相》、荆轲《送别》,其七言之始乎?至汉而《大风》《瓠子》见于帝制。《柏梁》联句,一时称盛。而五言靡闻。……"赵翼《陔余丛考》:"联句当以汉武《柏梁》为始。"近代丁福保编《全汉三国晋南北朝诗》,绪言称宋本《古文苑》之无注者,每句下但称官位而无名氏。有姓有名者,唯郭舍人东方朔耳。自章樵增注,妄以其人实之,以致前后矛盾,因启后人之疑,故妄增之姓名宜删。也就是说,顾炎武据所注之名,驳其依托,实据俗本立论,未可尽信。对此论辩最为详尽的还是逯钦立先生。他认为最早著录此诗的《东方朔传》成于西汉,班固《汉书·东方朔传》多本此书而作,而抄录之迹,宛然可见。他从"两传文字异同""两传故实繁简""两传谬误雷同"等方面推论《汉书·东方朔传》实抄袭《东方朔传》。而"《东方朔传》既系西汉之旧记,其中又鲜后人之所增益,则此《柏梁台诗》自为当时所传之篇,年代、官名等记载之不合,并不足否定其时代性"(第349页)。再就此诗语言而言,"辞句朴拙,亦不似后人拟作"(第350页)。在《先秦汉魏晋南北朝诗》中,他又考曰:"顾炎武《日知录》据史汉纪传年表,辨此诗年代官人皆相牴牾,因定为后世依托。然考《汉书·武帝纪》,于建元六年即出大司农一官名,与此牴牾相同。吾人如信班书,不得独疑此诗;且此诗出《东方朔别传》,此《别传》即班书《朔传》所本也。"据此,他将《柏梁台诗》归入《汉诗》卷一汉武帝刘彻名下。关于这个问题,我自己曾撰有《七言诗渊源辑考》一文,认为七言诗的年代可以上溯到《荀子·成相辞》。而根据《文选》李善注等资料,西汉前期的东方朔、董仲舒,后期的刘向、刘歆父子等均有七言之作,且有残句流传下来。① 这在客观上也证成了逯

---

① 拙文《七言诗渊源辑考》,载《河北大学学报(哲学社会科学版)》1996年第3期。

钦立先生的立说。

第四,"魏明帝《步出夏门行》,其中'丹霞蔽日'等八句,及'月盈则冲'等八句,原为魏文帝《丹霞蔽日行》之辞,'乌鹊南飞'等四句,原为魏武帝《短歌行》之辞。是则曹魏乐章,本有割辞成曲之例"(第375页)。此一观点极具有启发意义。譬如《三辅黄图·汉宫》记载一首古歌曰:"长安城西有双阙,上有双铜雀。一鸣五谷生,再鸣五谷熟。"《太平寰宇记》卷二十五引《长安记》所载古歌辞与此相同。而《太平御览》卷一百七十九却把这首歌的作者写成曹丕,其歌辞只是在头句上多了一个字,作"长安城西有双圆阙"。这种情形似乎不是特例,在三曹乐府中还很常见。此外,《塘上行》《门有万里客行》等乐府诗还写到文人在南方奔波的背景,这也叫我很不解。从《汉书·地理志》和《后汉书·郡国志》的比较中,我们会发现一个有趣的现象:两汉之际,每当中原丧乱,大批士人往往逃避西北。这是因为自武帝设立河西四郡之后,割断了匈奴和西羌的联系,西北地区相对较为平静。但是东汉以后,羌人纷纷而起,河西诸郡,人口锐减,乃至仅为西汉的数成。这说明当地比较混乱。因此,中原文人在逃难时就放弃了西北,而纷纷逃往江南。譬如蔡邕就避难吴会长达十二年之久。在这样一个背景下,这个时期的民间歌谣乃至文人创作的诗歌,就有很多涉及江南的内容。从我们现在掌握的材料看,曹氏父子似乎没有在江南游历或出仕的经历。他们的诗歌中之所以会蕴涵着若干江南的因素,最有可能的原因,这些作品只是当时流行的乐歌,三曹不是原创者,而是改造者,用于乐府的演唱。因为三曹的地位太特殊,乐工们就将这些记录下来的歌词归属到三曹名下。如果是这样的话,就诗歌文献而言,虽然乐府民歌从名义上来说多有失传,但是,从三曹乃至拟乐府诸名家如陆机、傅玄等人的创作中,似乎依然可以领略到汉乐府乃至魏晋乐府的影子。

梳理学术史的线索,我们可以这样说,逯钦立先生的上述观点,基本上为现代学术界所认可。我们不禁会问:如此年轻的学者,在如此艰难的环境中,何以取得如此高的成就?客观上说,他遇到了一些极好的老师,还有一个众心向学的小环境,这些都有助于他的科研工作,而他所采用的文献学方法,更是他取得成功的重要因素。

四、《汉诗别录》的文献学方法

《汉诗别录》的性质,"引语"的一段文字颇值得注意。逯钦立先生说:"至于别录云者,无深奥之别旨也。昔刘向校书秘阁,录奏篇目旨要以外,另有别录,以推寻事迹。是校雠之余业也。今此所述,颇与比类,故仿其此称云。"(第319页)这里所说的刘向校书一事,见《汉书·艺文志》,称刘向受命校书,"每一书已,向辄条其篇目,撮其指意,录而奏之"。阮孝绪《七录序》载,"时又别集众录,谓之《别录》"。《隋书·经籍志》著录为《七略别录》。据此,则"别录"一体,乃提要钩玄、叙录群书之意,属于传统文献学的范畴。从这个意义上说,《汉诗别录》确属"校雠之余业",乃文献学著作。因此,这里我想从文献学的方法方面总结这部著作的学术特点。

(一)辨彰学术,考镜源流

即以五言诗起源问题为例。作者论述这个问题,首先确立标准。作者指出,凡称五言诗者,起码应当符合下列三条标准,即第一,须通篇皆为五言;第二,不得含兮字;第三,一种体裁的形成一定有一个长期酝酿积累的过程,因此,不以某人偶有五言句式即定为源起,而是将五言诗的起源放在一个历史发展的进程中考察。

依据这样三条标准,作者首先排除了五言诗源自两周时代的传统说法,也否定刘勰的源自《楚辞》说,同时认为成于东汉前期的班固《咏史》说也过晚。他认为五言诗的发生有一个历史演变的过程,即"自西汉武帝(公元前一世纪),至东汉章帝之时(公元一世纪),应定为此一体裁之发生期。自东汉章帝至献帝建安以前(公元二世纪),应定为此一体裁之成立期"(第354页)。

近代以来,很多学者论某一诗体之产生,往往非要定于一时一地一人。其实,诗体的演变远比此一成见复杂得多。"夫一新体之起,非一人所能创,亦非一短期间所能成。"(第353页)首先,作者按照年代,逐一排查西汉武帝、宣帝、成帝、新莽、东汉光武帝、安帝、顺帝、桓帝、灵帝时期无名氏和有名氏的五言作品。发现武帝之后,五言句式已经非常普及。我在撰写《秦汉时期的巴蜀文学略论》一文时也发现,五言诗的普及还不仅限于中原,即便是西南地区,也有大量的创作,譬如歌颂两汉之际阆中谯玄(字君黄)事迹的诗歌:"肃肃清节士,执德实固贞。违恶以授命,没世遗令声。"歌颂安帝时期巴郡陈禅(字纪山)事迹的诗歌:"筑室载直梁,国人以贞真。邪娱不扬目,枉行不动身。奸轨辟乎远,理义协乎民。"歌颂顺帝时期吴资(字元约)事迹的诗歌:"习习晨风动,澍雨润乎苗。我后恤时务,我民以优饶。"皆文笔练达。诗歌当然不仅仅是赞扬,也有讽刺,可谓美刺并重。如讽刺桓帝时期李盛(字仲和)贪财重赋曰:"狗吠何喧喧,有吏来在门。披衣出门应,府记欲得钱。语穷乞请期,吏怒反见尤。旋步顾家中,家中无可与。思往从邻贷,邻人已言匮。钱钱何难得,令我独憔悴!"可谓语工形肖,读罢很容易叫人联想到杜甫的"三吏""三别"。这些诗歌的作者虽已不可考,但都是巴人创作的完整的五言诗。[①] 根据这些资料,我赞同逯钦立先生认为五言诗实起源于汉武帝时期的说法。后来,逯先生在《中国文学》第四编第十四章等教材中,都坚

---

① 参见拙文《秦汉时期的巴蜀文学略论》,《重庆社会科学》2008年第2期。

持了这一观点,认为"五言诗最早在汉武帝时已经出现,开始都是以民间歌谣的形式被记载在历史传记中"①。

那么五言诗兴起于这个时期的缘由是什么呢?作者又从乐府歌辞由俗入雅以及五言诗的实际应用的角度加以论列,从而得出这样的结论:武帝立乐府,采诗夜诵,有赵、代、秦、楚之讴,由此有新体升堂入室。他在《中国古典文学讲授纲要》第二编第三章指出,五言诗的产生"不在汉乐府设立以后,它的发展壮大却攸关乐府的设立",加之张骞入西域,得《摩诃兜勒》等曲,李延年更造新声,则五言新生,有关胡乐。在这部教材中,他这样写道:"汉武帝时,社会经济获得了大发展。为了加强统治,汉皇朝在文化上施行了新的变革。在集中辞人辩士,搜辑图书以外,还要进行所谓'制礼作乐'。而由于古乐的失传,遂采集'赵代秦楚之讴',把它们集中在新设立的'乐府'衙门。这些由民间来的'新声曲',用在统制者'郊祀之礼',也放在少府'黄门''给供养'。'新声曲'替代了庙堂古乐,也在城市逐渐地扩大影响,成为都市文化生活的重要部分之一。"②其实这是一个很有启发性的主张。沿着这样的思路,探讨两汉时期民间文学与外来文明对于传统文学的影响,还有很多值得探讨的问题。

(二) 细大不捐,竭泽而渔

《汉诗别录》征引文献五十余种,除正史如前四史、《晋书》、南朝五史、北朝四史以及《隋书》外,还包括唐宋以前的总集、文论著作如《文选》《玉台新咏》《文心雕龙》《诗品》《文镜秘府论》《古文苑》《乐府诗集》等,类书如《北堂书钞》《艺文类聚》《白孔六帖》《太平御览》等。作者广泛搜集经、史、子、集中的相关文献,注意运用

---

① 逯钦立:《中国文学》,吉林师范大学函授教育处 1961 年印制,第 162 页。
② 逯钦立:《中国古典文学讲授纲要》,东北师范大学教务处教材科 1955 年印制,第 45 页和第 27 页。

当时新发现的资料，如《玉烛宝典》《鸣沙石室类书残卷》《汉晋西陲•木简汇》等。在征引这些文献时，特别值得注意的是作者严谨的态度，即从来不转引，而是直接引自最早出处。譬如诗歌文献，此前辑录最全的有丁福保的《全汉三国晋南北朝诗》，文章则有严可均《全上古三代秦汉三国六朝文》，而作者无一处转引，均辑自上述原始文献。

如果说上述所引多还是常见文献的话，那么作者对于佛道文献的引证，就有特别值得称道的地方了。作者引用这些文献，目的都是为了解决汉乐府诗中非常麻烦的所谓声辞杂写问题。《宋书•乐志》在谈到《圣人制礼乐》（《铎舞歌诗》）、《巾舞歌诗》（即《公莫舞》）二篇作品时说：“字讹谬，声辞杂书。”尤其是《铙歌》十八篇，"皆声辞艳相杂，不可复分"。按照沈约的说法，汉《铙歌》，大字为辞，细字为声，后来声辞合写，不复可辨，遂无文义可寻。

解决这个问题的关键，就是将声字剔出。那么在古曲中有哪些声字呢？这个问题，齐梁时期的大学者沈约尚无能为力，后人更是无从下手。明代董说撰《汉铙歌发》就强为索解，已迷宗旨。清代庄述祖《汉短箫铙歌曲句解》、陈本礼《铙歌笺》（收在《汉诗统笺》）、谭仪《汉铙歌十八曲集解》、王先谦《汉铙歌释文笺证》等，亦不免此弊。逯钦立先生另辟蹊径，发现《道藏•洞玄部》所载唐前玉京山《步虚经•步虚吟》十首①均以大字书辞，细字书声，而以曲折联络之。作者联系《汉书•艺文志》所载河南周《歌诗》七篇、河南周《歌声曲折》七篇、周《谣谚诗》七十五篇、周《谣歌声曲折》七十五篇，说明当时歌诗均与声曲折相关联，说明当时乐谱诗章"必兼有声字以及曲折，而与上列道曲之谱式盖略同"。根据《步虚

---

① 《步虚吟》是否出于晋时尚不能遽断，但是唐初释法琳《辨正论》已引玉京山《步虚辞》四句，恰好又在《道藏》所引十首中，则玉京山之作应成于唐代之前。

辞》,作者析出声字,再参考《古今乐录》①检出二十余个古曲声字,可谓石破天惊的贡献。在此基础上,作者第一次比较科学地试解了《铎舞歌诗》和《巾舞歌诗》,这是逯钦立先生对汉代乐府诗歌研究的重要贡献。可惜学术界对此还多所疏忽,特表而彰之,以志不忘。

不仅如此,作者还本着多闻阙疑、慎言其余的态度,坚持"毋意,毋必,毋固,毋我"的原则,本文第二部分曾比较作者对此文的修改润色,可以看出,作者对于文章的修改,不仅在字句方面推敲斟酌,在内容方面更是博观约取,反复权衡。他所要展示给我们的不仅仅是钻研学术的精神,还有文献方法上的价值。

就像任何事物都有两面性一样,作为文献学著作,《汉诗别录》也有其不足或者可以商议的地方,譬如作者认为所谓苏李诗"为东汉末年士大夫之作,不唯可以征之词语,而案之诗之内容,言抑有足见",此固为不移之论,但是作者又试图将此一推论坐实,谓其中有李陵送别许靖兄弟之作,则似牵强。这里就涉及文献学的研究目的、方法及其局限性问题了。

一般说来,历史研究的基础工作是文献学研究。长期以来,我们赋予文献学的一个重要任务,就是努力还原或者探寻历史的真实状况。其实,这是很难做到的事,甚至不可能完全做到。即便是昨天刚刚发生的事件,当事人与陈述者的立场、角度不同,自然会有不同的解读,因此,很难有纯粹客观的历史。清代考据学派中有所谓吴派与皖派之别。吴派代表人物强调还原历史,主张"不校之校",惟汉代马首是瞻,为历史存真。这是严格的文献学研究方法。而皖派学者则认为校异同为易,定是非为难,定作者

---

① 笔者曾有《〈古今乐录〉辑存》,收录在《玉台新咏研究》中,中华书局 2000 年版,第109 页。

之是非尤难。① 这就超出了文献学的范围,认为学术研究最终所探寻的还是作者所持的"义理"问题。这里所说的"义理"不能简单地用传统的孔孟之道加以概括,其实还有着更广泛的涵义。20世纪以来,在学术研究与思想方法上有着重大影响的学者如王国维、陈寅恪等,他们的学问深处,无不充溢着这种对于形而上的"道"的理解与追求。由此看来,历史研究的意义,或者说历史研究的终极目的,主要是通过探寻历史事件的发生与发展过程,来探究"人"在其中所扮演的重要作用以及留给后人的经验教训。希望文献学研究能够真实地还原历史,那不过是一厢情愿的期待。历史的真实,只有站在一个更高的角度,才能给予其合乎逻辑的揭示。

当然,跂而望之也好,登高博见也罢,终究还是要建立在文献学的基础之上。这也就是我们至今还要强调文献学研究的意义所在。

谨以此文纪念逯钦立先生百年诞辰。

(原载《文学遗产》2011 年第 2 期)

---

① 参见笔者《段玉裁卷入的两次学术论争及其他》,载《文史知识》2010 年第 7 期。

刘师培及其汉魏六朝文学研究引论

《中国中古文学史讲义》是近代著名学者刘师培于临终前一年刊布的一部有关汉魏六朝文学研究的重要著作，影响颇巨。刘师培所著《搜集文章志材料方法》与《汉魏六朝专家文研究》《南北文学不同论》《论文杂记》《文心雕龙讲录二种》等，也与汉魏六朝文学研究密切相关。这些论著，自是本文讨论的重点。还应当指出，文学研究只是刘师培整个学术活动的重要组成部分。依照知人论世的原则，本文从他的生平事迹和著述情况入手，试图从一个更大的历史文化背景出发，来评述刘师培汉魏六朝文学研究的业绩。

一

刘师培（1884—1919），字申叔，号左盦，江苏扬州仪征人，出身于书香门第。他的曾祖刘文淇字孟瞻，祖父刘毓崧字伯山，叔父刘寿曾字恭甫，均以治《左传》享盛名于道、咸、同、光四朝，列《清史稿·儒林传》。母亲李汝谖，为江都小学家李祖之女，通晓经史。而仪征刘家所生活的扬州地区，更是人文荟萃，学人辈出。王念孙、王引之父子以及焦循的专精之学自不必说，主持刊刻《十三经注疏》《皇清经解》的阮元，也曾与《四库全书》总纂纪昀齐名，世称"两文达"（阮元、纪昀并谥号文达）。在这样一个富有浓郁学术氛围的环境中长大的刘师培，濡染熏陶，自幼就熟读经典，出入子史，研习诗赋，后来成为著名学者，称之曰仪征刘氏家学乃至扬州学派的"殿军",似不为过。

从现存资料看,刘师培二十岁时公开发表了第一篇文章,时在1903年的春天。上一年,他得中举人,这年赴开封参加会试。临行前,作《留别扬州人士书》,刊发在《苏报》上,呼吁创办新式学堂,鼓励出洋留学。这次会试,刘师培名落孙山,从此对科场心灰意冷。从开封回扬州的途中,他滞留上海,与年长于他十五岁的章太炎(1869—1936)见面,这对他的思想与学术都产生了重要影响。刘师培对革命产生好感,主张攘除清廷,光复汉族,甚至更名"光汉",都应与章太炎的影响有关。两人在学术理念与治学领域等方面,也有很多共同的地方,遂成莫逆之交。① 这是刘师培步入社会、成为激进的革命党人的开端。

在章太炎的影响下,刘师培参与了《国粹学报》《俄事警闻》以及翌年扩版的《警钟日报》的编辑工作。其间,曾续黄宗羲《明夷待访录》而作《中国民约精义》《中国民族志》等,倡言平等之说,辨析夷夏之别;承王夫之《黄书》而作《攘书》,排满复汉。值此时代思潮澎湃之际,他又加入中国教育学会、国学保存会等进步组织,成为职业革命者。

由于国内政治形势紧张,刘师培夫妇应章太炎等人邀请,东渡日本,担任章太炎主编的《民报》的编辑,并加入孙中山创立的同盟会,参与同盟会东京本部的工作。这期间,刘师培还与张继设立"社会主义讲习会",与妻子何震发起成立"女子复权会",创办《天义报》和《衡报》,宣传社会主义与无政府主义理论,提倡废除等级制度,实现人权平等,推行无政府主义。在学术方面,他在日本结识了章、黄学派的重要人物黄侃(1886—1935)。两人年龄相仿,但黄侃对于刘师培的经学颇为钦佩,后来遂北面执弟

---

① 参见汤志钧《章太炎年谱长编》,中华书局1979年版,第162页。时章太炎三十六岁。

子礼。①

　　这是一个风起云涌的时代,也是一个大浪淘沙的时代。很多知识分子出于不同的目的,积极投身革命,至少同情革命。业师姜亮夫先生曾对我说过,他的老师王国维(1877—1927)当年也曾通读过《资本论》,可惜我还没有看到相关文字资料。但刘师培确确实实曾组织翻译过《共产党宣言》和克鲁泡特金(Peter Kropot-Kin)的《面包掠夺》《总同盟罢工》等,思想颇为激进。在倡导革命的过程中,刘师培与章太炎相互钦佩,相互支持。刘师培字申叔,章太炎字枚叔,当时乃以"二叔"并称,可见二人关系之密切。可惜好景不长,1908年,刘师培与章太炎发生争执,乃至结怨②,他只好从日本回到上海。

　　他的朋友们没有想到,刘师培的思想由此发生根本性蜕变,与他先前所积极倡导的革命理想背道而驰,渐行渐远。③ 他公开投靠了清廷两江总督端方(1861—1911)④,甚至还把江浙革命党

---

① 参见黄焯《记先从父季刚先生师事余杭仪征两先生事》,载程千帆、唐文编《量守庐学记:黄侃的生平和学术》,生活·读书·新知三联书店2006年版,第122页。丁惟汾《刘申叔先生遗书序》称:"近数十年来,学者根柢不及前人而求功则欲驾乎其上。于是挟私见矜闻见,附会穿凿,莫可究诘。其笃守家法,敦古不疑,岿然作清儒后劲者,惟余杭章太炎、蕲春黄季刚与申叔数人而已。而覃思冥悟,以申叔为最。自季刚以下皆尊师之。"见《刘师培全集》第一册,中共中央党校出版社1997年版,第24页。
② 关于结怨的内情,汤志钧《章太炎年谱长编》(中华书局1979年版)第263页多所披露。汤志钧《读〈量守遗文合钞〉——黄侃与章太炎、刘师培》、卞孝萱《读〈黄侃日记〉》对刘氏变节及与章氏交恶的背景也有论析,见张晖编《量守庐学记续编:黄侃的生平和学术》,生活·读书·新知三联书店2006年版,第177、276页。
③ 这蜕变的原因,当时人多归之于刘师培的妻子何震,如蔡元培《刘君申叔事略》就说"有小人乘间运动何震,劫执君为端方用",意谓何震暗中接洽清朝封疆大吏端方。见《刘师培全集》第一册,第17页。
④ 端方,清末大臣,金石学家,满洲正白旗人,本汉人,姓陶,号陶斋。1882年中举人,曾任直隶霸昌道。不久清廷在北京创办农工商局,将其召还主持局务。端方趁此机会上《劝善歌》,受到慈禧赏识,被赐三品顶戴。后调任河南布政使,旋升任湖北巡抚。其后,历任湖广总督、两江总督、闽浙总督等封疆大吏。1911年,四川新军哗变,端方被杀。端方曾出国考察,作《欧美政治要义》,上《请定国是以安大计折》,力主以日本明治维新为学习蓝本,为中国立宪运动重要著作。他也曾鼓励学子出洋留学,被誉为开明人士。好金石学,著有《陶斋吉金录》。

人谋划起义计划秘密呈报。① 而后,他把自己绝大部分精力投入到学术研究中,发表文章也不再用笔名刘光汉,而是多用本名刘师培。他为端方考订金石②,又拜徐绍桢(1861—1936)为师③,研究天文历法。这一切都发生在 1909 年的初春,当时,刘师培二十六岁。

  此后几年,端方调任直隶总督兼北洋大臣,刘师培随之北上,结识了严复(1854—1921)、罗振玉(1866—1940)等著名学者。后又随端方南下四川。辛亥革命爆发后,端方被杀,刘师培落拓无依,投靠成都老友谢无量(1884—1964)。当时,谢任成都国学院院长,乃聘刘师培任副院长,兼四川国学院学校课,讲授《左传》《说文解字》等。刘师培与谢无量、廖平(1852—1932)、吴虞(1871—1949)等共同发起成立四川国学会,编《国学杂志》。④ 从学术上来说,这个时期他进入了比较成熟的阶段,而在政治上却依然随波逐流。他北上山西,投靠阎锡山,任高等顾问,又由阎锡山推荐给中华民国大总统袁世凯。袁世凯倒也非常器重刘师培,授予其参政院参政的职位,封为上大夫。其间,刘师培还与杨度、严复等发起成立筹安会,就任理事,公开发表《君政复古论》《联邦驳议》等文,为袁世凯称帝摇旗呐喊,这说明他不仅没有沉浸书

---

① 参见李帆《刘师培与中西学术:以其中西交融之学和学术史研究为核心》所附《刘师培学谱简编》,北京师范大学出版社 2003 年版,第 246 页。
② 根据杨世灿《杨守敬学术年谱》记载,这一年,杨守敬亦受邀为端方考订金石,撰写题跋,见《杨守敬学术年谱》,湖北人民出版社 2004 年版,第 223 页。李详亦有《分撰陶斋藏石记释文自定本》,载《李审言文集》,江苏古籍出版社 1989 年版,第 1367 页。
③ 徐绍桢,字固卿,广东番禺人。父亲徐子退,曾参两广总督节署幕,著有《通介堂总说》《乐律考》《说文笺注》等。徐绍桢幼承家学,刻苦勤读,通汉宋儒学,尤究心于军事学,精研熟记近代新战术及各国军制、军事、兵器。清政府在全国编练新军,徐绍桢奉命赴日本考察军事。1904 年徐调任两江总督。1911 年响应武昌起义,被推为江浙联军总司令。1936 年 9 月 13 日在上海逝世。
④ 根据廖宗泽《六译先生年谱》(骆凤文校注《六译先生年谱校说》,中央文献出版社 2008 年版)载,刘师培入蜀与廖平等人见面在 1911 年冬,时廖平六十岁,刘师培二十八岁。

斋，忘却世事，而是变其本而加其厉，逐其功而争其名。洪宪帝制失败后，刘师培再次落寞，流落天津，与前清遗老遗少为伍。从1909年脱离革命到1916年袁世凯死后落拓无依，这是刘师培最为时人诟病的八年。

由此来看，在政治上，从一个激进的革命者到走向革命的对立面，刘师培确实是一个十分矛盾的人物。同样，他在学术上也充满矛盾：他的很多思想非常超前，每每突破藩篱，令人惊听回视。譬如，他很早就提倡白话，甚至要废除汉字，走拼音化道路；同时，他的论著又常常表现出一种浓郁的厚古薄今的倾向。

就在袁世凯称帝失败的1916年底，蔡元培被任命为国立北京大学校长，陈独秀任北大文科学长。刘师培得到陈独秀的推荐，得以进入北京大学，其学术生涯也步入最后的辉煌阶段。在北京大学两年多的时间里，刘师培讲授中古文学史；同时，还在国文研究所承担四个方向的科目研究，即经学、史传、中世文学史、诸子，并在北京大学附设的国史编纂处任编纂员。又与黄侃、朱希祖、马叙伦、梁漱溟等人成立"国故月刊社"，成为国粹派。

这里还有一个插曲：就在刘师培病逝的那年3月，《公言报》刊发了一篇题为《请看北京学界思潮变迁之近状》的文章，认为北大陈独秀、胡适等为"新派"，创办有《新潮》杂志。而黄侃、刘师培、马叙伦等为"旧派"，阵地就是《国故》月刊。几天以后，《北京大学日刊》发表《刘师培致公言报函》，认为此说"多与事实不符"。刘师培并不承认自己是旧派，更不愿意结帮拉派。他曾向往革命，更眷恋于学问。作为一介文人，刘师培可能更适宜于做学问，但是他的思想又是那样的激进，让他躲进书斋，不问世事，可能很难；而要让他完全理解世态，从容驾驭人情，一定更难。可以说，他的政治理想、学术追求，本身就是一个矛盾体，既激进弘通，又保守拘狭。这里可能有性格方面的原因，更主要的还是那个天翻地覆的时代留给一个知识分子的困惑与无奈。

刘师培死后，他的著述由弟子陈钟凡、刘文典等人搜辑，友人钱玄同整理，南桂馨校刻而成《刘申叔遗书》七十四种，总计约四百万字。全书发凡起例于1934年，两年后刻印而成，钱玄同曾就全书的编辑作了详细说明，并附有《左盦年表》《左盦著述系年》。然全书正式发行，已是刘师培离开这个世界整整二十年后的1939年了。这是刘师培全集第一次也是唯一一次系统的整理。此后有过两次补遗，一是罗常培先生根据听课笔记整理的《汉魏六朝专家文研究》①、《〈文心雕龙〉讲录二种》(即《颂赞篇》和《诔碑篇》的讲录)②；二是万仕国在罗常培辑本的基础上又广事搜罗，编辑而成《刘申叔遗书补遗》，收录五百余篇，总计一百六十余万字。③

刘师培从二十岁开始公开发表文字，到他三十六岁辞世，前后不过十六七年的时间，却写作了五百六十余万字的作品，平均每年完成约三十五万字的写作量。仅就数量而言，已经相当惊人。何况，他还奔波南北，从事大量的政治与社会活动。更叫人感到惊叹的是，这些著述，广泛涉猎传统经学、小学、校雠学等方面的内容，微辞奥义，盒多发明；同时也有相当数量的如陈寅恪先生所倡导的"预流"之作，论及现代西洋哲学、政治学、教育学、伦理学(如《伦理教课书》)等，贯通古今，旁及中外。所论多言而有据，迥异乎空疏浅薄之论，置诸近代中国学术发展史上，多具有里程碑性意义。

二

钱玄同《刘申叔先生遗书序》这样写道：

---

① 刘师培：《汉魏六朝专家文研究》，罗常培整理，重庆独立出版社1945年版。
② 刘师培：《〈文心雕龙〉讲录二种》，罗常培整理，以"左盦文论"为总题刊于1940年创刊的《国文月刊》九、十、三十六期。
③ 刘师培著，万仕国辑补：《刘申叔遗书补遗》，广陵书社2008年版。

最近五十余年以来,为中国学术思想之革新时代。其中对于国故研究之新运动,进步最速,贡献最多,影响于社会政治思想文化者亦最巨。……在此黎明运动中最为卓特者,以余所论,得十二人,略以其言论著述发表之先后次之,为南海康君长素(有为),平阳宋君平子(衡),浏阳谭君壮飞(嗣同),新会梁君任公(启超),闽侯严君几道(复),杭县夏君穗卿(曾佑),先师余杭章公太炎(炳麟),瑞安孙君籀廎(诒让),绍兴蔡君子民(元培)、仪征刘君申叔(光汉),海宁王君静庵(国维),先师吴兴崔公觯甫(适)。此十二人者,或穷究历史社会之演变,或探索语言文字之本源,或论述前哲思想之异同,或阐演先秦道术之微言,或表彰南北剧曲之文章,或考辨上古文献之真赝,或抽绎商卜周彝之史值,或表彰节士义民之景行,或发舒经世致用之精义,或阐扬类族辨物之微旨,虽趋向有殊,持论多异,有壹志于学术之研究者,亦有怀抱经世之志愿而兼从事于政治之活动者,然皆能发舒心得,故创获极多。此黎明运动在当时之学术界,如雷雨作而百果草木皆甲坼,方面广博,波澜壮阔,沾溉来学,实无穷极。此黎明运动中之刘君,家传朴学,奕世载德,蕴蓄既富,思力又锐,在上列十二人中,年齿最稚。……刘君著述之时间,凡十七年。始民元前九年癸卯,迄民元八年己未(1903—1919)。因前后见解之不同,可别为二期:癸卯至戊申(1903—1908)凡六年,为前期;己酉至己未(1909—1919)凡十一年,为后期。相较言之,前期以实事求是为鹄,近于戴学;后期以笃信古义为鹄,近于惠学。又前期趋于革新,后期趋于循旧。刘君著述所及,方面甚多,余所能言且认为最精要者有四事:一为论古今学术思想,二为论小学,三为论经学,四为校释群书。①

---

① 《刘师培全集》第一册,中共中央党校出版社1997年版,第27页。

钱氏所列十二位学人,即康有为、宋衡(即宋恕)、谭嗣同、梁启超、严复、夏曾佑、章太炎、孙诒让、蔡元培、刘师培、王国维、崔适等,是否都足以担当清末民初的学界领袖,或有可商。但是最年轻的刘师培进入当时最杰出的学者行列,似向无异议。

按照钱玄同的分类,刘师培的著作有四类最为精要。

(一) 论古今学术思想

《国学发微》,与章学诚《文史通义》相近,又可与章太炎《国学概论》参互对读,可以借以明了当时所谓国学,实即传统的经史子集之学。最可注意者,是刘师培用了相当的篇幅论述中国佛、道两派之学术,为当时及后来论国学者多所不及。《周末学术史序》,实际上是以序的形式,综合论述周秦之际心理学、伦理学、社会学、宗教学、政法学、财政学、兵学、教育学、哲学、术数学、文字学、法律学、文章学等学科,不啻为一部周秦学术简史。《两汉学术发微论》则分政治学、种族学、伦理学三类讨论两汉学术问题。《汉宋学术异同论》分义理学、章句学、象术学、小学等四类辨析汉宋学术异同。《南北学派不同论》分诸子学、经学、理学、考证学、文学等五个方面辨析南北学风的差异,可谓纵览古今,通观万象。《古政原论》与《古政原始论》主要考察古代阶级制度、礼俗、官职、兵制、刑法、学校、商业、工艺、国土、宗法、古乐等方面的成就与阙失。

(二) 论小学

主要见于《左盦外集》以及《毛诗词例举要》《荀子词例举要》《古书疑义举例补》《小学发微补》《尔雅虫名今释》《理学字义通释》等文。特别应叙及的是《理学字义通释》,博涉理、性、情、志、意、欲、命、心、思、德、义、恭、敬、才、道、静等常用的理学概念,疏通字意,阐发义理,颇近于戴震的《孟子字义疏证》,既是文字学论著,也是哲学著作。至于文字学综合性的著作,当推《中国文学教科书》。此书名曰中国文学,实际上是一部中国文字学方面的概论性著作,内容极其丰富。

(三) 论经学

刘师培长于经学,向为时人所重。著名学者黄侃仅比刘师培小两岁,却甘拜其为师,他说:"余于经学,得之刘先生者为多。"[①]刘师培于经学中,尤以四世家传之《左传》学最称博洽,其次是"三礼"之学。所以黄侃在《先师刘君小祥会奠文》中明言道:"君之绝业,《春秋》《周礼》。"

《春秋》及"三传"中,刘师培关于《春秋左传》的研究最为精深,著有《春秋古经笺》《春秋左氏传时月日古例考》《春秋左氏传例略》《春秋左氏传答问》《春秋左氏传古例诠微》《春秋左氏传传例解略》《春秋左氏传传注例略》《读左札记》《司马迁左传义序例》等。

有关"三礼"的著述中,《周礼古注集疏》为作者精心结撰之著。1936 年,陈钟凡《〈周礼古注集疏〉跋》记述刘师培临终前曾在北平家中谈起自己的学问,说自己年来"精力所萃,实在'三礼',既广征两汉经师之说,成《礼经旧说考略》四卷,又援据《五经异谊》所引古《周礼》说、古《左氏春秋》说及先郑、杜子春诸家之注,为《周礼古注集疏》四十卷,堪称信心之作"[②]。

此外,《尚书源流考》《毛诗札记》《礼经旧说》《逸礼考》《西汉周官师说考》《群经大义相通论》以及《经学教科书》等亦可归为经学论著。其中,《群经大义相通论》最具特点。作者梳理了丰富资料,比较群经的异同,包括《公羊传》与《孟子》、《公羊传》与《齐诗》、《毛诗》与《荀子》、《左传》与《荀子》、《穀梁传》与《荀子》、《公

[①] 黄焯:《记先从父季刚先生师事余杭仪征两先生事》,《量守庐学记:黄侃的生平和学术》,第 125 页。
[②] 《刘师培全集》第一册,第 271 页。

羊传》与《荀子》、《周官》与《左传》、《周易》与《周礼》等。他发现,各经之间多有相通之处。长期以来,我们的文史研究,往往强调中国古代经学传授中家法与师法的疆界,似乎各家之间泾渭分明。王先谦《诗三家义集疏》就是这样的一部著作。作者辑录了各家论《诗》的资料,分门别类,考镜源流。初读起来很是清爽,但是揆诸学术实际,未必就是如此。刘师培的研究告诉我们,早期的经学流传,往往相互取资,弥缝折中,并非如后来的学术史家们所描述的那样,壁垒森严,阵线分明。

(四)校释群书

校订群籍,几乎是清代学者用力最深、创获最大的学术工作。受此学风影响,刘师培年轻的时候,就曾校订过《吕氏春秋》等典籍,此后未曾中辍,校释过《周书》《管子》《晏子春秋》《老子》《庄子》《墨子》《荀子》《新书》《春秋繁露》《法言》《白虎通义》《楚辞》《穆天子传》《韩非子》《琴操》等古籍。比勘异同,定夺是非,与清代著名校雠学家卢文弨、孙诒让相比,自在伯仲之间。

如果细分,刘师培的研究著作还可按照现代意义上的历史学和文学研究将之独立开来。文学研究方面的成就,后面还要详谈。这里仅就历史学论著而言,他的《中国历史教科书》,就是一部简明扼要的中国通史,而《中国地理教科书》则是中国地理学方面的通论著述。《古历管窥》则在钱大昕等人基础上,深入讨论天文历法问题,可谓研几抉微。此外,还有大量的读书笔记,如《左盦题跋》为群书叙录,而《敦煌新出唐写本提要》尤其值得注意。

我们知道,法国著名汉学家伯希和[①]在 1906 至 1908 年间深

[①] 伯希和(Paul Pelliot, 1878—1945),法国著名汉学家、探险家。1905 年由中亚与远东历史、考古、语言及人种学考察国际协会法国分会会长埃米勒·塞纳尔(Emile Sénart)委任为法国中亚探险队队长,与测量师路易·瓦扬(Louis Vaillant)和摄影师沙尔勒·努埃特(Charles Nouette)一起,于 1906 至 1908 年间进入中国。

入敦煌莫高窟，对全部洞窟编号，并抄录题记，摄制大量壁画照片。1909年，伯希和再到中国采购汉籍，携带了部分敦煌写本精品，出示给中国学者罗振玉、蒋斧、王仁俊、董康、刘师培等人，中国学术界始知有敦煌遗书。根据《敦煌新出唐写本提要》小引可知，该文作于宣统二年（1910），也就是从伯希和处看到敦煌文献的第二年，刘师培敏锐地发现了这批文献的巨大价值，提纲挈领式地加以介绍。提要包括《毛诗诂训传·国风》残卷、《左传》杜预集解昭公残卷、《穀梁传》范宁集解残卷、《文选》李注残卷、《文选》白文残卷、《唐地志》残卷、《古类书》残卷、《周易》王弼注残卷、《庄子》郭象注残卷、《春秋穀梁经传解释》残卷、《隶古尚书》孔氏传残卷等。刘师培所生活的扬州地区，历来是《文选》学研究的重镇。刘师培秉承前哲学风，也对《文选》学格外重视。在敦煌文献中，《文选》学资料常常涉及一些重要的问题，譬如李善注六十卷的分与合，李善注早期版本与后代传本的异与同，还有《文选》白文三十卷等重大学术问题。至敦煌本出现，刘师培等早期敦煌学者筚路蓝缕，敏锐发掘，这些问题才又重新浮出水面，引起后世的广泛关注。那一年，刘师培才二十七岁。

从上面的介绍可知，刘师培的学术研究有两个非常鲜明的特点，一是对传统文化的坚守，二是对西方文明的吸收。坚守传统文化，即坚持从文字、音韵、训诂、目录、版本、校勘等传统研究方法入手，整理先秦两汉典籍。而吸收西方文明，主要是指他在西风初渐之际，引领风潮，勇于吸收现代思想精华，善于运用现代学术方法，考镜源流，颇具史家风范。《左盦外集》卷九有《论古今学风变迁与政俗之关系》《近儒学术统系论》《清儒得失论》《近代汉学变迁论》等文，就是通观中国历史的学术史著作。

《论古今学风变迁与政俗之关系》将世俗民风与学风的变化联系起来考察，认为学风的变化直接影响到世风变化。由此看来，每一时代的知识分子在引领世风方面都有着不可忽视的重要作用。譬如两汉崇气节,而三国尚权诈,六朝别流品,隋唐则重功名。这些变化,既与统治集团的政策导向密不可分,更与那个时代的士人追求息息相关。刘师培因此而得出这样的结论:"欲考中国民气之变迁,当先知中国学风之变迁。"①

学风的变化对于近代政治文化发展变化的意义,是刘师培时常关注的问题。其《清儒得失论》纵论清代学者各家之得失,而《近代汉学变迁论》又将讨论的范围缩小到当时颇负盛名的"汉学"上,指陈利弊,颇中肯綮。作者将清代汉学发展分为四期:首先是顺康时期的阎若璩、胡渭等,为"怀疑派"代表。他们治学的范围非常广泛,对于前代学说多所怀疑,由思而学,援据精博。其次是康雍乾时期的戴震、钱大昕等为"征实派",好学深思,多闻阙疑。这两派的中坚多是清代学术领域的实力派人物,实事求是,无征不信,树立了较高的学术标杆。他们的追随者高山仰止,只能肆力于群籍的校勘,旁搜博采,撅拾旧闻。刘师培视之为"丛缀派"。尽管规模较小,不成气象,但终究还是在学问之间讨生活。而嘉、道之际,随着政治形势的巨大变化,今文经学振臂而起,常州学派扮演了极其重要的角色。前有"二庄"(庄存与、庄培因),后有刘宋(刘逢禄、宋翔凤),"运之于虚而不能证之以实,言之成理而不能持之有故"②。总之,各派之间,各有得失。问题则是他们的末流,或学有余而思不足,或思有余而学不足,甚至把学术作为敲门砖,志在仕途,更不足论。

从整体上说,刘师培更推崇清代前期的汉学家,自然也就偏于古文经学。他早年交往的学界名流,也多与古文经学有密切关系。但他也不排斥今文经学,甚至还与今文经学家多有来往。譬如他追随端方到四川之后,曾与著名学者廖平交往颇密,两人都

---

① 《刘师培全集》第三册,第 330 页。
② 《刘师培全集》第三册,第 345 页。

很推崇洪适的《隶释》《隶续》,认为可为研读经史之助。在治学方面,他们都不拘一隅,求新求变。廖平兼通古今,一生六变。其《经学初程》说自己治学先由训诂入手,始觉唐宋人文"宽泛无实,不如训诂书字字有意"①。我们在后面还要谈到,刘师培对于明代以来古文家所推崇的唐宋派也颇多微词。所不同者,廖平《知圣录》对于纪晓岚、阮元等评价不高,而刘师培对于乡贤阮元则推崇备至。可以这样说,刘师培的学术研究,确实很难用传统意义上的今古文经学,或者汉学、宋学来规范,因为他的研究已经具有鲜明的现代色彩。

三

说到刘师培学术研究的现代色彩,就不能不提到他的文学研究;刘师培的文学研究,具有承前启后的意义。

刘师培生活在社会急剧转型的时代,世纪之交,内忧外患,促使那一代知识分子最早睁开眼看世界。他们从中西哲学思想的比较中,从华夏文明盛衰际遇的嬗变中,反思家庭文化与西方探险精神的矛盾,探寻科技思想和义利观念的冲突,衡量创新意识与社会体制革新的关系,评估中国传统礼乐文化的本质特性与发展方向。这是刘师培那一代人关注伦理学、教育学,尤其关注文学的精神动力所在。在刘师培看来,移风易俗,改造人心,文学可以发挥重要作用,"大之可以振尚武之风,小之可以为养生之助,而征引往迹,杂陈古事,则又抒怀旧之蓄念,发思古之幽情,为劝戒人民之一助"②。

中国文学从它诞生之日起,就一直处在一种融合变化之中。

---

① 廖宗泽撰,骆文凤校注:《六译先生年谱校说》,第5页。
② 《刘师培全集》第三册,第447页。

春秋战国时期,主要是华夏各民族文化的融合;两汉以降,随着封建帝国统治的强化与中外文化交流的拓展,中西文化的融通成为一时潮流。作为文化重要组成部分的文学思想,也遵循着这种演变规律,在融合中获得发展,在发展中增强融合。刘师培《论文杂记》开篇第一则论中国文章之学,就与印度佛书作比较。他认为印度佛书分为三类:一是经,二是论,三是律。而中国古代书籍,亦大抵可以分成三类,一是文言,藻绘成文,便于记诵,如《周易》卦辞、爻辞之类,近似于佛书的经类;二是语,或记事之文,或论难之文,多用散体,如《春秋》《论语》等书,犹如佛书的论类;三是例,语简事赅,便于遵行,如《周礼》《仪礼》《礼记》等书,好像是佛书的律类。① 由此笔锋一转,作者又将视野转到欧洲,第二则征引英国哲学家的论断,推论语言进化演变由文趋质、由深趋浅的一般规律。《文章原始》也说:"昔罗马文学之兴也,韵文完备,乃有散文;史诗既工,乃生戏曲。而中土文学之秩序,适与相符,乃事物进化之公例,亦文体必经之阶级也。"② 在与世界多种文明的比较中反观自己,中国文学的特性也就凸显出来。这大约是20世纪初叶成长起来的知识分子普遍的观感。那个时候出版的中国史、文学史、哲学史著作,往往开宗明义,总要先从中西比较中确定自己论述的价值,这几乎成为一种叙述模式。稍后的钱锺书《管锥编》也是如此。第一则论《周易》之"易"乃"一名而含三义",作者旁征博引,比较汉语与西方语言修辞的差异,指出二者异中有同、同中有异。《管锥编》自始至终都是在这种比较中展开论述。因此,刘师培的"文学"观念,显然不是他个人冥思苦想的独创,而是时代所赐。

基于这样一种文学观念,刘师培论文学起源、文学功能、文学

---

① 刘师培:《中国中古文学史　论文杂记》,人民文学出版社1959版,第109页。
② 《刘师培全集》第三册,第450页。

发展、文章各体,就与以"五经"为本的传统文论形成较大的反差。譬如论各种文体,他认为很多出于巫祝之官。他熟练地运用传统训诂手段,逐一辨析"巫"与"祝"的原始意义,从而指出:"文章各体,多出于斯。又颂以成功告神明,铭以功烈扬先祖,亦与祠祀相联。是则韵语之文,虽匪一体,综其大要,恒由祀礼而生,欲考文章流别者,曷溯源于清庙之守乎?"①在《论文杂记》中,他还指出:"上古之时,先有语言,后有文字。有声音,然后有点画;有谣谚,然后有诗歌。谣谚二体,皆为韵语。'谣'训'徒歌',歌者永言之谓也。'谚'训'传言',言者直言之谓也。"②也就是说,中国早期叙事文体无一不是和神圣信仰、祭祀仪式、权力话语相关联。

由此延伸,他认为中国的各体文章,也多用于各种祭祀的场合。《周末学术史序·文章学史序》这样写道:

> 吾观成周之制,宗伯掌邦礼,于宗庙鬼神之典,叙述尤详。而礼官协辅宗伯者,于祭祀之典,咸有专司,如巫史祝卜是也。试观《周礼》,太祝掌六祈以司鬼神,即后世祭文之祖也。殷史辛甲作虞箴以箴王缺,即后世官箴之祖也。又太祝所掌六词,命居其次,诔殷其终:命也者,后世哀册之祖也。诔也者,后世行状诔文之祖也。颂列六义之一,以成功告于神明,屈平《九歌》其遗制也。铭为勒器之词,以称扬先祖功烈,汉魏墓铭其变体也。且古重卜筮,咸有繇词,遂启《易林》《太玄》之体。古重盟诅,咸有誓诰,遂开《绝秦》《诅楚》之先。况古代祝宗之官类,能辨姓氏之源,以率遵旧典,由是后世有传志、叙记之文。德刑礼义记于史官,由是后世有典志之文。

---

① 《文学出于巫祝之官说》,载《刘师培全集》第三册,第87页。
② 《中国中古文学史 论文杂记》,第110页。

文章流别,夫岂无征?①

《论文杂记》论箴、铭、碑、颂等所谓有韵之文,起源很早,也多与实用功能相关。箴者,古人谏诲之词;铭者,古人儆励之词;碑者,古人记功之文;颂者,古人揄扬之词。② 有韵之文便于传诵,所以起源最早,这就足以说明早期的文学,功能主要在实用。春秋之后,言与语、文与质分为二途,言与文相联,而语与质相通。所谓"直言者谓之言,论难者谓之语,修词者谓之文,不独言与文分,亦且言与语分,故出言亦分文质。言之质者,纯乎方言者也。言之文者,纯乎雅言者也"③。因此,两汉以后的赋、颂、箴、铭等,皆属于文的范畴,而论、辩、书、疏等,则带有语的色彩。

在古今中外的比较中,刘师培对于中国汉语所固有的特性有了更加清晰的体认。他主张,无论是文学创作还是文学研究,都应当从具体的字句入手,然后才能谈到声、情、文的修饰问题。《文说》即从析字说起,特别指出:"昔西汉词赋,首标卿云,摛词贵当,隶字必工。此何故哉?则辨名正词之效也。司马《凡将》、子云《训纂》,详征字义,旁及物名,分别部居,区析昭明。及撮其单词,俪为偶语,故撷择精当,语冠群英。则字学不明,奚能出言有章哉?"④《文章源始》又指出:"积字成句,积句成文。欲溯文章之源起,先穷造字之源流。""然扬、马之流,类皆湛深小学,故发为文章,特沉博典丽,雍容揄扬。注之者既备述典章,笺之者复详征训诂。故非徒词主骈俪,遂足冠冕西京。"⑤这里,刘师培一

---

① 《文章学史序》,载《刘师培全集》第一册,第523—524页。
② 《中国中古文学史 论文杂记》,第112页。
③ 《文章源始》,载《刘师培全集》第三册,第448页。
④ 《刘师培全集》第二册,第71页。《中华读书报》2010年3月24日第7版葛云波《金粉丹青属阿谁——揭露刘师培'抄袭'〈四六丛话〉》,指出《文说·耀采第四》多袭用孙梅《四六丛话》。"析字"为《文说》第一篇,未查核是否也属于这种情况。
⑤ 《刘师培全集》第三册,第448页。

而再、再而三地提到了司马相如、扬雄和他们的文字学著作,说他们的辞赋创作追求奇古华赡,"以艰深之词,文浅易之说"(苏轼评扬雄《法言》《太玄》语),并非偶然现象,而是有着特定的历史背景。

所谓特定的历史背景,就是秦汉时期,读书识字已经作为一种法律被规定下来。因此,当时的文字学著作特别盛行。秦代统一之后,出于"书同文"的考虑,李斯、赵高、胡毋敬分别著有《仓颉篇》《爰历篇》和《博学篇》等文字学著作,作为时人读本。这些著作在西汉初年曾广为流传。武帝时的司马相如著有《凡将篇》,西汉后期的扬雄根据李斯、赵高、胡毋敬的书合编而成《苍颉训纂》一篇。① 另有《别字》十三篇②、《苍颉传》一篇。同时代的史游还著有《急就章》、李长著有《元尚篇》等,都是为了当时读书的需要。故《论衡·别通篇》云:"夫苍颉之章,小学之书,文字备具。"③最近一百年,在居延等地发现的汉简中,时常提到《苍颉篇》《急就章》等。在西北边陲,童蒙读物如此流行,充分可见秦汉时期普通人对于习字的重视程度。

《论衡·效力篇》还说:"叔孙通定仪,而高祖以尊;萧何造律,而汉室以宁。"④所谓萧何造律,系指其《九章》之律,亦大抵因秦旧

---

① 《汉书·艺文志》"小学类"小序曰:"《苍颉》七章者,秦丞相李斯所作也;《爰历》六章者,车府令赵高所作也;《博学》七章者,太史令胡母敬所作也:文字多取《史籀篇》,而篆体复颇异,所谓秦篆者也。是时始造隶书矣,起于官狱多事,苟趋省易,施之于徒隶也。汉兴,闾里书师合《苍颉》《爰历》《博学》三篇,断六十字以为一章,凡五十五章,并为《苍颉篇》。武帝时司马相如作《凡将篇》,无复字。元帝时黄门令史游作《急就篇》,成帝时将作大匠李长作《元尚篇》,皆《苍颉》中正字也。《凡将》则颇有出矣。至元始中,征天下通小学者以百数,各令记字于庭中。扬雄取其有用者以作《训纂篇》,顺续《苍颉》,又易《苍颉》中重复之字,凡八十九章。"《汉书》卷三十,中华书局1962年版,第1721页。
② 钱大昕《汉书考异》以为即扬雄撰《方言》十三卷。
③ 参见曹道衡、刘跃进著《先秦两汉文学史料学》下编第三章,中华书局2005年版。
④ 〔汉〕王充撰,黄晖校释:《论衡校释》,中华书局1990年版,第588页。

制。其中与文化相关的内容主要见于《汉书·艺文志》中的一段话:"汉兴,萧何草律,亦著其法,曰:'太史试学童,能讽书九千字以上,乃得为史。又以六体试之,课最者,以为尚书、御史、史书令史。吏民上书,字或不正,辄举劾。'六体者,古文、奇字、篆书、隶书、缪篆、虫书。"古文、奇字亦在其中,汉赋大量出现奇字,或与此政策有直接关系。《汉书》还记载,石建上书,写"马"字少一笔,惊恐万状,甚至以为要"获谴死"。① 由此可见当时法律的威慑力量。

司马相如、扬雄等人所编的这类字书,大约就是当时的童蒙读物,而他们的辞赋创作,之所以充满古文奇字,很可能也与文字传播功能相关。由此还可以扩大来说,秦汉文章、特别是应用文章的最大特点,诚如刘师培所说:"摛词贵当,隶字必工。"如果脱离这段特殊的历史背景,就像明代古文家所推崇的那样,以为秦汉文人殚见洽闻,无端求工,真是皮相之谈。②

从识字辨体推演开来,刘师培的文学史发展观,也注意从更大的范围内审视文学发展的脉络,有着明晰的史的概念。譬如他在《论文杂记》中论汉代至魏晋的文章变迁,分为四端:

> 西汉之时,箴、铭、赋、颂,源出于文;论、辩、书、疏,源出于语。观邹、枚、扬、马之流,咸工作赋,沉思翰藻,不歌而诵;旁及箴、铭、骚、七,咸属有韵之文。若贾生作论,史迁报书,

---

① 《汉书·万石卫直周张传》载:"建为郎中令,奏事下,建读之,惊恐曰:'书"马"者与尾而五,今乃四,不足一,获谴死矣!'"颜师古注:"马字下曲者为尾,并四点为四足,凡五。"《汉书》卷四十六,第 2196 页。

② 刘师培《论文杂记》:"史篇起源,始于仓圣。《周官》之制,太史之职,掌谕书名。而宣王之世,复有史籀作《史篇》,书虽失传,然以李斯《仓颉篇》、史游《急就篇》例之,大抵韵语偶文,便于记诵,举民生日用之字,悉列其中,盖《史篇》即古代之字典也。又孔子之论学诗也,亦曰'多识于鸟兽草木之名',是诗歌亦不啻古人之文典也。盖古代之时,教以'声教',故记诵之学大行,而中国词章之体,亦从此而生。"又说司马相如、扬雄创作"所用古文奇字甚多,非明六书假借之用者,不能通其词也"。见《中国中古文学史　论文杂记》,第 111、117 页。

>刘向、匡衡之献疏,虽记事记言,昭书简册,不欲操觚率尔,或加润饰之功,然大抵皆单行之语,不杂骈骊之词;或出语雄奇,或行文平实,咸能抑扬顿挫,以期语意之简明。东京以降,论辩诸作,往往以单行之语,运排偶之词,而奇偶相生,致文体迥殊于西汉。建安之世,七子继兴,偶有撰著,悉以排偶易单行;即非有韵之文,亦用偶文之体,而华靡之作,遂开四六之先,而文体复殊于东汉。其变迁者一也。
>
>西汉之书,言词简直,故句法贵短,或以二字成一言,而形容事物,不爽锱铢。东汉之文,句法较长,即研炼之词,亦以四字成一语。魏代之文,则合二语成一意,由简趋繁,昭然不爽。其变迁者二也。
>
>西汉之时,虽属韵文,而偶对之法未严。东汉之文,渐尚对偶。若魏代之体,则又以声色相矜,以藻绘相饰,靡曼纤冶,致失本真。其变迁者三也。
>
>西汉文人,若扬、马之流,咸能洞明字学,故选词遣字,亦能古训是式,非浅学所能窥。东汉文人,既与儒林分列,故文词古奥,远逊西京。魏代之文,则又语意易明,无俟后儒之解释。其变迁者四也。①

这种变化,也可以用四句话加以概括,即以排偶易单行,由简略趋繁富,渐尚声律色采,语意由深奥向浅显。联系《中国中古文学史讲义》所论汉魏文学变化的四个特征,这还是一个很有意义的论题。

我们知道,一切存在的基本形式是时间和空间,脱离时空的存在,都是不可能的。文学发展自然也不例外,它一定是发生在特定的时空之中。我们只有把作家和作品置于特定的时空中加以考察,才能确定其特有的价值,才不会流于空泛。九十多年前,

---

① 《中国中古文学史 论文杂记》,第116—117页。

刘师培就已经注意到文学空间的变化对于文学特色的影响。他的《南北文学不同论》承袭了《北史·文苑传》的观点而又有发展。① 不仅文学如此,艺术的发展同样遵循着这样的规律。刘师培继承阮元《南北书派论》《北碑南帖论》之说,在《中国美术学变迁论》论汉魏之际美术发展时写道:

> 晋代以降,学士大夫以书画奕棋相尚。南人简旷,标清远之风;北学拘墟,守庄严之度。以言乎书法,则南人长于书帖,北人长于书碑。南派疏放妍妙,行草之体盛行。……北派直质谨严,笔多波碟。……以言乎文词,则南人清新俊逸,北人硁确自雄。南派虽崇妍练,然出于自然,秀气灵襟,超轶楮墨。及乎末流,遂流轻绮,雕几既极,色泽空存。北派叙事简严,发言刚劲。工者以严凝之骨饰流丽之词。②

同样的观点,亦见于其《论美术援地而区》一文,他认为,古代美术或成于一人,或萃于一地的缘由,也与地缘相关。不过,他亦在《汉魏六朝专家文研究》中专辟一节,论述文学研究不可为地理及时代之见所囿,因为很多优秀的作家,其文学特色与成就早已超越他所处的时代和区域。就文学研究而言,刘师培倡导的用时空观念梳理历代文学的发展的方法,还是很有参考价值的。

四

尹炎武在《刘师培外传》中称:"其为文章则宗阮文达文笔对之说,考型六代而断至初唐,雅好蔡中郎,兼嗜洪适《隶释》《隶续》所录汉人碑版之文。"③ 这段话比较准确地概括了刘师培文学史研

---

① 《刘师培全集》第一册,第556页。
② 《刘师培全集》第三册,第435页。
③ 《刘师培全集》第一册,第17页。

究的重点,即秦汉魏晋南北朝文学,用刘师培《汉魏六朝专家文研究》一书的研究范围概括,即"汉魏六朝文学"。

对于这段文学史,历来评价不一。尤其是六朝文学,每当文学变革之际,它几乎总是清道夫们抨击的对象。今天我们所能看到的研究资料很多是否定性的评价,如李谔《上隋高帝革文华书》、王通《文中子》等就开始兴师问罪,以为"江左齐梁,其弊弥盛",所写内容不出月露之形和风云之状,亟欲把它踢出文学的伊甸园。唐代的陈子昂、李白、白居易、韩愈等更是不遗余力地口诛笔伐。陈子昂说"齐梁间诗,彩丽竞繁而兴寄都绝",李白也说"自从建安来,绮丽不足珍"。白居易以为齐梁间诗不过"嘲风雪,弄花草"而已,而韩愈索性说"齐梁及陈隋,众作等蝉噪"。但否定归否定,历代文人又往往离不开六朝文学。譬如《昭明文选》,隋唐时期就曾作为科举考试尤其是进士科考试的重要参考书,"文选学"之说由此而起。以严羽《沧浪诗话》为代表的宋代诗话,凡是论及唐前文学,所列举的作品,几乎没有超出《文选》范围。在某种程度上说,《文选》就是先唐文学的代称。近代著名学者李详(1859—1931)在其《文选学著述五种》中对于杜甫、韩愈等唐代文人的作品作了详尽的考察,结论是唐代诗人几乎没有不受《文选》影响的。①

其中的原因,其实也不难推想。在中国文学史上,这个时期的学术思想表现得最为活跃,甚至呈现出一种鲜明的异端色彩。传统儒学的衰微,新兴玄学的繁荣,外来佛学的传播,为当时文人雅士的思想提供了广阔的拓展空间。个性的张扬,意味着儒学束缚的挣脱,意味着自由发展的趋势。表现在文学创作方面,"永明体"的出现对于近体诗的成熟无疑起到了催化剂的作用;六朝小说的繁荣为唐代传奇的发展奠定了坚实的基础;六朝骈文更是取得了空前绝后的成就。表现在文学理论方面,这一时期是中国文

---

① 李详著,李稚甫编校:《李审言文集》,江苏古籍出版社 1989 版,第 1—158 页。

学批评史基本形态、主要范畴、理论框架的最重要的创始阶段,或者说是成形阶段。归结到一点,就是对独创性的自觉追求。这是非常独特的历史现象,因此,这一时期的文学也就一直吸引着很多学者关注。

刘师培研究汉魏六朝文学首先是从史料的整理开始的。《搜集文章志材料方法》发表于1919年5月20日《国故》月刊第3期。这年11月,作者病逝,因此,这是作者临终前的重要文字。该文以挚虞《文章流别论》为范本,从当时的文学批评资料入手,提出四种收集资料的方法。

第一,论完整保存之书,除正史之外,还要博涉旁收,包括杂史如《汉纪》《华阳国志》《十六国春秋》等,古注如《世说新语》刘孝标注、《三国志》裴松之注、《汉书》颜师古注等,子书如《法言》《论衡》《潜夫论》《风俗通义》《抱朴子内外篇》《颜氏家训》《金楼子》《刘氏新论》等,也应竭泽而渔。

第二,论亡佚之书,亦当辑录钩沉。因为是以辑录历代文章志为例,所以作者认为首先应当关注汉魏六朝时期的文章志著作。《隋书·经籍志》有挚虞《文章志》四卷,傅亮《续文章志》二卷,宋明帝《晋江左文章志》三卷,沈约《宋世文章志》二卷,荀勖《杂撰文章家集叙》十卷,张隐《文士传》五十卷。此外,顾恺之《晋文章纪》、邱渊之《文章录》,虽书名不见于《隋志》,然《世说新语注》等书所引,仍有佚文。用这种方法辑录钩沉,可以鲁迅《古小说钩沉》为代表。《玉海·艺文志》记录了大量的宋代流传的著作,颇值得关注,亦可作为辑录的对象。① 刘师培还提到《太平御览》"文部",凡二十二卷,论述各种文体,以往的论著似关注不多。说到这部分内容,还应结合"学部"十三卷参照论析。关于辑佚方

---

① 参见拙文《〈玉海·艺文〉的特色及其价值》,载《复旦学报(社会科学版)》2009年第4期。

面的成果,刘师培特别推崇严可均的《全上古三代秦汉三国六朝文》,视其为先唐文学研究的资料渊薮。全书七百四十六卷,为十五集,辑录上古至隋代三千四百九十七人的作品。当然,限于各种条件,严氏漏辑误辑还有不少。有些书虽已辑录,仍有漏辑者不说,更多的是当时国内有书而难以借用者,如《永乐大典》、《四库全书》、《大藏经》、《道藏》、大量的乡邦文献以及地方志等,还有当时国内无书而无法观览者,如《文馆词林》(严氏仅见四卷)、《玉烛宝典》及后来出土的帛书、简牍、石刻、碑铭等。

第三,论诗评文之书,论及《文心雕龙》《诗品》《史通》《全唐文》及野史杂记之类。只是这部分内容涉猎的范围还比较狭窄。从罗常培所辑的《文心雕龙讲录》来看,作者似有专门的论述,可惜多已失传。

第四,论文集的存佚以及文集目录的价值。作者描述了中国古籍四部分类的演变过程,认为汉代尚未有"集"的概念,书以册分,也无"卷"的提法。从整体上说,这一点是确信不移的。[①] 文集的详细著录,现存以《隋书·经籍志》为大宗。这是唐初官修的一部目录,建立在《汉书·艺文志》基础之上,依据隋代、唐初的政府藏书,并参考以前的有关目录书记,著录各书的存佚情况,反映了东汉魏晋南北朝时期的思想文化状况,确立了史家目录四部分类的规范。

《中国中古文学史讲义》可以说是作者综合运用上述四种方法整理而成的典范之作。全书总共五讲:一、概论;二、文学辨体;三、论汉魏之际文学变迁;四、魏晋文学之变迁;五、宋齐梁陈文学概略。这部著作的价值在于,其不仅仅是中古文学系统研究的开

[①] 或许也有少许例外。如《汉书·谷永杜邺传》应劭注引有《谷永集》,知其著作在汉末已经有别集问世,这是值得注意的现象。因为《汉书·艺文志》称汉人著作多称多少篇,少有称"集"者。又《汉书·扬雄传》有"又旁《惜诵》以下至《怀沙》一卷,名曰《畔牢愁》"。这里称"卷"也不是《汉书》著录各人著作的习惯用法。

山之作，还在于这部著作的问世，从总体上改变了人们对于这段文学史评价偏颇的情况，使人们看到了这段文学的积极意义。对此，鲁迅曾给予了较高评价，认为"研究那时的文学，现在较为容易了，因为已经有人做过工作……辑录关于这时代的文学评论有刘师培编的《中国中古文学史》……对于我们的研究有很大的帮助，能使我们看出这时代的文学的确有点异彩"。因此，鲁迅先生在讲座中，特别说明"我今天所讲，倘若刘先生的书里已详的，我就略一点；反之，刘先生所略的，我就较详一点"①。可见这部书在鲁迅先生心目中的重要位置。鲁迅的演讲是在1927年，而刘师培的这部著作原本也是演讲稿，是作者于1917年起在北京大学讲授中古文学史的讲稿，早于鲁迅十年。鲁迅也是汉魏六朝文学研究的大家，除了这篇著名演讲稿外，他还曾专门从事《古小说钩沉》、《小说备校》、《嵇康集》、谢承《后汉书》、虞预《晋书》、虞喜《志林》、张隐《文士传》、《众家文章记录》等汉魏晋南北朝文献的辑校工作。② 因此，他对于刘师培的评论，绝不是泛泛而论，而是真正意义上的行家之论。那么，《中国中古文学史讲义》的价值主要体现在哪些方面呢？

第一，资料的系统性。刘师培在《汉魏六朝专家文研究》中特别强调，论各家文章之得失应以当时人的批评为准，他认为"历代文章得失，后人评论每不及同时人评论之确切。良以汉魏六朝之文，五代后已多散佚，传于今者益加残缺"。六朝史传中的文论资料很多，但是散见各处，只有集中起来，才能更清晰地看出流行一时的文学观念，这可能比专门的一家之言更具有代表性。《中国中古文学史讲义》最引人瞩目的特点，就是辑录丰富，且有系统的编排，细大不捐，详略兼顾，省却读者很多翻检之劳。

---

① 《而已集·魏晋风度及文章与药及酒之关系》，《鲁迅全集》第三册，人民文学出版社1981年版，第502页。
② 上述著作并见《鲁迅辑录古籍丛编》，人民文学出版社1999年版。

第二,论断的精准性。每讲前有解题,辑录后有案语,议论不多却自成体系。如总论部分,论及"声律说之发明、文学之区分",系统地辑出当时所能看到的绝大多数原始材料,排比考订,细心辨析,基本上勾勒出汉魏六朝文学发展的概貌。又如第三讲,阐释了建安文学的四个特点,即清峻、通脱、骋词、华靡。鲁迅先生《魏晋风度及文章与药及酒之关系》中本此而论曰:"汉末魏初的文章可说是清峻、通脱、华丽、壮大。"这一观点已为当今大多数研究者所认同。

第三,教学的实用性。譬如第三讲"论汉魏之际文学变迁",为了便于教学,作者还辑录了祢衡、陈琳、吴质、应璩、陶丘一、丁仪、刘廙、蒋济、杜恕、夏侯玄、王肃等人的十二篇作品作为参考。这种授课方法,刘师培常常贯穿运用于整个教学之中。譬如诔文和碑文,其文体特点如何?历代诔碑名文的运思之妙又体现在哪里?由于历史久远,对于这些后世已经不常用的文体,很多读者莫究其详。刘师培在《〈文心雕龙〉讲录二种》中不仅详尽论述了这两种文体的源流特点,还从《文选》等典籍中辑录曹植《王仲宣诔》,潘岳《杨荆州诔》《杨仲武诔》《夏侯常侍诔》《马汧督诔》,颜延之《阳给事诔》《陶征士诔》,谢庄《宋孝武宣贵妃诔》以及蔡邕《郭有道碑文》《陈太丘碑文》,王俭《褚渊碑文》,王巾《头陀寺碑文》,沈约《齐故安陆昭王碑文》,任昉《刘先生夫人墓志铭》等,对其中重要段落和字句,章分句析,逐一疏解,金针度人,有裨读者举一反三。这种有论有辑、有疏有解的授课方式,最有启发意义。黄侃《文心雕龙札记》、范文澜《文心雕龙注》,无不采用这种方法。①

当然,这部著作也留下了一些遗憾,总集如《文选》《玉台新咏》,文学批评著作如《文心雕龙》《诗品》,均未曾专门论列。虽名

---

① 参见拙文《〈文心雕龙〉研究的划时代著作——读范文澜〈文心雕龙注〉散记》,载《走向通融——世纪之交的中国古典文学研究》,知识产权出版社2005年版,第276页。

以"中古",然其论述的范围始于汉末曹氏当政,终于陈代,上不及秦汉,下未论北朝及隋代,显得很不全面。① 不过,幸而有罗常培先生根据听课笔记整理出的《汉魏六朝专家文研究》,让我们对刘师培的先唐文学研究业绩有了比较全面系统的认识。此外,作者还有《文例举隅》《文例释要》等文②,类似俞樾的《古书疑义举例》,也有重要的参考作用。

《汉魏六朝专家文研究》除绪论和各家总论外,归为十九个专题:一、学文四忌(忌奇僻、忌驳杂、忌浮泛、忌繁冗);二、谋篇之术;三、文章之转折与贯串;四、文章之音节;五、文章有生死之别;六、《史》《汉》之句读;七、蔡邕精雅与陆机清新;八、各家文章与经子之关系;九、文章有主观客观之别;十、神似与形似;十一、文质与显晦;十二、文章变化与文体迁讹;十三、汉魏六朝之写实文学;十四、研究文学不可为地理及时代之见所囿;十五、各家文章之得失应以当时人之批评为准;十六、洁与整;十七、记事文之夹叙夹议及传赞碑铭之繁简有当;十八、轻滑与蹇涩;十九、文章宜调称。

就各专题题目而言,或涉及一个时代的文学,或论及某一作家,或旁及某一文体,更多的是探讨文章具体修辞写作的方法与文学理论方面的一些基本问题,譬如神似与形似问题,文质与显晦问题,还有如何处理简洁与完整的关系等问题,不仅是中国古代文话、诗话每每论及的话题,也是现代文学理论常常要触及的问题。

正如书名所示,这部著作以汉魏六朝文为研究对象,《史记》《汉书》和《后汉书》是作者主要讨论的著作,蔡邕和陆机是作者最关注的两位作家。关于前三史,还有陆机,我们的文学史著作大

---

① 关于"中古"的时间断限问题,笔者在《关于魏晋南北朝文学研究的若干问题》一文中有所讨论,可以参看,收录在《走向通融——世纪之交的中国古典文学研究》,第195页。
② 两文并收录在《刘师培全集》第三册,第454、457页。

多给予较多关注,也有丰富的研究成果。相比较而言,有关蔡邕的研究就比较冷落了。

蔡邕的文章,最为后人推崇的是碑文。《文心雕龙·诔碑篇》认为蔡邕的碑文代表了汉代最高的水平。刘勰说:"后汉以来,碑碣云起,才锋所断,莫高蔡邕。观杨赐之碑,骨鲠训典;陈郭二文,词无择言;周胡众碑,莫非清允。"对此,刘师培深表赞同,他在为《诔碑篇》作疏解时说:"此段推崇蔡中郎之碑文为第一,盖非一人之私言,实千古之定论也。"[①] 这里,刘勰依次论及了蔡邕的《太尉杨赐碑》《陈太丘碑》《郭有道碑》《汝南周勰碑》《太傅胡公碑》等,将其视为蔡邕碑文写作的代表。其中,《太傅胡公碑》凡三篇,是蔡邕四十岁时的作品;《太尉杨赐碑》凡四篇,是蔡邕五十三岁时的作品;《陈太丘碑》凡三篇,是蔡邕五十四岁的作品。据《傅子》记载,陈寔死后,会丧者多达三万余人,场面之大,不难想见,蔡邕应邀撰写三篇碑文,各有侧重。刘师培在《论谋篇之术》一节中指出:"就蔡中郎之文论之,其所为碑铭,往往一人数篇,而篇法各异。如《杨公碑》《胡公碑》《陈太丘碑》等皆然。如《陈太丘碑》共有三篇,一篇但发议论,不叙事实;两篇同叙事实,而一详生前,一详死后,使非谋篇在前,安能选材各异?世谓碑铭之文千篇一律,惟修辞有工拙者,岂其然乎?"[②] 刘勰称颂陈、郭碑文"词无择言",择言,即败言,也是对其评价甚高。

刘勰评价《太尉杨赐碑》的特点是"骨鲠训典",即以《尚书》中的《尧典》和《伊训》为全文的骨干,显得典雅庄重,与简单的叙述传主生平事迹的传统碑文区别开来,具有了神圣典雅的风范。刘师培称其:"叙《尚书》经义,并摹拟《尚书》文调者,如《杨赐碑》。"

《后汉书·郭林宗传》载蔡邕谓卢植曰:"吾为碑铭多矣,皆有

---

① 刘师培:《〈文心雕龙·诔碑篇〉口义》,载陈引驰编《刘师培中古文学论集》,中国社会科学出版社1997年版,第168页。
② 刘师培:《汉魏六朝专家文研究》,载陈引驰编《刘师培中古文学论集》,第118页。

惭德。唯郭有道无愧色耳。"所谓"无愧色",我的理解,即在字里行间流露着真情实感,没有藻饰,没有矫情,更远离了虚伪。据《后汉书·郭林宗传》记载:"郭太字林宗,太原界休人也。家世贫贱,早孤。母欲使给事县廷。林宗曰:'大丈夫焉能处斗筲之役乎?'遂辞。就成皋屈伯彦学,三年业毕,博通坟籍。善谈论,美音制。乃游于洛阳。始见河南尹李膺,膺大奇之,遂相友善,于是名震京师。后归乡里,衣冠诸儒送至河上,车数千两,林宗唯与李膺同舟而济,众宾望之,以为神仙焉。"①在蔡邕的心目中,郭泰就是这样的"神仙",所以碑文盛称郭泰"孝友温恭,仁笃慈惠"、"器量弘深,咨度广大"、"砥节砺行,直道正辞"等。蔡邕认为这些评语气韵天成,恰到好处,故"无愧色"。刘师培在《〈文心雕龙·诔碑〉口义》中称:"此段一气呵成,为普通碑文之所无。普通碑文叙事虽亦得法,而文气散漫,不能贯串。惟蔡中郎辞调变化无方,故文章层出不穷,有一题数篇,而篇篇俱佳者,此其所以为汉碑冠也。"蔡邕《郭有道碑》从"凡我四方同好之人"至"亦赖之于见述也"一段,刘师培评论说:"应看其词令之雅处。碑铭用字与辞赋不同,应力祛冷僻。试观蔡中郎碑文之用字与《子虚》《上林》及《封禅文》《典引》之类迥殊。盖用字深僻则文气音节俱不能畅矣。故读此篇者,第一应看其叙事繁简适中;第二应看其用字典雅合度,第三应看其音调和谐。至于文章之有关修辞者,则'器量弘深,咨度广大'二句全用表象;'收文武之将坠,拯微言之未绝'及'砥节砺行,直道正辞'四句全用正写;'犹百川之归巨海,麟介之宗龟龙'二句用明比;'翔区外以舒翼,超天衢以高峙'四句用暗比:此皆其用笔之变化也。"②

胡广是蔡邕的老师,在《蔡邕集》中有好几篇碑文与胡广有

---

① 《后汉书·郭符许列传》,中华书局1965年版,第2225页。
② 刘师培:《〈文心雕龙·诔碑篇〉口义》,载陈引驰编《刘师培中古文学论集》,第170—171页。

关。蔡邕先是为胡广的继母、胡广之子作碑文,极尽赞美之能事。胡广与左雄就察举之事曾有很深的分歧,这在当时是一件大事。胡广认为应该广开门路,不必有所限制,但是灵帝接受了左雄的建议,胡广为此左迁汝南太守。这段背景,蔡邕有意避而不谈,只是平述事实,不作断语。刘勰以为"清允"或指此而言。而刘师培在"论文章之转折与贯串"一节中说,"《胡公碑》以'七被三事,再作特进'八字消纳胡广屡次之黜陟",这里就有为尊者讳的成分。

此外,《太尉桥玄碑》称赞桥玄"疾华尚朴,有百折不挠、临大节而不可夺之风","其拔贤如旋流,讨恶如霆击"。对仗工整,词采华丽。总之,蔡邕的碑文千变万化,层出不穷,如刘师培所言:"有重复之字句,而无重复之音调,无重复之笔法,洵非当时及后世所能企及也。"① 如果借用刘勰的话来概括,就是"其叙事也该而要,其缀采也雅而泽;清词转而不穷,巧义出而卓立。察其为才,自然而至"。

从上引各则看,刘师培认为蔡邕的碑文主要有这样几个特点:一是词调变化,引类无穷,篇篇可诵;二是有韵之文容易散漫,而蔡邕的碑文,音节和雅;三是蔡邕的碑文繁简适度,剪裁合宜。集中到一点,就是《文心雕龙·才略篇》所概括的那样,"蔡邕精雅"。刘师培以为"精雅"二字"实为定评"。他特别指出:

> 研治蔡文者应自此入手。精者,谓其文律纯粹而细致也;雅者,谓其音节调适而和谐也。今观其文,将普通汉碑中过于常用之句,不确切之词,及辞采不称,或音节不谐者,无不刮垢磨光,使之洁净。故虽气味相同,而文律音节有别。凡欲研究蔡文者,应观其奏章若者较常人为细,其碑颂若者较常人为洁;音节若者较常人为和,则于彦和所称"精雅"当

---

① 刘师培:《〈文心雕龙·诔碑篇〉口义》,载陈引驰编《刘师培中古文学论集》,第172页。

可体味得之。

在《汉魏六朝专家文研究》中，作者反复征引刘勰之说以为佐证，说明刘师培所归纳的这些写作要求，在很大程度上是总结了汉魏六朝文学批评的业绩。尤其是《文心雕龙》，更是刘师培有关中古文学史研究的重要学术资源。《中国中古文学史讲义》中虽然没有设立专章对《文心雕龙》本身的问题展开讨论，但作者多次征引《文心雕龙》。尤其是《汉魏六朝专家文研究》的写作，几乎就是以《文心雕龙》的理论框架作为基本依据和写作指南；同时，作者又结合近代以来的学术思潮，用更广阔的视野来审视汉魏六朝的各种文学现象，较之《文心雕龙》又有新的拓展。如果读者认可这种说法，那么研究《文心雕龙》就应当参考《汉魏六朝专家文研究》；反之，为了更好地理解《汉魏六朝专家文研究》，就应当对《文心雕龙》有深入的研讨。两者相辅相成，相得益彰。

行文至此，我们很自然地就会联想到另外一部研究《文心雕龙》的名著，即黄侃的《文心雕龙札记》，联想到黄侃与刘师培同样对《文选》研究的重视。黄侃有《文选平点》专书，刘师培对《文选》也推崇备至。刘师培的《文章源始》本于阮元《文韵说》而又有所发挥。他说："昭明之辑《文选》也，以沉思翰藻者为文。凡文之入选者，大抵皆偶词韵语之文，即间有无韵之文，亦必奇偶相成，抑扬咏叹，八音协唱，默契律吕之深。故经子诸史悉在屏遗。是则文也者，乃经史诸子之外，别为一体者也。"[①]显而易见，刘师培、黄侃，还有他们的前辈阮元、王闿运、李详等，无不对汉魏六朝文学推崇有加。他们研究《文心雕龙》，研究《文选》，还不遗余力地编纂各类文抄、诗选，乍看似乎有着某种地缘上的渊源，但从目前所掌握的材料看，更多的还是与当时的学派纷争有着密切

---

① 《刘师培全集》第三册，第450页。

关系。

　　清代乾嘉以来,在经学上的汉学与宋学途乖趣别之际,文学上也渐生两派,一是桐城文派,倡导唐宋古文;一是六朝文派,推崇《昭明文选》。而刘师培显然是站在后者的立场上。他在《古文辞辨》一文中着意指出,词与辞原本不同,秦汉以降,逐渐含混不清。"实则字各一义,非古代通用字也,乃习俗相沿,误词为辞。俗儒不察,遂创为古文辞之名。此则字义不明之咎也。"①在《论文杂记》第 22 则亦持类似见解。他说:"近世以来,正名之义久湮。由是,于古今人之著作,合记事、析理、抒情三体,咸目为古文辞。"②在这言辞的背后,他想要说明的是,那些《古文辞类纂》一派的学人,连词与辞的分别都没有闹清楚,就肆意标榜,诚然可笑。他在《汉魏六朝专家文研究》中论"汉魏六朝之写实文学",甚至说"中国文学之弊,皆自唐宋以后始"③。这里主要是就写实文学,尤其是应酬干谒一类的文字而言,但也足以说明他对于唐宋文派的成见之深。为此,他大力倡导文与语的区别,主张回到汉魏六朝时代,回归文学本体。

　　黄侃、李详也有类似的主张。《黄侃日记》1928 年 6 月 20 日曾记载这样一件事:朱义胄曾恳请黄侃为林纾文题辞,未曾想朱义胄竟将此私下题辞刊刻在林纾《文微》中,黄侃颇感不快,斩截写道:"纾(林纾)书必不足传,我虽无似,亦决不至荒陋与纾等。虽刻我文,亦无损于我耳。"④表示耻与林纾为伍。李详看到林纾《畏庐文集》出版后,胸中不平之气无所发泄,愤而撰写《论桐城派》,言词之激烈,令海内人士为之侧目。后来,李详又与钱基博

---

① 《刘师培全集》第三册,第 88 页。
② 《中国中古文学史　论文杂记》,第 138 页。
③ 见《刘师培中古文学论集》,第 138 页。《中国中古文学史讲义》亦有类似论断,如谓:"唐宋以降,文学陵迟,仅工散体,恒立专传。"
④ 《黄侃日记》,江苏古籍出版社 2001 年版,第 303 页。

书信往来,凡四通,主要是针对桐城末流,尤其对林纾颇多伐挞。他痛斥林纾"一意周旋通伯及姚氏昆弟,将桐城派致之元天之上,其意云何?不过为觅食计耳"①。黄侃、刘师培、李详等人以《文心雕龙》《文选》作为重型武器,攻击桐城派末流,林纾似乎还只是其中一个代表而已。

两派之争,不乏文人意气用事,用语难免刻薄尖酸,而最终却没有赢家。"五四"新文化运动兴起之后,桐城派和《文选》派,竟均被冠以"妖孽"和"谬种"的恶谥,成为新文化干将口诛笔伐的对象。就在"五四"运动爆发的那年冬天,刘师培因肺结核病逝,年仅三十六岁。1935 年,黄侃也因胃出血病逝,年仅五十岁。李详长寿,卒于 1931 年,享年七十三岁。从此,两派文人之争逐渐淡出人们的视野,留下来的,是他们的学术著作。

(原载《文学遗产》2010 年第 4 期)

---

① 李详著,李稚甫编校:《李审言文集》,第 1048 页。

文学史的张力（下）

刘跃进 著

下 编

"秦世不文"的历史背景以及秦代文学的发展

一、嬴秦统一过程中的文化特征

公元前247年,秦庄襄王死,赵政即位,是为秦王政,时年十三岁。① 翌年,为秦王政元年。吕不韦为相,李斯辞别荀子,西入秦,为吕不韦舍人②。从这一年开始到嬴秦统一中国,历时二十六年。又十一年,秦始皇死于沙丘。前后凡三十七年。这里所讨论的,主要就是这段时期内文化与文学的发生、发展及其变化的状况。

从政治军事上说,战国七雄的纷争已经接近尾声。而北部匈奴的强大,逐渐成为秦代边患。秦王嬴政亲政之后,在解决了内政吕不韦的问题之后,便开始了大规模的东扩战争,可谓势如破竹:秦王政十七年擒韩王安。十八年(前229),王翦兴兵攻赵,翌

---

① 司马迁《史记·秦始皇本纪》:"秦始皇帝者,秦庄襄王子也。庄襄王为秦质子于赵,见吕不韦姬,悦而取之,生始皇。以秦昭王四十八年(前259)生于邯郸。及生,名为政,姓赵氏。年十三岁,庄襄王死,政代立为秦王。当是之时,秦地已并巴、蜀、汉中,越宛有郢,置南郡矣。北收上郡以东,有河东、太原、上党郡;东至荥阳,灭二周,置三川郡。吕不韦为相,封十万户,号曰文信侯。招致宾客游士,欲以并天下。李斯为舍人。"《史记》卷六,中华书局1982年版,第223页。
② 司马迁《史记·李斯列传》:"李斯者,楚上蔡人也。……从荀卿学帝王之术。学已成,度楚王不足事,而六国皆弱,无可为建功者,欲西入秦……至秦,会庄襄王卒。李斯乃求为秦相文信侯吕不韦舍人。不韦贤之,任以为郎。"《史记》卷八十七,第2539页。

年攻取赵地东阳,得赵王迁,赵国由此而亡。十九年(前228),燕太子丹派荆轲刺秦王,秦军攻燕,破易水之西。秦王政二十一年(前226),王贲攻蓟,破燕太子军,攻取燕蓟城,得太子丹首。二十二年(前225),王贲攻魏大梁,引水灌之。大梁城坏,梁王请降,尽取其地,魏国至此灭亡。二十三年(前224),秦王派王翦攻取荆,虏荆王。秦王游至郢陈,荆将项燕立昌平君为荆王,楚淮北之地尽入于秦。二十四年(前223),王翦、蒙武攻取荆,昌平君死,项燕自杀,楚国至此而亡。二十五年(前222),秦王大发兵,王贲进攻辽东,虏燕王喜,燕国至此而亡。王贲复进攻代,虏代王嘉。王翦悉定荆江南地,降百越之君,置会稽郡。二十六年(前221),齐王投降。至此,前后十年,六国灭亡,天下一统。

秦王嬴政即帝位后,自称始皇帝,废谥号,分天下三十六郡,并接受齐人关于终始五德的建议,尚水德,以冬十月为岁首,色尚黑,度以六为名。丞相王绾作《议帝号》《议封建》。李斯作《议废封建》,反对分封子弟,以为立国树兵,必将重蹈两周灭亡之覆辙。李斯的思想主张,充分考虑到秦人的文化与历史状况,也顺应了历史发展的趋势。

从思想文化上说,这一时期,各家之说正经历着最后的较量。齐有荀子、邹衍、邹奭。荀子学说的核心是帝王之术,是传统儒家与名家结合的产物。邹衍著有《邹子》四十九篇,《邹子终始》五十六篇,倡言大九州之说。战国四公子中,东北有魏国的信陵君无忌,汇集了许多文人,《魏公子》二十一篇属于兵书类著作。① 此

---

① 参《史记·六国年表》及《魏公子列传》。《汉书·艺文志》"兵书略·兵形类"著录《魏公子》二十一篇。班固注:"图十卷,名无忌,有列传。"《史记·魏公子列传》:"魏公子无忌者,魏昭王子少子而魏安厘王异母弟也。昭王薨,安厘王即位,封公子为信陵君。"又云:"当是时,公子威振天下,诸侯之客进兵法,公子皆名之,故世俗称《魏公子兵法》。"《史记集解》曰:"刘歆《七略》有《魏公子兵法》二十一篇,图七卷。"图录卷数与《汉书·艺文志》略有不同。

外,魏国公子魏牟也活跃一时。根据《汉书·艺文志》"诸子略·道家"著录,有《公子牟》四篇,这属于道家思想作品。南有楚国的春申君,还有楚人的《鹖冠子》大约也成书于这个时期。《汉书·艺文志》"诸子略·道家类"著录《鹖冠子》一篇,班固注:"楚人,居深山,以鹖为冠。"《隋书·经籍志》著录三卷,《文心雕龙·诸子》:"鹖冠绵绵,亟发深言。"可以说,这又是一个风起云涌的时代。

相对于六国思想家而言,秦人的思想文化便显现出强烈的功利性、排他性与过渡性。孔子早就看到秦人的这种不同寻常的特性,《史记·孔子世家》载:"孔子曰:'秦,国虽小,其志大;处虽辟,行中正。身举五羖,爵之大夫,起累绁之中,与语三日,授之以政。以此取之,虽王可也,其霸小矣。'"①《史记·仲尼弟子列传》又载:"孔子既没,子夏居西河教授,为魏文侯师。"②子夏的弟子李悝则是法家的始祖,所著《法经》为中国第一部比较完整的封建法典。故《晋书·刑法志》说:"秦汉旧律,其文起自魏文侯师李悝,悝撰次诸国法,著《法经》。"③秦孝公时期的商鞅变法,又悉本李悝。《唐律疏议》卷一载:"周衰刑重,战国异制,魏文侯师于里(当作"李",原本如此)悝,集诸国刑典,造《法经》六篇:一《盗法》,二《贼法》,三《囚法》,四《捕法》,五《杂法》,六《具法》。商鞅传授,改法为律。"④自秦人启用商鞅变法之后,"革法明教,而秦人大治",国家面貌为之一变。从此,法家思想成为了秦国的统治思想。正是依靠这种思想的指导,秦国得以迅速崛起于群雄之中,为日后的统一奠定了坚实的基础。法家思想,崇尚武功,讲求实用,追求一统,这些思想一直被秦人奉为主导思想。这一思想的重要特征就是功利性,崇尚战功,寡义趋利。此功利性,在秦人那里又演变成

---

① 〔汉〕司马迁:《史记·孔子世家》,第1910页。
② 〔汉〕司马迁:《史记·仲尼弟子列传》,第2203页。
③ 〔唐〕房玄龄等:《晋书》,中华书局1974年版,第922页。
④ 〔唐〕长孙无忌:《唐律疏议》,中华书局1983年版,第2页。

一种强烈的排他性。春秋战国以来,百家争鸣的一个基本事实是,各家学说在相互融汇的同时,也在努力倡言与践行自己的主张,自然也会攻击对手。但在秦人那里,这种排他性表现得特别突出,不仅排斥其他学说,甚至那些倡言法家学说的人,也在相互排斥,唯我独尊。①

这种情形自然不利于秦人延揽人才,所以在吕不韦当政时期,鉴于先秦诸子百家争鸣,尤其是战国中后期稷下学宫各派学说在争辩中形成的各种活跃思想已经渐趋融合,倡导国家一统的政治理念和理论体系业已逐渐形成共识,在秦王嬴政继立初年,吕不韦以其"仲父"的特殊身份,招集门客,充分吸收中原地区特别是稷下学宫各学派学说而编著《吕氏春秋》,为秦朝的统一营造了充分的舆论氛围。可惜好景不长,吕不韦很快就受到了秦人贵族集团的排挤打击,最后客死异乡。

作为荀子弟子、吕不韦部下的李斯,当然对稷下学宫各派的主张了如指掌。但我们有理由相信,看到吕不韦的下场,李斯自然会明白一个基本事实:冒然改变秦人的文化政策,必将付出沉重代价。因此,李斯为秦相后,明显地吸取了吕不韦的教训。《汉书·异姓诸侯王表序》载:"秦既称帝,患周之败,以为起于处士横议,诸侯力争,四夷交侵,以弱见夺。于是削去五等,堕城销刃,箝语烧书,内锄雄俊,外攘胡粤,用壹威权,为万世安。"②嬴秦帝国这一系列政治文化政策的制定,背后有着鲜明的李斯因素。尽管李斯自己满腹经纶,文章也写得神采飞扬,但却走向另一种极端,一改吕不韦主张,极力推崇法家思想,焚书坑儒③,在刚刚建立的统

---

① 严耕望:《战国学术地理与人才分布》,《严耕望史学论文选集》,中华书局2006年版,第27页。
② 〔汉〕班固:《汉书·异姓诸侯王表序》,中华书局1962年版,第364页。
③ 秦始皇三十四年(前213),李斯作《议烧诗书百家语》,建议:"臣请史官非秦记皆烧之。非博士官所职,天下敢有藏《诗》《书》、百家语者,悉诣守、尉杂烧之。(转下页)

一帝国强力推行钳制众口的愚民政策。① 在这样的背景下，一统局面仅仅维持了十余年，帝国大厦就轰然坍塌。两汉思想家以及统治阶层积极地从不同的角度总结秦代短命的历史教训，逐渐形成这样一种共识，即外王内霸，将儒、道、法等学说融为一体，互为表里。中国封建统治思想由此逐渐走向成熟。从这个意义上说，秦人的思想文化又呈现出明显的过渡性特点。这里的详情及背景资料，我们下文还要论列。但不管怎么说，吕氏所倡导的容纳百家的思想主张，很快就为李斯的愚民政策所取代。

《文心雕龙·诠赋》说："秦世不文。"这是秦代钳制众口的必然结果。但不可否认，秦人统一中国之后强力推行的车同轨、书同文以及统一度量衡的政策，又为中国文化的发展繁荣奠定了重要的基础。中华民族两千年来形成的强大的向心力，与文化的多元一统密不可分。

我们知道，春秋战国时期，各国文字并不统一。即便是距离很近的诸侯国，文字也不尽相同，譬如山东莱阳发现的莱阳陶壶就与邹、鲁不同；甚至邹、鲁之间近在咫尺，其陶文与传世鲁器彝铭文字也有差别。秦以小篆为统一字体，丞相李斯的《仓颉篇》，中车府令赵高的《爰历篇》和太史令胡毋敬的《博学篇》等文字学著作均以小篆为标准，对于当时文化一统以及汉代文化的发展起到了至为关键的作用。从两汉以来三书流行情况看，李斯、赵高

（接上页）有敢偶语《诗》《书》者弃市。以古非今者族。吏见知不举者与同罪。令下三十日不烧，黥为城旦。所不去者，医药、卜筮、种树之书。若欲有学法令，以吏为师。"翌年又下坑儒令。并见《史记·秦始皇本纪》。蒙文通《经学抉原·焚书第二》认为李斯以博士为官学，不立者私学，是秦燔书为私学民间之书，坑儒乃犯禁之儒，不燔博士之藏书。

① 明代陆容《菽园杂记》卷一载无名氏《焚书坑诗》曰："焚书只是要人愚，人未愚时国已墟。惟有一人愚不得，又从黄石授兵书。"《论衡·语增篇》："燔《诗》《书》，起淳于越之谏；坑儒士，起自诸生为妖言，见坑者四百六十七人。传增言坑杀儒士，欲绝《诗》《书》，又言尽坑之，此非其实，而又增之。"按《文选·西征赋》引史作四百六十四人，《独异志》作二百四十人，《文选·移让太常博士书》作四百六十八人。

和胡毋敬的这三部文字学著作,已经成为当时读书人的基本教材。《汉书·艺文志》序称:"汉兴,闾里书师合《苍颉》《爰历》《博学》三篇,断六十字以为一章,凡五十五章,并为《苍颉篇》。"可见当时就有人将三书合成一书。西汉后期,扬雄据此而成《训纂》。不仅如此,相传秦人程邈还创为隶书,将文字简化,便于普及。这些都是秦人在文化政策方面值得特别书写的一笔。

二、《吕氏春秋》的政治意义

前文提到,吕不韦极力倡导容纳百家的思想主张,自有其特定的历史背景。吕不韦,战国秦相国,阳翟(今河南禹州)人,一说濮阳(今属河南)人。据《史记·吕不韦列传》及《战国策·秦策》记载,吕不韦在邯郸经商,听说秦王孙异人(或作子异、子楚)在赵国作人质,认为"此奇货可居",遂西游于秦,说华阳夫人,立异人为嫡嗣。又将自己的宠姬献给异人,当时这位宠姬已经怀孕,生子,即为秦王政。公元前249年,异人继位,也就是秦王嬴政的父亲庄襄王。三年后,庄襄王死,嬴政继立,任命吕不韦为丞相,封文信侯,食河南洛阳十万户。秦王政元年(前246)为相国,号称仲父,一时权势煊赫,门下士多达三千人。吕不韦让门客各呈所闻,编为著作,号称《吕氏春秋》。书成之后,吕不韦将其悬于咸阳城门,称能增损一字者予千金。

吕不韦为什么如此重视这部著作?《史记·吕不韦列传》记载得非常清楚:"当是时,魏有信陵君,楚有春申君,赵有平原君,齐有孟尝君,皆下士喜宾客以相倾。吕不韦以秦之强,羞不如,亦招致士,厚遇之,至食客三千人。是时诸侯多辩士,如荀卿之徒,著书布天下。吕不韦乃使其客人人著所闻,集论以为《八览》《六论》《十二纪》,二十余万言,以为备天地万物古今之事,号曰《吕氏春秋》。"《十二诸侯年表》也说这部书"上观尚古,删拾《春秋》,集六国时事"。据此表，孟尝君当卒于秦昭王二十四年（前283）以后，平原君卒于秦昭王五十六年（前251），信陵君卒于秦王嬴政四年（前243），春申君卒于秦王嬴政九年（前238）。吕不韦著书前后，战国四公子中还有信陵君和春申君在世。信陵君为魏公子，春申君为楚公子，一南一北，占据文化上的优势，依然对于士人有着莫大的吸引力。吕不韦要想真正实现他灭周以后统一中国的政治雄心，就必须扭转秦人不文的局面，将天下人才笼络到三辅地区。正是这个缘故，《吕氏春秋》编成后，吕不韦将书置于"咸阳市门，悬千金其上，延诸侯游士宾客，有能增损一字者予千金"。编者对于此书的重视程度不难推想。

《吕氏春秋》，又简称《吕览》，见载于《汉书·艺文志》"诸子略·杂家类"，凡二十六篇，注"秦相吕不韦辑智略士作"。今本亦二十六卷，分《八览》《六论》《十二纪》三个部分。《八览》又分《有始》《孝行》《慎大》《先识》《审分》《审应》《离俗》《恃君》八篇，另有子目六十三个；《六论》又分《开春》《慎行》《贵直》《不苟》《似顺》《士容》六篇，另有子目三十六个；《十二纪》记十二月事，另设子目六十一个，总计一百六十篇，各篇字数也大体相同，可见此书确实经过精心的编纂。从现存资料看，《吕氏春秋》似乎并没有被禁毁。在先秦两汉所有传世子书中，没有一部像《吕氏春秋》那样，作者及成书年代非常明晰，很少异议；也没有一部著作像《吕氏春秋》那样，章节安排环环相扣，有条不紊；更没有一部著作能像《吕氏春秋》那样，在当时禁书严厉的政治境遇中和后世辨伪成风的学术环境中还能岿然不动。这真是一个奇迹。也许，《吕氏春秋》对于法家的重视，对于"义兵"的鼓吹，是其免于厄运的一个原因。书是保存下来了，但也仅仅是作为一部杂家著作而已，它在秦国历史发展过程中的政治价值和对于秦汉文化发展的影响，确实为世人所忽略了。

吕不韦来自中原，对于战国以来各家学术应当多所了解。他并没有像战国四公子那样为谋一己之私或一国之利而各有主张，恰恰相反，他充分注意到稷下学宫各派的纷争与融合，对于各种思想兼收并蓄。因此，《吕氏春秋》在学术方面最值得注意的是对先秦各家学说的汇总。清人汪中《述学补遗·吕氏春秋序》说："《吕氏春秋》出，则诸子之说兼有之。"清人徐时栋《吕氏春秋杂记序》也有类似的说法："考其征引神农之教，黄帝之诲，尧之戒，舜之诗，后稷之书，伊尹之说，夏之鼎，商、周之箴，三代以来礼乐刑政，以至春秋、战国之法令，《易》《书》《诗》《礼》《孝经》，周公、孔子、曾子、子贡、子思之言，以及夫关、列、老、庄、文子、子华子、季子、李子、魏公子牟、惠施、慎到、宁越、陈骈、孙膑、墨翟、公孙龙之书，上志故记，歌诵谣谚，其捃摭也博，故其言也杂，然而其说多醇而少疵。"按照他们的解说，《史记·吕不韦世家》所谓"备天地万物古今之事"，实际上就是汇集群籍，比类成编，客观上起到了学术思想史资料类编的作用。正是从这个意义上，梁启超称其为"类书之祖，后世《艺文类聚》《太平御览》《永乐大典》等，其编纂之方法及体裁，皆本于此"①。这是很有道理的，因为《吕氏春秋》几乎涉及《汉书·艺文志》所收录的绝大部分内容。因此，要想明确界定编者的主导思想为先秦某家应当比较困难，四库馆臣及吕思勉称其本儒家，陈奇猷称其本阴阳家，还有的称其为新道家，似都不确切，因为编者的倾向性并不明显。唯一明确的思想，是不主故常，反对墨守成规。譬如《察今篇》就通过一些寓言，论述了根据不同时势，采取不同对策的重要性：

> 荆人欲袭宋，使人先表澭水。澭水暴益，荆人弗知，循表而夜涉，溺死者千有余人，军惊而坏都舍。向其先表之时可导也，今水已变而益多矣，荆人尚犹循表而导之，此其所以败

---

① 上引诸说并见陈奇猷《吕氏春秋校释附录·考证资料辑要》，学林出版社1990年版，第1839页。

也。今世之主,法先王之法也,有似于此。其时已与先王之法亏矣,而曰"此先王之法也"而法之以为治,岂不悲哉?故治国无法则乱,守法而弗变则悖,悖乱不可以持国。世易时移,变法宜矣。譬之若良医,病万变,药亦万变。病变而药不变,向之寿民,今为殇子矣。故凡举事必循法以动,变法者因时而化,若此论则无过务矣。

楚人有涉江者,其剑自舟中坠于水,遽契其舟曰:"是吾剑之所从坠。"舟止,从其所契者入水求之。舟已行矣,而剑不行,求剑若此,不亦惑乎?以此故法为其国与此同。时已徙矣,而法不徙,以此为治,岂不难哉?有过于江上者,见人方引婴儿而欲投之江中,婴儿啼,人问其故,曰:"此其父善游。"其父虽善游,其子岂遽善游哉?此任物亦必悖矣。荆国之为政,有似于此。

这里,作者两次以荆楚人为例,说明他们未知变法,其为政、为学均"有似于此"。可见以春申君为代表的楚人文化在当时秦人心目中,或者确切地说,在游秦的吕不韦心目中已经失去固有的优势。

当然,吕不韦的主张还不能完全脱离秦人的政治文化传统。《荡兵》倡导"义兵"之说,显然就是为秦人说话:"古圣王有义兵而无有偃兵,兵之所自来者上矣。"秦国以武力横扫中国,吕不韦提供了很好的理论依据。但与此同时,编者对于那些特别偏激的言论也保持着一定的距离,譬如历来被称为法家的《韩非子·非十二子说》等就没有收录。更值得注意的是,吕不韦还对士人寄予很高的期望。《孔丛子·居卫》引子思的话说:"今天下诸侯方欲力争,竞招英雄以自辅翼,此乃得士则昌,失士则亡之秋也。"但是,他们对"士"没有做具体分析,这一点就与《吕氏春秋》不同。吕不韦对于"士"的重要作用高度重视,但他要求的"士",绝不是那种朝秦暮楚的游士,而是要讲究精神境界。如《士容论》云:"士不偏不党,柔而坚,虚而实。其状朖然不儇,若失其一。傲小物而志属于大,似无勇而未可恐狼,执故横敢而不可辱害,临患涉难而处义不越,南面称寡而不以侈大。"这表明,经过长时间的战国纷争,人们已经厌倦了那种缺乏是非观念的纷争,而倾向于国家一统,万众一心。

说到这里,我们就不能不关注该书的编纂时间了。《十二纪·序意篇》说:"维秦八年,岁在涒滩,秋,甲子朔,朔之日,良人请问《十二纪》。文信侯曰:尝得学黄帝之所以诲颛顼矣。……凡十二纪者,所以纪治乱存亡也,所以知寿夭吉凶也。"高诱注:"八年,始皇即位之八年也。"这个推断从字面说没有问题,但"岁在涒滩"四字却有异议。根据《尔雅》,太岁在"申"乃称"涒滩",而秦始皇即位之八年为壬戌年。孤立地看,一部著作成于某年,对于著作的内容应当不会有太大的影响,但是《吕氏春秋》的纪年实在蹊跷。"岁在涒滩"明白无误地表明是在庚申年的秋天,这时,《吕氏春秋》已经完成,且在世间流传,所以才会有"良人"的询问。按照吕不韦的生平,他所经历的庚申年,只能是秦王嬴政六年(前241)。那"维秦八年"从何谈起呢?如果从庚申年往前推八年,则是庄襄王元年(前249)。吕不韦为什么把这一年作为秦国纪元开端?其特殊意义何在?原来,就在前一年,东周与诸侯谋秦,秦使相国吕不韦讨伐,尽入其国。两周历史终于结束在秦相国吕不韦手中。在吕不韦看来,终结一朝的历史,便同时意味着新朝的开端,这当然是一件非同寻常的历史大事。根据历史纪年成例,秦代东周的第二年即可视为秦据有天下的开始。因此,吕不韦把这一年视为维秦元年,于情于理,都说得过去。[①]《吕氏春秋》完成的

[①] 如汉高祖刘邦在秦二世三年入秦,秦二世被赵高所杀,意味着秦朝事实上的灭亡。翌年,刘邦即称汉元年。

时候,秦王嬴政还是一个十八九岁的青年。这时的吕不韦,是以"仲父"身份为丞相,辅佐幼主,摄政监国。由此来看,《吕氏春秋》的作者确实没有用秦王嬴政的纪元,这里所蕴含的政治意图似乎颇可玩味。

然而,秦国的现实政治要求和历史文化传统,是不会轻易地接受吕不韦这样的政治主张的。从现实政治上说,秦王嬴政不可能容忍吕不韦这种容纳百川的危险做法。更何况,在秦王嬴政的背后,还有着更强大的秦国贵族势力集团,他们也不可能放任吕不韦实施这种延揽人才政策,因为按照吕不韦所制定的方针政策,这些贵族集团的利益势必受到侵夺。事实也正是如此。就在吕不韦志得意满地完成《吕氏春秋》不久,秦王嬴政就逐渐剥夺了他的政治权力,先是免去相权,后被迁往蜀地,并在秦王嬴政十二年被赐死。

三、李斯的无奈选择

就在吕不韦被贬蜀地的这一年,韩国使者郑国访问秦国,向秦王建议修筑水渠。当时的王公大臣认为,这些说客来秦国,唯一的目的就是为本国谋利,修筑水渠虽然对农业有利,却有可能对秦国的政治军事造成不利。秦王接受了大臣的建议,下令驱逐一切逗留在秦国的游士。这一举措本身也可以为我们推测吕不韦的悲剧命运提供佐证。作为西游秦国的楚人李斯,原本是吕不韦手下的舍人,自然也在被逐之列。他闻讯后,写下了著名的《谏逐客书》。文章从秦缪公求士写起,写到秦孝公用商鞅,秦惠公用张仪,秦昭王用范雎等,反复阐述了客卿游秦给国家带来的各种好处。

臣闻吏议逐客,窃以为过矣。昔缪公求士,西取由余于戎，东得百里奚于宛，迎蹇叔于宋，求丕豹、公孙支于晋。此五子者，不产于秦，而缪公用之，并国二十，遂霸西戎。孝公用商鞅之法，移风易俗，民以殷盛，国以富强，百姓乐用，诸侯亲服，获楚、魏之师，举地千里，至今治强。惠王用张仪之计，拔三川之地，西并巴、蜀，北收上郡，南取汉中，包九夷，制鄢、郢，东据成皋之险，割膏腴之壤，遂散六国之从，使之西面事秦，功施到今。昭王得范雎，废穰侯，逐华阳，强公室，杜私门，蚕食诸侯，使秦成帝业。此四君者，皆以客之功。由此观之，客何负于秦哉！向使四君却客而不内，疏士而不用，是使国无富利之实而秦无强大之名也。

文章最后指出，倘若此时逐客，正中其他诸侯国的下怀，既给百姓带来损害，又会增加人们对秦国的仇恨："夫物不产于秦，可宝者多；士不产于秦，而愿忠者众。今逐客以资敌国，损民以益雠，内自虚而外树怨于诸侯，求国无危，不可得也。"文章列举事实，推理严密，晓以利害，动以情理，秦王被深深打动，于是收回逐客令，恢复李斯的官位。从此，李斯逐渐取代吕不韦，成为制定秦国文化政策的重要官员。

李斯（？—前208），楚上蔡（今属河南）人。少为郡小吏，见吏舍厕中鼠食不洁，见人犬则惊恐万状，而官府粮仓的老鼠则悠然自得，由此感叹曰："人之贤不肖譬如鼠矣，在所自处耳！"于是他追寻荀卿学习帝王之术，与韩非同学而自以为不如。学成后，考虑到楚王不足成事，六国又皆柔弱，便向西入秦，为吕不韦舍人。秦王又拜李斯为长史，李斯说秦王东并六国，拜为客卿。公元前221年，秦始皇统一中国后，李斯任丞相，力主废分封，立郡县，焚《诗》《书》，同文书，制定法律，禁止私学。他还曾随秦始皇多次巡游，撰文纪功，书写上石。旧时多谓秦代石刻书法及文字并出李斯之手。如《法书要录》卷三载唐李嗣真《书品后》称李斯小篆"古今妙绝。秦望诸山及皇帝玉玺,犹夫千钧强弩,万石红钟,岂徒学者之宗匠,亦是传国之遗宝",卷七载张怀瓘《书断》曰:"小篆者,秦始皇丞相李斯所作也,增损大篆,异同籀文,谓之小篆,亦曰秦篆。始皇二十年,始并六国。斯时为廷尉,乃奏罢不合秦文者,于是天下行之。画如铁石,字若飞动,作楷隶之祖,为不易之法。其铭题钟鼎及作符印,至今用焉。"这是称颂李斯的书法成就。李斯的石刻文章历来也受到学者的重视。《汉书·艺文志·六艺略》著录《奏事》二十篇,班固注:"秦时大臣奏事,及刻石名山文也。"姚振宗《汉书艺文志条理》认为:"严可均辑《全秦文》有王绾、李斯、公子高、周青臣、淳于越及诸儒生群臣议凡十五篇。李斯《狱中上书》云:'更剋画,平斗斛度量,文章布之天下,以树秦之命。'则刻石名山文,当斯手笔也。"

根据《史记·秦始皇本纪》记载,其石刻文字总共有七处:二十八年峄山刻石、泰山刻石、琅邪刻石;二十九年之罘刻石、东观刻石;三十二年碣石刻石;三十七年会稽刻石。《史记》记载了峄山以外六种的全文。现存实物有两件:一是琅邪石刻,二是泰山石刻,并有较早拓本传世。琅邪石刻存八十四字,前两行为秦始皇刻石残存从臣姓名"五大〔夫赵婴〕、五大夫杨樛",后为二世刻辞全文。"臣请具刻诏书金石刻",与《史记》所作"臣请具刻诏书刻石"有异。泰山石刻现存九字。峄山刻石有宋太宗淳化四年(993)郑文宝据徐铉的临摹本而重刻的本子,此后流传较广,存世多种。文曰:

> 皇帝立国,维初在昔,嗣世称王。讨伐乱逆,威动四极,武义直方。戎臣奉诏,经时不久,灭六暴强。廿有六年,上荐高号,孝道显明。既献泰成,乃降専惠,亲巡远方。登于绎山,群臣从者,咸思攸长。追念乱世,分土建邦,以开争理。功战日作,流血于野,自泰古始。世无万数,阤及五帝,莫能

禁止。乃今皇帝,壹家天下,兵不复起。灾害灭除,黔首康定,利泽长久。群臣诵略,刻此乐石,以著经纪。

赵明诚《金石录》卷十三:"右《秦峄山刻石》者,郑文宝得其摹本于徐铉,刻石置之长安,此本是也。唐封演《闻见记》载此碑云:'后魏太武帝登山,使人排倒之,然而历代摹拓之,以为楷则。邑人疲于供命,聚薪其下,因野火焚之,由是残缺不堪摩写,然犹求者不已。有县宰取旧文勒于石碑之上,置之县廨。今人间有《峄山碑》者,皆新刻之本。'而杜甫诗直以为'枣木传刻'者,岂又有别本欤?案《史记·本纪》:'二十八年,始皇东行郡县,上邹峄山,立石,与鲁诸儒生议刻石颂秦德。'而其颂诗不载。其他始皇登名山凡六刻石,《史记》皆具载其词,而独遗此文,何哉?然其文词简古,非秦人不能为也。秦时文字见于今者少,此虽传摩之余,然亦自可贵云。"之罘刻石有《汝帖》本,仅存十四字。会稽刻石有元代重摹本。碣石刻石也有一种摹本传世,但是尚存疑问。东观碣石没有任何资料留存。这些石刻文字,尽管多是官样文章,为秦王朝邀功买好,但是其用语考究,韵律严整,成为秦代颂美文章的典范。① 故刘勰《文心雕龙·封禅》云:"秦皇铭岱,文自李斯,法家辞气,体乏弘润;然疏而能壮,亦彼时之绝采也。"②鲁迅也称"由现存者而言,秦之文章,李斯一人而已"③。

秦始皇三十七年(前210)出巡,少子胡亥、李斯、赵高等随行,次年七月,行至沙丘而病卒。李斯、赵高秘不发丧,伪作遗诏诛杀公子扶苏、大将蒙恬,并立少子胡亥,是为秦二世皇帝。秦二世信用赵高,诛戮大臣。李斯没有吕不韦那样雄厚的财力,更没有"仲

---

① 参见[美]柯马丁:《秦始皇石刻:早期中国的文本与仪式》,刘倩译,上海古籍出版社2015年版。
② 〔南朝梁〕刘勰撰,周振甫注:《文心雕龙注释·封禅》,人民文学出版社1981年版,第235页。
③ 见鲁迅:《汉文学史纲要》第五篇"李斯",《鲁迅全集》第九册,第382页。

父"这样的特殊身份,他只能仰人鼻息,曲意逢迎。特别是《史记·李斯列传》所载《上书对二世》,摇唇鼓舌,矫言伪行,所谓谄媚之文,莫此为甚,这也为他自己埋下了祸根。后来李斯作《上书言赵高》,极尽揭露批驳之能事,然为时已晚,不久即为赵高所陷,以谋逆之罪下狱,作《狱中上书》,正话反说,为自己鸣冤叫屈,然阶下之囚已无回天之力。秦二世二年(前208)李斯被腰斩于咸阳,夷三族。临刑前,对其子说:"吾欲与若复牵黄犬,俱出上蔡东门逐狡兔,岂可得乎?"有子李由,为三川守,二年为项梁等杀死(见《汉书·高祖纪》)。李斯之死,标志着辉煌而又短暂的秦朝统治的历史终结,也标志着钳制文化发展的愚民制度的彻底失败。

四、惊现于世的秦代文学史料

李斯所倡导的愚民政策虽然暂时放缓了秦代文学的发展步伐,但是无法扼杀一个时代文学艺术的生存。道理很简单,任何政策都无法遏制广大人民群众对于美的追求。其实,就是统治阶级本身,又何尝不需要用文学艺术来点缀他们的生活?晋代王嘉《拾遗记》记载,秦王嬴政青年时代,骞霄国画家烈裔来秦,擅长于画龙点睛之笔。① 此虽系小说家言,但是对秦代的绘画艺术,史书早有记载。唐代张彦远《历代名画记》云:"图画之妙,爰自秦汉,

---

① 王嘉《拾遗记》卷四:"始皇元年,骞霄国献刻玉善画名裔。使含丹青以漱地,即成魑魅及诡怪群物之象;刻玉为百兽之形,毛发宛若真矣。皆铭其臆前,记以日月。工人以指画地,长百丈,直如绳墨。方寸之内,画以四渎五岳列国之图。又画为龙凤,骞翥若飞。皆不可点睛,或点之,必飞走也。始皇嗟曰:'刻画之形,何得飞走。'使以淳漆各点两玉虎一眼睛,旬日则失之,不知所在。山泽之人云:'见二白虎,各无一目,相随而行,毛色相似,异于常见者。'至明年,西方献两白虎,各无一目。始皇发槛视之,疑是先所失者,乃刺杀之,检其胸前,果是元年所刻玉虎。迄胡亥之灭,宝剑神物,随时散乱也。"《太平御览》卷七五二、卷八九一及《历代名画记》卷一、卷四并引此事,谓时为秦王嬴政二年。见《拾遗记》,中华书局1981年版,第99—100页。

可得而记。降于魏晋,代不乏贤。"秦代画像,据陈直《汉书新证·高后纪》"为吕氏右袒,为刘氏左袒"条考证:"凤翔彪脚镇,曾出土秦代大画砖,为两王宴饮图,持杯皆用左手,知秦代尚左,但汉初改为尚右,《周昌传》'左迁'是也。周勃入北军,大呼为刘氏左袒,知仍用秦代习俗。"①据此画像砖考证秦汉习俗,确有意义。此外,根据《重修咸阳县志》和《咸阳文物精华》等资料,咸阳历年出土了很多秦汉时期的画像砖,属于秦代的如驷马图、龙璧图等,非常生动地再现了秦代的生活画面和浪漫的想象。为了实现其长生不老的梦想,秦始皇又封禅泰山,派遣徐市等数千童男女入海寻找蓬莱、方丈、瀛洲三神山,还过彭城时,还设法在泗水捞出周鼎而未果。后又南下衡山,浮江至湘山祠。逢大风,几乎败溺,愤怒而不得渡,派遣刑徒三千人皆伐湘山树,赭其山。所有这些,都见载于《史记》《水经注·泗水》及《太平御览》所引庾穆之《湘州记》。这些内容更是汉代画像石中常见的题材,如山东嘉祥武梁祠左右室画像就有秦始皇升鼎图。所有这些,也都体现了秦人的想象力。

秦代乐器也多见于史书记载。《古今乐录》云:"琵琶出于弦鼗。"晋杜挚云:"长城之役,弦鼗而鼓之。"②《通志》卷一四四"丝五·琵琶"条:"今清乐奏琵琶,俗谓之秦汉子。圆体修颈而小,疑是弦鼗之遗制。傅玄云:体圆柄直,柱有十二。其他皆充上锐下。"又云:"曲项,形制稍大,本出胡中,俗传是汉制。兼似两制者,谓之秦汉,盖谓通用秦汉之法。"又云:"阮咸,亦秦琵琶也。而项长过于今制,列十有三柱。……晋竹林七贤图,阮咸所弹与此类同,因谓之阮咸。"常任侠《丝绸之路与西域文化艺术》指出:"根据唐代的文献,可知当时的琵琶,有阮咸(秦琵琶)、曲项及五弦琵

---

① 陈直:《汉书新证》,天津人民出版社1979年版,第4页。
② 〔南朝宋〕沈约:《宋书·乐志》引,中华书局1974年版,第556页。

琶三种。现在这三种唐代琵琶的实物,都还存在。唐代传给日本,日本的奈良正仓院,历世宝爱周至,保存至今。看这几件珍贵的遗品,形制完美,与《通典》的记载,恰相吻合。""从它的实物与文献略作推断,弦鼗约始于秦代,秦人植基西北,与西北各民族的文化是密切的,在音乐上也互相感受。风俗传播,互相学习,从鼗的打击乐器变成弹奏的弦乐器,就叫弦鼗。到汉代,西域有琵琶输入,因取其名叫秦琵琶。它是由中国乐器为主而演变的。'兼似两制,谓之秦汉',所以又叫秦汉子。因为爱好这种乐器的有晋竹林七贤的阮咸,又因此从唐初以来,叫作阮咸,这是汉民族在音乐上的创造。"①

尤其值得我们重视的是最近几十年出土文献的发掘,为秦代文学研究提供了前所未有的丰富资料。

1975年11月,考古人员在湖北省云梦县城关镇西侧睡虎地发现古代墓葬,其中十一号墓出土秦代竹简一千一百五十五支(另残片八十余片),内容大部分是秦的法律条文和公文程式。墓主据推测是一名叫"喜"的男子,生于秦昭王四十五年(前262),曾任安陆御史、安陆令史、鄢令史,并曾治狱于鄢,是秦的地方官吏,死于秦始皇三十年(前217)。② 经过整理,秦简有如下内容:《编年记》(53枚,类似于"喜"的家谱和墓志的混合物,始于秦昭王元年,终于秦始年三十年)、《语书》(14枚)、秦律十八种(201枚)、效律(60枚)、《秦律杂抄》(42枚)、《法律答问》(210枚)、《封诊式》(98枚)、《为吏之道》(51枚)、《日书》甲种(166枚)、《日书》乙种(257枚)。其中《语书》、《效律》、《封诊式》、《日书》乙种四种简上原有书题,其他几种书题是整理小组拟定的。前八种被编为《睡虎地秦墓竹简》,1978年由文物出版社出版。文物出版社后又推

---

① 常任侠:《丝绸之路与西域文化艺术》,上海文艺出版社1981年版,第39、41页。
② 详见《湖北云梦睡虎地十一座秦墓发掘简报》,载《文物》1976年第9期。

出精装本,将后两种也收录其中,于 1990 年出版。各种秦简的年代大体可以考知。据出版说明:"《编年记》里的年号,在昭王、孝文王和庄王之后是'今元年',即秦王政(始皇)元年,表明《编年记》是秦始皇时期写成的。又如《语书》开头说:'廿年四月丙戌朔丁亥,南郡守腾谓县、道啬夫',以历朔推算是秦王政(始皇)二十年。《语书》文中几处避讳'正'字,改写作'端',也证明它是秦始皇时期的文件。竹简中写得早的,则可能属于战国末期。"《编年记》止于秦始皇三十年(前217),该年喜是四十六岁。其中《为吏之道》近于《荀子·成相篇》。《汉书·艺文志》著有《成相杂辞》十一篇,《为吏之道》应当是用当时民间流行的成相辞调杂糅而成。这是我们今天能够看到的三晋格调。① 关于这篇作品的时代及其意义,以往的文学史研究多有论述,这里就不展开了。而《语书》是秦王嬴政二十年四月初二日南郡守腾向所属各县、道发布的一篇文告,属于地方行政公文。

湖北省云梦县睡虎地发现秦代墓葬除了出土广为世人熟知的《为吏之道》外,还在四号墓发现两件木牍,正反两面都有字迹,是黑夫与惊两人写给衷的家信,其中一件保存较好,另一件下半残缺。据专家考证,两信大约作于秦王政二十四年(前223),当年,王翦、蒙武攻取荆,昌平君死,项燕自杀,楚国至此而亡。二月,安陆士兵黑夫和惊给家人发信。由此推断,两信为秦王政二十三年参与王翦攻陈战役之士兵家信。第一信发于二十四年二月十九日,第二信未记日期,当在三月中。第一封发信者为黑夫与惊二人,皆为安陆人,此时家住"新地城",即今云梦古城。受信者名中,又作衷,当为黑夫与惊之同母兄弟,即出土木牍之墓主。所谓"新负"即"新妇",当为惊之妻,媛乃其年幼之女儿。信开头首先问"母毋恙也",父当已去世。信中叮嘱新妇"勉力视瞻"之丈

---

① 黄盛璋:《云梦秦简辨正》,《考古》1979 年第 1 期。

人或二老,当指新妇之父母,两亲家当离不远。两信向其母要衣、布与钱。第二信云:"用垣柏钱矣,室弗遗,即死矣。急、急、急。"谓已借用别人之钱,急需要钱,由此可见当时从军士兵之生活情况。① 《汉书·艺文志》"纵横家类"曾著录有《秦零陵令信》一篇,难秦相李斯",但是这篇近于难体、又似书信的文字并没有流传下来。而《黑夫尺牍》《惊尺牍》大约是迄今为止发现的最早的家信了。以往对睡虎地秦简的研究多集中在文字考释以及法律文书方面,这的确是全新的内容。而周凤五《从云梦简牍谈秦国文学》一文则着重分析了四号墓中的《黑夫尺牍》和《惊尺牍》,十一号墓中的《语书》《为吏之道》的内容及形式上的特点,从文学方面做了比较全面的论述,很值得参看。②

1986年在天水市北道区党川乡放马滩一号墓出土460枚秦代竹简。《文物》1989年第1期发表简报,后来又编成《天水放马滩秦简》一书,已由中华书局出版。这些秦简有两部分内容:一是《日书》,与湖北云梦睡虎地秦简基本相同。甲种73枚,可分为八章,即《月建》、《建除》、《亡者》(又称《亡盗》)、《人月吉凶》、《男女日》、《择行日》(又称《禹须行》)、《生子》、《禁忌》。《日书》乙种379枚,内容方面共计二十多篇,除《月建》《建除》《生子》《人月吉凶》《男女日》《亡盗》《禹须行》与甲种相同外,尚有《门忌》《日忌》《月忌》《五种忌》《入官忌》《天官书》《五行书》《律书》《医巫》《占卦》《牝牡月》《昼夜长短表》《四时啻》十三种。二是纪年文书,或题《墓主记》,说的是一个叫丹的人因伤人而被处死,但三年以后又复生的事情,同时追述了丹过去的简历和不死的原因。简文称"……三年,丹而复生,丹所以复生者,吾犀武舍人,犀武论其舍人□命者,以丹未当死,因告司命史公孙强。因令白狗(?)穴屈出

---

① 参见黄盛璋《云梦秦墓两封家信中有关历史地理的问题》,载《文物》1980年第8期。
② 周凤五:《从云梦简牍谈秦国文学》,台湾中国古典文学研究会主编《古典文学》第七集,学生书局1985年版。

丹,立墓上三日,因与司命史公孙强北出赵氏,之北地柏丘之上。盈四年,乃闻犬狧而人食,其状类益、少麋、墨,四支不用。丹言曰:死者不欲多衣(?)。市人以白茅为富,气鬼受(?)于它而富。丹言:祠墓者毋敢毂。毂,鬼去敬走。……"据李学勤先生考证,这应当是我国目前所见最早期的志怪小说了。① 这些材料的出现,确实给人一种新奇惊异的感觉。

由此我们联想到《燕丹子》。这部著作主要记述燕太子丹刺杀秦王的前因后果:丹曾在赵国做人质,与生于赵国的嬴政相结识。嬴政立为秦王后,太子丹又质于秦,因受到冷遇而逃回燕国,暗中派荆轲刺杀秦王。事件导致秦军攻燕,破易水之西。史书的记载大体如上。但是到了秦汉以后,其故事内容逐渐丰富,被赋予了更多的小说色彩。《汉书·艺文志》著录司马相如《荆轲论》五篇,司马相如的生活时代稍前于司马迁,可见秦汉之际,荆轲刺秦王的故事已在世间广泛流传。司马迁说:"世言荆轲,其称太子丹之命,'天雨粟,马生角'也,太过。"②这里所说的"天雨粟,马生角",就见于《燕丹子》记载:"秦王遇之无礼,不得意,欲求归,秦王不听,谬言曰:'令乌白头,马生角,乃可许耳。'丹仰天叹,乌即白头,马生角。"③这显然已经带有夸饰的成分。《论衡·语增篇》又载曰:"传语曰:'町町若荆轲之闾。'言荆轲为燕太子丹刺秦王,后诛轲九族,其后恚恨不已,复夷轲之一里,一里皆灭,故曰町町。此言增之也。夫秦虽无道,无为尽诛荆轲之里。……荆轲之闾何罪于秦而尽诛之? 如刺秦王在闾中,不知为谁,尽诛之,可也。荆轲已死,刺者有人,一里之民,何为坐之? 始皇二十年,燕使荆轲刺秦王,秦王觉之,体解轲以徇,不言尽诛其闾。彼或时诛轲九

---

① 李学勤:《放马滩简中的志怪故事》,《简帛佚籍与学术史》,江西教育出版社2001年版,第167页。
② 〔汉〕司马迁:《史记·刺客列传》,第2538页。
③ 无名氏撰,程毅中点校:《燕丹子》,中华书局1985年版,第3页。

族,九族众多,同里而处,诛其九族,一里且尽,好增事者则言町町也。"①可见到了东汉前期,燕丹子故事就不仅仅是乌白头、马生角那样简单了,而是又增加了很多内容,如长虹贯日等情节,就并见于《史记索隐》引东汉后期应劭注及《列士传》等说法。至《燕丹子》出,情节更为丰富。譬如《燕丹子》记载燕太子丹厚待荆轲,与之同案而食,同床而寝,甚至拿黄金给荆轲投蛙作乐;荆轲想吃马肝,燕太子丹就杀了心爱的千里马;荆轲称赞弹琴美人的手很美,燕太子丹就剁下美人手等情节,可能是这些情节过于离奇,故都不见于史书记载。这部著作并未见于《汉书·艺文志》,而是首次著录于《隋书·经籍志》子部小说家类,且未署作者姓名。因此,有学者认为此书形成较晚,如《四库全书总目》称:"其文实割裂诸书燕丹荆轲事杂缀而成,其可信者已见《史记》,其他多鄙诞不可信。"从这部书的思想倾向来看,作者以燕太子丹为线索,以反暴秦为基本倾向,突出记述了荆轲刺秦王及其失败经过,与《战国策·燕策》《史记·刺客列传》的记载大体相近。因此,清代以来一些学者认为此书是燕太子丹死后其宾客所撰,至少是汉代或以前的作品,也不无道理。作者长于叙事,娴于词令,在虚构之中塑造了不同类型的人物,给读者留下深刻印象,视之为中国古小说的雏形殆不为过。

1989年云梦龙岗六号秦墓出土了150枚竹简,详见刘信芳、梁柱编《云梦龙岗秦简》。根据该书考证,秦简的时代略晚于睡虎地秦简。其证有三:第一,第271简"故罪当完城旦",睡虎地秦简"罪"皆作"辠",而龙岗简则一律作"罪"。《说文》:"秦以辠似皇字,改为罪。"第二,第256简"时来朕,黔首其欲弋叟兽者勿禁",按"黔首"又多次见于龙岗简。据《史记·秦始皇本纪》,二十六年统一中国后,"更名民曰黔首",睡虎地简仅见"百姓",说明是统一

————————
① 〔汉〕王充:《论衡》卷七,上海人民出版社1974年版,第120页。

之前的作品,而龙岗简则是统一后作品。第三,第263简有"从皇帝而行及舍禁苑中……",《史记·秦始皇本纪》曰:"采上古'帝'位号,号曰皇帝。"①龙岗秦简与睡虎地秦简同属于秦的法律文书,是继睡虎地秦简之后的又一重要发现,对于研究秦代法律的演变及其相关问题提供了新的资料。其中有这样一段话:"取传书乡部稗官。"(编号185)这里提到的"稗官"又见于《汉书·艺文志》:"小说家者流,盖出于稗官,街谈巷语,道听途说者之所为造也。孔子曰:'虽小道必有可观者焉。致远恐泥,是以君子弗为也。'然亦弗灭也。闾里小知者之所及,亦使缀而不忘,如或一言可采,此亦刍荛狂夫之议也。"注于"稗官"下引如淳曰:"细米为稗。街谈巷说,其细碎之言也,王者欲知闾巷风俗,故立稗官使称说之。"颜注:"稗官,小官。《汉名臣奏》:'唐林请省置吏,公卿大夫都官稗官,各减什三'是也。"余嘉锡《小说家出于稗官说》以为:"如淳以'细米为稗,街谈巷说细碎之言'释稗官,是谓因其职在称说细碎之言,遂以名其官,不知唐林所言都官稗官,并是通称,实无此专官也。师古以稗官为小官,深合古训。《周礼》:'宰夫掌小官之戒令。'注云'小官,士也。'此稗官即士之确证也。"②此说已经为今天绝大多数研究者所认同。但是根据秦简来看,稗官确实是小官,但是并非"无此专官",《秦律十八种》也称"令与其稗官分"。所谓"稗官",与《汉书·百官公卿表》中所列的"大率十里一亭,亭有长。十亭一乡,乡有三老、有秩、啬夫、游徼。三老掌教化"是并列而称的乡里小官。天水放马滩秦简、睡虎地秦简多次出现"小啬夫""大啬夫",是月薪不过百石的小官吏,设职面很广,上至县府,下至乡府以及县属各单位。大啬夫,似专指县令、候长而言,小啬夫则是乡政府和仓啬夫、库啬夫、田啬夫等。《史记·殷本纪》"舍

---

① 刘信芳、梁柱:《云梦龙岗秦简》,科学出版社1997年版,第30、31页。
② 余嘉锡:《小说家出于稗官说》,见《余嘉锡文史论集》,岳麓书社1997年版,第248页。

我啬事而割政",张守节《史记正义》:"种曰稼,敛曰啬。"《史记·司马相如列传》"让三老孝弟以不教诲之过",张守节《史记正义》:"《百官表》云:十里一亭,亭有长。十亭一乡,乡有三老、有秩、啬夫、游徼。三老掌教化,啬夫职听讼、收赋税,游徼备盗贼。"(并见张衍田辑《史记正义佚文辑校》)又据李振宏、孙英民《居延汉简人名编年》(中国社会科学出版社1997年版)"始元年间"诸人名的考察,候长秩比二白石,月俸一千二百,而关啬夫秩比百石,月俸七百二十。至于"令史之职,一般应与尉史、候史、啬夫、亭长、燧长为同一秩级,属百石以下的斗食、佐史之秩,月奉钱是六百"。但是303·4简有"令史覃嬴始元二年三月乙丑除,未得始元六年九月奉用钱四百口",303·21简"书佐樊奉,始元三年六月丁丑除,未得始元六年八月奉用钱三百六十"。可见在啬夫以下尚有属于令史、书佐一类的更低的官吏,月俸在三四百钱之间。由此说明,稗官确为乡里小官。

五、传统文学的式微与新文学的曙光

春秋战国之际,秦地的诗歌创作除《诗经·秦风》外,现存的主要成果就是唐初在陕西凤翔发现的石鼓文。每鼓各刻一百六七十字的四言诗,格调与《诗经》略同。因此,石鼓文其实是一组诗,内容记载秦国君臣田猎游乐之事。韩愈、韦应物等人加以考释,但因其"辞严义密读难晓",因而发出"嗟余好古生苦晚,对此涕泪双滂沱"(见韩愈《石鼓歌》)的慨叹。现在石鼓文仅存272字,字体全部为籀文(又称大篆)。其刻石时代,或以为宗周,或以为秦,还有少数学者认为是北周作品。其中以主宗周说者最多,但是具体考订又有分歧。唐代韦应物则以为是周文王之鼓,如葛立方《韵语阳秋》引韦诗"周文大猎岐之阳";欧阳修《集古录》也本此说,并且以为是宣王时刻诗;唐代张怀瓘、韩愈、窦臮等并以为石鼓文是周宣王时代的作品；宋代程大昌等又认为是周成王时代的作品。马衡《石鼓为秦刻石考》①根据文字流变、秦刻遗文等材料，认为其具体时代在秦献公之后，襄公之前。徐宝贵《石鼓文年代考辨》②根据石鼓文的文字形体特点、石鼓文与《诗经》的语言关系、石鼓文的内容所反映出来的史实等三个大方面，论证石鼓文的绝对年代当在春秋中晚期之际（秦景公时期，即公元前576至前535年），也就是说，其属于《诗经》时代的作品。因为顾炎武《日知录》认为战国已经没有赋诗的风尚，所以，这组诗的年代不可能迟于晚周。此外，《诗经》中的十篇秦风，其中《驷驖》云"游于北园"，据此，韩伟《北园地望及石鼓诗之年代小议》③认为，北园即今凤翔，这为判断石鼓原在地和年代提供了新的线索。石鼓文可以说是秦代文学的前奏，反映了早期秦人的文学风貌。

秦人从西北边陲挺进周原后，多尚武功，无暇文治。秦始皇二十六年（前221），齐国最后被秦人所破，齐人作亡国之歌。《资治通鉴》卷六《秦纪》载："齐人怨王建不早与诸侯合从，听奸人宾客以亡其国，歌之曰：'松耶，柏耶，住建共者客耶！'"如果这也可以称作诗歌的话，大约与秦人略沾一点边。也是这一年，秦人还将周舞《五行舞》更名为《五行》，见载于《汉书·礼乐志》。《宋书·乐志》曰："及秦焚典籍，《乐经》用亡。……周存六代之乐，至秦唯余《韶》《武》而已。始皇改周舞曰《五行》，汉高祖改《韶舞》曰《文始》，以示不相袭也。"④《通典·职官七》："秦汉奉常属官，有大乐令及丞，又少府属官并有乐府令丞。"由此而知，秦代已经建立乐府，并且也从事一些歌诗文献的收集与改造工作，故《汉书·艺文志》著录有《左冯翊秦歌诗》三篇"《京兆尹秦歌诗》五篇"等，

---

① 马衡：《石鼓为秦刻石考》，《凡将斋金石丛稿》，中华书局1977年版，第165页。
② 徐宝贵：《石鼓文年代考辨》，《国学研究》第四卷，北京大学出版社1997年版。
③ 韩伟：《北园地望及石鼓诗之年代小议》，《考古与文物》1981年第4期。
④〔南朝梁〕沈约：《宋书·乐志》，第533页。

大约就是官府收集而得。

秦代文人的诗歌创作,目前可见仅有两处记载。第一条材料见于《汉书·艺文志》,班固在著录《黄公》四篇后有一小注:"名疵,为秦博士,作歌诗,在秦时歌诗中。"杨树达《汉书窥管》引姚振宗考证以为"黄公疵为博士,盖即是时也"。第二条材料见于《史记·秦始皇本纪》,秦始皇三十六年,令博士作《仙真人诗》,并"传令乐人歌弦之"。《文心雕龙·明诗》所说的"秦皇灭典,亦造仙诗",大约指的就是这首《仙真人诗》。鲁迅《汉文学史纲要》谓此诗"盖后世游仙诗之祖"①,可惜这些作品均已失传。

秦王嬴政时期的诗歌创作,保存至今的大约只有一首《长城之歌》。战国时期,诸侯列国纷纷修筑长城以抵御外敌。秦始皇统一中国过程中,又使蒙恬北筑长城以抵御匈奴,因地形,用险制塞,起临洮,至辽东,延袤万余里。于是渡河,据阳山,逶迤而北。故贾谊《过秦论》说:"乃使蒙恬北筑长城而守藩篱,却匈奴七百余里,胡人不敢南下而牧马,士不敢弯弓而报怨。"《水经注》引晋人杨泉《物理论》曰:"秦始皇使蒙恬筑长城,死者相属,民歌曰:'生男慎勿举,生女哺用脯。不见长城下,尸骸相支拄。'其冤痛如此矣。"②据此推断,这首民歌所反映的是秦时修筑长城的情况。长城的修筑,保卫了国土的安全,但以其工程浩大,也给人民带来了沉重的负担。历代有关长城的故事传说、歌谣赋颂,层出不穷,影响深远。《玉台新咏》载陈琳《饮马长城窟行》:"生男慎莫举,生女哺用脯。君独不见长城下,死人骸骨相撑拄。"杜甫《兵车行》:"信知生男恶,反是生女好。生女犹得嫁比邻,生男埋没随百草。"上述诗歌无不脱胎于这首民歌。就诗歌形式而言,全诗五言四句,韵律和谐。尽管不能排除有后人加工润色的可能,其对后来五言

---

① 鲁迅:《汉文学史纲要》第五篇"李斯",《鲁迅全集》第九册,第382页。
② 〔北魏〕郦道元《水经注·河水》,《续古逸丛书》四十三影印《永乐大典》本,江苏广陵古籍刻印社1994年版。

诗发展的影响似也不可疏忽。

秦代的诗歌创作虽然无足称述,但是杂赋创作却时常为人道及。《汉书·艺文志》"诗赋略·荀卿赋类"著录"秦时杂赋九篇",杂赋类著录"《成相杂辞》十一篇",王应麟《汉书艺文志考证》称:"《荀子·成相篇》注,盖亦赋之流也。"那么,睡虎地秦简《为吏之道》也应当是这类杂赋创作。这些作品,南北朝时似乎仍有流传,故《文心雕龙·诠赋》说:"秦世不文,颇有杂赋。"《汉书·艺文志》"诸子类·名家"下著录《成公生》五篇,班固注:"与黄公等同时。"颜师古注:"姓成公。刘向云与李斯子由同时。由为三川守,成公生游谈不仕。"黄公,即前面提到的黄公疵。这说明成公生也是秦始皇时人,《成公生》应当是一部子部类的著作。

秦代后期文章比较著名是秦二世三年(前207)陈馀所作的《与章邯书》。《汉书·陈胜项籍传》:"章邯军棘原,羽军漳南,相持未战。秦军数却,二世使人让章邯。章邯恐,使长史欣请事。至咸阳,留司马门三日,赵高不见,有不信之心。长史欣恐,还走,不敢出故道。赵高果使人追之,不及。欣至军,报曰:'事亡可为者,相国赵高颛国主断。今战而胜,高嫉吾功;不胜,不免于死。愿将军熟计之。'"陈馀亦遗章邯书曰:

> 白起为秦将,南并鄢郢,北阬马服,攻城略地,不可胜计,而卒赐死。蒙恬为秦将,北逐戎人,开榆中地数千里,竟斩阳周。何者?功多,秦不能封,因以法诛之。今将军为秦将三岁矣,所亡失已十万数,而诸侯并起兹益多。彼赵高素谀日久,今事急,亦恐二世诛之,故欲以法诛将军以塞责,使人更代以脱其祸。将军居外久,多内隙,有功亦诛,亡功亦诛,且天之亡秦,无愚智皆知之。今将军内不能直谏,外为亡国将,孤立而欲长存,岂不哀哉!将军何不还兵与诸侯为从,南面称孤,孰与身伏斧质,妻子为戮乎?

《史记·李斯列传》索隐引姚氏曰:"隐士遗章邯书云:'李斯为二世废十七兄而立今王',则二世是始皇第十八子也。"这是此文的史料价值。不仅如此,文章晓以利害,动以情感,娓娓道来,有相当强的感染力。史载:"章邯狐疑,阴使候始成使羽,欲约。""已盟,章邯见羽流涕,为言赵高。羽乃立章邯为雍王,置军中。"此文为历代文章选评家所重视。《史记集解》曰:"此书在《善文》中。"案《隋书·经籍志》记载:"《善文》五十卷,杜预撰。"说明秦代之文除了李斯的作品之外,还有其他文人的文章作为范文收录文学总集中。明代古文家也多所称引,如《秦文归》辑录此文,末引唐顺之评:"章邯已狐疑矣,而此书正中情事,且简健紧快,尤为独绝。"

由此来看,秦代文学影响于后世者,不仅仅是李斯的石刻文字,还包括《善文》等文章总集中收录的秦代作品。更重要的是,汉初的思想家,在回顾总结秦朝迅速灭亡的历史经验教训时,总是把李斯的文化激进主张视为其中最重要的原因之一,这也从反面为汉代文化与文学的发展提供了丰富的参照。

(原载南开大学文学院编《文学与文化》第 2 期)

西道孔子,世纪鸿儒
——扬雄简论

引　　言

　　扬雄是怎样一个人?西晋时期的左思《咏史诗》说:"寂寂杨子宅,门无卿相舆。寥寥空宇中,所讲在玄虚。"①唐代卢照邻《长安古意》说:"寂寂寥寥扬子居,年年岁岁一床书。"在汉魏六朝乃至唐人笔下,扬雄清高淡泊,一心著书。但是,这样的人,也会被卷入政治斗争的漩涡中,竟被追捕,他吓得从百尺高的天禄阁上跳下来,差点摔死。当时人用"惟寂寞,自投阁;爱清静,作符命"之语来讥讽他。后来,他又作《剧秦美新》,为王莽大唱赞歌,这就引起了后人的巨大争议。朱熹作《通鉴纲目》,在天凤五年(18)条下,他愤愤不平地写道:"莽大夫扬雄死。"就是要把扬雄和王莽联系在一起。我们不禁会问:扬雄怎么又和王莽纠缠在一起呢?是他的人品有问题吗?

　　扬雄一辈子仰望司马相如,做人、做事、作文,都刻意模仿这位前辈乡贤,历史上有"扬马"之称。杜甫《醉时歌》也说:"相如逸才亲涤器,子云识字终投阁。"但是扬、马两个人生活的时代不同,政治环境不同,结局也大不相同。司马相如是一个很现实的人,

---

①〔南朝梁〕萧统编:《文选》卷二十一,中华书局1977年版,第297页。

活得从容不迫；扬雄则过于理想主义，活得有点窝囊。但不管怎么说，身处汉末乱世的扬雄，竟能写出流传千古的《法言》《太玄》和《方言》，写出气魄宏大的辞赋。这一点，司马相如也有所不及。

扬雄真是一个叫人捉摸不透的人。

一、扬雄其人

扬雄字子云，成都人，生于公元前53年，卒于公元18年，总共活了七十一岁。他死后第七年，西汉正式结束。按照西历，他的生卒年跨越公元前后，是真正意义上的跨世纪的历史人物。

关于扬雄的"扬"字，历来有分歧。现在流传下来的文献，多作提手旁的"扬"。清代学者王念孙、段玉裁、朱骏声，现代学者汪荣宝、杨树达等依据世系，认为应作木字旁的"杨"。这是一个学术问题，与我们今天所讲的内容有点关系，好在绕开不讲也无妨。我们还是约定俗成，统一作提手旁的"扬"。

扬雄的经历非常简单，在蜀中度过了四十年的青壮年时期，在当时的京城长安度过了他生命的最后三十年。蜀中的生活虽然寂寞，但是快乐。他喜欢古老的文化，对于功名利禄之类的东西不感兴趣，尤其不喜欢当时流行的所谓章句之学。什么叫章句之学呢？就有点像我们现在中小学语文的课文分析，分章析句，严格按照老师讲的去理解，不得越雷池半步。当时的学风就是这样，绝大多数读书人就这样皓首穷经，据说"子曰诗云"这样明白如话的字，也要用上万字来解释。这种"章句小儒，破碎大道"的腐儒，叫扬雄很反感。

在蜀中，扬雄很幸运地遇到两位蜀地老师，一是严遵，二是林闾翁孺。这两位都是思想开放的人，视野很宽广。严遵，本名庄遵，因避汉明帝的讳，改为严遵。他字君平，也是成都人，精通《周易》《老子》《庄子》，常常在成都街头占卜，也就是靠算卦谋生。子女来占卜,他就示以孝道,对晚辈示以顺从,对官员示以忠诚。他很有节制,挣钱够维持生活,就收摊回家,招收子弟,关门授课,讲授《老子》《庄子》。他的著作《老子指归》(又作《道德指归》,今存《道德指归说目》),至今还保留着残卷。过去,这本书一直被怀疑是伪书。1972年长沙马王堆汉墓出土帛书《老子》,人们发现有些字句与严遵的著作很相近,由此开始相信严遵的书是真实的。青年学者樊波成专门撰写了《老子指归校笺》,有三十多万字,由上海古籍出版社于2013年出版。严遵另有《座右铭》,讲得很有道理,他说:"口舌者,祸福之门,灭身之斧。言语者,天命之属,形骸之部。出失则患人,言失则亡身。是以圣人当言而怀,发言而忧,如赴水火,履危临深,有不得已,当而后言。嗜欲者,溃腹之矛。货利者,丧身之仇。嫉妒者,亡躯之害。逸佞者,刎颈之兵。残酷者,绝世之殃。陷害者,灭嗣之场。淫戏者,殚家之埕。嗜酒者,穷馁之数。忠孝者,富贵之门。节俭者,不竭之源。吾日三省,传告后嗣,万世勿遗。"①这种座右铭在两汉很多,都是讲的人生道理,譬如东汉的崔瑗也有一首:"无道人之短,无说己之长。施人慎勿念,受施慎勿忘。"②这些思想,大约在当时非常流行。扬雄在他的著作中非常推崇严遵,把严遵视为蜀中之珍。

林闾翁孺,临邛人,善古学。他与严遵一样,还擅长文字学。扬雄就拜他们为师,潜心研究文字之学,为他后来成为一代大儒奠定了基础。

青年时期的扬雄,还有两位他最为推崇的前代作家,一是屈原,二是司马相如。自从西汉初年贾谊写了《吊屈原赋》以后,两汉作家都深受屈原影响。有的人赞扬屈原,有的人为他抱不平,也有的人认为屈原投江的选择不一定妥当。扬雄就持最后一种

---

① 〔清〕严可均辑:《全上古三代秦汉三国六朝文》,中华书局1991年版,第360页。
② 〔清〕严可均辑:《全上古三代秦汉三国六朝文》,第718页。

观点。他从《老》《庄》得到一种深刻的处世启迪,认为人应该珍惜生命,这是探索人生、探索宇宙、实现人生价值的必要条件。

孔子曾经批评伯夷、叔齐、虞仲、夷逸、朱张、柳下惠、少连数子的执着,声称"我则异于是,无可无不可"。扬雄也认为:"君子得时则大行,不得时则龙蛇,遇不遇,命也。"①用一句话来概括,就是顺其自然,无可无不可,不必与命运抗争。龙蛇,用的是《周易》的典故,"龙蛇之蛰,以存身也",用今天的话说,就是韬光养晦,静以求动。为此,扬雄还创作了《反离骚》,从岷山上投诸江流以吊屈原。他还模仿屈原《离骚》而作《广骚》,模仿《惜诵》以下至《怀沙》,创作了一卷书,叫《畔牢愁》。现存最早的《楚辞》注的作者王逸还提到,扬雄曾援引传记,作《天问解》,就像柳宗元作《天对》一样,他们对天命充满困惑与不解。

在扬雄的文学道路上,前辈乡贤司马相如对他的影响最大。在扬雄看来,司马相如的赋弘丽温雅,气势恢宏。他常常把这些作品作为典范来模拟。从事文学创作,多少都要从前辈的成功经验中获取艺术启迪。也就是说,他总要选择一家或者多家作为模仿的对象,然后再走出自己的创作路子,中国古代作家通常会采用这种学习方法。扬雄的好朋友桓谭在《新论》中转述扬雄的话说:"能读千首赋,则善为之矣。"今天我们还说,熟读唐诗三百首,不会作诗也会吟,讲的就是这个道理。

当年,汉武帝读司马相如《大人赋》,飘飘然有凌云之志,感叹生不同时。蜀人杨得意赶紧借机推荐,说是同乡司马相如所作。就这样,刚过不惑之年的司马相如由成都到长安,献上《子虚》《上林赋》,顿时名满京城。扬雄也走着与司马相如相似的道路,四十岁出头的时候,蜀人杨庄向汉成帝推荐说扬雄的文章近于司马相如,成帝一看果然如此,就把他招进京城。扬雄也不孚所望,相继

---

① 〔汉〕班固:《汉书》卷八十七《扬雄传》,中华书局1962年版,第3515页。

创作了《甘泉赋》《河东赋》《羽猎赋》《长杨赋》等大赋,颂扬汉帝国的声威和皇帝的功德,传诵一时,从此步入官场。可惜他的官运远不及司马相如。最初为郎,给事黄门,历成帝、哀帝、平帝三朝,不得升擢,一待就是十八年。

这个时期王莽当政,后来,王莽接受了心腹刘歆、甄丰、王舜等人的建议,不断地以符命图谶介入政事。王莽上奏皇太后,说宗室刘京曾得到天公的托命,告知某新井中有石牛,上面刻有文字:"承天命,用神令。"也就是说,汉代运数已尽。王莽又引用孔子的话说:"畏天命,畏大人,畏圣人之言。臣莽敢不承用!"于是改元,以应天命,从摄政王变为新皇帝。王莽还派遣王奇等十二人,班符命四十二篇于天下。当时称之为谶纬,其实就是一种变相的造谣。一时间,各种谣言四起。

刘歆、甄丰等人觉得谶纬的气氛还不够,又不断地翻出新的花样,为自己谋利益。王莽篡位本来就心虚,知道大臣怨谤,便借机杀掉刘棻等人,以威慑天下。当时,扬雄正在天禄阁校书,因为刘棻事所牵连,听说狱吏前来逮捕他,就从天禄阁上跳下来,几乎丧命。后来,王莽了解到,刘棻只是随从扬雄学习奇字,至于符命之事,扬雄实际并不知晓,就没有追究他的责任,复召为大夫,官位略比郎官高点。

这一年,扬雄已经是六十三岁的老人了。后来,他再也不问政事,只是埋头著书,七十一岁时终老此任。扬雄的这种生存方式,晋人范望称为"朝隐",即处在政治中心,却不过问政治。这与梁朝陶弘景的山中宰相、唐代卢藏用的终南捷径有所不同。

读过扬雄的著作,我觉得这个人特立独行,很有特点。在现实生活中,他内敛、自傲,又怕事避祸,时时谨小慎微,是一个世俗的形象。在理想生活中,他又醉心于名山事业,有着明确的人生目标,刻苦坚毅,是一个君子的形象。

扬雄的第一个特点,是深沉的圣人情结。

他没有说自己是圣人，但他"自有大度，非圣哲之书不好也"①。《孟子》说，"五百年必有王者兴"，《法言》借此发挥，认为圣人可能五百年一出，也可能千年一出，当然，一年同时出现，也不是不可能。怎样才能成为圣人呢？这是汉唐很多知识分子念念不忘的话题。韩愈也想当圣人，但朱熹说，他不过是想写好文章而已。朱熹也想当圣人，他和陆九渊在鹅湖书院还展开过辩论，朱熹主张要熟读圣人书，陆九渊主张要深思熟虑，倡导心性之学。

其实，朱熹和陆九渊的主张各有偏颇。扬雄的主张包括了他们二人的见解，一是要读圣人书，二是更强调心解。

孔子成为圣人，是因为他整理了五经，留下了《论语》。扬雄读圣人书，也学习圣人写书。他模仿《论语》作《法言》，模仿《周易》作《太玄》。《法言》有十三篇，分别为学行、吾子、修身、问道、问神、问明、寡见、五百、先知、重黎、渊骞、君子、孝至等。跟《论语》一样，《法言》各篇用开头两个字作标题，也有点题的意思。《周易》以八卦相乘为六十四卦，还有卦爻辞，《太玄》则分为方、州、部、家四重，共为八十一首。据专家考证，《太玄经》中包含了天文历法等自然科学知识，是一个讲述日月星辰运行、四时变化、万物盛衰的有机结合体，内容复杂，文字艰涩。扬雄知道别人读不懂，就自己先做注解，但还是"观之者难知，学之者难成"。就连大儒司马光最初也读不进去。后来，他潜心研读数十年，终于明白其深奥的道理。司马光比喻说，如果《周易》是天，《太玄》就是升天的阶梯。为此，他亲自为《法言》《太玄》作集注，传播扬雄的思想主张。

读圣人书只是成为圣人的前提，更重要的是要有自己的心解。孔子谦虚地说自己是述而不作。扬雄明确说《太玄》就是"作"，自视甚高。圣人通常要拈出自己的核心观念，譬如孔子讲

---

① 〔汉〕班固：《汉书》卷八十七《扬雄传》，第3514页。

"仁",老子讲"道",扬雄就讲"玄"字,反反复复,不厌其烦。死后,他的坟头也被称作"玄冢",可见,"玄"是扬雄的标签。

"玄"的核心是"损益"二字。《太玄赋》说:"观《大易》之损益兮,览《老氏》之倚伏"。《周易》有损、益二卦。《杂卦》说:"损益,盛衰之始也。"所谓极损则益,极益则损。《老子》说"祸兮福之所倚,福兮祸之所伏",这里其实有着深刻的辩证思想。在中国历史上,许多大名人,像屈原、李斯、晁错、伯夷、叔齐、伍子胥等,都很有智慧,却最终不免于死,扬雄却说"我异于此,执太玄兮",和光同尘,与世俯仰。

《老》《庄》《周易》的这些思想,看似平和,实际最为异端。他们强调的是一种收敛之术,暗含着权谋变诈。看起来好像没有什么能力,让对手不知不觉地进入你的牢笼,然后再突然发力,置对手于死地。扬雄对此体会最深。他生逢末世,知道什么时候该收敛,什么时候该出手。他后来介入汉末政治,不能说与此无关。

第二个特点,是浓厚的学者特质。

扬雄博览群书,无所不见,是名副其实的百科全书式的学者。他通晓天文学,著有《难盖天八事》,精通地理学,著有《十二州箴》。扬雄在语言学方面的贡献,更是彪炳史册,他年轻的时候,便模仿司马相如《凡将篇》作《训纂篇》八十九章。

应劭《风俗通义序》记载说,周、秦时期,每年八月会派遣𬨎轩之使,到各地采集异代方言,收集整理之后,收藏起来,便于考察天下风俗。秦朝灭亡后,这些资料散落殆尽。像刘向这样的大儒,也只是闻其名而已。史载,严遵记诵千言,林间翁孺略知梗概。扬雄从学,并以此为基础,积三十年之功,编纂而成划时代的学术巨著《方言》,为中国方言学与方言地理学奠定了基础,当时人就称这部著作为"悬诸日月,不刊之书"。清代大学问家戴震著有《方言疏证》,今人华学诚著有《扬雄方言校释汇证》,已由中华书局于2006年出版。学诚教授在前言中将扬雄《方言》的成就概括为三点：一是依靠个人毕生精力，研究全国方言，这在中国语言学史上是第一次也是最后一次；二是《方言》的基本材料都是扬雄运用符合现代科学原理的方言调查方法获取的鲜活语料；三是《方言》不仅保存了汉代方言资料，而且在语言发展规律和方言性质上给后人极大启发。

第三个特点，是率性的诗人本色。

扬雄想当圣人，又想当学者，还有更不能让他忘情的，是文学。《汉书》本传就说他实"欲求文章成名于后世"。扬雄的著述，《汉书·艺文志》"儒家类"著录"扬雄所序三十八篇"。其中大赋最为著名，后人把他和司马相如并称"扬马"。李白说："因学扬子云，献赋甘泉宫。"（《东武吟》）杜甫说："赋料扬雄敌，诗看子建亲。"（《奉赠韦左丞丈二十二韵》）有关扬雄文集的整理，就有张震泽《扬雄集校注》（上海古籍出版社1993年版）、郑文《扬雄文集笺注》（巴蜀书社2000年版）、林贞爱《扬雄集校注》（四川大学出版社2001年版）等多种。关于这方面的内容，下面还要专门介绍。

第四个特点，是难得的安贫乐道。

司马相如到了长安，奋发扬厉，在各个方面崭露头角，赢得了世人的喝彩。而扬雄在官场就做过郎和大夫。根据《汉书·百官公卿表》，郎为郎中令的下属，俸禄从三百石到六百石不等。扬雄后来略升为太中大夫，还不是专任职务，故称中散大夫。类似于现在的民间组织，领导有驻会与非驻会之别。扬雄的薪水本来就不高，加之两个孩子先后在长安死去，他动用了积蓄，把他们送回老家安葬，因此致贫。对此，桓谭也表示不理解。

当然，他也不是没有机会挣钱。相传，他撰写《法言》时，蜀中有富人愿出十万钱，就希望在书中留下自己的名字。扬雄断然拒绝，说富人无义，正如圈中的鹿，栏中的牛，怎么能随意记载呢？但是，这位大儒，被人视为西道孔子，却贫贱如此，也真是不可思议。他为了回应这些质疑，写了一篇滑稽的《逐贫赋》，从"扬子遁世,离俗独处"写起,假托自己和"贫"的对话,最初他责难"贫"来找他麻烦。"贫"为此辩解,他最后居然被"贫"说服,认为贫困是好事,决心"长与汝居,终无厌极,贫逐不去,与我游息"。此赋嬉笑怒骂,皆成文章,颇有魏晋风度。晋代左思《白发赋》、张敏《头责子羽文》所用的艺术手法,也都与此赋有某些渊源关系。至于唐代韩愈的《送穷文》,更是通篇模仿此赋。这说明,中国古代的智者早就认识到,真正的贫穷是没有才华,没有智慧;真正的低贱是没有道德,没有创造。

第五个特点,是含泪中的欣慰。

扬雄的朋友圈很小。可能是因为口吃的缘故,他不善与人交往,不善高谈阔论。他看起来真有点寂寞,但寂寞中又有欣慰。他有聪明伶俐的孩子,有忠心耿耿的弟子,还有终身不渝的知己。

《法言·问神》特别记载了扬雄与九岁儿子一起讨论《太玄》的情形。最早为《法言》作注的李轨说,当年颜渊与孔子讨论《周易》,已经二十岁了,而扬雄的儿子才九岁,就可以和父亲一起讨论《太玄》,当然是神童。这个孩子,《太平御览》引《刘向别传》,还有《华阳国志》等,都记述说是扬雄第二子,叫扬信,字子乌,非常聪明,甚至还帮助扬雄解决一些难题,可惜九岁就死掉了。

扬雄为给孩子送葬,导致贫困,落寞而终。弟子巨鹿侯芭(《隋书》作侯苞)为之起坟,还守丧三年。这位弟子也曾在历史上留下名声。《隋书·经籍志》著录侯苞《韩诗翼要》十卷,《法言注》六卷。这些书,唐代大儒韩愈也没有见到,大概早就失传了。清代马国翰《玉函山房辑佚书》辑录有《韩诗翼要》一卷,可谓吉光片羽。扬雄应该为有这样的弟子感到欣慰。

人生得一知己,足矣,这话用在扬雄身上很合适。桓谭可以说是扬雄唯一的知己,一直在不遗余力地宣传扬雄。《新论》有这样一则记载,张子侯用"西道孔子"来赞美扬雄,本来是好事,但桓谭依然不满意,说:孔子能说只是鲁国的孔子吗?他也可以说是齐国的孔子,楚国的孔子。言下之意,桓谭认为扬雄不仅是西部孔子,也是东部孔子,他的意义已不限于某一地区。听到扬雄死讯,有人问桓谭:你总是盛赞扬雄,他的书可以传到后世吗?桓谭斩钉截铁地说:必传。只可惜,一般的人往往贵远贱近,能亲眼看见扬雄的人,看到他的官位不高,相貌平平,就忽视了他的著作。桓谭认为扬雄是汉代的文化巨人,他的名声一定可以传之久远。

第六个特点,是难以调和的毁誉。

扬雄生前,对他的评价就有很大分歧。譬如王莽时的"国师"刘歆,他欣赏扬雄的学问,但对他的处世方式不以为然。扬雄曾为续修《史记》收集很多资料,稍后的班彪对扬雄的评价也不高,认为他只是好事者,并没有下过工夫。班彪认为扬雄依附王莽,大节有亏,更是不齿。南北朝时期,扬雄已经有圣人的赞誉,颜之推《颜氏家训·文章》对扬雄多有讥讽,说他不过"晓算术、解阴阳"而已,怎敢望圣人的清尘。这种类似的负面评价,从苏东坡、朱熹到近现代,层出不穷。如蜀中同乡苏轼就看不起扬雄,说他是用艰涩的文字,掩盖肤浅的思想。近代蜀中大儒刘咸炘也说扬雄的学术比较浮泛,与传统的实儒不同,实为"文儒"之祖。这倒是一个很有趣的现象。两汉之际,以文士为特征的儒者大批涌现。除刘氏指出的桓谭外,还有王充、蔡邕、马融、张衡等。

与此同时,对扬雄的正面赞誉更多。桓谭之后,王充《论衡·超奇篇》就多次称赞扬雄,称他"蹈孔子之迹""参贰圣之才"。张衡酷爱《太玄经》,曾对好友崔瑗说,扬雄的《太玄》,妙极道数,与五经相拟,可称是汉代二百年的代表作。唐宋时期,韩愈、司马光等人更是将扬雄置于孟子之上,将其视为孔子之后第一圣人。

扬雄身上这种毁誉参半的评价现象很有意思。中国文人通常有着达则兼济天下的抱负,只要有机会,他们就会积极入世。但政治的复杂性,他们往往又看不透。李白、杜甫,乃至后世的很多文人学者,往往在政治方面留下或多或少的瑕疵。作为后来者,我们往往会看得比较清楚,但不宜轻易指责,而是应如陈寅恪为冯友兰《中国哲学史》所写审查报告中说的,对古人抱以同情的理解。

二、扬雄其文

扬雄的思想与学术,决定了他的创作有其独特性。从保存下来的作品看,扬雄的创作,辞赋、文章、连珠这三种文体成就最高。其特点,用刘勰《文心雕龙·才略》的说法,一是构思深邃,二是用词诡丽。

先说辞赋创作。

扬雄的辞赋,以模仿司马相如知名,后世常常扬、马并称。他们的辞赋有一个共同的特点,即铺张排比,或天地四方,或由外到里,或分门别类,罗列各种名物,近似于《尔雅》一类的字典。我们知道,司马相如和扬雄都是文字学家。他们写这类赋,会不会有这样一个考虑,即通过赋的形式,传播名物知识。

扬雄早年的创作,如《蜀都赋》《蜀王本纪》《县邸铭》《绵竹颂》《王佴颂》《阶闼铭》及《成都四隅铭》等,都与蜀地风情有关。《蜀都赋》以成都作为描写的对象,多以"尔乃"领起,分别叙写蜀都的地理形势、市井生活、名胜特产、农贸工商、岁时节候、鱼弋盛况,可以视为蜀都的风光图轴和风俗画卷。如描写成都风俗:"尔乃其俗,迎春送冬。百金之家,千金之公。乾池泄澳,观鱼于江。若其吉日嘉会,期于送(又作'倍')春之荫,迎夏之阳。侯罗司马,郭范晶杨,置酒乎荥川之闲宅,设坐乎华都之高堂。延帷扬幕,接帐连冈。众器雕琢,早刻将皇。"这里描写春夏之交送春迎夏的风俗,是后代诗词的重要题材。

在中国古代辞赋发展史上,扬雄的《蜀都赋》具有独特的地位和价值。其一,在京都题材方面,此赋为开山之作,后来的班固

《两都赋》、张衡《二京赋》、左思《三都赋》等,无不受其启示和影响。其二,"诗缘情而绮靡,赋体物而浏亮"(陆机《文赋》),扬雄此赋,不言情,不写志,不议论,不讽谕,是一篇典型的、纯粹的体物大赋,正符合"赋"的手法与文体的本来意义和特色。其三,此赋人文内涵厚重而词藻亦奇古华赡,体现出扬雄作为学者与辞赋家双重身份的特色。

进入长安之后,扬雄以《甘泉赋》《河东赋》《长杨赋》《羽猎赋》四大赋作为投名状,通过全方位的空间展示,说古论今,烘托帝国的博大气象。如《羽猎赋》"出入日月,天与地沓",曹操就借用此语描写沧海:"日月之行,若出其中;星汉灿烂,若出其里。"两者异曲同工。

《甘泉赋》以极其细腻的笔触,描绘成帝为赵飞燕求子嗣,举行隆重盛大的郊祀活动,包括出行的隆重、甘泉的高耸、草木的丰茂、景物的繁美、天神的降临,等等,非常传神。如描绘随行众多,"骈罗列布,鳞以杂沓兮";又写车骑隆盛,"敦万骑于中营兮,方玉车之千乘";感动地祇和天神,"选巫咸兮叫帝阍,开天庭兮延群神",于是群神毕至,万国和谐。更吸引读者注意的是对宫观楼阙的描写:"列宿乃施于上荣兮,日月才经于栐桭。雷郁律于岩突兮,电倏忽于墙藩。"可谓高耸入云,谲诡多变。杜甫《同诸公登慈恩寺塔》中的诗句"七星在北户,河汉声西流。羲和鞭白日,少昊行清秋"或许就受此影响。可能是第一次为皇帝撰写这样的文字,所以作者很用心,创作过程异常艰辛。据桓谭说,赋成,扬雄梦见自己的五脏都流出来了,赶紧用手捂住。醒来之后气喘吁吁,大病一年。

这篇作品开启了宫殿大赋的先声,王延寿《鲁灵光殿赋》、何晏《景福殿赋》都受此影响。

叫人意想不到的是,扬雄在晚年却悔其少作,《法言·吾子》记载说,辞赋乃"童子雕虫篆刻","壮夫不为"。为此,他提出"诗人之赋"和"辞人之赋"的分别,认为"诗人之赋丽以则,辞人之赋丽以淫"。他肯定后者,要求辞赋要有合乎"讽谏"的中正态度,反对丽靡巨衍的形式主义倾向。赋体创作在描写与构思上固然要有一定的虚构与夸饰,但是,辞赋还有一个托物言志的基本功能,这就要求赋体创作必须为讽颂目的服务,也就是扬雄所说的"丽以则",辞藻美丽只是外在的形式,内在的要求则是作者必须持守的道德准则。扬雄在《法言·吾子》中提出了完美的赋作标准,即"事胜辞则伉,辞胜事则赋,事辞称则经"。他认为,文学创作不能仅仅卖弄学问、辞藻,因为那是"童子雕虫篆刻"的小技而已。

《法言·重黎篇》还专门谈到了文学的功能。他指出,一个成熟的作家,要在"立事""品藻"和"实录"这三个方面下功夫。所谓立事,就是要用不同的文体,表达不同的内容。所谓品藻,就是要用《春秋》的笔法,言简意赅。所谓实录,就要像司马迁《史记》那样,不虚美,不隐恶。这些观点,在今天依然有着现实意义。

第二,文章写作。

扬雄的文章留存下来的还比较多,主要有两类,一是韵文或者介于韵文和散文之间的文体,如《解嘲》《解难》《赵充国颂》等,二是纯粹的散体文,如《上疏谏勿许单于入朝》等。《解嘲》《解难》并见于《汉书》本传,模仿东方朔《答客难》,是介于辞赋与文章之间的一种韵文体裁。《解嘲》收录在现存最早的文学总集《昭明文选》中,属于设论体。《解难》未收,李善注多有引录。

《解嘲》,就是针对别人的嘲讽,自我回应。嘲讽他的人说,你的《太玄》如此深奥,"深者入黄泉,高者出苍天,大者含元气,纤者入无伦"[①]。可是,玄妙的道理并没有改变你的政治地位,你依然位不过侍郎。于是扬雄以古代管仲、傅说、侯嬴、吕尚、孔子、虞

---

① 〔汉〕扬雄:《解嘲》,见萧统编《文选》卷四十五,中华书局1977年版,第630页。下引《解嘲》均出于此。

卿、邹衍为例，说明上世之士，非常相信自己的口才和文笔，往往乘势而起，得到重用（"颇得信其舌而奋其笔，窒隙蹈瑕而无所诎"）。而今，外戚专权（丁氏、傅氏），宠臣得志（董贤等），忧国忧民者遭到排挤，群小充斥朝廷，趋炎附势者加官进爵，青云直上。"县令不请士，郡守不迎师，群卿不揖客，将相不俯眉。言奇者见疑，行殊者得辟。"皇帝大臣们见到人们提出政见，不是予以采纳，而是加以压制甚至打击，以致虽有贤才，也无从舒展其抱负（"炎炎者灭，隆隆者绝"、"位极者宗危，自守者身全"）。那些显赫一时的权贵，终究逃脱不了覆灭的下场。但对这种官僚体制，扬雄也无力改变。他只能有意避开当时政治斗争的漩涡，自守全身，埋头撰写《太玄经》，与大道同在，"知玄知默，守道之极；爱清爱静，游神之庭；惟寂惟寞，守德之宅"。在这篇文章里，有很多名句，如"家家自以为稷契，人人自以为咎繇"，曹植《与杨德祖书》"人人自谓握灵蛇之珠，家家自谓抱荆山之玉"即用此句式，杜甫《自京赴奉先县咏怀五百字》"许身一何愚，窃比稷与契"也借用此典。

《解嘲》模仿东方朔的《答客难》。东方朔的结论是"时易事异"，扬雄的结论也是"世异事变，人道不殊"。而后四字，有着更深的感慨，是说世道变了，可人道没有变。东汉时期，崔骃作《达旨》，蔡邕作《释诲》，也都是这种风格。

扬雄散体文章，以《上疏谏勿许单于入朝》为代表。《汉书·匈奴传》载，建平四年（前3），单于上书愿朝觐五年。当时哀帝正患疾病，有人进言称匈奴从上游来，对人主不利，再说，虚费府帑接待也没有必要，建议勿许。时任黄门郎的扬雄则提出异议，他纵论古今，总结了秦汉以来两百年匈奴与汉朝的关系，分析利害得失，认为与其发生叛乱再治理，通过战斗取得胜利，不如防患于未然，不战而屈人之兵，这才是最大的胜利。史载，哀帝接受扬雄的建议，接待匈奴使者。这篇文章气势凌厉，波澜顿挫，绝非应景虚设，而是安边长策，这与他标榜高蹈可谓判若两人。

这种见解类似于司马相如的《难蜀父老文》。当时,很多人认为打通西南地区耗时费力,意义不大,司马相如借蜀父老为辞,而己诘难之表达了自己的政治主张,很有政治眼光。其中"盖世必有非常之人,然后有非常之事;有非常之事,然后有非常之功。非常者固常人之所异也"这段话,武帝于元封五年(前106)的诏书中也有所借鉴,说:"盖有非常之功,必待非常之人。"足见影响之大。这又是扬雄与司马相如相近的一点,文章很有骨力,有气势。

如果说《上疏谏勿许单于入朝》主张对匈奴采取怀柔政策的话,《文选》收录的《赵充国颂》则体现了扬雄在边患问题上强悍的一面。赵充国是陇西人,武帝后期重要将领,曾率众出击匈奴,身被二十余创。昭帝、宣帝时,赵充国又多次平定西羌部族叛乱。赵充国死后的第二年,汉宣帝在麒麟阁为十一功臣画像,其中就有赵充国。又过去四十余年,西羌再次叛乱。汉成帝思将帅之臣,追念赵充国,命扬雄即赵充国图画而作颂。赵充国戎马一生,征战南北,创立赫赫战功。生前死后,均享有重名。在一篇百余字的篇幅里,如何概括主人公波澜起伏的一生,还真是颇费思量的事情。扬雄这篇小颂,紧紧扣住赵充国征讨西羌的战役来写,通过一个侧面来展示这位英雄深谋远虑的勇武和雄才大略的气魄。何焯《义门读书记》卷四十九评价说:要在百余字的篇幅里,截取要点,谋篇布局,实属不易,可为典范。这篇文章,班固收录在《汉书·赵充国传》中,萧统收录在《文选》中,遂成文学名篇。

扬雄的连珠体创作,现在仅存部分内容。所谓连珠,就是历历如贯珠。这种文体篇幅不长,文思宽广,蝉联而下,如群珠贯穿。汉代的杜笃、贾逵、班固、傅毅、刘珍,魏晋南北朝的潘勖、王粲、陆机、颜延之、王俭、刘孝仪等并有仿作,影响很大。后来,这种写作笔法又被引入诗歌创作中,如曹植的《赠白马王彪》七章,就借用了这种手法。

三、千秋功过

扬雄六十一岁那年，王莽不再"居摄"，而是自称皇帝，国号新。扬雄的最后十年，是在王莽朝度过的，颇为纠结。

其实，王氏家族当政，早在四十年前就开始了。武帝死后，昭帝即位，时年八岁，霍光辅政，大权独揽。后起于代王的宣帝即位，灭霍氏家族，号称中兴。此后，从元帝、成帝、哀帝，再到平帝等，皇帝年龄都比较小，外戚辅政。尤其是元帝死后，成帝启用外戚王凤为大司马、大将军，领尚书事，职掌朝政，成帝的几个舅舅，王谭、王商、王立、王根、王逢时等并为关内侯。最初，王凤还上书乞骸骨，请辞，说明王氏家族在此时尚多顾忌。从王凤、王音、王商、王根，再到王莽，从居摄辅政到直接代汉，扬雄见证了西汉后期外戚与宗室的矛盾及其政权交替的整个过程。他看到王莽托古改制，古学有复兴的希望，他为此欢欣；同时，他看到社会弊端丛生，官场险恶，又心寒气短。作为一介书生，又身处政治漩涡中心，他只能采取一种明哲保身的处世态度。

这个时期，扬雄有两篇文字最为扎眼，一是《元后诔》，二是《剧秦美新》。

元后，汉元帝皇后，为王莽姑母。元帝死，成帝立为皇太后。王莽篡汉，废皇太后称号，改为新室文母太皇太后。今题《元后诔》，可能是后人改题。这篇文字显然是应王莽要求而写，看不出扬雄的真实想法。

《剧秦美新》就比较复杂了，至少看不出是被迫应诏而写。这是一篇为王莽歌功颂德的文章，按理说，王莽被视为窃国大盗，理应受到排斥，而《文选》却把它作为范文收录，这是基于什么考虑？有一种看法认为，这篇文章不是扬雄所作，因为扬雄就没有在王莽朝做官。这显然是睁着眼说瞎话，因为《剧秦美新》开篇就称自己说:"诸吏、中散大夫臣雄。"还有一种推测,认为这篇文章出自谷永等人手笔。问题是,谷永早在王莽篡位之前的十余年即已离世,当然不可能写作此文。最通行的看法,是承认这篇文章是扬雄所写,他见王莽数害正直之臣,担心自己受害,于是撰写此文,贬斥嬴秦酷政,歌颂王莽新政,取悦王莽,避免祸害。也就是说,文章所述,并非发自内心。

在我看来,扬雄作《剧秦美新》歌颂王莽品德,并非矫情之作。写到这里,说扬雄还是绕不开司马相如。司马相如死后,汉武帝派人到家里慰问,顺便问问司马相如有什么文章留下来。卓文君说,司马相如通常是随写随丢,只有一篇文章留下来,说如果朝廷来人,可以呈上此文。这就是有名的《封禅文》,彰显汉代功德。武帝听从了司马相如的建议,七年以后,正式到泰山举行封禅仪式,成为当时一大盛事。

扬雄写作《剧秦美新》,也是出于这种心态,要为新朝大唱赞歌。剧,甚,言促秦短命。剧秦,犹贾谊"过秦",但这不是重点,重点在"美新",即赞美新莽之政。司马相如完成《封禅文》而没有上呈,他相信朝廷会派人探视。扬雄没有这种声望和自信,他说自己患有"颠眴病",也就是眩晕症,担心寿命不长。如果自己的心意不能叫朝廷知道,那才叫抱恨终身。故"竭肝胆,写腹心",效仿司马相如《封禅文》,精心写作《剧秦美新》,"亦臣之极思也"。看来,扬雄一辈子都摆脱不了司马相如的影响,自视为最后一篇大文字的文章,还是要模仿司马相如。

如同《封禅文》的韵文部分,《剧秦美新》开篇也从混沌初开写起,写到历史上的兴亡际遇。从玄黄不分、天地相混,到生民始生、帝王始存,一下子说到三代。鼎盛之后,难以为继,所以才有孔子《春秋》之作,描绘了一个远古理想主义社会。这个社会最叫人艳羡的是道德,"仁、义、礼、智",为下文"剧秦"和"美新"作一伏笔。

秦朝违背了这个理想,所以才会二世而亡,新莽正朝着这个方向努力,所以值得赞美。这才是此文关键所在。

问题是,王莽毕竟曾是汉臣。美化王莽,必然丑化汉朝。这个矛盾如何解决？这是无法绕过的难题。我想扬雄也很难,有关西汉近两百年的历史,作者只用了九十九字就一带而过。这不足百字中,作者还指责了汉承秦制的弊端,一是"帝典阙而不补",二是"王纲弛而未张"。在作者看来,王莽的业绩正在这里。王莽与扬雄有一点相近,即他们都对古学感兴趣,是理想主义者。史载,平帝元始四年(4)八月,王莽奏立明堂、辟雍。又立《乐经》博士。至此,六经均设博士,每经各五人。为此,朝廷颁布招贤令,网罗异能之士,凡通经书、小学、天文、图谶、钟律、月令、兵法者,皆在应召之列。当时,有数千人应召,盛况空前。王莽好古乐道,这些做法,很切合扬雄的心意。从前,五帝继承三皇,三王追随五帝,皆遵循古道。新室则勤勤恳恳,兢兢业业。随后,作者又在车马旗帜、车铃诗乐、朝服配饰、吉凶之礼、伦理人情等五个方面,通过排比句式,表现王朝礼仪之盛。紧接着,作者又从"改定神祇""钦修百祀""明堂雍台""九庙长寿""制成六经""北怀单于"六事,引申发挥、铺陈其事。结论是,王莽新政,不仅上承天意,也继承了前代的光荣业绩。

扬雄在《法言·问神》中说:"言,心声也；书,心画也。"扬雄认为文学创作一定要表达自己的真实情感,反对为文而造情。据此而论,《剧秦美新》应该不是一般的应景之作,而是发自内心的写照。扬雄本胸怀大志,不惑之年来游京师,上四大赋,本应得到重用。然而正当盛年,却生不逢时,颇为失落。而王莽的复古,使他看到了希望,所以在当时颇为活跃。由此看来,这篇作品不仅仅有感恩的成分,更有一种关注现实的情怀在里面。

知我罪我,只能托付给历史去评说了。

结　　语

扬雄对后世的影响是巨大的,这种影响不妨先从蜀地说起。

我们知道,汉景帝末年,庐江文翁为蜀郡太守,敦促教化,遣司马相如东受七经,还教吏民。蜀郡文化由此而日益发达。这是司马相如的重要贡献。蜀人普遍推崇儒家思想。譬如扬雄就认为,儒家经典,如日月高悬,"视日月而知众星之蔑也,仰圣人而知众说之小也"。这些经典,各有所重。《周易》侧重于阐释天命,《尚书》侧重于历史兴衰,《三礼》侧重于日常百事,《诗经》侧重于感兴言志,《春秋》则重在记事说理。

扬雄的重要贡献是在不遗余力地推广儒家经典的同时,接受了严遵的影响,有选择地吸收了以《老》《庄》为代表的道家文化。他欣赏老子所倡导的道德之说,而对道家否定仁义、灭绝礼学,则有所批评,舍弃不取。这些思想,对于蜀地道家思想的传播乃至张陵在蜀地创建道教,都有深刻的影响。扬雄的思想主张,充分体现出蜀学兼容并蓄的特色。

扬雄的影响显然又不局限于蜀地,正像我们前文所说,他不仅仅是西道孔子,也是全国的硕学鸿儒。

前面提到张衡对扬雄的评价,其中一句话说,汉代四百年后,"《玄》其兴矣"。也就是说,张衡预见扬雄的著作在汉代之后会得到高度重视,产生重要影响。事实上也正是如此。魏晋南北朝时期,知识分子最喜欢读的书就是"三玄",即《周易》《老子》《庄子》,最喜欢的作家是屈原及其《楚辞》。生活中最流行的嗜好是饮酒。《世说新语》载,所谓名士,不需要有什么大才,只要无事,痛饮酒,熟读《离骚》,就可以称为名士。按照这个标准,扬雄可视为典型的魏晋名士。他酷爱《楚辞》,沉溺"三玄",我们在前面已有充分论述。他还好喝酒,为酒唱赞歌。据《汉书·扬雄传》记载,扬雄家穷，很少有人到他家串门。只有那些想求学的人，会到他家，通常会带酒菜去看他。《文心雕龙》列举文人的瑕疵，说到扬雄，是"嗜酒而少算"，意思是说扬雄爱酒而不善于为自己谋划。扬雄嗜酒，是事实，这里面也可能有借酒浇愁的原因。扬雄有一篇《酒赋》，借瓶罐和酒器的不同命运，比喻官场的险恶。作者开篇就说"子犹瓶矣"，瓶罐用来打水，常常放在井边，处高临深，经常遭到丧身之祸。而酒囊呢，只是装酒用，常为国器，出入两宫高门大宅，博得帝王和贵族的宠爱。这是酒的过错吗？这种诙谐的文字，为后来的孔融、刘伶等继承。孔融《难曹公禁酒书》也反复申明酒无过错，酒是好东西。天上有酒星，地上有酒泉。李白也受此启发，说："天若不爱酒，酒星不在天。地若不爱酒，地应无酒泉"，就是从扬雄和孔融的语意生发出来的。扬雄说："由是言之，酒何过乎？"孔融也说："由是观之，酒何负于治者哉？"刘伶的《酒德颂》更是形象地描绘了种种醉态，如"静听不闻雷霆之声，熟视不睹泰山之形"，非常夸张。借酒说事，扬雄首倡此风。

按照现在学术界的通常看法，陶渊明是魏晋玄学最后的大家，扬雄则是陶渊明心目中的榜样。这里，我们不妨比较《五柳先生传》和《汉书·扬雄传》的异同，这是一件很有趣的事。

1. 《五柳先生传》：闲静少言。《汉书·扬雄传》：为人简易佚荡，口吃不能剧谈，默而好深湛之思。清静亡为，少嗜欲。

2. 《五柳先生传》：不慕荣利。《汉书·扬雄传》：自有大度，非圣哲之书不好也。非其意，虽富贵不事也。

3. 《五柳先生传》：好读书，不求甚解，每有会意，欣然忘食。《汉书·扬雄传》：雄少而好学，不为章句，训诂通而已，博览无所不见。

4. 《五柳先生传》：性嗜酒，而家贫不能常得，亲旧知其如此，或置酒而招之。《汉书·扬雄传》：家素贫，嗜酒，人希至其门。时有好事者，载酒肴从游学。

5.《五柳先生传》:环堵萧然,不蔽风日,短褐穿结,箪瓢屡空,晏如也。《汉书·扬雄传》:家产不过十金,乏无儋石之储,晏如也。

6.《五柳先生传》:常著文章自娱,颇示己志,忘怀得失,以此自终。《汉书·扬雄传》:顾尝好辞赋。

7.《五柳先生传》:黔娄之妻有言:不戚戚于贫贱,不汲汲于富贵。极其言,兹若人之俦乎?酣觞赋诗,以乐其志,无怀氏之民欤,葛天氏之民欤?《汉书·扬雄传》:不汲汲于富贵,不戚戚于贫贱,不修廉隅以徼名当世。

为什么会有如此相近的词句和形象?结论可能见仁见智。多数学者认为,《汉书·扬雄传》是根据扬雄自传写成的,以此类推,《五柳先生传》也是陶渊明的自传。还有学者据此得出另外一种推论,即《五柳先生传》写的是扬雄。扬雄心中的榜样是柳下惠,陶渊明心中的榜样是扬雄。[①] 而在我看来,扬雄不仅影响到陶渊明,也影响到整个魏晋南北朝时期。扬雄不仅仅是跨世纪的历史人物,更是开启魏晋玄学的一代宗师。现代著名学者陆侃如著《中古文学系年》,就是从扬雄出生这一年开始撰著,道理就在这里。

(原载《中华文化论坛》2019年第4期)

[①] 参见范子烨《谁是五柳先生?》,文载《中华读书报》2017年9月13日版。

"建安风骨"的历史内涵及其意义

建安是东汉最后一位皇帝刘协的年号,始于公元196年,迄于公元220年,前后二十五年。这是汉魏历史转折的关键时期,各种政治势力明争暗斗,角力厮杀,充满血腥味道;这又是中国文学史上"建安风骨"异彩纷呈的特殊时期。生逢乱世的诗人,"终日驱车走,不见所问津",想找一个相对稳定的靠山都不容易。进入建安时期,他们在曹操求贤若渴的感召下,终于在邺下找到栖身之所。

建安改元前一年的四月,董卓旧部李傕、郭汜内斗互攻,郭汜劫持了汉献帝刘协,烧毁宫殿。六月,李傕、郭汜议和,刘协得以东归。这年秋冬,李傕、郭汜又反悔,试图再次追挟汉献帝。杨奉等拒阻,护送献帝东渡黄河,驻安邑。袁绍幕僚沮授也曾提议将汉献帝接过来,但是袁绍没有这个远见,错失良机。早在初平二年(191),毛玠接替鲍信为曹操军师,就曾建议曹操将汉献帝迎接过来。后来,荀彧再次提出这样的建议。建安元年八月,在这样的背景下,曹操将处于困境中的汉献帝接过来,迁都许。从此,曹操动辄"奉辞伐罪",时常致敌于不利的尴尬境地,在战略上占据主动,开启了全新的局面。

建安元年,孔融四十四岁,曹操四十二岁,陈琳约四十岁,阮瑀约三十岁,徐幹二十六岁,应玚约二十二岁,刘桢约二十二岁,王粲二十岁,曹丕十岁,曹植五岁。建安七子及其他重要诗人,如蔡文姬、仲长统、繁钦等,都进入创作的活跃时期,奋发有为,渴望一展宏图。这是一个什么样的文学时代呢?钟嵘《诗品》说:

> 东京二百载中,惟有班固《咏史》,质木无文。降及建安,曹公父子,笃好斯文,平原兄弟,郁为文栋,刘桢、王粲,为其羽翼。次有攀龙托凤,自致于属车者,盖将百计,彬彬之盛,大备于时矣。

刘勰《文心雕龙·明诗》说:

> 暨建安之初,五言腾踊,文帝、陈思,纵辔以骋节;王、徐、应、刘,望路而争驱。并怜风月,狎池苑,述恩荣,叙酣宴,慷慨以任气,磊落以使才。造怀指事,不求纤密之巧;驱辞逐貌,唯取昭晰之能。此其所同也。

沈约《宋书·谢灵运传论》说:

> 至于建安,曹氏基命,二祖陈王,咸蓄盛藻。甫乃以情纬文,以文被质。

慷慨任气,磊落使才,这是建安文学最鲜明的时代特色。钟嵘用"建安风力"来形容,初唐以来代之以建安风骨,这已成为建安诗歌的名片。建安文学另外一个显著特色是人才众多,各路才俊,"彬彬之盛,盖将百计",纷纷汇集到曹操幕下。他们纵辔骋节,望路争趋,表现出强烈的创作欲望。第三个特色表现在内容方面,沈约用"以情纬文,以文被质"八个字来概括。建安文人从懂事时起,就见惯了各种混乱纷争的严酷现实,经历了种种颠沛流离的生活。"出门无所见,白骨蔽平原",这些惨不忍睹的景象时刻萦绕于怀,叫他们无法回避,不能平静。他们只有把自己最真实的感受,用老百姓喜闻乐见的五言诗的形式表达出来,才能对得起自己的内心。"国家不幸诗家幸,赋到沧桑句便工",移用清人赵翼这两句诗形容建安诗人的创作,其实是很恰当的。

一、建安诗人的选择

建安七子中,孔融最为年长,还大曹操二岁。在诗歌创作中,孔融的《离合诗·郡姓名诗》具有代表性:

> 渔父屈节,水潜匿方。与时进止,出行施张。吕公矶钓,阖口渭傍。九域有圣,无土不王。好是正直,女固予匡。海外有截,隼逝鹰扬。六翮将奋,羽仪未彰。龙蛇之蛰,俾也可忘。玟璇隐曜,美玉韬光。无名无誉,放言深藏。按辔安行,谁谓路长。

此诗最早见于《艺文类聚》卷五十六,又见章樵注《古文苑》卷八,题作《离合作郡姓名字诗》,各本文字略有差异。离合诗属于杂体诗的一种,通常为字相拆成文。如这首诗两句一组,二十二句,离合而成"鲁国孔融文举"六字。这种文字游戏,后来多有模仿者。《艺文类聚》在孔融诗后辑录西晋潘岳,刘宋何长瑜、孝武帝刘骏、谢惠连、谢灵运,南齐石道慧、王融,梁代萧绎、萧巡,陈代沈炯等离合诗。由此生发开去,又有所谓回文诗、数字诗之类的游戏诗。如鲍照有《数名诗》:"一身仕关西,家族满山东。二年从车驾,斋祭甘泉宫。三朝国庆毕,休沐还旧邦。四牡曜长路,轻盖若飞鸿。五侯相饯送,高会集新丰。六乐陈广坐,组帐扬春风。七盘起长袖,庭下列歌钟。八珍盈彫俎,绮肴纷错重。九族共瞻迟,宾友仰徽容。十载学无就,善宦一朝通。"李白有《三五七言诗》:"秋风清,秋月明。落叶聚还散,寒鸦栖复惊。相思相见知何日,此时此夜难为情。"白居易有《一字至七字诗》:"诗,绮美,瑰奇。明月夜,落花时,能助欢笑,亦伤别离。调清金石怨,吟苦鬼神悲。天下只应我爱,世间唯有君知。自从都尉别苏句,便到司空送白辞。"宋代吴文英词"何处合成愁,离人心上秋",也属于这类作品。中国古典诗歌,很多情况下常用于日常生活之中,盛行于歌舞宴席之上、酒酣耳热之余。从思想内容上说,这类作品可能无足称道,但就诗歌抒情性而言,也确有一定意义。诗歌创作,固然应当与社会人生保持密切联系,但也不妨表现日常生活中的意趣。

孔融与曹操彼此都非常熟悉。孔融在《论盛孝章书》中说:"岁月不居,时节如流。五十之年,忽焉已至。公为始满,融又过二。"曹操起兵时,以恢复汉室相号召,孔融对此深信不疑:"曹公辅政,思贤并立。策书屡下,殷勤款至"(《与王朗书》),认为只有曹操才能平定战乱。曹操多次发布求贤令,他也积极配合,不遗余力地推荐人才。《文选》中收录的《论盛孝章书》《荐祢衡表》就是非常有名的代表作。《论盛孝章书》说:"公匡复汉室,宗社将绝,又能正之。正之之术,实须得贤。珠玉无胫而自至者,以人好之也,况贤者之有足乎?"《荐祢衡表》称其"性与道合,思若有神","忠果正直,志怀霜雪,见善若惊,疾恶如仇"。此外,《后汉书》中载录了孔融的《上书荐谢该》,称谢该"博通群艺,周览古今,物来有应,事至不惑,清白异行,敦悦道训",对其评价甚高。孔融还曾极力推荐汉末著名学者赵岐、郑玄等,并为修缮郑玄故居作《告高密县立郑公乡教》,称"郑君好学,实怀明德",改郑君乡为郑公乡。其实,他在私底下对于郑玄的评价也有所保留,如谓"郑康成多臆说,人见其名学,谓有所出也。证案大较,要在五经四部书。如非此文,近为妄矣"(《与诸卿书》)。言下之意,孔融认为郑玄只是长于经学,其他则妄。但是,他还是力推其所长,希望这些推荐可以"昭近署之多士,增四门之穆穆。钧天广乐,必有奇丽之观;帝室皇居,必蓄非常之宝"(《荐祢衡表》),表现出非常乐观的入世态度。建安元年,曹操将陷于困境的汉献帝接到许昌,孔融感佩不已,作六言诗三首,极力赞美曹操。第一首叙写董卓之乱,渴望曹操能够平定战乱:"瞻望关东可哀,梦想曹公归来。"第二首叙写李傕、郭汜之乱:"万官惶怖莫违,百姓惨惨心悲。"第三首盛赞曹操从洛阳迁都到许昌,励精图治:"从洛到许巍巍,曹公忧国无私。"

从孔融全部作品来看,在其归顺曹操初期,确实表现出积极的从政热情和对曹操的支持态度。后来,曹操挟天子以令诸侯,孔融感觉到他有代汉的野心,逐渐疏远,采取了不合作态度。官渡之战得势后,曹丕霸占甄夫人,孔融上表祝贺说:"武王伐纣,以妲己赐周公。"曹操未听说此典,便问其故。孔融说:"以今例古,想当然耳。"这当然是有意羞辱曹操。曹操下禁酒令,他又作《难曹公禁酒书》,称"酒之为德久矣"。如果说这类冷嘲热讽的文字,曹操还能勉强忍受的话,有些事情他就不能接受了。孔融担心曹操分封子弟,控制王室,为代汉做制度上的准备,于是作《上书请准古王畿制》,建议"千里国内,可略从《周官》六乡、六遂之文,分比北郡,皆令属司隶校尉,以正王赋,以崇帝室"。这就引发了曹操的忌讳和愤懑。但曹操并没有以此治孔融之罪,而是从道德上对他抹黑。建安十三年(208),曹操让路粹作《枉状奏孔融》,就从儒家最为推崇的孝道入手,攻击孔融伤风败俗:"前与白衣祢衡跌荡放言,云'父之于子,当有何亲? 论其本意,实为情欲发耳。子之于母,亦复奚为? 譬如寄物瓶中,出则离矣'。"曹操接过这个话题,特作《宣示孔融罪状令》,说:"此州人说,平原祢衡受传融论,以为父母与人无亲,譬如瓴器,寄盛其中。……融违天反道,败伦乱理!"注意"违天反道,败伦乱理"这八个字,分量很重,必致孔融于死地,且容易得到别人的支持。按理说,这些观点并非孔融所创。王充《论衡·物势》就说:"夫天地合气,人偶自生也;犹夫妇合气,子则自生也。夫妇合气,非当时欲得生子,情欲动而合,合而生子矣。"[1]佛教亦持此理。《朱子语类》卷一二六载:释氏"以生为寄,故要见得父母未生时面目。……黄蘖一僧有偈与其母云:

---

[1] 〔汉〕王充著,黄晖校释:《论衡校释》,中华书局1990年版,第144页。

'先曾寄宿此婆家',止以父母之身为寄宿处,其无情义、绝灭天理可知!"①孔融的论调只不过是王充的翻版,话说得更直白而已。《文心雕龙·程器》说:"文举傲诞以速诛。"以傲诞而引火烧身,这是孔融没有想到的结局。他作《临终诗》,流露出无限遗憾:

> 言多令事败,器漏苦不密。河溃蚁孔端,山坏由猿穴。涓涓江汉流,天窗通冥室。谗邪害公正,浮云翳白日。靡辞无忠诚,华繁竟不实。人有两三心,安能合为一?三人成市虎,浸渍解胶漆。生存多所虑,长寝万事毕。

他说:"谗邪害公正,浮云翳白日",认为是有小人作祟。当然,他也为自己出言不慎而后悔,故云:"言多令事败,器漏苦不密。河溃蚁孔端,山坏由猿穴。"孔融的悲剧,想必给建安文人敲响了警钟。

孔融被杀这年,赤壁大战爆发,确定了三国鼎立的历史格局。如何扩大自己的地盘和影响,是曹操必须面对并加以解决的迫切问题。几十年来的身世际遇,让曹操非常清楚,国家的兴亡,政治的成败,固然取决于严饬吏治,取决于朝廷清明,但更取决于人才的选拔重用。三国纷争,从某种意义上说,就是人才的竞争。从当时的情况看,要说曹操幕下真正具有广泛号召力的文人学者,孔融还真不容小觑。当年,祢衡何等狂妄,但曹操未敢下手,而是把他送给黄祖,是黄祖杀了祢衡。曹操知道,杀文人这件事,负面作用很大。他杀孔融,所依据的法理是儒家的孝道。而他本人,是宦官养子的后代,如何体现孝道?这本身就是一道绕不过去的难题。要想使自己立于不败之地,取得当政的合法性,他就必须要打破过去的用人制度和精神壁垒,广开渠道,延揽人才。他曾不止一次地发布求贤令,唯才是举。只要有才,哪怕背负着不忠不孝的罪

---

① 〔宋〕黎靖德编,王星贤点校:《朱子语类》,中华书局1994年版,第3013页。

名,也可以委以重任。当然,这里有个前提,必须对曹操忠心耿耿。曹操杀孔融,实属忍无可忍,也有杀一儆百的警示作用。

与孔融相比,阮瑀、刘桢、应玚等相对年轻,在建安初年进入曹操幕府,陈琳、王粲、徐幹等人是在建安十年前后陆续来到邺下的。他们都缺少像孔融那样傲慢的资本,对曹操只有臣服。曹植《与杨德祖书》:"仲宣独步于汉南,孔璋鹰扬于河朔,伟长擅名于青土,公幹振藻于海隅,德琏发迹于此魏(一作大魏),足下高视于上京。"王粲曾在荆州依附刘表,故曰"汉南";陈琳曾在冀州袁绍幕下,故曰"河朔";徐幹世居青州,故曰"青土";刘桢为东平宁阳人,离齐地海边不远,故曰"海隅";应玚南顿人,地接魏都,故曰"此魏";至于杨修,乃是太尉杨彪之子,世居京城,故曰"上京"。所谓独步、鹰扬、擅名、振藻、发迹、高视,意思都是一样的,即名扬一时,所以说"当此之时,人人自谓握灵蛇之珠,家家自谓抱荆山之玉"。灵蛇之珠,即隋侯之珠;荆山之玉,即和氏之玉,都是举世珍宝。这里用以比喻诸人才华如玉,文章雄视天下。"吾王于是设天网以该之,顿八纮以掩之,今悉集兹国矣",吾王指曹操,当时称魏王,能延揽天下英才而用之,悉集兹国,即汇集京都,汇集邺下。

阮瑀字元瑜,陈留尉氏(今属河南)人。年轻时曾随蔡邕问学。蔡邕与曹操是旧相识,可能是由于这层关系,阮瑀进入曹操幕府比较早,大约在建安初年,与刘桢一起,被召为司空军谋祭酒,管记室。他擅长章表书记,《文选》收录其《为曹公作书与孙权》,文气顺畅,舒卷自如。所以曹丕《又与吴质书》说:"元瑜书记翩翩,致足乐也。"《文心雕龙·才略篇》也说阮瑀"以符檄擅声"。他的辞赋创作如《纪征赋》《止欲赋》《筝赋》《鹦鹉赋》等,虽为应招之作,亦文采斐然。他还著有《文质论》,认为文"远不可识",质"近而得察","文虚质实,远疏近密",故主张"意崇敦朴",即以质实为上。他的诗今存十余首,大都质实无华。名篇有《咏史诗》二首、《七哀诗》二首及《驾出北郭门行》《杂诗》《公谳诗》《苦雨诗》等。阮瑀之《咏史诗》,乃与王粲、曹植同时所作,描写秦穆公杀三良的史事。从诗歌内容看,作者对三良深表同情,但也好像并未讥刺秦穆公。在作者看来,三良很重"恩义",并非被迫从死。《驾出北郭门行》为其代表作,表现孤儿的悲惨境遇等,反映了当时严重的社会问题,文学史著作多有论及。

刘桢字公幹,东平宁阳(今属山东)人。他的性格有点像孔融,比较直率,很少媚骨。曹丕《与吴质书》、刘勰《文心雕龙·体性》、钟嵘《诗品》都说刘桢为人为文,表现为气盛。曹丕说:"公幹有逸气,但未遒耳。其五言诗之善者,妙绝时人。"王昶《家戒》就说:"东平刘公幹,博学有高才,诚节有大意,然性行不均,少所拘忌,得失足以相补。"同样是《公谳诗》,其他人多是赞美皇帝寿永无疆,而他的诗则突出表现宴会场面的恬静典雅的园林气氛。"投翰长叹息,绮丽不可忘"的感叹颇有意味。唯其如此,建安七子中,除孔融外,刘桢也曾多次得罪曹氏父子,因而备受冷落。《赠徐幹》一诗,可能写于他失志的时候。当时,徐幹等人能够随曹丕在西园游宴,而刘桢自己却不能随意出入西园,不能与宴,心中非常郁闷。尽管如此,他并不想改变自己的性格。《文选》卷二十三"赠答"类收录刘桢《赠从弟》三首,分别以苹藻、松柏、凤凰作比,勉励他的从弟能够坚持节操,端正不阿,反映出刘桢对独立人格的追求。诗曰:

泛泛东流水,磷磷水中石。苹藻生其涯,华纷何扰弱?采之荐宗庙,可以羞嘉客。岂无园中葵,懿此出深泽。

亭亭山上松,瑟瑟谷中风。风声一何盛,松枝一何劲!冰霜正惨怆,终岁常端正。岂不罗凝寒,松柏有本性。

>凤凰集南岳,徘徊孤竹根。于心有不厌,奋翅凌紫氛。岂不常勤苦?羞与黄雀群。何时当来仪?将须圣明君。

第一首说,苹藻虽然不是很值钱,但是出于纯净的深水,所以值得格外珍惜。王夫之《古诗评选》卷四云:"短章有万里之势。"第二首诗则紧紧扣住松柏经寒不衰、枝干劲挺的特征来着墨,写出松柏的凛然正气,借此表现作者对高风亮节的赞美和追求。第三首,《初学记》卷三十作《凤凰诗》,凤凰是神话中的百鸟之王,本诗以超世脱俗的凤凰赞美从弟。

应玚字德琏,出身于世代官宦之家,祖父应奉、伯父应劭,均为汉末著名文士、学者。他早年流寓南北,建安初入曹操幕府为掾属。曹植为平原侯,应玚为平原侯庶子,后转为曹丕的五官中郎将文学。《文心雕龙·才略》云:"应玚学优以得文。"曹丕《与吴质书》也说:"德琏常斐然有述作之意,其才学足以著书,美志不遂,良可痛惜。"曹丕说他"美志不遂",也不尽然。《艺文类聚》卷二十二载其《文质论》,篇幅较阮瑀的同题之作为长。《文心雕龙·序志》称:"至于魏文述典,陈思序书,应玚文论,陆机《文赋》,仲治《流别》,宏范《翰林》,各照隅隙,鲜观衢路,或臧否当时之才,或铨品前修之文,或泛举雅俗之旨,或撮题篇章之意。魏典密而不周,陈书辩而无当,应论华而疏略,陆赋巧而碎乱,《流别》精而少巧,《翰林》浅而寡要。"这里提到"应玚文论",应当是指其《文质论》。在刘勰看来,这篇文论与《典论》《文章流别论》《翰林论》《文赋》同等重要,也算是不朽之作了。当然,这篇《文质论》也有不足,最主要的问题是"华而疏略",即辞藻华丽而缺少实质内容。这与阮瑀正好相反。应玚的诗也具有这个特点,华丽纤巧。如《侍五官中郎将建章台集诗》构思比较巧妙,代雁为词。不过,这终究是一篇应酬之作,曹丕用"和而不壮"四字来评论他,还是比较确切的。

徐幹字伟长，北海剧（今山东昌乐西）人。建安十年（205），曹操平定袁绍，徐幹应诏入曹操幕，为司空军谋祭酒掾属。建安十三年（208），随曹操南征，作《序征赋》。建安十六年（211），曹丕受封为五官中郎将，徐幹为五官将文学。建安十八年（213）前后，因病隐退，潜心写作《中论》。在建安七子中，内心最为平和的非徐幹莫属。徐幹不仅性格舒缓，下笔亦托古见意，含蓄委婉。徐幹现存诗歌三首，以组诗《室思》最为后人传诵。室思，犹言闺情，集中描写相思离别之情，上下章之间并无严格的逻辑线索。陈祚明《采菽堂古诗选》卷七评曰："亦是多用虚字，句句转掉，有此健笔方可。如率意学之，易沦卑弱，结句佳，明是疑其不思，而不欲遽以为然也，用意忠厚。"①其中第三章"自君之出矣，明镜暗不治。思君如流水，无有穷已时"四句，以流水比喻相思之无穷，新巧而韵味深长。后来"思君如流水"成为诗题，为后人拟作。《乐府诗集》卷十六《杂曲歌辞》所收唐前《思君如流水》一共有十六首之多。明代陆时雍《古诗镜》说"徐幹诗浅浅生动，是为诗中小品"，其诗精致、恬淡，耐人寻味。

陈琳字孔璋，广陵射阳人（今属江苏），大约亦在建安十三年前后进入曹操幕府。早年在何进幕下任职，曾作《谏何进召外兵》书，认为"今将军总皇威，握兵要，龙骧虎步，高下在心，以此行事，无异于鼓洪炉以燎毛发。但当速发雷霆，行权立断"。他认为如果招纳董卓进京，"大兵合聚，强者为雄，所谓倒持干戈，授人以柄，功必不成，只为乱阶"。事实证明陈琳的判断是对的，说明他很有政治眼光。后来他追随袁绍，曾作《为袁绍檄豫州文》讨伐曹操，文章气势磅礴，排江倒海。《文心雕龙·檄移》称其"壮有骨鲠"。官渡之战后，曹操灭袁绍，不计前嫌，将陈琳纳入幕府，任命为司空军谋祭酒，管记室，主管军国书檄。《檄吴将校部曲文》即

---

① 〔清〕陈祚明评选，李全松点校：《采菽堂古诗选》卷七，上海古籍出版社，第200页。

作于此时。这两篇文章一并收录在《文选》中而成为一代名文。此外,《文选》还收录其《答东阿王笺》《为曹洪与魏文帝书》两文,与曹丕在《与吴质书》中的评论完全吻合:"孔璋章表殊健,微为繁富。"他的诗歌现存比较著名的有四首,其中《游览诗》二首和《游宴诗》带有干谒色彩,而《玉台新咏》卷一所收《饮马长城窟》,作者题为陈琳,是中国诗歌史上的名篇,久为传诵。

> 饮马长城窟,水寒伤马骨。往谓长城吏:慎莫稽留太原卒。官作自有程,举筑谐汝声。男儿宁当格斗死,何能怫郁筑长城?长城何连连,连连三千里。边城多健少,内舍多寡妇。作书与内舍:便嫁莫留住。善事新姑嫜,时时念我故夫子。报书往边地:君今出语一何鄙?身在祸难中,何为稽留他家子?生男慎勿举,生女哺用脯。君独不见长城下,死人骸骨相撑拄?结发行事君,慊慊心意关。明知边地苦,贱妾何能久自全?

作者借用秦时修长城故事,通过筑城卒和他妻子的对话形式,控诉了秦朝为修筑长城,连年征役,给老百姓造成极大的痛苦。诗中五、七言杂用,有对话,有描写,有抒情,文辞古朴,颇有汉乐府古风。这种风格,与陈琳作品风格不类。因此,此诗是否为陈琳所作,目前尚有疑问。《文选》卷二十七收录古词《饮马长城窟行》,诗曰:"青青河边草,绵绵思远道。远道不可思,夙昔梦见之。梦见在我傍,忽觉在他乡。他乡各异县,展转不可见。枯桑知天风,海水知天寒。入门各自媚,谁肯相为言?客从远方来,遗我双鲤鱼。呼儿烹鲤鱼,中有尺素书。长跪读素书,书上竟何如?上有加餐食,下有长相忆。"这只是一般的描写相思离别之作,似乎与长城没有任何关系。李善注引郦道元所见古诗《饮马长城窟行》,他说:"郦善长《水经》曰:余至长城,其下往往有泉窟,可饮马。古诗《饮马长城窟行》,信不虚也。然长城蒙恬所筑也,言征戍之客至于长城而饮其马,妇思之,故为《长城窟行》。"由此看来,郦道元所见《饮马长城窟行》,围绕着长城这个主题,描写征夫思妇的痛苦。旧题陈琳《饮马长城窟行》"饮马长城窟,水寒伤马骨"云云,正应是郦道元所见古诗。据此,我们有理由怀疑,《玉台新咏》所收陈琳这首《饮马长城窟行》,很可能是真正的古词,而《文选》所录古词《饮马长城窟行》"青青河边草,绵绵思远道",思绪绵绵,具有鲜明的文人色彩。唐吴兢《乐府古题要解》说:"右古词'青青河边草,绵绵思远道'。伤良人流宕不归。或云蔡邕之词。若陈琳'水寒伤马骨',则言秦人苦长城之役也。"[1]张玉榖《古诗赏析》卷九也说:"此伤秦时役卒筑城,民不聊生之诗,比汉蔡中郎作为切题矣。"[2]《文选》中的《饮马长城窟行》即便作者不是蔡邕,也是陈琳这样很有文学造诣的诗人所写,文人气息很重。

王粲字仲宣,山阳高平(今属山东)人,追随曹操最晚,却最为近切。他出身名门,曾祖父王龚、祖父王畅均为汉代三公,父亲王谦为何进长史。但他幼年丧父,十三岁时逢董卓之乱。十七岁时南下荆州,依附刘表。从其所著《七哀诗》《登楼赋》等诗文可看出,他对这里的生活并不满足,因为他有着更高的志向。如《七哀诗》三首:

> 西京乱无象,豺虎方遘患。复弃中国去,远身适荆蛮。亲戚对我悲,朋友相追攀。出门无所见,白骨蔽平原。路有饥妇人,抱子弃草间。顾闻号泣声,挥涕独不还。未知身死处,何能两相完?驱马弃之去,不忍听此言。南登霸陵岸,回首望长安。悟彼下泉人,喟然伤心肝。

---

[1] 吴兢:《乐府古题要解》,丁福保辑:《历代诗话续编》,中华书局1983年版,上册,第45页。
[2] 《古诗赏析》,上海古籍出版社2000年版。

  荆蛮非我乡,何为久滞淫?方舟溯大江,日暮愁我心。山岗有余暎,岩阿增重阴。狐狸驰赴穴,飞鸟翔故林。流波激清响,猴猿临岸吟。迅风拂裳袂,白露沾衣衿。独夜不能寐,摄衣起抚琴。丝桐感人情,为我发悲音。羁旅无终极,忧思壮难任。

  边城使心悲,昔吾亲更之。冰雪截肌肤,风飘无止期。百里不见人,草木谁当迟。登城望亭燧,翩翩飞戍旗。行者不顾反,出门与家辞。子弟多俘虏,哭泣无已时。天下尽乐土,何为久留兹。蓼虫不知辛,去来勿与谘。

这组诗前两首收录在《文选》卷二十三"哀伤"类,就像是一幅难民图,描写了诗人在逃难途中所见所感。他怀着愤激的心情把那些虐民乱世的军阀斥为"豺虎",用"白骨蔽平原"五个字描绘了一幅积尸盈路、白骨累累的惨景。诗人还抓住饥妇弃子这一典型事例,集中揭露兵祸的惨毒。第三首见章樵本《古文苑》卷八,关于此诗的写作背景有三说,一说王粲到边地是随曹操北征乌桓。曹操征乌桓是建安十一年,当时王粲还在荆州。二说建安十六年,马超与韩遂、杨秋、李堪、成宜等叛。曹操先遣曹仁讨伐。这年七月,又亲自西征,自潼关北渡,九月,进军渡渭。三说建安二十年四五月间曹操西平金城,此诗所谓边城或指此,但其时未有风雪严寒的记载。而建安十六年西征时,九月即天寒地冻。裴松之注引《曹瞒传》载娄子伯说曹操曰:"今天寒,可起沙为城,以水灌之,可一夜而成。"一夜而成,或谓一夜冰冻。据此,裴松之推测当年为闰八月,九月已经有"冰雪截肌肤,风飘无止期"的天气。这年十月,曹操又从长安出发北征杨秋,围安定。十二月,自安定还。因此,第三首诗作于建安十六年的可能性最大。

  建安十三年(208),曹操南征刘表,会刘表病死,刘表之子刘琮继守荆州,因降曹操。王粲亦投归曹操,被征为丞相掾,赐爵关内侯,后为军谋祭酒,参与政务。《三国志》本传著录其诗、赋、论、议六十余篇。《隋书·经籍志》著录《王粲集》十一卷。建安七子中,王粲的诗歌存世最多,四言、五言、杂言,都有优秀作品。《七哀诗》三首、《从军诗》五首、《杂诗》五首为其代表作。曹丕《典论·论文》《与吴质书》都说到王粲体弱,不足以其起文。自从归顺曹操之后,他似乎看到了政治上的希望。他在《从军诗》中说:"从军有苦乐,但闻所从谁。"他曾与曹植、阮瑀等人共作《三良诗》,曹、阮二人继承《诗经·秦风·黄鸟》的传统,哀叹三良,对殉葬一事表达了或明或暗的愤懑情绪。王粲《三良诗》对秦穆公也有所批评,但更多的是赞扬三良知恩图报、不惜殉葬的牺牲精神。这样写,不排除借机向曹操表示效忠的可能,多少有点才子献媚色彩。

《太平御览》卷八〇六引曹丕《蔡伯喈女赋》曰:"家公与蔡伯喈有管、鲍之好。"蔡邕的女儿蔡文姬流落匈奴十二年,"曹操素与邕善,痛其无嗣,乃遣使者以金璧赎之"①。文姬归汉,大约在建安十年前后,以曹丕为首的文士曾同题作《蔡伯喈女赋》描述此事。蔡文姬两首著名的《悲愤诗》大约就作于这个时期。五言《悲愤诗》总共 108 句,540 字,收录在《后汉书·列女传》中。后人往往把这首诗和大约创作于建安时期的《孔雀东南飞》相提并论,二诗被公认是汉魏时期最重要的长篇五言诗代表作。诗云:

> 汉季失权柄,董卓乱天常。志欲图篡弑,先害诸贤良。逼迫迁旧邦,拥主以自强。海内兴义师,欲共讨不祥。卓众来东下,金甲耀日光。平土人脆弱,来兵皆胡羌。猎野围城邑,所向悉破亡。斩截无孑遗,尸骸相撑拒。马边县男头,马后载妇女。长驱西入关,迥路险且阻。还顾邈冥冥,肝脾为

---

① 《后汉书·列女·董祀妻传》。

烂腐。所略有万计,不得令屯聚。或有骨肉俱,欲言不敢语。失意机微间,辄言毙降虏。要当以亭刃,我曹不活汝。岂复惜性命,不堪其詈骂。或便加棰杖,毒痛参并下。旦则号泣行,夜则悲吟坐。欲死不能得,欲生无一可。彼苍者何辜,乃遭此厄祸！边荒与华异,人俗少义理。处所多霜雪,胡风春夏起。翩翩吹我衣,肃肃入我耳。感时念父母,哀叹无穷已。有客从外来,闻之常欢喜。迎问其消息,辄复非乡里。邂逅徼时愿,骨肉来迎己。己得自解免,当复弃儿子。天属缀人心,念别无会期。存亡永乖隔,不忍与之辞。儿前抱我颈,问母欲何之。人言母当去,岂复有还时？阿母常仁恻,今何更不慈？我尚未成人,奈何不顾思？见此崩五内,恍惚生狂痴。号泣手抚摩,当发复回疑。兼有同时辈,相送告离别。慕我独得归,哀叫声摧裂。马为立踟蹰,车为不转辙。观者皆歔欷,行路亦呜咽。去去割情恋,遄征日遐迈。悠悠三千里,何时复交会？念我出腹子,匈臆为摧败。既至家人尽,又复无中外。城郭为山林,庭宇生荆艾。白骨不知谁,从横莫覆盖。出门无人声,豺狼号且吠。茕茕对孤景,怛咤糜肝肺。登高远眺望,魂神忽飞逝。奄若寿命尽,旁人相宽大。为复强视息,虽生何聊赖！托命于新人,竭心自勖厉。流离成鄙贱,常恐复捐废。人生几何时,怀忧终年岁！

全诗根据蔡文姬的身世线索,分为遭乱、流亡、归汉三个部分。从"汉季失权柄"到"乃遭此厄祸"是全诗的第一部分,生动描写了汉代末年中原大地的混乱场景以及自己遭乱被掠入关途中所遭受的苦难。前八句描写汉末混乱,董卓一时得势,大开杀戒,尸骨遍野。男人被杀尽,妇女则被掠走。穷苦的人们,日则流泪而行,夜则悲吟而坐,想死死不了,想活又活不下去。蔡文姬就走在这些人群中,也经历着异常的苦难。她问苍天:我们到底犯了哪些罪过,却要经受如此残酷的虐待!从"边荒与华异,人俗少义理"到"念我出腹子,匈臆为摧败"为全诗的第二部分,叙述作者在南匈奴的生活和听到自己被赎消息时悲喜交集的心情以及和胡子分别时的惨痛。从"邂逅徼时愿,骨肉来迎己"到结尾为全诗的第三部分,描写自己归汉的喜悦以及与孩子痛苦诀别的场面。作者通过对话的方式,反复详尽地表现孩子是如何地不肯离开自己,实际是在处处暗写自己的离情难舍。她哭泣着、爱抚着自己的孩子,依依不舍,一步一回头。当我们读到"当发复回疑"的时候,就会想到唐代张籍的著名诗句:"复恐匆匆说不尽,行人临发又开封。"这就是人生离别的苦况,这就是艺术描写的魅力。"黯然消魂者,唯别而已矣",而且离别之际,每个人所怀的感情并不相同,因此也就有着截然不同的感受。为文姬送行的"同时辈"应当不是胡地的远亲近朋,很可能是与文姬同时流落到此的内地同胞。他们羡慕文姬"归汉",联想到自己的后半生,不禁失声恸哭。而他们又哪里能完全理解文姬此时此刻的心情:这种"归汉"却是以抛弃亲生骨肉为代价的啊!撕裂心肺的离别场面,令旁观者也感到无尽的哀伤,而即将上路的人,当然就更加凄惨,更加绝望了。到底是如何的凄惨,又是如何的绝望,作者几乎无法细说,转而用"马为立踟蹰,车为不转辙"来表现,此情此景,甚至感动了车马,马为之踟蹰不进,车为之停滞不前。这就有点像《离骚》,作者即将离开祖国之际,"仆夫悲余马怀兮,蜷局顾而不行",感天动地,情深似海。"遄征",即疾行,"日遐迈",即一天一天地走远。然而悲剧还不仅仅如此。回到家中才知道,亲人已经死尽,甚至连中表近亲也没有了。不仅亲人没有了,就连自己朝思暮想的家园也已一片狼籍。诗人茕茕孑立,形影相吊,面对着眼前惨不忍睹的景象,忍不住发出惊痛的哀叹。"托命于新人,竭心自勖厉",是说文姬重新嫁人,勉励生活。作为一个女人,颠沛流离,几次出嫁,她非常渴望能够过上相对稳定的生活。她非常害怕被"新人"重新抛弃,因此,她说自己"流离成鄙贱,常恐复捐废"。这里,"鄙贱"二字用得很重,因为她自感已经成为一个被人轻视的女人,谁又能预料到生活还会有哪些意想不到的变故呢?想到这里,作者只能用"人生几何时,怀忧终年岁"收结全篇,那一声声沉重的哀叹,就这样永远地驻留在读者的耳畔。

骚体《悲愤诗》也收录在《后汉书·列女传》中,写作年代与五言《悲愤诗》应大体同时。从"嗟薄祜兮遭世患,宗族殄兮门户单"二句来看,作者在被掠入塞之前,父母已经死去。就对离乱的描写而言,五言诗颇多惊心动魄的句子,而骚体《悲愤诗》的动人之处是对边地风物以及自己和子女分别场面的描写,刻骨铭心。五言诗由于形式上的局限,还很难叫读者体会到作者那种如泣如诉的悲情,而骚体诗则充分地利用了灵活的语言形式,抑扬顿挫,悠长动人。

在建安诗人中,吴质的创作也值得一提。曹植《与吴季重书》称其"文采委曲,晔若春荣,浏若清风",并非虚语。当然,他志不在文学,而是积极倡导文以致用,认为阮瑀、陈琳等短于将略,徐幹又只是潜心著述不问世事。他在《答魏太子笺》中说到自己年已四十二岁,老大不小,"幸得下愚之才,值风云之会"。他在文中隐隐自命,兼资文武:"时迈齿载,犹欲触匈奋首,展其割裂之用也。"话说得很明白,尽管自己老大不小,但依然愿意效命沙场,不想做一介书生。这种观点,在当时并不新鲜,可以说是大多数文人的想法。吴质认为,能够帮助自己实现这个理想的人,便是曹丕,因此他选择成为曹丕文人集团的重要成员。《三国志》裴松之注记载,曹丕死后,吴质作诗哀悼:"怆怆怀殷忧,殷忧不可居。徙倚不能坐,出入步踟蹰。念蒙圣主恩,荣爵与众殊。自谓永终身,志气甫当舒。何意中见弃,弃我归黄垆。茕茕靡所恃,泪下如连珠。随没无所益,身死名不书。慷慨自俛仰,庶几烈丈夫。"诗歌与当时的风格大体相近。其中"念蒙圣主恩,荣爵与众殊"十字,虽然直白,却也是发自肺腑之言。

综上所述,我们可以这样说,建安诗歌的繁荣,与曹操的用人政策以及他们对文学的积极倡导,有着密不可分的关系。所以,《文心雕龙·时序篇》这样说:"自献帝播迁,文学蓬转,建安之末,区宇方辑。魏武以相王之尊,雅爱诗章;文帝以副君之重,妙善辞赋;陈思以公子之豪,下笔琳琅,并体貌英逸,故俊才云蒸。仲宣委质于汉南,孔璋归命于河北,伟长从宦于青土,公干徇质于海隅。德琏综其斐然之思,元瑜展其翩翩之乐。文蔚、休伯之俦,于叔、德祖之侣,傲雅觞豆之前,雍容衽席之上,洒笔以成酣歌,和墨以藉谈笑。观其时文,雅好慷慨,良由世积乱离,风衰俗怨,并志深而笔长,故梗概而多气也。"

二、"三曹"的创作实践

孔融被杀那年,曹操五十四岁,其创作风格日益苍劲老道。他的两个儿子,曹丕二十二岁,曹植十七岁,在建安诗人影响下,兄弟二人的文学才能由此逐渐显现出来。在建安诗坛,"三曹"引领了一时风气。

曹操(155—220),字孟德,小名阿瞒,沛国谯县(今安徽亳州市)人。初举孝廉,任洛阳北部尉,迁顿丘令。初平三年(192),为兖州牧。建安五年(201),官渡一战,击败袁绍,此后逐步统一了北方广大地区,结束了中原地区持续达二十年之久的战乱。建安十三年(209),拜丞相,南征荆州,在赤壁被孙权、刘备联军击败,三国鼎立形势初步形成。

曹操是一个非常复杂的历史人物,有关他的争论,从未消歇。理解曹操,不妨从他建安十五年所作的《让县自明本志令》开始。这篇著名的文章收在《三国志·魏志·武帝纪》裴注引《魏武故事》中。文曰:

孤始举孝廉，年少，自以本非岩穴知名之士，恐为海内人之所见凡愚，欲为一郡守，好作政教，以建立名誉，使世士明知之；故在济南，始除残去秽，平心选举，违迕诸常侍。以为强豪所忿，恐致家祸，故以病还。去官之后，年纪尚少，顾视同岁中，年有五十，未名为老，内自图之，从此却去二十年，待天下清，乃与同岁中始举者等耳。故以四时归乡里，于谯东五十里筑精舍，欲秋夏读书，冬春射猎，求底下之地，欲以泥水自蔽，绝宾客往来之望，然不能得如意。后征为都尉，迁典军校尉，意遂更欲为国家讨贼立功，欲望封侯作征西将军，然后题墓道言"汉故征西将军曹侯之墓"。此其志也。

而遭值董卓之难，兴举义兵。是时合兵能多得耳，然常自损，不欲多之；所以然者，多兵意盛，与强敌争，倘更为祸始。故汴水之战数千，后还到扬州更募，亦复不过三千人，此其本志有限也。后领兖州，破降黄巾三十万众。又袁术僭号于九江，下皆称臣，名门曰建号门，衣被皆为天子之制，两妇预争为皇后。志计已定，人有劝术使遂即帝位，露布天下，答言"曹公尚在，未可也"。后孤讨禽其四将，获其人众，遂使术穷亡解沮，发病而死。及至袁绍据河北，兵势强盛，孤自度势，实不敌之，但计投死为国，以义灭身，足垂于后。幸而破绍，枭其二子。又刘表自以为宗室，包藏奸心，乍前乍却，以观世事，据有当州，孤复定之，遂平天下。身为宰相，人臣之贵已极，意望已过矣。今孤言此，若为自大，欲人言尽，故无讳耳。设使国家无有孤，不知当几人称帝，几人称王。

或者人见孤强盛，又性不信天命之事，恐私心相评，言有不逊之志，妄相忖度，每用耿耿。齐桓、晋文所以垂称至今日者，以其兵势广大，犹能奉事周室也。《论语》云："三分天下有其二，以服事殷，周之德可谓至德矣。"夫能以大事小也。昔乐毅走赵，赵王欲与之图燕，乐毅伏而垂泣，对曰："臣事昭王,犹事大王;臣若获戾,放在他国,没世然后已,不忍谋赵之徒隶,况燕后嗣乎!"胡亥之杀蒙恬也,恬曰:"自吾先人及至子孙,积信于秦三世矣;今臣将兵三十余万,其势足以背叛,然自知必死而守义者,不敢辱先人之教以忘先王也。"孤每读此二人书,未尝不怆然流涕也。

孤祖父以至孤身,皆当亲重之任,可谓见信者矣,以及子桓兄弟,过于三世矣。孤非徒对诸君说此也,常以语妻妾,皆令深知此意。孤谓之言:"顾我万年之后,汝曹皆当出嫁,欲令传道我心,使他人皆知之。"孤此言皆肝鬲之要也。所以勤勤恳恳叙心腹者,见周公有《金縢》之书以自明,恐人不信之故。然欲孤便尔委捐所典兵众以还执事,归就武平侯国,实不可也。何者?诚恐己离兵为人所祸也。既为子孙计,又己败则国家倾危,是以不得慕虚名而处实祸,此所不得为也。前朝恩封三子为侯,固辞不受,今更欲受之,非欲复以为荣,欲以为外援,为万安计。孤闻介推之避晋封。申胥之逃楚赏,未尝不舍书而叹,有以自省也。奉国威灵,仗钺征伐,推弱以克强,处小而禽大,意之所图,动无违事,心之所虑,何向不济,遂荡平天下,不辱主命,可谓天助汉室,非人力也。然封兼四县,食户三万,何德堪之! 江湖未静,不可让位;至于邑土,可得而辞。今上还阳夏、柘、苦三县户二万,但食武平万户,且以分损谤议,少减孤之责也。

曹操的祖父曹腾是东汉著名宦官,收养了曹嵩,生曹操。在安徽亳州,至今还赫然保留着以曹腾墓为核心的曹氏家族陵园,非常壮观。由此推想,曹氏家族不缺钱,缺少的是受人尊重的社会地位。曹操自感出身卑贱,"恐为海内之人"看不起,以为"所见凡愚"。陈琳在为袁绍撰写讨伐曹操的檄文中就骂曹操"赘奄遗丑,本无令德",不难看出曹操在世族大家心目中的可悲位置。李斯就说过:"诟莫大于卑贱,而悲莫甚于穷困。"他最初的志向,只是做一郡太守,建立好名声,这就很不容易了。后来到济南做官,推出一些改革措施,"除残去秽,平心选举",结果得罪很多人。他怕当地豪强加害,就赶紧逃回家乡,隐居去了。"去官之后,年纪尚少,环顾同岁中",有的已"年有五十",而当时他才二十多岁,便这样安慰自己:即便沉沦二三十年,等到天下太平,再出来考试做官,也不过五十来岁,依然来得及。于是,他安心在家乡买了小房子,定居下来,秋夏读书,冬春打猎,过着简单快乐的生活。

汉灵帝光和七年(184)黄巾起义爆发,中平六年(189)灵帝死,外戚何进谋诛宦官,反被诛杀,朝中大乱。西凉军阀董卓带兵入据洛阳,废少帝刘辩,立献帝刘协。曹操逃出洛阳,东归陈留。这时,袁绍、袁术等实力人物起兵讨伐董卓。① 曹操也募得五千兵力参加混战,被授予典军校尉。这是他建立军事大权的开始。那年,他三十五岁,志向又升级了,希望能封侯,死后在墓碑上写上"汉故征西将军曹侯之墓"。对他而言,这已是崇高的理想。古代封爵分为五等,即公、侯、伯、子、男。三公永远为豪门望族把持。东汉后期有两股泾渭分明的势力,一种是所谓清流,多为出身高贵的人,还有一部分处士横议的读书人;另外一种叫浊流,以曹操祖上曹腾这样的宦官为代表。浊流阶层有权有势,但是没有社会清誉,多为士人所不齿。设想一下,如果没有东汉后期的巨变,像曹操这样的人,可能永远被钉在当时社会的耻辱柱上,很难翻身

---

① 袁氏累世三公:袁安为司空、司徒,袁敞为司空,袁汤为司空、司徒,袁逢为司空,其弟袁隗为太傅。袁绍为袁逢孽子,出后伯父袁成,所以袁术也看不起他,称"吾家奴"。袁绍依然以此自重。据《资治通鉴》,当时董卓逼迫袁绍赞同废帝,袁绍说:"汉家君天下四百许年,恩泽深渥,兆民戴之。今上富于春秋,未有不善宜于天下。公欲废嫡立庶,恐众不从公议也!"卓按剑叱绍曰:"竖子敢然!天下之事,岂不在我!我欲为之,谁敢不从!尔谓董卓刀为不利乎!"绍勃然曰:"天下健者岂惟董公!"引佩刀,横揖,径出。卓以新至,见绍大家,故不敢害。可见,袁绍也是有骨气的人。

发迹。他想封侯,无异于天方夜谭。曹操曾注过《孙子兵法》,对兵法非常精通,知道什么时候收敛,什么时候张扬。董卓之乱后,他凭借自己的经济实力,征募兵力。"然常自损",就是自己主动收敛势力,不敢张扬。他认为,"多兵意盛,与强敌争",乃是祸乱的开始。建安元年(196),曹操将处于困境的汉献帝迎至许昌,自己充当了保护人的角色。建安五年(200)官渡一战,消灭了称雄于北方而又最看不起他的袁绍的十万精兵。到建安十三年(208),前后共十余年的时间,曹操消灭了陶谦、张济、吕布、袁术、刘表等北方望族的首领人物。这使他不无自豪地夸耀说:"设使国家无有孤,不知当几人称帝、几人称王。"

谁都知道,此时的汉天子,已经名存实亡。于是,闲话就多起来,说曹操要篡汉。这时,曹操毕竟还没有强大到足以改朝换代的地步。他在文章中举齐桓公、晋文公为例,说这两人虽然很有势力,但绝没有取代天子的意思。周文王"三分天下有其二",依然臣服殷商。说了这些还不够,他又以乐毅和胡亥为例,说明自己向无二心。他告诫子孙,曹家世代受到汉家天子的重视,不可能有非分之想。别人说他有"不逊之志",毫无根据。这些道理,他不仅要跟儿孙讲,还要跟妻妾絮叨,"顾我万年之后,汝曹皆当出嫁",出嫁后再把我的心事告诉天下人,他曹某人根本不想篡权。最后他引用周公金縢藏信的典故,借以表白自己的耿耿忠心。说到这里,他明确地告诉那些攻击他的人,为后代平安,为家族利益,为国家前途,你们说归说,但我不会照着你们说的去做。为什么呢?因为交出军权,危险随之而来。"既为子孙计,又已败则国家倾危",所以绝对不会做那种"慕虚名而受实祸"的蠢事。文章最后说,可以让出封爵,让出一些实际利益,但绝不会让出兵权,那是核心利益所在。

阅读《让县自明本志令》,我总会想到在安徽凤阳耸立的那方《大明皇陵之碑》。朱元璋说:"皇陵碑记,皆儒臣粉饰之文,恐不足为后世子孙戒,特述艰难,明昌运,俾世代见之。"碑文如实记载朱元璋幼年的贫困。父母死后,连一块坟地都买不起,东凑西凑买了块坟地,草草把父母埋藏。那时穷得连饭都吃不饱,只好寄食佛门。他当了皇帝以后,要给父母修坟,请文人写碑文。文人的撰写,把朱元璋身世大大地美化一番。朱元璋倒也实在,就像曹操一样,真实地交待了自己的身世。不过,朱元璋的文学功底远不及曹操,缺乏力度。

曹操《让县自明本志令》,真可以用"古直、悲凉、霸气"这三个词来概括。其实曹操的全部作品,也都可以用这六个字来形容。古直,即古朴率直,没有掩饰。如《善哉行》自述孤苦的身世和困难遭遇:"自惜身薄祜,夙贱罹孤苦。既无三徙教,不闻过庭语。其穷如抽裂,自以思所怙。虽怀一介志,是时其能与!守穷者贫贱,惋叹泪如雨。泣涕于悲夫,乞活安能睹?"表现了他壮志未酬、不能建功立业的激愤之情。悲凉,即悲慨,既为自己的身世,也为时代之乱。《薤露行》《蒿里行》《苦寒行》,就是这样的作品。如《薤露行》:

> 惟汉廿二世,所任诚不良。沐猴而冠带,智小而谋强。
> 犹豫不敢断,因狩执君王。白虹为贯日,己亦先受殃。
> 贼臣持国柄,杀主灭宇京。荡覆帝基业,宗庙以燔丧。
> 播越西迁移,号泣而且行。瞻彼洛城郭,微子为哀伤。

《薤露行》原是送葬的挽歌。诗注中多次提到这段历史背景,中平六年(189)是东汉历史上一个重要的分水岭。先是宦官专权,何太后临朝,外戚又把持朝政,不久,董卓进京,窃取国家大权,密谋废立,大开杀戒。汉关东各州郡的兵马愤起讨伐董卓,董卓又放火烧毁京城洛阳,挟持汉献帝西迁长安。整个社会陷入军阀混战的局面,汉帝国从此名存实亡,历史进入了诸侯纷争的时代,三国的历史由此开启。曹操这首诗形象生动地展现了汉末动乱的历

史画面。故陈祚明《采菽堂古诗选》卷五称其"老笔直断",而沈德潜《古诗源》谓其"汉末实录"。又如《蒿里行》:

> 关东有义士,兴兵讨群凶。初期会盟津,乃心在咸阳。
> 军合力不齐,踌躇而雁行。势利使人争,嗣还自相戕。
> 淮南弟称号,刻玺于北方。铠甲生虮虱,万姓以死亡。
> 白骨露于野,千里无鸡鸣。生民百遗一,念之绝人肠。

《蒿里行》同《薤露行》一样,同属送葬的挽歌。曹操借旧题写时事,表现东汉末年军阀混战、民不聊生的惨痛场面。所以沈德潜《古诗源》卷五说:"借古乐府写时事,始于曹公。"又如《苦寒行》:

> 北上太行山,艰哉何巍巍。羊肠坂诘屈,车轮为之摧。
> 树木何萧瑟,北风声正悲。熊罴对我蹲,虎豹夹路啼。
> 溪谷少人民,雪落何霏霏。延颈长叹息,远行多所怀。
> 我心何怫郁,思欲一东归。水深桥梁绝,中路正徘徊。
> 迷惑失故路,薄暮无宿栖。行行日已远,人马同时饥。
> 檐囊行取薪,斧冰持作糜。悲彼《东山》诗,悠悠使我哀。

所谓霸气,就是充满抱负,不顾及别人怎么评论他。如《步出夏门行·龟虽寿》以"老骥伏枥,志在千里;烈士暮年,壮心不已"为己志。《短歌行》以周公自比,抒发了延揽人才、使"天下归心"的愿望:

> 对酒当歌,人生几何?譬如朝露,去日苦多。慨当以慷,忧思难忘。何以解忧,唯有杜康。青青子衿,悠悠我心。但为君故,沉吟至今。呦呦鹿鸣,食野之苹。我有嘉宾,鼓瑟吹笙。明明如月,何时可掇?忧从中来,不可断绝。越陌度阡,枉用相存。契阔谈䜩,心念旧恩。月明星稀,乌鹊南飞。绕树三匝,何枝可依?山不厌高,海不厌深。周公吐哺,天下归心。

周公是中国历史上的圣人,曹操却以周公自比。不在乎别人怎么说他。所以,沈德潜说曹操的诗有一种霸气,鲁迅说曹操是改造文章的祖师爷。

曹操有条件取代汉帝,但他到死也没有敢这样做。建安十六年(211)曹操任曹丕为副丞相,封诸子为侯,形成了"磐石之固"。建安十八年(213)封魏公,加九锡;魏国置尚书、侍中、六卿,已有完整的制度机构。建安二十一年(216)进号魏王,孙权让他称帝,他说:"是儿欲踞吾著炉火邪?"建安二十二年(217)更设天子大旗,立曹丕为太子,说:"若天命在吾,吾为周文王矣。"曹操死于建安二十五年(220),曹丕即位,即刻完成了武王废立的工作,正式称帝,改元黄初元年,并追封曹操为魏武帝。随即,刘备称帝于成都,孙权称帝于建康(今南京)。汉代正式宣告结束。

作为诗坛领袖,"三曹"的风格各不相同。如果说,曹操的诗是以英雄的气魄取胜的话,那么,他的两个儿子,曹丕以诗人感受细腻见长,曹植以才子想象丰富称雄。对于曹植和曹丕的评价,历来分歧很大。《诗品》推许曹植为"建安之雄",比作人伦之有周孔,音乐之有琴声。这可能是同情失败者的心理所致,即认为曹丕在政治上是成功者,他一定用了很多政治手腕,所以文人多讨厌他。《文心雕龙》与此相左,认为曹丕有"洋洋清绮"之才。郭沫若《论曹植》也认为曹植虚夸,不值得同情。不管前人如何评说,今天我们来读俩人的诗,确实感到风格迥异。刘勰说:"子建思捷而才俊","子桓虑详而力缓"。曹植思维敏捷,才华横溢,故曰"思捷而才俊";曹丕考虑周详,文章舒缓,故曰"虑详而力缓"。这是两种截然不同的性格类型。曹丕内向、沉静,以理智来衡量一切,是权力型人物。曹植外向、活跃,有时过于情绪化,是审美型人物。性格不同,反映在创作中,就有明显的风格差异。

同样是抒发友情,曹丕《与吴质书》开头这样写:"岁月易得,别来行复四年。三年不见,《东山》犹叹其远,况乃过之。"《诗经·

东山》描写一个征夫多年征战,终于有机会回到家乡:"我徂东山,慆慆不归。我来自东,零雨其濛。"在回家的路上,征夫见到很多熟悉的景物,自然就触发了很多联想。这里用《东山》的典故,寥寥数语,将饱含不尽的离情别绪表达得淋漓尽致。曹植《与杨德祖书》开头说,"数日不见,思子为劳,想同之也",情感的表达就比较浮泛。

同样是描写思妇,曹丕的《燕歌行》婉转悠扬:"秋风萧瑟天气凉,草木摇落露为霜。群燕辞归雁南翔,念君客游多思肠。慊慊思归恋故乡,君何淹留寄他方?贱妾茕茕守空房,忧来思君不敢忘,不觉泪下沾衣裳。援琴鸣弦发清商,短歌微吟不能长。明月皎皎照我床,星汉西流夜未央。牵牛织女遥相望,尔独何辜限河梁?"女主人公夜不能寐,遥望星空,看到天上的牛郎织女,自然会想到远方的亲人。人间有难以逾越的障碍,造成分别,天上的牛郎织女,因为什么罪过被银河隔开?曹植《七哀》也写思妇,很不相同:"明月照高楼,流光正徘徊。上有愁思妇,悲叹有余哀。借问叹者谁?云是宕子妻。君行逾十年,孤妾常独栖。君若清路尘,妾若浊水泥。浮沉各异势,会合何时谐?愿为西南风,长逝入君怀。君怀良不开,贱妾当何依?"男人就像尘埃一样,到处漂泊,而女人就像泥土一样,永远沉沦。什么时候能化作西南风,飞到情人的怀里呢?两相比较,曹植的诗比较浅显,而曹丕的诗更具有感染力。

曹植看不起文学,认为是"辞赋小道,固未足以揄扬大义"。曹丕《典论·论文》正持相反意见,认为"文章经国之大业,不朽之盛事。年寿有时而尽,荣乐止乎其身,二者必至之常期,未若文章之无穷"。曹丕、曹植兄弟生活在同样的环境中,对于文学的看法却截然相反,一个力主文章可以经国,一个蔑视辞赋小道。鲁迅在《魏晋风度及文章与药及酒之关系》的讲演中对此有所分析,认为曹植之所以轻视辞赋,只因为他自己文章做得好,故可如此大言。还有一个原因,曹植活动的目标在于政治,政治方面不甚得意,遂说文章是无用的,所以鲁迅说"子建大概是违心之论"。曹丕已经当上太子,政治方面已经胜出,所以更重视文学名声,渴望名实双收。他不希望人人都有政治抱负,因此,曹丕发表这一通文学不朽的议论,其实并非真心倡导文学。正如曹植贬抑文学,也并非真正看不起文学一样。曹丕、曹植对于文学的看法大相径庭,骨子眼里却是一致的,都是站在政治立场上看文学,只是观察的角度不同而已。

曹植《豫章行》说:"他人虽同盟,骨肉天性然。"在《陈审举表》中,曹植又说:"苟吉专其位,凶离其患者,异姓之臣也。"在作者看来,建安时期,确实存在着若干同盟体。他希望曹丕明白,外人虽然可以结成同盟,但是骨肉亲情是天然形成的密切关系。问题是,这话谁信呢?我想曹植内心深处也未必认可这一点。从当时的情形看,这种同盟或者类似的利益集团并不少见,曹植本人就曾与他人结盟。曹丕即位之后,将曹植党羽翦除殆尽,就是看到了这种结盟的危险存在。曹植在《野田黄雀行》中说"利剑不在掌,结友何须多",这利剑就是权力。结友,就是结成同盟。曹植失势之后,同盟也被摧毁,他才这样说。曹丕当然不会相信这样的话。事实上,在建安时期,曹丕在政治上依靠司马懿、陈群、吴质、朱铄等所谓四友,加速夺权步伐,在文化领域,他与曹植积极争取文化话语权,举行了很多类似于后世的沙龙聚会,饮酒赋诗,相互唱和。前面曾提到的吴质,就是曹丕文人集团中的重要成员,对曹丕感恩戴德。曹丕《典论·论文》《与吴质书》重点讨论建安七子的创作,而吴质的《答魏太子笺》主要论述的是曹丕的创作特色。他推崇曹丕"优游典籍之场,休息篇章之囿",利用自己的特殊身份,积极组织文学活动,游宴赋诗,拓展人脉。

曹植也曾有这种登高呼应的优势。他思捷才俊,聪明外露,从小就深受父亲的宠爱,甚至被父亲认为是"儿中最可定大事"

(《三国志·魏书·曹植传》注引《魏武故事》)。曹操长子曹昂为刘夫人生,建安二年(197)随曹操征战而死。其次是环夫人所生曹冲,非常聪明,曹冲称象的故事家喻户晓。曹操"有欲传后意",但是在建安十三年也死了。接下来就是卞夫人所生诸子,即曹丕、曹彰、曹植、曹熊。曹丕居长,应当"立嫡以长"。然而,从建安十三年到二十二年,到底立谁为长,在长达十年的时间里,曹操似乎一直举棋不定。建安十五年(210)春,曹操作《求贤令》,称"今天下得无有被褐怀玉而钓于渭滨者乎?又得无盗嫂受金而未遇无知者乎?二三子其佐我明扬仄陋,唯才是举,吾得而用之"。宋代叶适《习学记言》根据这些资料推测说:"操于诸子,将择才而与之,意不专在嫡。"曹操爱才如命,在四个儿子中,最看重才华横溢的曹植,甚至"几为太子数矣"。建安十七年春,铜雀台落成,众文士赋诗作文以为庆贺,曹植就好像事先打好腹稿似的,援笔立成《铜雀台赋》,得到曹操的高度赞赏。建安十九年,曹操东征孙权,让曹植守城,告诫说:"吾昔为顿丘令年二十三……今汝年亦二十三矣,可不勉与?"这是对曹植的考验。不无遗憾的是,曹植依仗自己特殊的地位和过人的才气,"任性而行,不自雕励,饮酒不节",一次次地让曹操失望。《三国志·曹植传》载,曹植独守邺城时,"尝乘车行驰道中,开司马门出"。这使曹操大怒,因为只有帝王本人举行大典时才能通行,而曹植却公开违禁,这使曹操颇为难堪。他处死了掌管车马的公车令,还就此发布命令,说自从曹植违犯此令,"令吾异目视此儿矣"。可见,曹操对曹植是彻底失望了。

起初,曹操对于曹丕似乎并不怎么看好。《三国志·魏书·邓哀王冲传》载,建安十三年,曹冲病死,曹丕前去安慰乃父,曹操却对曹丕说:"此我之不幸,而汝曹之幸也。"父子心里当然都清楚这话的含义。《三国志》裴松之注引《世语》记载,曹丕看到曹植深得父亲欣赏,内心很焦虑,就让吴质藏在密封的大筐中进宫密谋。

这事让曹植的死党杨修知道,打算向曹操告密,曹丕很紧张。吴质设计说,明天继续拉着这个大筐进宫,杨修肯定告状,并强制查验。如果没有这个事,杨修就有欺君之罪。第二天,杨修果然上当,曹操由此反而怀疑杨修另有企图。《世语》还记载,曹操每次出征,他的儿子们都要到路边送行,曹植通常会称颂大王的功德,表奏成功,曹操听后很高兴,而曹丕口才、文笔皆不如,怅然自失。吴质当时为朝歌令,出主意说,以后大王出行,就流涕送行,表示孝心。这个办法很奏效,大家都觉得曹植辞多浮华,而曹丕心诚意切,在父亲面前树立了很好的形象。在做足了外围工作后,吴质等串通一些大臣拼命在曹操面前吹风,说袁绍、刘表改变旧制,没有立嫡长子为太子,结果闹得国破家亡。这些办法非常奏效,在经历了十年诚惶诚恐的岁月之后,曹丕终于在建安二十二年当上太子。他高兴地搂着丞相辛毗的脖子问:"辛君知我喜不?"前面说过,曹操生前曾说,"若天命在吾,吾为周文王矣"。到了建安二十五年曹操死,曹丕就正式扮演了周武王的角色,演出禅让闹剧。三劝三让之后,登基为帝,他不无得意地说:"舜禹之事,吾知之矣。"

公元220年曹操死,曹丕即位,以此为界,曹植的生平明显分为前后两个时期,诗的内容也发生了重大变化。此前,他过着贵公子的生活,自由自在,无所顾忌。其作品中有两个鲜明的主题:一是悲悯民生,二是慷慨大志。前者以《送应氏》为代表,后者以《白马篇》为代表。在整个建安时期,曹植的政治热情始终处在巅峰状态,他的文学创作,无不染上浓郁的政治色彩。在太子继承人问题上的明争暗斗,已经使得曹植与曹丕之间的关系产生了极大裂痕,偏偏曹植又不知收敛,依然锋芒毕露。结果,政治热情越高,得到的猜忌自然就越深,受到的打击也就更大。曹丕上台伊始,王室各就其封国,不让留在京城。这是对一般兄弟的政策;而对曹植的防范尤其严苛。他首先杀掉曹植党羽丁仪兄弟及家中男口,又使曹植三徙封地、六换爵位,并派监国使随时监视曹植的活动,两次使之获罪,要行"大辟"。要不是卞太后的干预和保护,曹植早已成了曹丕的刀下鬼了。

曹植的后期创作,以《文选》卷二十四"赠答"类所收《赠白马王彪》为代表:

  谒帝承明庐,逝将归旧疆。清晨发皇邑,日夕过首阳。伊洛广且深,欲济川无梁。泛舟越洪涛,怨彼东路长。顾瞻恋城阙,引领情内伤。

  太谷何寥廓,山树郁苍苍。霖雨泥我涂,流潦浩纵横。中逵绝无轨,改辙登高岗。修坂造云日,我马玄以黄。

  玄黄犹能进,我思郁以纡。郁纡将难进,亲爱在离居。本图相与偕,中更不克俱。鸱枭鸣衡扼,豺狼当路衢。苍蝇间白黑,谗巧令亲疏。欲还绝无蹊,揽辔止踟蹰。

  踟蹰亦何留?相思无终极。秋风发微凉,寒蝉鸣我侧。原野何萧条,白日忽西匿。归鸟赴乔林,翩翩厉羽翼。孤兽走索群,衔草不遑食。感物伤我怀,抚心长太息。

  太息将何为?天命与我违。奈何念同生,一往形不归。孤魂翔故城,灵柩寄京师。存者忽复过,亡没身自衰。人生处一世,去若朝露晞。年在桑榆间,影响不能追。自顾非金石,咄唶令心悲。

  心悲动我神,弃置莫复陈。丈夫志四海,万里犹比邻。爱恩苟不亏,在远分日亲。何必同衾帱,然后展殷勤。忧思成疾疢，无乃儿女仁。仓卒骨肉情，能不怀苦辛？

　　苦辛何虑思？天命信可疑。虚无求列仙，松子久吾欺。变故在斯须，百年谁能持？离别永无会，执手将何时？王其爱玉体，俱享黄发期。收泪即长路，援笔从此辞。

李善注："《魏志》曰：楚王彪，字朱虎，武帝子也。初封白马王，后徙封楚。《集》曰：于圈城作。又曰：黄初四年五月，白马王、任城王与余俱朝京师，会节气，日不阳，任城王薨。至七月，与白马王还国。后有司以二王归藩，道路宜异宿止，意毒恨之。盖以大别在数日，是用自剖，与王辞焉，愤而成篇。"这篇序至少涉及五个重要问题，第一是曹彪任白马王的时间，第二是黄初四年会节气的时间，第三是曹彪、曹彰与曹丕、曹植的关系，第四是写作此诗的悲愤心态，第五是全诗的分章。

　　第一个问题，据《三国志·魏书·武文世王公传》载，曹彪建安二十一年封寿春侯。黄初二年进爵，徙封汝阳公。三年，封为弋阳王，同年徙封吴王。五年，改寿春县。七年徙封白马王。此诗作于黄初四年，此时曹彪为吴王，似非白马王。故杭世骏《三国志补注》谓当时未有此封，宜称吴王。但是，序文明明记载这年曹彪为白马王，如果这篇序文是真的，那就有另外一种可能，黄初四年，曹彪曾被封为白马王，《三国志》失载。黄节《曹子建诗注》：植是时以鄄城王应诏至京师，东归后始徙封雍丘，则与白马王同路东归者，归鄄城也。鄄城在今濮州东二十里，白马在今滑县东二十里。魏时同属兖州东郡，故能同路东归。如吴，则当南下，不能同东矣。又《初学记》卷十八载曹彪《答东阿王诗》：盘径难怀抱，停驾与君诀。即车登北路，永叹寻先辙。观此诗序：有司以二王归藩，道路宜异宿止。故白马中途先发，归路虽同，而宿止则异矣。由洛阳东归，则鄄城、白马皆在东北，而鄄城又在白马之东，故诗云"怨彼东路长"也。地理方向明白如此,是彪于黄初四年曾徙白马,可无疑矣。

第二个问题,序称事在黄初四年(223)五月,《汉魏六朝百三名家集》作正月。余冠英先生《汉魏六朝诗选》说:文帝于黄初三年十一月行幸宛,四年三月方回洛阳。诸王朝京师不可能在正月。根据郑玄《礼记》注,汉四时迎气,其礼则简。每年在立春、立夏、立秋、立冬四个节气之前,各诸侯藩王都要到京师来和皇帝一同行"迎气"之礼,并举行一定的朝会仪式,这叫作会节气。《后汉书·祭祀志》曰:先立秋十八日,迎黄灵于中兆。黄初四年六月二十四日立秋,依旧制要在立秋前十八天迎气,故曹植等须提前在五月出发赴洛阳。

第三个问题,白马王曹彪,字朱虎,曹操妾孙姬所生,系曹植异母弟。任城王曹彰,字子文,卞太后所生,系曹植、曹丕同母弟。曹彰作战英勇,屡建大功,常受曹操的赞扬。有一次曹操竟摸着曹彰的小胡须说:"我黄须儿可用也!"到洛阳后,曹彰突然死去。据《世说新语·尤悔》记载:"魏文帝忌弟任城王骁壮,因在卞太后阁共围棋,并啖枣。文帝以毒置诸枣蒂中,自选可食者而进。王弗悟,遂杂进之。既中毒,太后索水救之,帝预敕左右毁瓶罐,太后徒跣趋井,无以汲,须臾遂卒。复欲害东阿,太后曰:汝已杀我任城,不得复杀我东阿。"可见,任城王是被魏文帝曹丕毒死的。余,指代曹植自己,时为鄄城王。鄄城,今山东省濮县东。《三国志·魏书·曹植传》载,这次去洛阳,曹植是"科头负斧锧,徒跣诣阙下"去见曹丕的,曹丕"犹严颜色,不与语,又不使冠履",还是在卞太后的干预下,才让曹植"复王服"。

第四个问题,写作此诗的悲愤心态。诗序中说此次分别为"大别",诗中也说到"离别永无会",可见曹植深知自己随时都有可能遭遇灭顶之灾。既然是永别,本来应当作最后的叙别。没有想到,"有司以二王归藩,道路宜异宿止"。根据李善注,有司指监国使者灌均,要求兄弟之间不得同行同宿。曹植知道这次分别,很可能就是永别,为表白心意,与曹彪告辞,愤然写下这篇诗歌。全诗交织着生离死别之情与理想幻灭之悲。诗歌以感情活动为线索,集中抒发了诗人这几年来屡受迫害而积压在心头的愤慨。

全诗通常分为七章。第一章的最后一句是"顾瞻恋城阙,引领情内伤",第二章首句为"太谷何寥廓,山树郁苍苍"。明代王世贞《艺苑卮言》对此提出异议,他认为:"此诗全法《大雅·文王之什》体,以故言首二章不相承耳。后人不知,合而为一者。"清人徐攀凤《选诗规李》赞同其说:"太谷何寥廓,山树郁苍苍,正蒙引领伤情说下。盖此篇自首句'谒帝承明庐'至'我马玄以黄',止一韵,是为其一。'玄黄犹能进'至'揽辔止踟蹰'为其二。"张云璈《选学胶言》卷十一也认为此诗各篇体格逐段蝉联而下,"若引领句下接'太谷何寥廓,山树郁苍苍',既不蝉联,又不换韵,与通篇之体格戾矣。宜以发端'谒帝承明庐'至'我马玄以黄'为其一,共分六段,不当云七也"。这里,我们还是依据李善注本分为七章。第一章描写对京师的眷恋,交代了写诗的背景;第二章与第四章集中写景,渲染悲凉的气氛;第三章痛骂监国使者是"鸱枭""豺狼""苍蝇",可见诗人愤怒之深;第五章是对任城王曹彰的怀念,由曹彰之死,想到人生之无常,哀叹自己的不幸遭遇;最后两章回到与白马王曹彪分别的现实,强自劝慰,虽作宽心语,但是最后两人执手,一再互勉,"王其爱玉体,俱享黄发期",从字里行间不难看出,在生离死别之际,兄弟二人已经涕泣涟涟。据诗序及七章诗来寻绎,曹植之悲至少有三重含义:一是死别之悲,这是为任城王曹彰而悲;二是生离之悲,这是为白马王曹彪而悲;三是诗中没有明写却在字里行间渗透着的幻灭之悲,这是全诗的核心内容。叙事、抒情、写景,无论哪一章的描写实质都在衬托诗人的理想幻灭之悲。清人方东树在其《昭昧詹言》中评此诗曰:"气体高峻雄深,直书见事,直书目前,直书胸臆,沉郁顿挫,淋漓悲壮,与以上诸篇(指曹植的《虾䱇篇》《箜篌引》《怨歌行》《名都》《美女》《白马》《远游》等)空论泛咏者不同,遂开杜公之宗。"①

可以这样说,曹植的政治悲剧主要是由其性格悲剧决定的。当然,换一个角度看,也许正是这种悲剧性格,也玉成了他的文学成就。

在政治方面,他虽然是一个失败者,但是在文学领域,他却要比同时代的其他作家幸运得多。他经历了那么多的磨难,悲欢离合,世态炎凉,使他对人生、对社会有了更加真实的体验和理解。在年辈方面,他也较其他建安诗人为晚。孔融卒于建安十三年(208),阮瑀卒于建安十七年(212),王粲、陈琳、刘桢、应玚卒于建安二十二年(217),徐幹卒于建安二十三年(218)。至此,建安七子并已离世。建安二十五年(220)曹操死,黄初七年(226)曹丕死,而曹植一直活到太和六年(232)。历史赋予他双重使命,一方面,他既是建安文学创作活动的参与者,另一方面,他实际又充当了建安文学的总结者。这种特殊的身份,有似后来的杜甫,尽管杜甫是盛唐代表诗人,但是在开元、天宝时期,他的作用并不明显。安史之乱以后,盛唐著名诗人纷纷退出诗坛,老杜才承担起集盛唐诗歌创作之大成的重任。曹植的作用也是如此,他的创作承前启后。从当时诗坛的具体情况来看,他的创作既有建安时期慷慨悲凉的余韵,又开启了正始以后弥漫于诗坛的荒漠凄冷的诗风;再从整个中国古典诗歌发展的脉络来看,曹植的创作既为五言古诗奠定了基石,同时又为近体诗的发展开辟了道路。

三、"建安风骨"的意蕴

钟嵘《诗品序》论及东晋"贵黄老,稍尚虚谈"的诗风时,首次

---

① 〔清〕方东树撰,汪绍楹点校:《昭昧詹言》,人民文学出版社1961年版,第73页。

提出"建安风力"这个概念。初唐陈子昂《修竹篇序》曰：

> 文章道弊五百年矣！汉、魏风骨，晋、宋莫传，然而文献有可征者。仆尝暇时观齐梁间诗，彩丽竞繁，而兴寄都绝，每以永叹，思古人常恐逶迤颓靡，风雅不作，以耿耿也。一昨于解三处见明公《咏孤桐篇》，骨气端翔，音情顿挫，光英朗练，有金石声。遂用洗心饰视，发挥幽郁。不图正始之音，复睹于兹，可使建安作者相视而笑。

作者认为，从建安到初唐五百年间，风骨莫存，兴寄都绝，故发愤振起，倡导弘扬"骨气端翔，音情顿挫，光英朗练，有金石声"的"建安风骨"。李白也说："自从建安来，绮丽不足珍。"

"风骨"是六朝以来非常流行的一个概念。《文心雕龙》专辟《风骨篇》，称：

> 诗总六义，风冠其首，斯乃化感之本源，志气之符契也。是以怊怅述情，必始乎风，沉吟铺辞，莫先于骨。故辞之待骨，如体之树骸，情之含风，犹形之包气。结言端直，则文骨成焉；意气骏爽，则文风清焉。若丰藻克赡，风骨不飞，则振采失鲜，负声无力。是以缀虑裁篇，务盈守气，刚健既实，辉光乃新，其为文用，譬征鸟之使翼也。故练于骨者，析辞必精，深乎风者，述情必显。捶字坚而难移，结响凝而不滞，此风骨之力也。

风，这一概念源于"六义"之"风"，即"风雅颂赋比兴"的"风"，有风化的意思。骨，犹如骨干，强劲有力。由此推测，建安风骨，应具有如下几个特点。

第一，建安风骨，是一种气的概念。

曹丕《典论·论文》说：

> 文以气为主，气之清浊有体，不可力强而致。譬诸音乐，

曲度虽均,节奏同检,至于引气不齐,巧拙有素,虽在父兄,不能以移子弟。

风,是气体流动的表现形态,气为风本。气与骨的联系,就是风骨。钟嵘《诗品》认为曹植"骨气奇高,词采华茂",就认为曹植的创作最具有风骨。气,是中国古代一种涵义最为丰富的概念。在不同场合、不同学科中,尽管对"气"的理解有很大的差异,但是一个共同点就是,气是由内而外地自然发出,具有先天的特质,所以"不可力强而致"。就像音乐,同样的节奏,同样的曲调,运气不同,好坏就有很大的差别。检,法度。这些只能意会,即便是父兄之间,也不可言传。联系前面所论,曹丕评孔融"体气高妙,有过人者",又评王粲"惜其体弱,不足起其文",认为王粲虽然有才,但是体弱,缺乏壮气。说徐幹"时有齐气",什么叫"齐气"?若就历史传承而言,应当是从田横以来该地就普遍推崇的气节;若就齐人性格而言,似乎是指恬淡自然的风气;若就文章而言,则是指舒缓平易的风格。齐气,《三国志》《艺文类聚》《初学记》并作"逸气",若据此,则徐幹的创作就不是舒缓,而是骏逸风发。黄侃《文选平点》卷六说:"文帝论文,主于遒健,故以齐气为嫌。"曹丕在《与吴质书》中也明确说:"伟长独怀文抱质,恬淡寡欲,有箕山之志,可谓彬彬君子者矣。著《中论》二十余篇,成一家之言,辞义典雅,足传于后,此子为不朽矣。"所谓"箕山之志",其实就是尧时许由所奉行的"终身无经天下之色"(《吕氏春秋·求人篇》)。同时代的王昶作《家戒》,其中说到他所敬佩的徐幹:"北海徐伟长,不治名高,不求苟得,澹然自守,惟道是务。其有所是非,则托古人以见其意,当时无所褒贬。"这里所说的"不求苟得,澹然自守"与曹丕所说的"怀文抱质,恬淡寡欲",是一个意思,即舒缓平淡,这应是"齐气"的本意。而"逸气"非徐幹所有,而是刘桢的风格。从曹丕对七子的评论中可以看出,他更欣赏和推崇壮大有力之气。

第二,建安风骨,是一种力的概念。

"公幹有逸气,但未遒耳",就是说刘桢诗歌的力量还是不够。《文心雕龙·体性》也说:"公幹气褊,故言壮而情骇。"《风骨篇》《定势篇》还分别记载了刘桢"重气"的话。如《风骨篇》载刘桢评论孔融:"孔氏卓卓,信含异气,笔墨之性,殆不可胜",对孔融非常欣赏。《定势篇》也载刘桢的话说:"文之体指实强弱,使其辞已尽而势有余,天下一人耳,不可得也。"刘勰总结说:"公幹所谈,颇亦兼气。然文之任势,势有刚柔,不必壮言慷慨,乃称势也。"《诗品》说刘桢"仗气爱奇,动多振绝,真骨凌霜,高风跨俗。但气过其文,雕润恨少"。以上各家都说刘桢的诗以气取胜。所谓气、势,与陆厥《与沈约书》所说"刘桢奏书,大明体势之制",道理是一样的,就是要求文章要有气势,有风骨,有气象。有气才有风骨,风骨才能壮大,这是建安诗歌的重要特点。不仅诗文要求风骨,书画的最高标准,也在风清骨峻,谢赫《古画品录》就常常用"气""气力""壮气"等概念推崇那些有气势的作品。

第三,建安风骨,是内在的丰沛情思与外在的壮大华丽的完美结合。

建安时期的思想界非常活跃,佛、道兴盛,各种学说竞相驰骋。曹植最后封地在东阿,他在那里创立梵呗新声。后来的佛教界,都把曹植视为佛教音乐的鼻祖。道家也兴盛于建安时期。由于社会动荡,战乱频仍,神仙之说非常盛行,求仙访道,幻想长生成为统治阶层中的一种普遍思潮,游仙诗也开始大量产生。曹操的《陌上桑》,近似于《荀子·成相篇》和秦简《为吏之道》以及《楚词钞》所收"今有人",都是三、七言句式。其内容也很接近,描写列仙之趣,或借描写仙境以寄托情怀。曹操《气出唱》三首则描绘了一个梦幻般的神仙世界,诗中的主人公可以御风而行,远游昆仑山,上达天门,与仙人欢宴,获得长生仙药,静心养气,得以长生不老。《秋胡行》二首又表现出一种更加矛盾的心理,一方面,作者渴望长生不老;另一方面,严酷的社会现实又让他感到疑惑不解。曹植早年信道,《远游篇》《仙人篇》幻想升天入地,云游天外,但是后来他也意识到"虚无求列仙,松子久吾欺"。在动荡的社会里,他们抒写的虽是一己感受,却反映了那个时代的无奈、哀怨、理想、抗争。曹植的《泰山梁甫行》写"妻子象禽兽,行止依林阻",陈琳的《饮马长城窟行》写长城吏与妻子的对话,很容易引起人们的共鸣。在战乱中,人们向往和平;在饥寒中,最希望得到温饱。曹操的《对酒》就描绘出这样一个政通人和、国泰民安的理想社会,在那里,国君贤明,臣子贤良,政治清平,礼法公正,没有犯罪,没有争讼,没有战乱,没有灾祸,社会安定和平,百姓安居乐业。这些良好的愿望,既是统治阶级的理想,也是普通百姓所向往的社会。

第四,建安风骨,是雅与俗的统一。

东汉时期的思想文化界有一个突出的表现,那就是文化中心的下移。钟嵘《诗品》评论曹植曰:

> 其源出于国风。骨气奇高,词彩华茂,情兼雅怨,体被文质,粲溢今古,卓尔不群。嗟乎!陈思之于文章也,譬人伦之有周孔,鳞羽之有龙凤,音乐之有琴笙,女工之有黼黻。俾尔怀铅吮墨者,抱篇章而景慕,映余晖以自烛。故孔氏之门如用诗,则公幹升堂,思王入室,景阳、潘、陆,自可坐于廊庑之间矣。

这里特别值得注意的是"情兼雅怨,体被文质"八个字。"雅怨"与"文质"对举,说明是并列关系。雅,有渊雅、文雅、清雅、闲雅之意,其文意大抵与今天所说的"高雅"相近。"怨"字,按照通常的理解,当本于《论语》中所说的"诗可以怨"。钟嵘《诗品》论曹植创作之"情兼雅怨"之"怨",确有司马迁"发愤著书"之怨,这应当没有疑问。我们读《赠白马王彪》《洛神赋》《九愁赋》等,可以深深地感受到字里行间所弥漫着的哀怨之情。但这个"怨"字还有一层特别的涵义在里面,那就是建安时期的"风衰俗怨"的怨,体现出鲜明的下层文化的特点。这一点,又与曹氏家族的倡导不无关系。

曹家为寒门,"起自幽贱"(《三国志·魏书·后妃传》)。因此,这个家族成员的生活方式、处世态度乃至人生追求就与豪门望族有着明显的差异。《三国志·魏书·杨阜传》载曹洪击败马超后,"置酒大会,令女倡著罗縠之衣,蹋鼓,一坐皆笑"。杨阜虽然表示不满又能怎样。曹植的生母卞氏出身寒门,她自己就是"倡家",也就是专以歌舞美色娱人的卖唱者。不仅如此,魏氏"三世立贱"①,所以《三国志·魏书·后妃传》载:"初,明帝为王,始纳河内虞氏为妃,帝即位,虞氏不得立为后,太皇卞太后慰勉焉。虞氏曰:'曹氏自好立贱,未有能以义举者也。'"

在这样的家族中成长起来的曹植,尽管其幼年、青年时期都得到了乃父的特别呵护,走马斗鸡,过着贵族子孙的放荡生活,但是其骨子眼里依然摆脱不了下层文化的强烈影响。《三国志·魏书·王卫二刘傅传》裴注引《魏略》记载曹植约见当时著名小说家邯郸淳,"延入坐,不先与谈。时天暑热,植因呼常从取水自澡讫,傅粉。遂科头拍袒,胡舞五椎锻,跳丸击剑,诵俳优小说数千言讫,谓淳曰:'邯郸生何如邪?'于是乃更著衣帻,整仪容,与淳评说混元造化之端,品物区别之意,然后论羲皇以来贤圣名臣烈士优劣之差,次颂古今文章赋诔及当官政事宜所先后,又论用武行兵倚伏之势。乃命厨宰,酒炙交至,坐席默然,无与伉者。及暮,淳归,对其所知叹植之材,谓之'天人'"。

曹植现存作品有二百三十余篇,其中《蝙蝠赋》《鹞雀赋》《令禽恶鸟论》这三篇比较特别。《鹞雀赋》通过鹞和雀的对话,表现了当时社会以强凌弱的现象。《令禽恶鸟论》论述伯劳之鸣与人

---

① 周勋初:《魏氏"三世立贱"的分析》,见氏著:《魏晋南北朝文学论丛》,江苏古籍出版社 1999 年版。

的灾难没有必然联系且为伯劳鸣冤叫屈。这三篇作品在曹植的全部创作中显得很另类,而它们之间却有着共同的特色。第一,都通过鸟的形象来比喻社会现象,具有批判现实的色彩。第二,文字古朴,运用了很多当时的口语俗字。我们知道,用拟人手法写鸟的文学作品,以《诗·豳风·鸱鸮》为最早。曹植《赠白马王彪》"鸱鸮鸣衡轭,豺狼当路衢",就本于此。汉代乐府诗,很多也常用鸟兽鱼虫作比喻。譬如《铙歌十八曲》中的《战城南》,通过即将死去的士兵和乌鸦的对话,表达了作者对战争的诅咒之情。相和歌辞中的《乌生》则描写乌鸦被人用弹射杀,乌鸦自叹藏身不密,又以白鹿、黄鹄和鲤鱼之死自我安慰,认为死生有命。杂曲歌辞中的《枯鱼过河泣》则以鱼喻人,告诫人们世情险恶,慎于出行。曹植《野田黄雀行》描写黄鸟无辜被捕杀,又与汉乐府《乌生》《枯鱼过河泣》等有着相近的艺术构思。1993年在江苏东海县尹湾村出土的《神乌赋》,描述了一个乌鸦之间的故事,与曹植的《蝙蝠赋》《鹞雀赋》非常接近,基本上都用四言句式,内容都讲到不同类的鸟之间的争斗。这些以拟人手法写鸟的文学作品之间,大概存在着某种传承关系。如果联系汉代乐府诗及《神乌赋》,并结合曹植其他创作,我们似乎可以做这样的推断:曹植创作这三篇作品,不像是率意为之,而是有意借鉴当时流行甚广的民间文学创作。[①]他在《与杨德祖书》中明确说,街谈巷说,击辕之歌,乃市井俗说、野人之歌,虽是"匹夫之思,未易轻弃也"。这个观点也很重要。建安时期的诗歌创作,最重要的特点之一,就是充分吸收民间创作的经验。

以往的研究在论及建安文学的成就时,通常概括为两点,第一是反映了离乱的社会现实,第二是反映了知识分子建功立业的

[①] 参见拙文《曹植创作"情兼雅怨"说略》,载《光明日报》2006年1月27日"文学遗产"专刊。

情怀。问题是,在中国古代,社会离乱的时间多于天下太平时期,为什么说只有建安文学表现离乱才会感人?读书人通常怀有兼济天下的情怀,这种想法绝非建安诗人所独有,为什么说只有建安文学表现功业才会感人?这个概括很可能不准确。

由此看来,建安诗歌的意义,不仅仅是真实地描写了那个"风衰俗怨"的时代变乱,也不仅仅是强烈地抒发了诗人感时叹世的情怀,更重要的是,他们的文学实践昭示后人,文学的生命,首先要获得最广大读者的共鸣。而要唤醒这种共鸣,就要求作者必须抒发真实的情感,必须表达善良的愿望,必须给读者展现美好的希望。只求在高雅中自娱自乐,或是媚俗到了没有是非标准,都背离了文学的本意,这样的文学是没有价值的。这是"建安风骨",乃至中国优秀的古典诗歌留给世人最深刻的启迪。

(原载《杜甫研究学刊》2016年第3期)

"二陆"的悲情与创作

钟嵘《诗品序》说:"太康中,三张、二陆、两潘、一左,勃尔复兴,踵武前王,风流未沫,亦文章之中兴也。"太康为晋武帝年号,时间为公元280年至289年。钟嵘所列作者,主要活跃在魏晋交替之际。所谓"三张",指张载、张协、张亢;"二陆"为陆机、陆云;"两潘"是潘岳、潘尼;"一左"即左思。钟嵘《诗品》置陆机为上品,与曹植、谢灵运并列,冠以"太康之英",把陆机作为一个时代的文学代表。萧统编《文选》收录其诗歌52首,高居全书榜首。唐初编《晋书》,唐太宗李世民亲自撰写《陆机传论》以示敬重。陆机在中国古代文学史上的重要地位,据此可见一斑。

一、"二陆"的身世

陆机(261—303),字士衡,吴郡华亭(今上海松江)人。陆云(262—303),字士龙,陆机弟,与兄陆机齐名,世称"二陆"。陆氏为东南望族,二陆的祖父陆逊是吴国的丞相,父亲陆抗为吴国的大司马。陆机《吴趋行》说:"属城咸有士,吴邑最为多。八族未足侈,四姓实名家。"(见《文选》卷二十八)所谓"八族""四姓",李善注引张勃《吴录》说:"八族:陈、桓、吕、窦、公孙、司马、徐、傅也。四姓:朱、张、顾、陆也。"《世说新语·赏誉》"吴四姓"条刘孝标引《吴录士林》说:"吴郡有顾、陆、朱、张为四姓,三国之间,四姓盛焉。"同书《赏誉》中有一条旧目云:"张文、朱武、陆忠、顾厚。"说明当时的四大家族,各有特点。陆家忠诚,称誉吴地。

六朝时期,崇尚门第。陆机《文赋》就说,文学作品之一大重要任务就是"咏世德之骏烈,诵先人之清芬"。弘扬前代功德,展现历史荣耀,无外乎是为了增强现实的自信。陆机不仅这样说,也确实有许多创作实践。譬如辞赋方面,陆机有《祖德赋》和《述先赋》。在赞、颂方面,陆云有《祖考颂》,又《三国志·吴书·陆逊传》裴松之注引《陆氏祠堂像赞》和《陆氏世颂》,虽不详其作者,但可以推断为陆氏家族所作,据此可见这个家族的高门意识与文化自负。

生长在这样一个家族里,陆机、陆云兄弟有着比较强烈的高门望族意识与文化自负心理。加之二陆幼有俊才,很早就为牙门将领兵,称誉乡里。《世说新语》记载周处除三害的故事,就与二陆有关。据说周处年少时,凶强侠气,当地山中有虎,水中有蛟,乡间有周处,人称三横,或曰三害,为乡亲所患。有人出主意,想借周处之手先除掉二害。周处杀死老虎与蛟龙后,乡人依然不乐,后来才知道自己在乡亲心中也是一害,于是决心悔过自新。他亲自到吴地寻找二陆,说自己很想改邪归正,但老大不小,很难再有成就。陆云对他说:"古人贵朝闻夕死,况君前途尚可。且人患志之不立,亦何忧令名不彰耶?"周处从此奋发图强,最终成为忠臣孝子。由此可见陆家在吴地的影响,二陆在青年中的地位。

这个家族的自负与高傲直至东晋南朝依然根深蒂固。晋室南渡之初,丞相王导想结援吴人,便向陆玩请婚。陆玩义正辞严地说:"培塿无松柏,熏莸不同器。① 玩虽不才,义不为乱伦之始。"当然,东晋时期的北人南下与西晋初年的南人北上,文化心理各不相同。东晋时的北人无奈渡江,有寄人篱下之感,所以,北人谦卑而南人傲慢。而西晋初年则与此相反。当时,南人是作为被征服者被迫北上,北人有着文化正宗的心理,自然不把南人放在

---

① 培塿,小山坡。松柏,大木。熏,香草。莸,臭草。

眼里。

太康元年(280),晋武帝出兵伐吴,作为吴国世家大族,陆机被俘,俯首入洛,心情自然不畅快。从此,二陆的生活进入第二个时期,从一个贵公子孙,成为了一个漂泊他乡的游子。这样的生活自然不会快意,所以不久,二陆就回归故里松江华亭,闭门勤学。史书记载,华亭有清泉茂林,陆机兄弟共游于此十余年。太康末年,晋武帝下诏举清能、拔寒素,有着强烈家族观念的二陆,踏上了北上的路途,从此就永远告别家乡。张华素重二陆之名,称之为"东南之宝",一见如故,并说:"伐吴之役,利获二俊。"①在张华的荐举之下,二陆兄弟迅速在洛阳成名,其文学才能为世人所重。

但是,吴人在政治上并没有得到重视。晋武帝公开说:"蜀人服化,无携贰之心;而吴人趑雎,屡作妖寇。"②因此吴人仕宦,倍加艰难。陆机自己也说过:"至于荆、扬二州,户各数十万,今扬州无郎,而荆州、江南乃无一人为京城职者。"(《晋书·贺循传》)对此,鲁迅《北人与南人》分析说:"二陆入晋,北方人士在欢欣之中,分明带着轻薄。"而有着强烈仕进心的陆机当然不甘心于此,于是寻找各种发展机会。陆机先是被太傅杨骏辟为祭酒,后来杨骏被诛,又迁太子洗马、著作郎。这些官位职级都比较低下,与他振兴家业的抱负相去甚远,而他年齿日长,故有"日归功未建"(《猛虎行》)的焦虑。正好这时,当朝权贵贾谧邀请陆机作为幕僚,与石崇、欧阳建、潘岳等为伍,成为"二十四友"之一。贾谧为人处世,浮华奢靡,"贵游豪戚及浮竞之徒,莫不尽礼事之,或著文章,称美谧"(《晋书·贾充传》),颇为天下正直人士侧目。对此,陆机并非一无所知。他在《长安有狭邪行》中说:"倾盖承芳讯,欲鸣当及

---

① 见《世说新语·言语》注引《晋阳秋》。
② 《晋书·华谭传》,中华书局1974年版,第1450页。

晨。守一不足矜,歧路良可遵。"这里也许有着若干潜台词,即认为自己卖身投靠贾谧,或踏上"歧路"。而在当时特定的背景下,陆机这样的性格,也只能选择这样的道路。陆云得到张华的举荐,历任尚书郎、侍御使、太子中舍人、中书舍人等职。司马颖推荐其为清河内史,故世称"陆清河"。

西晋末年,社会矛盾急剧恶化,终于酿成"八王之乱",陆机先为赵王司马伦中书郎,伦败,陆机受牵连入狱,赖成都王司马颖和吴王司马晏施救。其后陆机感成都王活命之恩,遂力事成都王颖。颖以陆机参大将军军事,后复以陆机为平原内史,故世称陆机为"陆平原"。太安二年(303),成都王颖和河间王颙举兵讨伐长沙王乂,颖以陆机为前将军前锋都督,率兵二十万,南向洛阳。结果鹿苑一战,机军大败,人马赴七里涧而死者如积焉,水为之不流。司马颖大怒,遂诛陆机,并夷三族,陆云同时遇害,举世为之惋惜。《世说新语·尤悔》记:"陆平原河桥败,为卢志所谮,被诛。临刑,叹曰:'欲闻华亭鹤唳,可复得乎?'"时年四十三。

这个卢志,与陆机兄弟初次见面就闹得很不愉快。《世说新语》记载,卢志曾用挑衅的口吻当众问陆机:"陆逊、陆抗,是君何物?"陆机也当众大声答曰:"如卿于卢毓、卢珽。"卢毓是汉末大儒卢植的儿子,有名于世,卢珽则位至尚书。陆云见状,大惊失色,出来后对陆机说:"何至如此,彼容不相知也?"陆机怒气冲冲地说:"我父、祖名播海内,宁有不知,鬼子敢尔。"陆机肯定不会想到,就是这个涿郡人卢志,给了他致命的一击。陆机怀念家乡的鹤唳之声,犹如当年李斯被杀之前,也曾对其子说:"吾欲与若复牵黄犬俱出上蔡东门逐狡兔,岂可得乎?"是的,存者且偷生,死者长已矣。陆机的遭遇,给了江南人些许教益。后来,在洛阳做官的张翰见秋风起,想起家乡的鲈鱼脍,竟然放弃官位,命驾而归。可是陆机在当时实在没有这样急流勇退的智慧和勇气。作为一介文人,一个出身于高门的文人,陆机有着太多的眷恋和渴望,这些理想和抱负牢牢地牵制着他的身心,决定了他的悲剧的命运。

二、"二陆"的性格

陆机与陆云兄弟,同出高门,文采斐然,而性格却迥异。这种情形,近似于曹丕、曹植兄弟。刘勰曾比较曹氏兄弟说:"子建思捷而才俊","子桓虑详而力缓"。这里,刘勰用"思捷"与"虑详"来概括二人的性格特征是比较贴切的。二人代表了两种不同的性格类型。从心理机能上说,曹丕属于理智型,以理智来衡量一切;而曹植则是情绪型的,体验较为深刻。从心理活动倾向上说,曹丕内向、沉静,反应较迟;曹植则外向,善于交际。从社会活动方面来看,曹丕是权力型的人物,而曹植则是审美型的。性格的不同,反映在创作中,就有明显的风格差异。

二陆也有着类似的情形。他们同出高门,有着强烈的门第意识,同时又都有着很高的文学造诣。二陆初入洛的时候,听从了张华的指引,前去拜访刘宝,刘家刚刚遭遇丧事,又好酒。礼毕,初无他言,唯问:"东吴有长柄壶卢,卿得种来不?"这等于无视二陆,似视为乡里人。对此,陆氏兄弟殊感失望,后悔前往。

还是初入洛的时候,在张华处,陆云见到了河南颍川的荀隐(字鸣鹤)。两人各自介绍时,陆云举手说:"云间陆士龙。"荀答曰:"日下荀鸣鹤。"陆曰:"既开青云,睹白雉,何不张尔弓,布尔矢?"荀答曰:"本谓云龙騤騤,定是山鹿野麋。兽弱弩强,是以发迟。"张华在一旁抚掌大笑。这番对答,陆云实际处于下风。还有一个众所周知的例子,《晋书·左思传》载:"初,陆机入洛,欲为此赋,闻思作之,抚掌而笑,与弟云书曰:'此间有伧父,欲作《三都赋》,须其成,当以覆酒瓮耳。'"实际上,左思的《三都赋》,洛阳传诵,一时为之纸贵。不知陆机当时作何感想。我们从陆云的《答兄平原》诗中或可窥探一斑:"昔我先公,邦国攸兴。今我家道,绵绵莫承。昔我昆弟，如鸾如龙。今我友生，凋俊坠雄。家哲永徂，世业长终。华堂倾构，广宅颓墉。高门降衡，修庭树蓬。感物悲怀，怆矣其伤。"说明二陆的内心充满忧伤，诚如陆云所说："文章既可自羡，且解愁忘忧。"这里的忧愁，自然有着感叹家道衰落的悲情成分。

毕竟，以洛阳为中心的中原地区，多是解经之士，"衣冠士族，并在中原"。而江南文化，在魏晋时代，还在发展变化中。在这样的背景下，北上的陆机、陆云兄弟更多的是依靠他们之间的亲情，相互赠答，彼此支撑，度过了最初的艰难岁月。《世说新语》载，蔡谟在洛阳时，看见陆机兄弟住在三间瓦屋中，陆云住东头，陆机住西头。相聚时，共同读书，彼此切磋。陆云有《与兄平原书》，多有探讨诗赋创作的内容。《颜氏家训·文章篇》记载说，江南世族有一个文学传统："学为文章，先谋亲友，得其评裁，知可施行，然后出手，慎勿师心自任，取笑旁人也。"就是说，一篇作品完成后，先要经过族中亲友的批评鉴定，才能公之于众。这种风气相延既久，已成为高门望族延续其文化优势的一个重要的举措。当他们分别时，又题诗奉赠，抒发离别之情。这类作品，在二陆的集子中依然还存在若干首。这种手足同根之情，又与曹丕、曹植兄弟彼此猜忌倾轧形成鲜明对照。

但二陆在性格上又有很大的不同。陆云为人弘静，文弱可爱，时人称为当代颜渊，所以怡怡然为士友所宗。而陆机则风格凌厉，言多慷慨，声如洪钟。陆机的这种性格，如果仅仅局限于文人圈内，也许是有才的表现，但是如果在官场还是这样口无遮拦，当然就很危险。一次，陆机造访王济，王济正在吃羊酪，指着羊酪问陆机："卿江东何以敌此？"陆机回答说："有千里莼羹，但未下盐豉耳。"羊酪这种食物，南方人吃不惯。《世说新语》记载，陆玩造访王导，王导用羊酪招待他，结果陆玩大病一场，第二天还给王导写信，说"昨食酪小过，通夜委顿。民虽吴人，几为伧鬼"。这种性格也使陆机得罪了若干权贵。

二陆性格的不同,表现在文学创作上,就形成了不同的风貌。《文心雕龙·才略》说:"陆机才欲窥深,辞务索广,故思能入巧,而不制繁。士龙朗练,以识检乱,故能布采鲜净,敏于短篇。"陆机繁缛,陆云鲜净,这是二陆在文学风貌方面的明显的不同。

三、"二陆"的创作

《历代名画记》引陆机言论云:"丹青之兴,比雅颂之述作,美大业之馨香,宣物莫大于言,存形莫善于画。"所谓"美大业之馨香",与曹丕《典论·论文》所说的"盖文章,经国之大业,不朽之盛事"的观念有相近的地方,说明二人都很强调文学艺术的社会价值和文化传承的作用。这是二陆创作思想很重要的方面,与他们高贵的身世背景不无关系。

陆云《与兄平原书》,谈到若干创作问题,他说自己"四言、五言非所长,颇能作赋"。今天保存下来的陆云作品,如《岁暮赋》《愁霖赋》《寒蝉赋》,作者自云"情言深至"。他评价陆机的章表也是"深情远旨,可耽味,高文也",推崇"清新相接"。他曾不无自省地写道:"往日论文,先辞而后情,尚洁而不取悦泽。"从这里可以看出,陆云的创作有个变化的过程,年轻的时候注重辞藻,而后来则强调情深、旨远,主张清省,注重洁简。

这便与陆机的铺采摛文形成鲜明对照。刘勰《文心雕龙》论及陆机的创作,常常用"繁"字来形容。如《史传篇》:"至于晋代之书,繁乎著作,陆机肇始而未备。"《议对篇》:"及陆机断议,亦有锋颖,而谀辞弗翦,颇累文骨。"《体性篇》:"士衡矜重,故情繁而辞隐。"《镕裁篇》:"至如士衡才优,而缀辞尤繁;士龙思劣,而雅好清省。"《才略篇》:"陆机才欲窥深,辞务索广,故思能入巧,而不制繁。"《序志篇》:"陆机(《文赋》)巧而碎乱。"在刘勰看来,陆机创作之"繁"主要集中在三个方面:第一是著作之繁,第二是文情之繁,第三是辞藻之繁。

先说著作之繁。就个人作品收录种类而言,陆云曾为陆机编文集二十卷,《北堂书钞》卷一百引晋代葛洪《抱朴子》云:"吾见二陆之文百许卷,似未尽也。"《昭明文选》收录陆机诗五十二首,数量列全部作家之首。钟嵘《诗品》将陆机与曹植、谢灵运并列,分别作为三个时期的代表,陆机被称为"太康之英"。据姜亮夫先生《陆平原年谱》附录《陆机著述考》,陆机著作包括《晋纪》四卷、《洛阳记》一卷、《要览》若干卷、《晋惠帝百官名》三卷、《吴章》二卷、《吴书》《连珠》若干卷及《文集》四十七卷。其著作之繁,正符合刘勰所说:"至于晋代之书,繁乎著作,陆机肇始而未备。"《隋书·经籍志》著录《陆机集》,注曰:"梁四十七卷,录一卷,亡。"《旧唐书·经籍志》著录《陆机集》十五卷,《新唐书·艺文志》同。《宋史·艺文志》、晁公武《郡斋读书志》、陈振孙《直斋书录解题》并著录《陆机集》十卷。晁公武言:陆机"所著文章凡三百余篇,今存诗、赋、论、议、笺、表、碑、诔一百七十余首,以《晋书》、《文选》校正外,余多舛误"。由此看来,宋人所见已是一个辑本,原来唐人的十五卷本已经散佚。明代张燮辑《汉魏六朝七十二家集》、张溥辑《汉魏六朝百三名家集》中皆有《陆平原集》。《四部丛刊》有《陆士衡文集》十卷,《四部备要》有《陆士衡集》十卷,《丛书集成初编》有《陆士衡文集》十卷,附札记一卷。1982年,中华书局出版了今人金涛声点校的《陆机集》。该书以《四部丛刊》中的《陆士衡文集》为底本,参以各总集、类书及史传中的有关部分,点校而成。正文十卷,补遗三卷,附录包括三个部分:一、陆机的专著《晋纪》《洛阳记》《要览》;二、陆机传记资料;三、《陆机集》序跋。就版本而言,这是较为完备的一个本子。注本主要有三种:一是郝立权的《陆士衡诗注》四卷,人民文学出版社1958年版;二是刘运好《陆士衡文集校注》,凤凰出版社2007年版;三是杨明《陆机集校笺》,上海古籍出版社2016年版。

再说文情之繁。文情之繁莫如《叹逝赋》,其中有句曰:"悲夫,川阅水以成川,水滔滔而日度;世阅人而为世,人冉冉而行暮。人何世而弗新,世何人之能故?"其境界犹如张若虚《春江花月夜》、刘希夷《代悲白头吟》,借用闻一多的评价,即充满了所谓宇宙意识。《赴洛二首》《赴洛道中作二首》更是文学史上的名篇,颇为感人。《吴趋行》夸耀吴地之美,劝说"楚妃""齐娥"暂且停唱,倾听"我歌吴趋",自"吴趋自有始,请从阊门起"开始,从城、楼、阁、轩、山泽土风、八族四姓诸方面,颂扬吴地吴人之美,发端立意,铺陈排比,无不模仿汉赋。《世说新语·文学篇》引张华对陆机的评语曰:"人之作文患于不才,至子为文,乃患太多也。"钟嵘《诗品》也说"余常言陆才如海,潘才如江"。

最后看辞藻之繁。清人叶矫然说:"六朝排偶,始于士衡。"①客观地说,排偶句式,在陆机以前偶有所见,但如《猛虎行》《从军行》《招隐》《于承明作与士龙》那样对仗工整、铺陈繁富的作品,确实不多见。这与建安文学"不求纤密之巧"(《文心雕龙·明诗》)的疏朗文风不同。这应当说是陆机对于文学的贡献。其他如《赠冯文罴迁斥丘令》比喻之别致;《文赋》分析之细密,《赠尚书郎顾彦先》用字之考究,如此等等,也赢得后人推崇。梁元帝萧绎《金楼子·立言篇》说陆机"辞致侧密,事语坚明,意匠有序,遣言无失",对他评价很高。才华横溢而又"不逾矩"乃是最高之境界,恰恰在这一点上,刘勰对于陆机似乎有所不满,说其"情繁","缀辞尤繁",即辞藻过于繁茂,缺乏剪裁。《世说新语·文学篇》引孙绰的话说,欣赏陆机的文章需要"排沙简金"的功夫,才能"见宝",因为"陆文深而芜"。这"芜"即"繁"的另一种说法,多少含有贬义。

陆机的文和赋也很有成就。文如《辨亡论》《五等论》《谢平原

---

① 〔清〕叶矫然:《清诗话续编·龙性堂诗话》,上海古籍出版社1988年版。

内史表》《汉高祖功臣颂》《演连珠》《吊魏武帝文》等,赋如《豪士赋》《叹逝赋》《文赋》等都为《文选》所收录,为后人传诵。其中,"二陆"中最为后人称道的,是陆机的《文赋》。

四、《文赋》的意义

陆云《与兄平原书》第八札云:"省《述思赋》,流深情至言,实为清妙,恐故复未得为兄赋之最。兄文自为雄,非累日精拔,卒不可得言。《文赋》甚有辞,绮语颇多,文适多体,便欲不清。不审兄呼尔不?《咏德颂》甚复尽美,省之恻然。《扇赋》腹中愈首尾,发头一而不快,言'乌云龙见',如有不体。《感逝赋》愈前,恐故当小不?然一至不复灭。《漏赋》可谓清工。兄顿作尔多文,而新奇乃尔,真令人怖,不当复道作文。"《感逝赋》,《陆机集》作《叹逝赋》,前有小序:"余年方四十,而懿亲戚属亡多存寡。"《文赋》在《与兄平原书》中与《叹逝赋》列在一起,大约是陆机四十岁左右的作品。杜甫《醉歌行》又说:"陆机二十作《文赋》,汝更少年能缀文。"因此《文赋》又有可能作于二十岁前后。陆云信中说:"兄文自为雄,非累日精拔,卒不可得言。"据此推测,《文赋》应当是陆机创作比较成熟的作品,得到了陆云的高度赞扬。很快,《文赋》就在世间流传开来。昭明太子编《文选》时收录此文,初唐书法家陆柬之曾专门抄录,其真迹现藏台北故宫博物院。此外,日本高僧遍照金刚来中国访学时,收罗各种资料编为《文镜秘府论》,也收录了《文赋》。至于唐代类书,如《艺文类聚》等,也有收录。

《文赋》为什么会有这样大的影响呢?主要是它精微地论述了文学创作的过程,提出了一系列有价值的主张。

首先是艺术构思问题。《文赋》小序说:"余每观才士之所作,窃有以得其用心。夫其放言遣辞,良多变矣。妍蚩好恶,可得而言。每自属文,尤见其情。恒患意不称物,文不逮意。盖非知之难,能之难也。"这里,陆机特别强调了"意"的重要性,他首先要解决的就是"意不称物,文不逮意"的问题。《文赋》中多次提到"意",如"辞逞才以效伎,意司契而为匠",又如"其为物也多姿,其为体也屡迁。其会意也尚巧,其遣言也贵妍",又如"或文繁理富,而意不指适","心牢落而无偶,意徘徊而不能揥"。有时"意"与"物"对举,有时又与"辞"对举,有时又与"心"对举,有时又与"文"对举。此"意"是指在构思过程中产生的意,而"物"主要指外在景物等,当然也可能包括社会生活和作家思想感情等内容。在陆机看来,意以称物为能事,而文却又很难准确传达这种"意"。而"言"与"意"的关系,既是创作中极其重要的问题,又是魏晋玄学中的重要命题。"意"的涵义非常丰富,有情感,有学识,理性与感性交织在一起。而"言"的作用就是将作者之"意"表达出来。

由此出发,作者先从作家的"意"开始谈起,《文赋》开篇说:"伫中区以玄览,颐情志于典坟。"这时,指的是创作构思进入文学创作状态,陆机借用老庄"虚静"说,特别强调了灵感的关键作用,同时又兼顾创作主体进入"虚静"心境:"其始也,皆收视反听,耽思傍讯,精骛八极,心游万仞……观古今于须臾,抚四海于一瞬。"他用赋的形式,强调了想象在创作过程中的作用和重要性。同时,陆机还强调了作者的创造能力,他说"收百世之阙文,采千载之遗韵。谢朝华于已披,启夕秀于未振",主张继承前人的优秀成果,同时又必须独抒己意,反对因袭守旧。

其次是谋篇布局问题。艺术构思完成后,进入写作过程,即从感性进入理性阶段:"然后选义按部,考辞就班。"在这个阶段,陆机依然强调"意"的重要性,意为主干,所谓"理扶质以立干,文垂条而结繁"。主干立,文辞才能像枝叶一样繁盛。所谓"考辞就班",一个重要的方面,就是按照不同的文体给予不同的观照。为此,陆机提出十种文体,并分别予以界定:"诗缘情而绮靡,赋体物而浏亮。碑披文以相质,诔缠绵而悽怆。铭博约而温润,箴顿挫而清壮。颂优游以彬蔚,论精微而朗畅。奏平彻以闲雅,说炜晔而谲诳。"这就比曹丕所提出的四种文体又丰富了许多。

第三是美学标准问题。在陆机看来,选义按部,考辞就班之后,更重要的工作是情思的梳理,文字的推敲,声韵的抑扬,色彩的调配,等等,为此,他提出了应、和、悲、雅、艳等五个美学标准:

或托言于短韵,对穷迹而孤兴。俯寂寞而无友,仰寥廓而莫承。譬偏弦之独张,含清唱而靡应。

或寄辞于瘁音,言徒靡而弗华。混妍蚩而成体,累良质而为瑕。象下管之偏疾,故虽应而不和。

或遗理以存异,徒寻虚而逐微。言寡情而鲜爱,辞浮漂而不归。犹弦幺而徽急,故虽和而不悲。

或奔放以谐和,务嘈囋而妖冶。徒悦目而偶俗,故高声而曲下。寤《防露》与《桑间》,又虽悲而不雅。

或清虚以婉约,每除烦而去滥。阙大羹之遗味,同朱弦之清氾。虽一唱而三叹,固既雅而不艳。

所谓"应",是对篇幅的要求,李善注说:"短韵,小文也。言文小而事寡,故曰穷迹,迹穷而无偶,故曰孤兴。"如果文章过于短小,俯仰之间就无所呼应。换一个角度理解,陆机认为文章要有规模和气象,俯仰之间,通篇照应。而"托言短韵"则达不到"应"的要求。所谓"和",是对文辞的要求。他认为文辞搭配要和谐,不能有"瘁音","瘁音"即弱音。所谓"悲",是对情感的要求。他认为文学创作当以悲为美。这种悲情,是发自内心的情感。以悲为美,也是当时的一种普遍追求。《后汉书·左周黄传》载:"三月上巳日,(梁)商大会宾客,宴于洛水,(周)举时称疾不往。商与亲暱酣饮极欢,及酒阑倡罢,继以《薤露》之歌,坐中闻者,皆为掩涕。"曹丕《善哉行》其二说:"哀弦微妙,清气含芳。流郑激楚,度宫中商。

感心动耳,绮丽难忘。"曹植《赠徐幹》说:"慷慨有悲心,兴文自成篇。"刘宋时期的王微也说:"文辞不怨思抑扬,则流澹无味。"(《宋书·王微传》)所谓"雅",是对格调的要求。陆机认为文章格调要高,"会意"要"巧","遣言"须"妍"。这也是当时的一个重要的美学标准。刘勰说:"观其时文,雅好慷慨。"钟嵘评价曹植是"情兼雅怨"。所谓"艳",是对韵味的要求。

《文选》还有一个重要的贡献,就是在文体的分类方面较前代作家有了更加明确的辨析。李善注引臧荣绪《晋书》说:"陆机妙解情理,心识文体,作《文赋》。"这里所说的"文体",不仅指风格,也指文章体裁。中国的文体分类学论述,较早见于蔡邕《独断》。该书卷上论官文书四体曰:"凡群臣上书于天子者有四名:一曰章,二曰奏,三曰表,四曰驳议。"同时稍后的曹丕著《典论·论文》,略举四科八种文体:"夫文本同而末异。盖奏议宜雅,书论宜理,铭诔尚实,诗赋欲丽。"他认为:"此四科不同,故能之者偏也,唯通才能备其体。"陆机《文赋》则又扩大到十体,并对各体的特征有所界说。此后,挚虞的《文章流别论》、李充的《翰林论》,直至任昉的《文章缘起》①、《文心雕龙》等均有或详或略的文体概论,条分缕析,探赜索隐,奠定了中国文体学的理论基础。在此基础上,萧统广采博收,去芜取精,将先秦至梁代的七百多篇优秀作品分成三十七类加以编录②,成为影响极为久远的一代名著。从蔡邕《独断》到萧统《文选》,前后绵延三百多年,中国文体学最终得以确立。③

---

① 据中华书局影印元刻《山堂考索》本。其真伪颇多争论。同门傅刚《〈文选〉与〈诗品〉、〈文心雕龙〉及〈文章缘起〉的比较》(收入氏著《昭明文选研究》,中国社会科学出版社 2000 年版)、朱迎平《〈文章缘起〉考辨》(收入氏著《古典文学与文献论集》,上海财经大学出版社 1998 年版)均认为《文章缘起》为任昉作,其说可从。

② 通行本三十七类,但是根据南宋陈八郎宅刻五臣注《文选》,还有"移""难"两体,如果把两种版本所涉文体加起来,就有三十九体。

③ 参见刘跃进《〈独断〉与秦汉文体研究》,载《文学遗产》2002 年第 5 期。

《文赋》的意义在于,陆机提出的理论主张是建立在丰富的创作实践基础之上的,而且,这篇理论文章,本身又是一篇优美的文学作品。理论与创作密不可分,这是中国文学批评史的一个重要特征。因此,我们研究文学批评史,自然也就不能脱离文学创作实际而空谈理论。

(原载《北京联合大学学报》2012年第3期)

兰亭雅集与魏晋风度

一、王羲之与《兰亭集序》

(一) 关于王羲之的生平

王羲之字逸少,琅邪(今山东诸城一带)人。其父王旷始创元帝过江之议。过江后,家居会稽山阴(今浙江绍兴)。王羲之十三岁时为周𫖮所异。善隶书、行书。起家秘书郎,为征西将军庾亮参军,迁长史、宁远将军、江州刺史,召为侍中、吏部尚书,不就,拜右军将军,求宣城郡不许,乃为会稽内史。《晋书》本传称其"年五十九卒"[①]。题名陶弘景所撰的《真诰》卷十六《阐幽微》注:"逸少……至升平五年辛酉岁亡,年五十九。"[②]余嘉锡引此曰:"《真诰》虽不可信,而隐居之注,考证不苟,必有所据。"[③]唐人张怀瓘《书断》中亦云其"升平五年卒,年五十九"[④]。据此,王羲之生于晋太安二年(303),卒于东晋升平五年(361)。此说已为多数学者所认同。

徐邦达《历代书画家传记考辨·王羲之生卒年岁旧说的平

---

① 〔唐〕房玄龄等:《晋书·王羲之传》,中华书局1974年版,第2102页。
② 《真诰》卷十六,《道藏要籍选刊》第四册,上海古籍出版社1989年版,第661页。
③ 余嘉锡:《世说新语笺疏》卷十六,中华书局1983年版,第632页。
④ 〔唐〕张怀瓘:《法书要录·书断》,人民美术出版社1984年版,第266页。

议》①另载三说：

其一，《太平广记》卷二百七引羊欣《笔阵图》曰："(王羲之)三十三书《兰亭序》。"据此，宋桑世昌《兰亭考》推其生卒年为东晋太兴四年至太元四年(321至379)，钱大昕《疑年录》、吴荣光《历代名人年谱》同此说。

其二，据王羲之《题卫夫人笔阵图后》："时年五十有三……永和十四年四月十三日书。"则其生卒年为东晋光熙元年至兴宁二年(306至364)。

其三，鲁一同《右军年谱》以为王羲之生卒年为永嘉元年至兴宁三年(307至365)，潘祖炎《王羲之生卒年辨证》同此说。

王羲之书法作品一直为后世所重，《宣和书谱》载当时御藏书作二百四十三幅。现存《淳化阁帖》卷六、七、八载其书一百六十帖。其著述，《隋书·经籍志》著录《王羲之集》九卷，《旧唐书·经籍志》著录其《小学篇》一卷。严可均辑其文五卷，包括杂帖在内凡二十七篇。逯钦立辑其《兰亭诗》二首、《答许询》一首。

(二) 围绕《兰亭集序》的论争

《兰亭集序》的文字，有两个版本，一是收录在《世说新语·企羡篇》"王右军得人以《兰亭集序》方《金谷诗序》，又以己敌石崇，甚有欣色"条，刘孝标注引王羲之《临河叙》曰：

> 永和九年，岁在癸丑，莫春之初，会于会稽山阴之兰亭，修禊事也。群贤毕至，少长咸集。此地有崇山峻岭，茂林修竹。又有清流激湍，映带左右。引以为流觞曲水，列坐其次。
> 是日也，天朗气清，惠风和畅，娱目骋怀，信可乐也。虽无丝竹管弦之盛，一觞一咏，亦足以畅叙幽情矣。故列序时

---

① 徐邦达：《历代书画家传记考辨》，上海人民美术出版社1983年版，第1页。

人,录其所述。右将军司马太原孙丞公等二十六人,赋诗如左,前余姚令会稽谢胜等十五人,不能赋诗,罚酒各三斗。①

另外就是现今最为流行的版本,最早收录在相传是唐太宗亲自撰写的《晋书·王羲之传》中,称其"雅好服食养性,不乐在京师,初渡浙江,便有终焉之志。会稽有佳山水,名士多居之。谢安未仕时亦居焉。孙绰、李充、许询、支遁等皆以文义冠世,并筑室东土,与羲之同好。尝与同志集于会稽山阴之兰亭,羲之自为之序以申其志",录文曰:

> 永和九年,岁在癸丑,暮春之初,会于会稽山阴之兰亭,修禊事也。群贤毕至,少长咸集。此地有崇山峻岭,茂林修竹;又有清流激湍,映带左右,引以为流觞曲水,列坐其次。虽无丝竹管弦之盛,一觞一咏,亦足以畅叙幽情。
>
> 是日也,天朗气清,惠风和畅,仰观宇宙之大,俯察品类之盛,所以游目骋怀,足以极视听之娱,信可乐也。
>
> 夫人之相与,俯仰一世,或取诸怀抱,悟言一室之内;或因寄所托,放浪形骸之外。虽趣舍万殊,静躁不同,当其欣于所遇,暂得于己,快然自足,不知老之将至。及其所之既倦,情随事迁,感慨系之矣。向之所欣,俯仰之间,已为陈迹,犹不能不以之兴怀。况修短随化,终期于尽。古人云:"死生亦大矣。"岂不痛哉!
>
> 每览昔人兴感之由,若合一契,未尝不临文嗟悼,不能喻之于怀。固知一死生为虚诞,齐彭殇为妄作。后之视今,亦犹今之视昔。悲夫!故列叙时人,录其所述,虽世殊事异,所以兴怀,其致一也。后之览者,亦将有感于斯文。②

---

① 《世说新语笺疏》卷十六,第631页。
② 《晋书·王羲之传》,第2099页。

围绕着这篇序文,主要有以下三个方面的论争。

第一,这篇作品是王羲之写的吗?这篇文字未见载于萧梁时代的《昭明文选》,实际上,《文选》收录了同类作品,包括颜延之和王融两人分别撰写的《三月三日曲水诗序》,文辞艳丽,典雅庄重。王羲之也有类似的作品,即《世说新语·企羡》注引《临河叙》,但是很短,比世传《兰亭集序》少"夫人之相与"至"悲夫"为止的一百八十七字。《初学记》卷四、《艺文类聚》卷四所引都止于"信可乐也",亦无这一百余字。而我们在阅读过程中会明显感觉到,如果缺少这段文字,序文就少了很多神韵。问题由此而来:这段文字是原来有而为刘孝标所删节呢,还是本来就没有?相信《兰亭集序》真迹为王羲之所作的人,自然都会选择前者。但如果是后者呢?这段文字是何人所加?从目前资料看,这段文字最早见于《晋书·王羲之传》,由此可以确定,至少是在唐太宗之前就被加进去的。《临河叙》虽然没有《兰亭集序》中间这段文字,但是文末却多出以下四十字:"右将军司马太原孙丞公等二十六人,赋诗如左。前余姚令会稽谢胜等十五人不能赋诗,罚酒各三斗。"

这里可能会有两种解释。

一是《兰亭集序》不符合《文选》强调的"事出乎沉思,义归乎翰藻"的收录标准,完全是散文体。同样是这类作品,颜延之和王融的《三月三日曲水诗序》就骈丽典雅,当时就盛传于大江南北,故而为《文选》所收录。①

另外一种可能是《文选》的编者没有看到《兰亭集序》,或者看

---

① 李善注引裴子野《宋略》云:"文帝元嘉十一年三月丙申,禊饮于乐游苑,且祖道江夏王义恭、衡阳王义季。有诏会者咸赋诗。"参加此诗会者当不在少数。据《高僧传》卷七《宋京师道场寺释慧观传》载:"元嘉初三月上巳车驾临曲水宴会,命观与朝士赋诗。观即坐先献,文旨清婉,事适当时。琅琊王僧达、庐江何尚之并以清言致疑,结ළ尘外。"此序颇为有名。《南齐书·王融传》载:永明"十一年,使兼主客,接房使房景高、宋弁。弁……因问:'在朝闻主客作《曲水诗序》。'景高又云:'在北闻主客此制,胜于颜延年,实愿一见。'"可见此诗序流播北方。

到的不是现在流传的《兰亭集序》,他所见到的只是《临河叙》。《世说新语·企羡》载,有人把王羲之《兰亭集序》和石崇的《金谷诗序》做比较,王羲之对这样的比拟很高兴。《世说新语·品藻》注引石崇《金谷诗序》曰:

> 余以元康六年,从太仆卿出为使,持节监青、徐诸军事、征虏将军。有别庐在河南县界金谷涧中,或高或下,有清泉茂林,众果竹柏、药草之属,莫不毕备。又有水碓、鱼池、土窟,其为娱目欢心之物备矣。时征西大将军祭酒王诩当还长安,余与众贤共送往涧中,昼夜游宴,屡迁其坐。或登高临下,或列坐水滨。时琴瑟笙筑,合载车中,道路并作。及住,令与鼓吹递奏。遂各赋诗,以叙中怀。或不能者,罚酒三斗。感性命之不永,惧凋落之无期。故具列时人官号、姓名、年纪,又写诗著后。后之好事者,其览之哉!凡三十人,吴王师、议郎、关中侯、始平武功苏绍字世嗣,年五十,为首。①

现存《金谷序》很短,与《临河叙》篇幅相近,说明至少在刘宋初年所见的《临河叙》可能就是这样的篇幅。

从现存文字看,《临河叙》确实未见特别出彩之处,所以没有被收录在《文选》中。如果是这样的话,现在流行的《兰亭集序》很可能就不是王羲之所写,而是后人根据《临河叙》增补而成。近代学者李文田应端方之请作《定武兰亭跋》,即提出这样的疑问。他认为,现存《兰亭集序》非梁以前《兰亭》,因为《世说新语》及刘孝标注只题作《临河叙》。

第二,参加这次盛会及写诗的人数问题。根据《临河叙》,当时有四十二人参加盛会,其中十五人未赋诗。另外二十六人赋诗的情况,《玉海》卷一七五"宫室·亭"记载:"《书目》:兰亭诗一卷。

---

① 《世说新语笺疏》卷九,第530页。

晋永和九年上巳右将军王羲之会群贤于会稽山阴之兰亭,一十一人诗各二篇,一十五人诗各一篇,羲之为序,孙绰为后序。"按照这个记载,当时的诗篇凡三十七篇。而今却存四十一首,包括:孙绰、谢安、谢万、孙统、袁峤之、王凝之、王肃之、王徽之、王彬之、徐丰之等五言、四言各一首,孙嗣、郗昙、庾蕴、曹茂之、桓伟、王玄之、王涣之、王蕴之、魏滂、虞说、谢铎、曹华等五言各一首,庾友、华茂、王丰之等四言各一首。另外,孙绰又有《三月三日诗》,不知是否同时所作。另有王羲之五言五章,四言一首。按照《兰亭考》的说法,当时作诗要求每人四言、五言各一首。王羲之又多写了四首五言诗,凡五首,另外一篇前序。从现存诗歌总量看,其他人未必遵循一人两首的规定。幸运的是,孙绰的《三月三日兰亭诗序》见载于《初学记》和《艺文类聚》,也保存了下来。孙绰序曰:

> 古人以水喻性,有旨哉斯谈!非以停之则清,混之则浊邪?情因所习而迁移,物触所遇而兴感,故振辔于朝市,则充屈之心生;闲步于林野,则辽落之志兴。仰瞻羲唐,邈已远矣,近咏台尚,顾深增怀。为复于暧昧之中,思萦拂之道,屡借山水,以化其郁结,永一日之足,当百年之溢。以暮春之始,禊于南涧之滨,高岭千寻,长湖万顷,隆屈澄汪之势,可为壮矣。乃席芳草,镜清流,览卉木,观鱼鸟,具物同荣,资生咸畅。于是和以醇醪,齐以达观,泱然兀矣,焉复觉鹏鷃之二物哉!①

从这篇后序看,确实写得比较一般,看不出多少真情实感。从某种程度上看,还确实与《临河叙》相近。

第三,最严重的分歧是关于《兰亭集序》的书法问题。李文田已经提出异议,认为《兰亭集序》与《爨宝子》《爨龙颜》字体相近,

---

① 〔唐〕欧阳询等:《艺文类聚》卷四,上海古籍出版社1982年版,第71页。

时代较晚。《爨宝子》，全称《晋故振威将军建宁太守爨府君之墓碑》，立于太亨四年（405），迄今依然存放于曲靖一中校园内。《爨龙颜》全称《宋故龙骧将军护镇蛮校尉宁州刺史邛都县侯爨使君之墓碑》，立于南朝刘宋大明二年（458），亦在云南曲靖。这两方碑，我曾前往云南亲眼目睹，确实还保留着汉隶的风格。20世纪60年代，南京出土了几种东晋墓志，其中最重要的是王兴之夫妇墓志和谢鲲墓志，字体都未脱离汉代隶书风貌。1965年，郭沫若在《文物》第6期上刊登《由王谢墓志的出土论到〈兰亭序〉的真伪》一文，认为《兰亭集序》的思想感情与王羲之本人不相符合，诗很乐观，而序悲观。另外，《兰亭集序》的笔法和唐以后的楷法相一致。再就书法布局看，《兰亭集序》开头"岁在癸丑"的"癸丑"二字看得出来是后来加进去的，原来是空白。

如果不是王羲之所书，郭沫若认为最有可能的写手是王羲之七世孙智永和尚。且"修短随化，终期于尽"，是禅师的口吻。但问题是，王羲之的诗中明明有"合散固无常，修短定无始"，表达的就是这种意思。因此，当时就有截然相反的观点。高二适《〈兰亭序〉的真伪驳议》认为，初唐诸家都学王书，没有理由否定他们的鉴别力。现存《兰亭序》和其他传世的王字相比，风格基本一致。《法书要录》收录的王羲之、王献之《杂帖》，凡数百则，说明二王的字帖在唐代非常流行。其中又有部分见于《淳化阁帖》，字体风格与《兰亭集序》几乎一致，难道都是后人所模拟？王羲之就是开风气之先的人物，不能用东晋一般书风苛求他。而且，更重要的是，《兰亭序》的美学趣味与魏晋风度相一致。

这些论争文字，均收录在文物出版社1977年出版的《兰亭论辨》中，此书共收论文十八篇，其中十五篇倾向于郭沫若否定《兰亭序》的观点，另收章士钊、高二适、商承祚的三篇反驳性文章。

关于《兰亭序》的文章与书法是否为王羲之所写，问题比较复杂。如果单就书法演进史来讨论此帖的真伪似乎比较困难。毕竟,我们今天所能见到的唐前字帖,绝大多数为唐人摹本。高二适先生提出的《兰亭集序》美学趣味与魏晋风度比较接近,确为我们提供了一种思路。

二、魏晋风度的时代特征

魏晋风度,即魏晋时期名士的风情气度,或者径直称作名士风度。这种风气,始于东汉,盛于魏晋,终结于南朝初年。

(一) 德与才:高门与寒门的较量

苏轼《潮州韩文公庙碑》曰:"自东汉以来,道丧文弊,异端并起。"所谓"异端并起",言下之意是指传统儒学式微,而道教兴起,佛教传入。三种思潮的兴衰更替,促成了三种文化的冲突与融合:第一是外来文化(如佛教)与中原文化的冲突与融合;第二是传统文化与新兴文化(如道教)的冲突与融合;第三是官方文化与民间文化的冲突与融合。因此,东汉后期,处士横议,臧否人物,成为一时风气。正是在这样一个混乱的历史背景下,以曹操为代表的寒门乘势而起。

公元200年的官渡之战,曹氏胜,袁氏败。这不是一家一户的成败问题,而是寒门与高门较量的缩影。袁氏的失败,表明以儒家思想为正宗的豪门世袭暂时受到挫折。此后,北方完全为寒门出身的曹操所控制。曹操的心里非常清楚,国家的兴亡,政治的成败,固然取决于严饬吏治,取决于朝廷清明,但更取决于人才的选拔重用。三国纷争,从某种意义上说,就是人才的竞争。曹操要想统一中国,网罗人才,对他来讲尤为重要。在豪门把持选官用人的汉代,像曹操这样出身卑微的人,在一般的情况下,是难有出头之日的。他原本是宦官养子的后代,其祖父曹腾是东汉著名的宦官,收养了曹嵩,生曹操。陈琳在为袁绍撰写讨伐曹操的檄文中就骂曹操"赘阉遗丑,本无令德",由此便可以看出曹操在大家世族心目中的位置了。曹操曾有一首诗说到自己卑微的身世:"自惜身薄祜,夙贱罹孤苦。既无三徙教,不闻过庭语。其穷如抽裂,自以思所怙。虽怀一介志,是时其能与。守穷者贫贱,惋叹泪如雨。"在宗法制度盘根错节的古代中国,卑微的出身,历来被视为是一件耻辱的事。李斯就说过:"诟莫大于卑贱,而悲莫甚于穷困。"曹操在《让县自明本志令》这篇著名的文章中回顾自己的早年生活时曾说到这一点。他说自己年轻时最大的愿望只是想当一郡太守,后来志向升为典军校尉。在平定汉末变乱中,曹操借机扩充实力,他的理想又升为封侯,死后在墓碑上写着"汉故征西将军曹侯之墓",斯为足矣。在两汉门阀制度下,曹操有这样的理想,已经近于天方夜谭了。不过,时势造英雄。公元184年黄巾起义爆发,曹操参与了镇压起义军的活动。中平六年(189)灵帝死,外戚何进谋诛宦官,反被诛杀,朝中大乱。西凉军阀董卓带兵入据洛阳,废少帝刘辨,立献帝刘协,杀太后。曹操逃出洛阳,东归陈留。其时袁绍、袁术等实力人物起兵于东方。曹操募得五千士兵参加混战,这是他建立军事大权的开始。当时他已经三十五岁了。建安元年(196),曹操将处于困境的汉献帝迎至许昌,自己充当保护人的角色,"挟天子以令诸侯",动辄打出"奉辞伐罪"的旗号,使对手处于不利境地。几十年来的身世际遇,使他深深感到,要想使自己立于不败之地,要想取得自己当政的合法性,就必须首先打破过去用人的制度和精神的壁垒,广开渠道,延揽人才。于是他首先从传统的儒家学说开刀。儒家讲究孝道,而曹操则唯才是举,只要有才,哪怕背负着不忠不孝的罪名,也可以委以重任。他曾一次又一次地发布求贤令,一次比一次把问题提得更尖锐、更深刻,其核心是唯才是举。门阀士族服膺儒术,讲求孝悌之道,以为有才者必有德。而他则以为有德者未必有才。这种用人制度的根本分歧在当时哲学思想界也有强烈的反响。当时有"才性四本"之争,即才性异同或才性离合。一派主张才与性是分离的,有才未必有德,即才性相异相离;另一派认为才与性是紧密结合的,有德必有才,即才性相同相合。陈寅恪先生在其所撰著名的文章《书〈世说新语·文学类〉钟会撰〈四本论〉始毕条后》敏锐地指出,由这清谈的命题,可以鲜明地区分出两大政治势力范围:主张才性分离的一定属曹党,而主张才性相同的一定是门阀士族的代言人。可见这个问题在当时影响之大。

(二) 药与酒:竹林七贤的选择

建安二十五年曹操死,那些隐忍屈辱的豪门看中了司马懿父子,支持他们向曹氏夺权。

司马懿小于曹操二十四岁,后死三十一年。曹操对他既爱又恨。爱他有才,恨他阴毒,深知自己的后代不是他的对手。曹操说他有"狼狈相",诏使前行,令反顾,面正向反而身不动。于是"勤于吏职,夜以忘寝,至于刍牧之间,悉皆临履",赢得了曹氏家族的信任。魏明帝在位十三年,临终之际下遗诏,由司马懿与曹爽辅佐八岁少帝曹芳。他几乎不问政事,装了十年的糊涂,摆出一副超然物外的样子。但是,就在正始十年,当志得意满的曹爽陪着皇帝曹芳祭扫明帝高平陵之际,他在京城发动了政变,凡曹爽"支党皆夷及三族,男女无长少,姑姊妹女子之适人者,皆杀之",史称"高平陵之变"。司马懿之所以敢于这样狠毒,就在于他得到了豪族强民的支持,同时,寒族出身的一些官吏(如贾充之流)也站在了司马氏一边。

与司马氏形成鲜明对照的是以嵇康为代表的竹林七贤。此外,何晏、王弼等在其中也扮演了极特殊的角色。

"竹林七贤"这个名称最早见于东晋孙盛《魏氏春秋》:"(嵇)康寓居河内之山阳县,与之游者,未尝见其喜愠之色。与陈留阮籍、河内山涛、河南向秀、籍兄子咸、琅邪王戎、沛人刘伶相与友善,游于竹林,号为七贤。"1960年春夏,南京市西善桥附近出土了一座南朝古墓,墓中有"竹林七贤与荣启期"砖刻壁画,现今存放于南京博物院。画面中有八人,除七贤外,还有一个荣启期,各自席地而坐,每人中间均有植物间隔开来,但不是竹子,而是银杏、垂柳、松树、槐树,在向秀与荣启期之间有一株阔叶竹。这说明竹林七贤曾有过密交往之说并非虚构。这在史书中可以找到很多例证。

嵇康为谯郡铚县人,与曹氏同乡,又为曹魏的姻亲,娶曹丕、曹植的异母兄弟曹林之女(或说孙女)为妻,从此获中散大夫。然而,他生活在司马氏掌握大权的时代,这本身就已使他面临着严重的威胁,而偏偏他的思想性格又过于执着,不肯随波逐流,结果常常把自己放在整个社会的对立面的位置,成为众矢之的。作为豪门势力代表的司马氏,为了获得整个士族的支持,首要的工作是以儒学相标榜,倡导儒术,而嵇康在言行上却处处显现出与儒术格格不入的态度。《养生论》讽刺孔子"神驰于利害之端,心骛于荣辱之途"。儒家认为八音与政通,也就是《毛诗序》所说"治世之音安以乐,其政和;乱世之音怨以怒,其政乖;亡国之音哀以思,其民困",而嵇康却主张"声无哀乐"。孔子说"学而时习之,不亦乐乎",嵇康又来发难,作《难自然好学论》,认为如果不用学习就能有吃有喝,人们是不会自找苦吃地去学习的。他的朋友山涛推荐他出来做官,他又作《与山巨源绝交书》,说自己有"七不堪"和"两不可"。他有七种习惯:喜欢晚起、喜欢游动、身上多虱、讨厌写文书、厌倦吊丧、讨厌俗人、厌烦杂事,而他所喜欢的事为官场所不容,所反感的事又是官场必不可少的,所以他说自己不堪忍受。如果说这"七不堪"多还属于个人习性方面的问题,不至于引起统治者太多的反感,那么,他的"两不可"却无论如何也不能再让统治者等闲视之了。这"两不可"是:一则"非汤武而薄周孔",二则"刚肠疾恶,轻肆直言"。司马氏篡夺天下,首先是以儒术相倡导，以儒家正统自居，而嵇康却大不以为然，当然会使那些权贵坐卧不安，必欲置之死地而后快。许多司马氏的党羽想尽各种办法在嵇康身上打主意，设法陷害他。比如有一次嵇康正在打铁，钟会来看他，嵇康向来不愿意理他，于是装作视而不见的样子，继续做自己的事。钟会讨个没趣，灰溜溜地走了。没想到嵇康又冷冷地问了他一句："何所闻而来，何所见而去。"钟会的答话也绵里藏针："闻所闻而来，见所见而去。"这样一种过于切直的性格，加之又对司马氏所倡导的名教采取了一种近乎本能的厌倦与对立的态度，这就使他的人格、诗品充满悲剧的色彩。对此，他也深有感触，并且在诗文中一再提及当时环境的险恶："鸟尽良弓藏，谋极身心危。吉凶虽在己，世路多险巇。"对官场的憎恶、对仕途的反感，使他越发对山林隐逸的生活充满了向往。他把庄子的归返自然的精神境界视为自己的人生理想，与阮籍、向秀、山涛、阮咸、刘伶、王戎等共为竹林之游。魏晋名士，首先以他们为代表。《赠秀才入军》就是描写这种优游容与的生活情趣：

> 息徒兰圃，秣马华山。流磻平皋，垂纶长川。目送归鸿，手挥五弦。俯仰自得，游心太玄。嘉彼钓叟，得鱼忘筌。郢人逝矣，谁与尽言。

"目送归鸿，手挥五弦"为全诗的警句。顾恺之曾说：画"手挥五弦"为易，而画"目送归鸿"为难，因为前者只要勾勒出形貌就行，而后者却要传神写照，表现出人的精神状态，说明当时的艺术界已经比较注意人的精神风貌的重要性了。蒋济著有《眸子论》，顾恺之为裴楷画像，却特别突出他面颊上的三根毫毛以显示他的特征。"目送归鸿"，丹青所难以表现的正是内在的精神。"俯仰自得，游心太玄"一句，实际是当时士大夫纵情玄学的真实写照。当时有所谓"三玄"之说，即《周易》《老子》《庄子》。他们在理论上提出许多的命题，比如，才性四本、言意之辨、声无哀乐、三教异同、圣人无情等,展开激烈的辩论,这叫清谈。这些理论命题绝不是无的放矢,而是有着强烈的政治内涵。清谈时,还伴有道具,即所谓麈尾。孙盛与殷浩谈论不休,"掷麈尾",乃至毛落饭碗。

在行为上,这些名士则服药饮酒,一则延长生命的长度,一则加强生命的密度。

在曹操当政时,是禁酒的,更不要说药。而到后来,又恰恰是属于寒门的曹党喝酒吃药,放浪形骸。《世说新语·任诞》载,刘伶放浪形骸,饮酒不节,常脱衣裸形于房内,纵饮不节。人劝止,他还说:"我以天地为栋宇,屋室为裤衣,诸君何为入我裤中?""刘伶病酒,渴甚,从妇求酒。妇捐酒毁器,涕泣谏曰:君饮太过,非摄生之道,必宜断之。伶曰:甚善,我不能自禁,唯当祝鬼神自誓断之耳。便可具酒肉。妇曰:敬闻命。供酒肉于神前,请伶祝誓。伶跪而祝曰:天生刘伶,以酒为名。一饮一斛,五斗解酲。妇人之言,慎不可听。便引酒进肉,隗然已醉矣。"他还作《酒德颂》为自己寻找理论根据。阮籍本不愿意出仕做官,但是听说步兵校尉府厨中有酒数百斛,便求之。他常常纵饮数十日,高唱"服食求神仙,多为药所误。不如饮美酒,被服纨与素"(《古诗十九首》)。

史载,阮籍善饮酒,嵇康则服药。他们与高士王烈交往,甚敬异之,"共入山,(王)烈尝得石髓,如饴,即自服半,余半与康,皆凝而为石"。所谓"石髓",即尚未凝固的钟乳,与赤石脂、石英一起,是构成古代名药"五石散"的主要成分。曹操的养子、后来又成为女婿的何晏亦以服药出名。《世说新语·言语》载何晏语曰:"服五石散,非唯治病,亦觉神明开朗。"吃药之风,东晋亦然。《世说新语·文学》载:"王孝伯(王恭)在京行散至其弟王睹户前,问:古诗中何句为最?睹思未答。孝伯咏:所遇无故物,焉得不速老。此句为佳。"看来,服药,还是为了拓宽生命的维度。①

---

① 参见余嘉锡《寒食散考》,文载《余嘉锡论学杂著》,中华书局1963年版,第181页。

魏晋名士之所以这么做,自然有他们的难言之隐。《晋书·阮籍传》说他"属魏晋之际,天下多故,名士少有全者,籍由是不与世事,遂酣饮为常"。嵇康作《家诫》,十分世故地告诫自己的儿子处事要谨小慎微。阮籍之子阮浑长成,《世说新语》载:"风气韵度似父,亦欲作达。步兵曰:'仲容已预之,卿不得复尔。'"仲容指阮咸,竹林七贤之一。可见他们放浪形骸,饮酒不节,实在是不得已而为之的。因此,所谓"俯仰自得",我们也不要以为他们已经全然忘却了世事。"嘉彼钓叟,得鱼忘筌"用的是《庄子》的典故:"筌者所以在鱼,得鱼而忘筌;蹄者所以在兔,得兔而忘蹄;言者所以在意,得意而忘言。"嵇康用这个典故,说明这种充满闲适之情的生活是难以用言语来表达的。最后两句又是用《庄子》的典故。庄子路过惠施墓,给人讲了一个故事,说有个郢人,手艺不凡,能运斤成风。他有个搭档,鼻头上抹上一点白灰,这个郢人操起斧子能把灰土砍掉而伤不着鼻子。后来这个搭档死了,郢人的技艺再也发挥不出来了。庄子讲这个故事,是说自从"夫子之死也,吾无以为质矣,吾无以为言矣"。嵇康用庄子的这个典故,也是感叹世无知己。王昌龄《独游诗》曰:"手携双鲤鱼,目送千里雁。悟彼颇有适,嗟此罹忧患。"也看出了此诗不仅是表达闲适,也有着严峻的现实忧患的内容。

(三) 佛与道:东晋名士的追求

司马氏建立的西晋政权持续了不过半个世纪,就分崩离析了。

公元300年4月,西晋赵王司马伦起兵杀贾后及其追随者,自封相国。次年废晋惠帝,自立为帝。齐王、成都王、河间王等起兵讨伐,赵王败死,同盟者又相互火并,"八王之乱"由此拉开大幕。此后十余年,内忧外患,五胡乱华,最终导致西晋衰亡,"五马渡江"。此后,北中国大半壁江山,长期陷于混乱。与东晋并峙的十六国以及崛起于大兴安岭地区并逐渐入主中原的北魏,还有分裂而成的东魏、西魏及其继承者北齐与北周等,北方数十个少数民族,接踵比肩,你唱罢来我登场,上演了一幕幕令人扼腕的史剧。直至公元589年隋文帝统一中国,这出史剧才算谢幕。而北方各民族的文化血脉依然在延续着,并融入到盛唐文化中。鲁迅说,"唐室大有胡气"(《致曹聚仁书》,1933年),大约就是指此。

与此同时的南方,也在发生着深刻的变化。公元317年,晋王司马睿在江东继位,是为晋元帝,年号为建武元年。与当时的北方文化相比,东晋以后的江南文化则充满贵族气、文人气和书卷气。

王导为右军将军,迁骠骑将军,王氏家族职掌大权。《世说新语·言语》载,渡江人士每至暇日,相邀新亭宴饮,有人感叹:"风景不殊,正自有山河之异。"众人皆相视流涕,唯有王导说:"当共戮力王室,克服神州,何至作楚囚相对?"众人收泪谢之。由此可见王导的政治抱负。当然,五马渡江之后,寄居人下。王导想巴结吴人,向陆玩请婚,陆玩的回答令王导非常尴尬:"玩虽不才,义不为乱伦之始。"(《世说新语·方正》)面对土著豪强,东晋朝廷不得不"务存大纲,不拘细目"。在思想文化方面,继续倡导玄远之学,无为而治,以宽可得众。《世说新语·企羡》载:"王丞相过江,自说昔在洛水边,数与裴成公、阮千里诸贤共谈道。"这"道"的具体内容,又见于《世说新语·文学》记载:"王丞相过江左,止道声无哀乐、养生、言尽意三理而已。"等于把正始年间的谈玄风气带到了江南。而且,从这里可以看出,东晋名士所推崇的主要还是竹林七贤。《声无哀乐》《养生》均为嵇康所作。王氏如此,谢氏亦然。《世说新语·赏誉》载谢安非常羡慕七贤,称"若遇七贤,必自把臂入林"。《品藻》篇载,王羲之的两个儿子王徽之和王献之亦共赏嵇康的《圣贤高士传》。在这些贵族集团的影响下,江南的风气与北方截然相反,处处显出贵族气,或曰文人气。

当然,同样是谈玄,两晋却有很大的不同。

首先是谈玄者的身份有重要变化。魏晋之交的文人谈玄,统治者则倡导儒术,尤其是以孝治国。譬如《世说新语·德行》记载王祥卧冰取鱼孝敬母亲,被列入二十四孝图中而家喻户晓。他本人也位居台辅,带动了整个家族衣冠崇盛。这里显然体现着浓郁的政治色彩。而竹林七贤等就是要冲破这种礼教。阮籍就说:"礼岂为我辈设也?"东晋初年,则是上层统治者和贵族文人在谈玄,甚至殷仲堪说:"三日不读《道德经》,便觉舌本间强(僵)。"所探讨的内容也更加哲理化,更加贵族化,甚至,握麈谈玄,更成为贵族身份的象征。由于这种特殊身份,所以,文人多以自我为中心。《世说新语·品藻》载桓温与殷浩争胜要强,桓温径直问两人优劣,殷浩说:"我与我周旋久,宁作我。"言下之意,外在的我和内在的我争斗,最终还是我。当然,《晋书》作"我与君周璇久",这便成了两人的争胜。同篇又载桓温又与刘惔评论会稽王司马昱谈玄进步极快,刘惔认为司马昱终究是第二流人物,第一流"正是我辈耳"!

其次,两晋名士,谈玄喝酒自不必说。像见秋风起,想起家乡的鲈鱼脍,便命驾而归的张翰就说:"使我有身后名,不如即时一杯酒。"(《世说新语·任诞》)甚至,素有大志的周颛亦常"三日不醒,时人谓之三日仆射"。王忱也说:"三日不饮酒,觉形神不复相亲。"不仅如此,东晋名士又增加了诗的成分。《世说新语·任诞》载王孝伯名言:"名士不必须奇才,但使常得无事,痛饮酒,熟读《离骚》,便可称名士。"《世说新语·排调》记载王徽之与谢安讨论七言诗,就熟练地引用了《楚辞·卜居》。《世说新语·文学》刘孝标注引檀道鸾《续晋阳秋》云:"(许)询有才藻,善属文。自司马相如、王褒、扬雄诸贤,世尚赋颂,皆体则《诗》《骚》,傍综百家之言。及至建安,而诗章大盛。逮乎西朝之末,潘、陆之徒虽时有质文,而宗归不异也。正始中,王弼、何晏好《庄》《老》玄胜之谈,而世遂贵焉。至江左佛理尤盛。故郭璞五言始会合道家之言而韵之。询及太原孙绰转相祖尚，又加以三世之辞，而《诗》《骚》之体尽矣。询、绰并为一时文宗，自此作者悉体之。至义熙中，谢混始改。"檀道鸾以《诗》《骚》的传统作为评价文学发展的标准，他认为自司马相如以来，直到潘岳、陆机，诸人的创作并没有背离这一传统。但是这个时候的创作，已经融入了很多玄言的成分，就是后来为人所诟病的玄言诗。沈约《宋书·谢灵运传论》说："有晋中兴，玄风独振，为学穷于柱下，博物止乎七篇，驰骋文辞，义单乎此。自建武暨乎义熙，历载将百，虽缀响联辞，波属云委，莫不寄言上德，托意玄珠，遒丽之辞，无闻焉尔。"

当然，最重要的是，东晋时的名士谈玄，已不仅仅限于三玄，而是出佛入道。《世说新语·排调》说："二郗奉道，二何奉佛，皆以财贿。""二郗"，即郗愔、郗昙，"二何"指何充、何准，皆身居高位。

王羲之家族亦信道。《世说新语·德行》记载王献之病危，按照道家上章首过之法忏悔，说自己"不觉有余事，唯忆与郗家离婚"。他也是五斗米道信徒。王羲之与支遁的交往也充满戏剧性。《世说新语·文学》载："王逸少作会稽，初至，支道林在焉。孙兴公谓王曰：支道林拔新领异，胸怀所及，乃自佳，卿欲见不？王本自有一往隽气，殊自轻之。后孙与支共载往王许，王都领域，不与交言。须臾支退。后正值王当行，车已在门。支语王曰：君未可去，贫道与君小语。因论《庄子·逍遥游》。支作数千言，才藻新奇，花烂映发。王遂披襟解带，留连不能已。"此后他便盛称支遁"器朗神隽"。王濛也说，支遁"寻微之功，不减辅嗣"(《世说新语·赏誉》)。

唐代诗人杜牧说："大抵南朝皆旷达，可怜东晋最风流。"东晋风流，很多见载于我们反复征引的《世说新语》。这部书，被鲁迅称为"名士底教科书"。

《世说新语》分三十六门，其中上卷四门：《德行》《言语》《政事》《文学》；中卷九门：《方正》《雅量》《识鉴》《赏誉》《品藻》《规箴》《捷悟》《夙惠》《豪爽》；下卷二十三门：《容止》《自新》《企羡》《伤逝》《栖逸》《贤媛》《术解》《巧艺》《宠礼》《任诞》《简傲》《排调》《轻诋》《假谲》《黜免》《俭啬》《汰侈》《忿狷》《谗险》《尤悔》《纰漏》《惑溺》《仇隙》。从中可见魏晋士人的精神面貌、日常生活和遗闻轶事，如清谈、饮酒、服药、人物品藻、任诞放达等，可以说是魏晋风度的全景展现。

其中，琅琊王氏和陈郡谢氏是《世说新语》中的主角，而有关王羲之的记载凡四十余则，非常形象传神地展现了王羲之的性情和追求。

王羲之年幼的时候，大将军王敦非常喜欢他，常常把他抱在床上睡，多次盛赞他说："汝是我佳子弟，当不减阮主簿。"一次，王敦与钱凤密谋叛乱时，忘记王羲之还在床上未起。王羲之听到这些秘密后，知道大祸临头，于是假装呕吐，深睡不醒。王敦与钱凤谋议一半，突然想起王羲之还在床上，两人一致认为，必须处死王羲之，否则必将泄密。没有想到，打开床帐一看，王羲之吐得满床皆是，依然深睡不醒，于是逃过一死。可见王羲之的机智聪慧。

当朝权贵殷浩非常赞赏王羲之，说他"清鉴贵要"，或说"逸少清贵人"。这里强调一个"清"字，即高贵娴雅。同是王氏子弟，太原王氏子弟王述便缺乏修养，很叫王羲之看不起。一次，王述吃鸡蛋，用筷子戳，没有戳住，很生气，便将鸡蛋扔到地上。鸡蛋在地上旋转不止，王述气在心头，又下地用木屐踩，还是没有踩住，更加生气，便抓起鸡蛋塞到口中，咬得碎烂，又吐出去。王羲之见状对其大加嘲笑。这当然叫王述很是不快。后来，王述官位转高，王羲之内心自然不平，就在撰写了《兰亭集序》后的第三年，特在祖墓前发誓，作《为会稽内史称疾去郡于父墓前自誓文》，坚称：

维永和十一年三月癸卯朔，九日辛亥，小子羲之敢告二尊之灵。羲之不天,夙遭闵凶,不蒙过庭之训。母兄鞠育,得渐庶几,遂因人乏,蒙国宠荣。进无忠孝之节,退违推贤之义,每仰咏老氏、周任之诫,常恐死亡无日,忧及宗祀,岂在微身而已!是用寤寐永叹,若坠深谷。止足之分,定之于今。谨以今月吉辰肆筵设席,稽颡归诚,告誓先灵。自今之后,敢渝此心,贪冒苟进,是有无尊之心而不子也。子而不子,天地所不覆载,名教所不得容。信誓之诚,有如皦日。①

从此,他永远退出官场。此文还真有点像陶渊明的《归去来兮辞》,可见东晋文人还颇崇尚气节。只是陶渊明所反感的恰恰是王氏这类的豪门望族。这是另外一个话题,暂且不论。就王羲之而言,这样的表现很可以见出他的"气骨"。他年轻的时候,颇率性纯真,时人目之曰"飘如游云,矫若惊龙"。郗鉴给王导写信,想结亲家。王导将自己的子侄辈介绍给他,任其挑选。王家诸郎各个矜持,只有王羲之在东床坦腹大卧,为郗家招为快婿。他的儿子王献之(字子敬),少有清誉,王羲之称其"善隶书,咄咄逼人"。《进书决表》自称:"臣献之顿首言:臣年二十四,隐林下,有飞鸟,左手持纸,右手持笔。"另外一个儿子王徽之也有乃父之风。住在山阴时,赶上夜雪,开室命酌,四望皎然,因起彷徨,吟咏左思《招隐诗》。忽忆戴安道(逵)。时戴在剡,即便夜乘小船就之。经宿方至,造门不前而返。人问其故,王曰:"吾本乘兴而行,兴尽而返,何必见戴!"这也就是后来"乘兴而至,兴尽而归"的典故。

出身于豪门之家,王羲之秉承从父王导之风,也有着高远的政治抱负。《世说新语·言语》载:"谢太傅语王右军曰:中年伤于哀乐,与亲友别,辄作数日恶。王曰:年在桑榆,自然至此,正赖丝竹陶写,恒恐儿辈觉,损欣乐之趣。"表面看来,王羲之热衷于丝竹弹唱,陶冶性情。然同篇又载,谢安"悠然远想,有高世之志",而

---

① 《晋书·王羲之传》,第 2101 页。

王羲之则认为"虚谈废务,浮文妨要,恐非当今所宜"。虚谈废务,浮文妨要,这个时候,他又站在了政治立场看问题,对于清谈的评价非常之低。

从《世说新语》所记载的这些看似矛盾的表现来看,王羲之的思想作风与处世方式,往往有其多面性,而这一切,又都在《兰亭集序》中有着集中的体现。

三、兰亭雅集中的欢乐与无奈

修禊之风,由来已久。唐初所修《初学记》卷四"三月三日"类、《艺文类聚》卷四"岁时"类辑录历代记载及诗赋文献,颇为详备。由此我们知道,这种风俗最早见于《周礼》记载,由女巫掌岁时祓除。可见参加者不限性别,对象非常广泛。《诗经·郑风》韩诗说:"三月桃花水下之时,郑国之俗,三月上巳,于溱、洧两水上,执兰招魂续魄,祓除不祥也。"张衡《南都赋》曾这样描写修禊的场面:"于是暮春之禊,元巳之辰,方轨齐轸,祓于阳濒。朱帷连网,曜野映云。男女姣服,骆驿缤纷。致饰程蛊,偎绍便娟。微眺流睇,蛾眉连卷。"李善注曰引《续汉书》曰:"三月上巳,宫人皆禊于东流水上,祓除宿垢疾也。"可见,秦汉以下,上巳修禊也成为宫中重要的一个礼俗活动。

魏晋以后,这种风俗逐渐成为文人生活的一个重要内容。曲水流觞,吟诗作赋,号为雅集。《世说新语·言语》记载西晋时"诸名士共至洛水戏,还,乐令(乐广)问王夷甫(王衍)曰:今日戏乐乎?王曰:裴仆射(裴颜)善谈名理,混混有雅致,张茂先论《史》《汉》,靡靡可听。我与王安丰(王戎)说延陵、子房,亦超超玄著"。可见当时名士所论,多涉名理,亦论文史。当然,如前所述,如果赋诗不成,均罚酒三斗。《世说新语·排调》载,东晋时,"郝隆为桓公南蛮参军,三月三日会,作诗,不能者罚酒三升"。逯钦立《先秦汉魏晋南北朝诗》全晋诗部分辑录很多诗歌作品,便是明证。

东晋之后,文人雅集,饮酒赋诗,纵情山水,这种形式一直延续到清代。最著名的就是康熙四年乙巳(1665)冒襄与王士禛共同参与的水绘园修禊活动。"篇什之富,兴趣之豪,主宾之美"均令时人艳羡,因为参与者均名著一时。冒襄特作《水绘庵修禊记》,陈维崧、杜濬亦作《水绘庵乙巳上巳修禊诗序》。① 在记、序及个人的诗歌中,不时回顾千年前的兰亭雅集。事实正是如此。兰亭雅集,已经成为后来上巳修禊的典范。尤其是《兰亭集序》所蕴涵的思想感情,更是在欢乐之外,又蕴含着一种无助与无奈之情,深深地触动了历代文人脆弱的心弦。

石崇《金谷诗序》有"感性命之不永,惧凋落之无期"的悲哀,《兰亭集序》有过之而不及。王羲之说"仰观宇宙之大,俯察品类之盛,所以游目骋怀,足以极视听之娱",在良辰美景中体验生命的快乐。《庄子·齐物论》"天地与我并生,而万物与我为一",《知北游》"山林与,皋壤与,使我欣欣然而乐与",都表现出对山水的欣赏。这也就是嵇康诗中所述:"俯仰自得,游心太玄。"由山水景物又引发了作者幽远的玄思妙想。

《兰亭集序》有这样一句话值得注意:"固知一死生为虚诞,齐彭殇为妄作。"所谓"一死生",是指《庄子·大宗师》所阐发的思想:"夫大块载我以形,劳我以生,佚我以老,息我以死。……孰能以无为首,以生为脊,以死为尻;孰知死生存亡之一体者,吾与之友矣。"其实所讲的就是死与生,都是一种辩证的关系。而"齐彭殇"也是源于《庄子·齐物论》:"天下莫大于秋毫之末而泰山为小,莫寿乎殇子而彭祖为夭。天地与我并生,而万物与我为一。"所讲的就是长寿与短命,也是一种辩证的关系。

---

① 参见叶君远、黄语:《新旧文人的和谐唱和——乙巳上巳水绘园修禊的多重风景》,《文史哲》2011年第2期。

王羲之是以否定的语气评述庄子的人生观,以作达观状,而所显现的确是无法忘却的悲哀。从前面征引的《世说新语》所描绘的王羲之的抱负看,我们不能排除这是作者为偏安江南无所作为所发出的感慨。作者抚历史于一瞬,叹人生之苦短,在赋诗饮酒中品味生活的真谛。因此,只能以无生之觉悟为有生之事业,以悲哀之心境过乐观之生活。这种感慨与无奈,又都在山水的陶冶下和历史的俯仰中化作片刻的宁静。这就是人生的矛盾。

作者痛感历史永恒,生命无痕。而这种感慨,我们在《春江花月夜》、在《登幽州台歌》等唐诗中时常见到,也就是我们今天所说的宇宙意识、历史意识、生命意识。而此点,又是老、庄所探讨的中心问题,也是困扰今天知识分子的最大难题之一。

(原载《安徽大学学报》2011 年第 4 期)

关于《文选》研究的几个问题

1917年7月,《新青年》杂志第3卷第5号"通讯"一栏发表了钱玄同致陈独秀的信,信中说:"惟选学妖孽所推崇之六朝文,桐城谬种所尊崇之唐宋文,则实在不必选读。"这就是后人习惯所说的"选学妖孽,桐城谬种"的由来。其实,钱玄同的这个提法,并未得到多数人的认可,鲁迅就表示不同意,然钱仍坚持。"五四"战将对于桐城派和文选派的看法,态度其实是不同的。对于桐城派的打击不遗余力,最终打倒,乃至绝迹;而对于文选学则有扶持的味道。一是因为《文选》本身不易否定,二是当时的革新者认为《文选》的趣味与西方观念接近。刘师培讲骈文,章太炎讲非骈文,而鲁迅讲小说,都特别关照魏晋南北朝文学。因此,一百年来,文选学研究绵延不绝。

一、《文选》的编者、成书年代及文体分类

《文选》是我国现存最早的一部综合性文学总集,但是编选各家诗赋文章成为总集却并不始于《文选》。《隋书·经籍志四》"总集后叙"云:

> 总集者,以建安之后,辞赋转繁,众家之集,日以滋广。晋代挚虞苦览者之劳倦,于是采摘孔翠,芟剪繁芜,自诗赋下,各为条贯,合而编之,谓为《流别》。是后文集总钞,作者继轨,属辞之士,以为覃奥,而取则焉。

继挚虞《文章流别集》四十一卷之后,有谢混《文章流别本》十二卷、刘义庆《集林》一百八十一卷、孔逭《文苑》一百卷等。此外,杜预有《善文》五十卷①,李充有《翰林论》三卷,荀勖有《杂撰文章家集叙》十卷,张湛有《古今箴铭集》十四卷,谢灵运有《诗集》五十卷、《赋集》九十二卷,宋明帝有《晋江左文章志》等,这些都见载于《隋书·经籍志》,总共"一百七部二千二百一十三卷,通计亡书合二百四十九部五千二百二十四卷"。说明总集的正式编撰始于晋代,这是文章发展的必然要求。《四库全书总目》"总集类序"称:

> 文籍日兴,散无统纪,于是总集作焉。一则网罗放佚,使零章残什,并有所归;一则删汰繁芜,使莠稗咸除,菁华毕出。是固文章之衡鉴,著作之渊薮矣。三百篇既列为经,王逸所裒,又仅《楚辞》一家。故体例所成,以挚虞《流别》为始。其书虽佚,其论尚散见《艺文类聚》中,盖分体编录者也。

朱彝尊《书玉台新咏后》主张萧统《文选》实先有长编,再删繁就简,此说似不足据。胡应麟《少室山房笔丛》说,昭明太子萧统编《文选》"仿自挚虞"。《文选》收张华《答何劭》下刘良注:"何劭,字敬祖,赠华诗,则此诗之下是也。赠答之体,则赠诗当为先,今以答为先者,盖依前贤所编,不复追改也。"这说明,《文选》的编撰,很可能是在既有选本如挚虞《文章流别集》、李充《翰林》、刘义庆《集林》、萧衍《历代赋》、沈约《集钞》、丘迟《集钞》、萧统《古今诗苑英华》《正序》基础上重新筛选编成的。随着时间的流逝,包括《历代赋》《文章流别集》在内的许多总集渐渐亡佚,而《文选》的影响却越来越大。

---

① 总集的编纂,说始自杜预《善文》。骆鸿凯《文选学》即持此说。杜预卒年早于挚虞。不过,从《隋书·经籍志》来考察,此书似限于应用文,不包括诗赋。又,华廙,晋初人,亦有《善文》,"集经书要事",见《晋书》本传,《隋志》不收。华书似是类书,杜书则属"总集类"。《汉魏六朝集部珍本丛书》收录张溥辑《汉魏六朝百三家集》本《晋杜征南集》一卷,有何绍基评点。

(一)《文选》的编者

《梁书·昭明太子传》载：

> 所著文集二十卷，又撰古今典诰文言，为《正序》十卷，五言诗之善者，为《文章英华》二十卷，《文选》三十卷。

《隋书·经籍志》卷三十五亦明确著录："《文选》三十卷，梁昭明太子撰。"①根据一般的情况，帝王、太子、诸王所编大型著述，多是成于众人之手，其例甚多②。因此，许多学者认为此书恐怕也不是萧统一人所编。据宋代邵思《姓解》所载，张缵、张率、张缅、陆倕、刘孝绰、王筠、到洽等人并为昭明太子及兰台两处十学士。《南史·王锡传》载："再迁太子洗马，时昭明太子尚幼，武帝敕锡与秘书郎张缵，使入宫，不限日数，与太子游狎，情兼师友；又陆倕、张率、谢举、王规、王筠、刘孝绰、到洽、张缅为学士十人，尽一时之选。"他们很可能参与过萧统署名的一百多卷书籍的编纂工作。《文选》的编选也不例外。

刘勰协助《文选》编纂亦很有可能，因为刘勰"兼东宫通事舍人"。作为一位杰出的理论家，刘勰的观点应该会对萧统产生影响。宋代僧祖琇《隆兴佛教编年通论》等好几部佛教编年史都记

---

① 萧统生平事迹见周贞亮《梁昭明太子年谱》，《民国期刊资料分类汇编·〈文选〉学研究》上册，国家图书馆出版社 2010 年版。又，穆克宏《萧统年谱》，见氏著《昭明文选研究》，人民文学出版社 1998 年版。
② 《梁书·武帝纪》："又造《通史》，躬制赞序，凡六百卷。"《隋书·经籍志》卷三十三："《通史》四百八十卷，梁武帝撰，起三皇迄梁。"又《梁书·萧子显传》载梁武帝云："我造《通史》，此书若成，众史可废。"但是根据《梁书·吴均传》："寻有敕召见，使撰《通史》，起三皇，讫齐代，均草本纪、世家，功已毕，唯列传未就。"说明吴均是《通史》主要撰者之一。又《梁书·简文帝纪》记载萧纲著述多部，其中《法宝连璧》三百卷，卷帙浩繁，其实并非纲著。据《南史·陆罩传》："初，简文在雍州，撰《法宝连璧》，罩与群贤，并抄掇区分者数岁，中大通六年而书成，命湘东王为序。"此序载《广弘明集》中，明载编者共三十八人。又，萧纲名下《长春义记》一百卷，据《南史·许懋传》："皇太子召与诸儒录《长春义记》"，亦成众人之手。其他可类推。

载刘勰出家一事紧接在萧统死后,说明刘勰在东宫时间较长,和萧统的关系较深。《文心雕龙》的文体分类和《文选》大体相同,关于"原道""宗经"以及文质关系等基本观点,两书也多有相通之处。因此,很多学者认为两书有相当大的关系,并且做了比较详尽的考释工作。

还有一种说法,认为何逊亦参与了《文选》的编选工作。如宋代王应麟《玉海》卷五十四引《中兴书目》录《文选》并注曰:"与何逊、刘孝绰等选集。"晏殊《类要》卷二十一《总叙文》引元稹之父元宽《百叶书抄》四称:"《文选》,梁昭明太子与文儒何逊、刘孝绰选集《风》《雅》已降文章善者,体格精逸,文自简举,古今莫俦,故世传贵之。"晁公武《郡斋读书志》卷二十引唐人窦常话说:"统著《文选》,以何逊在世,不录其文。盖其人既往,而后其文克定。"晏殊《类要》卷三十一引窦常《南熏集序》曰:"梁昭明太子撰《文选》,以何水部在世不录;钟参军著《诗评》,称其人既往,斯文克定。"两段话意思相近,都说明《文选》选编时,何逊尚在世。不过,此说矛盾较多。从年辈上说,何逊最早死去,约在天监十八年(519)卒。其他诸人,陆倕卒于普通七年(526),张率、到洽并卒于大通元年(527),张缅卒于中大通三年(531),与萧统同年卒,其他人很可能都卒于萧统之后①。何逊死时,萧统不过十七八岁。而且何逊卒时并不在建康,而在江州。死前数年曾有短时期居建康,旋丁母忧,服阕,其时萧统不过十三四岁,也谈不上编纂《文选》。再说,从《梁书》《南史》本传来看,何逊并没有在萧统东宫任职,在何逊本人的诗文及其他史料中也看不到他和萧统有任何来往。因此,《中兴书目》把何逊列为编者之一,实难叫人信从。

---

① 王锡中大通六年(534)卒,王规大同二年(536)卒,刘孝绰大同五年(539)卒,谢举太清二年(548)卒,张缵、王筠并太清三年(549)卒。至于刘勰,以往多谓普通(520—527)初年卒,近来又有学者提出,刘勰卒于中大通四年(532)或大同(535—546)初年。

上述诸人中,最有可能的主编者是刘孝绰和王筠,尤以刘孝绰为最。《文镜秘府论·南卷·集论》曰:

> 梁昭明太子萧统与刘孝绰等撰集《文选》,自谓毕乎天地,悬诸日月。然于取舍,非无舛错。

《梁书·刘孝绰传》载:

> 时昭明太子好士爱文,孝绰与陈郡殷芸、吴郡陆倕、琅邪王筠、彭城到洽等,同见宾礼。太子起乐贤堂,乃使画工图孝绰焉。太子文章繁富,群才咸欲撰录,太子独使孝绰集而序之。

《梁书·王筠传》载:

> 昭明太子爱文学士,常与筠及刘孝绰、陆倕、到洽、殷芸等游宴玄圃,太子独执筠袖、抚孝绰肩而言曰:"所谓'左把浮丘袖,右拍洪崖肩'。"其见重如此。

萧统在世时,就有刘孝绰给他编文集的事,不但有萧统本人所作《答湘东王求文集及〈诗苑英华〉书》为证,而且刘孝绰所作《昭明太子集序》还在,因此《梁书》的这些记载当是可信的。再就《文选》所选篇目也可推知一二。从《文选》所收作品看,绝大多数都是梁代天监十二年以前作家作品,但也有个别例外,即选录了此后三位作家的五篇作品:刘孝标的《辨命论》和《广绝交论》,徐悱的《古意酬到长史溉登琅邪城》,陆倕的《石阙铭》和《新刻漏铭》。这三个人和刘孝绰有相当密切的关系。陆倕与刘孝绰父刘绘是齐竟陵王萧子良西邸旧友,又与孝绰为忘年之交。陆倕有《以诗代书别后寄赠》,孝绰有《酬陆长史倕》。徐悱是刘孝绰的妹夫,即女诗人刘令娴的丈夫[①],属裙带关系。刘孝绰与刘孝标同姓不同

---

① 徐悱为徐勉之子,属名家子弟。《梁书·刘孝绰传》载:"其三妹适琅邪王叔英、吴郡张嵊、东海徐悱,并有才名。悱妻文尤清拔。悱,仆射徐勉子,为晋安郡,卒。丧还京师,妻为祭文,辞甚凄怆。"

宗,一属彭城,一属平原,二人之间并没有明显的交谊,但在攻击到洽兄弟人情淡漠,由此而引发作者"世路崄巇"的感慨上,可能有内在联系。任昉死后,其子侄辈"流离不能自振",而任昉"生平旧交莫有收恤"。李善注《广绝交论》说,文章就是针对到溉、到洽兄弟。他们都曾得到过任昉的提携奖掖,而任昉死后,他们却对任昉的后人毫不关心,叫旁人看起来都很寒心。刘孝标《广绝交论》实有感而发。① 从这几方面情形看,刘孝绰对《文选》的编定确乎起过重要作用,学术界基本持一致的意见。日本学者清水凯夫教授更进一步坚持认为,《文选》就是刘孝绰独立编撰的。他在《〈文选〉撰者考》《〈文选〉中梁代作品的撰录问题》及《〈文选〉编辑的周围》等文中提出,《文选》所选录的梁代作品,除前文所述五篇外,还有王简栖《头陀寺碑文》、任昉《刘先生夫人墓志》等,都与刘孝绰个人情趣有关;而其他一些重要作家,如卒于天监十六年的柳恽,卒于十八年的何逊,卒于普通元年的吴均,卒于普通三年的王僧孺,他们的作品,均未入选,这也是由刘孝绰的个人成见所决定的。日本另外一位重要学者冈村繁基本上也持这一观点,认为三十卷《文选》不可能是当时宫廷文人们合力积年编纂出来的,而是以刘孝绰为中心,大量采录以往各种选集中作品,对之再度编纂的结果。曹道衡、沈玉成二位先生在《有关〈文选〉编纂中几个问题的拟测》一文中则提出了不同的看法。《文选》不录何逊、吴均作品,是因为二人都得罪过梁武帝。吴均私撰《齐春秋》,"帝恶

---

① 《颜氏家训·风操》曰:"到洽为御史中丞,初欲弹刘孝绰,其兄溉与刘善,苦谏不得,乃诣刘涕泣告别而去。"此事经过,见《梁书·刘孝绰传》:"孝绰少有盛名,而仗气负才,多所陵忽,有不合意,极言诋訾。""初,孝绰与到洽友善,同游东宫。孝绰自以才优于洽,每于宴坐,嗤鄙其文,洽衔之。"后来到洽为御史中丞,借机弹劾刘孝绰,使其免官。孝绰恨之。刘孝标《广绝交论》也针对到氏兄弟而言。李善注引刘璠《梁典》曰:"刘峻(字孝标)见任昉(死后)诸子西华兄弟等流离不能自拔,生平旧交莫有收恤。西华冬月着葛布帔、练裙,路逢峻。峻泫然矜之,乃广朱公叔《绝交论》。到溉见其论,抵几于地,终身恨之。"

其实录"①。梁武帝甚至说"吴均不均,何逊不逊",乃至"自是疏隔"②。王僧孺则在南康王长史任上为典签汤道愍所谤而被免官。可见,这些人的作品不见收录,政治上的因素不能不予考虑。还有一个原因,就是文学趣味的不同。萧统、刘孝绰的文学趣味偏于典雅,所以对陆机、颜延之、任昉较为重视,而对绮丽平易乃至近俗的柳恽、何逊、吴均的诗文加以排斥。屈守元、顾农等学者则完全不同意清水凯夫的见解,坚持认为《文选》虽不排除其他人协助的可能,但是不能据此否定萧统主持编选的事实,更不能说刘孝绰就是《文选》的实际编者。屈守元先生的论点集中在《文选导读》中,而顾农先生的主张详见《文选论丛》。韩晖、力之还注意到,《文选》收录江淹作品多达三十五篇,而江淹是刘孝绰的仇家,其伯父刘悛为江淹弹劾,差点判了死刑。当时,刘孝绰已经十四岁,应当清楚此事。如果《文选》是刘孝绰所编,则不近情理。剖析毫厘,擘肌分理,这些问题确实还有进一步展开讨论的必要。

(二)《文选》成书年代

《文选》收录作家卒年最晚的是陆倕,卒于普通七年(526)。据此可以推知,《文选》成书似不得在此之前。宋代吴棫《韵补·书目》载:"《类文》,此书本千卷,或云梁昭明太子作《文选》时所集,今所存止三十卷。"据此,许逸民先生认为《文选》的编成,是以成书于天监末年的《类文》为基础,因为《文选序》说:"略其芜秽,集其清英。"这个"其"字或可理解为吴棫《韵补》中提到的《类文》。据此,《文选》成书应在普通初年。何融《〈文选〉编撰时期及编者考略》一文以为《文选》的编辑始于普通(520—526)中而成于普通末。饶宗颐先生《读〈文选序〉》以为到洽、明山宾、张率皆卒于普

---

① 见《梁书·吴均传》。
② 见《南史·何逊传》。

通四年,《文选》不收此数人作品,因此断定"《文选》之编纂或始于此时","其编成定稿必在普通七年之末陆倕卒后"。但是,如果确定此书主要是刘孝绰所编,则可以考察普通七年后到中大通三年(531)间刘孝绰的活动,还可以将成书年代往后推移。刘孝绰被到洽奏弹免官约在普通七年,这可以从《梁书》本传载萧绎所写慰问信的时间约略推断。史书有"时世祖出为荆州"云云,萧绎为荆州刺史在普通七年十月,则孝绰之被罢官,当在十月前不久。同年十一月,萧统母丁贵嫔卒。根据当时礼制,父在为母服丧,时间应为一年。从普通七年十一月至大通元年十月,当为萧统服丧期间,据礼制不得从事《文选》的编纂。因此,《文选》的编选至早得在大通元年(527)底。又《梁书》孝绰本传载《谢高祖启》后云:"后为太子仆,母忧去职。服阕,除安西湘东王谘议参军。"刘孝绰以母忧去职的时间可以根据其弟刘潜(字孝仪)、刘孝威的传记定为中大通元年(529)①。由此来看,《文选》在中大通元年前必已编成,因为在礼仪细节都规定得相当严格的梁代,刘孝绰是不可能在服丧期间受昭明太子之命从事《文选》的撰录的。因此,《文选》的撰录应当是在刘孝绰重回东宫任太子仆的时期,亦即大通元年至大通二年间(527—528)。之后不久,刘孝绰即丁母忧,而再过不到两年,萧统也得病死去了。

(三)《文选》的分类

《文选》三十卷,收录了先秦至齐梁间一百三十位作家的七百余篇作品。按照尤袤刻李善注本统计,全书总篇目为 475 题,其

---

① 《梁书·刘潜传》:"晋安王纲出镇襄阳,引为安北功曹史,以母忧去职。王立为皇太子,孝仪服阕,仍补洗马。"《刘孝威传》:"初为安北晋安王法曹,转主簿。以母忧去职,服阕,为太子洗马。"也就是说,晋安王立为太子的时间(中大通三年五月)也正是刘孝仪、刘孝威服阕时间。古人所谓"三年之丧",其实是两年零七十天,或两年零九十天。如果照此往回推算,则刘氏兄弟"以母忧去职"当在中大通元年。

中如《古诗十九首》《演连珠》五十首等，各自均按照一题计算。如果逐首计算，则有764首。

尤袤刻李善注本分为三十七体：赋、诗、骚、七、诏、册、令、教、策文、表、上书、启、弹事、笺、奏记、书、檄、对问、设论、辞、序、颂、赞、符命、史论、史述赞、论、连珠、箴、铭、诔、哀、碑文、墓志、行状、吊文、祭文等。

陈八郎刻五臣注本在"书"与"檄"之间多出"移"体，在《难蜀父老文》上多"难"体，但是少"史述赞"和"符命"二体，总体仍是三十七体。如果把两种版本的文体加起来共三十九体。

其中赋和诗两类所占比例最大。

赋类有51篇，分列15个子目，包括京都、郊祀、耕籍、畋猎、纪行、游览、宫殿、江海、物色、鸟兽、志、哀伤、论文、音乐、情。

诗类有251题452首，分列23个子目，包括补亡、述德、劝励、献诗、公宴、祖饯、咏史、百一、游仙、招隐、反招隐、游览、咏怀、哀伤、赠答、行旅、军戎、郊庙、乐府、挽歌、杂歌、杂诗、杂拟。

各类作品是按照时代的先后编排的。这种细密的文体分类，较之曹丕《典论·论文》将文体分为四科八目、陆机《文赋》将文体分为十类，显然精确合理得多。① 文体的辨析与文学的繁荣，两者的关系是中国中古文学研究的重要课题。《文选》的重要价值在于不仅提供了极为丰富的文学作品，而且通过这种分类，为世人提供了文体方面的范本。这种分类是在前人基础上发展起来的，很有可能受到《文心雕龙》文体分类的启发，比较周密细致，受到很多研究者的推崇。当然也因为其分类过于琐碎，不时受到后人批评。

---

① 鲁迅《且介亭杂文·序言》："分类有益于揣摩文章，编年有利于明白时势，倘要知人论世，是非看编年的文集不可的。现在新作的古人年谱的流行，即证明着已经有许多人省悟了此中消息。"

(四)《文选》的选录标准

中国古代典籍往往是通过各种选本流传下来的。编选家也往往通过选本表达自己的政治主张和文学思想。《文选》的编选,就是典型一例。① 从选录作品看,《文选》中,陆机作品入选最多,计七十六篇;谢灵运次之,四十一篇;曹植又次之,三十九篇;江淹三十五篇;颜延之二十七篇;谢朓二十三篇;潘岳二十二篇;任昉二十一篇;鲍照二十篇;阮籍十九篇;沈约十八篇;左思十五篇;王粲十四篇;十篇以下不再统计。从这个统计数字来看,《文选》收录标准重在内容的典雅,反对浮艳之风,故陆机、谢灵运、江淹、颜延之的作品选录较多,情兼雅怨的屈原、曹植、鲍照的作品也得以较多入选,而思想空虚,比较轻靡的艳体诗和咏物诗以及乐府民歌中的情诗则不在入选之列。总之,要符合"事出乎沉思,义归乎翰藻"的要求,善于用事,善于用比。问题是,《文选》还选录了《尚书序》《春秋左传序》等与"沉思""翰藻"全然不相干的作品,这就不能不从当时特定的政治背景寻找答案。

从《梁书·徐摛传》所载梁武帝萧衍(464—549)曾为徐摛倡作新体诗而发怒这一事例不难看出,梁武帝对永明后期兴起的浮艳诗风有所不满。他在代齐建梁后不久就发布了《置五经博士诏》《定选格诏》,规定"年未三十,不通一经,不得解褐"。后来又作《令皇太子王侯之子入学诏》等,并将持续修撰达二十余年的五礼最终完成。在文学创作方面,倡导典雅古朴之风,比如他后来对于沈约所撰郊庙歌辞就很不满,下令萧子云(486—549)重修:"郊庙歌辞,应须典诰大语,不得杂用子史文章浅言。"正因为如此,他对于"为文典而速,不尚丽靡之词,其制作多法古,与今文

---

① 鲁迅《集外集·选本》:"选者总是层出不穷的,至今尚存,影响也最广大者,我以为一部是《世说新语》,一部就是《文选》。""选本可以借古人的文章,寓自己的意见。博览群籍,采其合于自己意见的为一集,一法也,如《文选》是。"

异"的裴子野(469—530)等褒奖有加。《梁书·裴子野传》载普通七年(526)裴子野奉诏为喻魏文,萧衍以为"其文甚壮","自是凡诸符檄皆令草创"。当时以裴子野为代表的古体派在梁代中期影响甚大,刘之遴、刘显、阮孝绪、顾协、韦棱以及昭明太子门下的殷芸、张缵等与裴子野"深相赏好","每讨论坟籍,咸折衷于子野焉","当时或有诋诃者,及其末皆翕然重之"。从这个背景下看,昭明太子萧统编纂《文选》,在很大程度上反映了梁武帝对文风的倡导。

在《文选序》中,萧统明确提出编选宗旨及选录标准。他主张有四类作品不能入选:第一,相传为周公、孔子的著作,大体相当于中国传统目录学四部分类中的经部;第二,老子、庄子、管子、孟子的著作,大体相当于子部;第三,贤人、忠臣、谋夫、辩士的辞令,即《国语》《战国策》以及散见于史籍中的这类著作;第四,纪事、系年之书。后两类相当于史部。通过这种编选,萧统要为"文"与"非文"划一疆界。他所要编选的是"文",具有"综辑辞采""错比文华"和"事出于沉思,义归乎翰藻"的特点,而经、史、子这三类作品较为质朴,以实用为主,所以不选。在选录作品中,编者更重视陆机、谢灵运、江淹、颜延之等人作品,对风格轻绮的艳情诗和精美细微的咏物诗很少选录,也不看重乐府民歌中的情诗。看得出来,萧统的选录标准浸润着齐梁时期的儒家色彩,"文典则累野,丽则伤浮,能ā而不浮,典而不野,文质彬彬,有君子之致"[①]。不尚绮丽,倾心典雅,正是他编录《文选》的标准。再从萧统的成长环境看,我们不能简单地把《文选》看作学士"肴核坟史、渔猎词林"而编的文学总集,它具有官方色彩,是梁代中期文学复古思潮影响下的必然成果。

[①] 〔南朝梁〕萧统:《答湘东王求文集及〈诗苑英华〉书》。

二、《文选》的注释

《文选》甫一问世,即受到重视,对后代文学的发展更是产生莫大影响。《太平广记》卷二四七"石动筩"条记载:"(北齐)高祖尝令人读《文选》,有郭璞《游仙诗》,嗟叹称善。诸学士皆云:'此诗极工,诚如圣旨。'动筩即起云:'此诗有何能,若令臣作,即胜伊一倍。'高祖不悦,良久语云:'汝是何人,自言作诗胜郭璞一倍,岂不合死?'动筩即云:'大家即令臣作,若不胜一倍,甘心合死。'即令作之。动筩曰:'郭璞《游仙诗》云:青溪千余仞,中有一道士。臣作云:青溪二千仞,中有两道士。岂不胜伊一倍?'高祖始大笑。"按这条材料出隋侯白《启颜录》,当不至有误。北齐高祖高欢于武定五年(547)去世,说明在这之前《文选》已经传至北朝。萧统于公元531年去世,至公元547年仅十六年,而《文选》已经传至北齐,可见流传速度之快,亦可见《文选》在当世已受人瞩目。北朝情况如此,南朝应该更为关注这本选集,这是可以推想出来的。

《大唐新语》也记载,隋炀帝开设科举考试,置明经、进士二科。从《北史·杜正玄传》可以推断,进士科的考试内容,主要就是《文选》中的作品,说明《文选》早就流传到北方,并成为准官方确认的科举教材。这可能与萧统族侄萧该有密切关系。《隋书·儒林传》记载,荆州陷落后,萧该与何妥等同至长安,仕隋为国子博士。他精通音韵学,著有《汉书音义》《文选音义》等书。开皇初年,他还与陆法言、刘臻、颜之推、魏渊、卢思道、李若、辛德源、薛道衡等八人共同商定编撰《切韵》(见陆法言《切韵序》)。萧该参与《切韵》编纂,独立撰著《文选音义》,目的就是选篇定音,为士子提供研读的选本,为考官提供命题的参考。《隋书·儒林传》曰:

兰陵萧该者,梁鄱阳王恢之孙也。少封攸侯。梁荆州陷,与何妥同至长安。性笃学,《诗》《书》《春秋》《礼记》并通大义。尤精《汉书》,甚为贵游所礼。开皇初,赐爵山阴县公,拜国子博士。奉诏书与妥正定经史,然各执所见,递相是非,久而不能就。上谴而罢之。该后撰《汉书》及《文选音义》,咸为当时所贵。

萧该受学术氛围影响,研习《汉书》《文选》,由音到义,成为一代鸿儒。萧该书,《隋志》著录为《文选音》三卷,两《唐志》则著录为《文选音义》十卷。萧该注《文选》,实开"选学"先河。据《隋书·儒林传》记,萧该在荆州陷落后,与何妥同至长安,后仕隋为国子博士。萧该精《汉书》,著有《汉书音义》和《文选音义》,咸为当时所贵。据此,可知萧该是在长安时作《文选音义》,而且随他学习的人也还不少,可是现有的资料却未见他有什么传人。这是一个值得研究的问题,比如说五臣本《文选》,其正文与李善本颇多歧异,那么他们使用的底本有什么根据呢?我们颇怀疑五臣的底本可能就出自萧该。黄季刚先生《文选平点》说:"顷阅余仲林《音义》,考其旧音,意非五臣所能作,必萧该、许淹、曹宪、公孙罗、僧道淹之遗。"又说:"余所称旧音,乃六臣本音、汲古阁本音不在善注中者,称为旧音,或旧注音。五臣既谫陋,亦必不能为音,今检核旧音,殊为乖谬,而直音、反切间用,又绝类《博雅音》之体,纵命出于五臣,亦必因仍前作。"①按,余仲林即余萧客,清初人,著有《文选音义》一书。又黄氏所说"僧道淹",即许淹。据黄氏所说,五臣所注之音,大体皆继承前人,而非如他们所说的自具字音。我们怀疑五臣依据的《文选》音,可能就是萧该的《文选音义》,他们所依据的三十卷底本,也同样出于萧该。当然这还只是猜测,还有待进一步发掘史料来证明。

---

① 黄侃平点,黄焯编次:《文选平点》,上海古籍出版社1985年版。

唐代以诗赋取士,士亦以诗赋名家。由此,《文选》日益风行。唐太宗、高宗时,曹宪、李善等人讲授《文选》,当时有所谓"《文选》学"。《旧唐书·儒学·曹宪传》曰:

> 曹宪,扬州江都人也①,仕隋为秘书学士。每聚徒教授,诸生数百人。当时公卿已下,亦多从之受业。宪又精诸家文字之书,自汉代杜林、卫宏之后,古文泯绝,由宪此学复兴。大业中,炀帝令与诸学者撰《桂苑珠丛》一百卷,时人称其该博。宪又训注张揖所撰《博雅》,分为十卷。炀帝令藏于秘阁。贞观中,扬州长史李袭誉表荐之,太宗征为弘文馆学士。以年老不仕,乃遣使就家拜朝散大夫,学者荣之。太宗又尝读书有难字,字书所阙者,录以问宪,宪皆为之音训及引证明白,太宗甚奇之。年一百五岁卒。所撰《文选音义》,甚为当时所重。初,江、淮间为《文选》学者,本之于宪,又有许淹、李善、公孙罗复相继以《文选》教授,由是其学大兴于代。

据《旧唐书·儒学传》载:许淹,润州句容人,少出家为僧,后又还俗,博物洽闻,尤精训诂。撰《文选音》十卷。② 李善,扬州江都人,尝注《文选》,分为六十卷。公孙罗,江都人,历沛王府参军,无锡县丞,撰《文选音义》十卷行世。又《新唐书·李邕传》载:

> 李邕字泰和,扬州江都人。父善,有雅行,淹贯古今,不能属辞,故人号"书簏"。显庆中,累擢崇贤馆直学士,兼沛王侍读,为《文选注》,敷析渊洽,表上之,赐赉颇渥。除潞王府记室参军,为泾城令。坐与贺兰敏之善,流姚州。遇赦还,居汴、郑间讲授,诸生四远至,传其业,号《文选》学。邕少知名,始善注《文选》,释事而忘意,书成以问邕,邕不敢对,善诘

---

① 《续高僧传》卷十二《智琚传》载,武德二年,陈西阳王记室谯国曹宪为智琚作碑文,或曹宪祖籍谯郡。
② 《新唐书·艺文志》作"僧道淹"。黄侃《文选平点》认为僧道淹即许淹。

之，邕意欲有所更，善曰："试为我补益之。"邕附事见义，善以其不可夺，故两书并行。

这说明，《文选》之有注本，肇自萧该、曹宪，至李善而集其大成。李邕补益李善注，很多学者认为不可靠。今存李善注多数征引故实，引而不发，也有少数注释疏通文意。李济翁《资暇集》记载，李善注释《文选》有初注、二注乃至三注、四注，当时旋被传写。现存李善注体例上的差异，是李善本人的补充修改，还是李邕的补益，皆已不可详考。甚至，还有一种可能，就是现存宋刊《文选》李善注，还有羼入五臣注的情况。据赵建成《文选李善引书索引》统计，李善引书多达1966种，其中经部234种，史部354种，子部190种，集部1154种，还有2种无主名。其注本于唐高宗显庆三年(658)完成呈上。当时，李善大约三十多岁。从所引各类典籍看，李善最初很可能从当时类书中寻摘典故，初注而成。而后又用了三十多年的时光，扩大阅读量，逐渐填补原先注解中的空白，有所谓"覆注"，乃至三注、四注。其注解体例近于裴松之注《三国志》、刘孝标注《世说新语》、郦道元注《水经》，偏重词源和典故，参经列传，探赜索隐，引征赅博，校勘精审，体例严谨，凡有旧注而义又有可取者就采用旧注。足见其用力之勤。这一学派，自从李善注本出现以后，涓涓细流终于汇为长江大河。

至于李邕补益之说，《四库全书总目》"《文选》李善注"条驳斥甚详：

> 今本事义兼释，似为邕所改定。然传称善注《文选》在显庆中，与今本所载进表题显庆三年者合。而《旧唐书》邕传称天宝五载坐柳勣事杖杀，年七十余，上距显庆三年凡八十九年，是时邕尚未生，安得有助善注书之事？且自天宝五载上推七十余年，当在高宗总章咸亨间，而旧书称善《文选》之学受之曹宪，计在隋末，年已弱冠，至生邕之时，当七十余岁，亦

> 决无伏生之寿,待其长而著书。考李匡乂《资暇录》曰:李氏《文选》有初注成者,有覆注,有三注四注者。当时旋被传写,其绝笔之本皆释音训义,注解甚多。是善之定本,事义兼释,不由于邕。匡乂唐人,时代相近,其言当必有征。

如果比勘两《唐书》及相关文献记载,可以进一步证实这种看法是有充分根据的。

李注行世既久,至"开元中,中书令萧嵩以《文选》是先代旧业,欲注释之,奏请左补阙王智明、金吾卫佐李玄成、进士陈居等注《文选》。先是,东宫卫佐冯光震入院校《文选》,兼复注释。解'蹲鸱'云:'今之芋子,即是著毛萝葡。'院中学士向挺之、萧嵩抚掌大笑。智明等学术非深,素无修撰之艺。其后或迁,功竟不就"①。《玉海》卷五十四引《集贤注记》也说:"开元十九年(731)三月,萧嵩奏王智明、李元成、陈居注《文选》。先是冯光震奉敕入院校《文选》,上疏以李善旧注不精,请改注。从之。光震自注得数卷。嵩以先代旧业,欲就其功,奏智明等助之。明年五月,令智明、元成、陆善经专注《文选》,事竟不就。"而同时代的五臣注《文选》却留存下来了。开元六年(718),吕延祚有《进五臣注文选表》曰:

> 臣尝览古集,至梁昭明太子所撰《文选》三十卷,阅玩未已……往有李善,时谓宿儒,推而传之,成六十卷,忽发章句,是征载籍,述作之由,何尝措翰?使复精核注引,则陷于末学,质访指趣,则肖然旧文,只谓搅心,胡为析理?臣惩其若是,志为训释,乃求得衢州常山县尉臣吕延济、都水使者刘承

---

① 《大唐新语》卷九。屈守元《文选导读》据《玉海》卷五十四所引,考订这段话实出自韦述天宝十五载(756)所撰《集贤注记》,说明冯光震校注《文选》在开元十九年前,在五臣注《文选》之后。冯氏攻击李善注,恰好说明五臣注问世后,李善注依然有巨大影响。

祖男臣良、处士臣张铣、臣吕向、臣李周翰等，或艺术精远，尘游不杂，或词论颖曜，岩居自修，相与三复乃词，周知秘旨，一贯于理，杳测澄怀，目无全文，心无留义，作者为志，森乎可观。记其所善，名曰集注，并具字音，复三十卷。

《新唐书·文艺传》曰："吕向字子回，亡其世贯，或曰泾州人……尝以李善释《文选》为繁酿，与吕延济、刘良、张铣、李周翰等更为诂解，时号五臣注。"①由于五臣学力远不及善，因此注中错误较多，唐代李匡乂（济翁）《资暇集》、邱光庭《兼明书》等就有过激烈的批评。宋代苏轼直至清代许多学者更是多有指责。这些批评在骆鸿凯《文选学·源流》中征引甚详。《四库全书总目》在概述了前人的批评后，也客观地评估了五臣注的历史价值："然其疏通文意，亦间有可采。唐人著述，传世已稀，固不必竟废之也。"

其实，五臣注与李善注，底本不同，体例也不同。从底本看，五臣本《文选》与李善本颇多歧异，可能不是李善注六十卷本，而是萧该《文选音义》本，甚至就是《文选》初编时的三十卷本。黄季刚先生《文选平点》说："顷阅余仲林《音义》，考其旧音，意非五臣所能作，必萧该、许淹、曹宪、公孙罗、僧道淹之遗。"又说："余所称旧音，乃六臣本音及汲古阁本音不在善注中者，称为旧音，或旧注音。五臣既谫陋，亦必不能为音，今检核旧音，殊无乖谬，而直音、反切间用，又绝类《博雅音》之体，纵命出于五臣，亦必因仍前作。"②据黄氏说，五臣所注之音，大皆继承前人，而非如他们所说的自具字音。当然，这还只是猜测，还有待进一步发掘史料来证明。再从注释体例和校勘方法说，李善和五臣多有不同。李善注

---

① 吕向作品今存三篇：《美人赋》《谏不许突厥人仗驰射表》，分别见于《文苑英华》卷九六、卷六二〇。另有《述圣颂》石刻保存于西安碑林，作于开元十三年，见赵力光主编《镌石华墨——西安碑林书法艺术》，陕西师范大学出版总社 2016 年版。
② 黄侃平点，黄焯编次：《文选平点》。余仲林即余萧客，清初人，著有《文选音义》一书。

广征博引,而五臣注则对文意作简明扼要的注解,揭示"述作之由"及作品的写作特点,使"作者为志,森乎可观"。五臣注在串讲大意时,自然会参考李善注,也常有不同于李善注的地方,甚至多有发挥。很多讹误,往往由此而出。但是不能因为这些问题的存在,就全盘否定五臣注的价值。五臣注的意义,在于其是由注音释词走向文学批评的开始。

唐人注本中还有一种《文选集注》,不见新、旧《唐书》著录。《文选集注》以李善本为底本,依次录《钞》、《音决》、五家本和陆善经本。据《日本国见在书目录》记载,公孙罗有《文选钞》六十九卷、《文选音决》十卷。《文选集注》载有《文选钞》和《文选音决》,或是公孙罗所著书,但是也有疑问。第一,公孙罗时代,《文选》由原来的三十卷析为六十卷。《文选钞》卷数"九"或衍,或后来增添附益者。第二,《文选集注》所引《钞》《音决》多有异同,如果是一人所撰,则匪夷所思。第三,《文选集注》卷四十七曹子建《赠徐幹诗》有"《钞》曰:罗云从此以下七首,此等人并子建知友云云"的话,可见《文选集注》所引《钞》未必是公孙罗所撰。至少可以确定,《钞》的撰者,在公孙罗之外又有一人,可能出于李善之后,有意订补李善注。《文选钞》《文选音决》究竟为何人所撰,较难确考。紧接公孙罗《文选钞》后,《见在书目》又著录一部三十卷本《文选钞》,未著作者,说明二书不是同一作者。

《文选集注》的编辑年代不可知,以前,很多学者认为这部书大约编于唐末宋初。由于此书在中国历史上未见任何著录,只是在日本发现,所以一直有人怀疑是否出自日本人之手,甚至断定为日本平安中期大江匡衡(953—1012)为一条天皇侍讲《文选》而编纂。即该书是为日本研究学习《文选》者编纂而成,非出中土。也有学者认为《文选集注》编成的下限应当是泰定三年(1326),即公元 14 世纪的产物。

1974 年台湾学者邱棨鐊发表文章,指出在《集注》第六十八卷发现有"荆州田氏藏书之印"及"博古堂"钤记,荆州田氏即北宋著名藏书家田伟,其藏书堂号"博古堂",由此可证这个写本曾经为田伟所藏,亦可证《集注》的编成在田伟之前。不过此说未必确切。所谓荆州田氏藏书之印的主人,乃近代田潜。据周勋初先生《〈文选集注〉上的印章考》一文,北京图书馆藏《文选集注》第七十三卷残片,附有汪大燮与田潜的题记。田潜说:"日本金泽文库所藏唐写《文选》,彼中定为国宝,予督学时得有《七启》、《五颂》、《晋纪总论》各卷,首尾完全,极为可贵,今均归之他人。此虽断简残编,亦足珍也。丙辰十一月朔日,潜山题。"下盖印章"田潜之印"。著名学者罗振玉清朝末年东渡日本时,发现此书,叹为观止,于是请人摹写。又从田潜处摹写一本,编成《唐写文选集注残本》十六卷。罗振玉为影印本所写的序言云:

  日本金泽文库藏古写本《文选集注》残卷,无撰人姓名,亦不能得总卷数。卷中所引李善及五臣注外,有陆善经注,有《音决》,有《钞》,皆今日我国所无者也。于唐诸帝讳,或缺笔,或否,其写自海东,抑出唐人手,不能知也。

中国学者得以据此考见《文选集注》之一斑。但是罗氏本多为摹写本,且收录颇多缺失,不无遗憾。2000年上海古籍出版社出版了由周勋初先生组织影印的《唐代文选集注汇存》,弥补了这些缺憾。该书据日本京都大学文学部影印本加以复制,并根据《文选》原来的次序重新编定,对影印本前后重出或颠倒之处时有订正。更有意义的是,该书在京都大学影印本基础上又增补了一些新的资料,如海盐张氏所藏二卷、楚中杨氏所藏一卷、周叔弢所藏一卷等,就是新增补的部分。至此,流传至今的《文选集注》,已经发现二十四卷之多。

《文选集注》的排列次序是:李善注、《文选钞》、《音决》、五臣注、陆善经注,然后是编者的案语。在叙述各家注本正文的异同时,案语常常提到《钞》作某,《音决》作某,五臣本作某,陆善经本作某,唯独没有说过李善本作某。据此,《文选集注》的正文当是采用李善注本,《集注》本又将李善注《文选》六十卷,每卷一分为二,成一百二十卷。从现存残卷来看,正文引李善注,与今本颇有差异,可以证明李匡义所记李善注有几种传本的说法是言而有征的。有关《文选集注》的综合性研究,可见参见金少华《古抄本〈文选集注〉研究》。

除《文选集注》外,还有一些抄本残卷保存了佚名古注,主要有:

(1) 俄藏敦煌《文选》242 残本有束广微《补亡诗》,自"明明后辟"始,讫曹子建《上责躬应诏诗表》"驰心辇毂"句,相当于李善注本《文选》卷十九至二十,其中曹子建《上责躬应诏诗表》在卷二十,而在五臣本则同为卷十。这份残卷共计 185 行,行 13 字左右,小注双行,行 19 字左右。抄写工整细腻,为典型的初唐经生抄写体。其注释部分,与李善注、五臣注不尽相同,应是另外一个注本,具有文献史料价值。

(2) 卷十四班固《幽通赋》德藏敦煌本残卷,有古佚注。许云和《德藏吐鲁番本汉班固〈幽通赋〉并注校录考证》一文据所引之书最晚者为卒于刘宋元嘉十二年的师觉授《孝子传》,认为此古注至少形成于元嘉十二年之后。此注最早为《北堂书钞》引录,可以确定注释形成的时间下限为隋大业年间。该注是继曹大家、项岱注之后最重要的古注单行本。

(3) 天津艺术馆藏旧抄本卷四十三"书下"赵景真《与嵇茂齐书》至卷末《北山移文》,有部分佚注。

(4) 日本永青文库所藏旧抄本卷四十四"檄"从司马相如《喻巴蜀檄》始,至卷末司马相如《难蜀父老》"使疏逖不闭,昏爽闇昧,得耀乎光明"止,也有部分佚注,均不知何时何人所作,都可以视为无名氏的注释。

后两种,罗国威《敦煌本〈文选注〉笺证》过录并校订,其中收录了冈村繁《永青文库藏敦煌本〈文选注〉笺订》,作者又有补笺。近年,作者又有订补,成《敦煌本〈文选〉旧注疏证》一书。①

三、《文选》的版本

(一) 抄本

《文选》问世以后,在北宋刻本出现以前一直是以抄本行世的。现存最早的抄本为唐人写本,主要是流传东瀛的《文选集注》残卷和分别藏于英、法、俄及我国的敦煌遗书《文选》残卷。《文选集注》以及保留佚名古注的四种文献已见前述。这里集中介绍另外两类抄本,一是敦煌抄本,二是国内外保存的古抄本。

1. 敦煌抄本

据原卷影印并为学者常见的有:

(1) 罗振玉《鸣沙石室古籍丛残》,最先影印者有张衡《西京赋》、东方朔《答客难》、扬雄《解嘲》。这三种俱有李善注。又有任昉《王文宪集序》、沈约《恩幸传论》至范晔《光武纪赞》,则为白文。

(2) 日本神田喜一郎《敦煌秘籍留真新编》,影印扬雄《剧秦美新》、班固《典引》、王俭《褚渊碑文》,俱白文无注。又影印《文选音》一种。

(3) 黄永武《敦煌宝藏》,将英、法所藏诸卷均予影印。

(4) 饶宗颐《敦煌书法丛刊》第十七卷所刊 P.3345 影印本亦可获见《文选》唐写本残卷概貌。在此基础上,饶宗颐先生汇集各地所藏残卷照片,编成《敦煌吐鲁番本〈文选〉》,由中华书局于 2000 年出版,是目前为止收录《文选》敦煌残卷最为齐全的著作。

---

① 罗国威:《敦煌本〈文选〉旧注疏证》,巴蜀书社 2019 年版。

值得注意的是法藏敦煌本 P. 2528 张平子《西京赋》影印十九面，共三百五十三行，起"井干迭而百增"，讫篇终，尾题"文选卷第二"。双行夹注，薛综注，李善补注，与尤袤本大致相同。卷末有"永年二月十九日弘济寺写"数字，"年"字旁有批改作"隆"字。永隆为唐高宗李治年号，永隆二年为公元 681 年。而据《旧唐书·李善传》，李善在高宗"显庆中累补太子内率府录事参军崇贤馆直学士兼沛王侍读。尝注解《文选》，分为六十卷，表上之"。今存李善上表标注"显庆三年九月日上表"，与史传同，说明《文选注》成于显庆三年(658)。而这个抄本距李善注成才二十三年，为现存李善注最早的抄本了。

敦煌本的校录成果颇多，罗国威先生《敦煌本〈昭明文选〉研究》对《文选》二十种写卷所录正文和各家注进行细致过录、校订，便于阅读。金少华《敦煌吐鲁番本〈文选〉辑校》收集了已经公布的四十四种敦煌吐鲁番写卷，分成白文本、李善注本、佚名注本三类，并对每一种写卷做了精细的校录勘对工作。

2. 古抄本

(1) 卷十二木玄虚《海赋》，新疆吐鲁番阿斯塔那 230 号墓文书中有古抄本残片，收录在唐长孺主编《吐鲁番文书》第四册，文物出版社 1994 年版。

(2) 卷十七陆机《文赋》，有初唐书法家陆柬之真迹流传，避"渊""世"字。陆柬之为虞世南外甥，应当生活在唐代贞观年间，与李善同时代。原件藏北京故宫博物院，后移至台湾。上海图书馆有照片，上海书画出版社 1978 年据以影印出版。

(3) 卷五十四"论"类陆士衡《五等论》，白文无注。饶本未见，此为饶本之外比较完整的第二种。见中国历史博物馆编《中国历史博物馆藏法书大观》图版第 82—84 页，文字著录部分第 16—17 页，上海教育出版社 2001 年版。

(4) 白文无注三十卷本《文选》，森立之《经籍访古志》卷六总集类著录。光绪二十三年杨守敬《日本访书志》卷十二也著录了此书,并影抄传世。黄侃从杨氏处购得一部影抄的折叠本,而杨氏本又入徐恕手中。向宗鲁曾据黄、徐二本对校,加以校录,而屈守元先生又过录向本,仍存于世。此外,日本阿部隆一《中国访书志》谓台北故宫博物院亦有此书。此抄本出现的时间,各家考证不同,森立之以为是日本正平时代,即元顺帝至正前后。屈守元先生以为"《文选》的古抄无注三十卷本,即属渊源于隋唐者"。此抄本的最大价值有三:一是保存了李善注本出现以前的三十卷白文本面目;二是校勘价值,因为与昭明原本相近;三是标记、旁注,如《〈文选〉序》标记"太子令刘孝绰作之"云云,就特别值得注意。

(5)九条家藏三十卷白文无注本,存二十一卷。各卷字体不同,盖出自不同手笔。卷首收录了李善《上文选注表》及注释,正文旁并附小字李善注、五臣注、《钞》,字旁多附小字音注,经与《文选集注》本比对,此音注大部分出自《文选音决》,也有少部分与五臣音同。少量正文旁同时标注李善本作某、五臣本作某,可以见出其所据底本并非李善本或五臣本中的一种。又卷后大多可见或多或少的抄写者的识语,可以窥见此抄本的传播信息以及日本人学习《文选》的方法途径。

(6)三条家藏五臣注《文选》卷第二十。三条家藏《五臣注文选》第二十卷残卷,简称三条本。为今所见仅存的单本五臣注的抄本,昭和十二年(1937)东方文化学院影印一轴,列在《东方文化丛书》第九。1980年天理图书馆印入《善本丛书汉籍部》第二卷,由八木书店出版。从避讳、字形、音注、正文和注文等方面考校,日古抄五臣本的确早于现今所见的传世诸五臣本,甚至早于《文选集注》中的五臣本。饶宗颐先生说:"日钞此卷,为现存最古之《文选》五臣注本,可以窥见未与善注合并时之原貌。"其"民"字缺笔,或换以"人"字。抄录也多失误,如枚乘《上书重谏吴王》脱吕延济注"失职,谓削地也。责,求。先帝约,谓本封"和正文"今汉亲诛其三公,以谢前过"。因此,就版本而言,此本未必最好。

(二)刻本

一是五臣注刻本。

据王明清《挥麈余话》等书记载,在五代孟蜀时,《文选》已有毋昭裔为之镂版,大约就是五臣注本,因为《宋会要》载景德四年(1007)始议刻李善注本,则可以知道《文选》之第一刻本为五臣注。《崇文总目》《郡斋读书志》均有著录,故知有单行本行世。①清初钱曾《读书敏求记》卷四总集著录"五臣注《文选》三十卷",称系宋刻,惜难知存佚。②

中国大陆尚存五臣注残卷,如北京大学图书馆藏第二十九卷,国家图书馆藏第三十卷。目前所见最完整的宋刻本是保存在台湾"国立中央图书馆"的南宋绍兴三十一年(1161)陈八郎宅刻五臣注本,1981年据原本影印出版。③ 顾廷龙《读宋椠五臣注文选记》提到此本。④ 蒋镜寰辑《文选书录述要》、傅增湘《藏园群书

---

① 田况《儒林公议》:"孙奭起于明经,敦履修洁,端议典正,发于悃愊。章圣崇奉瑞贶,广构宫殿以夸夷夏。奭累疏切谏,上虽不能纳用,而深惮其正。疏语有'国之将兴,听之于人;国之将亡,听之于神'。其忠朴如此。孙奭敦守儒学,务去浮薄。判国子监积年,讨论经术必诣精致。监库旧有《五臣注文选》镂板,奭建白内于三馆,其崇本抑末,多此类也。"
② 钱曾注曰:"宋刻《五臣注文选》,镂板精致,览之殊可悦目。唐人贬斥吕向,谓'比之(善注),犹如虎狗凤鸡'。由今观之,良不尽诬。昭明序云:'都为三十卷。'此犹是旧卷帙,殊足喜耳。"按:台湾"中央图书馆"藏有南宋绍兴三十一年(1161)刊五臣单行本。此本是否与下文介绍的北图藏五臣注为同一系统,因未见原书,难以推测。
③ 详见王同愈《宋椠五臣文选跋》及笔者所附案语。
④ 顾廷龙《读宋椠五臣注文选记》(《国立中山大学语言历史研究所周刊》,1929年10月第9集102期)称:"余外叔祖王胜之先生,藏书甚富,尤多善本,海内孤本。宋椠五臣注《文选》三十卷其一也。午来获侍杖履,幸窥秘籍。……是书原委,详外叔祖跋。"顾廷龙跋还多出"诸家印记,悉以附志",记录毛氏藏印、徐氏印以及栩缘老人印,如"王氏藏书""同愈""王氏秘籍""栩缘所藏""三十卷萧选人家""王同愈""栩栩盦""元和王同愈"等。最后落款是"十八年八月四日记于槎南草堂"。这段跋,不见台湾影印本,而吴湖帆题记又未见顾廷龙过录。

经眼录·文选注三十卷》亦著录此书。① 国家图书馆藏卷三十,北京图书馆编《中国版刻图录》将此残卷列入浙江地区版刻图录之一,并附有说明曰:"北京图书馆所藏卷三十,后有钱塘鲍洵题字'杭州猫儿桥河东岸开笺纸马铺钟家印行'二行。"按:绍兴三十年刻本释延寿《心赋注》卷四后有"钱塘鲍洵书"五字,与此鲍洵当是一人。以鲍洵一生可有三十年工作时间计算,此书当是南宋初年杭州刻本。猫儿桥原名平津桥,在府城小河贤福坊内,见《咸淳临安志》。又考建炎三年(1129)升杭州为临安府,推知此书之刻当在建炎三年之前。

此外,日本东京大学东洋文化研究所收藏有朝鲜版五臣注《文选》,凡三十卷,明正德四年刊,卷帙完整,版刻精审。该书刊刻年代不及陈八郎本早,但时有优异之处,可补陈八郎本之不足,并可由此推测《文选》由唐抄到宋刻、从单行到合注的嬗变轨迹。该书已由凤凰出版社于2018年影印出版。

二是李善注刻本。

继五臣注刻本之后是李善注刻本单行于世。《宋会要辑稿·崇儒四》载:

> 景德四年八月,诏三馆秘阁直馆校理,分校《文苑英华》、李善《文选》,摹印颁行……李善《文选》校勘毕,先令刻板,又命官覆勘。未几,宫城火,二书皆烬。至天圣中,监三馆书籍刘崇超上言:"李善《文选》,援引该赡,典故分明,欲集国子监官校定净本,送三馆雕印。"从之。天圣七年十一月板成。又命直讲黄鉴、公孙觉校对焉。

这大约就是彭元瑞《知圣道斋读书跋》卷二所载国子监刻本,因书

---

① 蒋镜寰跋:"宋绍兴辛巳刊本。见《邵亭知见传本书目》。王同愈《宋椠五臣文选跋》。此书为吴中王胜之同愈所藏,半叶十二行,行二十二字。"文载《江苏省苏州图书馆馆刊》1932年4月第3号。

前有"准敕雕印"的公文,与上引大同而小异:"五臣注《文选》传世已久,窃见李善《文选》,援引该赡,典故分明,若许雕印,必大段流布。欲乞差国子监说书官员,校定净本后,钞写版本,更切对读后上版,就三馆雕造。"台北故宫博物院收录北宋本《文选》前十五卷中的十一卷残卷,北京国家图书馆收录后四十五卷中的二十四卷残卷,总计三十五卷。书中"通"字缺笔,大约避宋仁宗时刘太后父亲讳。学术界普遍认为,这就是大圣、明道(1023—1033)时期国子监所刻李善注本。①

宋版《文选》流传至今的除上述北宋刻本残卷、陈八郎宅刻本外,尚存数种影响较大。最重要的是淳熙八年(1181)尤袤刻李善注本,现藏国家图书馆。中华书局1974年据原本影印,共四函二十册。元、明、清三代所刻印《文选》李注,大都以尤刻本为底本。最为通行的是清代嘉庆十四年(1809)胡克家翻刻本,它的底本就是尤刻本。胡本八易其稿,改正尤袤刻本明显的错误达七百多条,并附有"考异"十卷,受到学者推崇。有人认为,十卷"考异"实际为顾千里所作。此本1977年中华书局影印出版。把尤刻本和胡刻本加以比较,可以发现,胡刻本所用尤刻底本很可能是一个屡经修补的后期印本,与国家图书馆所藏初版的早期印本有所不同。第一,国图本较胡刻本多袁说友的两篇跋(其中一篇是《昭明文集》的跋,因与《文选》同时刻印而误附在后)和一卷《李善与五臣同异》。第二,两本文字也有所不同,有些地方可以确知是胡刻底本的错误,而胡克家《考异》认为是尤袤所改,实际上尤刻初版却并非如此。《四库全书总目》评李注《文选》时称:"其书自南宋以来,皆与五臣注合刊,名曰《六臣注文选》。而善注单行之本世遂罕传。此本为毛晋所刻,号称从宋本校正。今考其第二十五卷

---

① 张月云《宋刊〈文选〉李善单注本考》亦定为天圣、明道国子监刻本。张先生对此有详论,然所列目录与我所目验略有差异。其存佚情况,拙编《文选旧注辑存》附录有详细记录。

陆云答兄机诗注中有'向曰'一条、'济曰'一条,又《答张士然》诗注中有'翰曰''铣曰''向曰''济曰'各一条,殆因六臣之本,削去五臣,独留善注。故刊除不尽,未必真见单行本也。"此说出来后,学者多信而不疑,以为今传李善注本均系从六臣本中摘出重编而成。胡克家《重刻宋淳熙本文选序》称:"宋代大都盛行五臣,而善注反微矣。淳熙中,尤延之在贵池仓使,取善注雠校锓木,厥后单行之本,咸从之出。"言下之意,李注单行本是尤袤始从六臣注中析出。问题是,如果仅就汲古阁本李注《文选》而言,称之从六臣本中辑出,或言而有据,但不能据以推而广之,认为现存李注本,包括尤刻本都是从六臣注本中辑出。这是因为:第一,根据《崇文总目》《郡斋读书志》《遂初堂书目》等著录,北宋初年国子监刻李注《文选》一直与五臣注本并行不悖;第二,上述几部书目未载六臣注本,李注当然不可能从所谓六臣注本中辑出。《直斋书录解题》未载五臣注本,在卷十五著录了"六臣《文选》六十卷",称后人并五臣与李善原注为一书,名曰六臣注。据朱彝尊《曝书亭集》卷五十二"宋本六家注文选跋"考证:"六家注《文选》六十卷,宋崇宁五年镂版,至政和元年毕工。墨光如漆,纸坚致,全书完好。序尾识云:'见在广都县北门裴宅印卖。'盖宋时蜀笺若是也。每本有'吴门徐贲私印',又有'太仓王氏赐书堂印记'。是书袁氏褧曾仿宋本雕刻以行,故传世特多。然无镂版毕工年月,以此可辨真伪也。"由此来看,六臣注刻本要比李注刻本晚好几十年;第三,这部六臣注合刻本转录了国子监本的"准敕雕印"公文,更足以说明六臣本的流行是在李注本刻印之后;第四,将《文选集注》与现存诸本比勘,也可以说明李注本单独行世已久;第五,前引《宋会要辑稿》中载天圣七年(1029)刻李善注本,今仍存残本,亦为胡克家所未见。如此等等,都可以证明,《四库全书总目》以来的传统看法值得修订。

三是六臣注刻本。

朱彝尊《曝书亭集》卷五十二考证,广都裴氏刻《六家注文选》为现在所知六臣注第一个合刻本,宋崇宁五年(1106)镂版,政和元年(1111)毕工。这一看法,得到了学术界的普遍认可。1983年,韩国正文社影印出版原藏于韩国首尔大学奎章阁的铜活字版《六臣注文选》,则改变了传统的看法。该书为五臣李善注,系朝鲜世宗二年(1420)刊行的后印本。据金学主教授考证,其底本是北宋哲宗元祐九年(1094)刊刻的秀州州学本,五臣注以平昌孟氏校正本为底本,李善注以天圣七年(1029)国子监本为底本,比淳熙八年(1181)尤刻本约早一百五十年,比崇宁五年(1106)六臣本早八十多年,比较完整地保存了早期五臣注和李善注的原貌,具有较高的学术价值。秀州本早已失传,据奎章阁本可以推断该本的基本面貌。俞绍初先生《新校订六家注文选》即以奎章阁本为底本进行校勘整理,广泛吸收前人校勘成果,力图呈现最早的五臣、李善合刻本六家注《文选》的面貌。目前所知,现存朝鲜刻古活字本六家注《文选》尚有十多部,多为残本,仅奎章阁所藏为全帙。此外,日本东京大学东洋文化研究所、日本京都大学附属图书馆皆有藏本,版式、字体大致相同,应当是同一系统的本子。仔细勘对,各本之间也有若干重要差异。相比较而言,日本所藏这两种六家《文选》较之奎章阁本,更接近于初刻。2018年,凤凰出版社影印出版了东京大学所藏朝鲜活字本六臣注《文选》,为广大读者提供了方便。

今传宋本六臣注有两个系统:一是五臣、李善注,世称六家本。秀州本为最早,失传。上述三种朝鲜活字本《文选》即源自此一系统。人民文学出版社2008年据日本足利学校所藏影印出版的绍兴二十八年明州重修本,亦属于这个系统;二是李善、五臣注,世称六臣本。商务印书馆编《四部丛刊》所收绍兴年间(1131—1162)赣州刻《文选》,即属于这个系统。一般认为,六家本早于六臣本,李善、五臣注本即出自五臣、李善注本。

四、文选学

《文选》而有"学",自唐代已然,相承久远。钱锺书先生称:"词章中一书而为学,堪比经之有'易学'、'诗学'等,或《说文解字》之蔚然成'许学'者,惟'选学'与'红学'耳。"

(一)文选学述略

如前所述,初唐已有"文选学"之说。《旧唐书·裴行俭传》载:"高宗以行俭工于草书,尝以绢素百卷,令行俭草书《文选》一部。帝览之称善,赐帛五百匹。"这是李善注释《文选》之后的事。上有所好,下必风行。今天看到很多抄本《文选》,绝非无故。根据《朝野佥载》的记载,盛唐时,乡学亦立有《文选》专科。① 开元、天宝年间,《文选》李善注、五臣注盛行,《文选》成为当时士子必读的书目。士子求学时随身携带的"十袟文书",《文选》与《孝经》《论语》《尚书》《左传》《公羊》《穀梁》《毛诗》《礼记》《庄子》等九种经典并列。② 杜甫有两首诗说到《文选》,一是《水阁朝霁奉简云安严明府》:"呼婢取酒壶,续儿诵文选",一是《宗武生日》:"诗是吾家事,人传世上情。熟精文选理,休觅彩衣轻。"这两首诗,一是让儿子诵读《文选》,一是说熟精《文选》理与写诗之间的关系。唐代另一位大诗人李白也非常看重《文选》,《酉阳杂俎》记:"李白前后三拟《文选》,不如意者,悉焚之,惟留《恨》、《别》赋。"可见李白对《文选》所下的功力之深。③ 除了这些大作家外,唐代士子也都把

---

① 张鷟《朝野佥载》载:"唐国子监助教张简,河南缑氏人也,曾为乡学讲《文选》。"
② 《敦煌变文集》卷二《秋胡变文》。
③ 唐人所读《文选》是李善注,还是五臣注,还是一个值得讨论的问题。屈守元《文选导读》认为李杜时代应当读李善注。同时他又引白居易诗"《毛诗》三百篇后得,《文选》六十卷中无",推断白居易所读也是李善注本。这个时期,五臣注已经流传,也可能两书并行,读书人各取所需。

《文选》作为必读书。其他唐代诗人亦大多如此,可以随手拈出《文选》掌故。韩愈《李邘墓志》说邘:"年十四,能暗记《论语》《尚书》《毛诗》《左氏》《文选》,凡百余万言。"[1]这里以《文选》与经书相提,作为士子必诵之书,已说明唐时的风气。《旧唐书·武宗本纪》载李德裕对皇帝称说:"臣祖天宝末以仕进无他伎,勉强随计,一举登第。自后不于私家置《文选》,盖恶其祖尚浮华,不根艺实。"由此可见,这个时期,家置《文选》,已成普遍现象。《旧唐书·吐蕃传》记载,开元十八年(730),吐蕃使奏称金城公主请赐《毛诗》《礼记》《左传》《文选》各一部,玄宗令秘书省写与之。金城公主远嫁吐蕃,所索书把《文选》和儒家经典并列,亦见《文选》的影响已远播异域,现存早期的《文选》写本,多是敦煌石室所藏,还有一部分在新疆吐鲁番等地发现。从新发现的《文选》残卷看,字体有好有劣,可见阅读传抄的人,水平参差不齐。敦煌遗书还有一篇《西京赋》抄本,由唐高宗永隆年间弘济寺僧所写,则见《文选》的流传更是深入道俗。

从萧该、曹宪到李善、公孙罗、许淹、五臣、陆善经等人,他们的文选学研究成果,构成了隋唐"文选学"的基本学术格局,对后代产生了不可估量的影响。对此,汪习波的专著《隋唐文选学研究》有比较全面的描述。

宋初承接唐代余绪,重视选学不亚于唐,陆游《老学庵笔记》称宋初崇尚《文选》,草必称王孙,梅必称驿使,月必称望舒,山水必称清晖,方为合格,以至有"《文选》烂,秀才半"的说法。[2] 王得臣《麈史》卷二记载,《新唐书》的作者宋祁生母怀孕时梦见朱衣人送《文选》一部,于是给宋祁起小名"选哥"。宋祁少时三抄《文选》。到王安石执政,以新经学取士,"熙、丰之后,士以穿凿谈经,

---

[1] 《全唐文》卷五六三。
[2] 见陆游《老学庵笔记》卷八。

而选学废矣"①。其后,在相当长的一段历史时期里,关于《文选》的注释考据没有出现多少成果。但是在文章评点方面,著述很多。王书才《〈昭明文选〉研究发展史》有简明扼要的叙述。宋志英、南江涛编《〈文选〉研究文献集成》主要收录宋元至清代比较重要的《文选》学研究著述42种,分装六十册。

宋人《文选》研究著述三种:苏易简《文选双字类要》三卷、刘攽《文选类林》十八卷、高似孙《选诗句图》一卷。《文选双字类要》为宋刻影印本,较为珍贵。《文选类林》为明刻本,后有王十朋跋:"陆务观言:先世遗书至富,其工夫浩博而有益于子孙者,惟《文选类林》。"《选诗句图》为旧抄本,按照诗人顺序排列,每位诗人名下选录名句。这三部著作,征引《文选》中藻丽之语,分类纂辑,对于临文选字用词,不无帮助。《四库全书总目》怀疑这些书多为托名之作,供当时举子考试参考。

元代著述三种:方回《文选颜鲍谢诗评》四卷、虞集《文选心诀》一卷、刘履《选诗补注》八卷。其中,虞集的著作虽题曰《文选》,实系唐宋八大家韩愈、柳宗元、欧阳修、曾巩、苏洵、苏轼六家的文章选本,列入此编,当误。方回的著作,是对颜延之、谢灵运、谢惠连、谢朓诗歌的评论,应是作者平日阅读《文选》的批注,系后人所辑。《四库全书总目》认为该书较之《瀛奎律髓》更胜一筹,当为方回晚年所作,足资参考。刘履的著作是在《文选》基础上增删而成,凡二百四十六首,补注前人所不足,特别是有关诗歌本事、背景材料,多所辨析,很有参考价值。

明代著述八种:冯惟讷《选诗约注》八卷,张凤翼《文选纂注》十二卷,凌迪知《文选锦字录》二十一卷,孙鑛评、闵齐华注《孙月峰先生评文选》三十卷,陈与郊《文选章句》二十八卷,王象乾《文选删注》十二卷,郭正域批点、凌濛初辑评《合评选诗》七卷,邹思

---

① 王应麟《困学记闻》卷十七。

明辑评《文选尤》十四卷。其中,冯惟讷《选诗约注》前有《选诗评议》,始于钟嵘《诗品》,止于杨慎《丹铅余录》,便于读诗者参考。张凤翼的著作杂取各家诠释《文选》的说法,融汇而成,简明易懂,较为流行。凌迪知的著作,取碎锦散珠之义,仿宋人《文选双字类要》之例,择《文选》字句丽雅者,厘为四十六门。孙鑛评、闵齐华注的《孙月峰先生评文选》,又称《文选瀹注》,删繁就简,提要钩玄,于题下篇末施注,便于阅读。王象乾《文选删注》底本白文无注,天头有比较详尽的批注,行间亦有批注。

清代著述二十八种:洪若皋辑评《梁昭明文选越裁》十一卷、吴淇《六朝选诗定论》十八卷、何焯《义门读书记·〈文选〉》五卷、陈景云《文选举正》、杭世骏《文选课虚》四卷、汪师韩《文选理学权舆》八卷、余萧客《文选音义》八卷、余萧客《文选纪闻》三十卷、孙志祖《文选理学权舆补》一卷、孙志祖《文选考异》四卷、孙志祖《文选李注补正》四卷、张云璈《选学胶言》二十卷补遗一卷、胡克家《文选考异》十卷、许巽行《文选笔记》八卷、朱珔《文选集释》二十四卷、梁章钜《文选旁证》四十六卷、薛传均《文选古字通疏证》六卷、胡绍煐《文选笺证》三十二卷、石蕴玉《文选编珠》二卷、吕锦文《文选古字通补训》四卷补遗一卷、朱铭《文选拾遗》八卷、杜宗玉《文选通假字会》四卷、何其杰《读选集箴》、胥斌等辑《文选集腋》六卷、徐攀凤《选注规李》一卷、徐攀凤《选学纠何》一卷、陈秉哲《读文选日记》一卷、赵晋《文选叩音》一卷。

吴淇《六朝选诗定论》十八卷是继方回《文选颜鲍谢诗评》、刘履《选诗补注》之后又一部全面阐释《文选》诗歌的重要著作。所谓定论,作者说:"昭明业有定选,余不过从而论之,所以尊《选》也。"对此,四库馆臣似乎不以为然,认为该书"诠释诸诗亦皆高而不切,繁而鲜要"①,所以多为后人诟病。但在当时,此书也曾流行

---

① 《四库全书总目》总集类存目《六朝选诗定论》提要。

一时,卷首有周亮工、吴伟业序,称颂一通。近代著名诗学家黄节教授对此书也评价较高,称"余读汉魏六朝诗,得此方能用思锐入。其中虽有堆求过当,而独见之处殊多"①。广陵书社 2009 年出版汪俊、黄进德的点校本,极便阅读。

何焯《义门读书记·〈文选〉》五卷,以汲古阁刊李善注本为底本,博采众说,校订异同。黄侃称赞何焯说:"清代为选学者,简要精核,未有超于何氏。"可惜此五卷多评骘之言,较少校订注释。多赖胡克家《文选考异》、梁章钜《文选旁证》等书征引,略得窥见全貌。

陈景云曾从何焯问学。作者据汲古阁本校订其他诸本,考辨是非。如《两都赋》"建玄弋,树招摇",陈景云《文选举正》:"弋当作戈。"黄侃《文选平点》卷一曰:"何焯改'弋'为'戈'。今见日本钞本,竟与之同。""弋",敦煌本正文、九条本作"戈"。该书为其家人辑录,定名《文选举正》,曾为顾千里所收藏,今本每条下有"广圻按",即是明证。其精华多为《文选考异》所吸收。据此,更足以证明署名胡克家撰《文选考异》实出顾千里之手,也有部分成果首创于陈景云。

汪师韩《文选理学权舆》八卷,以类分为八门:一是撰人,以《文选》所收作者为目,下录篇名;二是注引群书目录;三是选注订误,实为读《文选》札记;四是选注补阙;五是选注辨论;六是选注未详,将凡李善注未详,且无疑补充者条目罗列出来,供后人进一步研讨;七是前贤评论;八是质疑,如避讳改"顺"为"填",但是有的地方又不改。类似可疑处,所在多有。八门之下各附以己说。"权舆"本指草木初发,引申为起始。作者自谦《文选理学权舆》只是一部供初学者阅读的文选学概论,其实,该书订误、补阙、辨论、质疑等部分皆提出了很多有启发的问题,值得进一步思考。孙志

---

① 清华大学图书馆藏康熙刻本《六朝选诗定论》扉页黄节题跋。

祖有《文选权舆补》一卷,《考异》四卷,《李注补正》四卷,皆补汪著所未备。如《文赋》"寤防露与桑间,又虽悲而不雅",孙志祖《文选理学权舆补》:"注引东方朔《七谏》谓楚客放而防露作。此说谬矣。若指楚客,即为屈原。屈原忠谏放逐,其辞何得云不雅?'防露'与'桑间'为对,则为淫曲可知。谢庄《月赋》:徘徊房露,惆怅阳阿。注:房露,古曲名。'房'与'防',古字通,以防露对阳阿,又可证其非雅曲也。《拾翠集》引王彪之《竹赋》云:上承霄而防露,下漏月而来风。庇清弹于幕下,影嬛歌于帏中。盖楚人男女相悦之曲,有防露、有鸡鸣,加今之竹枝。《东坡志林》亦云:然则竹枝之来亦古矣。《诗》云:野有蔓草,零露漙兮。有美一人,清扬婉兮。邂逅相遇,适我愿兮。以此推之,防露之意,可知。"此类辨析,要言不烦。沈家本又有《李善文选注书目》未刊稿,以汪师韩《注引群书目录》为蓝本,辑补汪目所遗,具录汪目和孙志祖补原文及案语,然后有解题,并加"今案"以示区别。

余萧客《文选音义》八卷。《文选》在世间流传不久,南北统一,语音的差异便日益显示出来。最初的《文选》注本,多以"音义"为题。萧该、曹宪、李善、公孙罗、许淹等都有《文选音义》。余萧客亦仿上述著作,以何焯所校为依据,摘字为音注。《文选纪闻》三十卷则是针对有疑义的词句、史事,加以考订辨析,颇见朴学功力。江藩《汉学师承记》赞美余萧客曰:"余氏以汉学名,自幼受《文选》。"

此外,张云璈《选学胶言》二十卷、梁章钜《文选旁证》四十六卷、胡绍煐《文选笺证》三十卷、朱珔《文选集释》二十四卷亦为清代选学重要著作。张云璈多采众说,撰为札记,颇见功力。梁章钜的著作以博采见长,阮元序称此书"可为选学之渊海"。胡绍煐的著作详于训诂,由音求义,即义准音,反复就李注、诗文古注、《史》《汉》旧注及当时旁证考异诸书,触类引申,旁搜博考,补阙详略,正讹纠谬。此书江苏广陵古籍刻印社于1990年出版影印本,黄山书社于 2007 年出版校点本。

张之洞《书目答问》说:"国朝汉学、小学、骈文家,皆深选学。"清代学者研究《文选》,主要集中在李善注与五臣注上。正文与注释相互校订,根据旧注体例定夺去取,内证与外证比勘寻绎,因声求义,钩沉索隐,在文字、训诂、版本等方面取得了前所未有的成绩,令人赞叹不已。当然,他们的研究也存在着一些问题。概括而言,主要集中在下列三个方面。

首先,清代以来的选学家,根据当时所见书籍对李善注释所引书加以校订。问题是,李善所见书,与后来流传者未必完全一致,譬如李善引《说文》《尔雅》就与今本多有不同。更何况,清代选学名家所见书也未必就是善本。如果只用通行本校订李善注,其结论很难取信于人。下举数例。

(1) 班固《西都赋》李善注"容华视真二千石"之"容"字,"充衣视千石"之"衣"字,《文选考异》所见为"俗"、"依",作者认为作"容"和"衣"为是,而"俗"与"依"两字,"此尤校改之也"。然今见尤刻本正作"容"和"衣"。

(2) 班固《西都赋》"内则别风之嶕峣",陈八郎本、朝鲜五臣注本下无"之"字,是。但是《文选考异》以为此"之"字为尤袤所加,就非常武断。刘文兴《北宋本李善注文选校记》指出北宋本就有"之"字,"据此则非尤添,乃宋刻原有也"[1]。

(3) 张衡《西京赋》:"黑水玄址",《文选考异》作者所见为"沚",据薛综注,认为当作"址",今尤袤本正如此。

(4) 班固《东都赋》"寝威盛容"之"寝",陈八郎本、朝鲜五臣注本、《后汉书》并作"祲",梁章钜曰:"尤本注祲误作侵。"然国家图书馆所藏尤袤本正作"祲",显然梁氏所据为误本。

---

[1] 刘文兴:《北宋本李善注文选校记》,《国立北平图书馆馆刊》1931 年 9—10 月 5 卷第 5 号。

(5)《西京赋》"上春候来"下李善注"孟春鸿来",《文选旁证》卷三据误本,以为"鸿"下当有"雁"字。而敦煌本、北宋本、尤袤本并有"雁"字。

(6)《东京赋》"而众听或疑",而胡绍煐所见为"而象听或疑"。《文选笺证》卷三:"按:当作'而众听者惑疑'。字涉注而误。'惑'与下'野'为韵。"而尤袤本不误。

(7)江淹《恨赋》"若乃骑迭迹,车屯轨"之"屯"字,胡绍瑛所见为"同",于是在《文选笺证》中考证曰:"六臣本作'屯轨'。按注引《楚辞》:屯余车其千乘。王逸曰:屯,陈也。明为正文'屯'字作注。则善本作'屯',不作'同'。此为后人所改。"殊不知,尤袤本正作"屯"。

(8)《吴都赋》"宋王于是陋其结绿","宋王",王念孙所见本为"宋玉",于是考曰:"宋王与隋侯对,无取于宋玉也。"而尤袤正作"宋王"。

应当说,《文选考异》《文选旁证》,还有《文选笺证》的作者,目光如炬,根据有限的版本就能径直判断是非曲直,多数情况下,判断言而有征,可称不移之论。但他们的研究也存在一些明显的问题。譬如,《文选考异》的作者认为,"凡各本所见善注,初不甚相悬,逮尤延之多所校改,遂致迥异"。作者没有见过北宋本,更没有见到敦煌本,他指摘为尤袤所改处,往往北宋本乃至敦煌本即是如此。这是《文选考异》的最大问题。再看梁章钜《文选旁证》,虽取资广泛,时有新见,也常常为版本所困。如果据此误本再加引申发挥,就带来了一些新的问题。譬如梁章钜就没有见过五臣注本,常常通过六臣注本中的五臣注来推断五臣注本的原貌。而今,我们看到完整的五臣注就有两种,还有日本所藏古抄本五臣注残卷。由此发现,五臣注与五臣注本的正文,也时有不一致的地方。仅据注文推测正文,如谓"五臣作某,良注可证",则根据现存版本,梁氏的推测往往靠不住。《东都赋》"韶武备",梁氏谓:

"五臣武作'舞',翰注可证。"根据六臣注中的五臣注,乃至陈八郎本、朝鲜五臣注本,注文中确实作"舞",但是,这两种五臣注的正文又都是"武"字。朝鲜本刊刻的年代虽然略晚,但是它所依据的版本可能还早于陈八郎本。不管如何,今天所能看到的五臣注本均作"韶武备",梁氏推测不确。又如扬雄《甘泉赋》"齐总总以撙撙",梁章钜《文选旁证》卷九:"五臣'撙'作'尊',铣注可证。"然陈八郎本不作"尊",作"蓴"。因此我们说,梁氏据所见本五臣注推测五臣本原貌,确实不可靠。这是梁章钜《文选旁证》的一个很大的问题。胡绍煐的《文选笺证》,篇幅虽然不多,但是由于撰写年代较晚,征引张云璈、段玉裁、王念孙、王引之、顾千里、朱珔、梁章钜等人的成果,辨析去取,加以裁断,非常精审。同样,胡氏所据底本也时有讹误,据以论断,不免错讹。如张衡《思玄赋》"何道真之淳粹兮"之"真"字,胡氏所见为"贞",推断曰:"此涉注引《楚辞》'除秽累而反贞'句,误",尤袤本正作"真"字。又,"翩缤处彼湘滨"之"翩"字,胡氏所见为"顾"字,谓:"此'翩'字误作'顾'",尤袤本正作"翩"字。潘岳《西征赋》"狙潜铅以脱膑",李善注"狙,伺候"。然胡所见本误作"狙,猕猴也",故论曰:"'猕猴',当'伺候'二字之讹。《史记·留侯世家》'狙击秦皇帝博浪中',《集解》引服虔曰:'狙,伺候也。'训与《仓颉篇》同。六臣本善注作'伺候',不误。"实际上,尤袤本正作"狙,伺候"。

其次,古人引书,往往节引,未必依样照录。如《魏都赋》"宪章所不缀",刘逵注引《礼记》曰:"孔子宪章文、武",就是节引。又如张衡《思玄赋》"潜服膺以永靓兮,绵日月而不衰",李善注引《礼记》作"服膺拳拳",而李贤注引则作"服膺拳拳而不息"。《礼记》原文是:"得一善,则拳拳服膺而弗失之矣。"李善注颠倒其文,而李贤注释不仅颠倒其文,还将"弗失之矣"改作"不息"。只有两种可能,一是二李引《礼记》另有别本,二是约略引之。又如木华《海赋》"百川潜渫",用今本《尚书大传》"大川相间小川属,东归于海"的典故，《水经注序》引同。《长歌行》李善注则引作"百川赴东海"，蔡邕《郭有道碑》李善注引作"百川趣于东海"，同一文本，后人所引各不相同。如果用今本订补，几乎每则引录，均有异文。据此可以订补原书之误之阙，也可据原书订正李善引书之讹。

第三，清人对于《文选》的考订，很多集中在李善注释所涉及的史实及典章制度的辨析，很多实际是详注，甚至是引申发挥，辗转求证，有时背离《文选》主旨。如《上林赋》"亡是公听然而笑"，汪师韩谓"听然"，通作"哂然"，又通作"听然"，又通作"齞然"，甚至还可以作"怡然"。这种引申，就本篇而言并无任何版本依据，似乎有些延申过多。又如鲍照《舞鹤赋》"燕姬色沮"，《文选旁证》引叶树藩据《拾遗记》的记载，认为燕姬指燕昭王广延国县舞者二人，曰旋娟、提嫫，实属附会。其实燕姬犹如郑女、赵媛、齐娥等，泛指美女而已。这些研究，不免求之过深。

（二）20世纪前五十年中国《文选》研究

五十年间的《文选》研究，影响最大的有四部著述：丁福保《文选类诂》、高步瀛《文选李注义疏》、黄侃《文选平点》及骆鸿凯《文选学》。

丁福保《文选类诂》参照程先甲《选雅》的体例，用编字典的方式，将正文中的字、词按照笔画排列。每个字词下面，先列李善注释。如有异文，则作必要的辨析。对一些通假字，则征引薛传均《文选古字通疏证》、杜宗玉《文选通假字会》的考证成果，对读者了解字义、字形演变轨迹，极具参考价值。如"洗马"条李善注："《汉书》曰：太子属官有洗马。如淳曰：前驱也。先或作洗。"括注：《赠答士衡》。然后下引杜宗玉《文选通假字会》考证曰："案《仪礼·大射仪》'先首'注：先犹前也。《荀子·正论》：诸侯持轮扶舆先马。注：先马，导马也。《易·系辞上传》：圣人以此先心。

《集解》引韩康伯：先，读为洗。此其证也。又洗同洒。潘安仁《为贾谧作赠陆机诗》：吾子洗然。注引《庄子》曰：庚桑子之始来也，吾洒然异之。以先、西音类也。《说文》：瘠，寒病也。段曰：《素问》《灵枢》《本草》言洗洗洒洒者，其训皆寒。皆瘠之假借。古辛声、先声，两声同在真文一类。"文后括注：《字会》。该书于20世纪20年代由医学书局排印出版。1990年中华书局出版点校整理本，并附有汉语拼音索引、四角号码索引，便于查询。

高步瀛《文选李注义疏》最为博洽。作者于1929年开始动手编著此书，惜因病逝，未竟全功，六十卷中仅成八卷，曾由北平文化学社排印。这是一部集大成的著作。高步瀛根据唐写本，在校勘上确有不少超越前人之处。尤其难能可贵的是，作者紧步张云璈、钱泰吉之后尘，深入阐发李注义例，辨别李注与李善所引旧注或误入的五臣注及其他窜入的文字。如《魏都赋》疏中考出"亭亭峻阯"的"阯"字，李注本作"阯"，五臣注作"趾"，汲古阁本作"趾"乃误从五臣注本。又中华书局校点本第529页"孟津"二字注文下引《尚书》作"盟津"，高氏引朱珔说，考订"《尚书》曰"以下为李善注，今本误脱"善曰"二字，并进一步指出："疑薛（综）本作'孟'，李氏及五臣作'盟津'耳。"类似的例子不胜枚举。再就史实训释而言，也有许多精湛的见解值得重视。如司马相如《子虚》《上林赋》原为一篇的问题，作者罗列众家之说而辨其是非，并对此赋分成两篇的时间作了考证。又如左思《三都赋》，本有刘逵注《蜀都》《吴都》、张载注《魏都》之说，但刘孝标注《世说》引《左思别传》提出怀疑，以为赋注为左思自撰。作者据清姚范说引晋卫权《三都赋略解序》提到刘、张作注事不误，还引证《文选》注及《隋书·经籍志》说明刘逵也曾为《魏都赋》作注。又考证鲁般，说明公输与鲁般非一人。"鲁般之名，前有所因，后犹有袭之者，其殆为巧人之通名也。"这些意见不但征引详博，立论亦极精当。

黄侃的评点，生前并未辑录成书，只是手批圈点在胡克家刻本上，在弟子间传抄。近年将此批本过录刊行的有两家：一由黄侃女儿黄念容辑录，题作《文选黄氏学》，1977年由台湾文史哲出版社出版；一由黄侃侄子黄焯辑录，题作《文选平点》，1985年由上海古籍出版社刊行。黄侃一生精研《文选》，章太炎先生誉为"知选学者"。他尤其重视选文的诵读，"以为可由此得古人文之声响，而其妙有愈于讲说者"。著者诵读时的抑扬顿挫虽不能传世，但著者独到的"得古人文之用心处"却能赖此书的圈点部分保留下来。本书在总结前人研究的基础上，无论评笺或考证，多有独到见解，体现了较高的学术水准。

骆鸿凯《文选学》初版于1936年，中华书局1989年又予影印。全书旁征博引，内容分为十类：

1. 纂集。探源溯流，勾稽《文选》前历代总集片断，描述昭明太子生平，特别又引高步瀛氏《文选李注义疏》，对所谓高斋十学士编选《文选》之说加以驳正。

2. 义例。汇集《文选序》及后代关于《文选》的"封域"、分体、去取、选编得失的讨论。

3. 源流。综述历代《文选》研究情况，特别是对选学大盛的唐代和清代论述尤详，征引繁富，描述了清晰的选学发展的历史轮廓。

4. 体式。征引历代文论，特别是《文心雕龙》，用以诠释《文选》所收各种文体。

5. 撰人。《文选》按体而分，一个人的作品分散几处。此节则以人而分，将散见各文汇于作家名下；又对有争论的作品，如古诗十九首、《长门赋》、苏李诗、李陵《答苏武书》、孔安国《尚书序》、赵景真《与嵇茂齐书》等，汇列诸家之说，断以己意。

6. 撰人事迹生卒著述考。将《文选》所收作家的生平事迹资料汇编于该作家名下。

7. 征故。分赋、诗、杂文三类辑录"时流品藻""史臣论断""艺苑珍谈""选楼故实",对读者理解有关作品有所帮助。

8. 评骘。汇集张惠言、谭献、王闿运、李详等人对赋、诗、杂文的品评,逐一汇辑于每篇作品名下。

9. 读选导言。分为十六小节,具体论列了研究《文选》的主要方法。

10. 余论。包括"征史""指瑕""广选"三节。

书后又附录有《文选分体研究举例》《文选专家研究举例》及《选学书著录》三篇。《著录》分全注本、删注本、校订补正、音义训诂、评文、摘类、选赋选诗、补遗广续等八类开列《文选》书目,以供参考。在中国学术史上,对《文选》作出如此全面系统的清理论述,此书显然是首创。因此,这是一部全面的、有开创之功的《文选》研究著作。

20世纪前五十年间,以研究《文选》名家的还有周贞亮、李详等人。周贞亮的《文选学》是作者20世纪30年代在武汉大学讲授"文选学"的讲义,为《文选》的传承做出了贡献。李详《文选学著述五种》,以杜甫、韩愈诗为例,详尽考察唐代文人熟读《文选》的具体例证,极富学术价值。

(三)《文选》在域外的流传与研究

《文选》至迟在唐代即已流传到日本,深受日本文人欢迎,甚至成为选士拔擢的必读书。岛田翰《古文旧书考》载:"《文选》之见于史者,以《续日本书纪》为首,曰:袁晋卿,唐人也。天平七年从遣唐使来归,通《尔雅》、《文选音》,因授大学博士。"天平七年,约唐玄宗开元二十三年(735)。据严绍璗先生考查,日本《十七条宪法》已多采用《昭明文选》。大约成于唐代的《日本国见在书目录》已著录了《文选》多部。日本正式将《文选》作为一门独立的学科加以研究,大约始于大正末年(20世纪20年代)。当时仅有斯波六郎和吉川幸次郎二人在京都大学聆听铃木虎雄《文选》讲座。

正是在这个时期,京都帝国大学文学部影印了《文选集注》,为日本文选学开创了新纪元。斯波博士毕业后赴广岛,以这个《集注》本为主攻方向,继续潜心研究《文选》,在日本成为文选学的权威,《文选》也因此成为广岛大学中国文学专业的"家传文艺"。斯波六郎在战后的混乱岁月中编成的《文选索引》是一部《文选》中全部作品的便览索引,1954年初刊于广岛大学中文研究丛刊,1959年再刊于京都大学人文科学研究所,为《文选》的研究提供了极大的便利。该书已由李庆翻译,由上海古籍出版社于1997年出版。由于有了这样的影印本、索引,又有了冈田正之和佐佐节的《文选》全译本,所以《文选》的研究在战后很快发展起来。这主要表现在两个方面:一是基本资料的建设,一是专题研究的深入。基本资料是指除《文选集注》影印本外,还有敦煌本《文选注》、足利本《文选》(南宋本六臣注)、江户时代刻本《文选》(六臣注)、三条本《五臣注文选》残一卷(平安朝于五臣注刚刚完成不久的抄本的重抄本,保留了五臣注的原貌)、天理图书馆善本丛书所收《文选》三种(无注本、五臣本和集注三种)。

李庆《日本的〈昭明文选〉研究》重点介绍了《文选》在日本的流传过程、日本研究《文选》的主要学者、《文选》研究的论证焦点,涉及《文选》版本研究。斯波六郎有《关于〈文选集注〉》《关于文选的版本》等一系列论文。1957年广岛文理大学斯波博士退官纪念事业会出版了《文选诸本研究》一书,集中了斯波博士对包括《集注》本在内的诸本的研究成果。中文版《文选索引》第一册即《文选诸本研究》,上篇分为李善单注本、五臣李善注、李善五臣注三个系统讨论三十三种版本。下篇三种旧抄本,包括唐抄李善单注本残卷二种和《文选集注》残卷。冈村繁《〈文选集注〉与宋明版本的李善注》根据程毅中、白化文《略谈李善注〈文选〉的尤刻本》认为尤本、胡刻本与六家注、六臣注本为并列的两个系统,否定了斯波博士据《四库全书总目》所说李注单行本是从六臣注本中单独抽出来而成书的传统看法。日本学者的研究还涉及《文选》的编者及成书年代问题，清水凯夫先生《〈文选〉编纂的周围》《关于〈文选〉中梁代作品的撰录问题》《〈文选〉编纂的目的与撰录标准》等文，力主编者为刘孝绰。这些文章已由韩基国先生翻译成中文，收在《六朝文学论文集》中。清水先生又有《〈文选〉编纂实况研究》等，收入周文海编译《清水凯夫〈诗品〉〈文选〉论文集》中。清水凯夫先生又著《〈梁书〉"携少妹于华省，弃老母于下宅"考》，分析这两句话背后的道德与法律含义，推断《文选》中之所以收录很多表现万念俱灰思想的作品，与刘孝绰的遭遇有密切关系。这个结论可能不一定得到多数学者的认可，但是结合南朝的礼制进行研究，还是一个值得注意的思路。韩基国先生认为清水先生是日本"新文选学"的代表人物，这一看法并不为过。冈村繁《〈文选〉编纂的实态与编纂当初的〈文选〉评价》也认为《文选》是刘孝绰一人所编，是从原有的各种选集中采编而成的。研究亦涉及《文选》李善注的成书问题，如斯波六郎有《四部丛刊本〈文选〉书类》（《立命馆文学》1—12）。1942年撰成《〈文选〉李善注所引〈尚书〉考证》，油印发行，1982年由汲古书院正式出版。又有小尾郊一《〈文选〉李善注引书考证稿》、小林俊雄《〈文选〉李善注引刘熙本〈孟子〉考》、小林靖幸《〈文选〉李善注所引〈说文解字〉》、富永一登《〈文选〉李善注引〈楚辞〉考》等文。在此基础上，由小尾郊一、富永一登、衣川贤次合撰的《〈文选〉李善注引书考证》已由研文出版社出版，分上下两卷。上卷除凡例、解题及《文选》李善注引书一览表外，是《文选》卷一至三十的李善注引书考证。下卷是卷三十一至六十的李善注引书考证及上卷的补正表。此书问世后得到日本汉学界的赞誉，石川忠久、兴膳宏等先生撰文予以介绍。此外，《文选》编著的资料来源，《文选》的性质和选录标准，关于《文选》对陶渊明的评价，《文选》李善注和《汉书》颜师古注、《后汉书》李贤注的关系，有关胡刻本《文选》的流变等问题，也都是讨论的热点,诸多研究成果线索清晰,具体而微,很有参考价值。日本学者的《文选》研究,常常提出一些很新颖的见解,且论证细密,有时虽不免偏颇,却有启发性,值得重视。

欧美《文选》研究虽不及日本那样广泛和深入,但也受到了越来越多的重视,翻译、介绍及研究专论日渐增多。特别应当提及的是,西雅图华盛顿大学的康达维先生潜心英译《文选》,字斟句酌,功力较深。全书八巨册,现已由普林斯顿大学出版了其中两册。

据白承锡《韩国〈文选〉研究的历史和现况》介绍,高丽传入《文选》,当也在唐代,《旧唐书·东夷列传》说:"(高丽)俗爱书籍,至于衡门厮养之家,各于街衢造大屋,谓之扃堂,子弟未婚之前,昼夜于此读书习射。其书有《五经》及《史记》、《汉书》、范晔《后汉书》、《三国志》、孙盛《晋春秋》、《玉篇》、《字统》、《字林》;又有《文选》,尤爱重之。"《旧唐书》成于晚唐,则《文选》之传入高丽,必在此之前。如前所述,现存比较完整的三部朝鲜活字本《六臣注文选》,比较忠实地保留了秀州州学本的五臣、李善注原貌,也最大限度地保留了北宋国子监刻李善注面貌,以及平昌孟氏刻五臣单注本面貌,具有非常珍贵的价值。这也说明朝鲜对五臣注格外重视。

(四) 当代《文选》研究的新课题

纵观20世纪《文选》研究,前五十年虽有一些学者如黄侃、高步瀛、骆鸿凯等做出了令人瞩目的成绩,但是由于社会、历史的原因,现代"选学"毕竟还未能形成声势,不过是清代"选学"的余波而已。50年代以后,"选学"日益受到冷落。近十余年,经过一些学者的努力,"选学"又开始引起学者的重视。1988年和1992年在长春召开了两届《文选》国际学术研讨会,出版了《昭明文选研究论文集》和《文选学论集》。学者们就《文选》的编者、版本、选录标准等问题展开了广泛深入的讨论,并成立了全国性的《文选》研究会。总结旧"选学",创建新"选学",这是历史赋予当代学者的新使命。

第一,《文选》文献学研究。

新的版本不断被发现,为学者开展系统性的研究提供了前所未有的学术机遇。过去三十年重点讨论的《文选》作者问题、成书年代问题、分类问题、版本问题、传播问题等,都还有进一步拓展的空间。傅刚的专著《〈昭明文选〉研究》《〈文选〉版本研究》已经有很好的示范。

一是延续前辈学者李详的研究思路进一步拓展。近年有专文论政治家乾隆皇帝与《文选》、当代伟人毛泽东与《文选》、文学家鲁迅与《文选》、钱锺书与《文选》、学问家顾炎武与《文选》等,具体而微,很有开拓性。

二是对《文选》作具体而微的解读考证。2009 年至 2013 年间,《古典文学知识》开辟专栏,连续发表《文选》解读文章。2016 年,《文史知识》又开辟"《文选》中的中国文学批评史料"专栏。这项工作值得继续做下去。蔡丹君《独山莫氏复刻缩宋本〈陶渊明集〉底本探疑》(《中国社会科学院研究生院学报》2017 年第 6 期)涉及萧统收录陶渊明诗的来源问题。宋展云《〈文选〉所录谢灵运行旅诗的情感内蕴及诗歌史意义》(《中南民族大学学报》2017 年第 5 期)涉及刘宋人所塑造谢灵运孤傲的形象问题。徐建委《唐以前集注的便捷之途——以〈汉书注〉〈文选注〉为例》(《古代特色文学文献研究》第二辑,上海古籍出版社 2016 年版)认为蔡谟的《汉书》是李善注引汉代史实的重要来源。此说,民国年间段凌衣已有论述。此文的意义在于,作者由此推断,《文选》注引书多用集注本,很多属于间接引用,并非逐本直接引用。黄燕平《张衡〈二京赋〉文本发微》(《文学遗产》2018 年第 5 期)认为张衡写作此赋实际是抒发个人情感,非关朝廷。蒋晓光《〈西京赋〉中秦穆公故事源流考》(《求索》2017年第5期)认为《西京赋》中的秦穆公事迹与《史记》的记载略有不同，说明来源不一。孙少华《试论中古文学的"文体流动"现象——以萧统、刘勰"吊文"认识为中心》(《铜仁学院学报》2019年第4期)比较了《文心雕龙》论"吊"体的十位作家作品，《文选》则选录了头尾两篇。他还辨析了吊文与赋的关系，认为伤人为吊，伤情为赋。由此看出，《文心雕龙》辨体，而《文选》定名。

三是传统的考证方法依然不可或缺。韩晖《〈文选〉编辑及作品系年考证》(群言出版社2005年版)一书涉及《文选》的全部作家作品，在以往研究基础上，对《文选》中收录的可以系年的作品逐一考证，提出自己的见解。从某种意义上，该书又可以当作一部工具书来查阅。

四是对《文选》音注进行系统的整理。如萧该是《切韵》一书编成的"多所决定"者。他的《汉书音义》今存一半以上音注是反切，有的是不同时期的同一韵，有的是前分后合或前合后分，有的是合韵现象，有的是方言韵异。对照罗常培和周祖谟《汉魏晋南北朝韵部演变研究》(第一分册)、周祖谟《魏晋宋时期诗文韵部的演变》和《齐梁陈隋时期诗文韵部研究》的结论，萧该同义异音的这些韵变，显示了其音切的传承性、多维性和泛时性特点。《文选集注》所收《文选注》中李善注音和《文选音决》距《切韵》相去不远，通过比较，可以看到《切韵》音系在当时的影响和地位。曹宪、李善、公孙罗等人都生活在扬州等地，与陆德明地域相近，比较他们的音注声母上的异同，有助于了解隋唐期间南北方音系在声母方面的差异。马燕鑫编纂《文选音注辑存》(即将由凤凰出版社出版)从通转、声纽未分化、互转等方面，分析了《文选》音注中所存在的古音现象，借此可以校订音注反切字的讹误，是很有意义的工作。

五是拓展《文选》文献研究范围。刘明《谢说拓展〈文选〉研究的三种视角》(《南京师范大学文学院学报》2018年第1期),强调实物版本与文本版本相结合的研究理念、《文选》与六朝别集的编纂研究、《文选》之选的溯源与比勘等。

第二,《文选》的集成式研究。

许逸民先生、俞绍初先生都提出以《文选汇注》为中心的《文选学研究集成》的设想。这一课题包括：(1)《文选学书录》;(2)《文选学论著索引》;(3)《文选学论文集》;(4)《文选学研究资料汇编》;(5)《文选集校》;(6)《文选汇注》;(7)《唐人注选引书考》;(8)《文选版本研究》;(9)《文选学史》;(10)《文选学史料学》;(11)《文选今注今译》;(12)《文选学概论》;(13)《〈文选〉字头篇名人名地名引书索引》;(14)《文选学大字典》等。此后,游志诚先生提出新文选学应包括以下内容:第一是《文选》版本学,第二是《文选》校勘学,第三是《文选》注释学,第四是《文选》评点学,第五是《文选》学史,第六是《文选》综合学,简明扼要,具有指导性。

清代著名学者阮元在编纂《皇清经解》之余,还有一个设想,就是将清人的研究成果,分门别类地辑录在每部经书的相关字句之下。王先谦整理三家《诗》说、游国恩整理《楚辞》,也用此文献方法。从目前所见资料看,依据这样的方法,可以重新对《文选》加以整理。我试图给自己寻找一条重新研读《文选》的途径,辑录旧注,客观胪列,编纂一部《文选旧注辑存》。所谓《文选》旧注,我的理解,有五个方面的含义：一是李善所引旧注,如薛综的《两京赋》注、刘逵的《吴都赋》注和《蜀都赋》注①,张载的《魏都赋》注和《鲁灵光殿赋》注、郭璞的《子虚赋》注和《上林赋》注、徐爰《射雉赋》注、颜延年和沈约的《咏怀诗》注、王逸的《楚辞》注、蔡邕的《典引》注、刘孝标的《演连珠》注等。有一些旧注只是部分征引,如曹

---

① 卷四左思《三都赋》中的《蜀都赋》有刘渊林注。李善曰："《三都赋》成,张载为注魏都,刘逵为注吴、蜀,自是之后,渐行于俗也。"

大家《幽通赋》注、项岱《幽通赋》注、綦毋邃《两京赋音》、曹毗《魏都赋》注、颜延之的《射雉赋》注①以及无名氏《思玄赋》注等都是如此。张衡《思玄赋》题下标为"旧注"。此外,《史记》《汉书》收录的作品,如《史记》三家注、《汉书》颜师古注等,李善亦多照录旧注;二是李善独自注释;三是五臣注;四是《文选集注》所引各家注释;五是后来陆续发现的若干古注。这部著作的最大特点,是将清代学者所未见、未知的注释资料辑录下来,有助于考订六臣注成书之前,李善注本和五臣注本的流传系统。此书在徐华教授的协助下,2017年已由凤凰出版社出版。

第三,《文选》的文艺学研究。

最重要的是与《文心雕龙》的比较研究。根据穆克宏先生的考察,《文选》选录的作家一百三十人,见于《文心雕龙》者五分之四。《文选》选录作品,在《文心雕龙》中指出篇名的有百余篇。所以,骆鸿凯《文选学》说:"《文心》一书,本与《文选》相辅。今宜据彦和所述四义,以观《文选》纂录之篇,用资证明。"刘师培在《秦汉专家文研究》中,反复征引刘勰之说以为佐证,说明刘师培所归纳的这些写作要求,在很大程度上是总结了汉魏六朝文学批评的业绩。尤其是《文心雕龙》,更是刘师培有关中古文学史研究的重要学术资源。《中国中古文学史讲义》中虽然没有设立专章对《文心雕龙》本身问题展开讨论,但作者多次征引《文心雕龙》。尤其是《汉魏六朝专家文研究》的写作,几乎就是以《文心雕龙》的理论框架作为基本依据和写作指南;同时,作者又结合近代以来的学术思潮,用更广阔的视野来审视汉魏六朝的各种文学现象,较之《文心雕龙》又有新的拓展。如果读者认可这种说法,那么研究《文心雕龙》就应当参考《汉魏六朝专家文研究》;反之,为了更好地理解

---

① 《射雉赋》"雉鷕鷕而朝雊"句下,徐爰注:"雌雉不得言雊。颜延年以潘为误用也。"说明颜延之亦对此赋有注。

《汉魏六朝专家文研究》,就应当对《文心雕龙》有深入的研讨。两者相辅相成,相得益彰。如果把《文选》与《文心雕龙》结合起来阅读,就可以清楚地看出中国文学从先秦到齐梁间文体发展与演变的轨迹。不过,也有截然不同的观点。从现存史籍看,还没有发现两者有必然的、直接的联系。如果说两者主张相同,也只能说是在同样文化背景下的不谋而合。清水凯夫发表了系列文章,如《〈文选〉与〈文心雕龙〉的相互关系》《〈文选〉与〈文心雕龙〉的关系——关于韵文的研讨》《〈文心雕龙〉对〈文选〉的影响——关于散文的研讨》,坚持认为《文选》的编纂与《文心雕龙》没有关系。这就需要对两书进行地毯式的资料整理工作。

第四,《文选》的文章学研究。

《文选》编选之初,本身就体现出当朝的文化理念,是一定政治文化背景下的产物。"文选学"作为一门学科的成立,也与科举制度的建立密切相关。唐代科举考试分试律诗和试策文两大类,《文选》所收作品也可以分为诗赋和文章两类,很多篇章用典,多可以从《文选》中找到源头。唐人读《文选》,多半是从中学习诗赋骈文的写作技巧。宋代以后,《文选》作为文章典范,成为历代读书人的案头读物。同时,《文选》注释博大精深,蕴含着丰富的学术信息,这又成为清代学者潜心研究的对象。我们今天为什么研究《文选》?又如何研究《文选》?"文选学"如何实现创新性转化,创造性发展?这是当代学者必须面对且必须给予回答的问题。追溯这个问题的来龙去脉,绕不开20世纪初叶《文选》所面临的窘境。"五四"运动时,"选学妖孽,桐城谬种"成为一把利剑,把中国的文章成就一笔勾销;又引进西洋的文学观念,将文学分为四大类。诗歌、戏曲、小说,都有理论的借鉴,也有作品的比较。唯独中国的文章,真不知从何说起,也不知如何评说。传统文章学的隔绝与失落,是我们这个时代文学发展的最大困境。如何吸取《文选》中的文章写作精华,历代学者为此也下了很多功夫。如宋代苏易简《文选双字类要》、刘攽《文选类林》、高似孙《选诗句图》，明代的凌迪知《文选锦字》、方弘静《文选拔萃》、陈与郊《文选章句》，清代杭世骏《文选课虚》、石韫玉《文选编珠》等，近似于类书，比较切合文章写作实际。类似的著作，还有一些与《文选》密切相关的辞典，以清代程先甲编《选雅》、近代丁福林编《文选类诂》等为代表。近代刘师培精研《文选》，他的《汉魏六朝专家文研究》主要是《文选》作品为主，讨论文章的各种作法。今天我们研究《文选》，或许可以从中汲取有益的启示。该书除绪论和各家总论外，归为十九个专题：(1)学文四忌(忌奇僻、忌驳杂、忌浮泛、忌繁冗)；(2)谋篇之术；(3)文章之转折与贯串；(4)文章之音节；(5)文章有生死之别；(6)《史》《汉》之句读；(7)蔡邕精雅与陆机清新；(8)各家文章与经子之关系；(9)文章有主观客观之别；(10)神似与形似；(11)文质与显晦；(12)文章变化与文体迁讹；(13)汉魏六朝之写实文学；(14)研究文学不可为地理及时代之见所囿；(15)各家文章之得失应以当时人之批评为准；(16)洁与整；(17)记事文之夹叙夹议及传赞碑铭之繁简有当；(18)轻滑与蹇涩；(19)文章宜调称。就各专题题目而言，或涉及一个时代的文学，或论及某一作家，或旁及某一文体，更多的是文章具体修辞写作的方法与文学理论方面的一些基本问题，譬如神似与形似问题，文质与显晦问题，还有如何处理简洁与完整的关系等问题，不仅是中国古代文话、诗话每每论及的话题，也是现代文学理论常常要触及的问题。

第五，《文选》的普及工作。

在此基础上，《文选》的普及工作也在开展，除上文介绍过的几部中华书局影印出版的《文选》不同版本外，上海古籍出版社又组织力量将《文选》李善注本重新标点，排印出版。尽管版本上未见特色，但毕竟提供了一个方便的读本。吉林文史出版社又出版了《昭明文选译注》六大册。① 屈守元《昭明文选杂述及选讲》和《文选导读》,具体论述了《文选》产生的时代文化氛围、《文选》的编辑、《文选》研究史况、清代《文选》研究代表著等,是对传统文选学研究的继承和重要发展。此外,借鉴历代《文选》辞藻类编的经验,编选《文选学辞典》的时机业已成熟。

(原载《中古文学文献学》,江苏古籍出版社1997年初版,凤凰出版社即将出版修订版)

---

① 1994年出齐,凡六巨册。左振坤《新"选学"的开路者》(载吴青峰主编:《〈文选〉学散论》,吉林人民出版社2004年版)回顾了这套书的缘起。尽管还存在这样或那样的问题,必须承认,翻译《文选》,难度极大。最近,课题组充分吸收各方意见,修订再版。

《玉台新咏》研究的几个热点问题

中大通三年(531)昭明太子萧统死,萧衍次子萧纲被立为皇太子。据说,如同乃兄编纂《文选》一样,萧纲也下令编选了一部文学总集,题名《玉台新咏》,唯收录仅限于诗。

一、《玉台新咏》的编者、名称及成书年代

(一)《玉台新咏》的编者

徐陵编《玉台新咏》不见《陈书》本传记载,加之版本系统比较混乱,如在传抄传刻过程中,有意无意加以附益,结果失去原有面目。在明代刻本中,像吴兆宜注本所据的那种通行本子,竟比原来宋刻本多出近二百首作品。比较明显的问题是,明刻本收有庾信入北、阴铿入陈以后的作品。另外,称萧衍为"梁武帝",徐陵本人署曰"徐孝穆"而不称名(其实,古人自称字之例很多,见顾炎武《日知录》卷二十三"自称字"条)。所有这些情况,都足以使人怀疑《玉台新咏》的编者不像是徐陵。推终原始,这种怀疑肇自明代。明代寒山赵均覆宋本跋曰:"凡为十卷,得诗七百六十九篇。世所通行妄增又几二百。惟庾子山《七夕》一诗,本集俱阙,独存此宋刻耳。虞山冯已苍未见旧本时,常病此书原始梁朝,何缘子山厕入北之诗,孝穆滥擘笺之咏?"[①]至近代,甚至有人将此种种怀

---

① 明赵均小宛堂覆宋本《玉台新咏》,文学古籍刊行社1955年版。

疑坐实。20世纪40年代,詹锳先生撰文推论《玉台新咏》编纂缘由,认为梁元帝萧绎的徐妃失宠后,徐陵专门编成此集以"供其排遣"。《日本国见在书目》著录此书作者徐瑗。据此,胡大雷认为《玉台新咏》就是徐妃所编,因为徐妃本名瑗,字昭佩。她懂文学,与《玉台新咏》中的重要作者徐君蒨为同胞兄妹,且在西府有撰录艳歌的经历。章培恒先生则认为《玉台新咏》的作者为陈后主宠妃张丽华。如果承认此书编成于中大通五六年至大同初年间,则序中开头一段都是有关皇宫的典故,与荆州刺史萧绎身份不符。如果说成书于梁末,至少萧绎在位时,当时梁未亡而简文已亡,元帝追谥"太宗简文皇帝",徐妃却称为"皇太子",显然不可信。所有这些问题,主要是由于版本问题引起的。这个问题下面还要谈到。《隋书·经籍志》与《艺文类聚》卷五十五都说《玉台新咏》是徐陵所编。《隋书》《艺文类聚》都是初唐人编的书,尤其是《艺文类聚》的编者欧阳询乃陈代官员欧阳纥之子。欧阳纥于陈宣帝太建二年(570)因叛陈被杀,欧阳询虽"以年幼免"(《陈书·欧阳纥传》),但从这一年起到陈亡,还有十九年的时间。至于徐陵之死,则在陈后主至德元年(583)。也就是说,公元570年至583年已过去十三年。徐陵死时,欧阳询已成为青少年,而且徐陵的官位文名均显赫一时,因此欧阳询对徐陵的情况不大可能弄错。因此,《四库全书总目》中馆臣批驳一些人怀疑《玉台新咏》非徐陵所编的意见,是信而有征的。至于此书的编选,萧纲为什么没有选用追随他二十多年且以宫体诗创作闻名的徐摛,反而起用比自己还年轻五岁的徐陵?而且,在《玉台新咏》十卷中,只有徐摛的诗一篇也未采录,而萧纲文学集团中其他人如庾肩吾、刘遵、刘孝仪、刘孝威等人作品,或多或少均有入选,这确实是一个值得注意的问题。《梁书·庾肩吾传》载:"初,太宗在藩,雅好文章士。时肩吾与东海徐摛,吴郡陆杲,彭城刘遵、刘孝仪、孝仪弟孝威同被赏接。及居东宫,又开文德省,置学士,肩吾子信、摛子陵、吴郡张长公、北地傅弘、东海鲍至等充其选。"在这些人中,徐摛是在萧纲七岁时就由周捨推荐而最早追随萧纲的,其后始终相随。不仅如此,据《梁书》记载,"宫体诗"的名号也是由他而起的:"摛文体既别,春坊尽学之,宫体之号,自斯而起。"这样一个人物,确实应当是编辑这部以同人诗为核心的艳诗选集的最合适人选。但他之所以未能参加编选,可能的解释是,在编《玉台新咏》时,徐摛不在京城。因为据《法宝联璧序》中说,中大通六年,徐摛的官职是"新安太守前家令"。就是说在写序时,他还在外地。那么,大致同时或稍后成书的《玉台新咏》的编纂,他自然是不可能参加了。至于《玉台新咏》何以不选徐摛任何一首诗歌,这就比较难以理解了。梁武帝曾对徐摛的宫体诗创作大为不满,专门召对质问,但徐摛前来见时,"应对明敏,辞义可观,高祖意释。因问五经大义,次问历代史及百家杂说,末论释教。摛商较纵横,应答如响,高祖甚加叹异,更被亲狎,宠遇日隆"[①]。徐摛以宫体诗名世,而现存诗仅六首,几乎都是咏物,是靠类书零碎保存下来的。《梁书》《南史》本传都没有记载他有别集行世,《隋书·经籍志》更是无从著录了。对此,兴膳宏先生有两种推测:或者是徐陵避嫌而有意不选父亲的作品,或者徐摛的作品在此之前已遭销毁。看来,这永远只能是一个谜了。

(二)《玉台新咏》的名称

《玉台新咏》是最通行的书名。最早著录此书的《隋书·经籍志》即用这一书名:"《玉台新咏》十卷,徐陵撰。"《旧唐书·经籍志》《新唐书·艺文志》并同。《郡斋读书志》《直斋书录解题》也著录为《玉台新咏》。其后,各家著录,大都如此。因此,《玉台新咏》是原书名,这一看法似乎历来无人怀疑。不过,徐陵编辑这部诗

[①] 《梁书·徐摛传》。

集,未见《陈书》《南史》记载,其原名是否即为《隋书·经籍志》所著录的《玉台新咏》? 如果这部书没有所谓的异称,这也许就不成问题了。但是,唐宋学者多次称《玉台新咏》为《玉台集》,而且,还有称《玉台新咏集》者,何者为原名? 我们似乎可以把它作为一个问题给予关注。

先说《玉台集》之称。此名最早见于刘肃《大唐新语》"公直第五"记载:"梁简文帝为太子,好作艳诗,境内化之,浸以成俗,谓之'宫体'。晚年改作,追之不及,乃令徐陵撰《玉台集》以大其体。"《元和姓纂》亦称梁有闻人蒨,诗载《玉台集》。又严羽《沧浪诗话·诗体》中又有"玉台体"条。作者解说曰:"《玉台集》乃徐陵所序,汉魏六朝之诗皆有之。或者但谓纤艳者为玉台体,其实则不然。"又"盘中"体条云:"《玉台集》有此诗,苏伯玉妻作,写之盘中,屈曲成文也。"则严羽所见《玉台新咏》很可能即题名《玉台集》。又,《直斋书录解题》著录《刘孝绰集》也称:"其三妹亦并有才学,适徐悱者,文尤清拔,所谓刘三妹者也。今《玉台集》中有悱妻诗。"陈振孙在同书中或称《玉台新咏》,或称《玉台集》,或许当时即有此两种名称。《郡斋读书志》在著录《玉台新咏》的同时还著录了唐代李康成《玉台后集》,《直斋书录解题》亦然。从这部书名来推断,《玉台新咏》又名《玉台集》,唐时已如此。《宋秘书省续编到四库阙书目》卷一著录有《广玉台集》三十卷,当也是承《玉台集》书名而来的。① 《四库全书总目》以为:"《隋志》已称《玉台新咏》,则《玉台集》乃相沿之省文。"此说未必尽然。既然是省文,就不应该再加"集"字,因为《玉台新咏》和《玉台集》两者间似未有省文关系。但是,如果说此名是《玉台新咏》第三个名称的省称,则在情理之中。

第三个名称是《玉台新咏集》。此名则最早见于赵均覆宋本

———————
① 见清叶德辉辑校《观古堂书目丛刻》,光绪壬寅(二十八年,1902)刻本。

陈玉父跋:"右《玉台新咏集》十卷。幼时至外家李氏,于废书中得之,旧京本也。"于敏中《天禄琳琅书目》说:"所云旧京本,当为北宋时所遗而此乃重刊于南宋者。"[①]这至少说明,在北宋即有此名。钱曾《读书敏求记》也著录有《玉台新咏集》,章钰校:"《读书志》《直斋书录》均无'集'字,集字应删。"[②]此校未必妥当。因为北宋本即有此书名,当渊源有自。《玉台集》当是《玉台新咏集》的省称,这似乎不难理解。甚至,《玉台新咏》也是此名的省称。从中古文学总集的编纂情况来看,同一书名增加字数,多数情况下是加入作者名,如《文选》又称《昭明文选》。从这个时期的材料来看,在书名后增字似还不多见。因此,《玉台新咏集》很可能就是原名,而《玉台新咏》和《玉台集》并为其省文。

历代著录《玉台新咏》,核心词"玉台"二字没有变化。"玉台"二字始见于张衡《西京赋》:"朝堂承东,温调延北。西有玉台,联以昆德。"薛综注:"皆殿与台之名也。"再证以梁简文帝《临安公主集序》:"若夫托构陈之贵,出玉台之尊。"据此而知,玉台系指贵族妇女所居之地。由此推断,《玉台新咏》是为后宫妇女阅读而编。

(三)《玉台新咏》的成书年代

唐代刘肃《大唐新语》卷三"公直第五"载:

> (唐)太宗谓侍臣曰:"朕戏作艳诗。"虞世南便谏曰:"圣作虽工,体制非雅。上之所好,下必随之。此文一行,恐致风靡。而今而后,请不奉诏。"太宗曰:"卿恳诚如此,朕用嘉之。群臣皆若世南,天下何忧不理。"乃赐绢五十疋。先是,梁简文帝为太子,好作艳诗,境内化之,浸以成俗,谓之宫体。晚

---

① 《天禄琳琅书目》,江苏广陵古籍刻印社影印光绪甲申(十年,1884)王先谦校刊本。
② 章钰:《钱遵王读书敏求记校正》,江苏广陵古籍刻印社 1987 年影印长洲章氏丙寅年间刊本。

年改作,追之不及,乃令徐陵撰《玉台集》,以大其体。

研究《玉台新咏》,从明代的赵均到今天的研究者,都引用此说作为考订《玉台新咏》的编定时间、编撰作者及编选目的的重要原始材料。

刘肃唐人,上距梁代约三百年,其记载最可值得注意的有两点:一是萧纲"晚年改作"说;一是所谓"令徐陵撰《玉台集》以大其体"。萧纲二十九岁至四十七岁为太子,如果上述材料所说的"晚年"是指四十岁前后,则可以推知《玉台新咏》当编成于公元542年前后。但是刘肃的记载有一个明显的矛盾之处:若说萧纲晚年悔作艳诗,欲追改之,何以又编"但辑闺房一体"①、"撰录艳诗"②为十卷的《玉台新咏》呢?这里所说的"以大其体"是什么意思呢?对此,学者们有过种种推测。最通常的解释是,这是将宫体诗的时间范围推广到前代,将历代同类言情之作也收录进来,使这个选本既包括了宫体,也包括了其他一些流派和风格,这样就扩大了艳诗的范围和影响,为宫体诗找到了历史的根据。总而言之,"以大其体"就是为宫体诗张目。然而我们从书中却丝毫看不出萧纲有任何"追悔"的迹象。《南史·简文帝纪》说他"雅好赋诗,其自序云七岁有诗癖,长而不倦,然帝文伤于轻靡,时号宫体"。如果萧纲晚年确实悔其少作,并见于言行,自是他平生亡羊补牢、改弦更张的一件大事,本纪似乎不应按下不表。又《南史·徐陵传》先说:"简文帝在东宫,撰《长春殿义记》,使陵为序。"又说:"令于少傅府述己所制《庄子义》。"但偏于徐陵编《玉台新咏》事不著一字;今本所载陵序,对成书本末有所交待,却丝毫不提他受命编书并承担着矫正文风的责任。看到这些矛盾,于是学者又有种种新的推测:有的以为此集编成于萧纲为太子之初,即公元531年

---

① 见〔明〕胡应麟《诗薮》。
② 徐陵《玉台新咏序》。

前后;有的以为成书于太清二年,即公元548年,萧纲死去的前一年。在诸多考述文章中,兴膳宏《〈玉台新咏〉成年考》(《中国古典文学丛考》第1辑,复旦大学出版社1985年版)最值得重视。兴膳宏先生敏锐地注意到,萧绎《法宝联璧序》后罗列的三十八位编者的名单,有六人同时出现在《玉台新咏》卷七、卷八。《法宝联璧》与《玉台新咏》虽同为萧纲下令编写,但两书之间并没有什么必然的联系。六位编者的名字在两书中重出,本来也许是一种巧合。但问题是,湘东王萧绎、萧子显、刘遵、王训、庾肩吾、刘孝威这六人姓名的顺序,《玉台新咏》《法宝联璧序》所载完全一样。再看卷九所收杂言诗,所据原则与此前五言诗部分相同,最初是从汉代到梁代按照时代逐一排列,但到了梁代中途皇太子圣制诗出现以后,情况便发生了变化,按照由皇族而臣下的顺序排列。这使人很容易联想到《法宝联璧序》中三十八人是按照各人在朝廷的地位排列的。而《玉台新咏》卷八正是将《法宝联璧序》中还在世的人们按照地位的高下相随排列。《法宝联璧序》的创作时间有明确记载,作于中大通六年(534),因此,"《玉台新咏》卷七、八是在距中大通六年前后不久的时期进行编纂的,收集了当时还活着的人们的作品"。沈玉成先生《宫体诗与〈玉台新咏〉》(《文学遗产》1988年第6期)进一步推断说:"或者还可以扩而广之,说全部《玉台新咏》编定于中大通五六年间,至少我个人认为可成铁案。"

当然,《法宝联璧序》所列三十八人按地位高低排列,也有少数例外情况,如王规、褚球、徐喈等的职位次序,就与《隋书·百官志》的次序有所不合。因此也不能排除此书编纂或前或后于中大通六年(534)的可能。从这部书所录作品来看,似确有大同初年的作品。如卷九有刘孝绰《元广州景仲座见故姬》诗,据有些学者考证,疑是别人嘲刘孝绰之作。不管是否如此,据《梁书·刘孝绰传》,刘孝绰卒于大同五年(539),而元景仲任广州刺史时间,据《梁书·元法曾传》载,是大通三年(529),被征还则是"大同中"。

那么，此书所选作品，大约最迟作于大同初。再就编者徐陵的行迹看，徐陵曾任上虞令，被御史中丞刘孝仪所劾，免官。此后过了较长时间，他才"起为南平王府行参军"。其后又与萧纲有所往来。再往后，他还做过"镇西湘东王中记室参军"。太清二年（548）徐陵出使东魏，直到承圣四年（555）北齐送萧渊明还梁时，他才回到南方。至于他出任"镇西湘东王中记室参军"的时间，《陈书》本传没有明确记载，但据有关史料可以推断在大同三年至五年（537—539）之间，因为湘东王即梁元帝萧绎任镇西将军，前后凡两次。第一次是在大同三年。那时他在江陵做荆州刺史，大同五年被征还建康，直到太清三年才第二次任镇西将军，又赴荆州。考《梁书·侯景传》，梁元帝与东魏连和是太清二年二月的事。如萧绎第二次赴荆州时徐陵在江陵，朝廷不可能远从江陵调一个藩王的僚属去充任使节。所以他赴萧绎幕下的时间，应在大同三年至五年这个时期。又据《梁书·刘潜传》载，刘潜（字孝仪）为御史中丞，正是大同年间的事。那么，徐陵被劾前，还曾任上虞令。以此推知，他编定《玉台新咏》应在大同初年。也有学者从《玉台新咏》的编撰目的、编辑体例推断徐陵能为萧纲编《玉台新咏》的时间就在中大通三年至大同二、三年之间。还有学者从徐陵任东宫抄撰学士在大同二年，而《玉台新咏》所收作品又有大同二年以后的作品，推断《玉台新咏》的成书不得早于大同三年。

不过，终究有一个问题令人费解，徐陵的父亲徐摛作为东宫的重要诗人，而且是"宫体"诗的核心人物，徐陵在编撰《玉台新咏》时却没有收录其父亲的诗歌，这是该书成于梁代最可值得怀疑的一点。徐摛写诗文好为新变，不拘旧体，当他任职东宫后，东宫的同僚争相效仿他，甚至皇太子萧纲也倾心模拟他的风格。如果说徐陵编撰《玉台新咏》是奉皇太子萧纲之命，那么这时徐陵父子俱事东宫，徐摛作为宫体诗的代表人物，徐陵将他遗漏无疑是难以理解的。但是，假如我们能跳出唐人设置的藩篱，将《玉台新咏》的成书年代往后推,上述一些疑问就比较容易得到解释了。

徐摘除了出任新安太守外,直到大宝二年去世,他的后半生主要是在东宫度过的。而他的作品主要是在宫廷内部流传,这些作品,正如徐陵序中所说"往世名篇,当今巧制,分诸麟阁,散在鸿都",属于深宫之秘籍。然而这些典籍在侯景之乱,特别是江陵之乱中却几乎毁灭殆尽。据唐人张彦远《历代名画记》卷一记载:侯景之乱时,简文帝萧纲数次梦见秦始皇又要焚烧天下书籍,等到侯景攻入首都建康后,果然将秘书省所藏的图画书籍付之一炬。幸而文德殿内的藏书完好无恙,于是侯景之乱平定后,梁元帝萧绎便将这些图书数万卷全部搬运到江陵。然而过了三年多后,西魏派于谨率兵攻陷江陵,萧绎被魏兵执拿,于是降魏。就在萧绎投降前,聚集了名画法书及典籍二十四万卷,遣后阁舍人高善宝全部烧毁。见到烈烈火焰,嗜书如命的梁元帝悲从中来,冲动之下就要投火俱焚,被宫嫔牵衣才得幸免,于是举起吴越宝剑要将殿柱砍折,长叹一声说:"萧世诚竟落到如此地步!儒雅之道,今夜就要断绝了。"焚书的火焰熄灭后,于谨等从灰烬之中,又收检出书画四千余轴,送回了长安。

从此记载来看,徐摘文集很可能在江陵之乱的两次毁书中消亡,所以没有在《梁书》本传、《隋书·经籍志》中著录。从现存诸本《玉台新咏》的作品收录情况来推测,它的编选,至少应当是在公元554年的江陵之乱后。而徐陵在梁敬帝绍泰元年(555)才从北方随萧渊明回到江南,则此集的编纂又在其后。从本年到陈霸先代梁称帝的公元557年,其间兵戈相继,战火未熄。徐陵作为军中幕府,参议戎事,草写军书,是断无此种雅兴去"撰录艳诗"的。由此来看,《玉台新咏》之编录,只能在徐陵入陈之后才有可能。徐陵在《玉台新咏序》中谈到,他编选的缘由,是因为"往世名篇,当今巧制,分诸麟阁,散在鸿都,不籍篇章,无由披览。于是燃脂暝写,弄笔晨书,撰录艳歌,凡为十卷"。他似乎有意网罗众制,用以保存一代诗歌文献。不过,这时已经有许多作品散佚失传,包括像徐摛这样最能反映梁代诗风的诗人作品,当时也已邈不可得。徐陵编辑《玉台新咏》时,自然无从收录①,只能付之阙如。这是此集不收徐摛诗歌可能性较大的解释。

晏殊《类要》卷二一引李康成《玉台后集序》曰:"太清之后以迄今朝,虽未直置简我古人,而凝艳过之远矣。"李康成唐人,所见材料证明《玉台新咏》至少成于梁代末期。明末清初的著名学者和诗人冯舒曾怀疑道:既然《玉台新咏》编成于梁代,可书中为什么收录了庾信入北和徐陵入陈的作品呢?同时的寒山赵均在小宛堂覆宋本《玉台新咏》的跋语中解释说,这是后人有所更定改动造成的。然而如果此书编于陈代,则冯舒的疑问也就比较容易得到解释了。因为当时徐陵之子徐报(徐陵之子徐俭,《南史》本传说"俭一名报")曾出使北方,与庾信见过,庾信为此作了《徐报使来止得一见》一诗,所以《玉台新咏》中所收录的庾信在北方的作品,不一定就是后人缀拾,极有可能是被徐报带回南方的。庾信《寄徐陵诗》"故人倘思我,及此平生时。莫待山阳路,空闻吹笛悲",诗中运用魏晋之际向秀为嵇康枉死而作《思旧赋》的典故,似有托付之意。徐陵编辑《玉台新咏》收录庾信后来入北之诗,也是在情理之中。不过此书具体编于陈代何时,文献不足,只好存疑。

当然,也许还有另外一种可能,即《玉台新咏》十卷不一定是一次完成的,有可能产生于不同时间,成于不同人之手。从目前排序看,前六卷所收基本上是梁代以前的诗作,大体以作者年代先后排序,五、六、七、八卷所收皆梁代作品,但是又有区别,五、六两卷在编排上基本维持前四卷的齿序标准,而七、八两卷确有可能是依各自身份地位排列。第十卷是五言古绝句,以梁武帝为

---

① 黄朝英《靖康缃素记》卷八"摸索"条引苏轼《杂记》曰:"徐陵多忘,每不识人,人以此咎之。"一别故园七年,又经侯景、江陵之乱,文集散佚,追忆不及,"多忘"者如徐陵更难一一详记。

界,前面的诗人排序与前六卷相同,此后排序又同于第七、八卷。其中,何曼才之后的五人可能都是入陈之人,虽对他们的官职情况多不了解,但王叔英妻后又有戴皓,亦不同于第八卷将妇人置于最末的做法,这可能是考虑到卒年先后这一因素,估计这部分应经过陈人的又一次编辑。

二、《玉台新咏》的版本

有关《玉台新咏》的版本情况,刘跃进《〈玉台新咏〉版本叙录》、昝亮《〈玉台新咏〉版本探索》、傅刚《〈玉台新咏〉版本补录》、谈蓓芳《〈玉台新咏〉版本考——兼论此书的编纂时间和编者问题》《〈玉台新咏〉版本补考》等文,论列非常详备。各家所见,都推收在《鸣沙石室古籍丛残》中的唐代写本残卷《玉台新咏》为传世最早版本。该本起张华《情诗》第五篇,迄《王明君辞》,共五十一行,前后尚有残字七行。书题已佚,据所录诸诗,都在《玉台新咏》第二卷之末,其次第顺序与今各本相同,由此可知这是《玉台新咏》的残卷。与今本比勘,歧异之处甚多。

宋刻迄今未得一见,这使人感到有些遗憾,因为有清一代,宋版犹有流传,而且还不止一部。清初著名诗人王士禛,博洽多闻,他在《香祖笔记》中称"此集(即《玉台新咏》)余在京师曾见宋刻,今吴中寒山赵氏翻刻本可谓逼真"①。又,《天禄琳琅书目》也著录

---

① 王士禛《香祖笔记》卷十。此条录自王绍曾、杜泽逊编《渔洋读书记》,青岛出版社1991年版。按:清人所著录宋刻未必尽然。如道光时韩应陛《韩氏读有用斋书目》称藏有"宋椠宋印本,每半叶十五行,行三十字"。又丁日昌《持静斋书目》也著录有"宋刊本,半叶十五行,行三十字,古雅可宝"等,恐怕就不是宋刻,而是明崇祯寒山赵氏刻本,因为据目验过宋刻的冯舒、冯班说,宋刻版式是由赵均"整齐之",然摹刻精好,足以乱真。翁同书跋崇祯二年冯班抄本《玉台新咏》称:"明寒山赵宦光曾得嘉定乙亥永嘉陈玉父本,影写授梓,足以乱真。今之书贾以宋刻欺人者,皆是物也。"王士禛曾比较过宋刻与赵氏本,故所说当可信据。

了四部宋刻。前集"宋版集部"卷三著录了两部宋刻,于敏中称:"前陵序,后宋陈玉父序。永嘉陈玉父后序称《玉台新咏集》十卷,幼时至外家李氏,于废书中得之,旧京本也……所云旧京本,当为北宋时所遗而此乃重刊于南宋者。陈玉父无考。按:宋永嘉陈埴、陈宜中诸人,或以道学称,或以风节著,则知永嘉陈氏系宋望族。玉父之刻是书,雠校周详,摹刻精好,亦可谓深于好古,不陨家声者矣。"另一部宋刻《玉台新咏》"与前部系出一版,密行细字,仿巾箱本式而尺寸加盈,制极精雅,其摹印亦属良工,故清朗照人,可谓合璧。明王鏊藏本,有济之印"。此外,"后集"卷七又著录了另外两部,彭元瑞称"诗前有陵自序,后有嘉定乙亥永嘉陈玉父跋。是书明代刻本增益颇多,此本真宋椠可信"。第二部"同上系一版摹印,后跋脱佚。泰兴季氏藏本"①。由此看来,后来所传宋本《玉台新咏》,多本于陈玉父刻本。于敏中谓陈玉父无考,今人陈乐素《〈直斋书录解题〉作者陈振孙》(上海古籍出版社 1987 年版《直斋书录解题》附录)认为即南宋著名目录学家陈振孙。其言甚辩。

于敏中《天禄琳琅书目》著录的是当时皇宫内的藏书。令人遗憾的是,据 1926 年故宫博物院所编《故宫已佚书籍书画目录》载,二百余种宋元明版书籍及一千余件唐宋元明清五朝字画皆属天禄琳琅秘籍精品,大都移运宫外,不知下落。其中就包括《天禄琳琅书目》记载的四部宋版《玉台新咏》。就今日所知,其前集著录的两部宋版《玉台新咏》已毁于嘉庆二年(1797)秋乾清宫大火之中,后集的另外两部宋版则至今在全国各大图书馆还未发现有收藏。其下落如何,仍不得而知。

因此,除一部唐写本残卷外,现存早期《玉台新咏》版本都是明代刻本,以明代五云溪馆本为较早,但以明崇祯寒山赵均覆宋本最为学者重视。清代刻本在版本方面,多从明刻而来,没有更

---

① 〔清〕于敏中:《天禄琳琅书目》,江苏广陵古籍刻印社据王先谦校刊本影印。

新的发现。从现存三十多种版本看,关于《玉台新咏》的卷数,各家著录均为十卷,并无异词。但各卷分篇却颇有异同。根据现有明刻,《玉台新咏》的版本系统大体上不出陈玉父刻本和郑玄抚刻本这两个版本系统。

(一)陈玉父本系统

就刻本而言,目前所知陈玉父本为现存最早的版本。陈玉父跋见于赵均小宛堂覆宋本、五云溪馆本及万历张嗣修巾箱本:

> 右《玉台新咏集》十卷。幼时至外家李氏,于废书中得之,旧京本也。宋失一叶,间复多错谬,版亦时有刓者,欲求他本是正,多不获。嘉定乙亥,在会稽,始从人借得豫章刻本,财五卷。盖至刻者中徙,故弗毕也。又闻有得石氏所藏录本者,复求观之,以补亡校脱。于是其书复全,可缮写。

由此来看,《玉台新咏》至少在南宋初年即已残佚。陈玉父刻本所依据的是豫章刻本,而且仅残存五卷。这五卷,据说是"旧京本",当是指北宋刻本。五卷之中还有缺页。至于后五卷是从另一"录本"配齐的。这录本据何而来,是否也是北宋旧本,就很成问题了。从现存诸明刻来考察,分歧最大的主要在后五卷中。这就不能不使人怀疑现存诸本后五卷早已非旧刻原貌,也许经过了宋人的篡改。

1. 五云溪馆本

此本为邓邦述寒瘦山房旧藏,现归入中国国家图书馆庋藏。一函四册,每半叶十行,行十九字。在各卷目录中,诗题在上,作者在下,有失名校正,如在《歌诗》《怨诗》下均补有"并序"二字,似乎是依据崇祯六年的赵均覆宋本。但此本校勘又称有宋本作某,颇与赵均本相异。如《古诗为焦仲卿妻作》中"留待作遣施","遣"字,此本作"遗"。眉批"宋本作'遗'",而赵均本作"遣",不知所据宋本详细情况如何。该本的另一个特点是在每卷末补记宋本每卷收诗的数目，很值得参考，如卷一末记"四十五首"，说明宋本中第一卷收诗为四十五首。其下有邓邦述跋："壬子五月廿八日，开始校写此本，纸墨多渝敝，恐不能精也。凡与钞本异同写于行侧，其在栏上下者，皆依原校迻录。正闇（邓邦述号正闇居士）。绿笔所写系校寒山赵氏翻陈玉父本，与钞本同出一源。绿笔所称宋本作某，与活字本相符，知此本所据亦宋本也。且有胜于赵氏而据者，不可以其为活字本而轻之。正闇又记。"说明该本源出宋本，且有胜于赵均覆宋本之处。又卷九后注："一百首。"邓邦述称："朱笔校改，屡引屠本，多与此合，然则此固出于屠本者耶？群碧楼校毕。乙卯八月廿六日。"按此批校语，又见于清初抄本曹炎批校征引，内容基本相同。所称"屠本"不知为何本。书后引录有冯班、李维桢、叶万等人跋，最后为邓邦述跋，文曰："此活字本亦不常见，而所据乃宋本，与赵灵均翻陈本又不同。亡友吴佩伯得曹彬侯庄钞本，又非灵均底本，系冯二痴（二痴为冯班之号）辈同时传钞，见于钱遵王《敏求记》。冯李等三跋劳矞卿曾录于钱氏《敏求记》中，故偶有与灵均刻本同异处，其非据赵本迻写，盖可知也。余假佩伯过录四年之久，将及录竟而佩伯墓木已拱，追念曩日，得从考订之雅，益深怆然。丙辰长至正闇学人。书中绿笔，又一人手校者，未书名字，不可知为何氏，且亦未卒业，至五卷为止，据《文选》校异同处为多，间采《艺文》《初学记》者。其中言宋本作某，则不知据何本也。因附记之。"①

只是此本残损较大，阅读不便。相比较而言，《四部丛刊》据无锡孙氏小绿天藏本影印的五云溪馆本书品较好，也易获见。卷首为徐陵序，题署："陈尚书左仆射太子少傅东海徐陵字孝穆撰。"其次为卷一目录，原书下有"吴郡吴氏之书"数字。书尾有永嘉陈

---

① 此跋又收入邓邦述《寒瘦山房鬻存善本书目》，文字略有差异。

玉父跋,末低二格补记曰:"右徐陵纂。唐李康成云:'昔陵在梁世,父子俱事东朝,特见优遇,时承平好文,雅尚宫体,故采西汉以来词人所著乐府艳诗以备讽览。'见《读书记》。"这段话为赵均摹宋刻本所无。此本收入《四部丛刊》后流传较广,该本底本今藏南京图书馆。中国国家图书馆藏有王国维批校本,悉依赵均刻本,如卷五末潘黄门《述哀》:"宋本无此篇。"卷五末:"辛酉十一月以明覆陈玉父本校。"卷六目录依赵本改动颇多。卷末跋云:"此本虽有永嘉陈玉父跋,然似别是一本,颇有数字胜于陈本者,然终不及陈本体裁之善。又臆改妄删处不一而足,石印时又加以描失,极为可憾。辛酉十月杪以明覆陈本校之,庶几可读矣。观堂记。"辛酉为1921年。莫友芝《邵亭知见传本书目》卷十六上亦有著录。傅增湘订补曰:"明五云溪馆铜活字印本,十行十九字。白口,左右双栏,版心上方有'五溪馆活字本'六字,此本已入《四部丛刊》初编。"[①]陈树杓编《带经堂书目》(陈徵芝藏书)也著录了五云溪馆本,称"前有自序,后有嘉定乙亥永嘉陈仁父序"。此"仁"字当是"玉"字之误。

五云溪馆铜活字本的问世年代现已不得确考。冯班崇祯二年抄本后跋云:"余十六岁时,尝见五云溪馆活字本于孙氏,后有宋本一序,甚雅质。今年又见华氏活字本于赵灵均,华本视五云溪馆颇有改易,为稍下矣。然较之杨、茅则尚为旧书也。"按:冯班生于明神宗万历三十年(1602),其十六岁时是万历四十五年(1617)。由此可见,五云溪馆铜活字本早在此前即已问世。又据冯舒跋《玉台新咏》称:"此书今世所行,共有四本:一为五云溪馆活字本,一为华允刚兰雪堂活字本,一为华亭杨元钥本,一为归安茅氏重刻本。活字本不知的出何时,后有嘉定乙亥陈玉父序,小为朴雅,讹谬层出矣。华氏本刻于正德甲戌(1514),大率是杨本

[①] 〔清〕莫友芝撰,傅增湘订补:《藏园订补邵亭知见传本书目》,中华书局1993年版。

之祖。杨本出万历中,则又以华本意儳者。茅本一本华亭,误逾三写。"兰雪堂本,今亦无从稽考,但是据崇祯二年冯班抄本后跋,兰雪堂本是由五云溪馆本而来,冯舒此跋亦将兰雪堂本置于五云溪馆本后,似亦以为出于其后。则五云溪馆本更早在正德以前即已问世,比万历茅元祯刻本要早得多。如果这种推断可以成立的话,那么,在现存诸明版《玉台新咏》中,此本当推是问世最早的一种了。

2. 崇祯六年赵均刻早期印本

此本历来为藏书家所珍重。中国科学院图书馆藏邓之诚本跋称:"艺风丈(即缪荃孙)昔年见语,世贵赵刻如宋元,其直昂甚,不可问津。"此本所据为南宋陈玉父刻本,莫友芝《郘亭知见传本书目》卷十六著录云:"明天启中翻宋本,每页三十行,行三十字,最佳,他刊皆不足道。"《增订四库简明目录标注》也称有"明天启中翻宋本,十五行,行三十字,最佳",均误,实即崇祯六年赵均刻本,而误作天启刻。由此也可以看出,赵均翻宋陈玉父本在诸明刻中,确实一直为人推崇。《四库全书》即据此本收录,纪昀《玉台新咏考异》亦以此本为据。不过,据目验过宋刻的冯班说,"宋刻是麻沙本,故不佳"①。更何况,陈玉父跋称此本原本残存五卷,后五卷是据另一抄本补缀而成。因此,即使赵均刻本如叶启发所说,"板刻古雅,规矩谨严,无明人刻书窜乱臆改恶习"②,也未必可称为今存《玉台新咏》诸本之首屈。不知为什么,此本在世间流传甚稀,诸家宝之,秘不示人。其实,据《中国古籍善本书目》集部著录,现存赵均刻本《玉台新咏》,没有任何批校的就多达二十四种,另外,还有前人批校本十种,总计三十余种。而且,这个著录并不完备,因据笔者所知,还有些赵刻本并未入善,如中国国家图书馆

---

① 麻沙本,原是指宋元时福建建阳县西麻沙镇书坊所刻的书。因其校勘不精,粗制滥造,所以被视为劣本。
② 叶启发跋赵刻《玉台新咏》,见中华书局校点本《玉台新咏笺注》后附录。

分馆就藏有三部赵刻，可能是因为印刷较差而未入善；有些书商，割裂赵均跋以充古本，故近时著录，多有称明刻云云，而实际就是赵刻者，其例颇夥。如北京大学图书馆收录有明刻《玉台新咏》，仅有陈玉父跋，其实就是赵刻本。另外，日本森立之《经籍访古志》卷六著录有"明嘉靖中翻雕宋本，求古楼藏本。首有徐陵序，每半板十五行，行三十字。界长六寸七分，幅四寸五分。末有嘉定乙亥陈玉久（当作'父'）跋，知依嘉定本重雕者"。此云嘉靖重雕本，实与赵均本完全相同，疑即赵本。现存嘉靖本，与上述并无一处相同。如果把这些版本都计算在内，则今存赵刻之多，实在不足为时人贵。

赵刻有文学古籍刊行社影印本，《四部丛刊》所影印的则为五云溪馆本。王国维曾用五云溪馆本详校赵本，这两种版本当然以前者为好，但也各有所长，不能完全否定后者。举例来说，比如：

第一，五云溪馆本所收作品数量基本上与赵本相同（有十几首不同，出入不大），说明在明代，除赵本外，也还有一些版本，内容接近徐陵书原貌，与通行本不同。

第二，五云溪馆本虽不像赵氏本那样是覆宋本，但总有它的根据。它所依据的底本和赵氏所据宋本似非出一源。第一卷所谓"枚乘杂诗九首"，五云溪馆本有"去去日已远"而无"庭中有奇树"。徐幹《室思》，赵本作六章，五云溪馆本则把前五章分作五首，称《杂诗》，末首称《室思》。第五卷庾丹《夜梦还家》后附有"潘岳黄门《述哀》"一首，是江淹杂体诗三十首中的作品。赵本无，显系五云溪馆本误入。第六卷吴均《和萧洗马子显古意》六首，五云溪馆本只有"匈奴数欲尽"和"贱妾思不堪"两首，又多出《梅花落》一首，与赵本异。第七卷梁武帝《古意》二首的"当春有一草"在《有所思》之下，又缺《临高台》一首。"皇太子诗"缺《娈童》一首。第八卷五云溪馆本比赵本少庾肩吾《和湘东王》二首中"邻鸡声已传"一首和庾信《七夕》。纪少瑜《春日》，五云溪馆本作闻人蒨诗。

第九卷"歌辞"中"河中之水向东流",五云溪馆本作梁武帝诗。沈约《八咏》,赵本在前面只录《望秋月》和《临春风》二首,其他六首附在本卷之末,而五云溪馆本则是《八咏》全在一起。此外,卷末王叔英妇《赠答》一首下多出沈约《白纻曲》两首。第十卷刘孝威《古体杂意》及《咏佳丽》两首,赵本在卷末,五云溪馆本则置于刘孝威《和定襄侯八绝初笄》之后,江伯摇《和定襄侯八绝楚越衫》之前。

第三,五云溪馆本次序混乱以及漏去作者名字处较多,似不如赵本接近徐陵编时原貌。从篇目的异同来看,有些可能是所据底本原有差别,说不定宋时《玉台新咏》已有多种版本,而到明代,以五云溪馆本和赵氏本流衍而成两大系统。《玉台新咏》的版本系统之所以如此复杂,其原因恐怕有如下几点:(1)此书编成后,在唐宋不受重视,不像《文选》早有定本;(2)明刻据不同系统的抄本或刻本;(3)明本与宋本不同,明人附益是重要原因。但实际上,宋本恐怕亦非原貌。即以寒山赵氏覆宋本为例,第六卷中所收徐悱妻刘令娴诗共三首,而前二首在何思澄诗之前,另一首则在何诗之后,说明后一首或系后人附益。又第九卷中所收《盘中诗》列在傅玄、张载《拟四愁诗》之间,也不伦不类。

(二) 郑玄抚本系统

1. 嘉靖十九年郑玄抚刻本

正编十卷,缺续编五卷,中国国家图书馆藏。一函六册。每半叶九行,行十六字。卷首为新安吴世忠撰《刻玉台新咏序》,万历七年茅元祯刻本亦存此序,唯"嘉靖己亥(十八年)十二月八日"数字多为删去。次为新安方弘静撰《刻玉台新咏序》,称郑玄抚得抄本于上都,又广逸拾遗,续为外集,并刻山堂。此序版心下有"黄琏"二字。据各家之序跋,此本于嘉靖十八年始由方敬明购于金陵,翌年刊刻。因此,就目前所知,嘉靖十九年本是现存明版

《玉台新咏》中刊刻年代可以稽考的最早的一种版本。根据版本学家的看法,在明嘉靖以前所刻的古书,尚多保留有宋元旧貌,较少改易。日本著名学者岛田翰《古文旧书考》卷四写道:"尝考刻书之事,至宋而精,元则衰,明初以至嘉靖,是为盛。"①邓邦述《群碧楼善本书目》《瘦寒山房鬻存善本书目》于明刻中专辟"嘉靖刻本"一类,足见版本学家对于嘉靖本的重视。其续编五卷,多为后来刻印《玉台新咏》所因袭,影响较大。

2. 嘉靖二十二年张世美刻本

正编十卷,续编五卷,中国社会科学院文学研究所藏。一函十册。《玉台新咏》十卷,《玉台新咏续编》五卷。每半叶十行,行十八字。首徐陵序,署"陈尚书左仆射太子少傅东海徐陵"。次名家世序,与嘉靖十九年刻本全同。卷一下题署"陈东海徐陵编"。书尾有嘉靖二十二年张世美跋:"吾松旧有宋刻木,杨君士开遂购而校刻,颇为精善,概欲与吾后之人求见古人制作之全也。"按:明代周弘祖《古今书刻》上编著录内府及各直省所刻书籍,下编著录各直省所存石刻,《文选》《乐府诗集》等多有著录,而著录《玉台新咏》只有松江府刻过,仅此一例,足以证明张世美所说不诬。不过,此本又有些蹊跷。郑玄抚刻本问世于三年前,张世美当知此书,因为其"名家世序"及续编五卷,分明为郑玄抚所辑,而此本却未及一言,似乎宋刻即有此续编,颇有大言欺人之嫌。问题是,说他全袭郑刻又不尽然。如第十卷王融《咏火》,此本作《咏秋》。尤其值得注意的是,自谢朓以下,其排列次第又时有差异。由此可见,张刻所依据的似乎还不仅是郑刻,而是另有所本。张跋称得宋刻而校之,也许有一定的根据。

3. 万历七年茅元祯刻本

正编十卷,缺续编五卷,清华大学图书馆藏。一函八册。每

---

① [日]岛田翰:《古文旧书考》,藻春堂刻本。

半叶九行,行十八字。卷首为吴世忠序,除了序后无署名及年月日外,其余与嘉靖十九年郑玄抚刻本全同。其次为徐陵序。次为吴门研山方大年《重校玉台新咏跋》,称"《玉台新咏》之编传于世者,今盖千有余年矣。中间板既湮亡,而其书每至残且蠹者,十或八九。我皇明嘉靖己亥间,徽州郑君玄抚,重陈代之集绮,慨今兹之没宝,遍搜区内,所获者皆断简废篇,久之甫得抄本一帙,因复选附陈、隋外集于后,付梓人刻而传诸久远。逮今方阅四十许年,而其板竟散弛无存矣。锦帙阽亡,贵者共惜。万历己卯季冬,余过吴兴华林里故友茅稚延所居,其子元祯虑其书如郑君之日也,爰命工重刻之而复加雠校其间,比郑君为精且至矣"。次名家世序,罗列有北齐、北周、陈、隋等,但正文仅刻有《玉台新咏》十卷,而续编五卷未收,由是知此非全帙。又,此本多有书写者及刻工姓名,可以为我们辨别版本提供较大的方便。此本在篇章次第上与嘉靖二十二年张世美刻本大体相同,但在第十卷谢朓之后发生变化,而与嘉靖十九年郑玄抚刻本相同。在版本方面,它至少可以说明,茅元祯刻本所依据的是嘉靖十九年本,而不是二十二年刻本。

(三) 两大系统的比较

1996年,我发表了《〈玉台新咏〉版本研究》一文,对于《玉台新咏》的版本系统有比较详尽的论列。① 就其荦荦大者而言,陈玉父本与郑玄抚本两大版本系统的差异可以分为下列几个方面。

第一,就收录篇数而言,陈本六百五十四篇,较郑本八百一十七篇似更接近于《玉台新咏》的原貌。

第二,就作者而言,陈本共一百一十二人,郑本一百二十七

---

① 参见拙文《〈玉台新咏〉版本研究》,见《中国古籍研究》第一卷,上海古籍出版社1996年版。

人,多十五人。这比李康成《玉台后集》所收作者二百零九人都要少得多。

第三,就编排次第而言,郑本从第五卷开始以梁武帝居首,以下依次为皇太子、诸王及王公大臣,依照古代编书的体例,这较之陈本似更合情理。

第四,就具体篇目收录而言,两本各有所长。如《盘中诗》,陈本收在卷九傅玄《拟四愁诗》之后,张载《拟四愁诗》之前,在编排上显得颇为突兀,照诗的顺序,傅玄、张载为同题作品,时代又紧承,二人同为西晋人,并且诗体又完全相同,理应紧接,何以中间插进《盘中诗》呢?这甚至会使人怀疑《盘中诗》是宋人的补遗,并非徐陵所编《玉台新咏》所原有,故目录不载。《北堂书钞》卷一四五引三韵,题作"古诗",也许并非没有道理。今传郑玄抚刻本系统,《盘中诗》均列在汉武帝时乌孙公主《悲歌》之后,汉成帝时童谣之前,据此可以推断《盘中诗》成于西汉中期。这也许可备一说。又比如,陈本未收梁昭明太子萧统的诗歌,无论如何都难以理解。而郑本则收录了五篇。尽管作者还有异说,但是总还为我们提供了继续研讨的线索。

(四)《玉台新咏》校注本

1. 乾隆三十九年纪昀校正本。中国国家图书馆藏稿本。一函二册,每半叶十行,行十九字。卷首为纪昀序,末署"壬辰二月廿一日河间纪昀书"。次为徐陵序,校正多所删改。卷一下题:河间纪昀校正。书末有陈玉父跋,并纪昀跋。此本主要依据赵刻,同时又参校了其他版本,特别是稿本中时常有"宋本作某"字样,对于赵刻多有校正。又有眉批,主要分析诗义,间作校正。这部书广泛参考了清前众本《玉台新咏》,详加校订,补正了宋明诸本不少错误,在《玉台新咏》校勘上很有成绩。此本后来收进《四库全书》,书名改作《玉台新咏考异》,署名也换成了纪昀的父亲纪容舒①,可能是因为《四库全书》不收录在世之人的著作,所以纪晓岚便将其书改托在其父纪容舒名下。《四库全书总目》该书提要称:

> 《玉台新咏》自明代以来刊本不一,非惟字句异同,即所载诸诗亦复参差不一。万历中,张嗣修本多所增窜,茅国缙本又并其次第乱之,而原书之本真益失。惟寒山赵宦光所传嘉定乙亥永嘉陈玉父本最为近古。近时冯舒本据以校正,差为精整。然舒所校,有宋刻本误而坚执以为不误者,如张衡《同声歌》,讹"恐慄"为"恐瞟",讹"莞蒻"为"苑蒻"之类,亦以古字假借,曲为之说,既牵强而难通;有宋刻本不误而反以为误者,如苏武诗一首,旧本无题,而妄题《留别妻》之类,复伪妄而无据;又有宋刻已误,因所改而益误者,如《塘上行》,据《宋书·乐志》改为魏武帝之类,全与原书相左,弥失其真,皆不可以为定。故容舒是编,参考诸书,裒合各本,仿《韩文考异》之例,两可者并存之,不可通者阙之,明人刊本虽于义可通而于古无征者,则附见之。各笺其弃取之由,附之句下,引证颇为赅备。他如《塘上行》之有四说,刘勋妻诗之有三说,苏伯玉妻诗误作傅玄,吴兴妖神诗误作姣童,徐悱诗误作悱妻,其妻诗又误作悱,梁武帝诗误作古歌,以及徐幹《室思》本为六首,杨方《合欢》实共五篇。与王融、徐陵之独书字,昭明太子之不入选,梁代帝王与诸臣并列之类,考辨亦颇详悉,虽未必一一复徐陵之旧,而较明人任臆窜乱之本则为有据之文矣。

邵懿辰《增订四库简明目录标注》认为:"此书实文达自撰,归之于父也。"可惜他并未提出具体实证,人们也就将信将疑。幸好国家

---

① 参见隽雪艳《〈玉台新咏考异〉为纪昀所作》,《文史》第二十六辑,中华书局1986年版。

图书馆藏有纪昀《玉台新咏校正》稿本,这一问题才水落石出。将现存刻本《考异》与稿本相比较,结果两书的正文和考订文字完全相同。无疑,这是同一部著作。稍有不同的只是《考异》并没有稿本天头位置的评论文字。又,稿本书末有"观弈道人记":"余既粗为校正,勒为《考异》十卷,会汾阳曹子受之问诗于余,属为评点以便省鉴,因夺书简端以应之,与《考异》各自为书,不相杂也……癸巳正月二十七日观弈道人记。"观弈道人就是纪昀,说明纪昀先作了《玉台新咏考异》十卷,然后又为"汾阳曹子受之"作了评点,这就是稿本每页天头上的评论。后来《考异》部分单独梓行于世。此记书于癸巳正月,即乾隆三十八年(1773)正月。这时纪昀已经开始了总纂《四库全书》的工作。但是根据稿本和后记分析,纪昀完成对《玉台新咏》的校正和评点时,尚未想到要把这一成果归于其父名下,后来才出于某种考虑,将《玉台新咏考异》的撰者换成父亲的名字并收进《四库全书》中。评点部分未见刻本流传,也许正是为了掩盖嫁名真相才不让它传世。

此书又收进《畿辅丛书》,流传更广。可惜,这一版本亦没有收录眉端批语。好在稿本尚在,另外还有抄本流传,所以不难看到。国家图书馆另藏有撷英书屋抄本,一函二册,悉依稿本,几可乱真。卷一夹有一张纸条:"委校诗集,间有笔误,均剪小纸粘上改写,未敢涂坏法楷也。惟目录一页,小字似以重写为妥。老眼昏花,恐有不到处,仍祈原谅。此请鹤住老兄即安。弟勋安。"卷六封面上题:"辛巳秋于虎林得《续玉台新咏》五卷,不详撰人名氏。卷后刻明人跋一首,亦不详编辑者年代。所录诸诗,自陈逮隋而止。疑是唐人所选。偶读纪氏本,因并及之。"由是而知,郑玄抚续选尚有单行本。又卷六跋:"是书向以陈玉父刻本为最善,自明以来绝少佳本。馆名《玉台新咏考异》十卷,纪容舒撰。检是编,首题河间纪某校正,末题观弈道人书,均无容舒名。考《知足斋集》载纪文达墓志,则云文达父讳容舒,曾官姚安太守。乃知代其先人所作也。序中记壬辰癸巳,公官侍读总纂《四库全书》时所作也。考订精审,不减两卢公曾手编镜炯堂十书,惜未经刊入尔。"稿本、撷英书屋抄本,现并已摄成缩微胶卷,然而眉端批语阅读颇为困难,很多根本无法通过胶卷读到。不过在国家图书馆分馆还藏有一部抄本,未入善,此本对于阅读纪氏眉批提供了极大的方便。

2. 乾隆三十九年吴兆宜注、程琰删补本

清华大学图书馆藏。这是目前《玉台新咏》的唯一注本,清乾隆三十九年程琰删补刊行。一函五册。每半叶十行,行二十一字。扉页:"玉台新咏笺注本衔藏板。"卷首徐陵序,其次为乾隆三十九年程际盛东冶氏跋、阮学濬跋,其次过录陈玉父、赵均、李维桢、冯舒、冯班、道人法顶、南阳鷇道人跋及朱彝尊《玉台新咏书后》。此本把每卷中明人滥增的作品退归每卷之末,注明"已下诸诗,宋刻不收",是很有可取之处的。程琰的删补工作主要是"讹者悉正""删繁补阙"和"参以评点"。时人以"善本"目之。上海扫叶山房于民国四年、十年、十五年等多次出版过石印本。中华书局1985年又出版了穆克宏据乾隆三十九年原刊本校点的排印本,并附录了各家序跋,较便于阅读。

此外,傅刚《〈玉台新咏〉版本补录》还著录了一部清乾隆壬辰三十七年(1772)纪昀朱墨批校吴兆宜原注本,乌丝栏旧抄本,台湾"中央图书馆"藏,存卷九、卷十两卷。吴兆宜原注本未见刊刻,仅以抄本流传于世,后程琰据以删补,刊刻行世,而吴氏原本则湮没不传了。吴兆宜原注的体例,经程琰删改后,已不复能详考,幸纪昀此批本以吴氏原注本为底本,保留了吴氏原貌。从此本可以见出吴氏本注例与程琰删补本有许多不同。

3. 吴冠文、谈蓓芳、章培恒《玉台新咏汇校》,上海古籍出版社2011年版。该书以郑玄抚本为底本,校以铜活字本、冯班抄本、赵均刻本,并根据史书、总集、类书等文献,统摄融铸,是近年最新成果。广西师范大学出版社2007年出版的张葆全《玉台新咏译注》,用现代白话全译全注《玉台新咏》,便于普及。

三、《玉台新咏》的性质与价值

(一)《玉台新咏》的性质

关于《玉台新咏》的性质,传统的看法认为它是一部诗歌总集,历来的史传目录均将其归入集部"总集类",这自是题中之义。而唯有晁公武的《郡斋读书志》例外,该书将《玉台新咏》与《乐府诗集》《古乐府》并列收入"乐类"中。这种分类似本于唐朝李康成。李氏《玉台后集序》称:"昔陵在梁世,父子俱事东朝,特见优遇。时承平好文,雅尚宫体,故采西汉以来所著乐府艳诗,以备讽览。"晁公武著录《玉台后集》时说:"唐李康成采梁萧子范迄唐张赴二百九人所著乐府歌诗六百七十首,以续陵编。"这里,李康成说《玉台新咏》收录的是"乐府艳诗",晁公武说《玉台后集》收录的是"乐府歌诗",强调的都是"乐府",即从入乐的角度来看《玉台新咏》。以往论及《玉台新咏》的特点,往往关注所收诗歌的描写内容,即以女性为主,而忽略了这部诗集的入乐特点。从某种意义上说,《玉台新咏》实际上是一部歌辞总集。

这一点与《文选》迥然有别。我们看《玉台新咏序》,所论多与歌辞演唱有关:

> 弟兄协律,生小学歌;少长河阳,由来能舞;琵琶新曲,无待石崇;箜篌杂引,非关曹植。传鼓瑟于杨家,得吹箫于秦女。……陪游馺娑,骋纤腰于结风;长乐鸳鸯,奏新声于度曲。……但往世名篇,当今巧制,分诸麟阁,散在鸿都。不籍篇章,无由披览。于是燃脂暝写,弄笔晨书,撰录艳歌,凡为十卷。曾无参于雅颂,亦靡滥于风人。

序中引用了大量的典故，无论是汉代李延年女弟的能歌，还是赵飞燕姊妹的善舞，以及像石崇所造的琵琶新曲，曹植所作的箜篌引诗，或者是杨恽妻子的鼓瑟，秦王小女的吹箫，都与音乐、与歌唱有着密切的关系。徐陵使用这么多优美的典故，目的便是揭示该书中所收录的"艳歌"与乐歌是同一性质的。可见，《玉台新咏》的编录，本意在度曲，而非像萧统那样有更多的目的性。

正因为作为歌辞，而不是案头的读物，所以《玉台新咏》所收的诗歌，在内容方面主要是以歌咏恋情爱意、离思别绪为主要题材，而不可能像《文选》那样总是表现较为严肃凝重的主题。在形式方面，更是注重自然流丽，便于传唱，而不可能过于雕琢，这些都是由它的性质所决定的。譬如卷三所收晋杨方《合欢诗》，卷十贾充《与妻李夫人李氏联句》、孙绰《情人碧玉歌》、王献之《诗二首》、桃叶《答王团扇歌三首》、谢灵运《东阳溪中赠答》等都是典型的对歌，其体裁为一酬一答，各唱两句或四句，每句为五言。如贾充与夫人李氏联句，贾先唱五言两句一联，夫人唱两句答联；贾又唱两句一联，李再答；贾再唱，李再续。内容是两情的互相保证，贾说："我心子所达，子心我所知。"李说："若能不食言，与子同所宜。"全诗六联十二句六十字。又如谢灵运诗，只有一酬一答，每首四句，每句也是五言，也是男唱女答。杨方《合欢诗》也是俩人对歌作品，一酬一答，每联意义相当，体裁是当时盛行的五言。①把握住《玉台新咏》的这种特殊性质，我们也就容易理解为什么要把古乐府列在卷首了。最后一卷是绝句，也是将古乐府列于卷首。并且在中间各卷也收录了许多不同朝代的文人拟乐府诗歌。有了这编歌词集子，宫姬们轻歌巧声，其绮丽华美的情景将远胜前代。所以徐陵在序末说："固胜西蜀豪家，托情穷于《鲁殿》；东

---

① 参见吴世昌《晋杨方〈合欢诗〉发微》，《文史》第三十五辑，中华书局1985年版。另外，朱谦之《中国音乐文学史》（1989年重印本）第五章"论乐府"也对《玉台新咏》的音乐性质作了初步的探索。

储甲馆,流咏止于《洞箫》。"三国时西蜀的刘琰教侍婢诵《鲁灵光殿赋》,西汉的元帝为太子时令宫娥咏《洞箫赋》,比起今日的清歌艳曲来,不免有些寒陋。

东晋以来,因政治、经济和文化的中心由北方的洛阳转移至江南的建业、荆州,所以起源于这两个地区的吴歌、西曲等民间音乐也因之盛行起来。这些流行于市井的民间音乐随之对上层宫廷生活产生了很深的影响。南朝皇室多出自社会下层,所以俗乐对其审美情趣的决定作用不可忽视。比如《乐府诗集》卷四八《估客乐》,便是齐武帝所作,当他还是布衣时,曾生活在樊(今湖北襄樊)、邓(今河南邓县)一带,受到当地民间文化的浸染十分深,所以登基以后,怀念当时的情景,写了《估客乐》。梁武帝萧衍在南齐时代可以说始终与民间音乐有着密切的关系。早年他生活、仕宦于建康、吴郡,对吴歌十分熟悉。永明九年(491)后,他作为萧子隆镇西谘议参军又随王赴荆州,此后很长一段时间居住在西曲流行的荆襄雍邓地区。在他登基后,还经常拟作或改造民歌,甚至让臣子一同创作。如他在雍镇时,曾有童谣《襄阳白铜鞮》,"故即位之后,更造新声,帝自为之词三曲,又令沈约为三曲,以被弦管"①。有时他还命精通音律的僧人一起改作民歌,如《古今乐录》记载《懊侬歌》说:"《懊侬歌》者,晋石崇绿珠所作,唯'丝布涩难缝'一曲而已。后皆隆安初民间讹谣之曲。宋少帝更制新歌三十六曲。齐太祖常谓之《中朝曲》。梁天监十一年,武帝敕法云改为《相思曲》。"②以上所举,一为西曲,一为吴歌,可见梁武帝以至整个南朝帝王受民歌的影响之深。

因为帝王对民歌的喜爱,所以南朝设有乐府机构,其职能就是采集民歌,配乐演唱,为皇室娱乐服务。乐府中的女乐经常在

---

① 《隋书》卷十三《音乐志上》,中华书局1973年版。下引版本同此。
② 〔宋〕郭茂倩:《乐府诗集》卷四十六,中华书局1979年版。下引版本同此。

饮宴、游乐时施用,有时还作为殊荣赐予臣子,如《南史·徐勉传》说:"普通末,武帝自算择后宫吴声、西曲女伎各一部,并华少,赍勉,因此颇好声酒。"①其中所载,将吴歌、西曲各设一个乐部,可见民歌在宫廷中所受的重视何等之大。帝王对民歌的提倡和热爱,于此更加助长了民间歌乐在士大夫中间的流传,当时许多权贵便迷恋歌舞。民间音乐在宫廷与士大夫中的流行同时影响了诗歌的新变,即令诗人越来越注重诗歌的音乐美。南朝文人大量拟作民歌乐府诗,在《玉台新咏》和《乐府诗集》中收录的作品可以为证。这些诗歌并非只是吟诵的徒诗,而是入乐歌唱的歌词。既然入乐,便不能不注意到其音调节奏的调配和谐。当文士对诗歌中字音与乐调的关系有了一定的熟悉和了解后,自然会将这些技巧运用到其他非乐府诗歌的写作中。在永明体和宫体诗的形成过程中,民间音乐所起的作用极为巨大,二者之间有着很密切的关系。不仅在音调声韵上力求谐畅合乐,在内容和趣味上也十分接近。永明体和宫体诗可以说是加以精致化了的"新声艳曲",是《玉台新咏》编选的中心所在。

(二)《玉台新咏》的价值

如果说《文选》的编纂体现了当朝复古思潮的话,《玉台新咏》的编选,直接目的是为后宫备以披览:"往事名篇,当今巧制,分诸麟阁,散在鸿都,不籍篇章,无由披览。"②但是更深一层的目的,恐怕还是为了反对以萧统为代表的复古诗风,宣扬编者的文学观念。《文选》收录的作品,有一些亦见于《玉台新咏》。如:

《文选》卷二十一颜延年《秋胡诗》,见《玉台新咏》卷四。

《文选》卷二十三阮嗣宗《咏怀诗》"二妃游江滨""昔日繁华

---

① 《南史》卷六十《徐勉传》。
② 见〔南朝梁〕徐陵《玉台新咏序》。

子",见《玉台新咏》卷二。

《文选》卷二十三曹子建《七哀诗》,见《玉台新咏》卷二《杂诗》五首。

《文选》卷二十三潘安仁《悼亡诗》"荏苒冬春谢""皎皎窗中月",见《玉台新咏》卷二,并法藏敦煌本《玉台新咏》pel. chin. 2503(见《法藏敦煌文献》,上海古籍出版社2001年版,第14册,第357页)。

《文选》卷二十三谢玄晖《同谢咨议铜爵台诗》,见《玉台新咏》卷四,诗题作《铜雀台妓》。

《文选》卷二十四陆士衡《为顾彦先赠妇》二首,见《玉台新咏》卷三。

《文选》卷二十五陆士龙《为顾彦先赠妇》二首,见《玉台新咏》卷三,作《为顾彦先赠妇往还》。

《文选》卷二十七《乐府四首》"饮马长城窟",见《玉台新咏》卷一,作蔡邕诗。

《文选》卷二十七班婕妤《怨歌行》,见《玉台新咏》卷一。

《文选》卷二十七魏文帝乐府二首《燕歌行》,见《玉台新咏》卷九。

《文选》卷二十七曹子建乐府四首《美女篇》,见《玉台新咏》卷二。

《文选》卷二十七石季伦《王明君词》,见《玉台新咏》卷二,并法藏敦煌本《玉台新咏》pel. chin. 2503,题作"石崇王明君辞一首并序"。

《文选》卷二十八陆士衡乐府十七首《日出东南隅行》《前缓声歌》《塘上行》,见《玉台新咏》卷三,其中《日出东南隅行》作《艳歌行》。

《文选》卷二十八鲍明远乐府八首《白头吟》,见《玉台新咏》卷四。

《文选》卷二十八陆韩卿《中山王孺子妾歌》,见《玉台新咏》卷四。

《文选》卷二十九古诗十九首《凛凛岁云暮》《冉冉孤生竹》《孟冬寒气至》《客从远方来》,见《玉台新咏》卷一。

《文选》卷二十九苏子卿四首《结发为夫妇》,见《玉台新咏》卷一。

《文选》卷二十九张平子《四愁诗》四首,见《玉台新咏》卷九。

《文选》卷二十九曹子建《杂诗》六首"西北有织妇",见《玉台新咏》卷二《杂诗》五首。

《文选》卷二十九曹子建《情诗》一首,见《玉台新咏》卷二《杂诗》五首。

《文选》卷二十九张茂先《情诗》二首,见《玉台新咏》卷二,并法藏敦煌本《玉台新咏》pel. chin. 2503,有残片。

《文选》卷二十九张景阳《杂诗》"秋夜凉风起",见《玉台新咏》卷三。

《文选》卷三十谢惠连《七月七日夜咏牛女》,见《玉台新咏》卷三。

《文选》卷三十谢惠连《捣衣诗》,见《玉台新咏》卷三。

《文选》卷三十王景玄《杂诗》,见《玉台新咏》卷三。

《文选》卷三十鲍明远《玩月城西门廨中》一首,见《玉台新咏》卷四。

《文选》卷三十谢玄晖《和王主簿怨情》一首,见《玉台新咏》卷四。

《文选》卷三十陆士衡《拟西北有高楼》《拟东城一何高》《拟兰若生春阳》《拟苕苕牵牛星》《拟青青河畔草》《拟庭中有奇树》《拟涉江采芙蓉》,见《玉台新咏》卷三。

《文选》卷三十张孟阳《拟四愁诗》一首,见《玉台新咏》卷九。

《文选》卷三十陶渊明《拟古诗》,见《玉台新咏》卷三。

《文选》卷三十一刘休玄《拟古》二首,见《玉台新咏》卷三《代行行重行行》《代明月何皎皎》。

《文选》卷三十一江文通《杂体诗·古离别》《班婕妤》《张司空离情》《休上人怨别》,见《玉台新咏》卷五。

这些作品,在全书中毕竟是少数,多数作品很不相同。不管出于什么目的,这部诗歌总集至少有这样几方面的价值。

第一,与《文选》相比较,《文选》诗文兼收,诗歌数量有限,而《玉台新咏》专收诗,是《诗》《骚》以后最古的一部诗歌总集,保存了大量的诗歌资料。《四库全书总目》曾提到说:"其中如曹植《弃妇篇》、庾信《七夕诗》,今本集皆失载,据此可补阙佚。"其实在现存先唐典籍中,汉魏六朝诗歌作品只保存在《玉台新咏》中的不胜枚举。《玉台新咏》前三卷和第九卷所收汉魏古诗和乐府就有很多最早见于此书。如卷一:辛延年《羽林郎》、宋子侯《董娇娆》、古乐府诗六首中之《艳歌行》《皑如山上雪》、张衡《同声歌》、秦嘉《赠妇诗三首》(五言)、徐淑《答秦嘉诗》、陈琳《饮马长城窟行》、徐干《室思》《情诗》、繁钦《定情诗》、《古诗为焦仲卿妻作》。① 卷二:曹丕《清河作》、甄皇后《乐府塘上行》、曹植《弃妇诗》、曹睿《种瓜篇》、傅玄乐府诗七首《青青河边草篇》《苦相篇豫章行》《有女篇艳歌行》《朝时篇怨歌行》《明月篇》《秋兰篇》《西长安兴》,还有《和班氏诗》(一作《秋胡行》)、张华《情诗》三首("北方有佳人""明月曜清景""君居北海阳")、《杂诗》二首、潘岳《内顾诗》二首、左思《娇女诗》。卷三:杨方《合欢诗》、王鉴《七夕观织女》、李充《嘲友人》、曹毗《夜听捣衣》。卷九:秦嘉《赠妇诗》(四言)、傅玄《历九秋篇》《车遥遥篇》《燕人美篇》《拟四愁诗》、张载《拟四愁诗》、苏伯玉妻《盘中诗》。卷十:《古绝句》四首、孙绰《情人碧玉歌》二首、王献之

---

① 另外卷一《古诗八首》中"上山采蘼芜""四坐且莫喧""悲与亲友别""穆穆清风至""兰若生阳春"五首也属相同情况,然而逯钦立《先秦汉魏晋南北朝诗》引《古诗存目》说:"《玉台》古本无。"不知所据"古本"为何。

《情人桃叶歌》二首、桃叶《答王团扇歌》三首。又,《玉台新咏》卷三至卷六收录了从晋到梁的艳情诗歌,也为文学史保留了大量资料。其中文人拟乐府依然在创作,但与魏时不同的是,其中寄寓的志意逐渐淡薄,而更重辞采的增饰,并且文人拟作的模仿对象也从汉魏乐府更多地转变为江南民歌。汉魏乐府与江南民歌不仅在内容上差异颇大,在风情神态上更是有着庄厚与轻灵之别。卷七、卷八两卷选录了梁代以宫体诗为中心的作品,这些作品也是在现存先唐典籍中首见于《玉台新咏》,比如梁简文帝萧纲今存诗歌280余首①,其中有76首存于《玉台新咏》中,占了其作品总数的四分之一。还有其他一些著名诗人的部分作品也是如此,如庾肩吾、萧子显、王筠等人的诗歌。更有一些作家,其作品本来就不多,能流传至今,全依赖于《玉台新咏》,如施荣泰、姚翻、鲍子卿、王枢等人,其现存诗歌均是从《玉台新咏》中辑出。

第二,《玉台新咏》所收古诗多失传,可以校订其他古籍。《四库全书总目》提要说:"冯惟讷《诗纪》载苏伯玉妻《盘中诗》作汉人,据此知为晋代。梅鼎祚《诗乘》载苏武妻《答外诗》,据此知为魏文帝作。古诗《西北有高楼》等九首,《文选》无名氏,据此知为枚乘作。②《饮马长城窟行》,《文选》亦无名氏,据此知为蔡邕作。其有资考证者亦不一。"这是因为二书编撰者的生活年代比我们要远远接近汉魏时代,再则即使期间有过书籍载记的散佚残毁,但他们一定见到过许多我们未见甚至是未闻的资料,因此即便当时对某一问题已有不同的看法,如《文选》和《玉台新咏》两书的编撰年代虽然相距很近,然而对古诗的作者是谁却存在歧见,但当

---

① 据逯钦立《先秦汉魏晋南北朝诗》统计。因某些篇目的归属尚有疑问,故此处仅言其约数。
② 《文心雕龙·明诗》:"古诗佳丽,或称枚叔。"此或是《玉台新咏》所本。但《玉台新咏》与《文心雕龙》亦不完全一致。《文心》有"其《孤竹》一篇,则傅毅之词",而《玉台》以"冉冉孤生竹"为无名氏古诗。

时他们一定是有所依据才会这样断言的。即使只是传闻之辞,对我们来说也是一种有益的启示。古籍在流传过程中,因为传抄刻写的原因,往往会出现字句上的差异,鲁鱼亥豕,因此导致本来的意义发生变化,甚至讹误。在诗歌上,这种异文产生的影响更大,不同的字句所表现出的意境韵味也往往悬殊迥异。《玉台新咏》中的一些作品,在《文选》、六朝作家本集或后世类书等文献中也有保存,但各本的字句却经常存在差异,这一方面可能是抄写者的粗心造成的,另一方面又可能是编撰者细心择定的。无论是出于何种原因,各本的异文需要经过比较才能看出其优劣来。《玉台新咏》中的有些诗歌,在与其他典籍对比时,我们会发现它有时确实要胜过他本。

第三,《玉台新咏》在分类方面也有创新:《诗经》以风、雅、颂分类,《文选》按文体分类,本书则依时代先后编排。《玉台新咏》卷七、卷八主要收录梁代诗人的宫体作品,卷七是皇室成员之作,以萧纲为中心;卷八则是臣子的作品,以东宫侍臣为重点。徐陵编选《玉台新咏》的目的,据唐代刘肃《大唐新语》记载,是奉太子萧纲之命,来扩大宫体诗的影响。因此,七、八两卷可以说是《玉台新咏》一书的中心所在。

第四,《玉台新咏》卷九主要是以七言为主的杂言歌行体诗歌,其中有三言、四言、五言、六言等体式,比如秦嘉《赠妇》为四言,曹植乐府《妾薄命行》、萧纲《倡楼怨节》为六言,而《汉成帝时童谣歌》二首,第一首以三言为主,杂有一句五言,第二首则全为五言。从句式上说,《玉台新咏》中所收南朝的诗歌十句、八句、六句的作品居多。从卷四到卷八这五卷作品中,以十句、八句、六句为主要形式的新体诗占全卷诗篇总数的比重,卷四为48%,而卷五至卷八则分别达到了75.4%、78.3%、71.4%、76.8%,这很直观地说明新体诗的创作在齐梁时期显著增加。而在这三种形式中,又以四韵八句这一格式最为重要。八句格的诗体在刘宋时期还是偶一为之，比如卷四内刘宋诗人中仅有王僧达、鲍照、鲍令晖三人的四首作品是八句体。而到了南齐永明时期，采用这一形式诗歌便开始迅速增多，谢朓、沈约都曾作过为数不少的八句体诗，如卷四收谢朓八句诗8首，卷五收沈约八句诗11首。卷五、卷六两卷中八句体诗的比重分别为52.2%和51.7%，均达到了总篇数的一半以上。到了梁代，诗体实验的热情更加高涨，十句、八句、六句形式均受到关注，其中尤以八句和六句体为多。六句体诗在卷四、卷五和卷六中均无，而在卷七中收录16首，大约占总篇数的30%。然而无论如何，八句体始终占据中心地位，得到了更多诗人的认同。另外还有一种体式也受到很多诗人的关注，那就是四句体小诗，卷十一共收录了南齐以来文人作品113首，可见这种格式所受的重视。这是当时诗歌的新体，是诗人在探索诗歌最佳体式的过程中所作的实验性探索。我们知道，从古体向近体的演变，除了声韵方面的讲求外，最重要的特征莫过于句式的定型。《玉台新咏》卷九、卷十为我们提供了具体可考的作品，这对于我们研究齐梁诗向隋唐近体诗的演变具有极重要的参考价值。

第五，专收歌咏妇女的作品，在秦汉时期尚不多见，魏晋之后，日渐涌现，南朝时期成为风气。除《隋书·经籍志》著录四部《妇人集》外，《梁书》、两《唐书》、《通志》还著录张率、徐勉、颜峻、殷淳各自撰有《妇人集》或《妇人诗集》等。这些著作多已亡佚，只能在《世说新语》刘孝标注中略窥吉光片羽。从现存片段看，这些作品主要"撰妇人事"(《梁书·张率传》语)。《玉台新咏》也是"但辑闺房一体"，可见是同一类型的作品。在写弃妇的诗篇中，不仅以感情沉挚取胜的居多，而且也不乏辞采粲然之作，比如脍炙千年的《古诗为焦仲卿妻作》。此诗又名《孔雀东南飞》，此题则是取诗的首句而成。诗歌讲述了汉末建安年间，庐江府小吏焦仲卿的妻子刘兰芝被婆婆逼迫还家，最终矢志不渝、含恨自尽的故事。

诗歌本身的内容已足以令人感慨唏嘘,千载同叹,而作为"古今第一首长诗"(沈德潜《古诗源》),该诗在艺术上也有着久而弥著的耀眼魅力。

第六,这部诗集主要是从入乐的角度收录作品,所以所收作品在声韵对偶、用典方面较之《文选》就更为讲求。《文镜秘府论·西卷·文二十八种病》载:"吴人徐陵,东南之秀,所作文笔,未曾犯声。"可见在隋唐人心目中,徐陵的创作在声韵方面非常考究。《玉台新咏》的编选,也体现了徐陵的这种艺术追求。如卷九所收的作品大都是乐府诗,本来是入乐歌唱的,这种情形在南朝时或许还是如此,只是其曲调唱法今已失传,所以详细情形不得而知。在这些乐府体诗歌中,以《行路难》《白纻曲》的拟作最多,其次还有《乌栖曲》《燕歌行》等。另外《四愁诗》也值得注意。如果我们用一句话来概括这些作品的感情基调的话,应当就是其共同表达了一种阻隔的忧伤。卷十收录的均为五言绝句,其中既有乐府曲调,也有文人作品。这些诗歌,清丽活泼,如出水芙蓉一般,清新可爱。四句小绝本是吴楚民歌,其声调柔媚,情辞灵动,与北方民歌风格迥异。东晋南迁之后,北方士人侨居江南,深为此地的言语歌曲所吸引,当时有很多人都学说吴语。桓玄曾问羊孚:何以士人共重吴声?羊孚说:大概因其妖而浮。妖是软媚的意思,浮是轻柔的意思。吴音与重浊的洛阳音相比,的确有着惹人怜爱的地方。南宋辛弃疾《清平乐·村居》说:"醉里吴音相媚好。"辛弃疾是山东人,他的感受正与东晋人相同。吴侬软语为人喜爱,吴地的民歌也因此深受士人钟情。效仿吴歌写诗的风气便由此逐渐兴盛起来。东晋文人效仿民歌的作品,以本卷所收孙绰的《情人碧玉歌》、王献之《情人桃叶歌》及桃叶《答王团扇歌》最有名。这些诗歌都是对唱体,有着民歌典型的形式特征,同时其内容与风格也有着浓郁的民歌气息。

四、《玉台新咏》的影响

《玉台新咏》的编撰目的,据徐陵序言,是给后宫妃娥消愁解闷,用以排遣的。像这样编撰故事,集录文章,以供后宫姬人观览的事例,梁陈之时并不鲜见。因此它的影响最初主要是在后宫范围内。

(一)《玉台新咏》在唐代的流传及其影响

在唐代,《玉台新咏》的影响也远远不能与《文选》相比,但是毕竟有人还抄录过它。敦煌石室所出唐写本残卷就是明证。隋炀帝杨广与唐太宗李世民以帝王之尊,好作艳诗,君臣唱和,蔚成风气。隋末唐初的宫廷中有许多由南朝入北的文士,他们文采风流,倍受帝王的喜爱。此时宫廷内饮宴赋诗的风气与梁陈两代并无太大分别,他们作诗也是着意在辞藻音声上的琢饰,从而娱悦耳目,满座同欢。唐太宗虽出身行伍,久伴戎马,但他对南朝清绮的诗文同样心焉好之,甚至耽溺流连,颇有玩物丧志的样子,以致有《大唐新语》中虞世南劝诫的记载。当时的大臣中,虞世南、褚亮和许敬宗均为南方人,虞世南是越州(今浙江绍兴地区)人,褚亮与许敬宗为杭州人,地处南朝文化的中心。在这三人中,虞世南与褚亮便是《玉台新咏》编撰者徐陵的弟子。他们虽然也受到了隋末唐初批判宫体轻艳之风的影响,但只是侧重在内容上的否定,至于作诗的技巧仍然沿承梁陈诗人的步子。因此虞世南尽管曾委婉地批评过唐太宗艳诗的不当之处,但他本人的诗歌在辞藻音律上依然追求精巧华美。

《玉台新咏》的影响,在初唐不仅传布在宫廷内,而且流行于宫廷之外的文士之中。唐代开元时期的李康成曾经依照《玉台新咏》的体例,编选了十卷续集,名为《玉台后集》,收录了梁、陈至唐

的二百零九位诗人的六百七十首作品①。这是《玉台新咏》的第一部续集。如前所述,宋人晁公武《郡斋读书志》曾有著录:

> 《玉台后集》十卷。右唐李康成采梁萧子范迄唐张赴二百九人所著乐府歌诗六百七十首以续陵编。序谓:"名登前集者今并不录。惟庾信、徐陵仕周、陈,既为异代,理不可遗。"

又《玉台新咏》条也引录有李康成序:"昔陵在梁世,父子俱事东朝,特见优遇。时承平好文,雅尚宫体,故采西汉以来词人所著乐府艳诗以备讽览,且为之序。"刘克庄《后村诗话》续集卷一也提到了此书:

> 郑左司子敬家有《玉台后集》,天宝间李康成所选,自陈后主、隋炀帝、汇总、庾信、沈、宋、王、杨、卢、骆而下二百九人,诗六百七十首,汇为十卷,与前集等,皆徐陵所遗落者。往往其时诸人之集尚存。今不能悉录,姑摘其可存者于后。

由上述材料推测:第一,此书与《玉台新咏》一样都收诗六百七十首;第二,除庾信、徐陵外,凡见于《玉台新咏》收录的,此书概不重选;第三,此书如同《玉台新咏》一样,也收录了编者自己的诗。

李康成续集又见于《新唐书·艺文志》及《直斋书录解题》著录。《新唐书》作"李康"。但在李康名下同时又著录有《明皇政录》十卷。傅璇琮、张忱石、许逸民编《唐五代人物传记资料综合索引》以为撰《明皇政录》之李康似为中唐时人,与天宝时之李康似非一人。《全唐文》卷三五八收录李康成文一篇,小传称:"康成,天宝时人,尝使江东。"《全唐诗》卷二〇三收录李康成诗五首,

---

① "李康成",一作"李康"。见《新唐书》卷六十《艺文志》,中华书局1975年版。

其中《自君之出矣》及《河阳店家女》末句"因缘苟会合"云云亦收录①，知此李康成即编《玉台后集》者。作者小传云："李康成，天宝中，与李、杜同时。其赴使江东，刘长卿有诗赠之。尝撰《玉台后集》。自陈后主、隋炀帝、江总、庾信、沈、宋、王、杨、卢、骆而下二百九人。诗六百七十首。汇为十卷。自载其诗八篇，今存四首。"此约略《郡斋读书志》而言。

此书明初似仍有流传。《永乐大典》卷九〇七"诸家诗目"有著录。② 据陈尚君先生考证，明末吴琯《唐诗纪》、胡震亨《唐音统签》均多次引及该集，但据两书全书考察，吴、胡均未见到该集原本，所引系据他书转引。此集之亡，当在明中叶前后。陈先生据《乐府诗集》《后村诗话》《草堂诗笺》《永乐大典》等书，考知作者七十余人，辑诗一百又六首（其中十首仅存残句，一首仅存题，另存疑二题），收入《唐人选唐诗新编》。南宋人刘克庄虽然有过摘录，然而去取之间，不免有他个人的喜好因素，所以仍不能由此窥见《玉台后集》的原貌。不过我们通过比较，可以大略从中看出《玉台新咏》作为一部艳体诗歌集的巨大影响。《玉台新咏》所收录的作者人数约为一百二十人，而《玉台后集》则包括二百零九位诗人。《玉台新咏》选诗时代跨度从汉至梁，约七百余年，而《玉台后集》的时代跨度则从梁末至唐初，仅一百年左右。二书时间跨度如此悬殊，而所收诗人的数量又反而是后者比前者多，说明《玉台新咏》之后，模仿艳诗的作者大有人在。

（二）《玉台新咏》在宋元以后的流传及其影响

南宋严羽《沧浪诗话》在列述古今诗体时便说道："又有所

---

① 《河阳店家女》诗，《全唐诗》失题，仅云"句"，后引《经籍考》云："康成编《玉台后集》，中间自载其诗八首。如《河阳居家女》长篇一首，押五十二韵。若欲与《木兰》及《孔雀东南飞》之作方驾者。末四句云云，亦佳。"此实刘克庄语。
② 见中华书局1986年影印本第一册，第392页，其节引刘克庄语。

谓……玉台体。"注曰:"《玉台集》,乃徐陵所序。汉魏六朝之诗皆有之。或者但谓纤艳者为'玉台体',其实则不然。"在宋代文人对"玉台体"的认识还有分歧,有人认为"玉台体"便是"纤艳"的诗,似乎仍含有轻视和批评的意味。但在严羽看来,这种看法太过狭隘,只是从形貌上来判断。严羽对"玉台体"的具体内涵是什么没有说明,只是说《玉台新咏》中"汉魏六朝之诗皆有之"。如果依照严羽对汉魏六朝诗歌整体评价较高的倾向来看,其对《玉台新咏》应当有赞赏的意思,而并非将其一概抹杀。

《玉台新咏》在宋元以来的影响程度,只要看看当时刻印的三十多种版本便能知其一斑。其中有两部续修选本值得注意:一是郑玄抚《续玉台新咏》五卷,二是朱存孝《唐诗玉台新咏》十卷。

《续玉台新咏》在徐陵原编十卷基础上,"删其余篇,理其落翰",并"进俪陈隋,演为十五卷"。增加的五卷内容,作者六十三人,诗歌一百六十首,均为陈到隋间的作家作品。就其史料价值而言,它至少为我们保留了许多这一时期的作品,其中有些为逯钦立《先秦汉魏晋南北朝诗》所未收。如江总《长安九日》、陈叔达《咏空镜台》、陈伯材《七夕看新妇隔巷停车》《咏春雪》等。此外,此书还可以作校勘的资料来使用,毕竟是明代嘉靖时期的刻本。通过这部选本,还可以考察明代嘉靖前后文学思潮的变迁。

朱存孝《唐诗玉台新咏》十卷,首都图书馆藏一函四册,北京大学图书馆藏一函六册,中国社会科学院文学研究所图书馆藏一函四册,但是,文学所藏本前后序跋均已被割去。朱存孝序称:

> 陈徐孝穆撰汉魏六朝艳诗十卷为《玉台新咏》。唐李康成亦撰陈、隋、初唐诗十卷,为《玉台后集》。盖唐以诗取士,作者号称极盛,而艳诗之撰止于初唐,殊有不全不备之感。予不揣疏陋,因仿孝穆之例撰自初唐至晚唐诗八百余首,分为十卷,仍以《玉台新咏》为名,亦犹续《骚》者不废三闾之义,

续《史》者一准龙门之规云尔。吴郡朱存孝识。

此书第一卷为初唐古诗,二卷为盛唐古诗,三卷为中唐古诗,四卷为晚唐古诗,五卷为初唐律诗,六卷为盛唐律诗,七卷为中唐律诗,八卷为晚唐律诗,九卷为初盛唐绝句,十卷为中晚唐绝句。朱存孝事迹不详,他还编有《回文类聚补遗》,收入《四库全书》。

如果说唐宋人在对《玉台新咏》的重视中还不时流露出对其艳体诗歌的批评和不满,明清人则更多是表达对它的喜爱之情。尽管他们评价《玉台新咏》的方式依然与前代大体一样,即用风雅传统的继承者、孔子删诗尚存郑卫之作来为《玉台新咏》作辩解,然而明清学者流露出更多的对《玉台新咏》的袒护和偏爱,对其不合圣人之旨的地方已经轻描淡写,而且大力表扬其文学艺术上的特色。

(三)《玉台新咏》在域外的流传

《玉台新咏》在海外也曾引人瞩目,尤其在日本,日人不仅收藏、刊刻,而且还有深入的研究,这值得我们注意。日本现存最早关于《玉台新咏》的收藏记载大概首推藤原佐世《日本国见在书目录》的著录。该书编于日本宽平(889—898)年间,大致相当于我国唐昭宗(888—904)时。由此可知《玉台新咏》传入日本更当在宽平之前。另据森立之《经籍访古志》卷六著录,求古楼藏有明代嘉靖年间翻雕宋本《玉台新咏》。其实它与赵均小宛堂本完全相同,或许即是赵本。关于刊印方面,日本昌平学在文化三年(1805)依赵均本重刻行世。该本一本赵本,毫发毕肖。森立之说:"今所传盖以此本为最古云。"此外,佐久节昭和十一年(1936)辑印《汉诗大观》,其中也收入了《玉台新咏》。日本在研究《玉台新咏》方面也颇不寂寞,如当代著名的学者内田泉之助、兴膳宏便可称代表。内田泉之助主持的日本版《玉台新咏》翻译,前有解说，论及《文选》与《玉台新咏》的关系，《玉台新咏》的编撰、题名、体裁、刊本等。每题下有叙说，每篇前有要旨，篇后有通释、语释、余说等。正文分上下两栏，上栏为原文，下栏为译文。该书由明治书院于1975年印制出版。《玉台新咏》近年业已翻译成韩文。

在欧美，英国翻译家安妮·柏丽尔博士（Dr. Anne Birrell）曾将《玉台新咏》译为英文（*New Songs From A Jade Terrace*），并收入企鹅丛书，于1986年出版。

（原载《学术界》2020年第3期）

佛教文化影响下的中古文学思潮

一、"中古"的概念及佛教传入背景

这里所说的"中古文学",与日本学术界常用的"中世纪"有点相近。中国学术界一般认同刘师培的《中国中古文学史》,把中古文学理解为魏晋南北朝文学。曹魏文学最辉煌的时代是汉末建安二十五年间,而建安文学的兴盛又不仅仅是在建安年间突然出现,而是东汉以来渐渐演变而成的。所以,研究中古文学至少应当从东汉做起。陆侃如先生认为魏晋时期最突出的特征就是玄学思潮,而扬雄堪称玄学思想的集大成者,所以他编《中古文学系年》从公元前53年扬雄生开始。其实,刘师培心目中的中古文学,范围可能还要广泛一些。尹炎武在《刘师培外传》中称:"其为文章则宗阮文达文笔对之说,考型六代而断至初唐,雅好蔡中郎,兼嗜洪适《隶释》《隶续》所录汉人碑版之文。"这段话比较准确地概括了刘师培的中古文学史观念,实际是指秦汉魏晋南北朝文学,他的另外一部专著就叫《汉魏六朝专家文研究》。今天所说的"汉魏六朝文学",包括北方十六国、北魏、东魏、西魏、北齐、北周、隋代文学。我赞同这种观点,但是,我的中古文学概念,下限可能要到晚唐。我划分中古文学的重要依据,就是文字载体纸张的发明、运用、抄写以及雕版印刷等方面。通常认为,纸张的发现,至少可以上溯到西汉,这可以作为中古文学的开端,是纸质抄本时代的开端。① 雕版印刷的发明,约在晚唐五代时期②,文学转入新的形态,标志着中古文学的结束。

通常认为,佛教的传入,始于东汉明帝时期。③《后汉书·西域传》载汉明帝夜梦金人飞空而至,于是召集大臣以占卜所梦。或曰:"西方有神,其名曰佛,其形长丈六尺而黄金色。"梁代高僧慧皎《高僧传》将此事系于永平十年(67)④,"或曰",坐实为傅毅。于是,明帝派遣郎中蔡愔、秦景等十八人前往天竺寻访佛法,邀请天竺法师摄摩腾及竺法兰等到中土传法。他们携带梵本经六十万言,经过千辛万苦,终于抵达洛阳,并创建白马寺,在此翻译《十地断结》《佛本生》《法海藏》《佛本行》《四十二章》等五部。后人一致认为,这是"佛教流通东土之始"。慧皎认为前"四部失本,不传江左,唯《四十二章经》今见在,可二千余言。汉地见存诸经,唯此为始也"。

我们知道,佛教发源于古印度,进入中国,大约有四条途径:一条在云南西部边境,经缅甸接壤地区传入,主要影响于西南地区;一条经过尼泊尔传入西藏地区;一条经过中亚、西亚,传入新疆,并辐射到中原地区;一条是海上弘法之路,由南海到达广州,登岸后进入东南地区。如求那跋摩、求那跋陀罗等就从南海到广

---

① 关于纸张的发明及其对学术文化的影响,我在《纸张的广泛应用与汉魏经学的兴衰》一文中作了论述,刊发在《学术论坛》2008年第9期。此文由佐佐木聪先生翻译的日文版,刊发在《东亚出版文化研究》2010年3月。
② 参见宿白《唐宋时期的雕版印刷》,文物出版社1999年版。
③ 印度著名佛教史专家觉月《中印佛教交流史》根据《淮南子》记载的一个故事与梵文故事相近,认为佛教在西汉即已传入中土。不同地区流传相近的故事,这在早期文明发展史上很常见,不能据此一定说中国的故事源于佛教。但是,佛教的传入,应当早于汉明帝时期。有学者说,张骞凿空西域,那个时候,佛教很可能就已传入中国。只是现在还我不到直接的证据。所以学术界通常以《后汉书》的记载为准。
④ 宋代高僧志磐《佛祖统纪》、元代高僧觉岸《释氏稽古略》并系于七年,十年返回。而元代另一高僧念常《佛祖通载》则将此事系于永平四年。可能的情况,永平十年为回到东土的时间。

州。① 昙无竭从罽宾国取经回来,也是从南天竺随舶泛海达广州,回到内地的。

四条线路中,经过中亚、西亚进入新疆的这条传播路径涉及范围最广,影响也最大。这条路径的西南端往往是天竺和罽宾,而东端则是由中国的西北地区向中原、关中和东南地区辐射。天竺在今印度境内。② 罽宾,在今印控克什米尔地区。史载,佛图澄、竺法兰、竺佛朔、康僧会、维祗难、鸠摩罗什、真谛等著名高僧均为天竺人。佛图澄由陆路进入中原③,而真谛则由海路抵达建康④。由陆路通常先要涉辛头河,越过葱岭(现称帕米尔高原),进入新疆,往北沿着葱岭河到达龟兹。

这里应当特别注意以龟兹为中心的西域地区。《北史》卷九十七《西域传》曰:"国有八城,皆有华人。"可见两晋、南北朝时这里居住的华人之多。《西域传》又说:"文字亦同华夏,兼用胡书。有《毛诗》《论语》《孝经》,置学官弟子,以相教授。虽习读之,而皆为胡语。"可见汉文化渗透之深。而龟兹又是西域文化中心之一。唐代慧超《往五天竺国传》有龟兹国,古书又有作归兹、丘兹、屈兹、屈茨等名。慧超称:"即是安西大都护府,汉国兵马大都集处。此龟兹国,足寺、足僧。行小乘法。食肉及葱韭等也。汉僧行大乘法。"张毅先生《往五天竺国传笺释》指出,龟兹人对佛教的传播与佛典的翻译有杰出贡献。佛教传入龟兹可能早于内地。在魏晋南北朝时期西域各国佛教就很昌盛,尤其是龟兹。《晋书·四夷传》载:"龟兹国……俗有城郭,其城三重,中有佛塔庙千所。"而

---

① 参见《高僧传·宋京师祇洹寺求那跋摩》《宋京师中兴寺求那跋陀罗》等记载。
② 《续高僧传·隋东都上林园翻经馆沙门释彦琮传》载,隋代大业二年,裴炬与彦琮等修缵《天竺记》。
③ 《高僧传》《晋书》记载佛图澄事,多诞妄难信。然佛图澄乃释道安之师,道安又为慧远之师,则其于佛学之传播,实有功绩。
④ 《续高僧传·陈南海郡西天竺沙门拘那罗陀传》。

内地的统治者,无论是北方的苻坚、姚兴,或是南朝的梁武帝,都大力提倡佛教。于是在这个时期,佛教以空前的规模从西域向内地传播。不少龟兹人也相继东来传法或译经。从龟兹一直往东,第一站就是河西走廊西端的第一大郡敦煌。沿河西走廊向东,以凉州为中转站,分为两路:一则南下巴郡,沿着长江,抵达荆州、扬州等地。求那跋摩、佛驮什多、昙摩蜜多则由此弘法江南。① 二是东进关陇。僧伽提婆即从此弘法长安。② 此外,西亚的安息国、月支国等也成为弘法高僧的聚集地。早期传法的安世高,原本为安息国人,汉桓帝初年即抵达中原,后来振锡江南,到达广州。③ 支娄迦谶、释昙迁等为月支人。

除上述弘法高僧来自异域外,还有许多中土高僧西天取经,最著名者莫过于法显、宝云、智猛、勇法、昙无竭、法献等人。法显从隆安三年(399)与同学慧景等发自长安,西度流沙,到高昌郡,经历龟兹、沙勒诸国,攀登葱岭,越度雪山,进罽宾国,抵达天竺。经历三十余国求得经书,他把自己的经历记录下来,这就是流传至今的《法显传》。④ 法献回来后也著有《别记》,可惜已经失传。而智猛从弘始六年(404)发自长安,西天取经,整整经历二十年的时间。

在南北分裂时期,六朝僧侣往返于各个文化区域之间,纵横南北,往来东西,在传播佛教文化、加速佛教本土化进程的同时,也在传递着丰富的文化信息,拓宽了中国人的思维空间,丰富了中国文学的体裁题材。更重要的是,佛教文化在很大程度上改变

---

① 《高僧传·宋京师祇洹寺求那跋摩传》《宋上定林寺昙摩蜜多》《宋建康龙光寺佛驮什》等。
② 《高僧传·晋庐山僧伽提婆》。
③ 《高僧传·汉雒阳安清》。
④ 〔晋〕法显撰,章巽注:《法显传校注》,中华书局1982年版。其他几人传记见《出三藏记集》及《高僧传》等。

了中国文化的发展方向。

二、佛教文化与中古文学思潮

苏轼《潮州韩文公庙碑》云:"自东汉以来,道丧文弊,异端并起。"所谓异端并起,言下之意是指传统儒学式微,道教兴起,佛教传入。

季羡林先生为《饶宗颐史学论著选》作序时写道:"中印文化交流关系头绪万端。过去中外学者对此已有很多论述。但是,现在看来,还远远未能周详,还有很多空白点有待于填补。特别是在三国至南北朝时期,中印文化交流之频繁、之密切、之深入、之广泛,远远超出我们的想象。"[1]中古时期中印文化交流一个重要表现,就是佛教的传入对中古文学界产生的巨大影响。

鲁迅《汉文学史纲要》以及计划撰写的中国文学史的有关章目,用"药、酒、女、佛"四字概括魏晋六朝文学现象。药与酒,主要是"竹林七贤"的选择。鲁迅在《魏晋风度及文章与药及酒之关系》的讲演中作了精湛的阐释,而"女"与"佛"是指弥漫于齐梁的宫体诗和崇尚佛教以及佛教翻译文学的流行。鲁迅没有来得及展开论述,却指明了研究的方向。台静农先生《中国文学史》专辟有《佛典翻译文学》,论后汉、魏、六朝的佛典翻译以及译经的文体问题。作者认为,马鸣的《佛本行赞》就是一首三万多字的长篇诗歌,戏剧性很强。译本虽然没有用韵,但是阅读起来,那感觉就像是读《孔雀东南飞》等古代乐府诗歌。佛经《大乘庄严论》,类似于《儒林外史》。[2] 20世纪以来的重要学者,如郭绍虞先生、罗根泽先生、饶宗颐先生对中古文论的研究,钱锺书先生、季羡林先生、

---

[1] 饶宗颐:《饶宗颐史学论著选》,上海古籍出版社1993年版。
[2] 台静农:《中国文学史》,上海古籍出版社2012年版。

王瑶先生等对中古诗文的阐释,都论及佛学对于中古文学的深刻影响。

佛教的影响,最重要的是潜移默化地改变着人们的思想观念。王晓平《佛典·志怪·物语》(江西人民出版社1990年版),蒋述卓《佛经传译与中古文学思潮》(江西人民出版社1990年版),普慧《南朝佛教与文学》(中华书局2002年版),吴海勇《中古汉译佛经叙事文学研究》(学苑出版社2004年版),陈允吉《佛经文学研究论集》(复旦大学出版社2004年版),孙昌武《佛教与中国文学》(上海人民出版社1988年版)、《汉译佛典翻译文学选》(南开大学出版社2005年版)、《中国佛教文化史》(中华书局2010年版),李小荣《敦煌佛教音乐文学研究》(福建人民出版社2007年版)等为近年有代表性的论著。蒋述卓具体辨析了志怪小说与佛教故事、玄佛并用与山水诗兴起、四声与佛经转读、齐梁浮艳文风与佛经传译等对应关系。吴海勇的著作从佛教文学题材入手,进而揭示佛教文学的民间成分及其宗教特性,阐释了佛经翻译对于中国古代文学叙事理论与实践的重大影响。孙昌武《汉译佛典翻译文学选》按照佛传、本生故事、譬喻故事、《因缘经》、《法句经》等方面选择了三十四部佛典,辑录或者节录,为我们提供了一部全面反映这类佛典概貌的基本选本。《中国佛教文化史》凡五巨册,一百八十万字,按照时代先后论述了印度佛教对于中国的巨大影响,主要可概括为六个方面:(1)佛教向中国输入一种新的社会组织——僧团;(2)佛教向中国输入一种新的信仰;(3)佛教的教理、教义包含复杂而细致的学理论证,其核心部分是宗教(佛学)哲学;(4)佛教教化以提升人的精神品质为主旨,目的在塑造理想的人格(当然是按宗教的标准);(5)佛教向中国传播了外来的文学艺术,给中国的艺术、文学、工艺、建筑等领域提供了丰富的借鉴,外来的滋养与本土传统相结合,促进了中土这些领域的进展,取得了极其辉煌的成果;(6)佛教乃是历史上中华各民族间文化交流的津梁,对于促进和巩固中华民族的团结与融合起了极其巨大的、不可替代的作用。陈允吉《佛经文学研究论集》是一部论文选集,收录三十四篇论文,广泛地探讨了汉译佛典经、律、论三藏中与文学相关的论题。

中古时期两部最重要的文学理论巨著,《文心雕龙》和《诗品》均与佛教思想的传播有着重要关系。《文心雕龙》既是一部齐梁以前的文学史著作,更是一部体大思精的理论专著,体被文质,空前绝后。对这一特异现象的解释,我们无法绕过佛学影响这一重要环节。《诗品》不仅品评诗僧的作品,而且,在品评标准、理论命题等方面,也无不渗透着佛教的影响。我曾撰写《一桩未了的学术公案——对钟嵘〈诗品〉"滋味"说理论来源的一个推测》[①]一文,对此试作探讨,不过还只是推测性的意见。

北魏造像艺术是中古艺术的高峰。北魏造像艺术的传世之作集中在三个地区:一是北魏前期的云冈石窟,二是北魏后期的龙门石窟,三是自北魏以迄隋唐的敦煌千佛洞和天水麦积山。北魏前期,即自和平初年昙曜奏请建寺起至太和十八年孝文帝迁都洛阳止(460—494),以云冈昙曜五窟为代表,充分反映出当时北魏君权从原始公社向封建社会转化时期的无上权威,强调"佛就是皇帝,皇帝就是佛",不论立像、坐像,都具有刚毅不拔、挺然大丈夫的风度,有压倒宇宙一切的威力之感和昂扬气势。北魏后期,即孝文帝迁都洛阳,龙门石窟修建到北魏末年(495—533),龙门石窟反映出那个时代北方民族在迁移到汉民族文化中心洛阳之后,一切都汉化了的风格,不论坐佛、立像,都是秀骨清姿、宽袍大袖,具有六朝名士风度。[②] 西部的敦煌千佛洞和天水麦积山则

---

① 参拙文《一桩未了的学术公案——对钟嵘〈诗品〉"滋味"说理论来源的一个推测》,刊于《许昌师专学报》2001年第4期。
② 参见罗朩子《北朝石窟艺术》,上海出版公司1955年版。又见龙门文物保管所编《龙门石窟》,文物出版社1980年版。

更发展了泥塑的艺术,这在北方佛教艺术史上,是中国自己的创造。① 这一观点,已经得到学术界的普遍赞同。

三、佛教文化与中古文学创作

(一) 中古文学体裁与题材

中古时期的主要文体如辞赋赞颂及诗文小说等,无不打上了佛教文化的烙印。而佛教文化对于中古文学题材的渗透更是广泛而深入。

譬如长沙马王堆一号汉墓出土的T型帛画所表现出来的上天、人间和地狱观念还比较简单,甚至还有一种幽暗的美。而王琰《冥祥记》及大足石刻所表现的地狱就非常恐怖,令人不寒而栗。过去,我们的文学作品里常常有《大言赋》《小言赋》之类的题材,极尽夸张之能事,然而与志怪小说中的幻化情节相比,实乃小巫见大巫,不足论列。

又譬如陶渊明的创作,很多学者认为与佛教无关,而是深受道家与道教思想影响。陈寅恪《陶渊明之思想与清谈之关系》就认为陶渊明的思想实承袭魏晋清谈之旨,"外儒而内道,舍释迦而宗天师者也","于同时同地慧远诸佛教之学说竟若充耳不闻","绝对未受远公佛教之影响"②。逯钦立《〈形影神〉诗与东晋之佛道思想》认为陶渊明思想不仅与佛学无关,而且"渊明之见解宗

---

① 姜亮夫:《敦煌造型艺术》,收入氏著《敦煌学论文集》,上海古籍出版社1987年版。又参见常任侠《甘肃省麦积山石窟艺术》,收入《常任侠艺术考古论文选集》,文物出版社1984年版。又参见敦煌文物研究所编《中国石窟·敦煌莫高窟》,文物出版社1982年版。
② 陈寅恪:《陶渊明之思想与清谈之关系》,收入氏著《金明馆丛稿初编》,上海古籍出版社1980年版。

旨,与慧远适得其反,《形影神》诗,实此反佛论之代表作品"①。这种看法已为学术界广泛接受。甚至有的学者论及《文心雕龙》不提陶渊明的原因,是因为刘勰与陶渊明在思想上对立,刘勰信佛,而陶渊明反佛。

但问题并不那么简单。日本学者吉冈义丰据敦煌文书《金刚般若经》纸背抄录的佛曲《归极氏赞》题下附注"皈去来,皈去来",结合日本《圣武天宝宸翰杂集》卷末存释僧亮佛曲《归去来》《隐去来》五首考证,僧亮为晋末宋初僧人,与陶渊明同时,两人所写《归去来》反映了东晋佛教的净土信仰。东晋时,庐山是南方佛教新知识的中心,慧远与刘遗民、陶渊明均有交谊。陶渊明作为思想广泛的人物,又生活在这样的环境中,接受佛教的"新思想"也是必然之事。若结合陶渊明本人经历及家庭背景,他与佛教的关系可以找到许多例证。②国内学者丁永忠也发表了好几篇文章证成此说,特别是他的《〈归去来兮辞〉与〈归去来〉佛曲》一文,从任半塘《敦煌佛曲初探》中辑出有关《归去来》佛曲,并综合各家之说,认为陶渊明的思想不能简单地视为纯正的老庄玄理的翻版,而是"佛玄合流"。③中古时期盛行一种发愿文,虽然是告地文,但陶渊明《闲情赋》中"十愿"或许受此影响。

再譬如宫体诗问题,过去学术界多持批判的态度。近年,又出现了另外一种较为极端的评价,即从审美意识的新变到艺术技巧的考究等多方面对《玉台新咏》给予肯定,强烈要求重新评价宫体诗的呼声日益见诸报端。当然,最稳妥的办法是"各打五十大板",说它功过参半。文学研究则要透过现象窥探本质,深入地开掘某种文学现象出现的深层原因,客观地展现其发展演变的清晰

---

① 逯钦立:《〈形影神〉诗与东晋之佛道思想》,收入氏著《汉魏六朝论集》,陕西人民出版社1984年版。
② [日]吉冈义丰:《〈归去来兮〉与佛教》,《东洋学论丛》"石滨先生古稀纪念"号。
③ 丁永忠:《陶诗佛音辨》,四川大学出版社1997年版。

轨迹。研究宫体诗,似乎也应当首先关注其兴起的时间和背景,这一点至关重要。《梁书·徐摛传》《庾肩吾传》都谈到徐、庾等人"属文好新变,不拘旧体","至是(指萧纲入主东宫)转拘声韵,弥尚丽靡,复逾于往时"。在姚察看来,宫体诗在永明体基础上,形式更加丽靡,声韵更加考究。《隋书·经籍志》说:"梁简文之在东宫,亦好篇什,清辞巧制,止乎衽席之间,雕琢蔓藻,思极闺闱之内。后生好事,递相放习,朝野纷纷,号为'宫体'。"刘肃《大唐新语·方正》载曰:"梁简文帝为太子,好作艳诗,境内化之,浸以成俗,谓之宫体。"在唐人看来,宫体即艳诗,即以女人为题材的诗。《梁书·徐摛传》载:"王(指萧纲)入为皇太子,兼掌管记,寻带领直。摛文体既别,春坊尽学之,'宫体'之号,自斯而起。"根据这段记载,从唐代开始,多认为宫体诗的形成时间是在萧纲为太子的中大通三年,亦即公元531年。其实,从庾肩吾、萧纲所存诗作可以考知,萧纲有不少类似于宫体之作早在入主东宫之前即已完成,只是随着萧纲被继立为皇太子才正式获得"宫体"这一名称。这个过程似乎并不很长。永明重要作家沈约的创作变化也可以印证这个结论。在南齐永明年间,沈约、谢朓、王融等人的创作表现这方面题材并不是很多。但是齐梁之际,沈约开始染指这个题材。那时,沈约已经是六十开外的老人了。依据常情,似不合逻辑,因此,不能简单地从沈约个人身上找原因。再说萧纲,他也曾明确说:"立身先须谨重,文章且须放荡"①,也是把作人和写诗分别开来。因此,萧纲醉心于宫体诗也不是个人品性使然。从齐梁换代到萧纲被继立为皇太子,前后不过三十年;就在这三十年间,众多文人似乎不约而同地对此一题材抱有浓郁兴趣,这显然不是哪一个人所能倡导决定的,一定是有某种外在的影响,推动了这一思潮的形成。我认为,当时文人突然热衷于这种题材的诗歌创

---

① 〔南朝梁〕萧纲:《诫当阳公大心书》。

作,还是得从佛教思想的影响上寻找答案。根据传统的看法,僧侣本来不准观看一切娱乐性的节目。《四分律》卷三十四就明确记载佛教戒律,其中之一就是"不得歌舞倡伎及往观听"。隋代智颛《童蒙止观》也说,凡欲坐禅修习,必须诃责五欲,即色、声、香、味、触。声欲排在第二,"所谓箜篌、筝、笛、丝竹、金石音乐之声及男女歌咏赞诵等声",均谓之声欲。《摩诃僧祇律》《十诵律》等都有相近内容。在佛教看来,声欲足以使人心醉狂乱。但是,我们对这些戒律也不能过分绝对化。佛教传入中国以后,为了让更多的人理解教义、接近教义,往往利用变文、宝卷等民间说唱手段以及雕塑、绘画等艺术吸引大众。英国学者约翰·马歇尔的名著《犍陀罗佛教艺术》(王冀青译,甘肃教育出版社 1989 年版)收录了几组彩女睡眠浮雕的照片,雕出的女像体态匀称丰满,薄薄的紧身外衣能很好地透出她们苗条的身段,极富韵味。这种描写女性睡眠的艺术,我们在《玉台新咏》中经常看到。需要说明的是,梁武帝时期,犍陀罗艺术已经衰落,梁武帝直接接触到的是继犍陀罗艺术之后属于印度本土的笈多艺术范式。但笈多艺术与犍陀罗艺术关系密切,可以说没有犍陀罗艺术就没有笈多艺术。由此可以推断,印度传来的佛教文化与梁代中期盛行的宫体诗创作,应当有着某种内在联系。

(二) 中古辨声意识

清人钱大昕《论三十字母》《论西域四十七字》,近人刘复《论守温字母与梵文字母》并认为,"守温的方法,是从梵文中得来的。"这已经是宋元时代的事了。事实上,在汉末,西域辨声之法即为中土士人所掌握,最有趣的事例莫过于"反切"之说。《颜氏家训》说:"郑玄以前,全不解反语","孙叔然创《尔雅音义》,是汉末人独知反语。至于魏世,此事大行"。陆德明《经典释文序录》说:"古人音书,止为譬况之说。孙炎始为反语,魏朝以降,蔓衍实繁。"颜师古注《汉书》颇引服虔、应劭反语，这两人均卒于汉末建安中，与郑玄不相先后，说明汉末以来已经流传反切之说。但是为什么要用"反切"一词，历代的研究者均语焉未详。宋人沈括《梦溪笔谈》卷十五说："切韵之学本出于西域，汉人训字止曰读如某字，未用反切。然古语已有二声合为一字者，如'不可'为'叵'，'何不'为'盍'，'如是'为'尔'，'而已'为'耳'，'之乎'为'诸'之类，似西域二合之音，盖切字之原也。"清代学者顾炎武《音学五书》、陈澧《切韵考》等对于反切的考辨既深且细。近世著名学者吴承仕《经籍旧音序录》《经籍旧音辨证》、王力《汉语音韵学》、魏建功《古音系研究》也对此做了钩沉索隐的工作，但是，他们均没有回答"反切"为什么会在汉末突然兴起这个基本问题。

宋代著名学者郑樵在《通志·六书略》"论华梵下"中写道："切韵之学，自汉以前，人皆不识。实自西域流入中土。所以韵图之学，释子多能言之，而儒者皆不识起例，以其源流出于彼耳。"宋代著名目录学家陈振孙《直斋书录解题》卷三也明确写道："反切之学，自西域入中国，至齐梁间盛行，然后声病之说详焉。"这段话说明了反切自西域传入中国的事实，同时指出了它与声病之学兴起的重要关系，确实具有相当的价值。现代著名学者罗常培《汉语音韵学导论》也指出："惟象教东来，始自后汉。释子移译梵策，兼理'声明'，影响所及，遂启反切之法。"周祖谟《颜氏家训音辞篇补注》也说："至若反切之所以兴于汉末者，当与佛教东来有关。清人乃谓反切之语，自汉以上即已有之，近人又谓郑玄以前已有反语，皆不足信也。"大的框架确定之后，需要做具体的论证。而要论证这样一个棘手的问题，就必须论证印度原始语言与反切到底有什么具体的关系。为此，美国著名学者梅维恒（Victor. H. Mair）撰写了《关于反切源起的一个假设》（A Hypothesis Concerning the Origin of the Term FANJQIE）一文，认为"反切"与梵文"varna-bheda-vidhi"有直接的关系。这三个术语的组合在语义学上的意义是"字母切读的原则"(Letter-Cutting-Rules)。其中最有意思的是"bheda",恰恰与汉语"切"字的意思相符;而"varna"不仅仅读音与汉语"反"字相近,而且在意义上也非常接近。"Varna"有覆盖、隐蔽、隐藏、围绕、阻塞之意,可以被译成"覆"。而环绕等义,在汉语中又可以写成"复",它的同义词便是"反"。因此,不论是从语义学还是从语音学的角度看,在梵文"varna"和汉语"反"字之间具有相当多的重叠之处。① 这篇文章认为,当时了解梵语"varna-bheda-vidhi"意义的僧侣和学者受到这组术语的启发而发明了"反切"之说,这是很有启发意义的推论。

魏晋以来反切概念的提出,说明当时人对于声音的辨析意识日益明确。这可能与转读佛经有内在联系。慧皎《高僧传》卷十三"经师传"及后面的《经师论》,多次论及善声沙门诵读时的音乐之美。如《释昙智传》载:"既有高亮之声,雅好转读,虽依拟前宗,而独拔新异,高调清彻,写送有余。"又如《释道慧传》载:"禀自然之声,故偏好转读,发响含奇,制无定准,条章折句,绮丽分明。"再如《释昙迁传》云:"巧于转读,有无穷声韵。梵制新奇,特拔终古。"同卷末附有善声沙门名单:"释法邻,平调牒句,殊有宫商。释昙辩,一往无奇,弥久弥胜。释慧念,少气调,殊有细美。释昙幹,爽快碎磕,传写有法。释昙进,亦入能流,偏善还国品。释慧超,善于三契,后不能称。释道首,怯于一往,长道可观。释昙调,写送清雅,恨功夫未足。凡此诸人,并齐代知名。其浙左、江西、荆陕、庸蜀亦颇有转读,然止是当时咏歌,乃无高誉,故不足而传也。"特别值得注意的是《高僧传·鸠摩罗什传》中的一段记载:

> 初沙门僧叡,才识高明,常随什传写。什每为叡论西方辞体,商略同异云:天竺国俗,甚重文制,其宫商体韵,以入弦为善。凡觐国王,必有赞德,见佛之仪,以歌叹为贵。经中偈

---

① 该文刊于 SINO-PLATONI PAPERS,34,1992 年 10 月。

颂,皆其式也。但改梵为秦,失其藻蔚,虽得大意,殊隔文体。有似嚼饭与人,非徒失味,乃令呕秽也。

这里,鸠摩罗什所谓的"西方辞体",多数学者认为就是指印度诗律。因为要想写出梵赞歌颂如来,当然需要一定的诗律知识。可见鸠摩罗什对于印度古典诗律是有深入研究的。

据《高僧传》记载,鸠摩罗什(344—413)是龟兹人,父亲鸠摩炎系印度贵族,他的母亲是龟兹王妹,幼时随母至天竺学习大乘经典及四《吠陀》以及五明诸论,深受当时罽宾、龟兹佛教学风的影响,同时精通外书,深明梵文修辞学。后来又在于阗学习大乘。回龟兹时,鸠摩罗什已名震西域,苻坚派遣吕光伐龟兹的动机之一就是争取这位高僧。经过长达十五年的周折,他终于在姚兴弘始三年(402)年底到达长安,从事讲经与传译。他先后共译出经论三百余卷,所译数量既多,范围也广,而且译文流畅。东汉至西晋期间所译经典崇尚直译,颇为生硬难读,鸠摩罗什弟子僧肇就批判过这种旧译本:"支(谦)竺(法兰)所出,理滞于文",而罗什"转能汉言,音译流便,既览旧经,义多纰缪,皆由先译失旨,不与梵本相应"。由此来看,鸠摩罗什的译文往往能改正旧译本的谬误,这与他深通印度标准的诗律或有直接的关系。

鸠摩罗什在讲经传道的同时,为译经的需要,也一定会向弟子传授印度标准的诗歌理论。敦煌写卷《鸠摩罗什师赞》云:"草堂青眼,葱岭白眉。瓶藏一镜,针吞数匙。生肇受业,融叡为资。四方游化,两国人师。"这里提到了鸠摩罗什四大弟子:道生、僧肇、僧融和慧叡。元释决岸《释氏稽古略》云:'师之弟子曰生、肇、融、叡,谓之什门四圣。"《高僧传》卷七《慧叡传》:"陈郡谢灵运笃好佛理……咨叡以经中诸字并众音异旨。著《十四音训叙》,条例梵汉,昭然可了。"据此知谢灵运《十四音训叙》,实为论梵音之作。这部书在中土早已失传,而在日本安然《悉昙藏》中多所摘录。日本学者平田昌司《谢灵运〈十四音训叙〉的系谱》、中国学者王邦维《谢灵运〈十四音训叙〉辑考》二文对此书有过深细论述和考证。《高僧传·慧叡传》载："至南天竺界，音译诂训，殊方异义，无不必晓。俄又入关从什公咨禀。复适京师（建康），止乌衣寺讲说众经。"说明慧叡的梵文知识一部分得于他在印度，尤其在南印度的经历，还有一部分得于鸠摩罗什的传授。谢灵运曾从慧叡问学，应当是鸠摩罗什的再传弟子。作为文学家的谢灵运对于西域传入的印度文化是有所了解的，这对于他的诗歌创作、文学思想产生了哪些方面的影响？为什么沈约要在《宋书·谢灵运传》中详加论述他的声律理论？这些都是非常有意义的论题。再从慧皎《高僧传·释道猷传》的记载看，释道猷"初为生公弟子，随师之庐山"，则他也是鸠摩罗什的再传弟子。钟嵘《诗品》将他与释宝月并列，称他们"亦有清句"。这至少说明，像释道猷这样的人，不仅从鸠摩罗什那里学到了印度古典诗律，而且对汉诗创作也时有染指，颇有造诣。从这些线索来看，那么，鸠摩罗什的学说（当然包括诗学理论之类的学问）已经由他的弟子而传至江南，并且与中国传统的诗歌创作结合起来，别开新的天地。

（三）四声的提出

《高僧传》多次论及"小缓、击切、侧调、飞声"之说，与《文心雕龙·声律篇》中"声有飞沉""响有双叠"的说法不无相通之处。他们都把汉语的声音分为两类，即平声与仄声。这与"四声"只有一步之遥。

钟嵘《诗品序》中说："至平上去入，则余病未能；蜂腰鹤膝，闾里已具。""四声"之说刚刚兴起，很多人还没有掌握，就连"竟陵八友"之一的梁武帝也要向周舍询问四声的问题。而据阳松玠《谈薮》载："重公尝谒高祖，问曰：'弟子闻在外有四声，何者为是？'重公应声答曰：'天保寺刹。'及出，逢刘孝绰，说以为能。绰曰：'何如道天子万福?'"这说明,"四声"在当时还很不普及。四声是平仄的细化。陆厥用魏晋以来诗人论音的只言片语来论证所谓"四声"古已有之,是很牵强的。其实,这些概念,是在齐梁时期才被正式提出的。如前所述,齐梁人在辨析梵文与汉字语音的差异方面曾投下极深的功夫,目的是转读佛经,翻译佛教经典。梵文是拼音文字,梵文字母称为"悉昙"。将梵文经典翻译成汉语,难免要涉及声调抑扬搭配问题。慧皎《高僧传》就指出:"能精达经旨,洞晓音律,三位七声,次而无乱,五言四句,契而莫爽,其间起掷荡举,平折放杀,游飞却转,反叠娇哢,动韵则流靡弗穷,张喉则变态无尽。"永明年间,竟陵王萧子良、文惠太子萧长懋多次召集善声沙门,造经呗新声。特别是在永明七年的二月和十月,有两次集会,参加人数众多,《四声切韵》的作者周颙、《四声谱》的作者沈约、《四声论》的作者王斌更是其中活跃人物。所有这些,在《高僧传》《续高僧传》及僧祐《略成实记》中有明确记载。这些文士都生长在"佛化文学环境陶冶之中"①,都熟知转读佛经的三声。我国声韵学中的四声发明于此时,并于此时运用是自然之理。

(四) 八病的辨析

前引钟嵘《诗品序》中最值得我们注意的是钟嵘所说的后半句:"蜂腰鹤膝,闾里已具。"所谓"蜂腰、鹤膝",就是"八病"之中的两种,而钟嵘认为已经深入人心,并非沈约等人独得胸襟。

1985年,日本学者清水凯夫发表《沈约声律论考——探讨平头上尾蜂腰鹤膝》一文,翌年又发表《沈约韵纽四病考——考察大韵小韵傍纽正纽》一文,清水的结论依据在这样几个原则基础之上。

---

① 参见陈寅恪:《四声三问》,收入氏著《金明馆丛稿初编》,上海古籍出版社1980年版。又见万绳楠先生整理:《陈寅恪魏晋南北朝史讲演录》,黄山书社1987年版。

第一,沈约的诗是忠实遵守其理论的,以此见解为立足点,从沈诗中归纳声律谐和论。

第二,以《宋书·谢灵运传论》的原则和《文镜秘府论》中的声病说为基础,在这个范围内探究以"八病"为中心的声律谐和论的实际状况。这时不将"八病"看作一成不变的,而将它看作变迁的。

第三,考察沈诗的音韵时,视情况亦从古音上加以考察。

由此清水教授得出的结论是:"八病为沈约创始是不言自明的事实。"①

对此,我在1988年撰写了《八病四问》一文提出异议。我的四问是:第一,永明诗人特别是沈约何以不言"八病"?第二,关于"八病"的文献记载何以越来越详?第三,沈约所推崇的作家作品何以多犯"八病"?第四,沈约自己的创作何以多不拘"八病"?②

现在来看,拙文尚有不少问题。最根本的问题是,我所依据的声韵主要是《广韵》;《广韵》虽然隶属于《切韵》系统,但是,毕竟已经过去数百年,音韵的变化颇为明显,我们只要将《切韵》《唐韵》和《广韵》稍加比较就可以明了这一点。而且退一步说,就算我们所用的确实反映了真实的《切韵》音系,那么问题来了:《切韵》系统反映的是哪一种音系?是江南音,是南渡洛阳音,抑或是长安音?音韵学家和历史学家对这些问题是有很多争论的。如果没有较有力的根据,引用《切韵》系统的韵书来说明某一时代、某一地域的用韵情况,其立论的根据是颇可怀疑的。另一方面的问题是,我所依据的材料主要是大家耳熟能详的正史和各家诗文集,在当时的条件下没有关注更新的研究成果。

譬如说,关于声病的概念,成书于公元纪元初叶的印度著名

---

① 清水凯夫诸文并载氏著《六朝文学论文集》,重庆出版社1989年版。
② 参拙著《门阀士族与永明文学》附录,生活·读书·新知三联书店1996年版。

文艺理论专著《舞论》(又译作《戏剧论》)第十七章就专门论述过三十六种诗相、四种诗的庄严、十种诗病和十种诗德。这是梵语诗学的雏形。后来的梵语诗学普遍运用庄严、诗病和诗德三种概念而淘汰了诗相概念。"病"(dosa),在梵文中,其原义是错误或缺点。在汉译佛经中,一般译作"过失",有时也译作"病"。黄宝生先生《印度古典诗学》对此有过详尽的论述。① 钟嵘《诗品》也常用"病"的概念品评诗人。如上品"晋黄门郎张协诗:其源出于王粲。文体华净,少病累。又巧构形似之言"。有时又单称"累",如序称:"若专用比兴,患在意深,意深则词踬。若但用赋体,患在意浮,意浮则文散,嬉成流移,文无止泊,有芜漫之累矣。"中品称何晏、孙楚、王赞:"平叔鸿鹄之篇,风规见矣。子荆零雨之外,正长朔风之后,虽有累札,良亦无闻。"在齐梁时期,诗病也是一个重要的概念。

问题是,中土士人所倡导的声病之说,与印度是否有某种关联?美国学者梅维恒、梅祖麟教授撰写了《近体诗源于梵文考论》(The Sanskrit Origins of Recent Style Prosody)一文,对此给予了确切肯定的回答。这篇文章主要讨论了三个问题:第一,印度古典诗歌理论中的"病"(dosa)的概念问题,也就是前面已经介绍过的《舞论》的记载;第二,关于沈约在《谢灵运传论》中提到的"一简之内,音韵尽殊;两句之中,轻重悉异",结合谢灵运、鲍照、王融、萧纲、庾肩吾、庾信、徐陵等人的作品探讨了"轻"与"重"的问题,从而详细描述了中国古典诗歌从元嘉体到永明体,到宫体,再到近体的嬗变轨迹;第三,详细论证了佛经翻译过程中经常用到的"首卢"(sloka)概念问题。这里的中心问题是,是什么原因刺激了中土文士对于声律问题突然发生浓郁的兴趣?作者特别注意到了前引《高僧传·鸠摩罗什传》中的那段话,认为沈约等人提出

---

① 黄宝生:《印度古典诗学》,北京大学出版社1999年版。

的"病"的概念即源于印度《舞论》中的 dosa,传入的时间最有可能是在公元 450 至 550 年之间。而传播这种观念的核心人物是鸠摩罗什等人。①

在此基础上,日本学者平田昌司根据《德国所藏敦煌吐鲁番出土梵文文献》(Sanskrithandschriften Aus Den Turfanfunden)收录《诗律考辨》(chandoviciti)残叶,认为印度的诗律知识很有可能是通过外国精通音韵的僧侣传入中土的,同时由于《诗律考辨》有许多内容与《舞论》中的观点相一致,那么也应该有理由相信,沈约及其追随者除了接触到"首卢"之外,也一定接触到了《舞论》方面的有关资料。永明声病说以四句为单位规定病犯,跟首卢相像。首卢的诗律只管一偈四句,不考虑粘法。拙著《门阀士族与永明文学》曾指出,"律句大量涌现,平仄相对的观念已经十分明确。十字之中,'颠倒相配',联与联之间同样强调平仄相对;'粘'的原则尚未确立"。这个结论似乎可以和梅维恒、梅祖麟、平田昌司等先生的论证相互印证。

(五) 传记文学

传记文学在中国有着悠久的传统。② 梁慧皎《高僧传》十四卷是我国现存佛教传记中最早的一部,记叙了自汉明帝永平十年(67)至梁初天监十八年(519)间的高僧二百五十七人,另附见二百余人。由于当时南北对峙,所记南北朝部分多为江南诸僧,北方高僧只有僧渊、昙度、昙始、玄高、法羽和附见者四人。全书分为十门,即译经、义解、神异、习禅、明律、亡身、诵经、兴福、经师、唱导,每门之后系以评论。本书的史料价值主要有:1. 补充新的史料。如《世说新语》涉及晋僧二十人,见于《晋书·艺术传》者仅

---

① 该文载于《哈佛亚洲研究》1991 年第 2 期,总 51 卷。
② 参见朱东润著,陈尚君整理:《中国传叙文学之变迁》,复旦大学出版社 2016 年版;川合康三《中国的自传文学》,中央编译出版社 1999 年版。

有《佛图澄传》，而绝大多数僧人都在本书中有记载。比如支遁在当时负有重名，《世说新语》有四五十处记载，而《晋书》却无传。本书则有长传。又竺法深亦名重一时，刘孝标注《世说新语》却说："法深不知其俗姓，盖衣冠之胤也。"而本书亦有详载，知其名潜，为晋丞相王敦弟，年十八出家。又庾法畅，见于《世说新语·言语》，刘注云："法畅氏族所出未详。"本书有记载，可以考知法畅姓康，不是庾姓。2. 对于考订作家行年与作品系年有重要参考价值。因为自晋以来，上自帝王贵胄，下至平民百姓，与僧徒交往日益频繁，许多作家行年及作品系年都可以据本书考订出来。3. 有助于文学背景的考释。如陈寅恪《四声三问》这篇著名文章，很多材料取自本书。又如天监初年梁武帝宣布舍道事佛，并广泛译经、组织礼佛活动、舍身同泰寺等，正史记载非常简略，而在本书中多有具体的记述，这对于研究梁代文学背景有重要参考价值。在《高僧传》之外，梁代释宝唱《比丘尼传》为现存最早的一部记述东晋、宋、齐、梁四代出家女性的传记。

与佛教传记密切相关的是佛教目录。梁释僧祐《出三藏记集》十五卷是我国现存最早的佛教目录。正文由四部分组成：（一）《撰缘记》一卷，缘记即佛经及译经的起源；（二）《铨名录》四卷，名录即历代出经名目；（三）《总经序》七卷，经序即各经之前序与后记，为文一百二十篇；（四）《述列传》三卷，即记叙译经人的生平事迹。

在中古文学研究方面，本书的价值至少体现在三个方面：一是保存了大量的原始资料，特别是经序及后记，都是六朝人的著作，严可均辑南北朝文将此书七卷全部采入；二是考订史实，如经序及列传，涉及各朝帝王及士庶，如孙权、刘义隆、刘义康、刘义宣、萧子良等；三是有助于研究刘勰及《文心雕龙》。刘勰与僧祐居处十余年，协助撰著经录。此书之成，恐刘勰之力为多。因此该书与《文心雕龙》在语汇与成句方面有颇多相通之处，结合此书可以更进一步探讨刘勰的思想及《文心雕龙》的价值。①

四、佛教文化与中古文学结缘的启示

过去往往将汉唐文学并称,其实汉唐很不相同。汉代融汇中原各个地区文明的精华,铸成中华文明外儒内霸的特质;而唐代则融汇周边少数民族文化,特别是西域文明的精华,涵养中华文明有容乃大的胸襟。作为一种外来文明,佛教与中国文学的结缘,可以给我们很多启示。

第一,创新性发展,增强中华民族的亲和力。

佛教进入中国,其实也是一种双向选择:佛教选择了中国,中国也选择了佛教,并使之溶入中华文明的血脉,与儒家学说、道家思想一起,展现出中华文化深厚的底蕴和博大的风采。唐代初年,玄奘西天取经,为中印文化交流做出重要贡献。元代开国,统治者采纳耶律楚材的主张,"以儒治国,以佛治心"。忽必烈的周围形成儒士幕僚集团,甚至他本人也被尊为"儒教大宗师"。在每一次的时代转换中,中华民族总是凭借着综合文化的创造力,凝神聚气,保持强大的民族向心力。这在世界文化史上也是很难看到的奇观。

第二,创造性转化,展现中华文化的兼容性。

佛教是一种外来文化,进入中国以后,中国文化吸收了印度佛教,同时又改造了印度佛教。佛教迅速大众化与本土化,转化成为中国文化的重要资源。这说明,吸收外来文化,不仅不会使自己原来的文化传统中断,而且还会大大促进自身文化传统更快、更丰富、更健康地发展。这是由于中华文化具有和合偕习、兼

---

① 兴膳宏:《〈文心雕龙〉与〈出三藏记集〉》,载《兴膳宏〈文心雕龙〉论文集》,齐鲁书社1984年版。

容并蓄的品格,在各种文化流派的共存和冲突中,取长补短,寻找和重释相互可以沟通的精神脉络,长期共存。

第三,文学的创新,同样需要外来文化的滋润。

当一种文体发展到极致而转向僵化、衰落的时候,往往有一批敏锐的、有才华的文人把目光投向新的领域,尝试新的文体创作,开创新的天地。正如鲁迅所说:"旧文学衰颓时,因为摄取民间文学或外国文学而起一个新的转变,这例子是常见于文学史上的。"中古文学在继承传统文化的同时,勇于接受佛教文化的洗礼,创造出具有时代特征的文学样式。这说明,中国文化最有创造性的部分不是封闭的,而是开放的,向不同的文化层面开放。这一点与"五四"新文化运动以后,中国文化向外国文化开放,从而推动自身的现代化进程,可以先后辉映。

(原载《多维视野下的中日文学研究》,社会科学文献出版社2018年版)

文学史为什么选择杜甫?

引　言

唐代三百年,也就是7、8、9这三个世纪,是中国诗歌史上的黄金时代。而8世纪中叶,又是黄金时代最耀眼的篇章,以李白、杜甫为杰出代表的许多第一流的诗人相继登上诗坛,笼括宇宙,笔削山岳,盛极一时。李白功在承先,使六朝遗风暂告一段落;杜甫功在启后,影响遍及中晚唐,遥导宋诗先河。

相较于李白生前名满天下,流誉八方而言,杜甫则不为世人所重,默默无闻地度过了他五十九岁年华。杜甫(712—770),字子美。祖籍襄阳,生于巩县。因郡望京兆杜陵,故自称杜陵布衣、杜陵野老、杜陵野客;困居长安时,曾居住在城南少陵塬①,自称少陵野老,世称"杜少陵";唐肃宗时曾任左拾遗,人称"杜拾遗";在成都严武幕府曾任节度参谋、检校尚书工部员外郎,又称"杜工部"。杜甫一生飘零,备尝苦难。临死之际,他作《南征》诗云:"百年歌自苦,未见有知音。"《偶题》又说:"文章千古事,得失寸心知。作者皆殊列,名声岂浪垂。"诗人在政治上绝望之后,便全身心地投入到诗歌创作之中。杜甫的创作成就,与他的个人遭遇密切相关,更与他所处的那个时代密切相关。

---

① 乾元二年(759),杜甫弃官西行,结束了关中的生活。明代嘉靖五年(1526),长安人张治道有感于诗人杜甫无祠可供祭祀,在少陵塬畔修建杜公祠,面对樊川水,北临长安城,南望终南山。

杜甫进入文学史,经历了曲折的过程。诗人谢世四十三年后的唐宪宗元和八年(813),杜甫嫡孙杜嗣业迎杜甫灵柩回到偃师,葬于首阳山下,陪伴他的远祖杜预、祖父杜审言,并请元稹作《唐故工部员外郎杜君墓系铭并序》,元稹说杜甫"上薄风、骚,下该沈、宋,言夺苏、李,气吞曹、刘,掩颜、谢之孤高,杂徐、庾之流丽,尽得古今之体势,而兼人人之所独专矣",对其给予极高评价。中唐人诗人韩愈《调张籍》说"李杜文章在,光焰万丈长",将李杜并称。晚唐孟启《本事诗》称杜诗为"诗史"①,说杜诗既反映了唐代历史的发展,同时也反映了个人生活的轨迹。宋代江西诗派推崇一祖三宗,一祖就是杜甫。明代杨慎,首次使用了"诗圣"这个概念称赞杜甫。②

在历史的天平上,杜诗的价值得到了最准确的反映。

一、杜甫的自信与自卑

杜甫对自己的才华充满自信,缘于四个方面:一是远祖的武功儒术,二是祖父的文学传统,三是皇室的姻亲血脉,四是盛唐的豪迈自信。

杜甫的十三世祖是杜预,博学通达,明于历代兴废之道,常言:"德不可以企及,立功立言可庶几也。"他是西晋名将,人称杜武库,"言其无所不有也"。太康元年(280),他率军南下,平定江南,"以功进爵当阳县侯"(以上所引并见《晋书》本传)。杜预又是著名史学家,自称有"《左传》癖",所注《左传》至今流传,是研究《左传》的必读著作。所以,他在立功立言方面,可谓功垂青史。《南部新书》载,杜预刻石为二碑,一沉万山之下,一立岘山之上,

---

① 《本事诗·高逸》曰:"杜逢禄山之难,流离陇蜀,毕陈于诗,推见至隐,殆无遗事,故当时号为诗史。"
② 《词品序》称:"诗圣如杜子美,而填词若太白之《忆秦娥》《菩萨蛮》者,集中绝无。"

他觉得这样做,无论天地发生怎样的变化,名声可以不朽。公元741年,杜甫在杜预坟墓所在地首阳山下居住,作《祭远祖当阳君文》,引以为豪。杜甫晚年漂泊荆楚,他时常想到杜预,曾说:"吾家碑不昧"(《回棹》),指的就是杜预所刻两方碑以及他所创立的赫赫功业。

杜甫曾祖任巩县令,祖父杜审言是初唐诗人,一如杜预,非常自信,曾说"吾文章当得屈宋作衙官,吾笔当得王羲之北面"(胡璩《谭宾录》)。他的作品较多地抒写了宦游的伤感,有一些比较清新的句子。如《和晋陵陆丞早春游望》:

> 独有宦游人,偏惊物候新。云霞出海曙,梅柳渡江春。
> 淑气催黄鸟,晴光转绿蘋。忽闻歌古调,归思欲沾巾。

《全唐诗》在杜审言和韦应物名下分别收录此诗,文字略有异同。起句就颇有气势:"独有宦游人,偏惊物候新。""独"字、"偏"字下得不同凡俗。《文选》载殷仲文诗"独有清秋日",《薛元超墓志》记载薛元超八岁作《咏竹诗》:"别有邻人笛,偏伤怀旧情。"与杜审言诗均有异曲同工之妙。"物候新",略近陶渊明诗意,"气变悟时易,不眠知夕永",即感悟到季节的变化,颇有伤逝之感。"云霞出海曙,梅柳渡江春"是传诵一时的名句,说梅柳一过江就像换了春妆似的,又将愁情轻轻荡开去,给人留下深刻印象。杜甫颇以这样的祖父自豪,说"诗是吾家事"(《宗武生日》),"吾祖诗冠古"(《赠蜀僧闾丘》)。

据张说《赠陈州刺史义阳王神道碑》推断,杜甫的外祖母是唐太宗第十子李慎的次子义阳王李琮与周氏的女儿,外祖父的母亲则是高祖第十八子舒王李元名的女儿。[①] 说明在杜甫的身上,还

---

① 冯至:《杜甫传》,人民文学出版社1980年版,第6页。又参郭海文:《杜甫母系家族新资料初探》,载吴怀东主编:《杜甫研究的回顾与前瞻——中国杜甫研究会第八届年会暨杜甫研究国际学术讨论会论文集》,合肥工业大学出版社2019年3月版。

流淌着李唐王朝的皇族血脉。他的家国情怀,他的忠君爱国,不仅源于个人的际遇,也与其皇室血缘有着某种关联。他自称"奉儒守官,未坠素业",所谓"素业",即素王功业,显然是以恪守儒家道统自居的。他的诗歌所表达的情感,常以家国为一体,如"向来忧国泪,寂寞洒衣巾"①、"不眠忧战伐,无力正乾坤"②等,后人说他"一饭未尝忘君"③,当与其身世有关。

诗人出生这一年的七月,唐玄宗李隆基即位为帝,翌年改年号为开元元年④。诗人一生经历了唐玄宗、肃宗、代宗三代皇帝。

杜甫自幼失母,"少小多病",寄养在姑母家。他与姑母的儿子同染疾病,姑母的儿子不幸病死,后来人们告诉他这段悲剧,成为他心灵的沉重负担。后来,他将这段经历写进《唐故万年县君京兆杜氏墓志》中。这让人感到,杜甫的生活一开始便染上了悲剧色彩。好在他幼年生活在一个健康的、充满着生机的时代。诗人晚年写下大量的诗歌回忆幼年的生活,为我们提供了许多第一手资料。他五十五岁流寓西南时,身经战乱,白发苍苍,作《观公孙大娘弟子舞剑器行》。在序中,他回忆自己六岁看公孙大娘舞剑:"余尚童稚,记于郾城,观公孙氏舞《剑器浑脱》,浏漓顿挫,独出冠时,自高头宜春梨园二伎坊内人,洎外供奉,晓是舞者,圣文神武皇帝初,公孙一人而已。"诗人所谓"童稚",不过六岁,看过公孙大娘舞剑,竟留下了终身难忘的印象。这一方面说明公孙大娘技艺高超,另一方面也说明诗人自孩提时代就有很好的艺术感受力。他说自己七岁就会作诗:"七龄思即壮,开口咏凤凰。"(《壮

---

① 《谒先主庙》,钱谦益《钱注杜诗》卷十四,上海古籍出版社1979年版,第496页。
② 《宿江边阁》,钱谦益《钱注杜诗》卷十四,第480页。
③ 〔宋〕苏轼:《王定国诗集叙》,见《苏轼文集》,中华书局1986年版,第318页。
④ 〔唐〕唐代郑綮《开天传信记》载:"开元初,上励精理道,铲革讹弊,不六七年,天下大治,河清海晏,物殷俗阜。"《唐五代笔记小说大观》,上海古籍出版社2000年版,第1223页。杜甫《忆昔》说:"忆昔开元全盛日,小邑犹藏万家室。"

游》》《进雕赋表》也说:"臣幸赖先臣绪业,自七岁所缀诗笔,向四十载矣,约千有余篇。"①杜甫成为一代文豪,绝非偶然。

杜甫十四五岁即与名人交往,《壮游》云"往昔十四五,出游翰墨场。斯文崔魏徒,以我似班扬",得到时人赏识。从二十岁起,他开始了将近十年的江南漫游生活。唐代诗人自来就有一种漫游之风。李白《上安州裴长史书》说:"大丈夫必有四方之志,乃仗剑去国,辞亲远游。"远游,其目的不外乎给自己寻找生活的出路,结交名人,扩大名声,然后再去应考。我们知道,魏晋南北朝时期奉行的是一种门阀制度,不看才能,只凭门荫,以至于"上品无寒门,下品无势族"(《晋书·刘毅传》)。我们读左思与鲍照的诗歌,如"世胄蹑高位,英俊沉下僚"(左思《咏史》),"自古圣贤尽贫贱,何况我辈孤且直"(鲍照《拟行路难》)等,不难理解当时下层文人对于这种制度的极度失望。唐太宗恢复科举制度,拆除士族门荫相袭为官的阶梯,为中小地主阶级出身的文人打开仕进的门路,影响极为久远。当时考试科目很多,最主要的有两科,一是明经科,二是进士科。当时有所谓"三十老明经,五十少进士"之说,说明进士考试最难。进士科以诗赋取士,能否及第,主考官的态度至关重要。所以,进士备考,最重要的一个环节,就是漫游南北,投诗献赋,借此积攒声誉。陈子昂初入京城,用演奏世传名琴作宣传,当众摔琴,惊耸四座,然后他拿出自己的诗作,分发听众,一时声名鹊起。朱庆余《闺意献张水部》云:"洞房昨夜停红烛,待晓堂前拜舅姑。妆罢低声问夫婿,画眉深浅入时无。"仅仅就"闺意"而言,此诗已经写得相当动人。然而它的本意还不在此,作者是想通过"闺意"来试探自己能否考中,这就像新婚女子一样,如果能得到公婆的喜爱,那就平安无事。作为一个举子,如果能够被

---

① 骆宾王七岁能诗,至今流传:"鹅鹅鹅,曲项向天歌,白毛浮绿水,红掌拨清波。"可见早熟的儿童在唐代并不少见。

主考官欣赏，则前程无限。作为主考官，张籍的答诗也颇为巧妙："越女新妆出镜心，自知明艳更沉吟。齐纨未足时人贵，一曲菱歌敌万金。"因为朱庆余是绍兴人，故张籍将他比喻成"越女"。朱庆余真是幸运的。唐代每年的进士考试中者寥寥，多数人则是名落孙山。许多文人为此患得患失，白首考场。贾岛作诗以苦吟出名，他的《送无可上人》有两句得意之作："独行潭底影，数息树边身。"他接着自注道："两句三年得，一吟双泪流。知音如不赏，归卧故山秋。"贾岛另外一则著名的作诗趣闻是关于"鸟宿池边树，僧敲月下门"句中的"推"字与"敲"字的定夺。韩愈取"敲"字，并有一番绝妙别解。这样用功的人，科举的路上却不顺利。《下第诗》说："下第唯空囊，如何住帝乡。杏园啼百舌，谁醉在花傍。泪落故山远，病来春草长。"裴晋公于兴化里凿池起台榭，贾岛方下第怨愤，题诗亭中云："破却千家作一池，不栽桃李种蔷薇。蔷薇花落秋风后，荆棘满亭君始知。"其对于主考官之怨愤溢于言表。孟郊一生穷愁潦倒，故《赠别崔纯亮》诗称："食荠肠亦苦，强歌声无欢。出门即有碍，谁谓天地宽。"进士考试，多次不第。其《下第诗》说："弃置复弃置，情如刀剑伤。"又《再下第》诗："一夕九起嗟，梦知不到家。两度长安陌，空将泪见花。"由于经历了这种极端的困苦，所以，当他年过半百，终于考中进士后，其得意非凡的心情真是难以言表，故而写下著名的《登科后》诗："昔日龌龊不足嗟，今朝放荡思无涯。春风得意马蹄疾，一日看尽长安花。""郊寒岛瘦"，可以说是唐代绝大多数诗人科举境遇的一个缩影。

杜甫也走着和其他诗人相同的道路。他登临山川，结交名士，开阔眼界，增长见识。最初，他在江南漫游，那里的山光水色，悠久的文化遗存，给诗人留下了深刻的印象。他在金陵看到顾恺之画的维摩诘像，说"虎头金粟影，神妙独难忘"（《送许八拾遗归江宁觐省甫昔时尝客游此县于许生处乞瓦棺寺维摩图样志诸篇末》）。祖国秀丽的山川景色和悠久的历史文化哺育了一代又一代唐代诗人。

二十四岁这年,诗人去洛阳参加进士考试,几乎没有悬念而落第。这在当时很正常,杜甫并未在意,又开始北方的漫游生活,"放荡齐赵间,裘马颇清狂"(《壮游》)。现存最早最有名的诗便是这时所写的《望岳》:

> 岱宗夫如何,齐鲁青未了。造化钟神秀,阴阳割昏晓。
> 荡胸生层云,决眦入归鸟。会当凌绝顶,一览众山小。

"岱宗"二句,总写东岳泰山的高大,古老而充满生机。齐、鲁是春秋时古代诸侯国名,以泰山为界分为一南一北。此句既有地理意义,又有历史意义;既有空间的含义,又有时间的含义。但是,历史的意义和时间的含义是暗中交代出来的,是暗写;空间的地理位置是明写。"青"既表示颜色,更表示生机,这是给泰山敷色:山岩布满青色,充满生机,由山下望去,一片苍翠,生机勃勃。"未了",即延伸无尽之意,用在时间与历史方面,说明古往今来泰山永远是青色苍茫。读至此,永恒的感觉产生了,同时庄重的感觉也产生了。这是从大处下笔,十字中,尤以后五字为重要,内容重,分量大,前五字是铺垫,用轻松的散文句式开头。如果无后五字,简直不成诗。"造化钟神秀",钟,凝聚。这句是说,大自然把天地间一切灵淑之气都凝聚在泰山之中。"阴阳割昏晓"形容泰山高大,竟能把日光挡住,割成南阳北阴。《水经注》写山之高大云,"重岩叠嶂,隐天蔽日,自非亭午夜分,不见曦月",只写出山阴的一面。杜诗则写出两面。前四句重在写景、述志,后四句抒写诗人自身感受,看山使人心胸开阔,使人眼界高远。"荡胸生层云,决眦入归鸟",眼中所见,是浮动的层云,是飞翔的归鸟,但写云写鸟,仍然是在写泰山,给泰山作动态的装点。诗人将自然景物人格化,似乎高山也可以灵动飞翔。结尾二句跳出看山,翻出新意,由看山想到登山。孟子说:"登东山而小鲁,登泰山而小天下。"王之涣诗:"白日依山尽,黄河入海流。欲穷千里目,更上一层楼。"杜甫这两句诗,极富哲理意味,展现盛唐气象。

天宝三载(744),诗人三十三岁,在洛阳与李白相会,不久又结识高适。三人相善,登高赋诗。杜甫《遣怀》曰:"忆与高李辈,论交入酒垆。"翌年在济南又与李邕相识,作《陪李北海宴历下亭》,称"海右此亭古,济南名士多"。这一时期,他与众多诗人饮酒射猎,充满了豪迈的气势。江南北国的风景,他饱览无余,这是他一生中最为快意的时期。

可是他万万没有想到的是,进入长安之后,他的这种豪迈与自信遭遇前所未有的挫折。

天宝五载(746),诗人三十五岁,满怀着理想和抱负进入长安。第二年,他便赶上一场特殊考试。《资治通鉴》载,玄宗欲广求天下人才,命通一艺以上者诣京师。李林甫担心草野之士在对策时揭露其奸恶,建议各郡县长官精加试练,灼然超绝者,具名送省,并委派尚书覆核,试以诗、赋、论,御史中丞监考,暗中却不许一人入选。李林甫乃上表贺野无遗贤,这既夸奖了自己,又骗了皇帝,使玄宗以为贤人尽在朝廷。杜甫就是这次被骗的一个。后来他在《奉赠鲜于仲通二十韵》中说:"破胆遭前政,阴谋独秉钧。微生沾忌刻,万事益酸辛。"按理说,既然已经看透了这里的阴谋,他应当明智地激流勇退,因为这次被骗的还不只是他一人。比如另一著名诗人元结也在受害之列,他此后便离开京城,并且不断地作诗写文(如《恶圆》《恶曲》等),抨击时政,怒斥流俗。[①] 杜甫则不然,依然坚守长安,寻找一切可能的机会,投诗献赋,争取皇帝及显贵的征召和重视。在当时,这可能也是杜甫无奈的选择。

天宝十载(751)春,诗人四十岁,应诏上《三大礼赋》(《朝献太清宫赋》《朝享太庙赋》《有事于南郊赋》),竟感动皇帝,让他待制

---

① 参见拙文《〈箧中集〉与杜甫》,载《中州学刊》1987年第4期。

集贤院,"委学官试文章"(《进封西岳赋表》)。可是,考试以后并无下文。《进封西岳赋表》中说:"臣本杜陵诸生。年过四十,经术浅陋。进无补于明时,退尝困于衣食,盖长安一匹夫耳。"他只能流落京城,卖药都市,寄食友朋。《敬赠郑谏议十韵》自叙沦落之苦,希望得到援引。特别是《奉赠韦左丞丈二十二韵》说得更为凄苦:"纨袴不饿死,儒冠多误身……朝扣富儿门,暮随肥马尘。残杯与冷炙,到处潜悲辛。"他曾绝望地对同学说,仕进已无希望,他只有继承祖父的名声,努力作诗。

天宝十三载(754),诗人四十三岁,作《醉时歌》:"诸公衮衮登台省,广文先生官独冷。甲第纷纷厌梁肉,广文先生饭不足。"名义上替郑虔鸣不平,实际上句句说自己。为了得到提携重用,他向张垍、鲜于仲通等人频频献诗,颂扬他们的功德,述说自己的抱负才学,最后说到自己的窘况,说出投诗的本意,说得可怜又迫切。这两个人在长安虽握有重权,但是名声很是不好。鲜于仲通原本是四川的土财主,曾搭救过杨国忠,杨国忠做宰相后,请他来做京兆尹。这是有目共睹的。为了生存,杜甫有些迫不及待,以至不择手段,硬着头皮说些违心的奉承话。我们为杜甫而惋惜,诗人对此也很后悔。一个正直的人做了一件错事,发现后总是耿耿于怀。在十年后将要离开长安时,诗人回顾这段生活说:"以兹悟生理,独耻事干谒"。

生活的实践是人类取得认识的基础。长安十年的困顿生活,使杜甫怀有一肚子的心酸。他甚至悲愤地说:"儒术于我何有哉,孔丘盗跖俱尘埃。不须闻此意惨怆,生前相遇且衔杯。"(《醉时歌》)但是,喝酒又如何能消愁呢?在《乐游园歌》中,诗人说:

> 乐游古园崒森爽,烟绵碧草萋萋长。公子华筵势最高,秦川对酒平如掌。长生木瓢示真率,更调鞍马狂欢赏。青春波浪芙蓉园,白日雷霆夹城仗。闾阖晴开昳荡荡,曲江翠幕

> 排银榜。拂水低回舞袖翻,缘云清切歌声上。却忆年年人醉时,只今未醉已先悲。数茎白发那抛得,百罚深杯亦不辞。圣朝亦知贱士丑,一物自荷皇天慈。此身饮罢无归处,独立苍茫自咏诗。

杜甫饥寒交迫,穷愁潦倒,对于那些帮助过自己的穷朋友,感怀在心,感情极为真挚。一次杜甫大病三月,穷朋友王倚破费请诗人吃饭,杜甫作长诗表示谢意,读后实在令人心酸:"但使残年饱吃饭,只愿无事常相见。"此二句采用白话句式,饱含辛酸,可谓发自肺腑的求生的呼声,是他饥寒交迫生活的真实写照。

生活的实践是文学创作的重要源泉。鲁迅先生在《呐喊·自序》曾写道:"有谁从小康人家而坠入困顿的么,我以为在这途路中,大概可以看见世人的真面目。"① 在《文艺与政治的歧途》一文中,鲁迅又说:"我以为文艺大概由于现在生活的感受,亲身所感到的,便影印到文艺中。挪威有一文学家,他描写肚子饿,写了一本书,这是依他所经验的写的。对于人生的经验,别的且不说,肚子饿这件事,要是喜欢,便可以试试看,只要两天不吃饭,饭的香味便会是一个特别的诱惑;要是走过街上饭铺子门口,更会觉得这个香味一阵阵冲到鼻子来。我们有钱的时候,用几个钱不算什么;直到没有钱,一个钱都有它的意味。那本描写肚子饿的书里,它说起那人饿得久了,看见路人个个是仇人,即是穿一件单裤子的,在他眼里也见得那是骄傲。"② 鲁迅有过这样的经历,他对生活的认识也就较之一般人更加深刻。③ 杜甫也有这样的经历,所以他的作品就具有深度,也更有温度。杜甫的诗歌固然也多有哀怨,只是这种哀怨与"郊寒岛瘦"局限于个人得失不同,杜甫是为

---

① 《呐喊·自序》,《鲁迅全集》第一册,人民文学出版社1980年,第415页。
② 《集外集》,《鲁迅全集》第七册,人民文学出版社1980年,第115页。
③ 《致王冶秋》:"我的文章,未有阅历的人实在不见得看得懂,而中国的读书人,又是不注意世事的居多,所以真是无法可想。"(1936年4月5日)

黎元的困苦而悲歌,为家国的命运而忧伤。困顿的经历没有让诗人的诗情落寞,而是激发了诗人的创作激情,推动他的诗风由过去那种轻松豪迈的情调,转为沉郁顿挫,随时敏捷。这是杜甫的创作走向成熟的重要标志。

二、杜甫的沉郁与顿挫

杜甫《进雕赋表》称:"臣之述作,虽不足以鼓吹六经,先鸣数子,至于沉郁顿挫,随时敏捷,而扬雄、枚皋之流,庶可跂及也。"沉郁,是指诗的内容而言;顿挫,是指诗的形式而言。《自京赴奉先县咏怀五百字》一诗堪称代表。

杜甫来到长安第九年的秋天,连续六十天秋雨,物价暴涨,生活极其艰辛。诗人只好把妻小送到奉先县(今陕西蒲城)寄居。第二年,也就是天宝十四载(755),杜甫受河西县尉,他未到任,改就右卫率府兵曹参军,看守兵甲器杖,官位为正八品下。他决定受职。这年的十一月,诗人离开长安,到奉先县看望妻子。夜里出发,寒冷异常。一路上回味着十年来的苦辛,于是写下著名的长诗《自京赴奉先县咏怀五百字》。作者用赋笔写诗,铺陈排比,委婉顿挫,把大唐帝国由盛而衰的内在缘由深刻地揭示出来,也把自己对长安的爱恨情绪形象地渲染出来。

按照通常的理解,全诗由引言和三个部分组成。"杜陵有布衣,老大意转拙。许身一何愚,窃比稷与契。居然成濩落,白首甘契阔。盖棺事则已,此志常觊豁。"这几句是引言。老大,这年杜甫四十四岁。拙,笨拙。许身,自期。窃比,私下自比。稷,后稷,相传为周代始祖。契,殷契,相传为殷商始祖。稷、契是辅佐虞舜的两位贤臣。居然,果然。濩落,即瓠落,空阔无用之意。契阔,辛勤。常觊豁,即希望成为稷契这样的人物,志向可谓高远。以此开端,引出下面三个部分。

"穷年忧黎元,叹息肠内热"至"沉饮聊自适,放歌破愁绝"为第一部分。诗人刚进入长安时,自比稷契,希望在"生逢尧舜君"的时代有一番作为。所以,诗歌首先从上辅尧舜的志向说起,说自己就像倾向太阳的葵藿,本性不移("葵藿倾太阳,物性固莫夺")。可是,太阳所在的朝廷又是如何呢?让诗人失望的是,那里有"蝼蚁辈",蝇营狗苟,自求其穴。尽管他看不惯,但为生存计,又不得不随波逐流,终愧前贤。"以兹悟生理,独耻事干谒"这十个字,写出他长安十年最为痛彻心扉的记忆。

从"岁暮百草零,疾风高冈裂"到"荣枯咫尺异,惆怅难再述"为第二部分,自述途中所见之事,目光由上转向底层,最终将笔触落到"忧黎元"上。走到骊山下,天已破晓,而唐玄宗等权贵还在骊山华清池歌舞声色。"君臣留欢娱,乐动殷胶葛。赐浴皆长缨,与宴非短褐。"难道他们就不懂得"尔俸尔禄,民脂民膏。下民易虐,上天难欺"(孟昶《颁令箴》)的道理吗?在此,诗人并没有讲道理,而是摆事实:"彤庭所分帛,本自寒女出。鞭挞其夫家,聚敛贡城阙。"那些显贵吃的、用的,无一不是从老百姓那里搜刮得来的。结果呢,"朱门酒肉臭,路有冻死骨"。贫富悬殊如此巨大,这让诗人痛苦不堪。"荣枯咫尺异,惆怅难再述",满腔悲愤,已经无从说起。

诗人的痛苦还不止于此。从"北辕就泾渭,官渡又改辙"至结尾为第三部分,写诗人离开长安之后,从万年县渡浐水,东至昭应县,去京六十里。又从昭应渡泾渭,北至奉先县,去京二百四十里,沿途备尝艰辛。回到家中才知道未满周岁的幼儿刚刚饿死,邻居都觉得可怜,作为父亲的哪能不悲哀呢?"吾宁舍一哀,里巷亦呜咽。所愧为人父,无食致夭折。"诗人的悲哀由此再一次延伸。他想,自己还享有特权,既不交租税,也不必服役,如今世界上还不知有多少穷苦无归与长年远戍的人,他们的苦比自己多千万倍。想到这里,自己的愁绪就像终南山一样沉重,像滔滔洪水一样难以承受。

　　这悲哀，永远留在了长安，也永远沉淀在他的心底。从此，他对长安有了新的体验，对人生也有了新的认识。"外州客，长安道，一回来，一回老"（白居易《长安道》）。作为当时东方第一大都市，长安本是当时士人心目中的圣地，是他们渴望建功立业的天堂。李白初入长安，高唱"仰天大笑出门去，我辈岂是蓬蒿人"，杜甫则"自谓颇挺出，立登要路津"。他们自视都很高，结果在长安都碰了一鼻子灰，一个被"赐金放还"，一个在京城困顿长达十年之久。他们被排挤出长安时，大都有诗歌记录他们在长安的所遇所感。李白的《梦游天姥吟留别》就是这样的作品。他写的是"梦游"，反映的却是现实。但梦境终究要成为过去。"忽魂悸以魄动，恍惊起而长嗟。惟觉时之枕席，失向来之烟霞。"由此，诗人感叹道："世间行乐亦如此，古来万事东流水。"这几句诗包含了诗人对于人生的几多感慨，几多失意，几多忧愁！此时此刻，唯一能慰藉诗人心灵的只有"且放白鹿青崖间，须行即骑访名山"。纵情山水，忘怀尘世，正如《庐山谣》所说："五岳寻仙不辞远，一生好入名山游。"大自然铸成了诗人的灵魂，鄙视着人间的丑恶："安能摧眉折腰事权贵，使我不得开心颜。"这天外神来之笔，点亮了全诗的主题，唱出了封建时代中多少怀才不遇的士人的心声！杜甫的《自京赴奉先县咏怀五百字》也是诗人长安十年痛苦经历的总结，是沉郁顿挫风格的典型代表。

　　具有类似创作经历的，还有白居易和李贺。白居易二十几岁入京城应举，携带卷轴送给当时著名诗人顾况。顾况看到姓名说，"时长安米价正贵，居不易也"。当顾况读到《赋得古原草上别》后极为赞赏，说有这样的诗才，"居即易矣"。诗人二十九岁中进士，这一点比李、杜都要幸运得多。不久，他又与陈鸿合作写下《长恨歌传》，声名鹊起。与此同时，强烈的从政热情又促使他写下大量的讽谕诗，令权贵咬牙切齿。公元815年，也就是元和十年,唐代发生了震惊一时的暗杀事件:宰相武元衡被杀,主要的原因是他主张讨平藩镇。诗人当天上书要求捉拿凶手,以雪国耻。很明显,暗杀事件是藩镇割据势力向中央集权和锐意改革的新科进士示威。朝中腐朽势力生怕势态扩大,想调和矛盾,便借机对白居易进行人身攻击,说他不该越职奏事,还说他母亲因看花堕井而死,而白居易却作《赏花诗》《新井诗》,有伤名教,结果白居易被赶出京城,贬为江州司马。这次贬谪,对于诗人来说是一个严重的打击。我们从白居易的好友元稹的诗歌中就可以推知一二。这年三月,元稹已先贬在四川,听到白居易也被赶出京城,便写下著名的《闻乐天授江州司马》:"残灯无焰影幢幢,此夕闻君谪九江。垂死病中惊坐起,暗风吹雨入寒窗。"诗中所描写的景象充满了悲剧的气氛。深夜孤灯,客居不寐,已是凄凉惨淡;何况此灯又因久燃油尽,只剩下昏暗的影子了。在如此凄凉的景物中,忽然又听到这样惊心动魄的消息,已经使人难以忍受了;何况自己又患有疟疾,垂死挣扎呢!"惊坐起"放在"垂死病中"四字之下,具有千钧的分量。垂死之病当然难以坐起,而诗人居然坐起,则此消息之惊人,闻者之震动,都被强烈地表现出来了。白居易被贬江州,由长安赴任的路上,曾写了好几首诗寄与元稹,如"把君诗卷灯前读,诗尽灯残天未明。眼痛灭灯犹暗坐,逆风吹浪打船声"。而元稹《得乐天书》诗也写得极为动人:"远信入门先有泪,妻将女哭问何如。寻常不省曾如此,应是江州司马书。"从这些诗中可以看出,这次被贬为江州司马,白居易的心情有多么沉痛!生离死别之情,时时萦绕于怀。所以,元和十一年,他在贬谪江州时,听到琵琶女的演奏,分外伤感,写下了著名的《琵琶行》。这首诗的感人之处,不仅仅在于描绘了琵琶女的琴声如何高妙,也不仅仅在于描写了人物的身世和遭遇,更重要的是使读者在热泪和感叹中看到了丰富的社会内容和深刻的思想内涵。正直的人被贬,善良的琵琶女沦落天涯,"同是天涯沦落人,相逢何必曾相识"。在这一点上,士人与歌妓寻找到了共同的话语。"长安名利地,此兴几人知?"白居易深深地体验到了此中的滋味。

与李贺相比,他们都还算是幸运的,毕竟在京城还混了一官半职。而李贺连仕进的梯子都没有沾着就被赶出了京城。

据《唐摭言》记载,李贺七岁时在诗歌创作方面就已显示出过人的才能。当时的文坛巨擘韩愈等人开始还不相信,于是当众面试,李贺写下《高轩过》,使韩愈深为信服。可惜他在仕途上并不得意,因为父亲名晋肃,有人说他应当为尊者讳,不能参加进士考试。尽管韩愈专门写了《讳辩》为李贺抱不平,但他还是被剥夺了仕进的权利。就在他离开长安回到故乡之际,写下了著名的《金铜仙人辞汉歌》,创造性地假托历史故事,用浪漫主义手法总结了他在长安的遭遇和苦闷:

> 茂陵刘郎秋风客,夜闻马嘶晓无迹。画栏桂树悬秋香,三十六宫土花碧。魏官牵车指千里,东关酸风射眸子。空将汉月出宫门,忆君清泪如铅水。衰兰送客咸阳道,天若有情天亦老。携盘独出月荒凉,渭城已远波声小。

诗前有小序云:"魏明帝青龙元年八月,诏宫官牵车西取汉孝武帝捧露盘仙人,欲立置前殿。宫官既拆盘,仙人临载,乃潸然泪下。"这首诗表面上是写金铜仙人(捧露盘仙人)被迁出京城时的情状,实际处处在写自己离开京城时的悲愤心情。

杜甫说:"闻道长安似弈棋,百年世事不胜悲。"(《秋兴》)白居易说:"举目争能不惆怅,高车大马满长安。"(《得微之到官后书备知通州之事怅然有感因成》)长安,虽然给这些诗人留下了极为痛苦的记忆,但是,他们因此而真正走向成熟,把全部的心血都倾注在诗歌创作之中,创造了属于自己的色彩斑斓的世界。

杜甫的伟大,在于他的诗歌给人一种山雨欲来风满楼的震撼。诗人不知道,与此同时,在北方,安史之乱已经爆发。《自京赴奉先县咏怀五百字》又是一种标志,它标志着诗人长安十年困顿生活的结束,也标志着盛唐时代的结束。

三、杜甫的漂泊与流亡

天宝十四载(755),安史之乱爆发时,诗人四十四岁。面对着如此巨变,盛唐时期许多重要诗人似乎集体沉默,没有很好地反映这场巨大的社会变乱。李白正在江南漫游,王维躲进辋川别墅念起佛经来,高适身居要职,诗却写得越来越远离现实,而岑参呢?"自从干戈动,遂觉天地窄"。唯有杜甫,担负起反映安史之乱社会现实的重任。从安史之乱起到元、白、韩、柳登上诗坛,这二三十年间,唐代诗坛被杜甫的光辉所笼罩。

(一)战乱中的离别体验

杜甫反映时代离乱,登上诗坛顶峰,是从离别的痛苦体验中开始的。

天宝十五载(756)六月,安禄山攻破潼关,长安震动,唐玄宗从杨国忠奔蜀。七月,长安陷落,唐玄宗亡命四川。为避战乱,这年夏天,杜甫携家小离开奉先,向北逃难,经白水、华原、三川至鄜州(今陕西富县),寄居在城北羌村。听说唐肃宗在灵武(今宁夏)即位,杜甫便只身赴行在所,中途被叛军俘获,押到长安。这年秋天,他写了《月夜》一诗表达了对亲人的思念之情:

今夜鄜州月,闺中只独看。遥怜小儿女,未解忆长安。
香雾云鬟湿,清辉玉臂寒。何时倚虚幌,双照泪痕干。

诗人思念妻小,这是作诗的本意。而诗人却从对方写起,写家人思念战乱中的杜甫,这已进一层。不仅如此,诗人甚至还推想儿女不理解母亲为什么思念长安,这又进一层。诗人内心哀怨婉转,认为至此不足以表达思念之情,又写到月光。鬟湿臂寒,说明妻子在月下相思已久。结果,月光越是明亮,越衬托出相思的凄苦。诗歌最后推想聚首时共同欣赏月光的美好。八句诗,由己推人,由里及外,词旨婉切,情意绵绵。深陷长安时期,杜甫无时不在思念家人。换句话说,家人就像空气一样,虽然无形,却无处不在,须臾不能离开。《遣兴》诗云:"骥子好男儿,前年学语时。问知人客姓,诵得老夫诗。世乱怜渠小,家贫仰母慈。鹿门携不遂,雁足系难期。"①其他如《元日寄韦氏妹》《忆幼子》《得家书》《得舍弟消息二首》等诗无不如此。

公元757年的初春,诗人又写下著名的《春望》:

> 国破山河在,城春草木深。感时花溅泪,恨别鸟惊心。
> 烽火连三月,家书抵万金。白头搔更短,浑欲不胜簪。

诗人被困在长安有年,亲人音信杳然,政局动荡不安,春天来临,景物依旧,而人事全非。想到国家,想到自己的身世,诗人百感交集,这首《春望》就是在这样的背景下产生的。诗从大处落笔,"国破山河在","山河在"却已"国破",说明万物凋零。"城春草木深","草木深",说明景色依然,而人迹荒芜。开篇十分凝重,自然界的景物时令与当前国事如此不协调,城市一片荒芜,给人沉重的感觉。一个"在"字,慷慨有力,造成先声夺人的艺术效果,国势虽乱,但山河依旧,这两句诗把诗人全部的心境都表达出来了:满目疮痍,而又充满信念。"感时"一联是著名的句子,有感于战事,诗人赏花时情不自禁地洒下热泪,而又与家人离别,只身一人在战火纷飞的长安,充满愁思,听到鸟声也会使人心惊肉跳。花鸟本来是令人愉悦的,而在国破家亡之际,见之而泣,闻之而悲,则悲伤的情感自在不言之中。"烽火连三月"承上句"感时花溅泪"

---

① 萧涤非主编:《杜甫全集校注》卷三《遣兴》,人民文学出版社2014年版,第794页。

而来。三月,即一个季节,一个春天。连三月,即接连过了两个春天。"家书抵万金"紧承"恨别鸟惊心"而来,写出个人忧伤与国家动荡紧紧联系在一起的悲慨。

至德二载(757)二月,唐肃宗将行在所迁至凤翔。四月,杜甫冒着生命危险逃出长安,抵达肃宗行在凤翔。《自京窜至凤翔喜达行在所》其三写道:"死去凭谁报?归来始自怜。"肃宗为其忠诚所感动,任命杜甫为左拾遗。《述怀》诗曰:

> 去年潼关破,妻子隔绝久。今夏草木长,脱身得西走。麻鞋见天子,衣袖见两肘。朝廷愍生还,亲故伤老丑。涕泪受拾遗,流离主恩厚。柴门虽得去,未忍即开口。寄书问三川,不知家在否?比闻同罹祸,杀戮到鸡狗。山中漏茅屋,谁复依户牖。摧颓苍松根,地冷骨未朽。几人全性命,尽室岂相偶。嵚岑猛虎场,郁结回我首。自寄一封书,今已十月后。反畏消息来,寸心亦何有。汉运初中兴,生平老耽酒。沉思欢会处,恐作穷独叟。

这个时期,他已完全忘记自身的安危,将家国视为一体。房琯因陈陶斜之败而被罢职,杜甫将房琯视为读书人的典范,上疏营救,引起肃宗不满,诏三司推问,幸得宰相张镐营救,得以获免。

这个时候,他才意识到自己的可怜、卑微、无奈。这年闰八月,杜甫获准去鄜州去看望妻子,作《羌村》三首、《北征》等诗。《羌村》第一首云:

> 峥嵘赤云西,日脚下平地。柴门鸟雀噪,归客千里至。妻孥怪我在,惊定还拭泪。世乱遭飘荡,生还偶然遂。邻人满墙头,感叹亦歔欷。夜阑更秉烛,相对如梦寐。

头两句点明时间地点,三四句用鸟雀的返巢比喻行人归家。这四句,有远景,有近景,有赋,有比。五六句写出种种复杂的思想感情:怪、惊、喜、悲。乱世漂逢,悲欢离合,真是恍若隔世。"惊定"

句是喜极而悲,包含了多少辛酸苦楚、担心思念,一下子都涌上了心头。"世乱"二句,又从大处落笔,写出这种悲惨境遇不仅是个人遭遇,而且是人民所共有的遭遇。生还偶然,那么死亡自是常见的事了。夜阑人静,秉烛不眠,结尾两句写出夫妻仿佛在做梦一般,兴奋的心情久久不能平静。晚唐司空曙诗曰:"乍见翻疑梦,相悲各问年。"宋代晏几道词《鹧鸪天》:"从别后,忆相逢,几回魂梦与君同。今宵剩把银釭照,犹恐相逢是梦中。"陈师道诗:"喜极不得语,泪尽方一哂。了知不是梦,忽忽心未稳。"以上诗词都是由杜甫诗脱化而来的。《羌村》其二写家事:

> 晚岁迫偷生,还家少欢趣。娇儿不离膝,畏我复却去。忆昔好追凉,故绕池边树。萧萧北风劲,抚事煎百虑。赖知禾黍收,已觉糟床注。如今足斟酌,且用慰迟暮。

《羌村》其三写与邻居的交往:

> 群鸡正乱叫,客至鸡斗争。驱鸡上树木,始闻叩柴荆。父老四五人,问我久远行。手中各有携,倾榼浊复清。莫辞酒味薄,黍地无人耕。兵戈既未息,儿童尽东征。请为父老歌,艰难愧深情。歌罢仰天叹,四座泪纵横。

《北征》开篇四句点明时间:"皇帝二载秋,闰八月初吉。杜子将北征,苍茫问家室。"全诗长达七百字,和《自京赴奉先县咏怀五百字》一样,都以回家省亲为题材,把家庭命运和整个国家命运紧密结合在一起,成为史诗一般的作品。苍茫,急遽之意,用在此时,特别恰当。描写回家一段,尤其感人:

> 况我堕胡尘,及归尽华发。经年至茅屋,妻子衣百结。恸哭松声回,悲泉共幽咽。平生所娇儿,颜色白胜雪。见耶背面啼,垢腻脚不袜。床前两小女,补绽才过膝。海图拆波涛,旧绣移曲折。天吴及紫凤,颠倒在裋褐。老夫情怀恶,呕

呕泄卧数日。那无囊中帛,救汝寒凛慄。粉黛亦解苞,衾裯稍罗列。瘦妻面复光,痴女头自栉。学母无不为,晓妆随手抹。移时施朱铅,狼藉画眉阔。生还对童稚,似欲忘饥渴。问事竞挽须,谁能即嗔喝。翻思在贼愁,甘受杂乱聒。新归且慰意,生理焉得说。

急剧降临的战乱,给杜甫一家带来前所未有的灾难。诗人深陷乱军,早生华发。回到家中,"那无囊中帛,救汝寒凛慄"。想象中曾经美丽的妻子,此时也成"瘦妻",衣衫虽整,补丁百结;平时娇惯的儿女,大一点的好像不认识他一样,转身哭泣,小女儿看着母亲化妆,也学着随手涂抹,"狼藉画眉阔"。目睹眼前这种令人五味杂陈的场景,诗人感慨万端,"老夫情怀恶,呕泄卧数日"。但在战乱中能活下来,能与家人团圆,就是幸事:"生还对童稚,似欲忘饥渴。问事竞挽须,谁能即嗔喝。"喜极而泣,悲过而喜,种种复杂的情感,让读者含着眼泪微笑,为杜甫一家的团聚而稍感欣慰。

在战乱的长安,饱受这种离别痛苦的,当然不仅仅是杜甫一人。《哀王孙》《哀江头》《悲陈陶》《悲青坂》等名篇,深刻地描绘了那些曾经的显贵所遭遇的悲惨经历。譬如《哀江头》:

少陵野老吞声哭,春日潜行曲江曲。江头宫殿锁千门,细柳新蒲为谁绿?忆昔霓旌下南苑,苑中万物生颜色。昭阳殿里第一人,同辇随君侍君侧。辇前才人带弓箭,白马嚼啮黄金勒。翻身向天仰射云,一笑正坠双飞翼。明眸皓齿今何在?血污游魂归不得。清渭东流剑阁深,去住彼此无消息。人生有情泪沾臆,江水江花岂终极!黄昏胡骑尘满城,欲往城南望城北。

此诗作于至德二年(757),吟咏杨太真事,半露半含,若悲若讽。江头,实指曲江。这里有紫云楼、芙蓉苑、杏园、慈恩寺等名胜,又有菰蒲葱翠,碧波红蕖。此时尽管春光依旧,而时局巨变。"江头宫殿锁千门,细柳新蒲为谁绿"二句,表达出春光与时政的对立与不协调。与"庭树不知人去尽,春来犹发旧时花"的意思相近,与下文"人生有情泪沾臆,江水江花岂终极"相呼应。曾经的"昭阳殿里第一人,同辇随君侍君侧",而今呢,"明眸皓齿今何在?血污游魂归不得",让人想到白居易《长恨歌》"花钿委地无人收,翠翘金雀玉搔头。君王掩面救不得,回看血泪相和流"。"黄昏胡骑尘满城,欲往城南望城北"有两解,一是北望肃宗,那是希望所在;二是"望"即"向",是说作者忧心如焚,懵懂间走反了方向。又如《哀王孙》:

> 长安城头头白鸟,夜飞延秋门上呼。又向人家啄大屋,屋底达官走避胡。金鞭断折九马死,骨肉不得同驰驱。腰下宝玦青珊瑚,可怜王孙泣路隅。问之不肯道姓名,但道困苦乞为奴。已经百日窜荆棘,身上无有完肌肤。高帝子孙尽隆准,龙种自与常人殊。豺狼在邑龙在野,王孙善保千金躯。不敢长语临交衢,且为王孙立斯须。昨夜东风吹血腥,东来橐驼满旧都。朔方健儿好身手,昔何勇锐今何愚!窃闻天子已传位,圣德北服南单于。花门剺面请雪耻,慎勿出口他人狙。哀哉王孙慎勿疏,五陵佳气无时无。

当时,唐玄宗命陈玄礼整合部分兵马,匆忙离开,那些在外的妃主、王孙等并不知情。叛军攻入长安,王室贵族,多所杀戮,甚至孩子也在所难免。诗中说"哀哉皇孙慎勿疏",说明降臣中有人充当叛军耳目,搜捕皇孙妃主。赵宋靖康之难,降臣中有为金人搜索赵氏遗种者,与此如出一辙。"王孙善保千金躯",说明一部分皇族逃亡在外。杜甫在陇南,就曾遇到过隐居于此的"幽人"、流落于此的"佳人":"天高无消息,弃我忽若遗。"(《幽人》)"关中昔丧败,兄弟遭杀戮。官高何足论,不得收骨肉。"(《佳人》)读到这些诗,让我们联想到汉末董卓之乱。①

当然,受到战争创伤,境遇最悲惨的还是普通百姓。

乾元元年(758)秋天,唐军收复两京,肃宗回到长安,杜甫也从鄜州入京。由于旧怨,作为老臣的房琯、严武等先后被贬。这年六月,杜甫也被赶出京城,出为华州功曹参军。当年冬末,杜甫回到河南洛阳省亲,在往还的路上,杜甫将其所见所感,凝聚成史诗般的作品《三吏》《三别》。

《新安吏》描写唐朝军队失败后,又征兵役,那些没有达到服役年龄的男子也被征召入伍:

> 客行新安道,喧呼闻点兵。借问新安吏:县小更无丁?府帖昨夜下,次选中男行。中男绝短小,何以守王城?肥男有母送,瘦男独伶俜。白水暮东流,青山犹哭声。莫自使眼枯,收汝泪纵横。眼枯即见骨,天地终无情。我军取相州,日夕望其平。岂意贼难料,归军星散营。就粮近故垒,练卒依旧京。掘壕不到水,牧马役亦轻。况乃王师顺,抚养甚分明。送行勿泣血,仆射如父兄。

原注:"收京后作。虽收两京,贼犹充斥。""肥男有母送,瘦男独伶俜。白水暮东流,青山犹哭声。莫自使眼枯,收汝泪纵横。眼枯即见骨,天地终无情。"从诗中可以看出诗人的矛盾心情:既看到人民的苦难,又深知平叛的重要性,不得不如此。

《潼关吏》以督役为题材:

> 士卒何草草,筑城潼关道。大城铁不如,小城万丈余。借问潼关吏,修关还备胡?要我下马行,为我指山隅。连云列战格,飞鸟不能逾。胡来但自守,岂复忧西都。丈人视要

---

① 《后汉书·孝献帝纪》载:"(洛阳)宫室烧尽,百官披荆棘,依墙壁间,州郡各拥强兵,而委输不至。群僚饥乏,尚书郎以下自出采梠,或饥死墙壁间。"曹植的《送应氏》就反映了洛阳的这种荒芜景象。

> 处,窄狭容单车。艰难奋长戟,万古用一夫。哀哉桃林战,百万化为鱼。请嘱防关将,慎勿学哥舒。

《雍录》云:潼关在华州华阴县东北,关西一里有潼水,因以为名。《旧唐书》载,哥舒翰军至潼关,上奏说主张坚守。郭子仪、李光弼等人也认为潼关大军唯应固守,不可轻出。玄宗听信杨国忠之言,令引兵出关,结果大败,死者万人。

《石壕吏》展示出另一番惨状:丁男被抓尽,老妪亦不能幸免。

> 暮投石壕村,有吏夜捉人。老翁逾墙走,老妇出门看。吏呼一何怒,妇啼一何苦。听妇前致词,三男邺城戍。一男附书至,二男新战死。存者且偷生,死者长已矣。室中更无人,唯有乳下孙。有孙母未去,出入无完裙。老妪力虽衰,请从吏夜归。急应河阳役,犹得备晨炊。夜久语声绝,犹闻泣幽咽。天明登前途,独与老翁别。

"暮投石壕村,有吏夜捉人",这哪里是点兵,分明是在抓兵。老妇人的形象真令人难忘:三个儿子已经死去两个,到头来自己又挺身而出,豁达而深明大义。其实,更叫人感伤的是那位并未正面出场的中年妇人。孩子幼年失父,妻子中年丧夫,老人晚年失子,人生的三大悲剧都在这个不幸的家庭中发生了。而现在,老妪又被征走,全家的生活重担都要由这"出入无完裙"的寡妇来承担。夜深人静时的抽泣声,饱含着无尽的痛苦和血泪。"夜久语声绝"至结尾四句,诗人没有评论,惨然作别。

《新婚别》的场面叫人伤感:

> 兔丝附蓬麻,引蔓故不长。嫁女与征夫,不如弃路旁。结发为妻子,席不暖君床。暮婚晨告别,无乃太匆忙。君行虽不远,守边戍河阳。妾身未分明,何以拜姑嫜。父母养我时,日夜令我藏。生女有所归,鸡狗亦得将。君今往死地,沉痛迫中肠。誓欲随君去,形势反苍黄。勿为新婚念,努力事

戎行。妇人在军中,兵气恐不扬。自嗟贫家女,久致罗襦裳。罗襦不复施,对君洗红妆。仰视百鸟飞,大小必双翔。人事多错迕,与君永相望。

"嫁女与征夫,不如弃路旁。结发为妻子,席不暖君床。暮婚晨告别,无乃太匆忙。"从诗中的叙述来看,这位新娘子对于战争的残酷是深知的,她明白这次分别不仅意味着生离,也许就是死别。但这是平叛战乱,所以这位新婚女子还是安慰自己的丈夫安心打仗。全诗中"君"字出现了六次,女主人公频频呼唤自己的丈夫,一字一句,沉痛感人。

《垂老别》则表现战乱中老年夫妻的离别:"子孙阵亡尽,焉用身独完。投杖出门去,同行为辛酸。幸有牙齿存,所悲骨髓干。"老人主动出征,省得官府逼催。

四郊未宁静,垂老不得安。子孙阵亡尽,焉用身独完。投杖出门去,同行为辛酸。幸有牙齿存,所悲骨髓干。男儿既介胄,长揖别上官。老妻卧路啼,岁暮衣裳单。孰知是死别,且复伤其寒。此去必不归,还闻劝加餐。土门壁甚坚,杏园度亦难。势异邺城下,纵死时犹宽。人生有离合,岂择衰老端。忆惜少壮日,迟回竟长叹。万国尽征戍,烽火被冈峦。积尸草木腥,流血川原丹。何乡为乐土,安敢尚盘桓。弃绝蓬室居,塌然摧肺肝。

全诗从另外一个侧面,表现出最淳朴、最深厚的感情。诗的最后,诗人又将视野扩大到全国:"万国尽征戍,烽火被冈峦。积尸草木腥,流血川原丹。"具有宽广的视野,也有较丰富的内涵。

《无家别》描写的内容最为悲惨。本来,告别是与他人话别,但此诗中的主人公更为悲惨,无家人可别。

寂寞天宝后,园庐但蒿藜。我里百余家,世乱各东西。存者无消息,死者为尘泥。贱子因阵败,归来寻旧蹊。久行见空巷,日瘦气惨凄。但对狐与狸,竖毛怒我啼。四邻何所有,一二老寡妻。宿鸟恋本枝,安辞且穷栖。方春独荷锄,日暮还灌畦。县吏知我至,召令习鼓鞞。虽从本州役,内顾无所携。近行止一身,远去终转迷。家乡既荡尽,远近理亦齐。永痛长逝母,五年委沟溪。生我不得力,终身两酸嘶。人生无家别,何以为蒸黎?

家乡一片荒芜,甚至野狐都不怕人:"久行见空巷,日瘦气惨凄。但对狐与狸,竖毛怒我啼。"从剩下的"一二老寡妻",可以看出她们的丈夫已经战死。诗人叙述婉转,惜墨如金,从一个侧面可看到两方面内容。这个刚刚从战场上回来的人,又要被征走。此时,他已无家可别。唯一让他放心不下的是死去的母亲,她已经埋没在山野整整五年了,"生我不得力,终身两酸嘶"。诗的结尾写道:"人生无家别,何以为蒸黎?"人生到了我这一地步,还称得上是什么人吗?读到这里,我们是否还可以反问一下,人民遭受如此劫难,那些当权者该承担怎样的责任?用清人的话讲,"何以为民上"?

这六首诗是完整的史诗般的作品。《垂老别》的结尾扩展开来,是全景式的描写;《无家别》具体到一个村落,是中景细致描写;《新婚别》则仅写两人的对话,是近景描写,特别是"对君洗红妆",简直就是特写。写外貌,写心理,写不同人,写不同事,短短六首写出社会面貌,千姿百态。从这些描写中,我们可以看到诗人鲜明的自我形象,有憎,有爱,有同情,有苦闷,有摆不脱的矛盾,有说不清的困惑。为了平定叛乱,人民付出了沉重的代价,新娘子、老人、征夫等贡献出了自己的一切,然而等待他们的是什么呢?

这年,杜甫四十七岁,常有"老去悲秋强自宽"(《九日蓝田崔氏庄》)的感慨。他不想违背自己心愿,继续这样混下去了。

(二)远游·流浪·流亡

乾元二年(759)春夏,关中久旱不雨,出现灾荒。《夏日叹》说:"上苍久无雷,无乃号令乖。雨降不濡物,良田起黄埃。飞鸟苦热死,池鱼涸其泥。万人尚流冗,举目惟蒿莱。"人民生活异常艰辛。这年六月,杜甫出为华州功曹参军。实际上是受房琯等人牵连,被赶出京城,处境非常尴尬。《洗兵马》说"攀龙附凤势莫当,天下尽化为侯王",流露出诗人对当权者玩弄权术的憎恨之情。

立秋次日,杜甫作《立秋后题》:"平生独往愿,惆怅年半百。罢官亦由人,何事拘形役。""拘形役"三字本于《归去来兮辞》"既自以心为形役,奚惆怅而独悲"。陶渊明写《归去来兮辞》时四十二岁,是他告别官场的宣言书。杜甫写这首诗时已经四十八岁,比当年辞官的陶渊明还年长六岁,故曰"日月不相饶"。他心灰意冷,决定效仿陶渊明,"云无心而出岫,鸟倦飞而知还",挂冠远游,寻找生机。

就这样,在一念之间,他开始了远游中的颠沛流离的最后十年。

此前,侄子杜佐已在秦州(今甘肃天水)东柯驻留,生活可能相对稳定。在杜甫的想象中,那里应是世外桃源。在汉唐时期,中原战乱,很多人会逃亡西北。杜甫也只是想暂时投奔杜佐,避难秦州,"满目悲生事,因人作远游"(《秦州杂诗》)。远游,只是权宜之计,他最终还是要回到故乡。杜甫心中的故乡有两个,一是生他养他的河南巩县,这是家;一是理想所寄的关中长安,这是国。从这个时期所写的诗歌中,我们可以读到这样的信息:在家与国的天平上,他最初依然倾向后者。所以《秦州杂诗》其二说:"清渭无情极,愁时独向东。"

秦州的自然条件很好,杜甫也希望在此过上平静的生活。但不知为什么,他只在这里生活了三个月,就不得不另谋出路。那年十月,同谷县(今甘肃陇南)有位"佳主人"来信相邀。杜甫听说那里物产丰富,便决定前往同谷。这是诗人在半年内所经历的第二次远游。从华州到秦州,他还有目标,还想回到长安去实现政治理想。但是,到同谷,则是离政治中心越来越远。"天寒霜雪繁,游子有所之。岂但岁月暮,重来未有期",他似乎已找不到退路。更叫诗人没有想到的是,那位"佳主人"似乎并未出现,至少没有做好相应的安排。杜甫一到同谷,就陷入困境。《乾元中寓居同谷县作歌》七首便是这段苦难生活的生动写照:

有客有客字子美,白头乱发垂过耳。岁拾橡栗随狙公,天寒日暮山谷里。中原无书归不得,手脚冻皴皮肉死。呜呼一歌兮歌已哀,悲风为我从天来。

长镵长镵白木柄,我生托子以为命。黄精无苗山雪盛,短衣数挽不掩胫。此时与子空归来,男呻女吟四壁静。呜呼二歌兮歌始放,邻里为我色惆怅。

有弟有弟在远方,三人各瘦何人强。生别辗转不相见,胡尘暗天道路长。东飞鴐鹅后鹙鸧,安得送我置汝旁。呜呼三歌兮歌三发,汝归何处收兄骨。

有妹有妹在钟离,良人早殁诸孤痴。长淮浪高蛟龙怒,十年不见来何时。扁舟欲往箭满眼,杳杳南国多旌旗。呜呼四歌兮歌四奏,林猿为我啼清昼。

四山多风溪水急,寒雨飒飒枯树湿。黄蒿古城云不开,白狐跳梁黄狐立。我生何为在穷谷,中夜起坐万感集。呜呼五歌兮歌正长,魂招不来归故乡。

> 南有龙兮在山湫,古木岌岌枝相樛。木叶黄落龙正蛰,蝮蛇东来水上游。我行怪此安敢出,拔剑欲斩且复休。呜呼六歌兮歌思迟,溪壑为我回春姿。

> 男儿生不成名身已老,三年饥走荒山道。长安卿相多少年,富贵应须致身早。山中儒生旧相识,但话宿昔伤怀抱。呜呼七歌兮悄终曲,仰视皇天白日速。

他先从自我形象写起,描绘出一个衣衫褴褛、骨瘦如柴的诗人形象。作者反复强调一个"客"字,强调自己客居异乡,在荒野采拾橡栗充饥,挖掘野菜、中草药,天寒日暮,手皴脚冻,没有衣食。这哪里是客,分明是流浪者的形象。更叫他难以忍受的是,这里与外界隔绝,没有音信,"中原无书归不得",所以首篇以"悲风为我从天来"收束全篇,让人悲慨叹惋。第二首从他谋生的长镵写起,写到家小因饥饿而卧病,男呻女吟,痛苦不堪。面对着在死亡线上挣扎的孩子,诗人的痛苦可想而知。然而,这里作者用"四壁静"三字将这种愁情轻轻地放在一边,又将自己的笔触伸向邻里。《自京赴奉先县咏怀五百字》写到幼儿饿死,邻里为之叹息。《羌村》三首写他在乱世回到家乡,又写到邻里的唏嘘。而在这组诗中,诗人写到"邻里为我色惆怅",连叹息的声音都没有了。人生到此,天地无情。第三首写到自己的弟弟。《月夜忆舍弟》写道:"露从今夜白,月是故乡明。"根据杜甫的诗歌自述,他有四个弟弟,其中一个随他流浪,另外三个可能流落他乡,"生别辗转不相见,胡尘暗天道路长"。在"共看明月应垂泪,一夜乡心五处同"的生离死别的岁月里,诗人的内心充满对亲情的牵挂。于是第四首又写到妹妹,"十年不见来何时"? 这个时候,在诗人看来,不仅邻里同情自己的遭遇,就连林猿也为自己悲哀。第五首落到流浪的主题上来。中间两句"我生何为在穷谷,中夜起坐万感集",是问自己的内心,还是问上天,他设法找到答案。于是引出第六首,把所有的怨恨,转到腐败的朝政上来。逢此乱世,诗人深感无可奈何。想到自己"三年饥走荒山道",本以为在同谷可以找到栖身之所,没有想到生活反而更为艰难。再往前推,诗人更想到自己长安十年的落拓,那些有权有势的卿相,早得富贵,而自己呢?由此他不由地想到屈原《离骚》中的诗句,"老冉冉其将至兮,恐修名之不立",故而凝聚成"男儿生不成名身已老",直抒身世之感。从诗的构思看,七歌既终,日色已暮,实际暗喻着生命的凋零与落寞。流落到生活的最底层,他不得不在理想与现实之间作出抉择。他甚至开始怀疑曾经狂热追寻的理想是否真实。既然如此,任何感叹、怀想,在这个时候确实没有实际意义。人生的第一要务,是要生存。为此,他还要继续前行,开始最后的流亡生活。

这年十二月,应友人相邀,杜甫由同谷入蜀。《发同谷》诗说自己"奈何迫物累,一岁四行役",四行役,是指华州到秦州,又到同谷,再到成都。

为理想、为生存,绝大多数人在一生中都曾有过远游的经历。在这个过程中,有的人得志,也有很多人失意。失意者可能被边缘化,漂泊无定,到处流浪。在心理上,他可能并无彻底改变社会的勇气,只是自认倒霉而已。这是一种流浪者的心态,比较容易理解。而流亡则不然。他可能身处官场,却时时感到格格不入,与主流社会始终保持一种若即若离的状态,对现有体制始终保持一种批判的态度。这种心态,可能就是美学意义上的流亡状态。逃难西北的半年,彻底改变了杜甫的生活。从最初的远游,到加入流浪者行列,到最终成为"飘零西南天地间"的流亡者,杜甫的心态发生了根本性变化。残酷的现实,让他逐渐认清这样一个基本现实:曾经的政治理想,已经离他越来越远,而河南老家才是他可以触摸、可以托身的所在。①

（三）青春作伴好还乡

唐代俗语有"扬一益二"之说，益指成都，其地理位置在当时的全国十分重要。唐玄宗避难也是到成都。乾元二年（759）年末，诗人到达成都后，住在西郊外浣花溪畔，生活总算是安顿下来。《狂夫》诗曰："万里桥西一草堂，百花潭水即沧浪。风含翠篠娟娟静，雨裛红蕖冉冉香。"诗人自注："忍饿看花，我友张存真亦尔矣。"可见此时物质生活依然艰难，但诗人心情相对平和。这时，他写了许多诗，反映出对于这种平静生活的满足。如写花木之美："杨柳枝枝弱，枇杷对对香"；写虫鸟之灵："细雨鱼儿出，微风燕子斜"；写春雨之喜："随风潜入夜，润物细无声"；写春夜之静："云掩初弦月，香传小树花"；写闲暇之乐："仰面贪看鸟，回头错应人"，等等。当然这些纤细之美，还只是杜甫创作的一个方面。此时的杜甫，虽然寄人篱下，但壮心犹在，力度不减当年，只是表现方式有所不同。年轻时往往脱口而出的豪迈，现在变得更加含蓄，柔中有刚。如《绝句》四首之三："两个黄鹂鸣翠柳，一行白鹭上青天。窗含西岭千秋雪，门泊东吴万里船。"前两句写黄鹂、翠柳、白鹭、青天，色彩鲜艳，动感十足。后两句写窗，可含千秋雪，写门，能泊万里船。在杜甫的笔下，看似没有生命的窗、船，也富有生命的感觉。咫尺千里，极有力度。

宝应元年（762）四月，唐代宗即位，召严武还朝，蜀中生乱。五十一岁的杜甫寄居梓州。第二年，他在这里听到安史之乱被平定，写下平生第一快诗《闻官军收河南河北》：

> 剑外忽传收蓟北，初闻涕泪满衣裳。却看妻子愁何在，

---

① 参见拙文《漂泊无助的远游——读〈秦州杂诗〉二十首及其他》，载《中国文学研究》2017年第1期。

> 漫卷诗书喜欲狂。白日放歌须纵酒,青春作伴好还乡。即从巴峡穿巫峡,便下襄阳向洛阳。

诗人一生穷愁潦倒,苦不堪言,喜悦的事情实在是太少了。诗人写愁写喜,表达的都是心灵深处的真情实感,同样动人心弦。"剑外"是四川梓州,在剑门关南边,"蓟北"指河南河北。头句叙事点题,用的是两地名,相距五千余里,可见这次战乱规模之大,也可见诗人在战乱中流离的状况。"初"和"忽"是相对的。流泪是喜极而悲,是人情的真实流露,这是诗人日夜盼望的消息,他怎能不激动呢?三四句是互文,分写妻子和诗人自己,实际是共同的感受。白日放歌纵酒,是因为可以"还乡",这是全诗的主题,所有的喜悦都集中在这两个字上了。青春,是时序,意谓青绿的春天,桃红柳绿,鸟语花香,正是回家的好季节。诗人将主观感受与自然景物结合起来,最后又预想出回家线路,尤为精彩。诗中用了几个动词,对仗也是特殊的。巴峡对巫峡,襄阳对洛阳,构成天然的对子。原注:"余田园在东京。"东京,指洛阳。诗中几个关键词,如"忽传""初闻""却看""漫卷""即从""便下",外加六个地名,勾画出仓卒间欲歌欲哭的情状。千载之下,如在目前。前人评此诗是"其疾如飞""神来之笔,不可思议"。其实这种感受来源于诗人最深切的体验,没有半点的矫揉造作。

诗人回乡的愿望并没有实现。他实在过于天真,错误地估计了唐王朝的发展。叛军是平定了,但社会并不安定。广德二年(764),严武再镇蜀,杜甫遂返成都,回到草堂,但他此刻已有去意。《五盘》诗说:"成都万事好,岂若归吾乡?"这种想法其实在他入蜀之初就牢牢地驻留在他的心底。高适《人日寄杜二拾遗》就点明了此旨:"人日题诗寄草堂,遥怜故人思故乡。"在杜甫心中,成都也只是他的寄居之所,他最终还是要回到生他养他的家乡。

永泰元年(765)四月,严武去世,杜甫已别无选择,遂在这年五月匆匆离开成都,写下《去蜀》诗:"五载客蜀郡,一年居梓州。如何关塞阻,转作潇湘游。"蜀中是"客",潇湘是"游",流亡心态,溢于言表。途中作《旅夜抒怀》:

> 细草微风岸,危樯独夜舟。星垂平野阔,月涌大江流。名岂文章著,官应老病休。飘飘何所似,天地一沙鸥。

其中"星垂平野阔,月涌大江流"一联,既写出星点遥挂如垂,又衬托出平野之广阔。江中月影流动如涌,又烘托大江奔流的气势,气象万千,类似太白壮语(如"山随平野尽,江入大荒流"),颇见骨力。"名岂文章著,官应老病休",上句是说胸怀大志,名声岂以文章而著?下句是说,官位确实因论事而罢,却用老病自解。最后两句,我们依然可以体会到杜甫的雄心与壮志,尽管除了诗,他什么都没有了。惟其如此,这个时候的杜诗,真正呈现出沉郁顿挫、力挺千钧的壮阔。

诗人离开成都后,沿岷江至嘉州(今四川乐山)、戎州(今四川宜宾)、泸州,又至渝州(今重庆)、忠州(今重庆忠县)、云安(今重庆云阳),寓居夔州(今重庆奉节),作《秋兴》八首、《咏怀古迹》十二首等名篇。如《秋兴》第一首:

> 玉露凋伤枫树林,巫山巫峡气萧森。江间波浪兼天涌,塞上风云接地阴。丛菊两开他日泪,孤舟一系故园心。寒衣处处催刀尺,白帝城高急暮砧。

此诗因秋托兴,触景伤情。波浪在地而曰兼天,风云在天而曰接地,极言巫山巫峡阴晦萧森之状。金圣叹批:"才是真才,法是真法,哭是真哭,笑是真笑。道他是连,却每首断。道他是断,却每首连。"翌年九九重阳节,诗人又作《登高》:

> 风急天高猿啸哀,渚清沙白鸟飞回。无边落木萧萧下,不尽长江滚滚来。万里悲秋常作客,百年多病独登台。艰难

苦恨繁霜鬓,潦倒新停浊酒杯。

首句写山,哀猿长啸,重在写声;次句写水,渚清沙白,重在色彩;三句承山,写山中落木,重在声音;四句承水,写万里长江,重在情状。四个画面,前两句是近景,后两句是远景。秋景写得悲壮开阔,不再是低沉愁苦。"作客"与"登台"是全诗的主旨。诗人不是一般作客,而是"万里悲秋常作客";同样,登台也不是一般登台,而是"百年多病独登台"。在写作上,八句都是对仗,音律铿锵,正可以看出诗人晚年苍凉的心境。

五十七岁这年,诗人离开夔州出峡东下,至湖北江陵、公安等地,年末再至湖南岳州(今湖南岳阳),写下著名的《登岳阳楼》诗:

昔闻洞庭水,今上岳阳楼。吴楚东南坼,乾坤日夜浮。
亲朋无一字,老病有孤舟。戎马关山北,凭轩涕泗流。

孟浩然也有一首描写洞庭湖的《临洞庭湖赠张丞相》诗:

八月湖水平,涵虚混太清。气蒸云梦泽,波撼岳阳城。
欲济无舟楫,端居耻圣明。坐观垂钓者,徒有羡鱼情。

前四句,都写洞庭湖之景,两诗可以媲美。从"昔闻"到"今上",写出作者的期待,"吴楚东南坼,乾坤日夜浮"是诗人眼中所见之景:洞庭湖仿佛吞吐天宇,水天相连,托起天地。孟浩然的诗也是如此,"八月湖水平,涵虚混太清",用云梦泽和岳阳城作衬托来实写,仿佛整个洞庭湖远近都在水气的笼罩之中。这里的"蒸"字和"撼"字,准确、生动,气象阔大,成为传神之笔。但后四句便见二诗高低。孟诗显得无力衬托,仿佛一下子从高峰跌下。杜诗则更近一步,不仅充满身世之感,而且有着浓郁的家国情怀。后来,范仲淹写岳阳楼,生发出"先天下之忧而忧,后天下之乐而乐"的感慨。由此可见,同一题材,由于作者思想感情不同,就会有不同的处理方法,也就会有不同的思想境界和不同的艺术效果。

五十八岁,诗人来到潭州(今湖南长沙),作开篇提到的《南征》诗,抒发其孤独寂寞、同时对自己的诗歌创作充满自信的思绪。为避战乱,杜甫在湖南一带辗转流离。① 大历五年(770),杜甫客死湖南,最后一首诗是《风疾舟中伏枕书怀三十六韵奉呈湖南亲友》,"战血流依旧,军声动至今",可见诗人依然关注时局。而他"青春作伴好还乡"的理想也最终破灭在回家的路上。

这一年,诗人五十九岁。如前所述,他的遗骨由后人移葬家乡,最终完成他回家的愿望。这时,离他辞世,已经过去了四十三年。

余　论

(一) 杜甫的文学思想

一个作家的创作,总是在一定的文学思想引导下完成的。杜甫的文学理想,集中体现在《戏为六绝句》这组诗中。

> 庾信文章老更成,凌云健笔意纵横。今人嗤点流传赋,不觉前贤畏后生。
>
> 王杨卢骆当时体,轻薄为文哂未休。尔曹身与名俱灭,不废江河万古流。
>
> 纵使卢王操翰墨,劣于汉魏近风骚。龙文虎脊皆君驭,历块过都见尔曹。
>
> 才力应难跨数公,凡今谁是出群雄。或看翡翠兰苕上,未掣鲸鱼碧海中。
>
> 不薄今人爱古人,清词丽句必为邻。窃攀屈宋宜方驾,

---

① 《明皇杂录》载:"杜甫后漂寓湘潭间,旅于衡州耒阳县,颇为令长所厌。"一个"厌"字,生动地反映出杜甫晚年流落他乡的凄苦。

恐与齐梁作后尘。

　　未及前贤更勿疑,递相祖述复先谁。别裁伪体亲风雅,转益多师是汝师。

　　第一,凌云健笔,思绪纵横,这是杜甫对庾信的高度赞誉,也是杜甫心目中的文学理想。我们知道,庾信和他的父亲庾肩吾曾享誉江南,庾信十五岁就为昭明太子萧统侍读。萧纲立为太子,庾信与徐陵俱为东宫抄撰学士。公元552年,萧绎自立于江陵,任命庾信为御史中丞,与颜之推等共校典籍。可以说,庾信的青壮年时期,饱读诗书,志得意满。承圣三年(554),庾信奉命出使西魏,适逢西魏大军进陷江陵,庾信遂羁留长安,直至隋文帝开皇元年(581)死,他再也没有回到江南。庾氏家族自八世祖庾滔以来,已成为江南望族。到他这里,"七叶而始落"(《哀江南赋》)。庾信的晚年是在北方度过的,尽管文学地位很高,他却倍感压抑。形诸文字,便由清新转化为老成。杜甫《咏怀古迹》说:"庾信平生最萧瑟,暮年诗赋动江关。"这种独特的经历和深邃的感慨,让杜甫颇为感动,将其引为异代知己。《南征》说:"哀伤同庾信,述作异陈琳。"前人用"沉郁顿挫、随时敏捷"八个字来形容杜甫,其实也适用于庾信。在杜甫看来,作者的人生阅历,决定了文学的深度和感人的力度。好的文学,如"龙文虎脊",似"历块过都",自有一种开阖顿挫、沉郁激荡的气象。

　　第二,与老成相辅而成的是清新与俊逸之风。论诗绝句说:"不薄今人爱古人,清词丽句必为邻。"清词丽句,就是指清新俊逸之风。清新,是指天然去雕饰。俊逸,是指飘逸有力度。李白、鲍照、庾信堪称这方面的创作典范。杜甫《春日忆李白》:"白也思无敌,飘然独不群。清新庾开府,俊逸鲍参军。"孟浩然也多清新之句,所以杜甫《解闷》说:"复忆襄阳孟浩然,清诗句句尽堪传。"庾信的创作,绮艳、清新、老成,诚如《四库全书总目》所说:"阅历既久,学问弥深,所作皆华实相扶,情文兼至。"

第三,在杜甫的心目中,屈原和宋玉是文人创作的最高典范。他说:"摇落深知宋玉悲,风流儒雅亦吾师。怅望千秋一洒泪,萧条异代不同时。"(《咏怀古迹》)论诗绝句用"窃攀"屈宋来表达自己的景仰之情。屈宋创作最突出的特点,就是一往情深。杜甫又何尝不是如此。袁枚《随园诗话》说:"人必先有芬芳悱恻之怀,而后有沉郁顿挫之作。人但知杜少陵每饭不忘君,而不知其于友朋、弟妹、夫妻、儿女间,何在不一往情深耶?"相比较而言,齐梁创作更注重雕琢。在情感与雕琢之间,杜甫以屈宋为榜样,更强调情感因素。所以,下一句用"恐与齐梁作后尘"划出文学高低的界限。当然,他并非一概否定齐梁文风。《解闷》说:"陶冶性灵存底物?新诗改罢自长吟。熟知二谢将能事,颇学阴何苦用心。"二谢,指谢灵运和谢朓。阴何,指阴铿和何逊,都是齐梁诗歌的代表人物。这是杜甫的通达之处。

第四,齐梁文学最突出的成就,表现为对诗歌形式的探索。从永明体到近体诗,这是古典诗歌形式发展最重要的历史阶段。杨炯为王勃集作序时说:"龙朔初载,文场变体,争构纤微,竞为雕刻。"可见当时各种文体、各种文风并存,近体诗尚未最后定型,所以人们还在嘲笑"当时体"。但是杜甫看到前人所开创的近体诗风奠定了唐诗的基本格局,对其给予崇高评价。不仅如此,他本人身体力行,"晚节渐于诗律细",甚至"语不惊人死不休",说明他对于文学形式非常重视。

第五,杜甫最重要的文学思想,是坚守文学传统,开创崭新局面。"未及前贤更勿疑,递相祖述复先谁。别裁伪体亲风雅,转益多师是汝师。"这段论述,看似平实,却最深刻。翻看历代杜甫详注,可以说杜甫的诗,几乎无一字无来历。他实际上集古今诗人之大成,而又推陈出新,创造了自己的文学天地。

（二）杜诗的历史价值

在中国文学史上，常常有这样的情形：有些文学家，还有他们的作品，如燕许大手笔之类，在当时地位高耸，名声显赫。但是，经过历史的筛选，他们逐渐淡出人们的视野，可能只剩下文学史意义。还有一些文人，生前名气不大，甚至默默无闻，如刘勰，如杜甫等，但在大浪淘沙中逐渐彰显出不可磨灭的文学价值和历史意义。由此看来，文学价值与文学史意义，并非完全等同。相比较而言，文学的价值是永恒性的。所以杜甫把文章视为千古事业，并不在意一时的虚名。杜甫的创作经历给我们很多启示，最重要的有以下三点。

1. 文学不能离开时代

中国文学从它产生之日起，就与时代发展结下了不解之缘。文学扎根于现实的土壤，又通过艺术形象反映时代主流，反映现实生活。因此，一部文学作品是否及时正确地反映时代精神，就成为评价其文学价值的重要尺度。杜甫小于李白十一岁，在盛唐诗人中属于年辈较晚的诗人。但他们有一个共同的特点，即关注时代，关注社会，关注民生，并通过诗歌反映时代变迁。李白的诗反映了盛唐气象，杜甫的诗则反映了大唐帝国由盛而衰的历史转折过程。譬如天宝十一载（752），杜甫与高适、岑参等人同登长安慈恩寺塔，同题赋诗，寄托感慨。其他诗人的创作有一个相近的模式：登高升空，遁入虚远，与世隔绝。唯有杜甫充满苦闷：

> 高标跨苍穹，烈风无时休。自非旷士怀，登兹翻百忧。方知象教力，足可追冥搜。仰穿龙蛇窟，始出枝撑幽。七星在北户，河汉声西流。羲和鞭白日，少昊行清秋。秦山忽破碎，泾渭不可求。俯视但一气，焉能辨皇州。回首叫虞舜，苍梧云正愁。惜哉瑶池饮，日晏昆仑丘。黄鹤去不息，哀鸣何

所投。君看随阳雁,各有稻粱谋。

在诗人眼中,"秦山忽破碎,泾渭不可求。俯视但一气,焉能辨皇州"。而那些达官显贵,却如随阳雁一样,置国家利益于不顾,"各有稻粱谋"。他强烈地预感到歌舞升平背后所隐伏的危机。这样的诗句,在杜甫的创作中随处可见,真实地反映了安史之乱前夕的动荡政局。果然在三年后,正如诗人所预见的那样,山河破碎。深入社会、贴近百姓,杜甫总是把自己的理想、抱负与国家前途、人民命运紧密地联系在一起,准确地把握住时代的脉搏变化,深刻地洞察出人民的顽强抗争,具有强烈的现实感和深邃的历史感。

2. 文学不能离开人民

白居易《读李杜诗集因题卷后》云:"天意君须会,人间要好诗。"天是最高的境界。天既是抽象的,又是具体的。从自然层面来说,日月运行,不为尧存,不为桀亡,自有其亘古不变的运行规律。从社会层面来说,天就是老百姓。《尚书·泰誓》说:"民之所欲,天必从之。"《左传》说:"国将兴,听于民;将亡,听于神。"民的地位是很高的。由此说来,敬天就是敬畏百姓。由此来看,天意就是老百姓的意志。杜甫沦落社会底层,他最清楚底层百姓的喜怒哀乐。他写自己的悲痛,总是要写到别人的痛苦。如《自京赴奉先县咏怀五百字》写到幼子饿死,他非常感慨,"吾宁舍一哀,里巷犹呜咽"。他由此想到那些毫无依靠的贫苦民众。毕竟,自己"生常免租税,名不隶征伐",而那些"失业徒"和"远戍卒"怎么办呢?《羌村》三首写自己回到羌村看望妻小,历尽艰辛,"邻人满墙头,感叹亦歔欷",为诗人死里逃生、一家团圆感慨不已。还有《茅屋为秋风所破歌》,诗人从自己的不幸,想到天下穷人的遭遇,幻想"安得广厦千万间,大庇天下寒士俱欢颜,风雨不动安如山。呜呼,何时眼前突兀见此屋,吾庐独破受冻死亦足"。他的

《兵车行》以饱蘸激情的笔墨描绘了一幅撼人心弦的巨幅送别图。"牵衣、顿足、拦道、哭",一句之中连续四个动作,把送行者那种留恋、悲怆、愤恨、绝望等动作神态,表现得细致入微。接着,诗人又用设问的方式,通过征夫的口作了直接的控诉,把矛头直接指向了最高统治者,从心底迸发出最强烈的抗议。从"君不见"这句起,诗人引导读者把视野从流血成海的边庭转到内地上来;从眼前的景物联想到全国,不仅扩大了诗的表现容量,也加深了诗的表现深度。杜甫对人民大众的感情,真挚而感人。前人说他每饭不忘君主,其实,无论是在庙堂之上,还是在江湖之远,杜甫更关心的是那些普通民众的甘苦,这就使得他的作品具有广泛的人民性。

3. 文学理应表现崇高

近年来,文学创作与文学研究有两种倾向值得注意:一是以丑为美,二是解构经典。我们知道,随着自然科学的高度发达,后工业化的西方社会出现了种种畸形和矛盾,上帝创世的神话被打破了,理性万能的说法也被质疑。中心没有了,主流没有了,剩下一地碎片。于是,审丑成为时髦,甚至为迎合世俗口味,用滑稽戏谑庄重,用丑陋消解崇高。作为美的对立面,丑,自有其积极意义。问题不在于写什么,而是站在什么立场来写,要表达什么样的审美追求。

杜甫写美,不是那种纤细之美。他常常从细微处描写,却体现出崇高的美感。他常常写到悲惨生活,很多作品也表现了社会的离乱,但我们依然可以从中看到希望,依然可以感受到人间的温暖。战争年代,死,也许是一种常态,而活着,哪怕苟且偷安,也不容易。前引《羌村三首》中的诗句"妻孥怪我在,惊定还拭泪。世乱遭飘荡,生还偶然遂",一个"怪"字,生动地表现出战火纷飞年代一介平民所遭遇的苦难,但同时,诗人不会忘记邻人的关切,"邻人满墙头,感叹亦歔欷",这又传达出普通百姓间无处不在的温情。孙犁小说《嘱咐》中也有类似描写。一个士兵征战多时,终于有机会回家省亲。他日夜兼程往回赶,但到了村口,却不敢再往前走了,只坐下来,抽了一袋烟,抚平一下心情。多年的战乱,他不知道家里的境况如何。待心情略微安定一些,才慢慢走到他熟悉的家门口,刚一推门,他的妻子正往外走。俩人猛一对视,都愣住了。过了片刻,妻子才说"你",便转过身去,眼泪下来了。孙犁笔下的平凡男女,没有海誓山盟,没有撕心裂肺。千言万语,就浓缩为一个"你"字,就像杜诗"妻孥怪我在"的"怪"字一样,这是传统中国人的情感表达。这样美好的心灵与崇高的情感,体现在平凡的细节中。杜甫和孙犁都擅长于描写战争中的人情、人性、人格,让全世界热爱和平的人们看到,中华民族虽历尽沧桑,饱受苦难,但从来没有失去真情,从来没有失去信心。古往今来,像杜甫这样千千万万的普通民众,没有豪言壮语,没有高头讲章,而他们的苦干实干,他们的朴素平凡,他们的勇敢顽强,还有他们的深明大义,都在生动地诠释着一个古老民族的家国情怀和不屈品格。杜甫的创作,集中体现了这种民族精神,乐而不淫,哀而不伤,坚强乐观,充满理想。由此我们是否可以得出这样的结论,即杜甫被视为中华民族的诗魂,这是历史的选择。

(原载《杜甫研究学刊》2018 年第 1 期)

关于杜甫文献整理的相关问题

据记载,杜甫生前就曾为自己编过作品集。晚唐以来,已有各种不同的杜集本子在世间流传,或编年,或分体,或分类,不一而足。宋代就有"千家注杜"之说。迄今为止,杜集文献已多达上千种。遗憾的是,宋代"千家注杜"的成果多有散佚,幸赖各种集注本保存下来若干种。这也是中国古代典籍流传中带有规律性的现象。四部典籍中,别集流传不易,其注本也容易散佚。相比较而言,总集、选集、丛书、类书等,往往成为古代典籍保存的重要载体。目前,流传至今的宋元杜集刻本及各类集注本有二十余种,是非常珍贵的文献资料,值得重视。如何整理这些珍贵典籍,如何在整理中体现时代特色,这是本文讨论的重点。

纵观中国学术发展史,整理典籍文献主要有三种形式。第一种是单纯的字词注释和文意疏通。譬如东汉后期郑玄遍注群经,唐代前期孔颖达主编《五经正义》,多是如此。这是古籍整理校订最基本,也是最重要的方式。第二种是比较系统的资料汇编,多以集注形式呈现。譬如《昭明文选》李善注、五臣注、六臣注等,清人校订十三经等,都带有集成性质。第三种是独具特色的疏解,如魏晋时期郭象《庄子注》、王弼《周易注》《老子道德经注》,以及清代戴震《孟子字义疏证》等,多具有思想史价值。这种整理方式与上述两种恪守文字校勘原则的传统注释学很不相同,实际上是一种义理的推衍、思想的阐发。

上述三种古籍注释形式都很重要,并无高下轻重之分。事实上,对多数读者来说,如果没有字词的训释,没有典章制度、历史地理、历代职官等方面的解说,这些深奥的典籍是很难读懂的。对学术研究而言,如果没有最基础的字句注释工作,所谓集注和义理阐发,也就无从谈起。所以,单注本的整理,依然是我们今天最应该重视的古籍整理工作。但仅限于此,又远远不够。古籍整理的目的,首先是为了方便阅读,更重要的是要引导读者思考文本内容,并对其义理进行阐释。

我在从事国家社科基金重大项目"汉魏六朝集部文献集成"研究过程中,也在不断地思索以下问题:一是探索回归传统经典的意义,二是寻求回归传统经典的途径。前者应当没有疑义,后者则见仁见智,理解不同,做法不同,效果也不同。

清代阮元在杭州主持诂经精舍,传经布道,在江西校订十三经注疏,先后云集一批重要学者。在此基础上,他还提出另外一种整理典籍文献的设想,即通过胪列众说的方式,把清朝经学研究成果细致入微地呈现出来。具体来说,就是将各家重要见解分别罗列在经典著作的每句话下面,章分句析,旁罗参证,详考得失,断之于心。汇集清朝经学著作的成果,此前有阮元的《皇清经解》,其后有王先谦的《续皇清经解》,但是,这些专题丛书,远没有达到阮元所预设的目标。这项工作难度太大,尽管阮元位高权重,资源丰富,最终也没有付诸实际。这种编纂方法,游国恩先生有所尝试,并取得成功。他主持编纂的《离骚纂义》《天问纂义》等著作,就像阮元设想的那样,在每句诗下,罗列历代注释,考订成果,然后下按语,很多按语都是点到为止,引而不发,给读者留下无限的研究空间。今天来看,这样的学问看似朴拙,却最有实效,体现了当代学人对历代整理成果的充分尊重和清晰把握。上海古籍出版社出版的《老子集注汇考》(第一卷)、凤凰出版社出版的《文选旧注辑存》等,也是这种整理方法的有益尝试。

近年,我在西南民族大学承乏兼任杜甫研究中心学术委员会主任,同时受聘《杜甫研究学刊》编委,对杜诗文献研究比较关注。

我们知道,杜甫及其相关文献研究,历代成果异常丰富,一般说来,几无发掘空间。但我还是认为,杜甫研究的突破,最终绕不开基本文献的整理与研究工作。所谓基本文献,就是历代研究成果。随着电子化时代的来临,国家经济实力的增强,还有可观的珍稀文献的发现,大规模的集成研究与体现时代特色的深度整理,已成为当今典籍文献整理与研究的必然选择。杜甫及其相关文献的整理与研究,至少可以从下列三个方面逐步推进。

第一是选择重要的杜集旧注,校点整理,为广大读者提供阅读便利,扩大视野。

所有从事古籍注释的人,似乎都有一个梦想,就是希望自己的注解后来居上,成一家之言,为权威定本。但是从学术发展史看,这是很难达到的目标。就杜诗而言,每一位注释者,对于前人的注释,只能是有选择的截取,十不一二。即便是所谓的集注本,也不可能有文必录。因此,前人注释原貌,一般读者往往看不到。久而久之,这些著作很可能就会被遗忘,乃至佚失。正像清代顾千里所说,古书校订,新本出,旧本亡。所以,他主张不校之校,也就是尽量保持原书面貌。整理前人注释成果,也往往会出现顾千里担忧的现象。历代旧注,就是在不断的注释中逐渐消亡的。从古书流传的一般规律讲,自然淘汰,属于常态。而从做学问的角度说,最大限度地占有资料,依然是做好学术研究的重要前提。为此,我们有必要对重要的宋元旧注,如王洙、王琪编定,裴煜补遗《杜工部集》,赵次公《杜诗赵次公先后解》,旧题王十朋《王状元集百家注编年杜陵诗史》,郭知达《新刊校定集注杜诗》,蔡梦弼《杜工部草堂诗笺》,黄希、黄鹤《黄氏补千家集注杜工部诗史》,宋末刘辰翁评点、元代高崇兰编次《集千家注批点杜工部诗集》,佚名《门类增广十注杜工部诗》,佚名《分门集注杜工部诗》,佚名《草堂先生杜工部诗集》等给予高度重视,原原本本地加以校订,让更多读者看到旧注全貌。尽管有些著作的作者问题尚存较大争议,但这些著作能保存至今,说明仍有其重要的参考价值。

第二是系统地汇总杜集珍本文献,影印出版,为学术界提供系统的而不是零碎的资料。

北京图书馆、浙江图书馆、成都杜甫草堂都曾编辑出版所藏杜甫诗集目录,周采泉编《杜集书录》、张忠纲等编《杜集叙录》等是综合性的杜集目录。这类目录,就像杜甫研究的导引图,为读者按图索骥,提供方便。不无遗憾的是,有目无书,读书人还是要望洋兴叹。黄永武编《杜诗丛刊》,收录宋元至清代重要杜集35种,日本吉川幸次郎编《杜诗又丛》,补选7种杜诗文献。这些草创工作,筚路蓝缕,虽多有缺失,但也确实为学术研究提供了丰富资料,学者无不称便。很多学者都期待着能有这样一部著作,能够将历代重要的杜集版本汇编成册,整体推出,必将开创杜甫研究的新局面。

根据当代学者研究,现存宋元以来重要的杜集白文本、全集笺注本、分体分类注本、评点本、读杜札记、杜诗选本等,至少在四百种以上。其中,宋元刻本,还有相当数量的孤本、稀见本等,最值得珍惜,在现有条件下应该尽量全部影印出版。否则,这些珍稀古籍,总是藏在深宫,不仅读者无法阅读,更叫人担心的事,如果发生如绛云楼那样的意外,这些孤本可能就永远在世间消失,造成不可挽回的损失。

习总书记多次强调,"让收藏在博物馆里的文物、陈列在广阔大地上的遗产、书写在古籍里的文字都活起来"。道理很简单,保护是为了更好地应用;让古籍发挥更大的作用,才是最好的保护。从这个意义上说,系统地汇总杜集珍本文献,影印出版,这不仅仅是为学术界服务,更重要的是为了更好地保存古籍、充分地利用古籍,为今天的文化建设服务。

第三是汇集宋元旧注于一编,体现深度整理的时代特色。

杜集宋元旧注,存世无多。各家见解有何区别,前后继承关系如何，仅就一本书而言，很难说清楚，只有逐字逐句地比对众家，才能了然于心。从这个角度看，杜集旧注的整理，尚有拓展的空间。目前，可以从两个方面入手，一是散佚著作，如果分量较大，就像林继中《杜诗赵次公先后解辑校》那样，逐家辑录出来，单独成册。据此，读者可以看到各家的学术主张、思想倾向。另外一种方法，就是将各家之说汇辑在杜诗各句之下，将有助于读者对杜诗文字训释、创作背景以及思想内容的理解。这项工作，看似杂然胪陈，薄殖浅陋，实则异常繁难，错综交纠，个人能力有限，势难完成。这就需要集体的智慧，综贯百家，逐步推进，最终完成。这项工作，可以先以某一时期、某一地区的杜注研究为中心，由点及面，发覆抉疑，将来逐渐扩大开来，把所有宋元旧注汇为一编，借此校订异文，辨析是非，并提出进一步研究的前沿问题。

新的时代，要有新的学术气象和研究方法。彰显时代特色的文献整理，尤其是历代经典的系统整理，还有很多工作要做，还有漫长的路要走。从杜甫文献的系统整理入手，走近经典，理解经典，为创造新时代经典提供有益的学术借鉴和丰富的思想资源，这应当成为我们这一代人的共识，也是我们这一代人的责任。

（原载《光明日报》2019年7月3日"国家社科基金"版）

附录：学术访谈

走向通融：汉魏六朝文学史的文献学研究

马世年

马世年（以下简称马）：刘老师，您好！近一段时间以来，我受《甘肃社会科学》主编董汉河先生的委托，对当前的一些学术名家作学术专访，很高兴您接受我的访谈。我们知道，您的研究领域颇为广泛。为了使这次谈话的内容更为集中，或许可以将主题设定在您关于汉魏六朝文学与文献的研究，以及凝聚在具体研究背后的您的学术理念与方法上。当然，我们也会涉及其他一些相关领域的问题。刘老师，可能很多年龄和我相仿的青年学子，最初都是从您对中古文学与文献的研究中了解您的。的确，从《门阀士族与永明文学》（1996）开始，《中古文学文献学》（1997）、《古典文学文献学丛稿》（1999）、《玉台新咏研究》（2000）、《南北朝文学编年史》（2000）等一系列著作奠定了您在中古文学研究方面的学术地位，它们也正在相关学界产生着重要的影响。我注意到，您在部分著作的后记中多少会提到自己的学术经历。这些从您的具体研究当中所不能直接看到的、沉积在学术表象之后的东西，不仅体现着您从事研究工作的个人机缘与文化兴趣，更体现着您对自己研究经历与研究方法的思考，以及自我的学术认知。对我们初学者来说，这种经历可能更有启发与借鉴意义。因此，首先我想请您就自己的学术历程作一回顾。

刘跃进（以下简称刘）：我的学术经历比较简单而幸运，也曾在不同场合做过叙述：1977年底我在插队的北京密云山区参加高考,很幸运地考入南开大学中文系。南开四年,改变了我的人生道路,确立了我坚守学问的志向。《中华读书报》1999年曾刊发该报记者祝晓风先生对我的专访《从作家梦到学者梦》,其中谈到了我的作家梦。在"文革"后期,我们这些城里长大的孩子,中学毕业后的出路似乎只有一条,那就是上山下乡,接受贫下中农的再教育。在当时,能写大批判文章很叫人羡慕。于是,我也尝试着从写作入手,希望将来下乡时能派上用场。于是从高中时起,我就尝试着写小说、写散文,写各类官样文章。现在想起来,那叫什么小说啊!只不过是一篇篇味同嚼蜡的流水账而已,而官样文章不过是照搬"两报一刊"及"梁效"之流的陈辞滥调罢了。记得那是1975年,我写过一篇类似于人物速写之类的文字,语文老师把这篇文字推荐给当时大名鼎鼎的浩然,我焦虑地等待着下文。结果可想而知。已经过去了三十年,也没有下文(笑)。但是我并没有失去信心。下乡之后,我每天劳动异常艰辛,可是我的作家梦似乎一天也没有停止过。在极其繁重的体力劳动之后,我每天趴在炕头坚持记录当天的所见所闻、所思所感。1977年恢复高考制度,我没有任何犹豫就报考了大学中文系,在我的想象中,那里才是实现我作家梦的神圣殿堂。就这样,带着近乎狂热的作家梦,我从"广阔天地"歪歪扭扭地走进了南开大学中文系的课堂。我怎么也没有想到,从此,我的文学创作梦想离我越来越远了。

在开学典礼上,老系主任李何林先生的开场白给我的满腔热情浇了一盆冷水。他说,中文系不是培养作家的地方;如果想当作家大可不必来大学读书。我想不通,我就是想当作家才来大学的嘛。但是,一个学期下来,我发现,自己的梦想实在是太幼稚了。从名义上说,我还是高中毕业生,实际上,在"史无前例"的十年里到底学到了多少东西,天知地知,你知我知。我们这一代人真正意义上的学习生活,实际上是从1977年考入大学以后才开始的。就这点墨水还当什么作家呢?我觉得李何林先生说得还真有道理。想到这些,我的作家梦也就慢慢地苏醒了。

面对现实,我必须寻找出路。80年代初期,专家教授是令人羡慕的称号。我佩戴着南开大学的校徽回到家中,左邻右舍无不投来羡慕的目光。有的小孩好奇地凑到我的跟前仔细看校徽,喃喃自语,将繁体字的"開"念成"门"字,成了"南门大学",我心里虽然觉得好笑,但是得意之情难以言表。想到一个大学生就如此受人瞩目,大学教授就更叫人艳羡不已。于是乎,学者梦便逐渐爬上我的心头,后来竟取代了作家梦。我的学年论文《陶钧文思,贵在虚静——试论〈文心雕龙·神思篇〉"虚静"说》是在罗宗强先生的悉心指导下完成的。毕业论文《试论钟嵘〈诗品〉的"自然英旨"说》又得到了王达津先生的指导。是这两位恩师手把手地把我引到了学术殿堂门前。南开的其他老师也给了我深刻的教诲。我至今还清楚地记得,最后一学期,我选修了孙昌武老师的"唐代古文运动"课,他在最后一次课上结合自己的经历语重心长地对我们说:"人生的离合际遇往往取决于一念之差。"在"文化大革命"中很多人无所事事,在一念之间就轻易放弃了自己的理想。这句话深深地刻在我的脑海里。此后我也成了大学教师,经常用孙老师的例子告诫同学们,要有一种韧劲,咬住青山不放松。从那时起,我就决心以学术作为自己终生的追求,不为外界的风云变幻所左右。起初我喜欢现代文学,后来觉得离政治太近,自己把握不了,于是就转向了古代。由于佩服王达津、罗宗强先生的学问,我的研究方向自然也就逐渐转向批评史,转向了魏晋南北朝文学。汉代大儒董仲舒曾说,与其临渊羡鱼,不如退而结网,这成了我的座右铭。毕业之际,我便开始全力以赴地编织起自己的学者梦来。

当初我怎么也没有想到,实现学者梦竟是这样的艰辛。1982年1月毕业,我被分配到清华大学文史教研组任助教,我就像一个无家可归的孩子,独学无友,孤陋寡闻,徘徊在学术殿堂的外面,苦于找不到登堂入室的门径,一时间陷入相当苦闷的境地。没有别的办法,只能自己找老师,全力以赴地搜求报刊杂志上刊发的各种有关治学体会的文章,看来看去,我发现凡是成功的学者,无不在文献学方面下功夫。1983年,我看到招生简章上有杭州大学古籍所姜亮夫先生招收中国古典文献学硕士研究生的消息,就毫不犹豫地投奔到在我心目中非常高古的姜先生门下。当时,我对于姜先生的学问,对于中国古典文献学,均一无所知。而且不怕你笑话,记得考入南开大学不久,我曾在学校图书馆的书架上看到过署名姜亮夫的《屈原赋校注》,纸已发黄,当时还以为作者是清朝人。在入学典礼上,姜老说起当年王国维先生让学生通读《四库全书总目要》的往事,谆谆告诫我们要时刻注意根柢之学,要打通文史界限,不要再把自己局限在过去的所谓中文系、历史系的圈子里。这时我才发现,我已经逐渐地离开了狭隘观念中的文学。我的硕士论文《关于〈水经注校〉的评价与整理问题》就是关于古籍整理方面的内容,得到了著名语言学家郭在贻先生的具体指导。从此,我从对文学的感性认识逐渐进入理性的认识,当然,离文学创作的梦想也就越来越远了。

1986年我回到清华大学中文系任讲师,总不甘心轻易放弃自己的文学梦想,创作不行了,研究我素来喜欢的汉魏六朝文学总还是可以的吧?经傅璇琮先生介绍,我有幸拜谒了汉魏六朝文学专家曹道衡先生和沈玉成先生,这也成为我后来做曹道衡先生博士研究生的历史机缘。入学前,我曾用两年时间编过《沈约年谱》。鉴于此,沈玉成先生建议我做永明文学研究,并与曹道衡先生一起具体指导了我的论文写作。可以这样说,我的博士论文《永明文学研究》不仅凝聚了导师曹道衡先生的大量心血,也融入了沈玉成先生的智慧和才华。1991年我毕业后留在中国社会科学院文学研究所做专职研究工作,两位先生继续扶持我扎实前行,首先把我吸收进课题组,参与《中古文学编年史》的工作,希望我在学术实践中成长。后来,我在《姜亮夫先生及其楚辞研究》一文中这样写道:"一个学者在其成长过程中,转益多师,方能学有所成。而能遇上一个好导师,往往又会影响到他的一生。姜亮夫先生非常幸运,刚刚开始他的学术旅程,就得到了那么多名师的指点。为此,他终生感念不忘。"其实,这也是我心中最真实的感受。我真的很幸运,近三十年来,在我不同的人生岁月里,一直有名师做伴,因此我内心充实且时时充满感激之情。

马:您在《中古文学文献学》的"引言"中将古代文学研究明确分为文学文献学和文学阐释学"两大阵地"。以这种学术眼光反观您的研究,显然是更侧重于前者的,一如您所说自己的研究方法是"文献学方法"。我们也能从您的著述中感受到这样的特点:对文学史的把握更多依靠于文献的清理;同时,对文献的整理与研究又充满了"史"的意识。南北朝文学史编年,《文选》《玉台新咏》的成书与版本研究,对"苏李诗"的真伪与时代、七言诗的渊源等问题的考察等,都能鲜明地体现出这一特点。曹道衡先生曾称赞您在"文学史研究的文献学问题"方面做得非常好。我想,曹先生这句话可以理解为"文学史的文献学研究"这一方法论命题。那么在您看来,"文学史的文献学研究"这一说法能否涵盖您的学术思想?进一步说,您对这个学术命题有怎样的思考?

刘:中国文学史研究的文献学方法,应当具有普遍意义吧?但我坚信,它不是目的。不论你的研究对象为何,总得从最基本的文献入手吧?二十年前,我追随姜亮夫先生学习古典文献学,他有一段话给我留下极为深刻的印象。他希望"每个同学成为通才,而不是电线杆式的'专家'"。为此,他给我们开设了许多在当时看来不甚理解的课程。目录、版本、校勘、文字、音韵、训诂等课自不必说,还有历史地理、历代职官、经济制度、科技专题、天文历算等也成为我们的重要选修课,当时有点眼花缭乱之感,但是确实极大地开阔了眼界。说实在话,这些课程内容浩繁,我们难以消化。但是有一点好处,即打开了我们的视野,让我们感受到世间学问的博大浩繁。后来我逐渐体会到,姜老不希望研究生很早就钻进一个狭窄的题目中,而是在二三年的学习过程中开阔视野,培养寻找材料、解决问题的基本技能。至于如何研究具体的课题,那就要靠自己的修行了。我们研究学问,不能带有过强的功利性。有的时候,欲速则不达。《杨守敬评碑评帖记》云:"天下有博而不精者,未有不博而精者也。"俞平伯《唐宋词选释》前言:"从来论诗,有大家名家之别。所谓'大家'者,广而且深;所谓'名家'者,深而欠广。"或许可以引申到学问领域,博大而精深是大师的境界;而杰出的学者只是精深而已。张舜徽《清人文集别录》评李慈铭云:"盖著述之业,谈何容易,必须刊落声华,沉潜书卷。先之以十年廿载伏案之功,再益以旁推广览披检之学,反诸己而有得,然后敢著纸笔。艰难寂寞,非文士所能堪。"所谓"博",研究传统文化,就是要在古典文献学上下大功夫。我们每一个人,终其一生,不过守其一点而已,小有所成,就已经很不容易了,根本没有理由为此而沾沾自喜。晏殊有这样一句词:"昨夜西风凋碧树,独上高楼,望尽天涯路。"王国维先生称之为人生第一境界。真正能步入这种境界,其实也并非易事。而要进入这种境界,就必须经过传统文献学的训练,这是我们从事传统文化研究的基本技能的训练。

根据姜老的传授,我试图把传统文献学分为四个层次:第一是目录、版本、校勘、文字、音韵、训诂,这是最基础的学科,即所谓传统的"小学"。其中目录学最为重要。王鸣盛《十七史商榷》说:"目录之学,学中第一紧要事。必从此问途,方能得其门而入。然此事非苦学精究,质之良师,未易明也。"我们读余嘉锡先生的《目录学发微》就可以深刻地体会到这一点。版本学看起来似乎只是古代文学研究者的问题,其实不然。现代文学研究同样面临着版本问题。校勘学，从广义来看，不仅仅是对读的问题，也包含着平行读书的治学方法。而音韵训诂等学问，好像离我们很远，其实，不知道什么时候就会与我们的研究工作发生联系。我自己做永明文学研究，深感音韵学的价值和意义，这是以前想都没有想到的。第二是中国历史地理学、历代职官及年历学，这是研究中国传统学问的几把钥匙，略近于传统的"史学"。我们知道，在中国古代并没有现代意义上的专业作家，他们大都在统治集团内部供职，当然官位各不相同。有的时候，官位很高却没有实权；有的时候，官位虽低，却重权在握。我们研究文学地理、文学编年，研究作家的政治地位，当然离不开这些知识。第三是先秦几部经典，如《尚书》《诗经》《左传》《荀子》《庄子》《韩非子》《周易》《老子》《论语》《礼记》《楚辞》等，这些书要伴随我们的一生，是所谓根柢之学。第四才是进入各个专门之学的研究，如文学、史学、哲学的研究等。传统文献学涉及如此多的内容，而且都是很专门的学问，当然不可能样样精通。研习古典文献学的目的，就是应当随时关注、跟踪相关学科的进展，这样，在自己的研究过程中，如果涉及某方面的问题，可以知道到哪里去寻找最重要、最权威的参考资料。章学诚在《校雠通义》中早就说过，读书治学的首要工作就是要"辨章学术，考镜源流"，我想，传统文献学的作用就在这里。

当然，文献学也在不断地发展着、变化着。如果我们总是把自己局限在传统文献学领域，要想超越前人确实较难。不过，新的时代总会提出新的命题，也总会提供新的机遇。从某种意义上说，传统文献学已经远远不能满足新时代的需要。电子文献、出土文献、域外文献，为传统文献学增添了许多新的内容。如果我们能够充分利用这种时代的优势，则创出自己的新路，确实又有很大的可能性。在文史领域，常有一代不如一代的说法。我也一直这样认为。对于那些百科全书式的学者，我们常常高山仰止。但是后来，我突然发现，我们的学生居然也开始操持这样的论调，我就觉得有问题了(笑)。我们这一代人,大多成长在"文革"中,不可讳言,在传统文献学方面,根柢浅薄,视野狭窄。这是基本事实。因此,在我们这一代人身上就带有明显的过渡色彩。而比我们更年轻的一代,一定可以很快地超越我们,引领新世纪的学术潮流。对此,我坚信不疑。

电子文献的意义无须多说,随着计算机技术的发展与普及,古典文献的电子文本已经走进寻常百姓之家。过去几乎不能想象的事,现在也变得非常容易。譬如《四库全书》,过去绝大多数学者无缘捧读,而电子版的问世,几乎就等于把这部现存最大的丛书放在案头,可供随时查询。又譬如《四部丛刊》三编收书五百余种,汇集了许多重要的版本,近九千万字。电子版不仅保留了原版面貌,而且还提供了查询的功能。此外,电子版《康熙字典》《中国历代石刻史料汇编》《先秦汉魏晋南北朝诗》《全上古三代秦汉三国六朝文》《十三经注疏》《诸子集成》《全唐诗》《全唐文》《全宋诗》《全宋词》《全金元词》及"二十四史"等经史子集著作,也汇集到几张光盘上,多种检索功能,一键敲定。香港中文大学创建的"先秦两汉一切传世文献计算机数据库""魏晋南北朝一切传世文献计算机数据库"和"竹简帛书出土文献计算机数据库"等,都为我们的研究提供了前所未有的便利条件。虽然这项工作还仅仅处于起步阶段,却已显示出了无比广阔的学术空间。

出土文献包含碑刻文献、简帛文献、画像文献等。我们知道,中国古代历来重视"文以载道"的文学功用,重视人生"三不朽"的永久名声,所以,碑刻文献异常丰富。郦道元的《水经注》,宋代欧阳修的《集古录》、赵明诚的《金石录》、洪适的《隶释》乃至清代王昶的《金石萃编》和陆增祥的《八琼室金石补正》等论著辑录了丰富的碑刻文献。20世纪以后,出土碑刻文献尤其丰富。即以汉魏六朝唐代为例,赵万里《汉魏晋南北朝墓志集释》系统辑录了汉代至隋代墓志六百余种,均选用较好的拓本影印。赵超《汉魏晋南北朝墓志汇编》在赵著基础上,增补了后来出土的墓志,加以整理出版,颇便初学。罗新、叶炜《新出魏晋南北朝墓志疏证》则辑录上述两书所未收者二百三十一种。高文先生的《汉碑集释》专录汉碑,以有原石或有原拓的碑刻为主,凡六十方。每方碑石,都有比较详尽的校释。周绍良、赵超《唐代墓志汇编》及续编则专录唐碑,约五千种,都是《全唐文》所不曾收录的文字。在此基础上,陈尚君《全唐文补编》由中华书局出版。同时,中华书局又组织重新编纂《全上古三代秦汉三国六朝文》。这些集大成式的工作,随着出土文献的不断增加,不仅成为可能,而且十分迫切。简帛文献更是近三十年的重要发现。临沂银雀山汉简的发现,使我们有可能将《孙子兵法》和《孙膑兵法》区分开来;湖北郭店楚简的发现,使我们对于儒家传承有了新的认识,对于《老子》的成书有了新的论据;上海博物馆所藏战国楚竹书对于孔子《诗》学思想的研究作用、江苏尹湾汉简中《神乌赋》的问世对于推动秦汉以来下层文化的研究、云梦秦简中关于"稗官"一词的理解等,都曾引起了学术界的广泛关注,也解决了许多悬而未决的学术问题。汉代画像石研究业已成为当代学术的热点问题。因为汉代画像石中的内容,有很多在汉代的诗歌、辞赋及文章中时有涉及,这些画像石作为一份活生生的形象教材就摆在那里,学者们哪能视而不见呢?至于域外文献,我在 90 年代就曾写过相关文字进行过介绍。而今,这门学科已经得到了越来越多的学者的关注。

在过去相当长的一段时间里,我们不十分重视文献学,视其为繁琐,以为掌握了某种先进的思想方法,就可以升堂入室,抓住中国文化的精髓。为此,我们曾"东倒西歪",到处寻找这种放之四海而皆准的法宝。追寻的结果,是与我们民族的文化传统渐行渐远。一百年的经验教训昭示我们,在中国古代文学研究领域,没有别的快捷方式,只能在充分尊重自己文化传统的基础上,转益多师,我们的学问才能形成自己的特色,我们的研究才会有厚重的历史感。当然,这里强调传统文献学,无意夸大它的作用。事实上,进入学术领域,有无数条途径,文献学方法只是其中一条有效的治学途径,而不是目的。我们每个人在选择治学途径的时候,当然有着更为复杂的考虑,绝对是因人、因时而异的。

所谓因人而异,你也注意到了这一点。我自己在从事文学文献研究的过程中,比较注意强化历史意识。我最近在国内几所高校做学术讲座,反复强调了这一点,我称之为"历史感"。也就是说,我们的研究不能总是停留在表面,而是应当深入到历史的真实之中。我们知道,文学不是避风港,文学也不是空中阁楼,它一定是发生在特定的时间和空间当中的;一个作家的精神生活也离不开他的物质环境。我们只有把作家和作品置于特定的时间和空间中加以考察,才能确定其特有的价值,才不会流于空泛。正是受这样一种新的理念所推动,文学编年研究、文学地理研究、作家精神史研究、作家物质生活考察等便成为21世纪的学术热点。我的研究课题《秦汉文学编年史》《南北朝文学编年史》《秦汉文学地理研究》等就是基于这样的考虑而确定的。也许这是一种文献学的方法,一种历史学的途径吧。

马:前几年,在"百年回顾"与"世纪展望"这个宏大命题的观照下,各研究领域都进行着深入的研究史总结,您也曾撰写过《世纪之交的中国古典文学研究》这样的文章。同样,汉魏六朝文学研究的学术史反思也受到了热情关注,引起了学者们的普遍思考,并涌现出许多高水平的专题论文。您在《中古文学文献学》中便以"从沉寂走向活跃"为题谈到过中古文学文献研究的前景问题。不过,现在重新审视起来,则关于这个问题的讨论非但没有结束,而且还有进一步持续、深入下去的必要。您还有一篇文章专门探索"秦汉文学史研究的困境与出路",借用那篇文章的话语模式,我请教您这样一个或许会很难回答的问题:整体看来,您认为汉魏六朝文学研究所面临的困境及其出路在哪里？

刘：你提出的问题很重要，但不是三言两语就能说得清楚的。我最近出版了一部论文集《走向通融——世纪之交的中国古典文学研究》（知识产权出版社2005年版），对此有所涉猎。20世纪90年代以来，我几乎每年都要为《中国文学年鉴》等刊物撰写相关领域的年度研究报告，所以格外关注学界动态。同时，这些年来我一直参与《文学遗产》的编辑工作，比较注意及时捕获学术信息。加之有机会游学海外，对国外汉学研究也有所了解。在追踪学术潮流的过程中，我形成了若干文字，也提出了一些肤浅的想法，并在不同场合做过《新时期中国古典文学研究回顾与展望》《世纪之交的中国古典文学研究》《古代文学研究导论》之类的学术报告，希望能够通过自己的观察，努力把握和描述改革开放近三十年来中国古典文学研究界的显著变化。后来河南大学王立群教授建议我将这些文字集录成书，于是我想到了"走向通融"这个书名。之所以选定这个书名，在很大程度上也表明了我对21世纪中国古典文学研究趋势的一种宏观把握。

过去的一百年，我国的文化思想界发生了翻天覆地的变化。生活在19世纪中叶的梁章钜（1775—1849）在其《浪迹丛谈》卷六"外夷月日"中以一种猎奇的口吻论及英语对十二个月的表述，并用汉语记录了英语的发音。梁章钜辞世不过半个世纪，英语就大踏步地挺进中国，并逐渐影响了中国一个世纪。20世纪初叶，我们的中国古代文学研究受传统观念影响较深，在编写体例上往往处于模仿阶段，或模仿域外，或模仿古代。譬如林传甲痛感当时日本学者已经编著了十几种中国文学史著作，日本大学还开设了中国文学史课程，而在中国还没有一部中国人撰写的中国文学史著作。于是林氏模仿日本人的著述体例，并参照《四库全书总目》对有关作家、作品的评价综合而写成《中国文学史》。就体例上说，林著主要采用了中国传统的纪事本末体，以文体为主，所收范围较为庞杂,有文字、音韵、训诂、群经、诸子、史传、理学、词章等,甚至金石碑帖也多有论列。与其说是一部中国文学史,不如说是一部中国学术史,或曰中国著述学史。通观20世纪初期的中国古代文学研究,这种情形并非偶然,而是比较普遍的现象。30年代以后,随着西方文学理论的大量传入,学术界开始认真地探讨所谓现代意义上的"文学"观念问题。于是产生了后来影响较广的狭义文学观念和广义文学观念的争论。因此,那个时候的研究可称为由"杂"到"纯"。五六十年代,阶级性、人民性之类的政治标准被放在了第一位,庸俗社会学的研究方法成为当时的主流。改革开放三十多年来,中国古代文学研究界从历史上的正反两个方面总结了经验教训,不再固守着纯而又纯的所谓"文学"观念,也不再简单地用舶来的观念指导中国文学研究实际,而是从中国文学发展的实际出发,梳理中国古代文学发展演进的线索。特别是21世纪,这种变化呈加速之势。最明显的两点变化表现在:第一,我们已经不满足于对浅层次艺术感的简单追求,而更加注重厚实的历史感;第二,我们也已经不满足于对某些现成理论的盲目套用,而更加注重文献的积累。当然还有其他内容,但我以为这两点是最重要的变化,它在某种程度上昭示着中国古代文学研究正逐渐走向融会贯通的境界。总而言之,研究文学必须跳出文学,研究中国文学必须跳出中国范围,这样才能"走向通融"——多种学科的通融,古今中外的通融。当然,这种通融不是为了炫耀虚幻的博学,而只是为了求得历史的本真,因为在中国的学术传统中,一切本就是通融的。

至于说到汉魏六朝文学研究所面临的困境以及如何寻找出路,这不是我个人所能回答的问题,这个问题的解决需要业内同仁的通力合作、共同探讨。当然,问题不能回避,因此你前面提到的那篇《秦汉文学研究的困境与出路》,以及2002年我在山东大学举办的海峡两岸古典文献研究探讨会上发表的《关于魏晋南北朝文学研究的若干问题》等,围绕着这个问题阐述了自己的肤浅看法。我觉得最重要的问题还是研究的观念问题,即我们用什么样的观念来研究先唐文学。现在看来,过去那种画地为牢的研究观念是该值得我们深刻地反省了。都说汉魏六朝资料不多,就是在这有限的资料中,其实还有很多我们并没有披览,譬如佛教大藏经中的大量作品,研究文学的人,至多关心几部。还有各种类书中记载的这个时期的许多著作(包括地方文献、文人传记、霸史杂录等),尽管只是残篇断简,但是依然脱离我们的视野。就是我们常常翻阅的文献,许多也面临着重新整理的问题。至于研究方面,重新拓展思路,跳出过去的框架重新审视,更是一个有待突破的问题。

马:2004年,您在《中国社会科学》上发表了《六朝僧侣:文化交流的特殊使者》这篇长文,从文化交流与传播的角度考察了六朝僧侣对于中古文学的影响。关于佛教与中古文学的关系,以往的研究很多,而您的这一选题却突破了人们惯常的视野。刘老师,您确定本选题的缘起是什么?关于它,还有哪些相关的想法?

刘:这个选题,实际上我考虑了很长时间。季羡林先生为《饶宗颐史学论著选》作序时写道:"中印文化交流关系头绪万端。过去中外学者对此已有很多论述。但是,现在看来,还远远未能周详,还有很多空白点有待于填充。特别是在三国至南北朝时期,中印文化交流之频繁、之密切、之深入、之广泛,远远超出我们的想象。"中古时期中印文化交流最重要的表现,当然就是佛教的传入及对中古知识界的巨大影响,而且,佛教也改变了中国文化的发展方向。但是这种影响具体表现在哪些方面?魏晋南北朝时期的文学思想变迁、文学创作方式等问题包含了多少佛教影响的因素?我们过去总是说这种影响很多,但是很多根本性的问题似乎还远未解决。一个时期的理论意识,是一个时期文学创作能够发展的根本动力。问题就在这里,没有这种深入细致的实证性探讨,就很难从更深刻的理论层面做出新的成绩。因此,首先的任务,就是把这种工作做实、做深、做细。

20世纪80年代,我曾广泛收集汉魏六朝时期佛教和道教文献编年资料,其中一部分收进我和曹道衡先生编纂的《南北朝文学编年史》中。我发现,在南北分裂时期,官方的往来很不容易,而宗教徒的来往却很便利。他们是通过什么渠道,走什么线路,对当时的文化界产生了哪些影响,这些都是我很感兴趣的问题。但是,这个问题实在是太复杂了,我根本没有办法驾驭,因此,尽管在自己心里想了十几年,却写不出来。2004年,法国巴黎国立东方语文学院举办"中国中古文化与社会历史国际研讨会",邀我参加。为此,我选定了这个题目,作了概括式的论述。事实上,很多问题只是点到为止,并没有更多地展开讨论,特别是缺少实证性研究,留下许多遗憾。但以我目前的能力,还很难深入。我希望将来有机会、有能力再作深入探索。

顺便提一句,不知你注意到没有,这篇文章的表述方式也有所变化。过去我读书少,好不容易收集起来的资料,舍不得放弃,结果文章常常有堆垛之感,读起来磕磕碰碰,缺少行云流水的气象。后来读到一些大家的文章,我发现他们的文章其实很平实流畅,往往把资料吃透,吸收消化后用自己的语言表达出来。远的不说,就说我所敬佩的几位导师吧。罗宗强先生的文字充满感情,在理性的字里行间蕴涵着诗的色彩,叫人欣赏却颇难模仿;沈玉成先生的文字充满智慧,冷峻而又不失诙谐;曹道衡先生的文字就像他的为人,自然平实而又韵味深长;郭在贻先生的文字,严谨中又不时流露出压抑不住的才情。大学毕业这二十多年来,我在追随老师们的学问的同时,也在暗中揣摩着他们各自的写作风格。我撰写《六朝僧侣》一文,当初收集了五六万字的资料,而发表时才一万多字。我也很想在理性的探索与理解的同情中寻找到一种平衡，一种与古人平等对话的途径。

马：我们注意到，近年来您的研究逐渐由魏晋南北朝文学上溯至秦汉乃至先秦文学。您也在《古典文学文献学丛稿》《玉台新咏研究》等书中提到过自己学术兴趣的转移，不过那始终是在魏晋六朝一段。而您现在的研究领域更多向前追溯，我想这不仅仅是一个研究领域的扩展问题，它背后应当更多凝结着您的学术理念、学术构想与追求。

刘：我在《门阀士族与永明文学》的后记中曾经谈到，我很想编写一部综合性的《中古文学思潮》，以现代文学观念为中心，从秦汉到隋唐，勾画这个重要历史时期的文学变迁风貌。为此，我想从若干专题研究入手，步步为营。永明文学、《文选》、《玉台新咏》等课题就是这个研究系列的组成部分。1995年我初步完成《玉台新咏研究》之后，很想做隋唐之际士大夫文学研究，但是感到相当困难，因为北方文化与汉代文化有着千丝万缕的联系。我只能上溯秦汉，沿波讨源，希望能够站在一个比较广阔的历史背景下观照中古文学发展的内在脉络。1997年4月从国外访学归来，我即以《秦汉文学渊源及其嬗变》为题申报中国社会科学院基础项目。尔后，又荣获国家社会科学基金的资助。历时数载，删繁去冗，初步完成了这个项目所包含的《秦汉文学编年》《秦汉文学文献》和《秦汉文学研究》三书的写作任务。前两种已经交付出版，而相关研究论文还在继续做，我希望将来有机会结集出版。但是目前很多学术问题还没有解决，特别是东汉文学研究，还有广阔的空间。曹道衡先生生前不止一次对我说，汉魏之际，今文经学逐渐退出历史舞台，而古文经学陡然崛起，并且对当时及后世产生了深远的影响。这种巨变的深层次原因是什么？这种巨变对于当时的文学变迁起到了哪些具体影响？以往的研究显然还不够。为此，他特别赞赏我对东汉文学的关注。

这里确实有几个关键问题值得探索。从物质层面上来说，东汉以后纸张的大量使用改变了过去的书写方式，著作成倍增加。近来复旦大学查屏球发表在《中国社会科学》上的文章《纸简替代与汉魏晋初文学新变》(2005年第5期)就初步涉及了这个问题，很有意义。从文化层面上来说，从东汉时期起，多种文化交流日益频繁，下层文化逐渐走到舞台中央。譬如"鸿都门学"中就有很多"为尺牍及工书鸟篆者"，"喜陈方俗闾里小事"（《后汉书·蔡邕传》语）。这使我联想到曹植的《蝙蝠赋》《鹞雀赋》《令禽恶鸟论》，它们也属于这类"方俗闾里"的创作。《蝙蝠赋》有残佚，但其"嫉邪愤俗之词，末四句痛斥尤甚"（丁晏《铨评》）。《鹞雀赋》则通过鹞和雀的对话，表现了当时社会以强凌弱的现象。《令禽恶鸟论》则论述伯劳之鸣与人的灾难没有必然联系，且为伯劳鸣冤叫屈。这三篇作品在曹植的全部创作中显得很另类，而它们之间却有着共同的特色：第一，都通过鸟的形象来比喻社会现象，具有批判现实的色彩；第二，文字古朴，运用了很多当时的口语俗字。此外，《赠白马王彪》"鸱枭鸣衡轭，豺狼当路衢"，就本于《诗·豳风·鸱鸮》；而《野田黄雀行》描写黄鸟无辜被捕杀，又与汉乐府《乌生》《枯鱼过河泣》等有着相近的艺术构思。如果联系汉代乐府诗及《神乌赋》，并结合曹植其他创作，我们似乎可以做这样的推断：曹植创作这三篇作品，不像是率意为之，而是有意借鉴当时流行甚广的民间文学创作。因此，这三篇作品就给我们提供了清晰的启示，那就是，曹植不仅仅是贵公子孙，在他的精神世界中还有着浓郁的下层文化的成分。曹植创作所表现出来的这种下层文化特点，又与他的家世背景有着直接的关系。曹家为寒门，"起自幽贱"（《三国志·魏书·后妃传》）。因此，这个家族成员的生活方式、处世态度乃至人生追求就与豪门望族有着明显的差异。《三国志·魏书·杨阜传》载曹洪击败马超后，"置酒大会，令女倡着罗縠之衣,蹋鼓,一坐皆笑",杨阜虽然表示不满,又能怎样？而曹植的生母卞氏也出身寒门,她自己就是"倡家",也就是专以歌舞美色娱人的卖唱者。不仅如此,魏氏"三世立贱",所以《三国志·魏书·后妃传》载:"初,明帝为王,始纳河内虞氏为妃,帝即位,虞氏不得立为后,太皇后卞太后慰勉焉。虞氏曰：'曹氏自好立贱,未有能以义举者也。'"在这样的家族中成长起来的曹植,尽管其幼年、青年时期都得到了乃父的特别呵护,走马斗鸡,过着贵族子孙的放荡生活,但是其骨子眼里依然摆脱不了下层文化的强烈影响。《三国志·王卫二刘傅传》裴注引《魏略》记载曹植约见当时著名小说家邯郸淳："延入坐,不先与谈。时天暑热,植因呼常从取水自澡讫,傅粉。遂科头拍袒,胡舞五椎锻,跳丸击剑,诵俳优小说数千言讫,谓淳曰：'邯郸生何如邪？'于是乃更著衣帻,整仪容,与淳评说混元造化之端,品物区别之意,然后论羲皇以来贤圣名臣烈士优劣之差,次颂古今文章赋诔及当官政事宜所先后,又论用武行兵倚伏之势。乃命厨宰,酒炙交至,坐席默然,无与抗者。及暮,淳归,对其所知叹植之才,谓之'天人'。"如果脱离了曹植的家世背景,脱离了当时整个社会世俗化的风气,我们就很难理解曹植的这些怪异举止。曹氏家风以及曹植身上所表现出来的这种平民化、世俗化的倾向并非仅仅是个别现象。从东汉开始的中国文化思想界,经历了一场空前的文化变革——儒学的衰微、道教的兴起、佛教的传入,形成了三种文化的冲突与融合：第一是外来文化(如佛教)与中原文化的冲突与融合；第二是传统文化与新兴文化(如道教)的冲突与融合；第三是官方文化与民间文化的冲突与融合。正是这三种文化的交融,极大地改变了东汉的文化风貌。最明显的一个变化,就是东汉文化所呈现出来的平民化与世俗化的特点。正是这样一种特殊的文化氛围,才为出身寒微的曹氏家族脱颖而出创造了条件；反过来,曹植家族当政后又为这种"风衰俗怨"的潮流推波助澜,逐渐推动了建安文学的繁荣。从这个意义上说，曹植的这三篇另类作品，也为我们解读"建安风骨"提供了一个形象具体的范本。

近年来，我指导博士后、博士研究生以及访问学者，都希望他们也加强对东汉文学的研究，其中，沈阳师范大学的郝桂敏、红河学院的任群英、温州大学的洪之渊等已经取得了部分成果，初步显示出较好的科研前景。我希望大家通过若干年的努力，能够推出一批有分量的研究成果，不辜负前辈学者的期望。

马：我也注意到，在谈到汉代文学的时候，您更多是"秦汉"并称，例如我们前面说起的"秦汉文学史研究的困境与出路"，以及您即将出版的一部新著《秦汉文学编年史》。自然，这有传统习惯的因素。但是，从文学实际来看，秦文学是难以与汉文学相提并论的，它总是处在先秦文学"附录"或汉代文学"引论"的地位，一如人们惯常所说的"穿靴戴帽"。而您对秦代文学如此重视，显然是有着一个更为宏大的学术思路与构想的。

刘：研究秦汉文学，面临的最大的困惑还不是史料的匮乏，而是如何确定研究对象的问题。秦汉文学史料的内涵和外延是什么？哪些内容应该进入文学史？哪些历史人物可以视为文学家？哪些作品属于文学创作？运用什么样的标准来评价这些作家和作品？诸如此类的问题，似乎约定俗成，不言而喻。但是，如果仔细追究起来，古往今来，这些问题的答案其实又是见仁见智，分歧无处不在，迄无定论。这就涉及用什么样的文学观念来研究我们的传统文学，我们研究文学史的目的，显然不仅仅是为广大读者提供某种系统的文学发展的知识，更重要的，还是应当从丰富多彩的文学史探索中逐渐建立起具有中国特色的文学理论框架或理论主张。在经历了一百多年的中西方全面交融的历史实践之后，21世纪的中国学者有条件创建中国的文艺理论学派。这是时代赋予我们的使命。

至于秦代文学的历史地位,对秦代文学的评价,都与此有关。当年读贾谊《过秦论》和杜牧的《阿房宫赋》,秦人的雄浑质直,咸阳的雄伟壮丽,还有"楚人一炬,可怜焦土"的悲剧结局,都曾给我留下深刻的印象。在我的想象中,秦人好大喜功,功利性强,缺乏精致的情趣。阅读存留下来的文学艺术作品,越发印证我的这种感觉。近年,各地陆续出土了一些秦简,但主要还是以法律应用条文为主,文学艺术史资料少而又少。秦人少文,大约是历史事实。记得唐代张彦远《历代名画记》说过:"图画之妙,爰自秦汉,可得而记。降于魏晋,代不乏贤。"这从何谈起呢?汉代画像之妙是不必说的,早在北宋沈括《梦溪笔谈》卷十九就有记录:"济州金乡县发一古冢,乃汉大司徒朱鲔墓,石壁皆刻人物、祭器、乐架之类。人之衣冠多品,有如今之幞头者,巾额皆方,悉如今制,但无脚耳。妇人亦有如今之垂肩冠者,如近年所服角冠,两翼抱面,下垂及肩,略无小异。人情不相远,千余年前冠服,已尝如此。其祭器亦有类今之食器者。"画面之丰富多彩,依稀可以想见。北宋末年赵明诚《金石录》也著录了山东嘉祥武氏祠的榜题。南宋洪适《隶释》还收录了武氏祠部分图像摹本。令人惊奇的是,宋人所见的武氏祠,今天依然保留着,给人以千年历史不过一瞬的强烈感触。可是,秦代的画像如何呢?宋人似乎已邈不可得,对于今天的我们来说当然更是一个难解的谜团。不无幸运的是,咸阳秦代梁山宫遗址踏步空心砖画像的发现,成为我们解读这个谜底的一扇窗户。根据史书记载,秦始皇拥有众多宫殿,梁山宫就是其中之一。这里宫妃云集,是秦始皇寻欢作乐的场所。空心砖画像所描绘的正是这种龙璧环绕的欢乐画面:龙头高昂,不时回首翘望,不可一世;玉璧洁白,时时展露风姿,柔情似水。布局讲究,线条优美,传神写照,尽在不言之中。我们知道,中国古代,"龙"往往象征着阳刚之气,而"璧"则表示阴柔之美。由此推想,画中所反映的很可能是宫廷男欢女爱的场景。这是以往的文献资料所不曾展现过的内容，表现了秦人浪漫精致的生活情趣，给人以意外的惊喜。我总觉得，我们的文学史研究者需要综合的学术涵养，更需要走出书斋，去实地触摸历史的遗迹，去原野吸收历史的气息。近些年来，我有机会到各地寻访文人踪迹，感受异常强烈。过去只是书本上读到的历史，仿佛就发生在身边，就发生在昨天。确实，我们都生活在历史的长河中，生生不息。那年，我寻访咸阳故地，登上咸阳宫遗址，秦代历史的苍茫之感油然而生。

在中国古代文化发展史上，战国后期到秦汉是一次重要的转变，东汉后期到魏晋又是一次转变，南北朝后期到隋唐之际则是第三次重要的转变。研究汉魏六朝文学的学者其实非常幸运，因为我们的研究要面临着这三次重大的转换，要回答其中蕴含的许多重要的理论问题。近年，我曾从山东的莱芜追寻过嬴秦的遗迹，再从凤翔到咸阳，看到秦公大墓，看到咸阳宫遗址，我内心受到很大的冲击。至于近年各地出土的秦简等，更是充满学术的诱惑。我相信，那里还有着许多我们所不知的深邃内涵。

马：2005年3月，中华书局出版了您与曹道衡先生合著的《先秦两汉文学史料学》一书。这是一部从史料学的角度对先秦两汉文学研究作整体梳理的著作，它正在引起越来越多学者的关注与重视，而且必将对该领域的研究产生重要的影响。同时，这也是一部具有鲜明学术个性的著作，譬如它将"五经与经部典籍"综合起来讨论，将秦汉说部文献列为一类，同样，秦汉石刻、简帛文献分别单独为一类等。这实际上关系到一个您近年来一直思考的问题，用本书的话来说，"文人、文学、文学史"，这是整个先秦两汉文学研究的困境。您能就此再作进一步的阐述吗？此外，因为体例的原因，本书没有涉及有关《诗经》《楚辞》以及先秦寓言、汉赋的史料等。尽管是丛书编排的需要，但对读者来说，还是略感遗憾的。而且，在我看来，先秦寓言也是先秦文学研究的重要部分之一。

刘：还是那句话，文学观念的更新是学术研究进步最重要的推动力量。宋代以后的文学史研究，我未曾涉猎，更不敢发表议论；但是先唐文学研究，如果还是恪守过去的文学观念，就很难有更大的进步。当然这个问题比较复杂，整个学术界都面临着转型。我们对于文学空间、时间、物质、精神以及文体研究的关注，其实都在试图寻找着中国文学研究的突破口。

就我极肤浅的闻见所知，中国文学史家和西方文学史家有一个显而易见的不同：中国的文学史家更重视的是"史"的线索，当然，这是中国传统学问的精华所在。近现代以来，随着学术观念的变化，理念先行的编写模式往往左右着我们的文学史编写工作。似乎文学史家的任务主要就是依据某种或某些理论主张去梳理文学史的发展线索。很被动地期待着国内外的理论家提供有效的理论武器，就成为中国文学史工作者的常态。而西方出色的文学史家在注重梳理文学史发展过程的同时，努力从文学史的研究实践中归纳出若干理论。因此，很多理论家往往就是文学史家；或者反过来说，文学史家往往又是出色的理论家。这样说，可能有以偏概全之嫌，但是，这种现象似乎并不是个别的。在现代中国，很难找到一个文学史家同时又是出色的理论家的例子，而在西方，一身而兼二任的学者似乎并非稀见。譬如意象统计法的创立人、英国学者斯珀津（Caroline Spurgeon）就是在《莎士比亚的意象》一书中提出这种研究方法的。英国唯美主义重要理论家佩特（Walter Horatio Pater）的名著《文艺复兴：艺术和诗的研究》《文艺复兴历史探索》等通过对文艺复兴运动的研究系统地提出了追求唯美的理论主张。美国新人文主义主要代表之一的白璧德（Irving Babbitt）研究19世纪文学，主张用"人的法则"反对"物的法则"，强调理性、道德意志和道德想象力，创立了新人文主义学说。这样的例子可以举出很多。其实，中国古代许多文学史家同时兼任文学理论家,或者说他们的理论主张首先来源于文学史研究的实践,譬如刘勰和他的《文心雕龙》,钟嵘和他的《诗品》,就是典型的代表。

关于先秦寓言研究的问题,你说得对,它的确有待更多的关注。《文学遗产》2006年第1期刊发的洪之渊先生的《俳优与〈庄子〉的文章风格》一文就很有意思。不仅如此,我觉得,汉代谶纬文献也值得关注。我们看《纬书集成》,有那么多的资料有待我们深入探讨。很可惜,限于学力,我所编写的汉代文学史料部分都有遗漏。

马:刘老师,《文学遗产》是古代文学研究领域很重要的刊物之一,享有崇高的声望,并在一定程度上引领着古代文学研究的潮流。我记得20世纪90年代,您曾从刊物的角度谈到上古、中古文学研究的一些问题。弹指间十年过去了,我们的研究在新的进展之中,依然有着很多的问题。作为本刊的副主编,您能否就此再谈谈您的看法?

刘:《文学遗产》2006年第1期《扩版寄语》由我执笔起草,不仅代表我的个人意见,也是编辑部同仁的共识。我们知道,中国古典文学研究界正悄然经历着深刻的变化。我们已经走出了过去那种单一僵化的研究模式,摆脱了过去那种界域分明的狭隘心态,以务实求真的态度拓展研究领域。最大的变化还是学者的研究意识的强化,文学本位意识、文献基础意识和理论创新意识都得到了前所未有的全面关注。所谓文学本位意识,核心问题是回归文学,回归中国文学传统。在此基础上,传统的文献基础意识得以凸现。文字、音韵、训诂、目录、版本、校勘以及历代职官、历史地理等传统文献学自不必说,就是新兴的文献研究领域,如电子文献、出土文献、国外文献等也成为学者们津津乐道的话题。这当然是一个巨大的进步,深刻地表明我们的学术研究更加注重

"学术"二字,原原本本,老老实实,从实证上下功夫。当然,仅有文学本位意识和文献积累意识还远远不够,因为现代意义上的学术研究显然又不能仅仅局限在这个层面。理论创新意识的强化才是推动学术研究深化的根本动因。

1904年春,王国维发表《红楼梦评论》。随后,一系列重要的学术论著先后问世。某些坚守传统学术领域的学者对此似乎不以为然,认为王国维在汉唐注疏方面功力不够,言下之意,隐含微词。而趋新学者则认为王国维不过是一个伟大的半成品,其评价也有所保留。但是20世纪的学术发展实践证明,王国维的"预流"之作引领了一个时代的潮流。随着马列主义思想方法的传入,特别是占据了中国思想界主导地位之后,中国学术界发生了根本性的变化。实践证明,凡是在中国古典文学研究方面真正做出贡献的人,无不在文学观念上有所突破,在文献积累方面厚积薄发。如果说文献基础是骨肉的话,那么文学观念就是血液。一个有骨有肉的研究才是最高的境界。

说到具体选题,我们在稿件的取舍方面,很想向明清文学研究方面略做倾斜。我们认为这是一个更为广阔的有待开垦的领域。特别是基础研究还相对薄弱,我们希望通过若干年的努力,逐渐扭转这种状况。

马:刘老师,您的研究领域是很广泛的,关于宋词、《金瓶梅》等方面的著作更多属于文学阐释学的领域。但是不管怎样,它们都体现着您学术思想中"一以贯之"的东西。我们还想知道,您对自己今后的研究有怎样的设想?另外,如果让您做自我评价,您觉得自己的著述当中哪本书或者哪些文章是最为满意的?

刘:非常感谢你这样关注我的那些不足挂齿的旧著。我自己的阅读兴趣虽然在汉魏六朝文学方面,但又不仅仅如此。我对所有的古籍常怀有一种特别亲近的感觉。在大学读书期间,很少有机会接触古籍。1982年初到清华大学文史教研组工作不久，我就发现了清华大学图书馆的宝藏，那里居然还收藏着那么多的古籍，再看过去的借书卡，多是老清华的名教授的手迹。这使我对于这些几乎封存了几十年的古籍产生了浓厚的兴趣。正好那个时候古籍版本学家魏隐儒先生常常到清华图书馆，为《中国古籍善本目录》（征求意见稿）核对原书，我就利用了这个难得的机会，随魏先生对古籍善本"观风望气"，了解了一些基本常识。从此，这些原本对我来说非常陌生的古籍成为我一时着迷的追求，我大约用了两年多的时间泡在清华大学图书馆的古籍书库中，按图索骥，将清华大学所藏的稿本、孤本及稀见本大体翻阅一遍，做了很多读书笔记。而这些，当然远远超出了汉魏六朝的范围。至于说到《〈金瓶梅〉中商人形象透视》（文化艺术出版社1993年版）和《宋词菁华》（浙江文艺出版1997年版）两部书，写作出版纯属偶然。南开校友刘国辉兄当时在人民文学出版社古典文学编辑室工作。20世纪80年代，他组织编辑了很多有价值的学术论著，在出版社和学术界非常活跃，起到了独特的桥梁作用。《〈金瓶梅〉中商人形象透视》和《宋词菁华》就是应刘兄之约而编写。虽然没有多少学术价值，但是对于我而言依然有意义，第一是同学之谊的纪念，第二是扩大了我的知识范围。这两部书和2000年出版的《赋到沧桑——中国古典诗歌引论》（清华大学出版社2000年版）一样，也许都可以归入"文学阐释学"的范畴吧。我向来主张文学研究，哪怕是单纯的文献研究，也应当具有历史的真实和文学的气韵。当然，这方面不是我的特长，因此没有多少切身的体会可言。今后一段时间，我的研究重点当然还是在秦汉魏晋南北朝领域，但不会作茧自缚，如果有机会还是尽量扩大自己的学术视野。至于研究方法，看来不会有多少新意，只能从文献入手，系统清理资料，试做专题研究。

至于说到自己对哪部著述更满意，还真不好说，或者说，都不是很满意。《门阀士族与永明文学》多一点年轻时代的灵气,但缺少厚重之感。《中古文学文献学》已经是十几年前的著作,如果重新改写,还可以补充很多内容。《古典文学文献学丛稿》收录较杂,或许还可以再精练一些。《玉台新咏研究》总觉得意犹未尽,很多论题,譬如《玉台新咏》与《古今乐录》的关系、《文选》与《玉台新咏》的关系,我的内心虽然有一些与众不同的看法,但是要想很清晰地表达出来,又多有力不从心之感。《走向通融》视野较为开阔,但是实证研究显然不足,多是坐而论道式的文字。总之,我对自己的研究很不满意。我这样说不是故作谦虚,而是实实在在的感受;这种强烈的感受源于那些名师名著的鞭策。

在我书桌旁边的书柜里,整齐地排列着很多近现代著名学者的学术论著。在我小有得意的时候,看看他们的作品,就会感到自己是多么的浅薄;在我偶有失意的时候,摊开他们的作品,又会给我一种无穷的力量和信心。我很感念我的老师,我更感谢那些没有教过我、但是他们的著作给我以学术力量的无数名师。我清晰地知道自己是如何啃着他们的著作一步一步地走过来的。因此我时常有一种学生的心态,内心充溢着向上攀登的劲头。《沧浪诗话》说,学诗者立志须高,入门须正。学其上,仅得其中;学其中,仅得其下。名师的意义也许就在这里,他教人向上一路。

近来,我与陶文鹏先生编选了一部集子,收录《文学遗产》1986年至2005年"学者研究"专栏上所发表的四十三篇研究20世纪古典文学专家的文章,取名《学镜》(即将由上海古籍出版社出版)。从那本书中论及的大家和名家经历看,他们对于自己所从事的研究工作始终抱有一种敬畏的态度,把学术作为毕生的事业来追求,甚至视学术为生命。这是他们的共性,也是最叫人感动的地方。其次,他们都有着广博的学术视野。也许他们所研究的对象是一个很小的题目,但是在这些课题的背后,你却感受到坚实厚重的学术支撑。更重要的是,他们敏锐而果敢地抓住了他们所处时代提供的前所未有的历史机遇,"用新的眼光、新的时代精神、新的学术思想和治学方法照亮了他们所从事的具体研究对象"(王瑶主编《中国文学研究现代化进程·小引》),从而为20世纪的古典文学研究事业开创了全新的局面。我觉得,这些名家、大家,才是我们永远取法的榜样,才是我们献身于学术事业的生生不已的力量源泉。

(原载《甘肃社会科学》2006年第3期)

观文学之林,探旧注之海
——刘跃进先生《文选》研究访谈录

马燕鑫

1. 刘先生,您为什么会选择汉魏六朝文学作为自己的研究对象?最初是怎么关注到《文选》研究的?您的第一篇《文选》研究论文是如何产生的呢?

四十年前,我在南开大学中文系读书时,深受王达津先生、罗宗强先生的影响,对从汉魏六朝到唐代文学思想史的研究非常向往。我们知道,魏晋南北朝是中国文学批评史上的黄金时代,刘勰《文心雕龙》、钟嵘《诗品》又是那个时代文学批评史上的双子星座。所以,我的习作就以这两部书作为讨论对象,尝试撰写了学年论文《陶钧文思贵在虚静——读〈文心雕龙·神思篇〉札记》和毕业论文《论钟嵘〈诗品〉"自然英旨"说》,前者得到罗宗张先生指导,后者得王达津先生指导,有两位老师的鼓励,我坚定了从事汉魏六朝文学史及文学思想史研究的信心。那时候读书不多,对《文选》并不是很了解,只是翻阅过,并未通读。后来我负笈南下,随姜亮夫先生、郭在贻先生学习中国古典文献学,暂时告别文学研究。我的硕士论文是关于《水经注》文献整理的讨论,依然与这段文学研究相关。

1986年,我硕士研究生毕业,重新回到清华大学中文系任教,有幸得到中华书局傅璇琮先生的赏识,推荐我拜见中古文学研究大家曹道衡先生、沈玉成先生,这让我有机会重新回到汉魏六朝文学研究领域,开始系统关注沈约,关注永明文学,由此逐渐接近了《文选》。

在这期间,我撰写了《门阀士族与永明文学》《中古文学文献学》《玉台新咏研究》等专著,还与曹道衡先生合著《南北朝文学编年史》等。其中《门阀士族与永明文学》列入"三联-哈佛燕京学术丛书"第三辑,1996年出版,获得了一定的声誉。这部著作将南齐永明文学作为研讨重点,论述了当时的辨音问题。陈寅恪先生有《四声三问》一文,认为四声的辨析缘于佛教转读。反切、八病(平头、上尾、蜂腰、鹤膝、大韵、小韵、旁纽、正纽)等问题,国际汉学界也有深入研究,我在《八病四问》(《辽宁大学学报(哲学社会科学版)》1991年第6期)、《别求新声于异邦——介绍近年永明声病理论研究的重要进展》(《文学遗产》1999年第4期)等文中,根据《德国所藏敦煌吐鲁番出土梵文文献》等文献资料,确定八病的缘起,亦与佛教文化相关。围绕着南北分裂时期文化交流问题,我撰写了《六朝僧侣:文化交流的特殊使者》(《中国社会科学》2004年第5期),认为六朝僧侣作为文化交流的特殊使者,纵横南北,往来东西,在传播佛教文化的同时,也在传递着其他丰富的文化信息。其影响所及,不仅渗透到当时社会各个阶层,而且在很大程度上改变了中国文化的发展方向。

我们知道,古诗有法。诗法的缘起,近体诗的发展,就是在"永明体"推动下完成的。近体诗的基本特征是五、七言句式,平仄、用韵等。罗常培、周祖谟、王力等人提出,汉魏六朝时期韵部有四十余部。这个时期的诗歌押韵相对较宽,押平声韵为多,押本韵很严,至于通韵,很多已接近唐人。当然,"粘"的观点尚未形成,整体上丝丝相扣的律诗结构还没有建立起来。这些问题,与《文选》编纂没有直接关系,却是那个时代普遍关心的话题。《文选》的产生,与特定时代的氛围相关,与齐梁文学的发展相关。

经过杭州大学的几年熏陶,我对传统朴学极有兴趣,终日沉浸在汉唐学术、乾嘉学派、章黄学派等学术著述中。黄侃说,他最推崇的中国古代经典著作主要有八部,即《毛诗》《左传》《周礼》《说文》《广韵》《史记》《汉书》《文选》。其中集部独推《文选》。有一段时间,我集中研读了黄侃的《文选平点》、骆鸿凯的《文选学》,以及曹道衡、沈玉成老师整理的高步瀛《文选李注义疏》等,虽多一知半解,但由此略知《文选》的重要性。1993年,在曹、沈二位先生引荐下,我参加了在长春召开的第二届"文选学"国际学术研讨会,为此撰写论文《昭明太子与梁代中期文学复古思潮》,着重探讨《文选》编纂与梁代中期文学复古思潮的关系。这篇论文,后来被收录到《中外学者文选学论集》(中华书局1998年版)中,这对我来说是一个莫大的鼓励。此后,我又从文献学角度研究《文选》,发表了《从〈洛神赋〉李善注看尤刻〈文选〉的版本系统》(《文学遗产》1994年第3期),论证尤袤本《文选》的版本,所依据的不是北宋本,也不是六臣本,而是唐代以来流传的另一版本系统。这是我初步涉猎《文选》的开始。

20世纪90年代初,我留在文学研究所工作,曹道衡先生、沈玉成先生交给我的第一项学术任务,就是编撰《中古文学文献学》。两位先生给我明确指导,认为全书应以《文选》研究作为开篇。这是因为,汉魏六朝文学研究,其资料来源主要是不同时期所编的文学总集。《隋书·经籍志》四"总集后叙"云:

> 总集者,以建安之后,辞赋转繁,众家之集,日以滋广。晋代挚虞苦览者之劳倦,于是采摘孔翠,芟剪繁芜,自诗赋下,各为条贯,合而编之,谓为《流别》。是后文集总钞,作者继轨,属辞之士,以为覃奥,而取则焉。

继挚虞《文章流别集》四十一卷之后,有谢混《文章流别本》十二卷、刘义庆《集林》一百八十一卷、孔逭《文苑》一百卷等。此外,杜预有《善文》五十卷,李充有《翰林论》三卷,张湛有《古今箴铭集》十四卷,谢灵运有《诗集》五十卷、《赋集》九十二卷等,这些都见载于《隋书·经籍志》，总共"一百七部二千二百一十三卷，通计亡书合二百四十九部五千二百二十四卷"。说明总集的正式编撰始于晋代，这是文章发展的必然要求。《四库全书总目》"总集类序"称：

> 文籍日兴，散无统纪，于是总集作焉。一则网罗放佚，使零章残什，并有所归；一则删汰繁芜，使荛稗咸除，菁华毕出。是固文章之衡鉴，著作之渊薮矣。三百篇既列为经，王逸所裒，又仅《楚辞》一家。故体例所成，以挚虞《流别》为始。其书虽佚，其论尚散见《艺文类聚》中，盖分体编录者也。

朱彝尊《书玉台新咏后》主张的萧统《文选》实先有长编，再删繁就简，此说似不足据。胡应麟《少室山房笔丛》说，昭明太子萧统编《文选》"仿自挚虞"。《文选》所收张华《答何劭》下刘良注曰："何劭，字敬祖，赠华诗，则此诗之下是也。赠答之体，则赠诗当为先，今以答为先者，盖依前贤所编，不复追改也。"这说明，《文选》的编撰，很可能是在既有选本如挚虞《文章流别集》、李充《翰林》、刘义庆《集林》、萧衍《历代赋》、沈约《集钞》、丘迟《集钞》、萧统《古今诗苑英华》《正序》基础上重新筛选编成的。随着时间的流逝，包括《历代赋》《文章流别集》在内的许多总集渐渐亡佚，而《文选》的影响却越来越大。

《文选》编者根据当时的文学观念，将先秦以迄齐梁时期的七百多篇文学作品，分为三十七种体裁（通行本），分类收录。唐代李善又为之作注，征引大量先唐古书。这些古书后来大多亡佚。因此，《文选》及李善注不仅反映了当时文学观念的巨大变化，更是研究先秦到齐梁间文学发展演变的最直接、最原始的文献宝库。在搜集资料过程中，我发现《文选》的文献研究主要涉及四个方面的重要问题：一是《文选》的编者、成书年代及文体分类，二是《文选》的注释，三是《文选》的版本，四是文选学的成立。为此，我对相关问题作了梳理、筛选，并作了必要的考辨。从此，我开始密切跟踪文选学的进展，同时也在积极寻求《文选》研究的新途径。

2. 大家都知道，2003年之前，您的研究兴趣主要集中在魏晋南北朝文学与文献，此后，您逐渐转向秦汉学术领域，请问您转向秦汉文学领域的初衷是什么？从事秦汉文学研究，这对您研究魏晋南北朝文学，特别是研究文选学，有什么重要的启示？

20世纪80年代中期撰写的《门阀士族与永明文学》和90年代前期撰写的《玉台新咏研究》是我研究魏晋南北朝文学的主要成果。这两部著作虽然获得学术界的好评，但还是留下很多遗憾。第一，从纵向上说，对于这个时期的文化渊源，我并未做系统研究。第二，从横向上说，对南北文化的异同与交流，我也缺乏全面了解。事实上，我也曾试图联系北朝文学进行研究，甚至还想对隋唐之际中古门阀士族的文学走向做一延伸性考察，但是很快就发现，由于功夫不到，很多问题说不清，道不明，结果事倍功半，或者似是而非。为此，我不得不调整研究方向。1995年底，我与曹道衡先生合作完成《南北朝文学编年史》后，就开始把研究工作的重心转向秦汉文学，因枝振叶，沿波讨源，希望能够站在一个比较广阔的历史背景下，整体观照中古文学发展的内在脉络。

中国文学史上有所谓"文必秦汉，诗必盛唐"之说。唐诗研究，成果丰硕，秦汉文学研究则相对薄弱。近代以来，我们依据西洋观念，将中国文学分为诗歌、戏曲、小说、散文四类。秦汉文学，尤其是文章，多为应用文体，被认为不是纯文学，故学者多所忽略。事实上，秦汉文章，最能体现中华礼乐文明的特点。我研究秦汉文学，依然从三个方面入手。首先是收集和整理资料，与曹道衡先生合著《先秦两汉文学史料学》（由中华书局于2005年出版，我负责收集整理两汉文学史料）。其次，做好资料编年工作，出版《秦汉文学编年史》（商务印书馆2006年版）。第三是做好文学地理研究，出版《秦汉文学地理与文人分布》（中国社会科学出版社2012年版)。此外,就是综合性的论述,出版了《秦汉文学论丛》(凤凰出版社2008年版)。综上所论,我主要在下列几个方面作了有益探索。

一是从广义上界定文学家:有诗作或辞赋等文学作品存世者、有文学批评著作存世者、虽无作品传世而据传文或史志记其能文而生平可考者、传统记载中以之为文人者、异域人以汉文从事与文学有关活动者。到目前为止,我的著作收录秦汉文学家应当算是比较多的,总共有六百多位。在从事这些资料研究过程中,我最深的感受是,与魏晋南北朝文学研究相比,研究秦汉文学的难点不是资料的整理,而是研究对象的确定。比如,秦汉文学史料的内涵和外延是什么?哪些内容应该进入文学史?哪些历史人物可以视为文学家?哪些作品属于文学创作?运用什么样的标准来评价这些作家和作品?这些问题,看似清楚,深入考察就会发现并非如此简单。这就涉及一些基本的文学理论问题,促使我进一步思考。

二是运用数字统计方法,对秦汉文学做地毯式的清理。依据的材料,一是《汉书·儒林传》所列二百位学者,二是《汉书·艺文志》所列一百八十四种著作,三是《后汉书·儒林传》所列五十六位学者,四是《后汉书·文苑传》所列二十七位学者,五是《隋书·经籍志》所列二百九十七种著作。我得出如下结论:西汉时期,文化中心在齐鲁地区,荆楚地区为另一文化中心。东汉时则转到河洛地区,三辅文人则上升为第二位。又有如下问题:为什么秦汉时期的文化发展多集中在黄淮流域和江淮流域?不同时期,这些地区又发生了哪些变化?其变化的缘由又在哪里?

三是将秦汉文学分为八个不同区域,具体考察其兴衰变迁。我在杭州大学读书期间,听陈桥驿先生讲《水经注》,对历史地理学产生了浓厚兴趣,硕士论文以《水经注》为对象,讨论相关文献整理问题。注意时间与空间的维度,将精神层面的文学,落实到历史场景中,这是我研究秦汉文学可能略有新意的地方。譬如讨论《吕氏春秋》的成书与秦文化的选择及国运的关系,注意到长沙马王堆出土文献与贾谊升降进退的关系等,我都提出了与以往不同的见解,得到学术界初步认可。《秦汉文学地理与文人分布》获得第二届全球华人国学成果奖和第四届思勉原创奖。据思勉原创奖管理委员会统计,一百位同行学者中有95%知道我的《秦汉文学地理与文人分布》。阅读过该书的七十一人中,有六十四人认为是最杰出成果,占阅读过总人数的90%。

研究秦汉文学,让我看到了《文选》的历史价值。鲁迅称魏晋南北朝是文学自觉的时代。这种文学的自觉体现在哪些方面?有什么特征?今天还有什么理论意义?只有站在先秦到齐梁文学发展史的高度,才能看出这部著作的意义。譬如文体分类,从现存资料来看,有关研究论著当以蔡邕《独断》为最早。该书卷上论官文书四体曰:"凡群臣上书于天子者有四名:一曰章,二曰奏,三曰表,四曰驳议。"揭开了文体学研究的序幕。此后,略晚于蔡邕的曹丕著《典论·论文》称:"夫文本同而末异。盖奏议宜雅,书论宜理,铭诔尚实,诗赋欲丽。"略举四科八种文体,以为"此四科不同,故能之者偏也,唯通才能备其体"。西晋初年陆机著《文赋》又标举十体,并对各种文体的特征有所界说:"诗缘情而绮靡,赋体物而浏亮,碑披文以相质,诔缠绵而凄怆,铭博约而温润,箴顿挫而清壮,颂优游以彬蔚,论精微而朗畅,奏平彻以闲雅,说炜晔而谲诳。"此外,像挚虞的《文章流别论》、李充的《翰林论》,直至任昉的《文章缘起》、刘勰的《文心雕龙》等均有或详或略的文体概论,条分缕析,探赜索隐,奠定了中国文体学的理论基础。在此基础上,萧统广采博收,去芜取精,将先秦至梁代的七百多篇优秀作品分成三十七类加以编录,成为影响极为久远的一代名著。从蔡邕《独断》到萧统《文选》,前后绵延三百多年,中国文体学最终得以确立。中国古代典籍的四部分类,其中集部就是在这个时期独立出来的,中国文学史上的"自觉时代"说也据此而提出。

3. 在秦汉文学研究的同时,当然您也一直没有停止对魏晋南北朝文学的关注,可以说,在从事秦汉文学研究十余年之后,是什么机缘,或者说是什么学术动机,促使您重新回到魏晋南北朝文学领域,并决定编纂《文选旧注辑存》(以下简称《辑存》)的?

五十岁之后,我常常反思过去三十年的读书经历,发现以前读书虽努力扩大视野,增加知识储量,但对于历代经典,还缺乏深入细密的理解。世纪之交,随着互联网的普及,电子图书异军突起,迅速占领市场。而今,读书已非难事。但在知识爆炸的时代,我们被大量信息所包围,很少有消化吸收的机会。我们的古代文学研究界,论文数量呈几何态势增长,令人目不暇接,但总让人感觉到非常浮泛。在这样的背景下,我选读了经书各家注及《朱子语类》《鲁迅全集》等经典著作,还有中国文学史上的名家巨著,常常想到经典重读问题。

2012年,我在《秦汉文学地理与文人分布》后记中这样写道:"回顾十五年来的工作,不论是系年的纵向研究,还是系地的横向研究,主要是围绕着秦汉文学领域作外围攻坚,还缺乏深入名篇佳作内部的细节探讨。目前,我正全力从事《文选旧注辑存》的编纂工作,希望能够对此一缺憾有所弥补。"这表明我自己有意回归中古文学研究的心态,而且试图通过经典细读,重新品味中古文学。

中国文学史上的经典,不胜枚举。《管锥编·全上古三代秦汉三国六朝文》第二〇一则:"词章中一书而得为学,堪比经之有易学、诗学等或《说文解字》之蔚成许学者,惟选学与红学耳。"结合我所感兴趣的汉魏六朝文学研究,因此我主张熟读《文选》,特别要深入了解《文选》的流传过程、版本系统以及历代注释等相关背景材料。

关于《文选》早期的流传情况,我们今天所能看到的材料主要有三条。

第一条是《太平广记》卷二四七"石动筩"条的记载:"(北齐)高祖尝令人读《文选》,有郭璞《游仙诗》,嗟叹称善。诸学士皆云:'此诗极工,诚如圣旨。'动筩即起云:'此诗有何能,若令臣作,即胜伊一倍。'高祖不悦,良久语云:'汝是何人,自言作诗胜郭璞一倍,岂不合死?'动筩即云:'大家即令臣作,若不胜一倍,甘心合死。'即令作之。动筩曰:'郭璞《游仙诗》云:青溪千余仞,中有一道士。臣作云:青溪二千仞,中有两道士。岂不胜伊一倍?'高祖始大笑。"这条材料出隋侯白《启颜录》,当不致有误。北齐高祖高欢于武定五年(547)去世,说明在这之前《文选》已经传至北朝。萧统于公元531年去世,至公元547年仅过了十六年,而《文选》已经传至北齐,可见流传速度之快,亦可见《文选》在当世已受人瞩目。北朝情况如此,南朝应该更为关注这本选集,这是可以推想出来的。

第二条是《隋书·儒林传》记载的萧该所著《文选音义》。萧该是萧统族侄,生活在6世纪下半叶。从史传的记载来看,他从荆州过江,将《文选》带到北方。过江以后,他与当时诸多学士交往频繁。比如在开皇初年与陆法言、刘臻、颜之推、魏渊、卢思道、李若、辛德源、薛道衡等八人共同商定编撰《切韵》(见陆法言《切韵序》)。熟悉中国文化史的读者大多知道,《切韵》的问世,是中国文化史上的重要事件。这大约与隋文帝在位时(581—604)开始实行科举考试有重要关系。选篇定音,为士子提供可以研读的选本,自然是时代的需要。《切韵》的编定当是为此一目的。萧该于开皇年间(581—600)撰写的《文选音义》大约也出于同样的目的。《大唐新语》载,隋炀帝在位时(605—618)置明经、进士二科。而当时进士科的考试内容,从《北史·杜正玄传》可以考知,主要就是《文选》中的作品。说明《文选》在当时至少是准官方确认的科举教材。萧该此书,《隋志》著录为《文选音》三卷,两《唐志》则著录为《文选音义》十卷。萧该注《文选》，实开"选学"先河。据《隋书·儒林传》记，萧该在荆州陷落后，与何妥同至长安，后仕隋为国子博士。萧该精《汉书》，著有《汉书音义》和《文选音义》，咸为当时所贵。据此，可知萧该是在长安时作《文选音义》，而且随他学习的人也还不少，可是现有的资料却未见他有什么传人。这是一个值得研究的问题，比如说五臣本《文选》，其正文与李善本颇多歧异，那么他们使用的底本有什么根据呢？我们颇怀疑五臣的底本可能就出自萧该。黄侃先生《文选平点》说："顷阅余仲林《音义》，考其旧音，意非五臣所能作，必萧该、许淹、曹宪、公孙罗、僧道淹之遗。"又说："余所称旧音，乃六臣本音及汲古阁本音不在善注中者，称为旧音，或旧注音。五臣既谫陋，亦必不能为音，今检核旧音，殊无乖谬，而直音、反切间用，又绝类《博雅音》之体，纵命出于五臣，亦必因仍前作。"余仲林即余萧客，清初人，著有《文选音义》一书。又黄氏所说"僧道淹"，即许淹。据黄氏所说，五臣所注之音，大皆继承前人，而非如他们所说的自具字音。我们怀疑五臣依据的《文选》音，可能就是萧该的《文选音义》，他们所依据的三十卷底本，也同样出于萧该。当然这还只是猜测，还有待进一步发掘史料来证明。

第三条重要材料见于《旧唐书·曹宪传》。与西部的萧该相呼应，曹宪在东部也撰著了一部《文选音义》，影响极为久远。《旧唐书》本传记载说："初，江淮间为《文选》学者，本之于宪，又有许淹、李善、公孙罗复相继以《文选》教授，由是其学大兴于代。"据阮元《扬州隋文选楼记》考证："宪于贞观中（627—649）年百五岁，度生于梁大同（535—546）时。"由此来看，《文选》问世不久，曹宪就来到了人世，与萧该一道成为"文选学"的第一代传人。

《文选》在唐代非常流行。杜甫有两首诗论到《文选》，一是《水阁朝霁奉简云安严云安》："呼婢取酒壶，续儿诵文选"，一是《宗武生日》："诗是吾家事，人传世上情。熟精文选理，休觅彩衣轻。"这两首诗一是让儿子诵读《文选》,一是说熟精文选理与写诗之间的关系。唐代另一位大诗人李白也非常看重《文选》,《酉阳杂俎》记载:"李白前后三拟《文选》,不如意者,悉焚之,惟留《恨》《别》赋。"可见李白对《文选》所下的功力之深。韩愈《李郱墓志》说李郱:"年十四五,能暗记《论语》《尚书》《毛诗》《左氏》《文选》,凡百余万言。"李审言曾撰有《杜诗证选》和《韩诗证选》,说明杜甫、韩愈的写作都深受《文选》沾溉,这是坚确不移的事实。除了这些大作家外,唐代士子也都把《文选》作为必读书。根据《朝野佥载》记载,盛唐时,乡学亦立有《文选》专科。19世纪末20世纪初发现的许多敦煌写本《文选》,从字体看,有好有劣,亦可见阅读的人水平参差不齐。此外还有一篇《西京赋》,是唐高宗永隆年间弘济寺僧所写,则可见《文选》的流传更是深入道俗了。这里以《文选》与经书相提,作为士子必诵之书,已说明唐时的风气。《文选》与经书并论,早在唐玄宗开元时就是如此了。据《旧唐书·吐蕃传上》记,开元十八年(730)吐蕃使奏称金城公主请赐《毛诗》《礼记》《左传》《文选》各一部,玄宗令秘书省写与之。金城公主远嫁吐蕃,所索书以《文选》与经典同请,亦见《文选》在当时所居的地位,并见其书远播异域,影响深远的情形。又《旧唐书》卷八十四《裴行俭传》载:"高宗以行俭工于草书。尝以绢素百卷,令行俭草书《文选》一部,帝览之称善,赐帛五百段。"

唐人不仅读、诵、抄写《文选》,还兴起一股不大不小的注释风潮。如前所述,曹宪不仅撰有《文选》研究专著,还带出一批研究《文选》的学生,因此造成了《文选》大大兴盛于当时的景况。据两《唐志》记载,曹宪的这些学生也都有《文选注》专书,如许淹有《文选音义》十卷,李善注《文选》六十卷,公孙罗注《文选》六十卷,又《音义》十卷。这些专书除李善注本外,都已失传了。唐代以诗赋取士,士亦以诗赋名家,所以《文选》日益风行。李善(卒于公元689年)集其大成,将《文选》三十卷析为六十卷,详为注释,用力甚勤。据赵建成博士论文《文选李善注引书研究》统计,李善引书多达两千余种。唐高宗显庆三年(658)完成呈上。其注解体例近于裴松之(372—451)注《三国志》、刘孝标(462—521)注《世说新语》、郦道元《水经注》,偏重词源、典故及史事,引证赅博,校勘精审,体例严谨,凡有旧注而义又有可取者就采用旧注。据《资暇集》记载,李善注释《文选》有初注、二注乃至三注、四注,当时旋被传写,足见其用力之勤、影响之大。这一学派,自从李善注本出现以后,涓涓细流终于汇为长江大河。

当然,李善注《文选》详于典章制度和名物训诂的考释,对字句的疏通可能有所不及,甚至有人说他"释事忘义"。因此唐代学术界又兴起为《文选》重新作注的风气。开元六年(718),吕延祚将《进五臣集注文选表》献给唐玄宗。五臣即吕向、吕延济、刘良、张铣和李周翰。此后一直到11、12世纪期间,五臣注颇受世俗青睐,较之李善注本更为流行。据《玉海》卷五十四引《集贤注记》说:"开元十九年(731)三月,萧嵩奏王智明、李元成、陈居注《文选》。先是冯光震奉敕入院校《文选》,上疏以李善旧注不精,请改注。从之。光震自注得数卷。嵩以先代旧业,欲就其功,奏智明等助之。明年五月,令智明、元成、陆善经专注《文选》,事竟不就。"此外日本也保留了一些唐代注本的残卷,其中最重要的有金泽文库的《文选集注》,此书原为一百二十卷,今所存不过二十余卷。《集注》以李善本为底本,依次录《钞》、《音决》、五家本和陆善经本。特别珍贵的是,《文选集注》还包括若干曹宪和萧该的音注。

唐宋以后的文人学者大多熟读《文选》。清代朴学家,除经史之外,多在《文选》上下功夫。张之洞《书目答问》说:"国朝汉学、小学、骈文家,皆深选学。"清代学者研究《文选》,主要集中在李善注与五臣注上。正文与注释相互校订,根据旧注体例定夺去取,内证与外证比勘寻绎,因声求义,钩沉索隐,在文字、训诂、版本等方面取得了前所未有的成绩,令人赞叹不已。当然,他们的研究也存在着一些问题。一是根据当时所见书对于李善注加以校订。问题是,李善所见书,与后来流传者未必完全一致。二是古人引书,往往节引,未必依样照录,不宜简单地据通行书校订。三是清人对于《文选》的考订,多集中在李善注所涉及的史实及典章制度的辨析,辗转求证,有时背离《文选》主旨。

我反复研读《文选》,并在同仁的协助下,用了将近十年的时间编撰完成《文选旧注辑存》,初步达到两个目的:一是充分吸收旧注优长,汇为一编,重要版本异同一目了然,重要学术见解尽收眼底;二是找到了一种集成研究经典的有效途径,不仅汇总各家旧注,更重要的是,通过这样的文献整理,我们可以对历代重要研究成果,多所披览,充分借鉴,并看到他们的不足。该书获2017年度全国优秀古籍图书奖一等奖,这是对我们工作的充分肯定。

4.《辑存》在编纂过程中遇到过哪些重要问题,是如何解决的?

在编纂过程中,首先遇到的问题是文字校录,因时代变迁、版本繁杂,各本中存在大量的异体字、俗体字、避讳字等,如何处理,颇费心思。现在的做法是存旧如旧,尽量保存各自版本的原貌,然对少量不影响文义的手写体、异体字,如有的是局部连笔,有的是局部形变,也有的是笔画略有增减的,基本上都按照规范字写法予以统改。各本讹误处,原则上保持原貌,不作删改。集注本、九条本等手写本的明显误字,凡不涉及版本问题,则径改。原文叠字下作重文符、省略符者,今并恢复作原字。写本、抄本中的俗体字,也基本保留原貌。避讳字的阙笔字,在案语末尾处照录说明。解决这些问题,占去了大量的时间、精力。

其次是版本系统的问题。在长期流传过程中,《文选》形成了不同系统的版本,有写本、抄本、刻印本等,有李善注、五臣注、六臣注;六臣注里还分李善五臣注和五臣李善注等。各个不同的版本系统,差异颇多;即使是同一系统,异文亦复不少。《辑存》没有对现存各种六臣注本如明州本、赣州本、建阳本等做比对,只是在必要的时候加以参校。原因是,我重点关注的是各自的版本系统及其注释问题,并非《文选》的集校。

至于宋元以来的校释成果,举凡涉及原文异同、字音训释及相关评论,或对李善注中的史实及典章制度进行辨析,很多实际是详注,甚至是引申发挥,辗转求证,有时背离《文选》主旨。对此,案语中略有说明辨析,目的是为将来开展这方面的研究工作提供一些线索。而对那些纠缠不清的问题,或者只是一家之说的判断,不再繁琐征引。

5.《辑存》底本和校本有哪些?选择的标准是什么?您认为《辑存》的最大特色体现在哪几个方面?

《辑存》正文及李善注以中国国家图书馆藏宋淳熙八年(1181)池阳郡斋刻本为底本,实际依据的是中华书局1974年影印本。字迹模糊、整句脱文则据他本校补。五臣注以台湾"国立中央图书馆"藏南宋绍兴三十一年(1161)建阳崇化书坊陈八郎宅刊本为底本。此外,《辑存》的旧注排列分别附以《文选集注》所辑李善注、五臣注、《文选钞》、《文选音决》、陆善经注、敦煌本李善注、北宋本李善注、日古抄本五臣注、敦煌本佚名注,以及宋刻黄善夫本《史记》三家注、《汉书》颜师古等注、《后汉书》李贤注、百衲本《三国志》裴松之注等。

校本与参校本主要分作四类:一、正文,依敦煌写本《文选》、日古钞九条本、室町本、上野本、宋刻文集、碑帖等校对;二、李善注,主要以敦煌写本、《文选集注》本、北宋本、奎章阁本为主;三、五臣注,主要以《文选集注》本、日古抄本、朝鲜正德本、奎章阁本为主;四、重要异文亦参考前人考订成果,在案语中简略说明。

在底本和校本的选择上,按照校勘学的要求,底本首选古本、完本、善本。如李善注本,选用国家图书馆藏南宋淳熙八年尤袤

观文学之林,探旧注之海——刘跃进先生《文选》研究访谈录　　675

刻本,这是现存最早的完整刻本。五臣注本选用目前所见最完整的宋刻本,即台湾"国立中央图书馆"藏南宋绍兴三十一年陈八郎本宅刻本。《史记》《汉书》《后汉书》采用的是现存时代既早、部帙又最为完整的南宋黄善夫刻本。校本首选古本、珍稀本,如《文选集注》本、敦煌本、日抄本、朝鲜正德本、奎章阁本等。

《辑存》的特色,首先是版本方面,本书援引写本、抄本、刻本、印本,数量众多,且多为珍稀本,上述版本中除尤袤本外,清代《文选》学家多数未曾披览。通过这次校订,可以在很大程度上弥补清代《文选》研究的不足。其次,本书通过异文排列,可以凸显诸本的正误优劣,可以推寻六臣注成书之前李善注和五臣注各自的传承系统和整体面貌,还可以对前人的校理起到证实和证伪的作用。再次,本书在文字方面尽量保存原貌,大量的异体字、俗体字均照样移录,只有少数字做了统改。在音注方面努力钩沉辑佚,除李善、五臣音注外,集注本的《文选音决》全部收录,日抄本的旁记音、敦煌本《文选音》《楚辞音》也多所补录,以资参考。在训诂方面多方释惑析疑,针对前人不明训诂而误解、不知通假而妄说、不识讹字而曲说的情况加以简要的辨正。

《文选旧注辑存》还附有四套索引,即《文选》著者索引、篇目索引、引书索引、人名索引,还有《文选旧注辑存》参校本叙录、参考文献等,与正文配套使用,起到工具书的作用。

6.《辑存》编纂过程中有什么令您激动的发现或印象深刻的体会吗?

在《辑存》编纂过程中,通过对大量资料的补录、通读、汇勘,我们发现一些以前没有注意到的问题,譬如原以为1974年中华书局影印的尤袤本即为宋刻原貌,但在校勘中,通过与再造善本尤袤本的逐字比对,发现影印本间有描改而导致的异文现象,如"纽"描改作"细"(干宝《晋纪总论》)、"族"描改作"旌"(鲍照《数名诗》)等;又如奎章阁本六家注《文选》起初统一用韩国正文社影印本作为参校本,后来发现,此本与日本东京大学东洋文化研究所藏本、日本河合弘民博士旧藏本(京都大学附属图书馆藏)虽属同一系统,亦多有异文,盖修版所致;又如上海古籍出版社影印《文选集注》,有些字句不清晰,可以据京都大学影印本校补。诸如此类的差异,是之前没有意识到的,这也告诫我们,在校勘过程中,确实应谨慎地对待底本和参校本,盲从和妄改都不可取。

7.《辑存》对未来古籍整理有哪些重要启示呢?对《文选》研究有何重要作用?

近四十多年来,出土文献、域外文献以及电子文献,为传统文献学平添了许多新的内容。新资料的发现,确实让人欢欣鼓舞。但同时,如果一味强调新材料,忽略传统学术,也很难真正认识到新资料的价值。学问的高低,不仅要比谁掌握了更多的新资料,更难的是在寻常材料中发现新问题。这需要学术功力。清代著名学者阮元组织学者校订十三经的同时,还提出另外一种设想,即通过一种胪列众说的方式,把清朝学术成果具体而微地保存下来。清朝经学著作,阮元已编有《皇清经解》,王先谦编有《续皇清经解》,具有丛书性质。像阮元设想的这种大规模集成性质的文献研究著作,尚不多见,值得尝试。李若晖编纂的《老子集注汇考》,我主持的《文选旧注辑存》等,就是试图系统地整理经典文献,全面地总结前人成果,充分地体现时代特色。

我所说的旧注,包括李善所引旧注、李善自注、五臣注、《文选集注》所引各家注以及若干古注等,载体形式包括唐代抄本、宋元刻本等,多为清代《文选》学家所未披览,具有极高的学术价值。编纂《辑存》,就是通过逐句罗列旧注的方式,将新发现的重要资料汇为一编,为自己也为他人的深入研读提供便利。事实证明,这种体例的确有助于我们辨章学术,考镜源流,激发探索的兴趣。梳理资料、细读文本的过程,如在山阴道上行,异彩纷呈,目不暇接,收获良多。从敦煌卷子本、日本古抄本、法书碑帖,到宋刻珍本、域外刻本,博观约取,比类而编,在校案异同、细心寻绎中,我们可以更多地体会到发现的乐趣和研讨的价值。

8. 通过编纂《辑存》,您对《文选》研究有什么理论上的认识,研究《文选》又有什么新的意义?

目前学术界的一个问题是,大家都想打破学科界限和传统的专业观念,但是如何打开,打开到什么样的程度,还不清楚。就古代文学研究而言,唐宋以后的文学研究还好办,而先唐文学研究正处在十字路口。对于现状,大家都不满足,都想四处扩张,努力拓宽研究领域。与此同时,又缺乏底气,不知如何伸展,伸展到什么地方。面对这个问题,我们需要回归传统、重读经典、阐释经典、还原历史。只有抓住经典,才能抓住学术的灵魂。

我的理解,经典有两类:一是传统文化的经典,一是马克思主义经典。我在很多场合说过这样的话:正本清源,就是回归传统文化;拨乱反正,就是重读马克思主义经典。就正本清源而言,首先要从基本观念说起,反思我们的文学概论。比如什么叫文学?什么叫好的文学?如何理解中国文学的体裁?文学如何分类?文学的作用在哪里?政治评价、审美评价,道德评价和伦理评价等,孰先孰后?诸如此类的问题,似乎说滥了,但仔细想想,依然还存在着这样或那样的未解之处。学术界一直在呼吁建构中国自己的研究系统,对先唐文学研究来讲,这里可能有比较大的发展空间。先唐文学研究的最大问题,不是材料,而是研究观念。观念一变,材料翻新;观念不变,材料永远都是旧材料。所以我认为转变学术观念是前提;观念转变,传统课题就会呈现出新的意义。

就《文选》而言,至少有下列三个方面的意义。

一是形式上的意义。过去,我们总是过于强调思想内容,而忽略了形式的重要性。事实上,任何一种文化,必须依托于某种形式。没有形式的内容是不存在的。因此,在文化的创造方面,精英的作用应当给予重新估量。而今，文化世俗化大有泛滥趋势。认真总结六朝时期精英文化之创造的经验教训，依然有着积极的现实意义。在《文选》整理的基础上，编纂一部比较实用的《中古文体叙说》，内容包括代表作的名篇的校订、前人的评论、此类文体的用典和名句等，由此认识文学史上的形式的意义。

二是文章学的意义。《文选》编选之初，本身就体现出当朝的文化理念，是一定政治文化背景下的产物。"文选学"作为一门学科的成立，也与科举制度的建立密切相关。唐代科举考试分试律诗和试策文两大类，《文选》所收作品也可以分为诗赋和文章两类，很多篇章用典，多可以从《文选》中找到源头。唐人读《文选》，多半是从中学习诗赋骈文的写作技巧。宋代以后，《文选》作为文章典范，成为读书人的案头读物。同时，《文选》注释博大精深，蕴含着丰富的学术信息，这又成为清代学者潜心研究的对象。我们今天为什么研究《文选》？又如何研究《文选》？"文选学"如何实现创新性转化，创造性发展？这是当代学者必须面对且必须给予回答的问题。追溯这个问题的来龙去脉，绕不开20世纪初叶《文选》所面临的窘境。"五四"运动时，"选学妖孽，桐城谬种"成为一把利剑，把中国的文章成就一笔勾销。又引进西洋的文学观念，将文学分为四大类，诗歌、戏曲、小说，都有理论的借鉴，也有作品的比较。唯独中国的文章，真不知从何说起，也不知如何评说。传统文章学的隔绝与失落，是我们这个时代文学史研究的最大困境。如何吸取《文选》所收文章写作的精华，历代学者下过很多功夫。如宋代苏易简《文选双字类要》、刘攽《文选类林》、高似孙《文选句图》，明代凌迪知《文选锦字》、方弘静《文选拔萃》、陈与郊《文选章句》，清代杭世骏《文选课虚》、石韫玉《文选编珠》等，近似于类书，比较切合文章写作实际。类似的著作，还有一些与《文选》密切相关的辞典，以清代程先甲编《选雅》、近代丁福林编《文选类诂》等为代表。近代刘师培精研《文选》，他的《汉魏六朝专家文研究》主要是以《文选》作品为主,讨论文章的各种作法。今天我们研究《文选》,或许可以从中汲取有益的启示。该书除绪论和各家总论外,归为十九个专题:(1)学文四忌(忌奇僻、忌驳杂、忌浮泛、忌繁冗);(2)谋篇之术;(3)文章之转折与贯串;(4)文章之音节;(5)文章有生死之别;(6)《史》《汉》之句读;(7)蔡邕精雅与陆机清新;(8)各家文章与经子之关系;(9)文章有主观客观之别;(10)神似与形似;(11)文质与显晦;(12)文章变化与文体迁讹;(13)汉魏六朝之写实文学;(14)研究文学不可为地理及时代之见所囿;(15)各家文章之得失应以当时人之批评为准;(16)洁与整;(17)记事文之夹叙夹议及传赞碑铭之繁简有当;(18)轻滑与蹇涩;(19)文章宜调称。就各专题题目而言,或涉及一个时代的文学,或论及某一作家,或旁及某一文体,更多的是文章具体修辞写作的方法与文学理论方面的一些基本问题,譬如神似与形似问题,文质与显晦问题,还有如何处理简洁与完整的关系等问题,不仅是中国古代文话、诗话每每论及的话题,也是现代文学理论常常要触及的问题。

三是学术史的意义。因为是经典,所以前人研究的成果就比较多。如果我们不深入下去,就无法理解前人的业绩,只能盲目地崇拜。譬如从事版本研究,没有看到过的东西很难推断。就连顾千里,如此聪慧的学者,也因"理校"式的推断而常常失误。接续前辈学者的工作,并不意味着亦步亦趋,而是超越前人,有所突破。如果没有经典作为学者知识结构的基本支撑,新材料极易沦为无源之水、无本之木,难以深入运用。这也是为什么许多学者面对的新材料越多,越容易写得表面化的原因之一。

9.《辑存》属于您的重大课题的子课题之一,请您介绍一下重大课题的子课题及其负责人情况好吗?

《辑存》是2013年度国家社科基金重大项目《汉魏六朝集部文献集成研究》的子课题之一,该项目从五个方面展开研究:第一是《文选》研究,由华侨大学徐华负责。核心成果是我主持的《文选旧注辑存》。此外,还有徐华的《选学书录》、宋展云的《文选诗类题解辑考》、黄燕平的《文选应用文体叙说》、赵建成的《文选李善注引书研究》、崔洁的《文选目录标注》、王玮的《近现代文选研究论著分类目录索引》、马燕鑫的《文选音注辑考》等。这些选题,充分展现出《文选》作为文学经典所蕴含的丰富内容。第二是《玉台新咏》研究,由北京大学傅刚负责,主体成果是《〈玉台新咏〉校笺》。第三是先唐集部文献叙录,由厦门大学胡旭负责,主要成果是《先唐总集叙录》《先唐别集叙录》和《先唐诗文评叙录》三部著作。第四是汉魏六朝文集研究综录,由陕西师范大学杨晓斌负责,成果有杨晓斌主编的《汉魏六朝集部文献研究著作提要》、蔡丹君的《陶渊明集文献研究》等。第五是汉魏六朝文学批评文献研究,由中国社会科学院文学研究所孙少华负责,主要成果有孙少华的《汉魏六朝文学纪事》、梁临川的《诗品疏证》等著作。

目前学术团队正在编纂这个项目的第二期工程《汉魏六朝集部文献丛刊》,所选集部书籍,以刊刻时间较早的版本、善本、校本、评点本为主,收录三百余种,可以更完整地体现"集成"的特色。这套书预计在 2019 年出版,可以为广大读者提供阅读便利。

10. 未来的《文选》研究,还有哪些可能突破的方向?您对《文选》研究的青年学者有什么期望吗?

首先,文本的深度解读,应当是今后《文选》研究的重中之重。《辑存》的主要贡献是清理旧注,努力恢复李善注旧貌。但《文选》毕竟是一部文学总集,对作品的解读才是《文选》研究的根本目的。《辑存》完成后,我把主要精力放在作品的细读上,在《古典文学知识》《文史知识》等刊物上开辟专栏,或按类别,或按作者,逐篇分析作品。这类解读已有成稿约五十万字,我希望将来有机会结集成册,显示一种新的研究方向。

其次,文类的辨析推广,也是《文选》研究的重要任务。如前所述,《文选》所收以各类文章为主。过去的文章学研究,多流于各类文体源流的描述,而某一种文体的范本有哪些,具体特征是什么,往往语焉不详。此前,我协助袁行霈先生编纂古典诗词典藏本,我想还可以站在今天的立场,编纂一套比较实用的各类文体读本,努力接地气,叫更多的读者读懂、接受,并且喜爱古代文章。这些文体,也有可能古为今用,创造一套典雅的现代实用文体。

第三,通过文献、文本、文类的系统整理,还有助于我们学会阅读经典,研究经典。就个人读书阅历来说,我特别赞赏下列四种读书方法:一是开卷有得式的读书,以钱锺书为代表。他主张从基本典籍读起,纵横比较,探寻文艺心理的精微变化。二是探本求源式的读书,以陈垣为代表。他特别强调搜集资料要竭泽而渔,做到无征不信,实事求是。三是含而不露式的研究,以陈寅恪为代表。他的研究,把人生体验带进来,问题大多很具体乃至细小,所得结论却有很大的辐射性,给人启发。四是集腋成裘式的研究,以严耕望为代表。他在从事某项课题研究之前,总是先做好资料长编工作。

考察上述大家的研究经历,有四条基本经验值得注意。

第一,读书治学的三个步骤,一是耐心阅读原典,二是精细处理材料,三是充实而有光辉地综合研究。

第二,他们关注的领域主要是政治制度史、社会思潮史。研究文学、历史、哲学,其实都离不开政治制度史与社会思潮史的研究。

第三,他们都创作了自己的学术品牌,或者最优秀的学术代表作,如陈寅恪先生提出的关陇集团命题、田余庆先生提出的东晋门阀士族命题,陈垣先生有《励耘书屋丛刻》等成果。

第四,发现与发明并重。王国维、顾颉刚等都主张发现新资料,解决新问题。陈寅恪《敦煌劫余录序》说:"一时代之学术,必有其新材料与新问题。取用此材料,以研求问题,则为此时代学术之新潮流。治学之士得预于此流者,谓之预流。其未得预者,谓之未入流。"黄侃则主张熟读经典,贵在发明经典中蕴含的义理。其实,两者相互依存,缺一不可。

总之,重新阅读经典,深入研究经典,任重而道远。我们要勤于思考,用心用功。用功是前提,是基础;用心是指寻求一种适合自己的学术道路。孔子说"学而不思则罔,思而不学则殆",讲的就是这个道理。我们要充分学习、吸收前辈的研究经验,又要根据时代的要求、学术的发展和自身的条件,开展创造性研究。这里,我们围绕着《文选旧注辑存》的编纂,略谈研读经典的体会,其实都很肤浅,诚恳地希望得到大家的批评。

(原载《古代文学前沿与评论》第二辑,社会科学文献出版社2018年版)

后 记

这是一本关于文学史研究的专题论文集。

1982年刚到清华大学工作时，为教学需要，我开始编纂讲义《中国古典诗歌引论》，其实是一本中国古典诗歌的发展简史，仅写到宋代，且比较随意，体例并不纯正。后来，我又参与了高校理工科教材《中国文学简史》编写工作，中规中矩，无多新意。不管怎么说，在这十年里，我参与了文学史撰写的实践工作，得到了很好的锻炼，初步形成了自己的文学史观念。

1991年，我开始供职于中国社会科学院文学研究所。在这以后的三十年间，我更是参与了多项文学史研究与教学工作，还多次协助《文学遗产》编辑部同仁组织了各类文学史理论与实践的学术研讨会。同时，我每年还要为《中国文学年鉴》撰写年度综述文章，得以及时跟踪学术界的研究进度。我在主持文学研究所三个"六十年"（即文学研究所成立六十年、《文学遗产》和《文学评论》创办六十年）的活动中，曾反复强调指出，文学研究所向来强调理论研究与文献研究并重，在其创办之初，就将古代文学与文学史研究分为两个独立的研究室。前者强调对作家作品的文献研究，后者注重对文学史发展线索的理论探讨。我们至今仍在努力延续这个学术传统。

在四十多年的学习过程中，我对文学史的相关理论与实践问题多有思索，并在师友的鼓励下，形诸文字，时有发表，锥指管窥，识小积多。承蒙复旦大学出版社宋文涛先生的垂顾，我不揣谫陋，试将这类文字结集出版，不敢自是，谨供广大读者批评指正。

编集本书时,个别篇章略有增删,特此说明。

  书名"文学史的张力"不过是借用了物理学的概念来为自己张目。张力,原本是指物体受到拉力作用时,内部任一截面两侧存在的相互牵引力。其实,文学史也具有这样一种特性。文学史家都希望自己的著作能最大限度地还原历史的真相,但是正如有的学者所说,文学史写作是一种权力。在还原历史真相与掌控历史叙述之间,确实存在着这样一种相互牵制的张力。这是文学史理论研究与具体作家作品的文献研究很不一样的地方。从这个意义上说,文学史研究似乎有其边界,同时又有其无限拓展的研究空间。

  在书稿的编辑过程中,袁乐琼女士加工补苴,多所匡正。在此,我要向她表示衷心的感谢。

2021 年 4 月 10 日记于京城爱吾庐

图书在版编目(CIP)数据

文学史的张力/刘跃进著. —上海：复旦大学出版社，2021.7
ISBN 978-7-309-15451-1

Ⅰ.①文… Ⅱ.①刘… Ⅲ.①中国文学-当代文学-文学史研究 Ⅳ.①I209.7

中国版本图书馆 CIP 数据核字(2020)第 268977 号

文学史的张力(全二册)
刘跃进 著
责任编辑/宋文涛
装帧设计/马晓霞

复旦大学出版社有限公司出版发行
上海市国权路 579 号 邮编：200433
网址：fupnet@ fudanpress.com http://www.fudanpress.com
门市零售：86-21-65102580 团体订购：86-21-65104505
出版部电话：86-21-65642845
江阴金马印刷有限公司

开本 890×1240 1/32 印张 21.5 字数 520 千
2021 年 7 月第 1 版第 1 次印刷

ISBN 978-7-309-15451-1/I·1261
定价：128.00 元

如有印装质量问题，请向复旦大学出版社有限公司出版部调换。
版权所有 侵权必究